Garry Disher

Hinter den Inseln

Zu diesem Buch

Neil Quiller, Pilot der Royal Air Force, erfährt, dass der Krieg im Pazifik begonnen hat, als er von japanischen Truppen über dem malaiischen Dschungel abgeschossen wird. Nun beginnt eine dramatische Flucht im Chaos der zusammenbrechenden Fronten und vorrückenden japanischen Truppen. Im belagerten Singapur findet er Liebe und Freundschaft und ergattert einen Platz auf dem letzten Flüchtlingsschiff. Das Schiff wird versenkt, auf einer schwimmenden Tischplatte erreicht er schließlich Sumatra, wo er seine Geliebte wieder trifft. Die Weiterreise scheint unmöglich. Doch Quiller will um jeden Preis zurück nach Australien.

»Die Eindringlichkeit seiner Beschreibungen eines zerfallenden Paradieses und die Behutsamkeit, mit der er in kleineren Episoden das Gute beschwört, machen ›Hinter den Inseln‹ zu einer beeindruckenden Lektüre, durch die man zudem einiges über einen unbekannteren Teil der Weltkriegsgeschichte erfährt.« Anke Breitmaier, *Dresdner Neueste Nachrichten*

»Krimi, literarisches Zeitdokument und Liebesroman in einem.«
Jochen Marmit, *Saarländischer Rundfunk*

Der Autor

Garry Disher (*1949) wuchs im ländlichen Südaustralien auf. Seine Bücher sind mit mehreren Preisen ausgezeichnet, darunter der wichtigste australische Krimipreis, der Ned Kelly Award, zweimal der Deutsche Krimi Preis sowie eine Nominierung für den Booker Prize.

Im Unionsverlag sind außerdem lieferbar: *Drachenmann; Flugrausch; Schnappschuss; Beweiskette; Rostmond* und *Bitter Wash Road.*

Der Übersetzer

Peter Torberg (*1958) studierte in Münster und in Milwaukee. Seit 1990 arbeitet er hauptberuflich als freier Übersetzer u. a. der Werke von Paul Auster, Michael Ondaatje, Ishmael Reed, Mark Twain, Irvine Welsh und Oscar Wilde.

Mehr über den Autor und sein Werk auf *www.unionsverlag.com*

Garry Disher

Hinter den Inseln

Roman

Aus dem Englischen von Peter Torberg

Unionsverlag

Die Originalausgabe erschien bei Allen & Unwin, Crows Nest, Australien.

Die Übersetzung aus dem Englischen wurde unterstützt
durch das Australia Council for the Arts (www.ozco.gov.au).

Im Internet
Aktuelle Informationen, Dokumente und Materialien
zu Garry Disher und diesem Buch
www.unionsverlag.com

Unionsverlag Taschenbuch 757

Originaltitel: Past the Headlands (2001)

Neptunstrasse 20, CH-8032 Zürich
Telefon +41 44 283 20 00
mail@unionsverlag.ch

Die erste Ausgabe dieses Werks im Unionsverlag
erschien am 30. Mai 2003
Reihengestaltung: Heinz Unternährer
Umschlagbild: Troy Keith; fold3.com
Umschlaggestaltung: Heike Ossenkop
Druck und Bindung: CPI – Clausen & Bosse, Leck
ISBN 978-3-293-20757-8

Der Unionsverlag wird vom Bundesamt für Kultur mit einem
Verlagsförderungs-Strukturbeitrag für die Jahre 2016–2020 unterstützt.

Auch als E-Book erhältlich

Für Simone Buch

Danksagungen

Die Niederschrift dieses Romans wurde unterstützt durch das Australia Council for the Arts.

Mein Dank gilt Lucy Healey, Liam Davison und Carl Harrison-Ford für deren einfühlsame Lektüre, als sich dieser Roman noch im Manuskriptzustand befand.

Hinter den Inseln spielt zwischen Dezember 1941 und April 1942 in Malaya, Singapur, Sumatra und dem Nordwesten Australiens und verknüpft tatsächliche mit erfundenen Ereignissen, wobei Letztere getreu dem Geist der Zeit und der Orte nachempfunden sind. Für Hintergrundinformationen habe ich mich auf eine Reihe von publizierten und nichtpublizierten Quellen gestützt, die am Ende des Buches aufgeführt werden.

Exultation is the going
Of an inland soul to sea,
Past the houses – past the headlands –
Into deep Eternity –

Bred as we, among the mountains,
Can the sailor understand
The divine intoxication
Of the first league out from land?

Emily Dickinson

Überschwang ist eine Reise
Einer Inlandsseel aufs Meer
Über Häuser – über Klippen –
In das tiefe Nimmermehr –

Wir sind aufgewachsen in den Bergen,
Ob ein Seemann je versteht
Jene göttlich Trunkenheit
Wenn das Land gerad vergeht?

BURMA
CHINA
PHILIPPINEN
GOLF VON THAILAND
SÜDCHINESISCHES MEER
SINGORA
BARNDAR STAR
PENANG
MALAKKA-STRASSE
SUNGEI DUNGUN
KUANTAN
JOHORE BHARU
SINGAPUR
SUMATRA
BORNEO
INDRAGIRI RIVER
PADANG
TEMBILAHAN
PALEMBANG
AMBON
BATAVIA
BANDOENG
JAVA
TJILATJAP
TIMOR
INDISCHER OZEAN
BATHURST ISLAND
DARWIN
0
1000
KILOMETER
DERBY
BROOME
HAARLEM DOWNS
PORT HEDLAND
AUSTRALIEN
PERTH
FREMANTLE
JAPAN
CHINA
INDIEN
PAZIFISCHER OZEAN
COLOMBO
SUMATRA
INDISCHER OZEAN
AUSTRALIEN

Prolog

Maschinenträume

Haarlem Downs Station, die Küste von Kimberley,
nordwestliches Australien, 1934

In den Tagen und Nächten seiner Auseinandersetzung mit der Hitze, dem Staub und seiner eigenen Tollpatschigkeit hält sich der Junge an eines: an das gedämpfte Knirschen der Reifenprofile auf den Schaftrampelpfaden, kurz bevor die Welt erwacht. Er rollt in sanftem, unaufhaltsamem Schwung über den festgetretenen Lehm, tritt nur gelegentlich bei einer Wurzel oder einem steinigen Buckel mitten auf dem Pfad in die Rücktrittbremse. Der Basaltsteilhang im Osten bildet eine starre rosige Linie, eine lange brechende Welle. Bald wird er sich verändern, die Sonne wird ihn rot tünchen. Nicht weit entfernt im Westen bricht sich der Indische Ozean am Eighty Mile Beach. Die Trampelpfade verschwinden an den Dünen.

Man muss sich vorbeugen und mit dem Rad über der Schulter die Sandflanken hinaufsteigen, um den Abhang und den harten Sand am Rande des Wassers zu erreichen. Manchmal ankert eine Perlenflotte am Horizont, oder ein holländischer Gulden wird nach dreihundert Jahren Bewegung und Verkrustung am Meeresboden an den Strand gespült. Auch Neil Quiller besitzt solche Dinge. Ansonsten herrscht nur seine Benommenheit.

Als er in den lang gestreckten Schatten der aufgehenden Sonne die Trampelpfade entlangfährt, spürt er in den Lenkergriffen aus Kork zwei schwache Schläge. Er schlingert, riskiert einen Blick nach hinten und sieht eine Schlange, die sich aufbäumt und nach ihm schnappt, bevor sie im Gras verschwindet. Welchen Nutzen sollen die Gamaschen, dornenfesten Reifen und Seilstücke, die er zwischen die Radgabeln gespannt hat, um Kletten fern zu halten, gegen Schlangen haben? Von Schlangen hat ihm Onkel Leonards Hufschmied nichts gesagt.

Neil fängt an zu zittern. Seine Ellbogen können das Gewicht nicht mehr halten, seine Knie die Pedale nicht mehr antreiben. Er steigt ab und müht sich durch ein trockenes Bachbett, bis er weit genug weg ist von den tückischen Grasschatten und lebenden Dingen, dann setzt er sich auf den Boden, atmet aus und ein und hört das Blut in den Schläfen rauschen. Als er sich wieder gefasst hat, legt er sich auf den einladenden Sand. Wäre der Sand der winterliche Schnee eines Februars im Norden Englands, dann würde er einen Engel zeichnen.

Komische Vorstellung, dass hier die Zeit zehn Stunden vor der Zeit dort ist. Wenn hier der Morgen dämmert, legt sich dort ein langes abendliches Zwielicht über den Tyne. In seinem früheren Leben würde er sich nun weigern, sich hinzulegen, und seiner Mutter klagen, es sei zu hell, um einzuschlafen. Er würde sich vielleicht sogar auf die Hintergasse hinausschleichen und die Eulen beobachten, die in Jesmond Dene nisten, wo in den windgeschützten Schatten heiße Stimmen flüstern, Gummilitzen schnalzen, Stoff an Oberschenkeln schabt, Kohlenaugen aufflammen und beißender Qualm weht. In stillen Nächten kann man die Nietschläger auf den Schiffswerften hören. Dann Dunkelheit und ein neuer Tag. Vielleicht kein Schultag, sondern einer, den er mit seiner Mutter verbringt. Ein Tag, der ihrer kranken Lunge gut tut, an dem sie Kräfte sammelt und sie mit der Eisenbahn in die eine Richtung nach Durham oder zu dem Römerwall fahren oder in die andere Richtung zu der von den Dänen geplünderten Priorei, in der auf einer Landspitze drei uralte Könige begraben liegen, zusammen mit denen, die ihr Leben erst kürzlich an die See, ans hohe Alter oder an die Leiden der Geburt verloren haben.

Neil Quiller ist in Gedanken am Grab seiner Mutter gleich an der Mauer, die den Friedhof von der Schule trennt, in der er ein wenig Freude kennen gelernt hatte.

Das Licht in Newcastle war fahler gewesen, Baumwipfel, Laternenpfähle und Schornsteine hatten einem ständig die Sicht versperrt. Nie hatte er Grund gehabt, nach oben zu schauen und die Farbe des Himmels zu benennen.

Hier, auf der anderen Seite der Welt, schon.

Er schlägt die Augen auf. Der Himmel über ihm ist grenzenlos, und das kann er nicht ertragen.

Vielleicht hatte auch seine Mutter gespürt, wie dieser Himmel auf ihr lastete. Am Ende war sie vor ihm davongerannt.

1917, nach einer Seereise von sechzehn Wochen, war sie mit anderen Krankenschwestern in einem Armeekrankenhaus südlich von London stationiert worden. Kein Marschbefehl, die Abenteuerlust hatte sie dorthin gebracht, denn Hazel war stets gewillt gewesen, Risiken einzugehen und Gelegenheiten beim Schopf zu packen.

Die ganzen netten Kerle, die durch ihre pflegenden Hände gingen. Viele von ihnen sah sie an Wunden, verätzten Lungen und Hoffnungslosigkeit sterben.

Dann war der Krieg zu Ende, und es zog sie nach Aberdeen. Sie konnte nicht zurück ins nordwestliche Australien, nur vorwärts, anderswohin. »Ich dachte, Schottland wäre auch nicht schlechter als anderswo. Aber als wir über die Brücke über den Tyne kamen, hast du in meinem Bauch so gestrampelt, und ich war von dem Fluss, den Schiffen und der Burg so angetan, dass ich einfach aus dem Zug gestiegen bin.«

Sie war voll von Geschichten dieser Art, voll von Geheimnissen.

Neil lauschte, zählte zwei und zwei zusammen und zauberte sich so eine Gestalt herbei, die sein Vater hätte sein können: ein englischer Offizier, nein, ein Australier, nein, ein Kanadier, ein Soldat mit einer harten, flachen, tabakbraunen Brust, an den sich die liebeshungrige Wirbelsäule eines Sohnes kuscheln konnte. Ein Mann, der immer ein Grinsen auf den Lippen trug; stets spielten Lichter in seinen Augen. Ein Mann, der später starb oder nach Hause zurückkehrte.

Doch Neils Mutter sagte: »Ach, dein Vater könnte überall und nirgends sein, mein Junge. Mach dir keine Sorgen. Wir haben ja uns zwei.«

In Newcastle war Schluss mit Wegrennen. Es gab einen Sohn durchzubringen und jede Menge Arbeit für eine Krankenschwester in einer Stadt der Hochöfen und des geschmolzenen Metalls. Sie siedelte sich in Jesmond an, nur zwanzig Minuten zu Fuß bis zur Royal Infirmary und zum Stadtzentrum. Als ihre Lungen dreizehn Jahre später der alles durchdringenden Feuchtigkeit erlagen, fragte sich Neil, ob sie dies nicht aus Sympathie mit ihren Soldaten und Schiffbauern taten. Seine Mutter ersparte ihm nichts; das war ihre Art, ihn auf ihren Tod vorzubereiten, und schon bald war er so in ihr Sterben vertieft, dass es ihm wie ein Lebenszustand erschien.

Dass sein Vater ein kanadischer Soldat war, bestätigte oder leugnete sie allerdings nie.

»Tante Crystal und Onkel Len werden dich aufnehmen, mein Lieber«, sagte sie. »Sei stark, mir zuliebe.«

Neil war mit Überseekoffer und Fahrrad vierzehn Wochen auf See. In Fremantle holte ihn der Agent der Schifffahrtslinie ab, eilte mit ihm den Kai entlang und sagte: »Wir haben nicht viel Zeit.« Neil bestieg ein zweites Schiff, den monatlich verkehrenden Dampfer von Fremantle nach Singapur, der ihn in Broome absetzen sollte.

Die folgenden sechs Tage stand er an der Reling im gammelnden Gemüsedunst der Kisten rings um ihn herum, frischer Proviant für die Häfen des Nordens.

Crystal, die Schwester seiner Mutter, die sich ein parfümiertes Taschentuch vor die Nase hielt, holte ihn am anderen Ende der Reise ab. Sie war so steif und knorrig wie ein Stück Seil und hatte das rohe Aussehen einer enttäuschten Frau in einem trockenen Klima – ganz anders als seine Mutter, die bis kurz vor ihrem Tod rund und weich gewesen war, stets scharfsinnig und humorvoll. Neil ging neben ihr den langen Anlegesteg in Roebuck Bay entlang, das Fahrrad schlug ihm gegen die Hüfte, ein Timorese hinter ihnen trug den Überseekoffer, doch seine Tante fragte ihn nicht einmal, wie es ihm ging, erwähnte Hazels Tod mit keinem Wort, stellte keinerlei Vermutungen an. Es war, als könne sie ihre Gedanken nicht auf England konzentrieren, auf eine Seereise oder die Bedürfnisse und Kümmernisse eines dreizehnjährigen Jungen. Neil sah ihren Strichmund, was ihn an einen Tag kurz vor dem Tod seiner Mutter erinnerte, an einen Brief, den sie in der Faust zerknüllte:

»Meine Schwester hat nie ein Wort über dich verloren, hat nie anerkannt, dass ich krank bin, hat nie angeboten zu kommen und bei mir zu sein, obwohl Leonard ihr die Überfahrt bezahlt hätte. Ich war immer die bevorzugte ältere Schwester, sah besser aus, war klüger, hatte mehr Glück, und offenbar gilt das selbst auf meinem Sterbebett.«

Dann hatte sie innegehalten und sich weit zurückerinnert. »Leonard war in mich verliebt, musst du wissen.«

Neil, der spürte, dass er nur ein weiterer Schicksalsschlag im Leben seiner Tante war, ging stumm bis zum Ende der Anlegestelle, wo ein staubiger Tourenwagen unter einem Baum wartete. Haarlem Downs, sagte Crystal zu ihm, sei sechs Stunden entfernt, die ganze Strecke nur Staubpisten.

An jenem ersten Abend hatte sein Cousin Cameron gesagt: »Neil, sag mal ›heim‹.«

»Hoim.«

»Hah! Sag mal ›stehen‹.«

Neil tat, wie ihm geheißen. »Stohn.«

Die Dunns rings um den Esszimmertisch grinsten ihn an. Der Schimmer in Crystals Augen war wie ein Nagel zu Hazels Sarg; Onkel Leonards Pfeife gluckerte feucht; Cameron schaute unter seinen schläfrigen Lidern hervor. Neil zog die ihm vertraute Beklommenheit fester um sich und säbelte an seinem Stück Ziegenfleisch herum. Er saß in einem steinernen Zimmer in einem Haus an der Grenze der Zivilisation. Die Esszimmerstühle waren mit Büffelleder bezogen, Gewehre hingen an hölzernen Haken über der Anrichte, es gab ein zerschundenes Klavier, und auf den Regalen setzten Porzellanteller und -schäferinnen Staub an. Er wusste sofort, er würde niemals in der Lage sein, die Gesichtsfarbe der Dunns anzunehmen oder sich ihre Geschichten zu Eigen zu machen, selbst wenn er gewollt hätte.

»Sag mal ›Glas‹.«

»Glos.«

Leonard nahm die Pfeife aus dem Mund. »Cam, lass deinen Cousin in Ruhe.«

Neil warf seinem Onkel einen dankbaren Blick zu und erkannte den Schmerz des Mannes. *Du bist deiner Mutter wie aus dem Gesicht geschnitten:* Das Erste, was Onkel Leonard zu ihm gesagt hatte.

Neil steht wieder auf und klopft sich den Sand ab. Das Dämmerlicht ist die Zeit des Herzklopfens: Flüche, die ihn im Zwielicht in Jesmond Dene verfolgten, Schlangen im frühmorgendlichen Staub neben dem Indischen Ozean, böse Erinnerungen.

Er steigt aufs Rad und fährt die Ebene entlang. Er ist nun seit einem Jahr in der hügeligen Gegend von Haarlem Downs; er hat dessen Zerklüftungen und Furchen genau im Kopf, war über und über von Schlamm und Bullendreck bedeckt, war durch Schlammlöcher gewatet, hatte Schutthalden winziger roter, erodierter Steinsplitter durchquert – so rot, als seien Riesen vorbeigezogen und hätten Blutflecken hinterlassen. Er hat sogar das Dollar-S um die parallelen Spuren seiner eigenen alten Reifenspuren gewoben, und letzten Monat verfolgte er die Leprapatrouille, die klaren Umrisse von Hufeisen und die weicheren Abdrücke blanker Füße, als Trooper Dalvean und seine berittenen Eingeborenenpolizisten ein halbes Dutzend Schwarze bewacht hatten, die an den Hälsen zusammengekettet gewesen waren.

Neil fährt, um allein zu sein und die Vergangenheit heraufzubeschwören – manchmal sogar, um sie zu bannen –, doch stets hört ein Teil von ihm auf die Melodie des Fahrrades. Jede Ausfahrt ist ein Test, sind Reifen, Sattel, Pedale und Lenkergriffe Übermittler von Informationen: Die Kette dehnt sich; ein Gewinde ist ausgeschlagen; er hat im Staub hinter sich eine Mutter verloren; eine Schweißnaht ermüdet.

Diesmal ist es der Sattel. Er kippt nach vorn und rutscht im Takt der Bewegung seiner Oberschenkel hin und her. Neil steigt ab: Es fehlt eine Mutter.

Er schiebt das Rad nach Hause.

Dies ist ein Land, in dem Männer, Frauen und Kinder mit den Pferden verschmolzen sind und neue Geschöpfe bilden. Als Neil an der Hengstkoppel vorbeikommt, eine Hand auf dem losen Sattel, kommt Cameron auf einer Stute über den Hof galoppiert und wippt dabei lässig hin und her.

Zu spät – Cameron hat ihn gesehen. »Wer ist denn das da auf dem Drahtesel? Ein Schafscherer? Eine Gewerkschaftsratte?« Er schlägt sich mit dem Handballen vor die Stirn. »Moment mal, das ist doch der *Bursche.*«

Cameron galoppiert wieder davon. Neil schaut ihm hinterher, wie er an der Frauenhütte der Schwarzen und der Unterkunft des Kochs vorbei hinaus aufs flache Land am Rande von Haarlem Downs reitet, wo die schwarzen Viehhirten weiße Farbe auf eine Begrenzung aus Kopfsteinen klatschen und die frische Erde harken und absammeln. Bald ist Cameron kaum mehr als eine staubige Erscheinung, und Neil stellt sich im Geiste vor, wie er an einem weit entfernten Akazienhain neben einem festgemachten Pferd absteigt und »Jeannie, Jeannie« ruft.

Vergiss die beiden. Neil geht in die Werkstatt, einen riesigen kühlen, dunklen Holzschuppen mit einem von Motoröl durchtränkten Lehmboden. Der Schuppen riecht nach gehämmertem Metall, heißen Abgaskrümmern, geschweißten Rohren, geflickten Reifenschläuchen, nach Ventilen und Dämpfern, die in Schalen mit öligem Benzin liegen. Über der Hauptwerkbank hängen Werkzeuge an einer Wand voller aufgemalter Umrisse – der Himmel helfe denen, die sich etwas ausleihen und nicht wieder hinhängen. Neil bleibt in dem Lichtstreifen am offenen Scheunentor stehen und schaut sich im übervollen Inneren um; schließlich entdeckt er in der hinteren Ecke den Schmied, der vor einer Pumpe hockt. Daneben wartet ein Acht-Zylinder-Motorblock in einem rechtwinkligen Eisengestell, zusammen mit einem Stapel verbogener Brunnenrohre und einer zerbrochenen Mangel aus der Wäscherei darauf, repariert zu werden. Wally Webb ist unersetzlich. Er kann einen kaputten Stuhl flicken, ein Tischbein schnitzen oder eine Viehpeitsche flechten.

»Ach, du bists, Bursche«, sagt Wally.

Das ist ganz freundlich gemeint. Der Schmied ist damit beschäftigt, Kugellager einzuschmieren, und hat nicht genügend Finger für diese Aufgabe. Sein knochiges Kinn weist hinunter in die Eingeweide der Pumpe. »Neil, hältst du mal, bitte?«

Ihre Köpfe berühren sich. Bevor er den Schmied kennen lernte, waren Neils Hände gerade mal gut genug gewesen, einen Löffel festzuhalten oder sich den Hintern zu wischen. Von Anfang an hatte Wally sich geweigert, das Fahrrad aus England zu reparieren. Stattdessen hatte er ihm gezeigt, wie es gehen könnte, und die schlichte Schönheit logischen Denkens gepriesen. Schnell hatte Neil geschickte Finger bekommen und kriegte den Bogen heraus, wie man die einzelnen Schritte einer mechanischen Aufgabe durchdachte, bevor man sich daranmachte, und schon bald konnte er sich in die geheimnisvollen Bewegungen eines Motors oder einer Gangschaltung hineinversetzen, in die Spannungen und Belastungen eines Chassis, so wie andere geboren sind, Pferde zu begutachten.

»Fertig«, sagt Wally.

Sie stehen auf und wischen sich die Finger mit Baumwolllumpen ab. »Dein Sattel ist schief, Junge.«

»Ich hab 'ne Mutter verloren.«

»Schau mal unter der Werkbank nach.«

Neil kauert sich vor eine Kiste mit Bolzen, Muttern und Unterlegscheiben. Hinter ihm schlurfen die Stiefel des Schmieds leise über den Lehmboden. Wally zieht es oft zur Tür. Er lehnt sich gern an den Türrahmen und döst dort für ein oder zwei Minuten, wobei er den Blick auf die verschwommene Linie zwischen Sand und Horizont richtet.

Er hüstelt. »Cameron war vor 'ner Minute da. Hat gesagt, der Boss hätte aus Wyndham gefunkt. Wir können im Laufe der nächsten Stunde mit ihm rechnen.«

Neil findet eine Ersatzmutter und geht zu dem Schmied. Beide starren sie hinaus auf die Landebahn. Die Viehtreiber sind fertig mit Harken und Anpinseln. An einem Ende der Landebahn hängt ein Windsack, aber es gibt keinen Wind, und einen Hangar gibt es auch noch nicht. Einen Monat zuvor hatte es noch nicht mal eine Landebahn gegeben.

»Und nun mach ein niedergeschlagenes Gesicht und mach weiter.«

Neil weiß, was der Schmied denkt. Er denkt an die zusätzliche Arbeit, die ein Flugzeug mit sich bringen wird: ein unbekannter Motor, Staub, verdreckter Treibstoff, Risse in der Bespannung.

Wally kehrt in den kühlen Schatten zurück, Neil bleibt stehen und schaut zu, wie zwei Gestalten aus den Hitzeschleiern auf der Ebene hinter der Steinbegrenzung auftauchen. Jeannie Verco war wohl wieder mit ihrem Zeichenheft losgezogen, und Cam hat sie geholt, damit sie auf Leonards Rückkehr warten können. Sie lassen ihre Pferde langsam gehen, so als hätten sie alle Zeit der Welt, doch schließlich treten sie über die weiße Steingrenze und reiten vorsichtig über die Landebahn auf die Werkstatt zu. Als Jeannie Neil entdeckt, steht sie in den Bügeln auf, winkt und lächelt gerade genug, dass sein Herz einen Purzelbaum schlägt. Ist dieses Lächeln von ihr etwas Besonderes, oder gilt es wahllos allen? Ist sie nur freundlich? Cameron hat Ortsnähe und Geschichte auf seiner Seite, Pferdeverstand und Sorglosigkeit; Neil ist nichts weiter als der arme, blasse Vetter aus einem zugeknöpften, bitterarmen Land. Na ja, Jeannie wird nächste Woche sowieso nicht mehr hier sein. Dann ist sie wieder unten im Süden, trägt eine Schuluniform mit Faltenrock, geht zur Kirche, spielt Hockey, liest mit tintenverschmierten Fingern Wordsworths Gedichte und wartet darauf, dass endlich die Maiferien kommen.

Neil verlässt die Werkstatt und hilft ihr beim Absitzen. Dabei ist Absitzen etwas, das sie schon tut, seit sie laufen kann, aber sie bedankt sich dennoch bei ihm aus einem unerschöpflichen Quell der Zuneigung und guten Laune. Im selben Augenblick erstarren sie, hören das weit entfernte Dröhnen und schauen hoch. Wally steht neben ihnen und reckt ein Ohr in den Himmel. Schließlich beschirmt sich Cameron die Augen gegen die schräg stehende Sonne und bemerkt eher ihre erwartungsvolle Haltung als das Dröhnen des sich nähernden Flugzeugs. Wie Wally öfter in der geschützten Ecke der Werkstatt murmelt, könnte Cameron Dunn keinen Kolben von einer Kneifzange unterscheiden.

Neil entdeckt den Fleck am Himmel. Onkel Leonard ist einen Monat lang an der Ostküste gewesen, hat vom Lieferanten eine Percival Gull übernommen und sich von einem Piloten des Sydney Aero Club Flugstunden geben lassen. Im großen Haus liegt noch die Broschüre: *Ein Kabineneindecker mit niedrig angesetzten Flügeln, stromlinienförmig, herausragende Flugeigenschaften, Höchstgeschwindigkeit 165 Meilen pro Stunde, 160-PS-Napier-Javelin-Motor.* Noch während Onkel Leonard zum ersten Mal sein Anwesen überfliegt und über dem Schlachtstall und der Nachtweide eine steile Wende macht, verschmilzt Neil bereits mit den schicken Radabdeckungen, der schmucken Schnauze, dem Flugzeuggerippe unter der silbrigen Haut, sein Herz macht einen Sprung, seine Zehen heben sich vom Boden, und sein Schicksal verändert sich für immer.

Erster Teil

Rückzug

7. bis 10. Dezember 1941

Flughöhe

Um 0600, der unverrückbaren Stunde des tropischen Tagesanbruchs so nahe am Äquator, ließ Neil Quiller den Boden unter sich und trimmte die Buffalo für einen nordöstlichen Aufstieg in Richtung der Kumulusformation, die sich über dem Golf von Siam gebildet hatte. In achtzehntausend Fuß Flughöhe bildete sich Eis auf den Flügeln, einzelne Stücke davon platzten ab und peitschten am Cockpit vorbei; als er sich bei zwanzigtausend Fuß wieder ausrichtete, lag die Welt unter einer Wolkendecke, die von Horizont zu Horizont reichte. Für Quiller, das Auge der Morgendämmerung, war das gleichbedeutend mit Blindheit.

Er signalisierte dem Flughafen in Bandar Star, dass er auf fünftausend Fuß über dem Wasser heruntergehen würde. Hier lugte er manchmal unter der Wolkenmasse hervor, glitt durch eine Wolkenschlucht hindurch, links und rechts Wände aus wirbelndem, weißgrauem Wasserdampf. Der Golf lag leer und friedlich unter ihm, doch er wusste, der Wind würde bald auffrischen und die See zu rollen beginnen.

So ging das Tag für Tag: kurze Gelegenheiten zur Aufklärung, bevor der Himmel wieder grau wurde und sich mit heftigen Schauern und massiven Regenfronten füllte, die hoch und schwer hingen und weiter übers Meer hinausragten, als ein einfaches Flugzeug fliegen konnte. Unter diesen Bedingungen war nichts zu sehen, keine Neuigkeiten von japanischen Konvois, die Quiller mit nach Bandar Star hätte nehmen können.

Die Schlucht umschloss ihn. Er war vollkommen blind.

Einen Augenblick später, zwischen 0642 Uhr und der Zeit, die er brauchte, um die Buffalo zu stabilisieren und den Fotoapparat auszulösen, blieb die Sicht klar und enthüllte einen leichten Kreuzer und drei Transportschiffe auf Position 0900 Grad, Kurs 270 Grad. Während er die Einzelheiten nach Bandar Star durchgab und weiter die Kamera bediente, eröffnete der Kreuzer das Feuer, an den Geschützen waren Rauchwölkchen zu sehen, und er spürte, wie sich sein Magen vor lauter Angst und Hochgefühl zusammenkrampfte. Wenn Japan der Krieg erklärt worden war, dann war er wohl der Letzte, der davon erfuhr.

Er drehte ab und war dankbar für die niedrigen Wolken und den Regen, der plötzlich an ihm vorbeifiel.

Danach hielt er sich an das Beobachtungsgebiet und flog es bis an die Grenze seines Treibstoffvorrats ab, doch entdeckte er weder den Konvoi wieder noch irgendein anderes Schiff. Mit einem Auge auf dem Geschwindigkeitsmesser wendete er. Er war nun seit mehr als zwei Stunden in der Luft und musste noch den südwestlichen Golf und die Landenge von Malaya überqueren – wobei er von Wolke zu Wolke hopste, während sich Schauer und Sonne abwechselten –, bevor er nach Bandar Star kam, das zwischen der Andamanensee und der Malakkastraße lag. Sollte vom Kreuzer ein Wasserflugzeug katapultiert worden sein, um ihn abzufangen, dann brauchte er Augen im Hinterkopf.

Quiller tauchte aus den Wolken auf, überquerte die Küste von Malaya bei klarer Sicht und überflog mit hoher Geschwindigkeit einen Streifen verdreckten Sandstrandes, der von den Kokospalmen eines Fischer-Kampongs gesäumt wurde. Dann Reisfelder, Dschungel und schließlich terrassierte Hügelflanken mit Lehmstraßen wie braune Risse in dem vielfältigen Grün. Er flog tief, in der Hoffnung, durch die ihn verdeckenden Wolken nicht gesichtet werden zu können, falls jemand hinter ihm her war. Seine Angst löste sich langsam, zurück blieb nur das Hochgefühl. Malaya war so bemerkenswert und komplex, wie es für ihn fünfzehn Monate zuvor England gewesen war, als er die Grafschaften im Südosten des Landes vom Cockpit eines RAF-Trainingsflugzeuges aus gesehen und seinen langen Aufenthalt im leeren Norden Australiens endlich abgestreift hatte. Er schaute einfach zu, wie sich alles vor seinen Augen entfaltete – von den Palmwedeln hin zu dem von Hühnern zerscharrten Boden und den knochigen, vom Schwanz umwedelten Flanken der Dorfkühe. Kinder schwärmten rennend umher, und winzig kleine Ziegen zitterten vor Nervigkeit und dem reißenden Heulen des Motors in ihren weichen Ohren. Als er später nach Süden abdrehte und den Anflug auf Bandar Star vorbereitete, überraschte er auf der Jitra Road eine Kompanie von Pandschabi-Soldaten in einer Reihe offener Laster.

Als er den Flugplatz sehen konnte, klappte er die Landeklappen herunter und nahm das Gas zurück, bis er den Motor fast abgewürgt hatte, dann ließ er sich vom buckligen Rücken des Elephant Hill fallen und fing die Maschine ab, wobei er gegen einen Wind halten musste, unter dem sich die Kokospalmen bogen. Er überquerte den kleinen Fluss, die Umzäunung und die Blenheim-Bomber in ihren Erdunterständen und traf in einem flachen Winkel auf die Hauptlandebahn. Selbst jetzt noch drückte ihn der Wind nach unten und zur Seite, und er spürte, wie sich die Maschine im feuchten, grasigen Randstreifen verfing. Bevor sie bis zur Achse darin versinken konnte, gab er Gas und fuhr unter dem höhnischen Jubel der Bodenmannschaft, die ihre Tage damit verbrachte, die kleinen Tankfahrzeuge und die Schlepptraktoren aus dem klebrigen Matsch zu buddeln, auf die mit Metallplatten belegte Landebahn zurück.

Neil Quiller rollte nach links in den Schutz eines Hangars, wo Whitney und seine Mechaniker einen Bomber ausrüsteten. Er machte den Motor aus, beugte sich seitwärts aus dem Cockpit und rief über den Wind und den Motorenlärm, der noch immer in seinen Ohren klang, hinweg: »Irgendwelche Löcher drin?«

Der Unteroffizier legte den dicken Kopf zur Seite. »Sollten denn da welche sein?«

Quiller sprang ab. »Die Mistkerle haben auf mich gefeuert, Whit.«

»Wirklich? Sind Sie sicher? Is ja 'n Ding.«

Sie gingen gemeinsam eine Rumpfseite ab, um das Höhenleitwerk und die andere Seite wieder zurück. Die Außenhaut, die im blassen Blaugrün des Himmels gestrichen war, spannte sich eng um das Gerippe; es gab keine Risse, keine klaffenden Löcher. Die Zwanzig-Inch-Kamera in ihrem Schacht war unversehrt. Whitney kauerte sich hin, linste an der Unterseite entlang und fuhr mit dem Finger über einen schlierigen, stinkenden feuchten Fleck. »Wie hübsch.«

Immer wieder ergoss sich Benzin aus dem Überlauf unter dem Rumpf entlang, direkt unterm Cockpit. Whitney und Quiller waren sicher, dass es sich eines Tages entzünden würde. Sie betrachteten das ganz gelassen. Es lohnte sich nicht, an der Buffalo herumzutüfteln. Es handelte sich um eine veraltete Maschine, die zu fast nichts taugte, und alles, was man tun konnte, war die Arme zu verschränken und sich von nichts überraschen zu lassen.

Quiller zog das Filmmagazin aus der Buffalo, während Whitney weiter ohne große Erwartung oder allzu viel Interesse den Kopf an der Unterseite entlang reckte. Er war ein großer, grobknochiger Mann, der sich stets an etwas festhielt, wenn er um seine Maschinen turnte: eine Radverstrebung für die Zehen, der Rand eines Bombenschachts für den Bauch, ein Hebel für eine seiner Hände. Angesichts des Rostes, des Schimmels, der sorglosen jungen, unerfahrenen Bomberpiloten und des Mangels an Magnetzündern, Reifen, Bewaffnungen, Handbüchern, eigentlich allem, was eine Flugstaffel brauchte, blieb er die Ruhe selbst.

Ein Stabswagen kam hereingefahren und hielt an, und Whitney murmelte hinter einer Radabdeckung: »Himmel, Arsch und Wolkenbruch, Janeway.«

»Der will was von mir«, sagte Quiller.

Whitney kam unter der Maschine hervor und klopfte sich die Hände ab. »Oder von uns beiden.«

Der Fahrgast stieg aus und kam auf sie zu. »Neil. Mr. Whitney.«

»Captain«, entgegneten sie.

Janeway trug eine Army-Uniform und die Ordensbänder des *16th Punjabi Regiment;* er hatte früher einmal an der Nordwestgrenze Indiens gegen die Pathanen gekämpft. Nun war er Verbindungsoffizier zur Luftaufklärung und Quillers und Whitneys Schatten, hing ihnen stets an der Hacke oder linste ihnen über die Schulter. Sein Gesicht, seine ganze Art passte dazu: scharf geschnitten, aufmerksam und unabänderlich neugierig, schleichend und stets auf der Hut. Seine Wachsamkeit wirkte manchmal anziehend, vor allem, wenn plötzliche Erkenntnis in seinen Augen aufblitzte und seine Zähne vor Geheimnissen und Verbindungen glitzerten, doch manchmal fand Quiller ihn einfach nur abstoßend. Janeway konnte keine klare Antwort akzeptieren, sondern suchte nach Einschränkungen, lauerte und bohrte nach, selbst wenn Quiller ausgepowert war oder zu spät zu einem Termin kam.

Janeway wandte sich an Whitney. »Whit, wenn ich mit Flight Lieutenant Quiller fertig bin, möchte ich das Flugfeld besichtigen.«

»Hat sich seit gestern nicht viel verändert«, sagte Whitney.

»Seit gestern hatten wir ziemlich viel Regen und Wind«, erwiderte Janeway. »Ergo: Sind wir voll funktionstüchtig? Die Bomber stehen im Wasser; Blechfetzen und Holzstücke sind die ganze Nacht umhergeflogen; die Grasstreifen sind schlammig; was tun wir, wenn alle vier Tankwagen stecken bleiben?«

Whitney zuckte mit den Schultern. »Sie sind der Chef.«

Dann nahm Janeway Quiller beschützerisch und vertraulich beiseite. »Neil, ich will alle Informationen über Ihr Abenteuer heute Morgen.«

Fragen stapelten sich auf Fragen. Wie viele Schiffe? Welche Peilung, ganz genau? War er sicher, dass sie auf ihn gefeuert hatten? Hatte er vielleicht eine Übung für einen feindlichen Angriff gehalten? Wie lange war der Konvoi zu sehen gewesen? War er sich sicher?

Dann: Hatte er ein klares Sichtfeld für die Kamera? Hatte er Vertrauen in die Buffalo? Worüber genau gab es was zu meckern? Arbeitete er effektiv, seiner Meinung nach? Schätzten sie in der Einsatzzentrale unten in Singapur seine Arbeit?

Und: Nur mal für den Augenblick angenommen, Quiller sei der Feind – wie würde *er* Bandar Star funktionsunfähig machen?

Einige der Fragen waren schon älter, so als erwarte Janeway, dass Quiller in den vergangenen Tagen und Wochen darüber gebrütet habe; andere hatten nur wenig mit Quillers Aufgaben zu tun. Quiller versuchte zu antworten, hielt manchmal inne, um seine Erwiderungen zu formulieren, doch Janeway sprang jedes Mal in diese Lücke, warf noch eine Frage nach und erschöpfte ihn damit. Janeway roch nach Seife und Rasiercreme und hatte offensichtlich nicht den Befehl gehabt, bei Sonnenaufgang aufzusteigen und in einem Cockpit zu schwitzen, aber er war zugleich voll freundlicher Neugier, also antwortete Quiller – er war müde, hungrig und musste dringend aufs Klo – so höflich, wie er konnte, fuchtelte schließlich mit dem Filmmagazin herum und sagte: »Mike, ich muss das hier abliefern und dann zur Einsatzbesprechung.«

»Haben Sie später Zeit?«

Quiller warf einen Blick zum tosenden Himmel hinauf. »Ja.«

»Wir fahren nach Penang.«

Penang war eine halbe Stunde entfernt. Janeway hatte dort eine Weißrussin als Geliebte. Im Kampong auf der anderen Flussseite vom Flugplatz hatte er eine Malaiin und in Tanah Rata, am höchsten Punkt der Cameron Highlands, eine grüne Witwe aus Buckinghamshire. Manchmal, wenn er getrunken hatte, beschrieb er eine von ihnen. »Doras Möse ist wie eine große, alte aufgeplusterte Rose – wahrscheinlich vom jahrelangen Reiten.« Er wusste auch, wo man in den vielen kleinen Seitengassen von Penang essen konnte.

»Mike, ich muss bei Sonnenaufgang wieder zur Aufklärung raus.«

Janeway zuckte freundlich mit den Schultern. »Na gut, dann bleiben wir irgendwo hier in der Nähe. Wie wärs mit dem Lulu-Club in Bandar Star?«

»Prima.«

Janeway drehte sich um und kletterte auf den Beifahrersitz des Stabswagens. Whitney starrte hinter ihm her und rief schließlich: »Sir, ich dachte, Sie wollten eine Führung über den Flugplatz?«

»Später. Muss mich sputen.«

Janeways Fahrer fuhr die Gänge des Wagens jaulend aus und ließ eine Abgasfahne hinter sich, die schon bald vom Wind weggepeitscht war. Whitney schüttelte den Kopf. »Der Mistkerl hetzt immer irgendwo rum.«

Quiller ging zu ihm, und gemeinsam schauten sie zu, wie der Wagen durchs Haupttor hinaus auf die Brücke und über den Fluss fuhr. »Er hat eine Frau im Kampong.«

Whitney nickte. »Ich sag Ihnen, Quill, ich würde hier draußen keine Möse anrühren, und wenn Sie mir Geld dafür anbieten würden.«

Aber der Wagen bog nicht zum Kampong ab. Er fuhr nordwärts auf Jitra zu. Whitney sagte: »Vor zehn Tagen hat er sich von einem der Fahrer bis an die Grenze bringen lassen. Hat den ganzen Tag auf Nebenstraßen verbracht und Brücken und Abzugskanäle fotografiert.«

Quiller nickte. »Letztens musste ich für ihn Luftaufnahmen machen. Straßen und Wasserwege. Er meint, wir sind auf einen Luftangriff eingerichtet, aber was, wenn ein Angriff vom Boden aus erfolgt?«

Der Adjutant des Staffelkommandanten tauchte auf. »Quill, Freddy möchte Sie sehen.«

Quiller folgte ihm und bahnte sich einen Weg zwischen den Hangaren und den Zapfanlagen, dann hinter dem Gefechtsstand hindurch zum Einsatzraum. Die Einsatzbesprechung dauerte eine Stunde, und Quiller beharrte stur darauf, dass von einem leichten Kreuzer auf ihn gefeuert worden sei. Diese Information beunruhigte die Männer, die ihn befragten. Quiller erkannte, dass seine Auskunft für den Rest des Tages an den Ecken angefasst und vorsichtig weitergereicht werden würde und dass sie sich eine ganze Weile am Kopf kratzen würden, bevor jemand Singapur benachrichtigte.

Als sie ihn wieder gehen ließen, war es fast Mittag. Er machte sich daran, den umgrenzenden Zaun an der Innenseite abzulaufen, wie es ihm nach einem Einsatz zur Gewohnheit geworden war. Quiller sah nicht zum Flugplatz hinüber, sondern hinaus wie ein Gefangener, den es nach den Möglichkeiten der Welt hungerte. Er schlenderte am nördlichen Zaun entlang, von wo aus er den Lipis-Fluss, den Kampong und die Küstenstraße sehen konnte, die bis zur Grenze nach Siam führte. Janeways Kampongfrau lebte in einer kleinen Hütte am Flussufer, oberhalb eines seichten Abschnitts, wo sich die Kampongmänner jeden Morgen erleichterten und ihre dürren Hintern über den Schlamm hielten. Westlich der Straße lag Elephant Hill, und auf einer Linie damit, zwischen dem Fluss und der Straße nach Bandar Star, stand ein Gebäude, das er gut kannte: das Gästehaus der Regierung. Quiller hatte im Oktober dort eine Woche verbracht, bis auf dem Flugplatz eine Unterkunft frei wurde. Es hatte dort ein dickes, klammes Gästebuch gegeben, das in der Rezeption auf einem Teaktisch lag, und als Quiller eines Abends müßig darin blätterte, war er auf einen Eintrag vom Mai 1930 gestoßen. Amy Johnson. Er wusste alles über diesen Flug. Sie hatte in neunzehn Tagen eine DeHaviland Moth von Croydon nach Darwin geflogen.

Er setzte seinen Weg am Zaun entlang fort und lauschte, wie ein Bambushain von dem Wind, der ihn umwehte, klackte und knarrte. Quiller schnüffelte: In einer Luftströmung, die satt war von den Ausdünstungen des Flugbenzins, der Sturmfront und den vor sich hin modernden menschlichen und tierischen Behausungen, wirbelte ein Hauch von Gewürzen, Fisch und Hühnerfleisch, die in heißem Öl brutzelten. Der Hunger trieb ihn fort vom Zaun quer über den Flugplatz. Er hüpfte über die grasbewachsenen Landebahnen. Sie waren durchweicht, schwammig wie Matratzen, das Wasser lief nicht gut ab. Nichts war zufrieden stellend – nicht die Pandschabi-Wachen und ihre armseligen Stellungen, nicht der rudimentäre Kontrollturm, die schlechte Wartung der Bomber und seiner Buffalo, nicht das Durcheinander der Oktanzahlen, dem er hin und wieder begegnete. Es gab keinen Schutz aus der Luft, kein Radar, und alles versank in Langeweile, Rost und Schimmel. Vieles davon hatte er Janeway gesagt, in der Hoffnung, dass irgendjemand in Singapur vielleicht eines Tages aufschreckte und Notiz davon nahm.

Quiller ging durchs Haupttor hinaus auf die Straße nach Bandar Star. Nach einer Weile kam er an die Anlegestelle einer Fähre, wo er sich vier Chinesen anschloss, die mit ihren Fahrrädern warteten, einem Jeep und dessen Fahrer von den *2/16. Punjabi* und einem Malaien, der einen Karren voller Bananenblätter schob. Quiller schaute zu, wie das zerfranste Kabel sich aus dem trägen braunen Wasser hob und die Fähre sich ächzend und schaudernd auf sie zu bewegte; das Kabel war nun gespannt, und Wasserperlen sprangen davon ab, als würde ein elektrischer Strom hindurchgejagt.

Im Kampong auf der anderen Flussseite wurde Quiller von salutierenden Kindern überfallen, die »Hello, Joe« riefen und zwei Finger v-förmig als Siegeszeichen in die Höhe reckten. Sie umschwärmten ihn, zerrten an seinen Händen und zupften an seinem Baumwollhemd, das ihm an der verschwitzten Haut klebte. »You want cigarette, Joe? You want soap? Apple, twenty cent.«

Quiller gab einem Kind das Geld und steckte ein weiches, braunes Bällchen von Apfel in die Tasche. Als er weiterging, folgte ihm die Hälfte der Kinderschar, doch er ging schnell, ein verrückter Engländer in der Hitze, und sie blieben nach einer Weile zurück und riefen *selamat jalan,* gute Reise.

An der Seeseite des Kampong, dort, wo die Haubitzen hinter Sandsäcken aufgebaut worden waren, inmitten der Bäume und Papayas, die übervoll mit gelben Früchten hingen, entdeckte er den Essensverkäufer. Der alte Mann sah ihn und eilte schnell fort von den indischen Artilleristen, und seine Flechtkörbe hüpften auf einem verbeulten Blechtablett, das über dem Vorderrad seines Dreirades montiert war. Quiller kaufte Reisbällchen in Bananenblättern und ein dickes Stück trockenen gewürzten Fisch. Die Augen des alten Mannes waren feucht, das Weiße darin schlammfarben. Dürres Haar sprang wie überrascht von seiner runzligen Stirn nach hinten. Er war sehnig und sehr alt und hatte manchmal einen Affen dabei, den er abgerichtet hatte, um Kokosnüsse zu holen. Der Affe war unentwegt zornig und bleckte der Welt die Zähne.

Quiller wanderte zwischen den Bambushütten zurück, und die Dörfler schauten ihm von ihren Treppenstufen aus hinterher. Sie wussten, dass er ihren verschiedenen Haushalten etwas Geschäft brachte – eine kleine Mahlzeit hier, ein Haarschnitt oder Nadel und Faden dort –, doch ansonsten interessierten sie sich nicht für ihn oder für die Bedrohung durch den Krieg. Sie waren anders als die Chinesen, denen Quiller in Bandar Star begegnet war. Er fragte sich, wie sehr sie ihn wohl mögen würden, wenn er kein Kleingeld in der Tasche und nicht ein paar holprige Grußformeln und Segenswünsche auf den Lippen hätte.

Ein kleines, schüchternes, strahlend lächelndes Mädchen, das an einem festen Stock über der Schulter zwei offene Benzinkanister voller Brunnenwasser schleppte, kam auf ihn zu. Es war ihm schleierhaft, woher sie die Kraft dafür nahm. Ihre Augen sahen ihn unentwegt an, und ihre Last schob sie voran; sie konnte nicht stehen bleiben, und ihre bloßen Füße lösten kleine pudrige Staubexplosionen aus und umkurvten geschickt die ziellos umherspringenden Zicklein und beinahe federlosen Hühner. In der Nähe stand eine Kuh, und Quiller fragte sich, warum das Kind die Stange nicht einfach über deren mächtigen Rumpf legte und ihr auf dem Weg zum Brunnen und zurück mit der Hand aufs zähe Leder klopfte oder an den langen Ohren zog

Jede noch so kleine Anstrengung war schweißtreibend. Quiller warf einer Ziege den schrumpligen Apfel zu und öffnete einen Hemdknopf. Er schätzte die Temperatur auf über dreißig Grad, trotz der drohenden Stürme. Die Luftfeuchtigkeit war durchgängig hoch, und die Männer, mit denen er diente, klagten unablässig. Er selbst war während der Regenzeit in Broome und Darwin gewesen und kannte sich damit aus. In Broome und Darwin hatte er auch seine Vorliebe für scharfe Gerichte aus einem zischenden Wok entdeckt. Er bemühte sich, nah bei den Hütten zu bleiben, suchte Schatten und wischte sich ab und zu die Stirn. Er öffnete einen weiteren Knopf an seiner schweren, unpassenden Uniform und warf einen neidischen Blick auf die Hemden und Sarongs, die langsam an den Stangen trockneten, die aus den Fensterläden ragten. Er fragte sich, ob man in Whitehall die Welt stets nur in den Begriffen der nördlichen Welthalbkugel betrachtete.

Er trat unter einer Telefonleitung hindurch, die zu den Stellungen am Strand führte. Sie hatten es mit Funk versucht, doch sie waren vom statischen Rauschen besiegt worden, die Wattleistung war mit der allgegenwärtigen Feuchtigkeit des Bodens, den Kokospalmen, den riesigen Dschungelblättern, die überall wie Schwerter und Schilde herumhingen, davongesickert. An der Anlegestelle schaute er flussabwärts zu einer weiten Biegung, wo die Nährstoffe der Erde sich im Laufe der Zeit angesammelt hatten und nun Reisfelder trugen. Ein Wasserbüffel hatte ihm den Schädel zugedreht und starrte ihn an; seine Hörner ragten nach hinten über den Nacken. Dann schüttelte er die Insekten aus den tränenden Augen, und der Eindruck böswilliger Absicht verflüchtigte sich.

Quiller überquerte den Fluss zusammen mit einem Kurier der *6th Rajput Rifles* und einem Hadsch, der zum Zeichen, dass er die Pilgerfahrt nach Mekka unternommen hatte, ein weißes Käppi trug. Über ihnen kam ein Blenheim-Bomber zu schnell über den Elephant Hill, und Quiller hörte, wie die Maschine die Landung abbrach und eine Schleife drehte. Der nächste Anflug war langsam und zögerlich.

Quillers Zimmer befand sich in einer lang gezogenen, tristen Hütte mit zehn ähnlichen Zimmern. Er duschte, nahm eine seiner täglichen Atribintabletten zur Malariaprophylaxe und versuchte zu schlafen, doch der Wind nahm zu, und dann regnete es. Die Bambuswände rings um ihn gaben nach, die Palmwedel über seinem Kopf entwirrten sich, und seine Metallpritsche bewegte sich im Wind, der um die Zementblöcke pfiff, die die Hütte der Offiziersmesse über dem feuchten Boden hielten. Er lag mit offenen Augen da. So früh am Tag und bei diesem stürmischen Wetter gab es keine Moskitos, dennoch hatte er das Moskitonetz rings um die Pritsche geschlossen, um so etwas wie Nacht anzudeuten und sich das Einschlafen zu erleichtern. Er schwitzte in der klammen Luft. Leichte Windböen, die durch schmale Spalten in den Außenwänden pfiffen, zerrten und drückten am Netz. Im Nebenzimmer hörte er das Knarren von Bettfedern, bloße Füße, die auf den Boden patschten, das kehlige, stickige Stöhnen eines Mannes, der schlecht geschlafen hatte und der dies, bevor er in diese Hölle auf Erden versetzt worden war, auch noch nie zuvor am helllichten Tag versucht hatte. Der Nachmittag ging vorbei. Dann gab es vor Quillers Fenster einen Ausbruch von Gelächter, als eine Horde junger Piloten zur Kantine ging, Michael Janeway klopfte an die Tür, und in der Moschee jenseits des Flugplatzes riefen heilige Männer zum Abendgebet.

Janeway brachte ihn zu einem Stabswagen. »Sie fahren.«

Quiller setzte sich hinters Steuer. »Wo sind Sie denn heute hingefahren?«

Janeway deutete in Richtung des nördlichen Grenzlandes. »Ach, überall und nirgends. Gibt ja immer irgendeinen Mist zu erledigen.«

Quiller bremste am Haupttor und beschleunigte dann, als er auf die Straße nach Bandar Star hinausfuhr. Janeway saß halb seitlich auf dem Beifahrersitz, einen Arm über Quillers Rückenlehne, und seine Finger trommelten einen Rhythmus hinter Quillers Nacken. Als es wegen der Chinesen und Chinesinnen auf ihren Fahrrädern am Eingang zu den schmalen Straßen der alten Stadt eng wurde, bremste Quiller ab. Er kroch vorwärts. Tiefe Gräben zogen sich an den offenen ebenerdigen Veranden der verschmierten, weiß getünchten Läden entlang. Chinesische Schriftzeichen liefen die netzartig verzierten Säulen hinab, und neuere Schilder auf Packkistendeckeln und Blechtafeln verkündeten: *Tommy Digger Steak and Egg Cafe,* oder *English Australian Cafe Fish and Chip Served.* Sie kamen an einem Kino vorbei, das Quiller ein halbes Dutzend Mal aufgesucht hatte, meistens allein. Er mochte die Gangsterfilme, die dort gezeigt wurden, ebenso gern wie die malaiischen und chinesischen Besucher, und fand, dass nichts das europäische Prestige besser unterminierte als ein Gangsterfilm, in dem Europäer das Gesetz brachen und ihre Frauen nackte Schultern zeigten. Die Einheimischen waren hingerissen und neigten dazu, Schock und Freude verbal zum Ausdruck zu bringen, und sie beäugten Quiller, wenn sie danach den Saal verließen, und schätzen dieses Rundauge nun ein, zwei Stufen niedriger ein als zuvor.

Quiller legte den Ellbogen auf die Fensterkante und hob seinen klebrigen Rücken vom Rücken des Ledersitzes. Janeway trommelte mit den Fingern. »Sagen Sie mal, Neil, sind Sie auch der Ansicht, dass die Japse nachtblind sind?«

Quiller zuckte mit den Schultern. »Jedenfalls erzählt man das.«

Janeway sah hinaus auf die Masse der Radfahrer, deren schwarze Schöpfe über den weißen Hemden wippten. »Wie würden *Sie* denn die Dinge in Bandar Star verbessern?«

»Das hatten wir doch schon alles, Mike.«

»Mir zuliebe. Was reden denn die Piloten so untereinander? Ich werde Sie auch nicht zitieren.«

Quiller wandte sich zu ihm um. All seine Enttäuschung brach aus ihm heraus. »Wir haben nicht genug Codebücher, Karten und Instrumente, um über die Runden zu kommen, also ist jeder bei der Einsatzbesprechung vor dem Flug auf sich allein gestellt. Die Flugzeuge stehen schlecht ums Feld verteilt, die Erdwälle der Schuppen sind völlig nutzlos, wenn wir jemals angegriffen werden. Wir haben keine Luftdeckung, und die Wartung ist ein Albtraum.« Er sah weg. »Das wissen Sie alles. Tun Sie was.«

Janeway rieb die Hände aneinander. »Alles zu seiner Zeit. Bewaffnung? Würden Sie die für adäquat halten?«

Quiller machte eine Handbewegung. »Fragen Sie den Stückmeister.«

»Das mach ich«, sagte Janeway. »Was ist mit dem Nebelvorhang? Wird der funktionieren? Haben Sie ihn schon mal in Aktion gesehen?«

»Mike«, entgegnete Quiller, »das ist alles noch nicht spruchreif. Reden Sie mit Freddy darüber.«

»Ja, natürlich«, sagte Janeway. Dann: »Die Australier haben eine Buffalo-Jägerstaffel bei Kota Bharu. Wie würden Sie die Buffalo als Jäger einschätzen?«

Quiller zuckte mit den Schultern. »Langsam. Ich brauche eine halbe Stunde, um Gipfelhöhe zu erreichen. In einer halben Stunde kann viel passieren.«

»Es gibt Gerüchte aus gewöhnlich gut unterrichteten Kreisen, dass wir Hurricanes kriegen.«

»Gerüchte«, sagte Quiller und gab Gas, schaltete in den ersten Gang zurück und beschleunigte, als die Straße wieder frei wurde. Dann staute sich der Verkehr wieder. Sie steckten im Schwarm der unvermeidlichen heimkehrenden Radfahrer und standen hinter einer Schlange staubiger Tourenwagen, die langsam durchs Tor zu einer großen Villa verschwand, die ein wenig zurückgesetzt von der Straße stand. Das war der Club der ortsansässigen Europäer: Plantagenbesitzer, Zinnminenverwalter, Beamte, Schiffsagenten, Army- und Luftwaffenoffiziere. Es gab jetzt mehrere Gesellschaftsräume und eine Tanzfläche, doch vor zehn Jahren war es noch ein reiner Männerclub gewesen, und die Frauen mussten sich auf den so genannten Kuhstall beschränken. Das Schild hing noch immer an der Tür zu dem Raum.

In Quiller fand eine Veränderung statt. In den Jahren des Exils in Australien hatte er sich an die Vorstellung geklammert, er sei Engländer und gehöre nicht dorthin. In England hatte man seine lang gezogenen Vokale bemerkt, und er wurde nie wirklich in die Gesellschaft der Engländer aufgenommen.

Hier in Malaya war er vollkommen entwurzelt. Er hielt die englischen Zivilisten für nutzlos, für immer verloren, mit ihrer Abhängigkeit von ihren Clubs, ihren Longdrinks in Rohrstühlen bei Sonnenuntergang, dem ganzen Brimborium der Klassen und der Feinheiten in Kleidung und Essen, ihrer Obsession mit der Hitze und dem Bedienstetenproblem. Die Offiziere in Quillers Messe waren nicht viel besser: jene besondere, alles beherrschende Empfindlichkeit hinsichtlich seiner Aussprache und seiner Tollpatschigkeit mit Rugby-Ei und Cricketschläger; seine Einfühlung in örtliche Gepflogenheiten, seine Neugier und Anpassungsfähigkeit. Quiller musste sich nach dem Dienst nicht in einen Club zurückziehen. Er brauchte keine Erholung von dem Stress, mit fremdländischen Lebenseinstellungen zu tun zu haben oder sein Gesicht wahren zu müssen.

Sie fuhren am Club vorbei und kamen ein Stück weiter die Straße entlang zum Lulu-Club, in dem es ein Kabarett gab, eine Bar, eine Tanzfläche und Whisky Soda für fünfundvierzig Cents. Quiller parkte in der nächsten Seitenstraße, sie gingen zurück und bahnten sich einen Weg durch ein Knäuel aus australischen und indischen Militärangehörigen, die sich vor der Tür drängten. Janeway trennte sich sofort von ihm und senste sich mit seinen spitzen Ellbogen einen Weg durch die tanzenden Paare hin zu einer Animierdame, die auf einem Hocker an der Bar saß. Quiller schaute eine Weile durch den Qualm hinweg zu, wie Janeway mit ihr tanzte. Der Tanz war voller Schlenker und Andeutungen. Janeway knabberte der Frau am Hals und fuhr mit der rechten Hand nach dem Spalt ihrer Gesäßbacken. Quiller ging zur Bar und bestellte sich über den Lärm hinweg ein Bier. Etwas später sah er Janeway mit einem indischen Lieutenant zusammen. Der indische Offizier hatte sich über den kleinen Tisch zwischen ihnen gebeugt, schob eine Tabaksdose durch einen Fleck vergossenen Bieres und hörte Janeway aufmerksam zu, der ihm ins Ohr redete. Dann schauten die beiden Männer ein paar Sekunden lang auf ihre Uhren, so als zählten sie die Stunden bis zu einem für sie wichtigen Ereignis. Quiller hatte den Lieutenant schon mehrere Male vorher im Lulu-Club und in der Offiziersmesse gesehen. Janeway wollte zwar immer eine Verbindung zwischen ihnen hervorheben, die sich aus ihrer unbehaglichen Zeit in den Diensten Seiner Majestät ableitete – »Keiner von uns passt wirklich hierher, wissen Sie? Ravi, Sie wollen ein befreites Indien; Quill, Sie sagen selbst, dass Sie weder Brite noch Australier sind; und ich bin im Fernen Osten aufgewachsen« –, aber Quiller hatte nicht den Eindruck, dass einer von den beiden ihm traute.

Quiller, der sich in dem Qualm, den Rufen und dem dicken

Dunst verschütteten Biers ziellos und einsam vorkam, bahnte sich einen Weg zu ihrem Tisch hinüber. Er brauchte jemanden, der ihm auf die Schulter klopfte und ihn in die warme Mitte zog. Noch bevor er bei ihnen ankam, bemerkte der Inder ihn und drückte kurz Janeways Unterarm, und Janeway richtete sich auf und beobachtete Quiller beinahe wütend mit einer Mischung aus Wachsamkeit und schnell zurechtgelegten Kriegslisten:

»Neil, wir sind beschäftigt.«

Quiller zog sich zurück und fand sich später am Abend an einem anderen Ecktisch wieder, wo man ihn willkommen hieß. Whitney war betrunken, und Taffy, einer der Stabsfahrer, war kurz davor. Sie waren in der Stimmung, über Janeway herzuziehen.

»Is schon 'n krummer Hund«, sagte Taffy.

»Taff hat da 'ne Geschichte«, sagte Whitney. »Sags ihm, Taffy.«

»Heute Nachmittag hab ich den Heini über die Grenze gefahren«, sagte Taffy. Er war ein süffisanter Waliser, dem langsam die Haare ausgingen und der die nervöse Art eines Mannes an sich hatte, der ununterbrochen auf Schlaglöcher, schwankende Fahrräder, plötzlich auftauchende Rikschas und Kühe in unübersichtlichen Ecken achten musste.

»Und?«, setzte Whitney nach.

»War nich das erste Mal, Euer Ehren. Da gibts 'nen Holländer, den er besucht, auf ner Plantage. Is immer dasselbe: Ich warte im Wagen, während Seine Lordschaft für ein, zwei Stunden im Bungalow des Holländers verschwindet, dann fahrn wir zurück. Nachrichten sammeln nennt er das.«

»Ein Holländer?«, fragte Quiller.

»Sagt er jedenfalls, Euer Gnaden.«

Ihre Nähe, die Wand aus Lärm und eng gedrängten Leibern rings um sie herum wärmte Quiller und löste ihm die Zunge. »Manchmal komme ich auf 'nem anderen Flugplatz runter und stelle fest, dass er an dem Tag auch da gewesen is und das Bodenpersonal gelöchert hat von wegen Wartung, Bewaffnung, Schutz aus der Luft, Warnsystemen, was ihr wollt.«

Sie verstummten, dann meinte Taffy: »Der Kerl ist nicht gerade oberste Schublade.«

»Was meinste damit?«

»Nimm Freddy, zum Beispiel. Ein echter Gentleman, quatscht mich nie von oben herab an. Janeway is einfach nur 'n aufgeblasener Corporal, aber behandeln tut er mich wie Dreck.«

»Vorsicht, er beobachtet uns.«

Sie schauten alle. Janeway stand allein an der Bar, vielleicht schon länger. Auf seine spöttische, finstere Art sah er recht gut aus, und er erwiderte kühl Quillers Blick. Dann richtete er seine Augen auf Whitney und Taffy. Quiller fügte im Geiste zu den Vorhaltungen gegen Janeway noch die privaten Vorwürfe an, die nicht bewiesen oder bemessen werden konnten: sein ewiges Drängen, sein Gesicht. Es war ganz einfach: Auf Grund einer gewissen Konstellation aus Erscheinung, Geruch und Stofflichkeit fand Quiller Janeways Gesicht und Körper einfach abstoßend. Er wandte den Blick ab und versuchte, darüber nachzudenken. Er wollte nicht unfair sein. Hatte er ihn unbewusst schon immer abstoßend gefunden, oder waren seine Gefühle durch die Unterhaltung mit Whitney und Taffy erst ausgelöst worden?

Dann stand Janeway neben ihnen und sagte kein Wort. Sie starrten auf den Tisch.

»Sind Sie und Taff mit dem Wagen hier, Whit?«

»Sind mitgenommen worden, Sir.«

Janeway sah auf die Uhr. »Mr. Quiller und ich haben den Alvis. Taff wird uns alle damit zurückfahren, nicht wahr, Taff?«

»Ja, Sir.«

Unterwegs schwiegen sie und schlugen nach den Moskitos. Taffy setzte sie an der Messe ab und brachte den Wagen fort. Ihre Blasen waren voll, und die drei Männer stellten sich in einiger Entfernung voneinander hin und sprengten den Boden. Dann schlenderte Whitney davon. Quiller gähnte und räkelte sich, dann fragte er: »Was ist denn das für ein Holländer, Mike?«

Janeway erstarrte. Quiller bemerkte eine übermäßig wache, durchdringende Aufmerksamkeit im Ausdruck des Mannes. »Sie wissen doch genau, dass ich Ihnen das nicht sagen kann.«

Die Kraft für ein Riesendonnerwetter

Jeannie wurde in ihrem Zimmer im Gästetrakt von Haarlem Downs von einer lauten Stimme auf dem Hof geweckt: Crystal. Da war noch eine Stimme, das tiefe Brummeln eines Mannes: Wally? Harry Horsetalk? Das Dach über ihr stöhnte und knarrte von den Blechplatten, die sich in der Morgensonne ausdehnten und gegen Nägel und Dachbalken drückten. Jeannie warf das Laken von sich, schwang die Füße auf den Boden und blieb eine Weile so sitzen, dann duschte sie und zog sich an.

Sie trat hinaus in die ölige Hitze. Die ersten Tage der Regenzeit waren immer ein Dampfbad, die Sonne stach durch dichte, feuchte Luft. Regenwolken hingen im Westen, Frösche quakten, und Moskitos schlüpften in den Regenpfützen, die sich hier und da auf dem Grundstück gebildet hatten, in weggeworfenen Autoreifen, in leeren Blechdosen und in den Emailschüsseln, in denen die Viehhirten sich den Schmutz des Tages abwuschen. Jeannie hatte heute Morgen nicht die Kraft für ein Riesendonnerwetter, aber Crystal stand da, stemmte die Hände in die Hüften und schaute Wally Webb auf die Finger, der mit einer Picke ein Rechteck in den Boden kratzte, während Harry Horsetalk geduldig mit einer Schaufel wartete.

Jeannie überquerte den steinigen Rasen, und Crystal wirbelte herum. Sie tat, was sie immer tat, und beäugte Jeannie von Kopf bis Fuß, so als suche sie nach Spuren unaussprechlicher nächtlicher Handlungen. »Wird Zeit, dass wir einen Luftschutzkeller bauen.«

Das nächste Gebäude war über hundert Meter entfernt. Es gab einen waldigen Vorsprung. Das große Haus lag in einer geraden Linie von dem Platz entfernt. Es war eine gute Stelle für einen Luftschutzkeller. Klar, dass Crystal sich dafür entschieden hatte. Wenn es sein musste, konnte sie denken.

Wally und Harry trugen aus Respekt vor Crystal Hemden, aber sie wirkten erhitzt und verschwitzt. Als Wally sich streckte, um den Schweiß mit dem Unterarm vom Gesicht zu wischen und Jeannie anzulächeln, tat er dies knarrend und stockend. Der alte Schmied hatte sein Lebtag gebeugt über Motorräumen und Schraubstöcken verbracht; sein Rücken klappte knirschend auf wie eines seiner Werkzeuge. »Morgen, Sonnenschein.«

»Morgen, Wally. Morgen, Harry.«

Harry war grau und gebeugt, seine Augen vom Trachoma und den Strahlen der Sonne verbrannt. Er tippte an die Krempe seines Filzhuts, schaute sie aber nicht an, sondern starrte nur auf den Umriss, der in den Boden gekratzt war, so als wolle er ihn sich ins Gedächtnis brennen. »Missus Jeannie.«

Wally war der einzige weiße Mann, der noch auf der Farm geblieben war. Er war zu alt, um einberufen zu werden. Und Harry der einzige Schwarze. Die schwarzen Viehhirten und ihre Frauen waren für die Dauer der Regenzeit auf der jährlichen Wanderschaft zu ihren heiligen Orten und kehrten erst zum April-Auftrieb zurück. Harry, der Boss der Viehhirten, war auf einer Pallottiner-Mission an der Küste zwischen Broome und Derby aufgewachsen. Er ging nie auf Wanderschaft, Haarlem Downs war nicht sein Land und die Schwarzen auf der Station nicht sein Volk.

Crystal wirkte fiebrig und aufmerksam. »Erst eine nette, tiefe Grube mit Stufen nach unten, dann schneiden wir den alten Eisentank hinter der Nachtweide auf und machen ein Dach daraus, und schließlich eine Lage Erde.«

Wally ließ die Spitzhacke fliegen. Wenn er ein Stück der obersten

Erdschicht gelockert hatte, schaufelte Harry Horsetalk sie zur Seite. »Da drunter ist es immer noch steinhart, Mrs. Dunn«, sagte Wally. »Schade, dass die Regenzeit noch nicht zu Ende ist.«

»Lasst euch Zeit.«

Bei jedem Schlag der Spitzhacke stöhnte Wally. Er hatte breite Hände, dicke Finger und Unterarme wie die Stränge der Taue auf der Schiffswerft, die Jeannie in Broome gesehen hatte. Graue und weiße Strähnen zeigten sich in dem Haarbüschel an seiner Kehle, und sein Gesicht war von einem Leben mit den Dunns, ihren Motoren, Pumpen, Hufeisen und Streitereien faltig und runzlig. Für Jeannie hatte er stets ein Zwinkern und ein Grinsen übrig. Neil Quiller war die einzige andere Person gewesen, für die er je Zeit gehabt hatte.

Jeannie räusperte sich. »Soll ich uns allen Tee holen?«

Crystal konzentrierte sich wieder auf die Grube. »Und Rosinenkekse.«

Jeannie ging ins große Haus. Während sie auf den Tee wartete, zog sie ihre Sandalen aus und lief leise über den knarrenden Flur in Crystals Schlafzimmer. Sie probierte die oberste Schublade des dunklen Sekretärs, in der Crystal ihre Post aufbewahrte, aber sie war verschlossen. Jeannie ging in die Küche zurück. Es war nicht sehr hilfreich, dass Crystal und sie auf Nachrichten von ein und demselben Mann warteten, den sie liebten. Sie waren einander so nah, so eingepfercht und so an ein Leben des Zeittotschlagens gebunden, dass sie einander nur wenig zu sagen hatten. Wann immer sie sich im Flur, vor einer Tür oder in dem Spalt zwischen Küchentisch und Tassenregal oder vor dem immerwährend kochenden Kessel begegneten, drückten sie sich wortlos aneinander vorbei, zogen Bauch und Ellbogen ein und drehten die Nasen beiseite. Crystal Dunn zu lieben war schwer, aber Jeannie Verco hatte nicht vor, sich ins Bockshorn jagen zu lassen oder klein beizugeben, also warteten sie tagelang, wochenlang in einer Atmosphäre voller Schmerz und Hass.

Jeannie brachte den Tee und die Rosinenkekse zu der tiefer werdenden Kammer des Luftschutzkellers und wandte sich dann schuldbewusst in Richtung des Gästetraktes ab.

»Wo um alles in der Welt willst du jetzt schon wieder hin?«

»Ich brauch nicht lange, Mrs. Dunn.«

»Und was hast du vor?«

»Ich dachte, ich schreibe Cameron.«

Crystal schüttelte den Kopf vor bitterer Verwunderung. »Wenn du nicht Briefe schreibst, brütest du über deinem Skizzenbuch. Du schneidest mich immerzu …«

«Das ist unfair«, entgegnete Jeannie. »Cameron ist mein Mann. Ich kann ihm doch schreiben, so oft ich will.«

»Das ist hier kein Ferienlager, Jeannie.«

»Ich brauch nicht lange, Mrs. Dunn«, sagte Jeannie. »Was steht denn heute an?« Sie rieb freudig die Hände aneinander. »Meine Schuhe müssten mal geputzt werden, und ich könnte ja Ihre mit putzen, wenn ich schon dabei bin. Staub wischen. Das Silber muss geputzt werden.«

»Rede nicht in diesem Ton.«

»In welchem Ton?«

»Alles lächerlich zu machen. Mich zu verspotten.«

»Hab ich nicht. Ehrlich.«

Crystal beschattete sich die Augen mit einer Hand und schien den Zustand des Himmels, des Windes und ihrer inneren Stärke abzuschätzen.

Über dem Meer türmten sich weitere Gewitterwolken, und der Windsack auf dem Rollfeld stand in dem peitschenden Westwind steif wie eine Zitze. Crystal fingerte ihre Krankenschwesteruhr aus der Tasche ihres Kleides und kam zu einem Entschluss: »Na gut, schreib deinen blöden Brief. Ich helfe Wally und Harry. Aber erspar uns bitte die Mühe, dich holen zu müssen, wenn das Essen fertig ist.«

Wally, der direkt hinter Crystals linker Schulter stand, wagte es, Jeannie zuzublinzeln. Sie wandte sich ab, unterdrückte ein Grinsen und ging zu ihrem Zimmer im Gästetrakt hinüber.

Ihr Schreibtisch war eine umgedrehte Teekiste, ihr Stuhl eine krude Nachahmung der Esszimmerstühle im Haupthaus – Büffelleder über Hartholzlehnen und -beinen, die mit der Axt bearbeitet worden waren – und ihr Bett eine Rosshaarmatratze unter einem Moskitonetz. »Deine Mutter ist unmöglich«, sagte sie, so als würde sich Cameron mit feuchter Leistengegend, schlaff baumelndem Penis, feuchten Kommas im Brusthaar, ihrer glänzenden Feuchtigkeit auf seinen bloßen Oberschenkeln, dort auf jener Matratze lümmeln, sich auf die Ellbogen stützen und ihr zuschauen, wie sie sich ankleidete.

Crystal hatte es immer schon gewusst. Sie hatte es schon vom ersten Mal an gewusst, als Jeannie und Cameron gerade mal achtzehn waren, und sie hatte Jeannie deswegen angegriffen, nicht ihren Sohn. Wo bist du gewesen? Du wirkst so erhitzt, Mädchen – bist du gerannt? Was ist das da auf dem Ärmel? Aber Jeannie hatte nicht vor, sich so leicht festnageln zu lassen; ihr Vater hatte die Angewohnheit gehabt, ihr mit der stahlbesetzten Gürtelspitze über die blanken Beine zu schlagen. Nicht nur wegen der Ungezogenheiten, die er mitbekam, sondern auch wegen jener, die er nur ahnte oder vorhersah, also wusste sie, wie man jemanden ablenkte oder ihm auswich. Sie konnte sich derart ausgefeilte und überraschende Ausreden und Erklärungen zurechtlegen, dass ihre Inquisitoren schon bald aufgaben, auch Crystal, und sie beide konnten sich weiter direkt unter den Augen seiner Mutter lieben.

Jeannie wischte den Staub vom Stuhl, zog ihn näher an die Teekiste heran und faltete Camerons Brief auseinander. 12. Oktober 1941. Er war fast zwei Monate unterwegs gewesen. Sie las und begriff, trotz der starken Hand des Zensors, dass Camerons Bataillon zusammen mit anderen australischen Army-Bataillonen vom Birdwood Camp auf Singapore Island nach Batu Pahat an der Westküste Malayas versetzt worden war. Er schrieb nicht, was er davon hielt oder wann es so weit sein sollte, auch nichts über seine größeren Hoffnungen und Ängste. Er war seit August in Singapur gewesen, und seitdem hatte er ihr zwei Mal geschrieben; sie hatte ihm zweimal die Woche geschrieben. Jeannie überflog die Zeilen. Er würde Singapur vermissen. Wenn er an den Straßenverkäufern mit ihren kleinen holzkohlebefeuerten Kochstellen vorbeikam, erinnerte ihn das immer ganz stark an die Gerüche in den Seitengassen von Broome. Das Bier war billig. Ein Chinese namens Joe war sein ständiger Rikschafahrer gewesen. Aber er nahm an, dass Batu Pahat »ein guter Ort« sein würde, »sich vorm Finanzamt zu verstecken.« Dann seine Unterschrift. Er nannte sie gern ›altes Mädchen‹: *Kopf hoch, altes Mädchen.*

Crystal hingegen hatte sechs Briefe bekommen und machte daraus einen Wettstreit zwischen ihnen. Jeannie hasste sich dafür, mitzuspielen und sich mit solch einer langweiligen, dummen Frau zu messen. Sie versuchte, alles in der richtigen Perspektive zu sehen – schließlich war Crystal ja Cams Mutter, sie war Witwe und höchstwahrscheinlich einsam.

Jeannie nahm ihren Stift in die Hand, schrieb »Mein liebster Cam« und hielt inne. Sie fuhr mit der Handkante über das Papier. Sie konnte den Sand auf dem Papier nicht sehen, aber Ohr und Hand bemerkten ihn. Jeannie zeichnete ein paar gedankenverlorene Kreise in die Luft und fuhr fort: »Ich versuche, mir dich vorzustellen, mein Liebling, wie du da in der Hitze schuftest.« Sie hielt inne, starrte die Wand an und fügte hinzu: »Die Regenzeit hat begonnen – jede Menge Frösche, eine hohe Luftfeuchtigkeit und die ständige Bedrohung, dass das Wetter noch schlimmer werden könnte; ich nehme an, wir sind auch nicht allzu weit von dem Zustand entfernt, in dem du dich gerade befindest.«

Sie versuchte, eine Verbindung herzustellen, aber vielleicht ärgerte ihn das, falls sein Leben dort tatsächlich überhaupt keine Ähnlichkeit zu dem ihren aufwies. Sie hasste es, wenn sie sich zu sehr bemühte, in Kontakt mit ihm zu treten. Cameron machte ihr ein wenig Angst. Sie warf einen Blick zum Bett hinüber. Sie war praktisch mit Cameron aufgewachsen, seit sein Vater, der Teilhaber an einer Perlenfischflotte in Broome war, ihren Vater, den Inspektor der Perlenfischerei, näher kennen gelernt hatte. Seitdem hatte sie jede Schulferien bei den Dunns verbracht, und selbst der neue Posten ihres Vaters in Albany hatte diese Besuche und das unausgesprochene Verständnis nicht unterbinden können, das sie mit Cameron entwickelt hatte. Sie hatte sich in ihn verliebt; er hatte ihren Trost gebraucht, denn Crystal und Leonard boten ihm davon nur wenig.

Und dann, mit achtzehn, hatte sie mit ihm geschlafen.

Sie hatte nicht länger warten wollen, es wäre ja früher oder später sowieso dazu gekommen, sie wollte es einfach wissen, und er hatte gerade einen Riesenkrach mit Leonard gehabt. Sie hatte auch gedacht, es könne sie vielleicht verändern, ihren Sinn für Ordnung und Ganzheit abrunden. Stattdessen führte Camerons Stöbern in ihr – wie er es nannte – dazu, dass er sich ihr gegenüber veränderte. Plötzlich war nichts mehr so wie früher. Auf einmal waren sie nicht länger die gleichberechtigten Rumtreiber, nicht länger Kinder auf Pferden. Cameron versuchte ihr einzureden, dass sie kein ganzer Mensch sei, und begann alles, was sie kannte und glaubte, infrage zu stellen und ihr zu sagen, wer sie war und warum sie dachte und tat, was sie dachte und tat. So als wollte er ihr antun, was ihm angetan worden war – und den Tieren hier: Fang sie jung und reite sie zu, bevor Verstand und Starrköpfigkeit einsetzen. Je zweifelnder und unentschlossener sie wurde, desto mehr versprach er ihr, dass er die einzige Lösung für ihre Zweifel sei, und diese Behauptung, von einem so starken und verletzlichen Mann vertreten, entwaffnete sie vollkommen.

Eine ganze Weile tat er sogar so, als sei nichts zwischen ihnen.

Warum konnte er sie nicht einfach nur lieben und anhimmeln? Warum konnte er ihretwegen keine Illusionen haben?

»Wir könnten richtige Flitterwochen machen, wenn du auf Urlaub nach Hause kommst«, schrieb sie.

Hasste er es, dass sie wusste, wie verletzlich er war? Sie wollte ihn packen und die Dinge besser machen, bevor er sich ihr – schwups! – wieder entzog. Manchmal konnte er sein Temperament nicht zügeln. Die Welt engte ihn ein. Er war ungeduldig. Er hatte Leonard nie zufrieden stellen können und aufgehört, es überhaupt zu versuchen. Die Gull zum Beispiel: Kaum hatte er gelernt, wie man sie fliegt, hatte er kein Interesse mehr daran. Alles, was er zu Leonard sagte, lief praktisch auf einen Satz hinaus: »Mir doch vollkommen egal.«

»Was kann ich dir noch berichten? Dein letzter Brief erreichte mich über Reverend Dr. Sandilands mit seinem kleinen Evangelisierungsflugzeug. Er findet, wenn die Kriegsnachrichten schlimmer werden, sollten wir wegfahren. Trooper Dalvean kam auf Patrouille vorbei und suchte nach Aussätzigen und Ausreißern. Aber natürlich gibt es hier keine. Gegen Ende der Regenzeit wird er wiederkommen.«

Jeannie starrte an die Wand. Manchmal war es ihr, als ob sie im Zentrum widerstreitender Willenskräfte und Vorstellungen säße. Der Krieg würde vorübergehen, Cam würde zurückkehren, Crystal würde ihn zermürben, und sie hatte keine Menschenseele, der sie davon erzählen konnte. Ihrer Mutter nicht, die nicht einfach nur zuhören konnte, sondern sich immer gleich einmischen wollte, und sicher nicht ihrem Vater.

Neil Quiller? Er hätte zugehört und sie verstanden. Aber wie war sie jetzt auf ihn gekommen? Weil er die Gull so sehr liebte und derjenige gewesen war, der sie auch flog? Weil es so aussah, als könne er die Unterströmungen im Hause seines Onkels deuten?

»Deine Mutter möchte, dass ich aus dem Gästehaus ausziehe und zu ihr hinüberkomme, aber ich weiß nicht so recht ...«

Jeannie hatte sich eine ganze Weile verwirren lassen. Weil Crystal Dunn stets voller Überzeugung und Zorn ihre Ansichten zum Ausdruck brachte, hatte Jeannie dies als Beweis für eine vollständige, in sich ruhende Persönlichkeit angesehen, doch nach und nach stellte sie fest, dass Crystals Ansichten nur aus ungeprüft übernommenen Behauptungen bestanden, die voller Widersprüche steckten, und dass ihre Verhaltensweise Ergebnis tiefer Enttäuschungen und Niederlagen war, von denen Crystal glaubte, keinerlei Verantwortung dafür zu haben, so als hätte sie in ihrem ganzen Leben nie eine Wahl getroffen. Sie hätte Leonard niemals heiraten dürfen, das war offenkundig, denn Leonard sah nicht sie, er sah Hazel, Neils Mutter, die Schwester, die im Norden Englands gestorben war. Also misstraute Crystal der Leidenschaft, leugnete sie. Wann immer sie sah, wie Jeannie ihre Arme um Cams Hals oder Taille schlang oder ihre Hüfte fest an ihn presste, schnappte sie: »Jetzt nimm doch mal endlich deine Finger von ihm, um Himmels willen.«

»Wir bauen endlich einen Luftschutzkeller, und danach möchte deine Mutter, dass Wally und Harry eine Reihe von Zickzack-Gräben ziehen. Das erinnert uns natürlich alle ganz fürchterlich an dich und daran, wo du gerade bist und was dir zustoßen könnte. Ach, wenn du bloß hier wärst.«

Sie lehnte sich zurück. Sie hatte einen natürlichen Schlusspunkt gefunden und konnte den Brief nun beenden. Oft genug konnte sie einen Brief nicht zum Abschluss bringen, ohne eine ganze Weile auf und ab zu laufen und im Geiste Sätze zu formulieren und zu verwerfen auf der Suche nach dem einen Satz, der ihre Leidenschaft zum Ausdruck brachte, ohne fürchterlich ausgedacht zu klingen.

Dann murmelte Wally vorm Fenster: »Bist du da, Sonnenschein? Essenszeit.«

»Ach herrje, danke, Wal.«

Jeannie kehrte ins Haupthaus zurück. Crystal hatte den Küchentisch gedeckt. Kaltes, aufgeschnittenes Ziegenfleisch, Tomaten, die von der Sonne aufgeplatzt waren, Brot und sauer eingelegte Gurken. Crystal war stinksauer und säbelte an dem Essen auf ihrem Teller herum. Jeannie warf einen Blick auf die alte Wanduhr. Mittag. Sie machte das Radio auf dem Kaminsims an, und nachdem das Gerät zu summen begonnen hatte und das grüne Auge leuchtete, erfüllte nicht die Stimme des Nachrichtensprechers den heißen Raum, sondern die des Premierministers. Er berichtete ihnen, was nur wenige Stunden zuvor geschehen war. Jeannie sah endlich in Crystals Gesicht und bemerkte, dass Crystal sie anstarrte.

Ein aufgehender Mond

Quiller wurde gegen vier Uhr früh vom Husten und Knurren der Flugzeugmotoren geweckt. Die Blenheim-Bomber stiegen auf. Er trat ans Fenster und schaute zu, wie eine Maschine nach der anderen die Metalllandebahn heruntertrudelte und in das aufklarende Wetter und einen aufgehenden Mond stiegen. Oder war er von den angespannten, lebhaften Stimmen wach geworden? Sie fielen ihm erst jetzt auf, und er duschte und rasierte sich, schluckte noch eine Atribin und zog sich an, bevor er in die Wachstube eilte. »Die Japse sind bei Kota Bharu gelandet«, sagte Janeway, packte ihn am Arm und pochte mit einem Zeigefinger auf die Wandkarte.

Kota Bharu war ein Fischerdorf an der Südchinesischen See, östlich von Bandar Star. Die Grenze lag in kurzer Entfernung nördlich davon.

»Wann?«

»Kurz nach Mitternacht.« Janeway wippte auf den Zehenspitzen. Alle taten es – die Piloten, die Aufklärungsoffiziere und die oberen Chargen des Bodenpersonals; so pochte das Blut in ihnen. »Zerstörer und Kreuzer als Geleitschutz für die Transporter und Landungsschiffe.«

Quiller besah sich ein filigranes Muster aus schwarzen Linien, die sich südlich und landeinwärts von Kota Bharu hinzogen – die Flüsse und Bäche, die sich dort ins Meer ergossen. Der größte davon war der Kelantan, ein nützlicher Wasserweg, wenn man eine Armee und deren Versorgung ins Inland verschiffen wollte. In der Nähe des Dorfes lag ein Flugplatz; australische Staffeln von Hudsons und Buffalos waren dort stationiert. Er warf einen Blick auf seine Armbanduhr: Die Männer dort dürften nun ziemlich müde und abgekämpft sein.

Quiller beschrieb mit dem Zeigefinger einen Kreis über dem Golf. »Der Konvoi, den ich gestern gesichtet habe, muss wohl Teil der Invasionsflotte gewesen sein.«

Janeway beäugte ihn genau. »Sind Sie bereit für einen weiteren Aufklärungsflug?«

»Natürlich.«

»Lobenswerter Einsatz. Aber diesmal müssen Sie damit rechnen, auf Widerstand zu stoßen.«

Quiller zuckte mit den Schultern.

Janeway hielt einen Papierstreifen in den Händen, einen Funkspruch aus der Einsatzzentrale. »Wir müssen wissen, wie die Lage nördlich von Singora aussieht. Sie müssen bei Sonnenaufgang einen Erkundungsflug über die Lakon Roads machen.«

Quiller las den Funkspruch noch einmal. Falls sie mit Landungen der Japaner in Siam gerechnet hatten, dann war dies ein ziemlicher Schlag. Sonnenaufgang war in über einer Stunde. Quiller nahm an, dass die Blenheim-Bomber die Landungsfahrzeuge bei Kota Bharu bei klarem Mondschein angriffen, doch für seine Fotos brauchte er mehr als Mondlicht. Er zitterte vor Eifer, loszukommen und ging zur Buffalo, die hinter dem Munitionsabfall in einem Erdbunker auf feuchtem Grund stand. Er ging die Checkliste beim Schein einer Taschenlampe durch: Kamera, Benzinuhren, Ruder, Landeklappen, die verschiedenen Instrumente, alles, was sich bewegte oder messen sollte, und um die Zeit totzuschlagen, ging er den Check noch einmal durch, als ihm etwas auffiel. Sand am Einfüllstutzen: Dafür gab es keine Entschuldigung.

Sand? Quiller rieb mit dem Rand der Taschenlampe darüber und hörte und spürte, wie die Körnchen zermahlen wurden.

Zucker.

Um halb sieben hatten Whitney und er den Tank abgelassen,

durchgespült und die Filter ausgebaut, gut ausgewaschen und ersetzt. Sie erbettelten sich einen Tanklaster vom Wiederbetanken der zurückkehrenden Blenheims herüber, und gegen sieben Uhr war Quiller bereit zum Start. Nicht alle Blenheims waren zurückgekehrt, und die Rückkehrer waren ziemlich zerschossen. Sie kauerten wie flügellahme Vögel in der frühen Morgensonne. Whitney klopfte Quiller schüchtern auf den Rücken. »Viel Glück, mein Junge.«

Quiller rührte der Gedanke, dass Whitney sich Sorgen um seine Sicherheit machte. Der Kampf hatte für die beiden noch gar nicht begonnen, aber Quiller wollte, dass sie ihn gemeinsam überstanden. Sie waren sich vorher noch nie begegnet und würden sich hinterher wohl auch nicht mehr sehen, doch für den Augenblick waren sie Freunde. All dies begriff Quiller in der kurzen Zeit, die er brauchte, um ein schlichtes Danke loszuwerden.

In der Luft wendete er in nordöstliche Richtung und trimmte die Buffalo für einen steilen Aufstieg, bis er bei fünfzehntausend Fuß war. Motortemperatur und Öldruck waren normal. Er konnte weit draußen auf See Regenschleier erkennen, aber über der Enge von Malaya war die Sicht klar. Das Terrain unter ihm war dicht und vielgestaltig, und seine Augen ergötzten sich daran.

Fünfzehn Monate zuvor hatte Quiller sich ebenso sehr für Heckenreihen, Moorland, strohgedeckte Cottages und Cricketpavillons begeistert. Er war mit dem Zug zum Flugplatz Heston, westlich von London, gefahren, und hatte dort fast vierzig Minuten lang mit der Übungsmaschine der Royal Air Force Loopings gedreht, war über Hecken gehopst, hatte den Motor abgewürgt und wieder zum Laufen gebracht, hatte die wütenden Proteste ignoriert, die in seinem Kopfhörer knisterten, bevor er mit einem Paukenschlag endete und eine schnelle, kurze Landung hinlegte, nach der der Flugtrainer auf die Beine sprang und wütend hinter ihm herlief. »Wir sind hier doch nicht im australischen Busch, Mr. Quiller.«

»Ganz sicher nicht«, sagte Quiller, und nichts konnte ihm das Grinsen vom Gesicht wischen.

Dann brachte man ihn in eine Holzhütte, wo zwei RAF-Offiziere seine Bewerbung lasen. Schließlich blickte einer von beiden auf. »Alle wollen Jägerpiloten werden.«

Quiller entgegnete nichts darauf.

»Junge Burschen wie Sie kommen in ganzen Schiffsladungen aus den Kolonien rüber.«

»Ich bin in England geboren«, sagte Quiller, »Newcastle.«

»Aha.«

Die Zeit verging.

»Sie haben siebenhundert Flugstunden?«

»Ja, Sir.«

»Sie haben ihre A- und B-Fluglizenz von einem Fliegerclub?«

»Das ist richtig, Sir.«

»Sie schreiben hier, Sie hätten ein Piloten-Handbuch veröffentlicht. Erläutern Sie uns bitte, was Sie damit meinen.«

Quillers Seesack war noch von einer Schicht Kimberley-Staub bedeckt. Er hockte neben seinen neuen Stiefeln und den Hosenaufschlägen wie ein abgearbeiteter Schäferhund aus einem Trockengebiet. Quiller wühlte darin herum und reichte den beiden Offizieren ein schmales, mit Schutzumschlag versehenes neues Buch. »Das hier«, sagte er.

Während der Trockenzeit des Jahres 1938, als er gerade mal achtzehn war, wollte Quiller mit Post und Ersatzteilen für die Vansittart-Downs-Station von Derby aus losfliegen, als er einen unerklärlichen Verlust an Selbstvertrauen und Know-how verspürte.

Vansittart Downs lag am Ende des Meda River und östlich von Windjana Gorge. Musste er links oder rechts um den Mount Behn? Und war dort nicht magnetisch vertracktes Gebiet, das einem ruckzuck den Kompass durcheinander brachte? Eine ganze Weile hatte er mit Herzrasen im Cockpit der Puss Moth der Kimberley Air Services gehockt, auf die die Sonne niederbrannte.

Dann fiel ihm ein, dass der Doktor auf der Leprastation manchmal die im Inland liegenden Siedlungen anflog. Quiller stieg aus, ging zu der Blechhütte am Rande des Flugfelds und bat darum, telefonieren zu dürfen.

Der Doktor war da. »Sie fliegen rechts an Mount Behn vorbei«, sagte er, »und folgen dann dem Fluss bis zum Mount Broome.«

»Danke.«

Der Doktor schien Quillers Leere und Angst zu spüren. »Schreiben Sie es sich fürs nächste Mal auf«, sagte er freundlich.

Das tat Quiller. Er füllte ein ganzes Logbuch mit Notizen, sammelte und forderte selbst erarbeitete Informationen von Postpiloten an, von Stationsleitern, Viehtreibern, Bohrexperten, von Landvermessern der Vacuum Oil Company, von den berittenen Polizisten und den Pallottiner-Missionaren an der Küste. Er erforschte das Land per Auto und Lastwagen, Küstendampfer und Barkasse, Pferd und Fahrrad. Er legte Listen mit Telefonnummern an, Funkfrequenzen und Entfernungsangaben per Auto und in der Luft. Schließlich machte er aus niedriger Höhe Luftaufnahmen, die er in sein Logbuch klebte und mit Angaben in schwarzer Tinte versah.

Seine Beobachtungen waren bodenständig und aus erster Hand. Wenn zum Beispiel magnetische Interferenzen dafür sorgten, dass dem Kompass nicht mehr zu trauen war, schlug er Alternativen vor: *Die Schafschurscheune bei Mistake Springs ist ost-westlich ausgerichtet.* Er wies darauf hin, dass der Flugplatz Wyndham eine hitzespiegelnde Salzpfanne war, dass es im Pub in Derby nach halb sieben keine Mahlzeiten mehr gab, und dass es ratsam war, einen Fetzen Sämischleder bei sich zu haben, um den Sprit in Vansittart Hill zu filtern. *Eigentlich kann man auf jeder Station auf zweifelhaften Treibstoff stoßen.* Er beschrieb das Gelände: *Zwanzig Minuten und fünfundvierzig Meilen nordöstlich von Halls Creek wirkt die rote, steinige Oberfläche wellig, ganz wie eine statische Oberflächensee auf dem Meer. Daher der Name ›Bay of Biscay Hills‹.* Er warnte davor, dass das Zuckergras auf der Missiessy Station manchmal hoch genug stand, um einen Mann zu Pferd darin zu verbergen, und dass es bei Hartog Hill keinen Windsack gab: *Anfunken und sie bitten, ein qualmendes Feuer aufzuschichten.* Schließlich gab er die Landerichtungen vor: *Lambadina Mission kann man von südlicher Landseite aus anfliegen oder von Cygnet Bay, Cape Levêque oder dem Meer, je nach Windrichtung. Der Anflug von der Cygnet Bay bietet eine lohnende Sicht auf den King Sound, während ein nordöstlicher Anstieg beim Start einen über das Buccaneer-Archipel bringt.*

An seinen Notizen war nichts Geformtes, Formelles, aber sie waren ernst gemeint. Sie fixierten die Landschaft und retteten ihm ein oder zwei Mal das Leben.

Es sprach sich herum. Andere Piloten fragten ihn um Rat oder wollten sein Logbuch sehen. Einige dieser Männer und Frauen sahen ihn zweifelnd an, so als wollten sie sagen, dass ein derart junger Mann, und dann noch aus dem Norden Englands, kaum Ansprüche auf das Land hatte. Quiller hielt den Mund. Dies war kein Mangel an Sprache, sondern an Kameradschaftsgefühl. Schließlich tat er das einzig Mögliche und bezahlte einen Drucker dafür, zweihundert Exemplare des Logbuches zu drucken. Er nannte es *A Pilots Guide to the North-West.* Die Bücher verkaufte er für zwölf Shilling und Sixpence, und als Quiller 1940 nach England fuhr, waren nur noch fünfzig Exemplare übrig. Jeannie Verco war es gewesen, die ihn auf den fehlenden Apostroph im Titel aufmerksam gemacht hatte. Sie hatte es nett gemeint, aber ihre Bemerkung fasste Quillers Jahre im Nordwesten zusammen, und er hatte sich grob von ihr abgewandt – Jeannie hatte noch den Schmerz und die Wut in seinen Augen erkannt und beschämt versucht, ihm noch zum Trost am Ärmel zu zupfen.

Nichts davon erzählte Quiller den Werbeoffizieren der RAF. Er wartete, während sie sein Handbuch durchblätterten. Schließlich pochte der ranghöhere Offizier mit dem Finger auf Quillers Foto von Haus und Flughafen in Haarlem Downs. Es war eine gelungene Fotografie, scharf und ohne verzerrende Schatten. »Ich denke, wir haben einen Posten für Sie, Mr. Quiller.«

Als Quiller nun die Grenze überquerte und dem Jitra bis zur Eisenbahnlinie nach Singora folgte, fand er, dass Malaya genauso geordnet war wie England. Er hatte gar keinen Grund, in einer endlosen Einöde Besonderheiten zu identifizieren, wie er dies im District Kimberley hatte tun müssen. Nichts unterhalb seines kleinen Flugzeugs entzog sich seiner Sprache. Er brauchte keine Wörter, wo er doch Augen im Kopf hatte, eine Nase, Ohren und Finger. In den sieben Jahren im australischen Exil hatte er nicht ein einziges Mal das Gefühl gehabt, angekommen zu sein. Kimberley war Exil; er hatte nur das Anderswo-Sein der Welt jenseits des Indischen Ozeans gespürt. Wenn er sein Logbuch nicht gehabt hätte, dann wäre er so blind gewesen wie ein Pilot, der in die Sonne fliegt.

Die Japaner rechneten nicht mit ihm. Er flog einmal die Küstenlinie von Singora entlang und machte einen weiten Bogen seewärts, bevor sie Jäger hochschickten und ihre Flak in Stellung brachten. Er bediente ununterbrochen die Kamera und funkte seine Sichtung nach Bandar Star: Transportschiffe dicht an dicht vor der Küste; Truppen, die auf die Strände stürmten; Militärflugzeuge Flügel an Flügel auf dem Flugplatz; ein großer Konvoi an Geleitschiffen draußen auf See. Eins fiel ihm auf: Die Japaner kannten den Lufterkennungscode des Tages, den Buchstaben K, und blinkten ihm zu, als wollten sie sagen: »Kümmer dich nicht um uns, wir sind auf derselben Seite.«

Nach dem ersten Flug über die Küstenlinie und das Wasser drehte Quiller wilde, defensive Kreise, schoss Aufnahmen, wich dem

Beschuss vom Boden und von den Jägern aus, die sich vom Flugplatz aus zu ihm hoch schraubten. Auf dem See lagen Flugboote, im Hafen lagen mindestens vierzig Schiffe, und auf der Hauptstraße runter nach Malaya war Bewegung. Er legte sich querab, glitt hinunter auf kaum mehr als Baumhöhe, und nachdem er die Maschine wieder getrimmt hatte, fragte er sich, was für ein Krieg das werden sollte, denn an der Küste sah er Reiter, und auf der Straße Richtung Süden entdeckte er winzige Ein-Mann-Panzer und Soldaten auf Fahrrädern, sechs Mann nebeneinander. Sie blieben nicht stehen, lenkten nicht hin und her, warfen nicht mal einen besorgten Blick nach oben, sondern konzentrierten sich auf ihre Aufgabe und eilten in Wellen südwärts.

Leuchtspurgeschosse peitschten an seinen Flügeln vorbei. Er drehte den Kopf und sah einen japanischen Marine-Jäger auf sich zukommen. Als die Bordkanonen aufblitzten, flog er eine scharfe Linkskurve, aber der japanische Pilot hatte das vorhergesehen, und nachdem die ersten Leuchtspurgeschosse über Quillers Kopf verpufften, durchschlug die zweite Runde den Rumpf, und die Buffalo schauderte, als ob sie von einer schnellen Bö erfasst worden wäre. Bis zu diesem Zeitpunkt hatte Quiller die Regungen der Angst noch nicht gespürt. Seine Unsicherheit auf dem Flugplatz Derby 1938 war eine erschreckende Leere gewesen, aber die hatte er niemand anderem als sich selbst zugeschrieben. Heute war er allein und unbewaffnet von Fremden umgeben, die ihn umbringen wollten. Er begann fürchterlich zu schwitzen. Sein Körper war eine klapprige, selbsterniedrigende Hülle. Er zitterte, ihm wurde urplötzlich kalt, und doch schwitzte er, das Wasser lief ihm in Strömen über die Augen. Er schien sich an seinem Herz zu verschlucken, und er wollte verzweifelt schlucken und sich zum Wärmen die Arme um den Leib schlingen. Seine Beine waren außer Kontrolle geraten und hüpften auf den Pedalen herum. Dann begann er mit sich selbst zu reden, und sein anderes Ich war ganz nah und vertrauensvoll hinter seiner Schulter und dirigierte alle seine Schritte und dachte über sein Elend und seine Eile nach: »Verdammt, mir ist kalt. Beobachte ihn, pass auf den Qualm aus seinen Kanonen auf. Achtung, hoch, Bäume, Bäume, Bäume. Donner nicht gegen den beschissenen Hügel da. Lass dich nicht kriegen. Links, links, hart links. Pass auf den Hügel auf. Krieg deine Beine in Griff. Er wird dich kriegen, er wird dich kriegen, weg hier, weg hier. Nein, du bist zu gewitzt, dich von dem da kriegen zu lassen, die Maschine ist doch nichts weiter als Reispapier über 'nem Bambusrahmen, er ist kurzsichtig, er trägt 'ne Brille so dick wie Bierflaschen. Zu nah, zu nah! Er kommt rum. Runter, runter, runter!«

Die Jagd folgte einem Muster, wie er bemerkte. Der Himmel war voll von den roten Hoheitsabzeichen japanischer Jäger, aber nur ein Pilot hatte sich auf ihn gestürzt, und die beiden wiederholten immer und immer wieder dieselben Bewegungen: Quiller achtete auf die qualmenden Bordgeschütze hinter sich, dann machte er bei Vollgas eine scharfe Kehre, und der Motor schnurrte dank Whitneys Aufmerksamkeit. Quiller fiel wieder der Zucker in seinem Benzintank ein, und die kalte Angst in ihm nahm Gestalt an und verwandelte sich in etwas Zielgerichtetes. Sein Herz beruhigte sich, seine Beine ebenfalls, und er konnte wieder denken. Er ließ sich fallen, fing die Maschine ab, flog tief durch ein Tal zur malaiischen Grenze und ließ den Japaner hinter sich. Das konnte er am besten – sich an den Boden klammern, sich an Konturen schmiegen, welche die anderen aus Furcht mieden. Auf diese Weise raste er über die Enge von Malaya heimwärts, und der Wind pfiff durch die zerfetzte Außenhaut der Buffalo.

Als Quiller über den Elephant Hill kam, besah er sich das Flugfeld. Die Erdunterstände waren leer, was bedeutete, dass die Bomber zu einem weiteren Angriff auf die Landungsboote bei Kota Bharu unterwegs waren. Er platschte zu Boden, die Räder schmierten ein wenig auf der nassen Oberfläche, und er dachte noch, welch grausamer Witz es wäre, wegen einer schlechten Flugplatzdrainage zu sterben und nicht durch eine Kugel. Whitney tauchte aus dem offenen Hangar auf, presste die Augen zusammen, um den Schaden zu begutachten, und winkte ihn zu einer Schürze harten Lehmbodens, wo Mechaniker um das zerschossene Höhenleitwerk eines Blenheim-Bombers schwärmten.

»Janeway will Sie sprechen.«

»Er wird warten müssen.«

Quillers Magen verlor plötzlich jede Spannung. Seine Knie drohten nachzugeben. Er stolperte in die Latrine, saß eine Zeit lang da, entleerte sich, zitterte und kontrollierte seinen Körper. Er versuchte sich eine Zigarette zu drehen, aber er konnte seinen Händen nicht trauen, also ballte er sie zu Fäusten und ließ sie auf den Knien ruhen. Nach einer Weile hörten seine Ohren auf zu klingeln, und er bemerkte, dass noch andere Männer dort hockten – Bodenpersonal. Sie rauchten und verschafften sich eine kurze Ruhepause. Es war fast elf Uhr, und sie hatten den ganzen Vormittag Flugzeuge zusammengeflickt, betankt und wiederbewaffnet oder Funksprüche von einer Hütte zur nächsten gebracht. Quiller griff nach dem Klopapier und stellte mit Stöhnen fest, dass es keins mehr gab.

Er blieb hocken. Der Mann zur Linken sagte: »Hab ich dir schon erzählt, dass sie Untermieter nimmt?«

Ein anderer zu Quillers Rechten erwiderte: »Wer, deine Alte?«

»Ja.«

»Was für Untermieter?«

»Sag dus mir«, meinte der erste Mann verbittert. »Die Art, die mit dem Familiensilber verduftet, oder was noch davon übrig geblieben ist? Die Art, die sie besteigt, wenn der Hausherr fort ist? Sag dus mir.«

Man hörte leises Rascheln und ein Umblättern. Der Mann las einen Brief. »Das geht einem ganz schön aufs Gemüt, kann ich dir sagen.«

»Gibts da jemanden, der mal für dich nach dem Rechten sehen kann?«, fragte der zweite Mann.

»Ach, die zu Hause sind mir alle viel zu neugierig.«

»Tja …«

Die beiden Männer links und rechts von Quiller verstummten. Ihm wurde klar, dass die beiden Briefe lasen. War Post gekommen, mitten in der Schlacht? Der Zweite sagte: »Mein Sohn kann jetzt krabbeln, oder hab ich dir das schon erzählt?«

»Hast du.«

Sie lasen noch einmal ihre alte Post. Quiller sagte: »Hat einer von euch Jungs mal 'n Stück Klopapier übrig?«

Es wurde still, dann gab es ein raues Lachen. »Kumpel, was glaubst du eigentlich, warum wir unsere Post mit auf den Schacht genommen haben?«

»Genau. Ein guter Schiss, ein letztes Mal gelesen, einmal gut den Arsch gewischt, und dann gehts wieder raus in den Trubel.«

»So können wir auf unsere Frauen scheißen.«

»Ihnen den Arsch ins Gesicht drücken.«

Zwei Witzbolde. »Ihr kriegt wenigstens Post«, sagte Quiller und bereute es sogleich.

»Ach, du Ärmster. Hier, willste mal lesen? Die Frau schreibt mir von ihrem neuen rosafarbenen Nachthemd.«

Ein kleines Blatt eines handgeschriebenen Briefes glitt unter der Kabinenwand hindurch. »Nein, danke«, sagte Quiller befangen und einsam.

»Na los, Kumpel, nimm schon.« Die Stimme klang gefährlich.

»Vielleicht hab ich noch was in der Tasche, was ich nehmen kann«, sagte Quiller und suchte nach seinem Taschentuch.

»Wenn dir schon einer die letzten lieben Worte seiner Gnädigsten anbietet, dann kannst du sie doch auch wenigstens nehmen. Na los, wisch dir den dreckigen Hintern mit dem einzigen Liebesbrief ab, den ich in zwei Monaten gekriegt hab.«

In der oberen Brusttasche fand Quiller den Funkspruch aus der Einsatzzentrale in Singapur. Er war schon seit Stunden veraltet, und er riss ihn in drei kaum ausreichend große Stücke und nahm einen nach dem anderen; dann eilte er hinaus, und die Männer blieben zurück und murmelten: »Blöder Hund.«

Er fand Janeway, der mit verschränkten Armen am Rumpf der Buffalo lehnte und zuschaute, wie Whitney das Höhenleitwerk überprüfte und ein anderer Mann die Löcher mit spannlackgetränkter Baumwollverkleidung flickte. Janeway richtete sich schnell auf und packte Quiller am Oberarm. »Quill, was haben Sie dort gesehen?«

Quiller ignorierte ihn. Er holte das Filmmagazin aus der Kamera und machte sich auf den Weg in den Einsatzraum, Janeway ihm dicht auf den Fersen. »Neil, es ist wichtig.«

»Später.«

Die Einsatzbesprechung war kurz. Janeway wartete auf ihn. »Also Quill, wegen heute Morg…«

Sie wurden vom unrunden Wummern von Zwillingsmotoren unterbrochen und schauten auf. Ein Blenheim-Bomber näherte sich, einer der Motoren zog eine Rauchfahne hinter sich her, und am Cockpit stimmte etwas nicht, das Glas war blässlich schwarz, wie ölverschmiert. Quiller schaute zu und wartete darauf, dass das Fahrwerk ausgeklappt wurde, doch schon bald wurde ihm klar, dass der Pilot zu einer Bauchlandung ansetzte. Die Geschwindigkeit wurde gedrosselt, die Propeller standen in Segelstellung, und der zerschossene Rumpf knallte plötzlich auf den Boden und rutschte langsam weiter, drehte die Nase mal hierhin, mal dorthin; Quiller erinnerte das an einen dicken, überraschten Fisch, den man bei der Schwanzflosse packt.

Er wandte sich zu Janeway, doch der Nachrichtenoffizier war verschwunden, bahnte sich einen Weg an den Baracken und dem Spritlager vorbei zum Haupttor und schaute dabei auf seine Uhr.

Quiller sah wieder auf. Der nordöstliche Abschnitt des Himmels war voller Punkte. Blenheims, die zur Basis zurückhumpelten. Man würde sie flicken, neu bewaffnen und wieder hochschicken.

Quiller ging zur Messe. Sie war leer. Es war nichts gekocht worden, aber auf einem Bocktisch standen Brot, Dosen mit Cornedbeef und riesige Stahlkannen unter Teewärmern. Er goss sich einen Tee in eine Blechtasse, belegte sich eine Scheibe Brot mit Cornedbeef und setzte sich auf eine Bank.

Der Navigator und der Pilot der notgelandeten Blenheim kamen herein. Sie wirkten müde bis auf die Knochen und verschreckt, ihnen zitterten die Hände, als sie sich Tee einschenkten. Quiller warf einen Blick auf seine eigenen Hände.

»Quill«, sagte einer der Männer, nachdem er sich umgedreht und ihn dort bemerkt hatte, »deine Kiste ist zerschossen worden, hab ich gehört.«

»Eine Zero von der Marine war hinter mir her«, sagte Quiller.

Draußen war ein ziemlicher Lärm. Die Blenheims landeten im Sekundenabstand. Quiller trat ans Fenster und schaute zu, wie die Monteure und Ausrüster um die Bomber schwärmten, alles überprüften, auftankten und bewaffneten. Männer aus Whitneys Einheit machten eine Bestandsaufnahme der Schäden, und karrenweise wurden Bomben in den Bombenschächten verstaut.

Die Sirene kam fast eine halbe Minute zu spät. Quiller und die Crew der notgelandeten Blenheim hatten die Maschinen schon gehört und die siebenundzwanzig Type-97-Bomber des Heeres erkannt und gezählt, die in etwa dreizehntausend Fuß Höhe von Norden – von Singora? – hereinkamen, und sie rannten bereits zum Splittergraben, als die Sirene losheulte. Sie ließen sich in Matsch und Wasser fallen und hörten die Bomben zu Boden jaulen. Plötzlich spürte Quiller einen beißenden Schmerz: Er hatte sich an dem Tee verbrannt, den er noch immer in der Hand hielt. Er musste lachen, doch das ging in den langen, knirschenden Explosionen unter.

Er goss den Tee aus und stellte die Tasse auf den Rand des Grabens, dann überlegte er es sich noch einmal und drückte sie ein wenig in den Schlamm, wo sie sicher stand. Weitere Männer hatten sich ihnen angeschlossen. Sie alle warfen immer mal wieder einen Blick auf das Bombardement. Die Explosionen waren klein und begrenzt, das Werk kleiner Splitterbomben. Die Japse hatten vor, den Flugplatz zu übernehmen, dachte Quiller. Schwerere Bomben hätten Krater in die Landebahnen gerissen.

Nachdem die erste Welle vorüber war, kehrten kleinere Formationen von Jägern und Bombern zurück, trennten sich bei fünftausend Fuß, tauchten auf Baumhöhe ab, um den Flugplatz zu beharken, konzentrierten sich erst auf die Flakpositionen, dann auf die Gebäude und jedes noch intakt gebliebene Flugzeug. Quiller sah drei Blenheims, die sich vom Boden mühten. Zwei wurden abgeschossen; die dritte gewann an Geschwindigkeit und flog tief in einen Gebirgspass nördlich des Elephant Hill.

Als es still wurde, sagte jemand: »Erstklassiges Timing.«

Quiller kletterte aus dem Graben und ging zu seiner Buffalo. Sie war unbeschädigt, und er starrte sie an und schüttelte den Kopf.

»Quill.«

Taffy kniete auf dem Boden und hielt den Kopf eines Mannes im Schoß. Er sah flehend zu Quiller auf, die Hände an den beiden Seiten des Kopfes, der Quiller verformt erschien, klumpig und blutig.

»Es ist Whitney, Mann, Whitney.«

Quiller kniete sich neben Taffy.

»Sein Gehirn will nicht drinbleiben, Quill.«

Quiller ertappte sich dabei, wie er dasselbe tat wie Taffy, er formte seine Hände zu der erinnerten Form von Whitneys Schädel und stopfte die herausquellende Masse in Lücken, die zu klein dafür schienen. »Halt ihn fest, Taffy. Ich hol was, das ich um seinen Kopf binden kann.«

In der Buffalo gab es einen Erste-Hilfe-Kasten. Er nahm einen

Verband heraus, hob Whitneys Schädel und umwickelte ihn fest. Der kleine Taffy sah Whitney ins Gesicht und lachte zittrig. »Herzlichen Glückwunsch, Euer Eminenz, Sie haben sich einen Glückstreffer verpassen lassen.«

In trancehaftem Schmerz verband Quiller Whitney immer weiter. Seine Hände waren schmierig, und Blut sickerte durch die Verbände. Dann kam Janeway. »Habt ihr Witzbolde euren Verstand verloren? Der Mann ist tot.«

Quiller und Taffy legten die Köpfe zur Seite und schauten hin. Quiller dämmerte es: Janeway hatte Recht. »Wir machen es ihm nur bequem.«

Janeway schüttelte den Kopf. »Klasse Timing. Wir hocken hier wie bleierne Enten.«

Quiller stand auf und schrie: »So viel zur Ihrer Aufklärung.«

Janeway tat einen Schritt zurück. »Immer mit der Ruhe.«

»Und außerdem hat jemand versucht, mein Flugzeug zu sabotieren.«

»Quiller, derselbe Kerl hat mehrere Benzinfässer angebohrt. Also reißen Sie sich gefälligst zusammen, Mann.«

Quiller lachte. Er dachte an Whitney und die Legionen von Männern, die wild herumwirbelnd in die Luft geschleudert worden waren und dabei zerfetzt wurden.

In den folgenden Stunden half Quiller, Feuer zu löschen und die schwer beschädigten Blenheims auszuschlachten. Er schien nur bei halber Geschwindigkeit zu arbeiten, so betäubt waren seine Sinne. Geräusche zischten in seinen Ohren, Qualm umschloss sein Blickfeld, Dämpfe quollen ihm in Nase und Mund, und die Hände – die nun mit einer Paste aus Asche und Whitneys Blut bedeckt waren – an den Enden seiner Arme hätten genauso gut Metallzangen, Haken oder Hämmer sein können. Eine Weile nahm er die Anwesenheit der anderen Männer kaum wahr, doch dann wurden ihre Angelegenheiten wieder zu den seinen. Seine Bewegungen wurden eiliger, immer wieder warf er einen Blick in den Himmel und suchte nach Angreifern, und er hielt sich weit genug von den Verletzten und Toten fern, genau wie die anderen auch. Hinter der Messe war eine Verbandsstation aufgeschlagen worden, verwundete und sterbende Männer lagen in Reihen auf Decken und Fetzen von Abdeckplanen, und Quiller und die anderen rührte der Lärm und das Blut eigentümlich an. Ein Pilot rief nach seiner Mutter; ein Melder saß in der Hocke und wiegte seinen Armstumpf im Schoß. »Das ist nicht fair«, sagte Quiller. Sie alle sagten das.

Quiller begann sich zu fragen, warum er überlebt hatte. Verdankte er das einer Tat, die er getan oder unterlassen hatte? Wo war das Glück? Wenn er den Becher Tee in der Messe gelassen hätte, als der Angriff begann, wäre er dann umgekommen? Quiller suchte in seiner Kleidung und an seinem Körper nach Talismanen. Er trug den Ring seiner Mutter an einem Lederband um den Hals. Der Ring ruhte zusammen mit der Hundemarke in den Haaren an seiner Kehle. In den Ring hatte sein Vater, der Kanadier, gravieren lassen: *Für Hazel von einem, der sie liebt.* Warum hatte er seinen Namen nicht angefügt? Und wenn, wäre er, Quiller, dann heute gestorben? Oder war es der Ring gewesen, der mich gerettet hat? Und warum hatte Whitney kein Glück gehabt?

Der Adjutant fand ihn. »Freddy möchte Sie sehen, Quill.«

Quiller blieb kurz stehen, als er am Einsatzraum eintraf. Eine Wand und das Dach waren durchlöchert. Er warf einen Blick zu Boden. Die Holzdielen, Schreibtische und Aktenschränke waren mit Rillen und Löchern übersät.

Er entdeckte Freddy mit einem Besen in der Ecke und salutierte. »Sie wollten mich sprechen, Sir?«

Der Stationskommandant hatte ein langes, trauriges Gesicht mit einem rötlichen Anflug von Bart über der Oberlippe. Seine erschöpften Augen saßen tief in den dunklen Höhlen über der gespannten Haut und den scharf geschnittenen Knochen seines Gesichts. Er hatte nichts von der knappen, lässig-sportlichen Art der anderen Offiziere an sich, neigte nicht zur Dramatik, behielt die Übersicht, war voller Ruhe und Zurückhaltung. Er bat Quiller mit einer Handbewegung zu warten und wandte sich an den Adjutanten. »Hören Sie, mir scheinen die Lageberichte und die Liste der Codes für die *11. Division* zu fehlen. Haben Sie sie gesehen?«

Quiller wartete, während die beiden Männer den Schreibtisch und die Aktenschränke durchsuchten. Schließlich hüstelte Freddy, um die Aufmerksamkeit der anderen Anwesenden auf sich zu lenken. »Ich frage mich«, sagte er mit schmerzlicher Stimme, »ob nicht jemand von Ihnen in dem ganzen Durcheinander ein paar Unterlagen gefunden und sie mit anderen Papieren weggelegt hat?«

Die Schreiber, Nachrichtenoffiziere und Techniker sahen sich gegenseitig an. Jemand sagte: »Captain Janeway sagte, er brauche die Aufklärungsfotos von Singora.«

»Tja, dann hätte Captain Janeway sich an mich wenden sollen. Nun, Quill, sind Sie fit?«

»Ja, Sir.«

»Prima. Wir brauchen einen Lagebericht vom Kelantan. Wir sind vollkommen überlastet, ich kann sonst niemand anderen schicken. Sind Sie startklar?«

Quiller fand es bemerkenswert, dass er stets eng mit seiner Maschine verbunden war. Niemand fragte jemals die Bomber- oder Jägerpiloten, ob sie startklar seien. Quillers Buffalo wurde als Verlängerung seines Augenlichts angesehen. War die Maschine beschädigt, dann war Quiller so gut wie blind. »Ja, Sir«, sagte er.

Als er wenige Augenblicke später in der Luft war und an Höhe gewann, stellte er fest, dass das Fahrwerk ausgefahren blieb und sich nicht einklappen ließ, auch nicht von Hand. Dann, bei achtzehntausend Fuß, verlor er an Benzindruck. Mit einem Auge auf die Anzeige benutzte er die Handpumpe und ging tiefer. Die blockierten

Räder und der Druckverlust waren alte, immer wieder auftretende Probleme, mit denen Quiller an jedem anderen Tag spielend fertig geworden wäre; doch heute zählten Geschwindigkeit und Höhe, und er kam sich am Himmel schwer, schutzlos und plump vor. Wenn das Fahrwerk nicht einklappte, nutzte es gar nichts, dass die Bodenmannschaft des armen Whitney die Vorrichtungen für die Leuchtraketen, die Kiste mit den Fallschirmfackeln, Cockpitbeheizung und überschüssige äußere Aufbauten und die MGs in den Tragflügeln entfernt hatten, um Ladung und Luftwiderstand zu verringern.

Quiller stieß bei Kuala Krai, etwa vierzig Meilen südlich von Kota Bharu, auf den Kelantan und folgte ihm inmitten eines Monsunregenfalls flussabwärts. Der Fluss machte bei Pasir Mas eine Kehre, und dort, zehn Meilen von der Mündung entfernt, entdeckte er einen Schlepper mit einem Lastkahn dahinter. Er flog schnell darüber hinweg, machte eine scharfe Wende und sah hinter den Dollborden Soldaten. Dann entdeckte er die Maschinengewehre, die kurz vor der Schiffsmitte auf Drehtürmen saßen, sah die Schützen, die auf ihn zielten und feuerten. Leuchtspurmunition verfolgte ihn. Weit, tief. Er stieg auf.

Bei Kota Bharu brannte eine Meile vor der Küste ein Schiff im Ölschlick. Quiller zählte im strömenden Regen dutzende von gepanzerten Landungsbooten, die auf den Strand zukamen oder auf den Wellen wippten, die sich im Sand brachen, und drei Truppentransporter, die an der Mündung Mannschaften absetzten. Der sofort einsetzende Beschuss vom Boden aus war heftig. Die Buffalo zitterte. Quiller trimmte sie, machte ein Foto, drehte ab und funkte Bandar Star an.

Die Antwort war beängstigend: Sie waren erneut bombardiert worden, schwerer Schaden an den Maschinen am Boden, Evakuierung. Er sollte sich südwärts nach Singapur halten, aus Angst, dass auch andere nördliche Flugplätze unter Beschuss standen.

Er flog von der Küste aus landeinwärts und hatte bereits die Hälfte der Halbinsel hinter sich gelassen, als eine Zero mit aufblitzenden Bordgeschützen an ihm vorbeidonnerte. Er schaute zu, wie sie zu seiner Linken aufstieg, wendete und abknickte. Er konnte ihr nicht entfliehen, nicht mit einer Buffalo, also gab er Vollgas, riss den zitternden Steuerknüppel zurück und trat kräftig auf die Ruderpedale, stellte die Buffalo auf einen Flügel, wendete scharf, und der Motor setzte einen Herzschlag lang aus, bevor er sich wieder fing. Die Zero feuerte sinnlos in die Luft. Quillers Beine waren wie Pudding auf den Pedalen, als er ausscherte, um die Zero wieder zu finden, und über den Flügel stieg, doch diesmal wurde er schwer getroffen, und Stücke des Steuerbordflügels brachen ab. Als öliger Qualm ums Cockpit waberte, fand er, dass es Zeit war auszusteigen. Die Luft packte ihn, riss ihn hoch und weg, der Fallschirm entfaltete sich mit einem dumpfen Knall, als er an der Reißleine zog, und er wiegte sanft am flüsternden Himmel, weit weg vom Jaulen der Motoren. Die Buffalo war ein taumelnder Fleck unter ihm, sie zog eine Rauchspur hinter sich. Er verlor die Maschine hinter einer Bergflanke aus den Augen, und dann war die Zero zurück, um ihn zu töten.

Komisch, dass er sich hinter seiner Plexiglaskuppel sicher gefühlt hatte, angegurtet in dieser zerbrechlichen Schale. Hier, am Fallschirm baumelnd, hatte er nur seinen Fluganzug und Leinwand zum Schutz. Die Zero kam wenige Meter an ihm vorbei, der Pilot mit Fliegerbrille und schwarzer Lederhaube unterschied sich in nichts von einem englischen Piloten. Quiller wollte schon gutmütig mit den Schultern zucken.

Die Zero flog eine Kehre, richtete sich aus, und die Geschütze begannen zu spucken. Quiller faltete den Fallschirm ein, um seine Umrisse am Himmel zu verkleinern, dann ließ er ihn wieder aufblähen. Zweimal wiederholte er dieses Manöver, die Zero kehrte zurück, um kurz auf ihn zu feuern, und jedes Mal ließ er sich wie ein

Stein plumpsen. Der Boden kam immer näher. Luft war kostbar. Quiller zog den Fallschirm ein letztes Mal zusammen und ließ ihn wieder aufgehen – zum Teufel mit der Zero –, dann verschwand er zwischen den Mangroven am Ufer eines Flusses.

Ein langsam verklingendes, einsames Heulen

Ich bleib nicht lang«, sagte Jeannie am nächsten Morgen.

»Das sagst du immer. Und jedes Mal muss einer raus in die Hitze und dich holen.«

»Nur eine halbe Stunde.«

»Es ist deine Geheimhaltung, die mich auf die Palme bringt.«

Heimlichtuerei meinte Crystal, Jeannies übliche Verhaltensweise. »Ich hab nichts zu verbergen. Block, Bleistifte, Wasserfarben.«

»Werd nicht frech. Jedes andere Mädchen würde sich in solchen Zeiten zu mir setzen wollen.«

Mit dir sitzen und tratschen und planen und durch die Gegend gescheucht und tyrannisiert werden. »Ich bleib nicht lange, versprochen.«

Crystal wies auf den Skizzenblock und schien Jeannie flüchtig zu beneiden. Sie lagen mit Japan im Krieg, hatte der Premierminister gesagt, was bedeutete, dass Cameron sterben konnte, und Crystal hatte nichts, womit sie sich ablenken konnte. »Wozu soll dieses Gemale nur gut sein?«

In deinen leeren Jahren hätte es dir mehr als gut getan, dachte Jeannie. »Ach, das hab ich immer schon gern getan. Ist doch nur ein Hobby. Eine Angewohnheit.«

»Das hier ist doch …«, brachte Crystal hilflos ihren Satz zu Ende, »kein Leben zum Malen.«

Jeannie tippte mit den Fingerspitzen auf Crystals sehnigen Arm. »Ich bleib nicht lange. Versprochen.«

»Es gibt bald Mittag, und ich komme dich nicht holen.«

Jeannie drückte die Fliegengittertür mit der Schulter auf und verließ das Haus, trat hinaus in die Stille und die Mauer aus Hitze. Es war die Zeit der Winde und des Regens und der atemlosen Pausen dazwischen. Heute hielt sogar der Staub den Atem an. Jeannie ging in ihren Schnürsandalen und dem ärmellosen Kleid leise an der Unterkunft des Kochs vorbei, weiter an der überdachten Zapfstelle und der Schmiede, bevor sie zwischen der Frauenhütte und dem Gartenschuppen hindurchglitt. Draußen war niemand.

Auf der anderen Seite des Rollfelds kam sie zu einem Akazienhain auf einer kleinen Anhöhe. Ihr Gesäß hatte am Fuße eines der Bäume einen staubigen Abdruck, ihr Rücken eine Säule aus polierter Rinde am Stamm hinterlassen. Sie setzte sich in den Staub, schlug den Skizzenblock auf ihren Knien auf und blätterte zu einer blassen bleistiftgestrichelten Vergrößerung einer winzigen Fotografie aus einer Box-Brownie-Kamera. So etwas machte sie des Nachts in der Abgeschiedenheit des Gästetrakts. Am Tag stahl sie sich hier und da ein halbes Stündchen, um die Skizzen mit Wasserfarben auszuarbeiten. Leonard zu Pferde – an seinem Todestag, genauer gesagt. Schwarze Viehhirten, die ein Kalb brandmarken. Wally Webb mit einem Pferdehuf zwischen den Knien, Hufeisen in den Gürtel gehakt und einen Fächer aus Hufnägeln zwischen den Zähnen. Neil Quiller im Cockpit der Gull, schüchtern und befangen; Cameron, der grinsend am Rumpf steht, die Beine am Knöchel übereinander geschlagen. Dr. Sandilands Desoutter, die neben dem Hangar steht und gegen die starken Winde am Boden festgezurrt ist. Die Leprapatrouille in der Entfernung, wie eine uralte Wüstenkarawane. Der Ford A Buckboard der Bohrexperten. Der Koch, der eine Ziege häutet.

Kein Bild von Crystal.

In diesen Tagen jedoch geschah hier draußen nichts, was diese Fotos glaubwürdig erscheinen ließ.

Jeannie blätterte zu einer Zeichnung von Leonard, wie er den Hof überquert, die aus dem Gedächtnis gemalt war, nicht nach einem Foto. Als sie fünfzehn war, hatte ein Inspektor des Landwirtschaftsministeriums Haarlem Downs aufgesucht und Leonard darauf hingewiesen, dass seine schweren, hungrigen, von Krankheiten geplagten Rinder die kleinen Senken und Kuhlen von Haarlem Downs in Schluchten verwandelten, in breite rote Wunden, in denen nichts wuchs und die nicht aufgefüllt werden konnten. Leonard war wütend gewesen, doch wie Cameron gern über seinen Vater sagte, schneller Profit war alles für ihn. Der Boden war nicht das Einzige, was darunter litt; wenn die Viehhirten sich während der Arbeitslosigkeit in der Regenzeit zu ihren Zeremonienplätzen aufmachten, waren sie darauf angewiesen, dass Haarlem Downs sie versorgte, denn in dem vom Vieh zertrampelten Gebüsch gab es für sie keine Kängurus, Warane oder Jamswurzeln mehr. Und selbst nach fünfundzwanzig Jahren hatte Leonard immer noch nicht begriffen, dass die Viehhirten nach Spuren suchten, wenn er während eines Auftriebs nach Vieh suchte. In Leonards Augen waren die Aborigines undisziplinierte, unkritische Kinder, die eine feste Hand brauchten, keine Gutmütigkeit, die so leicht als Schwäche ausgelegt werden konnte. Vor anderthalb Jahren war er von einem Stier aufgespießt worden und gestorben. Cameron hatte seine Mutter danach überredet, auf Schafe umzusteigen. Dann war Krieg.

Jeannie hielt die Skizze auf Armeslänge von sich. Bei dieser Gelegenheit hatten drei der Viehhirten Leonards hängeschultrigen, gejagten Gang nachgeahmt. Er hatte es nicht bemerkt, aber er wusste alles über ihre Unverschämtheiten. Wenn er sie zwei Stunden in der prallen Sonne an ein Eisenblech kettete, würde ihnen das eine Lehre sein.

Sie blätterte zu einer anderen Skizze. Leonard auf dem Sattel, wie er sich über den Sattelknopf beugt, Harry Horsetalk, der ihm eine frisch geerntete Gurke zeigt. Sie fügte schnell die Braun-, Rot- und

Rosatöne hinzu und hörte Harry hinter ihrer Schulter mit schockierter Stimme sagen:

»Er is doch ganz tot, Missus.«

»Oh, hast du mich aber erschreckt, Harry.«

»Boss Leonard, er is tot.«

»Ich weiß. Eine traurige Geschichte.«

Harry wiederholte starrköpfig: »Boss Leonard, er is gestorben, Missus.«

»Ja, ich weiß, Harry. Ich male das als Erinnerung an ihn.«

Harry schüttelte den Kopf, so als stecke er in einer Zeitblase, und trat aufgeregt von einem Fuß auf den anderen. Dann fiel Jeannie der Hund wieder ein. Vor etwa drei Jahren hatte sie ein paar Tage damit verbracht, ein paar alten Buschleuten durch Haarlem Downs zu folgen. Sie feierten den Beginn der Regenzeit mit einem kurzen rituellen Gang zu einem Zeremonienplatz und hatten ihr gezeigt, wie man Jamswurzeln ausgräbt, die Erde liest und sich das Gesicht schminkt. Sie kampierten bei Nacht am Feuer und erzählten Geschichten oder sangen, tanzten und schlugen Stöcke gegeneinander. Eine alte Frau hatte einen staubig weißen Hund, den Cameron als typischen Aborigineköter bezeichnete – mehr Grassamen als Hund. Eines Tages war er von einer Schlange erwischt worden, doch Jeannie hatte das erst viel später erfahren, als die alte Frau sah, dass Jeannie den kleinen Hund in der Ecke einer ihrer Zeichnungen untergebracht hatte. Sie hatte besorgt geschaut. »Er is tot, Missus.« Dann hatte sie mit dem Finger über die Zeichnung gerieben. »Du machen weg, orright?« Jeannie hatte schnell eine staubige Farbschicht auf den weißen Hund aufgetragen, bis die alte Frau zufrieden nickte. »Der Kumpel is nun orright«, sagte sie und ging davon. Seitdem hatten sich die Aborigines auf der Station immer neben ihr versammelt und sie verbessert: »Trägt 'n rotes Hemd, Missus, kein grünes.«

Jeannie legte Block und Farben beiseite und wandte sich fragend an Harry. »Hat Mrs. Dunn dich geschickt, um mich zu holen?«

Der alte Viehhirte nickte. »Hat gesagt, du pflücks Tomaten für Soße und Chutney, bitte.«

Jeannie kehrte ins Haus zurück und holte einen Weidenkorb. In der Nacht hatte es geregnet. Der Staub war von den Blättern und reifenden Früchten gewaschen, und Harrys Tomaten sahen ganz frisch aus. Sie kniete sich hin und schnitt mit einer alten Schere die Stängel durch.

Sie hörte das Brummeln eines näher kommenden Wagens, blickte auf und sah einen schwarzen Wolseley um den vertrockneten Rasen kriechen und vor dem Haupthaus halten. Der Wagen gehörte den Pearces aus Somme Brae, zwei Stunden nördlich von Haarlem Downs. Jeannie pflückte weiter, bis der Korb voll war, dann ging sie zum Haus.

Der von den ganzen Koffern, Hutschachteln und Reisekisten tief eingesackte Wolseley stand in der Auffahrt. Jeannie stieg auf das Trittbrett, dann wieder herunter, fuhr mit den Fingern über die staubige Flanke des Wagens und mischte ihre Spur mit den Wischspuren der Sträucher und Gräser im Straßengraben. Den Aufklebern auf den Deckeln zufolge hatten die Reisekisten den Suezkanal durchquert und waren von Neapel nach Portsmouth gefahren.

Jeannie hatte es sich schon gedacht: Crystal servierte den Morgentee auf der Veranda. Jeannie stieg die hölzernen Stufen gerade noch rechtzeitig hinauf, um Dulcie Pearce sagen zu hören: »Der vermaledeite Polizist ist wieder mal auf der Suche nach Leprakranken vorbeigekommen. Alle drei Monate taucht er auf.«

»Das ist sein Job, Dulcie. Du hattest in der Vergangenheit doch auch schon Leprafälle bei deinen Leuten.«

»Trotzdem …«

Jeannie trat auf die Veranda. Crystal lehnte mit dem Hintern an der Verandabrüstung. Dulcie Pearce, klein, verschwitzt und von der Hitze ermüdet, saß auf der Kante eines steifen Rohrstuhls. Hacken zusammen, die knochigen Beine in einem eleganten Winkel. Tasse und Untertasse zitterten leicht auf ihrem Schoß.

»Ach, da bist du ja, Jeannie. Draußen bei der Hitze, na, ich weiß ja nicht.«

»Ich habe Ihren Wagen gesehen, Mrs. Pearce. Gehen Sie fort?«

Dulcies Stimme hakte. »Ja. Frank meinte, hier sei es nicht mehr sicher. Ich wollte nur auf Wiedersehen sagen. Gestern habe ich Dr. Sandilands gesehen. Er findet auch, das sei das Beste.«

Jeannie wusste nicht, auf welchen Teil sie zuerst eingehen sollte. »Ich glaube, er will, dass wir auch fortgehen. Ist denn Frank nicht bei Ihnen?«

Dulcie schüttelte den Kopf. »Nur die Jungs und ich. Frank bleibt da. Jemand muss doch bleiben. Man kann doch nicht einfach auf und davon.«

»Wo wollen Sie denn hin? Port Hedland?«

Dulcie zuckte mit den Schultern. Sie blickte nicht auf.

»Hedland könnte ein Angriffsziel sein«, sagte Jeannie, »wie jede andere Stadt an der Küste.«

Dulcie stellte Tasse und Untertasse auf den hölzernen Servierwagen. Ihre rechte Hand suchte die linke, und die Finger pressten sich an das abgewetzte Gold ihres Verlobungs- und ihres Eherings.

»Das hat den Ausschlag gegeben. Ich dachte, ich fahre einfach immer weiter bis nach Perth.«

»Ich würde nicht länger warten. Das Barometer fällt.«

Tränen kullerten über Dulcies Wangen. »Ich hab solche Angst. Gestern war da ein Aufklärungsflugzeug, *eins von ihren.* Frank meinte, das könnte bedeuten, dass sie zurückkommen und uns bombardieren. Willst du nicht mitkommen?« Sie wandte sich an Crystal. »Crystal? Willst du nicht mit? Ich schaff dir hinten noch Platz.«

Jeannie warf Crystal einen Blick zu. Dann noch einmal einen etwas genaueren. Manchmal ist es schwer, bei grobknochigen, kräftigen Personen Spannung und Aufregung zu erkennen. Crystals lässiges Anlehnen wirkte wie gespielte Gleichgültigkeit. »Mrs. Dunn? Alles in Ordnung?«

Angespannte Stille machte sich breit. Schließlich strahlte Dulcie Pearce und sagte: »Ach, übrigens, ich habe einen Brief von Rollo gekriegt.«

Ihr Sohn. Ein schüchterner, linkischer Kerl, wie Jeannie sich erinnerte. Er war nach Neuguinea abkommandiert worden, Schütze auf einer Vickers. »Das ist ja wunderbar«, sagte Jeannie und warf einen besorgten Blick zu Crystal hinüber.

»Sie können ihn lesen, wenn Sie wollen. Ein paar Küsse und Umarmungen am Ende, nichts, dessen man sich schämen müsste.«

Dulcie kramte in ihrem Kleid herum und reichte Jeannie einen Umschlag. Jeannie zog den Brief daraus hervor, der von Dulcies Brust ganz warm und klamm war, das Papier verknittert und brüchig. Die Handschrift war sehr unleserlich, und hier und dort waren ganze Wörter zu tintigen Teichen verwaschen. Es sah so aus, als hätte ihr Sohn im Gewitter unter einer tropfenden Palme oder unter einem Zeltdach geschrieben. Oder hatte Rollo geweint? Jeannie überflog schnell die Zeilen: »... zwei Tage frei ... Malariatabletten ... abwarten und Tee trinken ...«

»Um Himmels willen, ihr beiden«, sagte Crystal. »Ich habe auch einen Sohn, der mitten im Schlamassel steckt, müsst ihr wissen.«

Jeannie gab Dulcie, die den Blick abwandte, gejagt und verletzt wirkte, den Brief zurück. »Ich dachte nur ...«

Crystal machte eine ungeduldige Handbewegung und schnalzte mit der Zunge. »Schon gut, vergiss es, Dulcie. Woher solltest du das auch wissen. Ich hätte dich nicht anfauchen dürfen.«

Dulcie hob ihr Leidensgesicht. »Du Ärmste. Die Mühe des Wartens. Es muss unerträglich sein.« Schnell warf sie Jeannie einen Blick zu. »Du auch, meine Liebe.« Sie hüstelte, um das Thema zu wechseln. »Ihr grabt einen Luftschutzkeller, wie ich sehe.«

Mit Mühe murmelte Crystal: »Mal sehen, obs was bringt.« Sie hatte genug von Dulcie Pearce.

Jeannie war den Tränen nah. Sie wandte sich ab, lehnte sich mit den Unterarmen auf die oberste Verandabrüstung und starrte durch das Rankengewirr neben dem Dach des Wolseley hinaus in die Wochen und Monate und fragte sich, ob das Warten auf einen Verlust einen ebenso schwächte wie der Verlust selbst. Hinter ihr sagte Dulcie Pearce leicht verzweifelt in die Stille hinein: »Schlechte Neuigkeiten kommen schnell rum, gute Neuigkeiten langsam. Der Buchhalter bei Tabba Tabba Plains hat einen Brief von seinem Sohn aus Griechenland erhalten. Sechs Wochen nach dem Telegramm, in dem stand, dass er im Feld gefallen ist.«

»Hab Erbarmen, Dulcie, willst du endlich damit aufhören?«

Die andere Frau schniefte. »Ich hab solche Angst.«

Mit sanfterer Stimme erwiderte Crystal: »Wenn du erst mal unterwegs bist und von hier wegkommst, wirst du dich besser fühlen.«

Der Wind nahm zu. Der Himmel verfinsterte sich. Jeannie hatte das Bedürfnis, nach dem Barometer zu sehen.

Sie erstarrte. »Ihre schrecklichen Bengel, Mrs. Pearce.«

»Ach herrje, was haben sie denn jetzt ausgefressen?«

»Sie jagen Harry mit Stöcken.«

Dulcie lachte lauthals. »Kleine Lümmel.«

Jeannie flog die Verandastufen hinunter und rief: »Hört auf damit, alle beide.«

In ihrem Hunger und Eifer glichen die beiden Pearce-Jungen Camphunden. Die Hemden und Shorts an ihren knochigen Körpern ähnelten staubigen Pelzen, und der Geruch von Beute war ihnen in die Nasen gestiegen. Harry Horsetalk, der an der Wand zum Lagerraum eingekesselt war, trat im Staub auf der Stelle, reckte eine Schulter abwehrend in die Höhe und bleckte ihnen gegenüber in einem verzweifelt freundlichen Lächeln die Zähne. Sie zuckten mit ihren Stöcken nach ihm und riefen:

»Lustig, oder?«

»Freust dich schon, wenn die Japse kommen, oder?«

Jeannie erinnerte das sofort an Frank Pearce, den Vater der Jungs. Pearce war ein Stichler. Er wollte, dass der Nordwesten sich abspaltete und mit dem Northern Territory gemeinsam einen neuen Staat bildete. Er machte sich über die Schwätzer lustig, die die Aufteilung der Weiderechte forderten. »Wollen die hier vielleicht 'n Garten?«, fragte er wütend. »Eine Rasse kerniger Kleinbauern?« Er murrte über die Streikdrohungen in den Schlachthöfen von Wyndham, und er hatte die Nase voll von steigenden Transportkosten, zu vielen Vorschriften und Kritikern, die auf ihren fetten Hintern hockten. »Steuererleichterungen, Tarife und weniger Einmischung, das ist es, was wir hier oben brauchen«, sagte er. »Und jetzt wollen diese Kerle auch noch, dass ich die Löhne erhöhe. Wissen die denn nicht, dass ich auch noch ganze Sippschaften mit durchfüttern muss?«

Stumm und wutentbrannt bahnte sich Jeannie zwischen den Pearce-Jungen einen Weg und schlug mit flinken Händen zu. Die Kinder jaulten auf. Sie waren erst schockiert, dann sauer, und zogen sich wie begossene Pudel über den Hof zum Wolseley hin zurück, wo Dulcie sie an ihre armen, müden Knie drückte.

Jeannie wandte sich an den alten Viehhirten. »Tut mir Leid, Harry. Das sind böse Jungen.«

Harry zitterte. »Nich gut, Missus.«

»Sie verschwinden jetzt. Sie werden dich nicht wieder belästigen.«

»Boss Len, der hätt ihnen Fell gehaut.«

»Ja, das hätte er«, sagte Jeannie.

Harry verschwand zwischen Werkstatt und Lagerraum. Jeannie kehrte zum Wagen zurück, wo Crystal an der Fahrertür stand und Dulcie Pearce hinter dem hölzernen Lenkrad hockte und mit dem Daumen fest auf den Anlasserknopf im Walnussarmaturenbrett drückte. Ihre Söhne saßen neben ihr. Ihre staubigen Gesichter waren tränenüberströmt. Der Anlasser mahlte sinnlos; das alte Wagen hockte auf seinen Stoßdämpfern.

Dulcie ließ die Stirn aufs Lenkrad sinken. »Ich schaff das nicht.«

»Doch, doch. Versuchs noch mal.«

Diesmal knallte der Motor und beruhigte sich dann zu einem gluckernden Leerlauf.

Crystal und Jeannie machten einen Schritt vom Wagen zurück. »Fahrt vorsichtig.«

»Ich weiß nicht mal, wie die Straße ist.«

»Fahr langsam.«

»Ich hab solche Angst.«

»Dulcie, das Barometer ist gefallen. Fahr durch, sonst strandest du noch irgendwo da draußen.«

»Kommst du mit? Bitte?«

Sie hörten und sahen, wie der Wolseley die Zufahrt entlang verschwand. Dulcie fuhr am Tor langsamer und beschleunigte dann – ein langsam verklingendes, einsames Heulen die leere Straße entlang. Crystal war stärker von ihren Gefühlen übermannt, als Jeannie gedacht hätte, denn es platzte aus ihr heraus: »Mir kommt es langsam so vor, als seien wir die Letzten hier.«

Zu spät fiel Jeannie ihr Brief an Cameron ein. Dulcie hätte ihn für sie zur Post bringen können.

Die Fischreuse

Quiller faltete seinen Fallschirm zusammen und beobachtete aus dem Schutz der Mangroven heraus, wie die Zero ein paar Mal kreiste und dann nach Norden abdrehte. Er schätzte, dass er zwei Tagesmärsche von der Küstenstadt Sungei Dungun entfernt war – ein Tag, wenn er ein Fahrrad stehlen, weniger als eine Stunde, wenn er ein Auto oder einen Militärkonvoi anhalten konnte. Am Nordrand der Stadt gab es einen kleinen Flugplatz, der größtenteils mit australischen Besatzungen und Bodenpersonal besetzt war, die zu ein paar Hudson-Bomberstaffeln gehörten, dazu eine kleine Einheit von RAF-Piloten, die Vildebeest-Torpedobomber flogen.

Quiller kontrollierte seine Ausrüstung – Revolver, Messer, Wasserflasche, Munition, Atribintabletten und eine Dose Notration –, dann machte er sich auf den Weg und schob sich zwischen den Mangroven hindurch in den noch dichteren Dschungel. Es war, als ginge man durch ein Treibhaus; der Schweiß strömte ihm über den Schädel und durchweichte ihm Hemd und Hose. Doch ein Gewächshaus war niemals so dunkel, feucht oder schwül, so dicht bewachsen und unwegsam. Er stolperte über die umgestürzten Wurzeln von Banyanbäumen mit ihren massigen, gerillten Stämmen, schob sich an Palmen vorbei, die so hoch, nackt und schlank wie Bleistifte waren, von überall her drängten sich Bäume um ihn, Wasser tropfte von ihnen in den Blättersumpf, sodass seine Stiefel ein saugendes Geräusch machten und bis zu den Knöchelschäften durchgeweicht waren, und jeder Schritt löste den Geruch von Feuchtigkeit und Moder aus und brachte Insekten dazu, wütend zu summen und zu klacken. Quiller fing an, die Stille zu hassen. Das stete Tropfen des Wassers und seine leisen Schritte schienen sie nur noch zu verstärken. Knackte ein Zweig, konnte er nicht erkennen, wo oder wodurch. Ein räudiger Tiger, ein Sladang, ein Sakai mit Blasrohr und vergifteten Pfeilen, ein Spähtrupp der Japaner – bei dem geringen Widerstand, den er hätte leisten können, hätten sie sich genauso gut zeigen können.

Auf seinem Handgelenk saß ein Blutegel. Er schnippte danach, war angewidert und geriet in wilde Panik; seine Disziplin löste sich in nichts auf. Er kam sich so hasserfüllt und den Tränen nah vor wie ein Kind, und er wimmerte, bevor er so viel Verstand aufbrachte, sein Feuerzeug aus der Tasche zu ziehen und die Kreatur anzusengen, bis sie losließ und auf einer münzgroßen geschundenen Hautstelle einen Blutfleck hinterließ. Als die Moskitos ihn entdeckten und ihm in dichten, ziellosen Schwärmen in die Wimpern flogen, stand er wieder kurz vor einer Panik.

Ab und an stieß Quiller im Dschungel auf eine Lichtung und blieb dort stehen, einfach nur, um auf den winzigen freien Flächen wieder seine tatsächliche Körpergröße zu spüren. Er schaute auf und sah, woraus das Blätterdach der Hölle bestand: Palmwedel, flache, breite Blätter, Nadelblätter, verknotete Ranken, alle schnitten sie ins Himmelslicht. Langsam fiel ihm das krabbelnde Leben auf. Neben den Egeln und Moskitos lebte er nun auch noch mit Pythons, Hornissen, Spinnen, Skorpionen, Schmetterlingen so groß wie seine Hände, Vögel so bunt wie gewässerte Seide und vergossene Farbe, während Affen über seinem Kopf spazierten und die stumm hängenden tropischen Blüten aus wächsernen Falten schweres Parfüm abgaben.

Es hatte keinen Zweck – Quiller hatte Angst, war angespannt, kurz davor, mit den Armen zu rudern und zu schreien, wenn ihn noch irgendetwas berührte. Er kam auf eine Lichtung, blieb stehen, und seine Stiefel steckten tief in einem Teppich aus sumpfiger Materie. Wenn er nur etwas sehen könnte. Wenn er nur eine Spur finden könnte und schneller vorankäme als ein paar hundert Meter die Stunde, wenn er nur ohne Verzögerungen oder ständige Vorsicht gehen könnte, ohne verrottete Stämme, Egel, Ranken, ohne unsichtbare Zähne und Gifte. Wenn er nur besser darauf vorbereitet gewesen wäre. Am liebsten hätte er sie in Whitehall an ihren Hemdbrüsten gepackt und gesagt: »Malaya, das sind keine offenen Felder, keine Wüsten. Sie haben uns nicht beigebracht, zu lauschen und zu schleichen. Nichts hier ist einen Gewehrschuss weit entfernt, sondern ganz nah. Die Hitze zerrt an uns, unsere Stimmung ist gedrückt, und zum Teufel mit dem König, Amen.«

Quiller sah auf seinen Kompass. Konnte er sich auf ihn verlassen? Nichts sonst schien an diesem Ort voller sumpfiger Feuchtigkeit zu funktionieren. Schuhleder schimmelte über Nacht, Funkgeräte verloren ihre Signale im feuchten Untergrund. Ein Kompass sollte logischerweise funktionieren, aber der Dschungel machte der Logik den Garaus. Doch der Kompass war Quillers einziger Freund, also löste er seine Stiefel aus dem Blättersumpf und machte sich wieder auf den Weg.

In diesem Augenblick fiel sein Blick wie magisch auf einen Korridor. Er betrat ihn, und nach einer Weile bemerkte er an dem festgetretenen Boden und den alten Machetenspuren an den Baumstämmen und Farnen, dass er von Menschen benutzt wurde. Eine Weile später waren sie da, vor ihm und hinter ihm, vier Eingeborene. Es waren Sakais, kleiner als die Kampong-Malaien, mit goldbrauner Haut und schwarzem, lockigem Haar, schüchterner, aber mit unnachsichtigem Blick. Drei von ihnen trugen keine Schuhe und waren in Sarongs gekleidet; der Vierte trug einen Schlapphut der australischen Infanterie, weite Khakihosen, die er mit einer geflochtenen Kordel aus Dschungelranken an seinem dürren Bauch zusammenhielt, und Army-Stiefel ohne Schnürsenkel. Jeder von ihnen trug einen schartigen, rostfleckigen Parang – nicht zur Bedrohung oder zur Verteidigung, aber durchaus zu beidem zu gebrauchen. Quiller blieb sofort stehen, reckte seine Hände in die Höhe und stammelte »*Selamat datang.*«

Der Mann in der ausrangierten Uniformhose winkte, drehte sich um und ging davon, in der Erwartung, dass Quiller ihm folgte. Ein sanfter Schubser in Quillers Rücken, eine milde Ermahnung, also fügte er sich, wobei er sich fragte, ob er nun in den Tod ging oder ihn hinter sich ließ. Die Stummheit der Sakais traf ihn wie ein Schlag. Er setzte seinen Fuß dorthin, wo sie es taten, trat zur Seite, wenn sie es taten, doch er machte Lärm, wo sie keinen machten.

Nach einer Stunde Marschierens verließen sie den Pfad, der Führende hackte nach den Ranken und glänzenden Blättern, um ihnen den Weg zu bahnen. Sie gingen steil bergauf. Quiller sah auf seinen Kompass: Sie gingen noch immer ostwärts zur Küste. Sie kamen zur Spitze des Hügelkamms, und hier oben über dem Tieflanddschungel zerrte der Monsunwind an den Baumwipfeln, jammerte und pfiff der Wind wie überall auf der Welt, doch neben dem Tosen konnte man noch einen anderen, konstanteren Ton vernehmen, schrill und schluchzend, und die Sakais blieben stehen und lauschten. Zufrieden bogen sie ein wenig nach Norden ab und kamen zu einer Pfeife in Form eines kurzen Bambusabschnitts am Ende einer schlanken Stange, die so aufgestellt worden war, dass der Wind darüber strich. Die Sakais berieten sich und wiesen den Höhenkamm entlang. Zwanzig Minuten später stießen sie erneut auf eine Pfeife, diesmal mit einem längeren Schaft, der Ton war tiefer. Quiller sah auf die Uhr. Drei Uhr nachmittags. Er war nun seit fast vier Stunden am Boden.

Es folgten noch weitere Bambuspfeifen. Wie Signalpfosten geleiteten sie die Sakais hinunter auf eine kleine Lichtung auf einem steilen Hang, die mit verkohlten Baumstämmen und Stümpfen übersät war. Die Sakais betrieben Brandrodung, sie schlugen Holz und brannten Flächen frei, um so kleine Felder vorzubereiten, auf denen sie Reis, Mais und Tapioka anbauten. Jenseits der Lichtung wurde der Boden schlagartig eben, und am Ufer eines Gezeitenflusses stand ein Langhaus aus Bambus, in dem ein halbes Dutzend Familien lebten. Quiller verlor seine Angst. Schüchtern hatten sich mehrere Männer, Frauen und Kinder versammelt und beobachteten seine Ankunft. Der Mann in den Army-Shorts bedeutete ihm, sich auf eine Matte im Schatten eines *atap* zu setzen, eines aus frisch geschnittenen Palmwedeln fest geflochtenen Sonnenschutzes. Eine alte Frau mit Kropf brachte ihm Kokosmilch in einer dicken Bambustasse, eine grüne Banane, Reis, Tapioka, eine Schale mit etwas, das er als Salz erkannte, und zwei gehackte Stücke verkohlten Fisch. Quiller trank die Milch aus, tunkte den Fisch ins Salz und stopfte sich damit den Mund voll.

Bambus schien alle Bedürfnisse der kleinen Gemeinschaft zu erfüllen. Ihre Hütten, Tassen und Schüsseln; die Pfeifen, die sie durch die oberen Lagen des Dschungels leiteten; die Blasrohre, die am Langhaus lehnten. Soweit Quiller wusste, waren die Pfeile aus Bambussplittern und das Gift aus einer Bambusessenz. Ein paar leichte Bambusflöße waren aus dem Fluss gezogen worden, und in einer Ecke des Langhauses konnte Quiller einen alten Mann auf einem *charpoy,* einer Matratze aus Sisalseil, liegen sehen, die von Bambuspfosten baumelte.

Warum aber hatten die Sakais dann eine Ansammlung von Brotbeuteln und Munitionskisten der *Australian Infantry Forces,* und woher hatten sie sie? Quiller brachte das nicht mit den Männern, Frauen und Kindern in Übereinstimmung, die so freundlich mit ihm aßen, kleine Salzbrocken säuberlich zum Munde führten und lächelten und ihm ermutigend zunickten, wenn sich ihre Blicke kreuzten.

Ihm war gerade aufgegangen, dass der Sakai mit dem Schlapphut verschwunden war, als schon ein halbes Dutzend Soldaten auf die Lichtung trat. Flucht war sein erster Gedanke. Er warf seine Schüssel um und eilte halb kauernd in Richtung des schützenden

Dschungels, dann blieb er stehen. Die Soldaten waren Europäer, keine Japaner. Australier von der AIF, zerkratzt, dreckig, unrasiert, aber wachsam und diszipliniert.

Dann grinste einer der Männer, ein Sergeant, und seine Zähne strahlten in seinem Bart und seiner braunen Haut. »RAF? Du bist aber ziemlich weit weg von zu Hause, Kumpel.«

Quiller begann zu zittern. Er stolperte, und der Sergeant legte sofort einen Arm um ihn. Der Mann stank. Schweiß, Holzrauch und Insektenschutz stiegen scharf und betäubend vom Nacken seines Armeehemdes auf. Quiller nickte dankbar und fand seine Beine wieder. Er war sich verloren und ungeliebt vorgekommen, und nun dies. »Danke. Nachträglicher Schock, nehme ich an. Ich bin abgeschossen worden.«

»Was meinst du damit, abgeschossen?«

Quiller blieb stehen und dachte nach. Er hatte das Gefühl, schon seit Tagen im Krieg zu sein. Der Krieg dieses Mannes hatte noch gar nicht begonnen. »Die Japse sind kurz nach Mitternacht bei Kota Bharu gelandet.«

Der Sergeant runzelte die Stirn. »Ehrlich?«

»Ich bin schon vorher beschossen worden«, sagte Quiller, »gestern früh, auf einem Aufklärungsflug.«

Die anderen versuchten die Nachricht zu verdauen. »Das vermaledeite Funkgerät«, sagte einer von ihnen.

»Wir müssen zurück.«

»Seid ihr auf Patrouille?«, fragte Quiller.

Der Sergeant schüttelte den Kopf. »Die Sakais zeigen uns, wie man aus dem Land lebt.«

Noch mehr Essen wurde herbeigeschafft. Die Australier waren ausgehungert. Quiller aß noch ein Stück Fisch und leerte eine weitere Tasse Kokosmilch. »Vielleicht sollte ich mit euch kommen.«

»Geht nicht.«

»Warum nicht?«

»Du würdest uns nur aufhalten.«

»Aber hier kann ich nicht bleiben.«

»Sungei Dungun ist genau südlich von hier. Es gibt eine direkte Straße.«

Quiller nickte. Er hasste den Dschungel. Er kam sich darin wie verschluckt vor. Wenn sein Blick auf die Südchinesische See fiel, würde es ihm wieder besser gehen.

Quiller hatte kein Signal zum Aufbruch bemerkt, aber die Australier standen wie ein Mann auf und packten ihre Sachen. Das kam wohl daher, weil sie sich Tage und Wochen am Stück auf der Pelle saßen, nahm er an. Er stand ebenfalls auf und wartete unsicher.

Der Sergeant meinte: »Die Sakais werden hier auf dich aufpassen, aber den Weg zur Küste musst du schon selbst finden – sie trauen den Tiefländern nicht.«

»Was für ein Zufall, euch über den Weg zu laufen«, sagte Quiller, während sie sich die Hand schüttelten, und dann fragte er sich, ob es tatsächlich Zufall gewesen war. Das Land war klein; es gab nicht so viele Europäer; die Männer mussten sich ja mal über den Weg laufen, wenn der Krieg sie erfasste, durcheinander würfelte und überall verstreute.

Quiller fühlte sich verlassen, während er zusah, wie der Sakai in der Khakihose die Australier zurück zu den Hügeln und in den tiefsten Dschungel führte. Alles heute war zu schnell geschehen, wirkte wie ein Traum, unwirklich und vollkommen unbefriedigend wie ein erinnerter Traum.

Als die Fließrichtung des Flusses sich änderte, setzten die Sakais Quiller auf ein Floß, bewaffneten ihn mit einer Bambusstange und einem geflochtenen Sack voller Nahrungsmittel. Dann stießen sie das Floß vom Ufer ab, wiesen ostwärts zur Flussmündung und schleuderten ihm Wörter wie Gewehrkugeln hinterher. Verbittert dachte er: Ihr hättet mich wenigstens ein Stück begleiten können.

Nach einer Weile schaffte er es, mithilfe der Stange zu stehen und das Floß durch Kurven und Biegungen zu manövrieren, fort von den Sandbänken und den knotigen, halb versunkenen Rücken und Schädeln der Krokodile, bis der Fluss schließlich in einen größeren mündete und er ein paar hundert Meter weiter flussabwärts die Brecher der Südchinesischen See sah. Er schaute flussaufwärts zu einer Straßenbrücke und dem Sumpfland, doch bevor er das Floß wenden konnte, riss ihn die Ebbe mit. Er stakte verzweifelt nach dem Ufer, einem falschen Ufer, wie er bemerkte, einer winzigen Insel, wo sich ein halbes Dutzend Bäche in die Flussmündung ergossen. Entlang eines der Zuflüsse, einem Einlass in einen Mangrovensumpf, gab es eine lange Fischreuse mit einer Hütte aus Bambus und *atap* am Ende. Quiller sah auf die Uhr; es war spät, die Tide stark. Lieber über Nacht Schutz suchen und beim ersten Schein zur Straße vorarbeiten.

Abgesehen von einem Bambusstuhl, der in eine Ecke geklemmt war, ein paar rostigen Angelhaken in einer Tabaksdose und einem dreckigen Fischernetz, das über den Dachsparren hing, war die Hütte leer. Der Boden und die Wände waren weich und schwarz vom Wasser, die Luft scharf vom Geruch nach Schilf und totem Fisch. Quiller entdeckte einen Egel über seinem Fußknöchel und brannte ihn ab. Er schien in den Flüssen und Dschungeln des Landes aufzugehen, war hilflos den Zyklen aus Leben und Verfall ausgesetzt.

Er war auf dem Rücken eingeschlafen und träumte von nassen Laken und davon, wie seine Mutter ihm den Schlafanzug auszog und ihn abtrocknete und puderte, als die Flut durch den Bambusboden drang und ihn weckte. Er fluchte, kniete sich hin, stand schwankend auf und wusste einen Augenblick lang nicht, wo er war. Er schaute hinaus. Da war ein wolkenverhangener Mond, klare Sicht vor dem dann folgenden typischen Monsunschleier am Morgen, und mittendrin erkannte Quiller den Fluss – fett, voll und alles verschlingend. Das Wasser stieg schnell. Eine halbe Stunde lang stand er da wie eine Flutmarke und hakte die einzelnen Stufen ab – Ferse, Knöchel, Schienbein –, dann kletterte er aufs Fensterbrett, streckte die Hände aus und zog sich auf den Dachsims. Es gab nur wenig, was ihn stützte, und wenig, woran er sich festhalten konnte. Er traute dem Dachbalken nicht, auch nicht dem Palmdach, also hockte er am Rand und schaute zu, wie das Wasser bis zu seinen Stiefeln stieg.

Vielleicht färbte seine Hilflosigkeit das Wasser oder glitt durch die Luft wie Sporen, oder er sah vor dem Mond aus wie eine angeleinte Ziege, denn ein Krokodil glitt an ihm vorbei, und dann waren da drei von diesen Kreaturen. Er rutschte von der Kante zurück und hielt seine Füße hoch übers Wasser.

Es handelte sich nicht um die großen Krokodile des Hauptstroms, aber sie waren immer noch groß genug, um ihn ins Wasser zerren zu können. Sie umkreisten die Hütte. Der Fluss lag schwer, schwarz und still um ihn, aber er hörte das Murmeln des Inlandsogs, und ein oder zwei Mal sah er Blätter vorbeitreiben, die bewiesen, dass Flut war – doch wie lange noch, bevor sie wieder abebbte? Er beobachtete die Krokodile. Sie hatten alle Zeit der Welt.

Nach einer Weile begann er ihr dumpfes, beharrlich instinktives Kreisen zu hassen. Er wollte ihnen ein wenig persönlichen Kampfgeist beweisen – spielerische Leichtigkeit, Langeweile, Wut, irgendwas. Sie waren fett, träge, mürrisch und dumm, und er hasste sie. Er schleuderte Schimpfwörter über ihre hölzernen Schädel. »Na los, versuchts doch. Kommt hoch und holt mich. Ihr traut euch nicht.« Dann glitt eines von ihnen gähnend vorbei und zeigte ihm Kieferknochen und Zähne, und peitschte dann ein weiteres Mal durchs ölige Wasser. Quiller wimmerte unwillentlich auf und entschuldigte sich.

Herum und herum und herum. Quiller taten die Finger weh. Die Moskitos hatten ihn entdeckt, aber er klammerte sich mit Armen und Beinen ans Dach und wagte nicht, sie wegzuwischen. Er hätte alles gegeben für eine Matratze und Schlaf.

Irgendwann vor Sonnenaufgang wechselten die Gezeiten. Als das Wasser durch die Mangroven und um die Stützen der Fischfalle herum gurgelte und absickerte, verschwanden die Krokodile. Aber Quiller blieb noch oben. Er wusste, wenn er auf die Dielen kletterte, konnte ein Schwanz ihn von den Füßen holen, konnten ein paar kräftige Vorderläufe auftauchen und ihn packen.

Er döste und ließ sich vom Dach tragen. Wenn dies der Morgen des 9. Dezember war, dann dauerte die japanische Invasion gerade mal dreißig Stunden, nicht das ganze Leben. Quiller konnte es kaum glauben. Die Invasion änderte alles. Wenn er jetzt Aufklärungsflüge unternahm, bedeuteten die Fotos tatsächlich etwas.

Ein Gedanke ging ihm durch den Kopf, ein Nachhall vom Schulhof: Gleich und Gleich gesellt sich gern.

Quiller war immer ein Schatten gewesen, ein Spion. Die Liebesbriefe seiner Mutter zum Beispiel lagen in einer Schuhschachtel in ihrem Sekretär im Haus gegenüber von Jesmond Dene. An den schweren kohleverqualmten Nachmittagen, an denen sie hustend und sterbend darniederlag, hatte er in ihnen gekramt und gehofft, sie würden ihm verraten, wer er war: der Sohn eines kanadischen Soldaten? Besser oder schlimmer als das? Alles, was er herausgefunden hatte, war die Tatsache, dass er einem tief empfundenen, gegenseitigen Verlangen entsprungen war. Ein Jahr darauf in Haarlem Downs hatte er die winzigen Luftverwirbelungen rund um Jeannie Verco und seinen Cousin Cameron Dunn bemerkt und bewertet. Während sie zu der Blechhütte auf dem Hügel gingen, von dem aus man den Indischen Ozean sehen konnte, schlich er ihnen unbemerkt von Baum zu Ameisenhügel nach; doch die Hütte war ihm verschlossen geblieben, und die Geräusche, die sie machten, hatten ihm nur die halbe Geschichte erzählt.

Karten zeichnen war auch eine Form von Schnüffelei. Spionieren, um zu überleben. Vorsicht war besser als Nachsicht. Wissen war Macht. Quiller murmelte diese Sätze wie ein Mantra, während sich die Fischerhütte unter ihm ganz langsam bewegte und das Wasser in die Südchinesische See abfloss.

Eines Tages, ein paar Monate, bevor der Krieg in Europa ausbrach und er gerade von einer kleinen Fluglinie angeheuert worden war, die einer englischen Handelsgesellschaft mit Tochterfirmen im ganzen pazifischen Raum gehörte, hatte ihn ein englischer Spion rekrutiert.

Quillers Job bei der Fluglinie bestand darin, mit einer DH87 eine lange Rundstrecke abzufliegen, die in Darwin begann und in Dili, Djakarta, Singapur, Brunei, Manila und Port Moresby Zwischenstationen einlegte. Er mochte es, über das offene Meer zu fliegen. Er musste sich nicht anstrengen, um Landmarken zu finden, nur Landmassen. In der dritten Woche bemerkte er die Stammgäste. Er saß in der Bar eines Hotels in Port Moresby, als einer von ihnen sich auf einen Stuhl neben ihn setzte und sagte: »Ich erhebe das Glas. Auf dass Sie noch lange den Weg übers Wasser finden.«

Er hatte einen südenglischen Akzent. Quiller sagte: »Macht Sie das Wasser nervös?«

Der Mann dachte darüber nach. »Nein, wurzellos. Es gibt nichts, worauf man sich beziehen könnte.«

Quiller nickte. Das Gefühl kannte er.

»Sie sind doch Engländer«, sagte der Fluggast. »Irgendwo aus dem Norden?«

»Newcastle, vor langer, langer Zeit.«

Sie leerten ihre Gläser. Der Fluggast trug einen dreckigen weißen Baumwollanzug und auf Hochglanz polierte Schuhe und schwitzte. Quiller schaute zu, wie sich der Kehlkopf des Mannes bewegte und wollte schon sagen: Ziehen Sie doch Jacke und Schlips aus.

»Noch einen Tropfen?«

»Ich bezahle«, sagte Quiller.

»Das wär nicht recht«, sagte der Mann. »Schließlich bin ich so was wie Ihr Vorgesetzter«, und er erklärte, dass sein Name William Landy sei und er als Agent für die Handelsfirma arbeite, der die Fluglinie gehöre.

Quiller bemerkte Landys stocksteife Haltung, den akkurat gestutzten Schnurrbart, die knappe Sprechweise, und dachte: ehemaliger Soldat. Landys Augen unter der hohen, feuchten, weit gewölbten Stirn standen weit auseinander, und sein Blick war ruhelos, wanderte von Quiller zum Spiegel hinter dem Barkeeper zu den anderen Gästen. Er war etwa vierzig und erzählte Quiller, dass er Sachen kaufe und verkaufe – »alles Mögliche«, sagte er mit gesenkter Stimme.

Mehr sagte er nicht bei ihrem ersten Treffen. Er fing an, Quiller auszufragen, und Quiller, der entspannt und froh über die Gesellschaft eines Mannes war, der zuhörte und sich nicht hinter der unablässigen, unbesorgten Witzigkeit der australischen Piloten versteckte, begann zu reden. Er sprach über seine Mutter, Newcastle und seine unerbittlichen Jahre in Haarlem Downs. England bedeutete ihm Verlangen, Verlust und Patriotismus. Bei diesem und den weiteren Treffen eine Woche später in Dili und Singapur warf Landy die Angel aus, spielte mit ihm wie mit einem Fisch und kriegte ihn schließlich an den Haken.

»Sie berichten mir persönlich, niemals schriftlich. Wir treffen uns so wie jetzt. Wir unterhalten uns, Sie gehen fort und finden Dinge für mich heraus, und wir treffen uns wieder auf einen Schwatz.«

Von Geld war nie die Rede. Es war Quillers Pflicht für das Empire. »Hören Sie hin, beobachten Sie, berichten Sie mir«, sagte Landy.

So gab es zum Beispiel amerikanische Geschäftsinteressen im ganzen pazifischen Raum und vor allem auf den Philippinen. »Die Amerikaner irischer Abstammung interessieren uns am meisten«, sagte Landy.

Vierzehn Tage später berichtete Quiller, dass ein gewisser Daniel Finemore, ehemals New York, nun wohnhaft in Penang, Gummi nach Japan verschiffe. »Ist das die Art von Information, die Sie meinen?«

»Worauf Sie wetten können«, sagte Landy. »Meine Vorgesetzten sind Ihnen zu Dank verpflichtet, Mr. Quiller.«

Ein andermal berichtete Quiller, dass die Japaner überall aktiv waren, wohin er auch flog. »Man bemerkt es nicht, bis man hinschaut, aber sie haben ihre Finger überall drin.«

»Das ist richtig. Irgendetwas Bestimmtes?«

Quiller erwiderte, dass er nur allgemein spreche.

»Wir brauchen was Handfestes, seien Sie so gut«, erwiderte Landy und wischte sich die breite Stirn mit einem Taschentuch. »Scheuen Sie sich nicht, herumzuschnüffeln und mit den Leuten zu reden. Denken Sie daran, wenn britische und lokale Interessen im Fernen Osten aufeinander prallen, sollte das Wohl des Empire im Vordergrund stehen.«

Quiller zitterte bei dem Gedanken an dieses geheime andere Leben. Australien wurde ihm immer weniger vertraut, immer weniger zu einem Abbild Britanniens, und Darwin zu einem schwierigen, Ränke schmiedenden Vorposten des Empire. Es gab Amerikaner irischer Abstammung in Darwin, die Verbindungen zu Amerikanern irischer Abstammung im gesamten pazifischen Raum unterhielten, die Arbeiter im Hafen von Darwin waren Kommunisten, und die japanischen Geschäftsinteressen waren so allumfassend wie überall. Er erkannte ein geheimes, bösartiges Netzwerk, und er war stolz, etwas dagegen tun zu können. Eines Tages sah er zufällig Landy in seinem schäbigen Baumwollanzug in Singapur, wie ein Commodore der Royal Navy vor ihm salutierte, und das stimmte ihn merkwürdig heiter, denn es bestärkte seine Vorstellung, als Agent für den König zu arbeiten.

Spionieren hieß auch Träumen. Es war, als schwebe man in den

Wolken und Schatten, wo es keine Farben gab und der Boden unsichtbar war, wo es mehrere Seinszustände gleichzeitig geben konnte, alle nebeneinander, die beobachteten und abschätzten, und keiner davon war der Quiller, an den er sich erinnerte, sondern nur eine Facette von ihm.

Als in Europa der Krieg ausbrach, verschwand Landy ganz einfach. Quiller sammelte weiter Informationen und Eindrücke, doch niemand fragte sie bei ihm ab, also brannten sie sich in sein Hirn. Um sich davon zu befreien, fuhr er nach England, sagte dort, dass er fliegen könne, und obwohl er sich seitdem irgendwie ausgeschlossen und verraten fühlte, war er nun zumindest wieder ganz einfach und unteilbar ein Pilot namens Quiller.

Das schnelle Licht der Morgensonne verfleckte den Himmel schnell, und Quiller sprang auf die Bambusdielen hinunter und machte das Floß los, das sich in der Fischreuse verfangen hatte. Die Strömung war stark. Er stocherte gegen die Ebbe auf die Brücke zu und dachte: Gleich und Gleich gesellt sich gern; man braucht wohl einen Spion, um einen Spion zu erkennen; nur mithilfe eines Spions haben die Japaner derart heftig und zielgenau die Flugplätze im Norden Malayas treffen können.

Das Wasser schien in den Himmel zu bluten

Es gab in Haarlem Downs zwei abgelegene Winkel, die Jeannie und Cameron so gern »unseren Ort« nannten, was heißen sollte, dass sie dort miteinander schliefen – eine Höhle und eine verlassene Hütte. Die Hütte lag näher. Jeannie schlich sich vom Haus und all seinen jämmerlichen Abwechslungen fort und machte sich auf den Weg in Richtung Hügel, auf dem die Hütte stand.

Gerade als sie auf das Rollfeld trat, schnappte ein winziger Wirbelwind stechend nach ihren bloßen Beinen. Doch er war mit einem Wimpernschlag schon wieder verschwunden, ein kleiner peitschender Wirbel aus Staub und Splitt, der sich in einem Fleckchen klebrigen Schlamms verlor – fast so, als habe sie sich das alles nur eingebildet. Nach kurzem Zögern setzte sie ihren Weg fort und überquerte das Rollfeld. An einem Ende stand der Hangar, am anderen der Windsack, ein paar Ameisenhügel und Boabbäume. Die Gull stand im Hangar und setzte Staub an – genau wie ihr Herz, fand sie.

Sie rannte hinüber zur anderen Seite, umkreiste den flachen See, der sich nur in der Regenzeit bildete. Das Wasser atmete gerade aus, als sie daran vorbeikam. Es schlappte an den Stämmen abgestorbener Bäume und rollte ölig zwischen den Binsen, dem Brutplatz der Frösche, Moskitos und langsam wabernder Gase.

Ihr Hut streifte die Pandanuspalmen und *Eremophila gilesii*. Sie kam auf höher gelegenes Land. Das Meer jenseits des Eighty Mile Beach war grün und rau. Hinter ihr lagen die perspektivisch verkürzten Gebäude, das Rollfeld und die Viehhöfe von Haarlem Downs, dahinter ein filigranes Netz aus Schaf- und Viehkoppeln auf rotem Grund, dahinter schließlich die Straße von Broome nach Port Hedland am Rande des endlosen Basalts.

Sie kehrte diesem Anblick den Rücken zu und ging zu einer Hütte aus Stein und Blech, die irgendein Dunn zu Beginn des Jahrhunderts errichtet hatte. Das Dach war gegen die kräftigen Meereswinde mit Steinen beschwert. Die Führungskante der Tür neigte dazu, in der Regenzeit zu klemmen, also hob sie den Riegel, drückte die Tür mit zwei geübten Bewegungen auf und trat dann über die Schwelle in das trübe, körnige Licht. Das Fenster hatte keine Vorhänge, aber das Glas war vierzig Jahre lang von windgepeitschtem Splitt verkratzt worden. Die Pritsche des Viehhirten unter dem blinden Fenster bestand aus einer Rosshaarmatratze und einer schottengemusterten Decke auf Zaunlatten, die auf einen Holzrahmen genagelt worden waren. Jeannie hatte einen Strohbesen in der Ecke stehen lassen und fegte nun aus, bevor sie sich aufs Bett legte.

Unser Platz. Sie versuchte, sich die Zeiten in Erinnerung zu rufen, in denen sie sich auf der Schottendecke geliebt hatten, aber Cameron widersetzte sich – er wollte keine Form annehmen –, und unerklärlicherweise dachte sie nun an seinen Cousin Neil und die Art, wie er manchmal herumgeschlichen und ihnen gefolgt war.

Neil war 1933 nach Haarlem Downs gekommen. Er war schüchtern gewesen, niedergeschlagen, taub für alles außer seinem geliebten Fahrrad und den Stunden, die er mit Wally Webb verbrachte. Im Oktober war dann Kingsford Smith in einer Percival Gull in Wyndham gelandet und hatte damit den Rekord für den Flug von England nach Australien gebrochen, und Leonard, der so aufgeregt war wie ein Kind, hatte sich schließlich selbst eine Gull gekauft. Im Handumdrehen hörte Neil auf, den Boden anzustarren. Schon bald redeten Onkel und Neffe über nichts anderes mehr als Flugzeuge und Rekordflüge: Ein Brite fliegt in weniger als drei Tagen von

England nach Australien; Jimmy Melrose landet bei seiner Umkreisung Australiens in einer Puss Moth in Broome und in Hedland; P. G. Taylor fliegt Kingford Smiths Gull von Java nach Sydney in zwei Tagen; Jean Batten fliegt eine Gull von England nach Australien in weniger als sechs Tagen.

Neil hatte ihr einmal die Route gezeigt, die er nehmen würde, wenn er den Rekord brechen wollte: Croydon, dann Brindisi, Aleppo, Basra, Karatschi, Kalkutta, Rangun, Bandar Star, Singapur, Surabaya, Kupang und schließlich Wyndham oder Darwin. Wyndham war das bevorzugte Ziel, denn das war die kürzeste Entfernung von Kupang, aber die starken Winde dort waren ein Problem, und der Flugplatz – eine drei Meilen lange Salzpfanne – sorgte für eine gefährliche Thermik. Er wusste all solche Sachen. Seine Begeisterung war rührend.

Cameron zuckte angesichts der Gull nur mit den Schultern – sie gehörte seinem Vater, und sein Vater war ein unnachgiebiger Mann –, aber Himmel noch mal, wie sehr sie die Maschine nach einer Weile liebte. Stromlinienförmig, makellos geformt, wie ein Vogel kurz vorm Abflug, fast frei von dem Gewirr aus Drähten und Streben und dem allgemeinen Gefühl von Zerbrechlichkeit der Doppeldecker.

Leonard hatte gewartet, bis sie siebzehn geworden waren, bevor er ihnen beibrachte, wie man die Gull flog. Es war während der Trockenzeit, als das Risiko von Seitenwinden und durchweichten Böden gering war; Neil und sie lernten fliegen wie Enten das Schwimmen, doch Cameron war am Steuer oft etwas linkisch und gereizt und zog den Passagiersitz vor.

Ein Jahr darauf unternahmen sie zu dritt Ausflüge ohne Leonard. Im August 1938 dann, kurz bevor Neil bei einer Fracht- und Postfluggesellschaft mit Sitz in Darwin anfing, gab Leonard ihnen die Erlaubnis, den Kontinent zu umrunden. Sie brachen keine Rekorde – sie waren neununddreißig Tage unterwegs –, aber Himmel, die gelegentlichen Glücksmomente und Gefahren machten die langen, dumpfen Stunden wett, in denen nichts geschah.

Als Erstes hatten sie hinter Broome eine verstopfte Benzinleitung. Sie legten eine gute Zeit vor, um Roeburne und Geraldton zu erreichen, doch wenn im Nordwesten Dürre war, dann herrschte im Süden unten Regenzeit mit eisig kalten Regenschauern und starken Winden, die die Gull schüttelten und zurückwarfen und sie zwangen, mit dem letzten Tropfen Sprit auf einer Weide bei New Norcia zu landen.

Als sie am nächsten Morgen auf einen Lastwagen warteten, der ihnen ein Fass Benzin bringen sollte, wies Neil auf einen winzigen Riss im Propeller hin. »Wir sollten ein Auge darauf halten.«

Sie hielten ein Auge darauf, als später ein Stück herausbrach, mit einem Knall gegen die Windschutzscheibe flog und das Plexiglas zerschlug. Sofort fing die Gull an zu zittern, die Motorumdrehungen waren zu hoch für die nun unrunden Propellerblätter, und Neil ging mit der Geschwindigkeit herunter. Sie verloren an Höhe. Er erhöhte die Geschwindigkeit, um sichere Höhe zu erreichen, dann drosselte er den Motor wieder, und sie fielen erneut. Auf diese Weise humpelten sie bis Perth und blieben dort fünf Tage lang in getrennten Zimmern in einer Pilotenabsteige in der Nähe des Flugplatzes, bis aus Sydney ein neuer Propeller hergeflogen wurde und die Kugellager ersetzt worden waren. Neil verbrachte jede Minute damit, an der Gull zu arbeiten, und Cam mietete sich ein Auto und fuhr mit Jeannie in die Wälder voller Jarrah- und Kauribäume. Das war nicht recht gewesen, fand sie jetzt. Sie hätten bei Neil bleiben sollen.

Sie flogen an einem Sonntag etwa gegen vierzehn Uhr ab. Neil war nicht unfehlbar. In Kalgoorlie wurde ihnen geraten, mit der einbrechenden Dunkelheit nicht weiter ostwärts zu fliegen, doch er legte sein ganzes Vertrauen in den neuen Propeller und die Kugellager, aber nicht genug auf ihre Karten und den Kompass, und als es dunkel wurde, waren sie vom Weg abgekommen und befanden sich über steinigem Grund. Jeannie erinnerte sich an die Dunkelheit, die am Seitenfenster des Cockpits vorbeipeitschte, und an ihr eigenes spektralfarbenes Spiegelbild, als sie hinausstarrte.

Eine einsame Straße zu einem einsamen Haus war ihre Rettung. Neil summte ums Haus herum, bis sich Verandalicht auf den staubigen Hof ergoss und Leute aus dem Haus traten. »Seht ihr denn nicht, was wir vorhaben?«, sagte er laut und flog weiter immer ums Haus herum.

Schließlich setzten ein Auto und ein Einspänner aus einer Scheune zurück und fuhren zur Straße, und die Scheinwerfer bohrten sich funzelig in die dunkler werdende Nacht. »Keinen staubigen Untergrund«, sagte Neil bei dem Versuch, den hier Ansässigen Verstand einzuflüstern.

Schließlich war eine Landebahn von einer halben Meile Länge von beiden Seiten angestrahlt, und der Abschnitt dazwischen lag praktisch im Dunkel. Neil drosselte die Geschwindigkeit, bis er den Motor der Gull beinahe abwürgte, und landete fast ohne Hopser; Steinchen prasselten um sie herum.

Cam hatte das Grammofon und ein Dutzend Schallplatten mit Gilbert und Sullivan und amerikanischer Big-Band-Musik eingepackt. Auf einem früheren Flug in den Nordwesten hatten die drei trotz der heranschleichenden Flut für eine kurze Reparatur am Strand landen müssen. Cameron und sie hatten mit jeder Menge verrückter Verrenkungen auf dem Sand getanzt, das Grammofon war nur schwach gegen die Brise angekommen, und Neil hatte sich mit Werkzeug und einem verschmierten Lappen über die Gull gebeugt. Das war auch nicht recht gewesen, aber Neil hatte es anscheinend nicht gestört, und er hatte sich mit einem schüchternen, geduckten Lächeln auf dem Gesicht darangemacht, am Motor zu arbeiten.

Sie verbrachten also die Nacht in dem einsamen Haus, aßen Hammel und saßen danach rund ums Grammofon. Es schien fast so, als beherbergten sie die Hausbewohner, nicht anders herum. Hagere, wie hypnotisiert wirkende, wortkarge Menschen, die sich schwerfällig bewegten und sprachen, so als seien ihnen ungestüme Götter erschienen.

Nach dem Frühstück weiter nach Forrest, dann eine kleine südöstliche Richtungskorrektur, die sie über die Brecher des Great Australian Bight nach Ceduna brachte, wo sie nach einem seeseitigen Anflug über das Nuyts-Archipel landeten.

Sie waren wohl kaum als Pioniere zu bezeichnen, aber ihr Flug hatte sich herumgesprochen, und am nächsten Tag geleitete sie ein Schwarm Moths des South Australian Aero Club zum Flugplatz Parafield.

Jeannie erinnerte sich noch daran, wie Neil plötzlich hinausschaute und wissen wollte: »Was macht der Kerl da?«

Cameron hatte am Steuer gesessen. Wenn er einen Fehler als - Pilot hatte, mal abgesehen von seiner Gleichgültigkeit, dann war das sein mangelndes Gefühl für die Maschine. Er konnte halbwegs vernünftig starten, fliegen und landen, auch so etwas Ähnliches wie navigieren und die Instrumente ablesen, aber er schien gegen die Maschine zu kämpfen, statt sie sich anzuziehen wie einen alten, vertrauten Mantel oder eine zweite Haut. Eine Leopard Moth war ihrem Steuerbordflügel zu nahe gekommen. Neil konnte die Maschine dort spüren, Jeannie auch, aber Cam war ihr gegenüber blind. »Wer? Wo?«, schreckte er auf.

»Nach Backbord abdrehen!«, rief Neil.

Cameron verwechselte Backbord und Steuerbord. Die Maschinen berührten sich. Neil übernahm sofort das Ruder, sorgte so für Ruhe und glitt zur Seite. Jeannie konnte einen Riss in der Flügelspitze erkennen, der Stoff flatterte wie ein Kopfkissenbezug, das Loch gähnte sie an. Die Leopard sank in der Zwischenzeit lahmend und holprig zu Boden. Neil folgte ihr vorsichtig und sagte: »Den vorderen Holm am unteren Flügel, den haben wir fast durchtrennt. Seht ihr, die Drähte hängen durch. Hoffen wir, dass die Flügel halten.«

Sie linste hinaus und sah, dass Neil Recht hatte. Er hatte sich die Bewegungen der Moth angeschaut und ihre Sprache in der Luft zurückübersetzt, um den an der Maschine entstandenen Schaden zu erkennen. Unter ihren Augen schien die Moth knapp über dem Boden entzweizubrechen, abzustürzen und zu zerknüllen. Neil schoss übers Wrack hinweg und landete auf der anderen Seite. Als sie schließlich standen, öffnete Jeannie die Luke und schaute nach hinten. Der Pilot der Moth stand weit genug weg vom Wrack und reckte und dehnte sich, um eine Zerrung am Hals zu lockern.

Eine Woche, bis sie wieder fliegen konnten. Ihre Tour entlang der Ostküste – Melbourne, Wangaratta, Goulburn, Sydney, Newcastle, Coffs Harbour, Brisbane – verlief ereignislos, abgesehen von den Verzögerungen durch die böigen Winterwinde. Manchmal kroch die Kälte durch die Ritzen und fuhr ihnen bis in die Knochen. Wie würde das perfekte Leben aussehen? Sommer im Süden, Winter im Nordwesten.

Charleville, Longreach und eine schadhafte Drosselklappe, Cloncurry, Camooweal, wo sie der Schönsten und dem Schönsten des Highschool-Balls Preise überreichten, Daly Waters, dann ein langer Hopser bis Darwin, wo die Zündkerzen gereinigt werden mussten. Zu dem Zeitpunkt war Cameron schon gefährlich gelangweilt. Er konnte nicht stillhalten und neigte im Cockpit zu entnervender Verspieltheit, geheimen erotischen Übergriffen, bei denen er seine Hand zwischen ihre Blusenknöpfe gleiten ließ, mit den Fingern zwischen ihren Beinen entlangfuhr und an sich herumzupfte, um seinen eng gewordenen Hosenstall zu entlasten.

Sie fanden in einem Hotel in Hafennähe ein paar Zimmer. Jeannie bekam Neil zwei Tage lang nicht zu Gesicht. Er war ganz aufgeregt, als er zurückkehrte. »Ich hab Arbeit.«

»Fliegen?«

Er nickte. »Post und Fracht, meist zwischen Broome und Darwin und am Fitzroy River entlang nach Halls Creek, und ab und zu über die Timorsee.«

»Wann?«

»Gleich nach unserer Rückkehr.«

Es war Abend. Cam war in einer merkwürdig trägen Stimmung, schmiegte sich an sie, und sie konnte sich noch das müde, herausfordernde Lächeln ins Gedächtnis rufen, das er Neil Quiller zeigte.

»Wann immer du nach Broome kommst, schaust du bei uns vorbei, nicht wahr?«, sagte sie.

»Mach das, alter Knabe«, sagte Cameron. Sein Atem war warm über ihren Nacken gestrichen.

Neil konnte sie nicht ansehen. Sein Gesicht verdüsterte sich ein wenig. »Ich werds versuchen«, sagte er. Dann hüstelte er. »Großer Tag morgen.«

Sie hielten sich dicht an der Küste, flogen südwestlich über kahle Inseln, Küstenschluchten, Mangrovengürtel und Wüste. An einer Stelle ließ Neil Jeannie den Queen's Channel überqueren, damit sie mal erfuhr, wie es war, über das Wasser zu fliegen. Die Erfahrung zerrte an ihren Nerven. Das Wasser schien in den Himmel zu bluten, und wie hypnotisiert ließ sie zu, dass die Gull bis auf wenige Meter an die Oberfläche sank. Neil riss das Ruder hoch. »Siehst du? Das wollte ich dir zeigen.«

Bei Wyndham hatte er noch eine Lektion für sie. Er goss eine Tasse voll Benzin aus einem der Vier-Gallonen-Fässer an einem der Auftankdepots in ein Glas und sagte ihr, sie solle es gegen das Licht halten.

Darin fanden sich winzige Rostpartikel, sogar Gras, und eine Spur von Schwebeteilchen. »Hier draußen kann der Sprit ziemlich murkelig sein«, sagte er. »Vorm Auftanken immer filtern.«

Auf dem Flugplatz hatte nur ein Mann Dienst. »Wir brauchen ein Stück Wildleder«, sagte Neil zu ihm.

Der Mann sah sich langsam und verschlafen in der Wellblechhütte um, die als Büro diente, und kratzte sich am Kopf. »Ich will verdammt sein. Vor ein paar Tagen hatt ich noch was.«

Schließlich nahmen sie einen von Jeannies Handschuhen, hielten ihn wie einen Euter fest, und der Sprit strömte zögernd in den Tank, was sie eher an eine pinkelnde Frau erinnerte als an eine Kuh, die gemolken wird.

Nächster Zwischenstopp war Ord River Station, zweihundert Meilen südlich. An der Mündung des Ord River entdeckten sie Krokodile, aber die Gefahr lag nicht am Boden, sondern darin, wie der Boden die Luft veränderte. Merkwürdige Aufwinde und Luftlöcher schüttelten sie durch, und der Kompass spielte über den Eisensteinhöhen verrückt. Sie wollten nach Halls Creek, aber keine der Landmarken ergab für Neil irgendeinen Sinn, also kritzelte er etwas auf einen Zettel und warf ihn einem Reiter zu, der Vieh trieb; der wies ihnen eine Richtung, die fünfundvierzig Grad westlich von jener lag, die sie gedacht hatten.

In Halls Creek platzte ein Reifen, und die Maschine setzte erst kurz mit dem Propeller vorn auf und drehte dann zu einer Flügelseite hin ab. Die Reparatur dauerte zwei Tage, und als sie wieder weiterflogen, waren die Propellerblätter fast acht Zentimeter kürzer. Dann nach Broome, Jeannie flog die letzten Etappen und schlief dabei ein, so kurz vor zu Hause, sicher und warm in der nordwestlichen Sonne.

Jetzt erhob sie sich von dem kleinen Bett, ging zum steinernen Türrahmen und starrte in den Himmel, der sich blassblau über die Ebene erstreckte und nur in der Ferne mit Wolkenspuren gefiedert war.

Wo war er?

Engländer, die sich um ihre Angelegenheiten kümmern

Die Straße war schmal, der Dschungel drängte von beiden Seiten heran. Quiller machte sich auf den Weg, und nach der ersten Biegung sah er, wie der Dschungel Gummibäumen wich, die im schwarzen Schlick standen und sich vom unkultivierten Landesinneren abwandten. Vor ihm lag eine weitere Biegung, und er bemerkte Qualm, roch Gewürze, die in heißem Öl brieten, und hörte über dem kaum registrierbaren Sog des Flusses das Geschnatter umherstreifender Affen, das Krähen eines Hahns und Fetzen von Unterhaltungen. Er blieb verwirrt stehen. Vor ihm, jenseits der Plantage, lag offenbar ein Dorf, aber die Stimmen kamen von hinten. Sie sprachen kein Malaiisch und kein Chinesisch, und sie kamen schnell näher.

Er sprang über den Monsundrainagegraben und versteckte sich hinter einer Nipa-Palme. Sechs japanische Soldaten auf Fahrrädern tauchten auf, jeweils drei nebeneinander, mit langen, bajonettbewehrten Gewehren auf dem Rücken. Palmwedel wippten wie übergroße Girlanden auf ihren Blechhelmen, während sie sich etwas zuriefen und unentwegt den Straßengraben absuchten. Vier von ihnen trugen schwarze Brillengestelle, die Gläser blitzten auf, und Quiller hielt sie für die Gefährlichen – ihre Brillen hatten sie hart gemacht, nicht geschwächt. Sein Herz hämmerte. Wo waren sie gelandet? Handelte es sich um einen Spähtrupp? Nachzügler?

Was jetzt? Ging er landeinwärts, verschlang ihn der Dschungel. Die Küste lockte mit Kokospalmen, feinem Sand und dem warmen grünen Meer – bot aber keinerlei Deckung. Blieb noch die Straße – nordwärts, den Landungstruppen entgegen, oder südwärts, den sechs Männern und wer weiß wie vielen noch hinterher, die auf ihren Fahrrädern die Halbinsel hinunterwisperten.

Quiller beschloss, ihnen zu folgen, hielt sich an den schmalen Grabenrand und rechnete ständig damit, zwischen den Bäumen verschwinden zu müssen. Als das Dorf näher kam, suchte er Deckung und beobachtete eine Zeit lang. Die Japaner waren abgestiegen, und während zwei von ihnen Flugblätter verteilten, standen die anderen unsicher da, die Gewehre im Anschlag. Ein paar Minuten später fuhren sie weiter, lächelten die Kinder an, die ihnen im Sonnenschein hinterherliefen und etwas nachriefen.

Quiller ließ zehn Minuten verstreichen. Die Dorfbewohner schauten zu, wie er den freien Platz in der Dorfmitte überquerte. Ein oder zwei von ihnen erstarrten und kamen auf ihn zu, einer rief etwas, doch Quiller ging weiter, so als wollte er sagen, dass nun die Gezeiten des Krieges die Straße entlangrollen würden, dass es in den folgenden Tagen andere wie ihn geben würde und dass sie sich lieber daran gewöhnten.

Eine Meile südlich des Dorfs klaute er ein Fahrrad. Es lag verborgen hinter einem umgestürzten Gummibaum am hinteren Ende der Plantage, und er hätte es nicht gefunden, wenn er sich nicht selbst um Deckung bemüht hätte. Es gehörte wohl einem Gummizapfer, aber die Plantage war verlassen. Weiße Kautschukperlen bluteten still die Stämme der angezapften Bäume hinunter in Tonkrüge. Also schleppte er das Rad auf die Straße, stieg auf und fing an, in die Pedale zu treten, und er fühlte sich merkwürdig befreit von seinem bisherigen Leben des Herumlungerns und Herumrennens. Die würzige Luft strich ihm an der Nase vorbei. Nach einer Weile bekam er einen Krampf in den Beinen. Der Besitzer des Rades war ein kurzer Kerl. Neil Quiller schaute auf die Längsstange. Das Fahrrad war ein Raleigh. Die Reifen waren Dunlop. Er fuhr mit einem sehr englischen Fahrrad durch ein heißes, gefährliches Land, weit, weit weg von England. Ständig stieß er in der Welt auf dieses Paradox. Nicht die Welt wurde kleiner, fand er, nein, er dehnte sich aus.

Er traf auf einen hölzernen Wegweiser am Straßenrand. Sungei Dungun, fünf Meilen. Waren Flugplatz und Stadt eingenommen worden? Oder drängte er die sechs Männer vor sich in eine enge Lücke?

Die Straße war schnell und gerade; er kam gut voran, die Hinweisschilder zählten die Meilen ab. Zwei Meilen vor der Stadt brüllte ein Flugmotor auf, eine Vildebeest tauchte auf und erhob sich in einem flachen Winkel, so als stiege sie aus einer der Palmen vor ihm auf. Neil Quiller blieb stehen und schaute zu, während sie langsam vorwärtsdröhnte, eine Buschklapperkiste am Himmel, nordwärts in Richtung der Landungsorte.

Die Alliierten hielten also noch den Flugplatz. Quiller stieg ab. Die sechs Japaner wären nicht unbemerkt von den Sikh-Wachen über den Umgrenzungszaun gekommen, und er bezweifelte, dass sie hinter ihm waren. Er stieg mit dem Fahrrad über den Monsungraben, legte es ins Gras und glitt zwischen den Palmen hindurch. Noch immer konnte er den Flugplatz nicht sehen, aber hören: Motoren, gedämpfte Rufe und Pfiffe und leise Musik, so als habe ein Pilot oder irgendein Küchenhelfer eine Grammofonnadel auf eine wellige Schallplatte gesetzt. Die Banalität dieses Eindrucks ließ Tränen in Quillers Augen steigen.

Er hörte ein Hüsteln, blieb stehen, beobachtete das Unterholz und kam erst darauf, nach oben zu schauen, als er ein zweites Hüsteln vernahm. Er entdeckte einen Mann, der sich auf einen Ast gelegt hatte. Zuerst dachte er, die Gestalt würde schlafen, doch das war ein recht ungewöhnlicher Platz, und außerdem hatte der Mann sich mit einem breiten Ledergürtel an den Ast geschnallt. Dann sah Quiller das Gewehr, das auf einem kleineren Ast ruhte, die farblose

Uniform, das Tarnnetz, das staubige kleine Bündel und den Blechhelm, und er erstarrte.

Sechs Mann gegen einen Flughafen?

Unwahrscheinlich, aber Quiller ahnte, wie entnervend ein Heckenschütze sein konnte. Da stehst du und betankst eine Vildebeest oder streckst die müden Glieder vor der Tür zur Messe aus, und auf einmal hörst du ein entferntes Knacken, und eine Kugel zischt an deinem Ohr vorbei.

Er schaute sich nach den anderen Heckenschützen um. Sie waren nicht zu sehen. Zutiefst erschrocken kehrte er zum Fahrrad zurück und hatte das Gefühl, Todesboten hätten ihn auf der Liste und hielten sein Kreuz im Visier. Er schwang sich auf den Sattel und fuhr tiefgebeugt und schnell in Richtung Flugplatz. Er kam an den Zaun, dann zum Tor. Drinnen befanden sich Hütten, freundliche alte Kriegsflugzeuge und Engländer, die sich um ihre Angelegenheiten kümmerten, und er stellte sich in die Pedale und rief: »Japse, Japse.«

Er raste durch den Kontrollpunkt an den verwirrten Sikh-Wachen vorbei. »Japanische Heckenschützen, da hinten in der Plantage.«

Warum hörte ihm niemand zu? Er fuhr weiter, tiefer ins Camp hinein, zwischen den Hangaren, Schuppen, Hütten und dem Graben vor den Strandpalmen, bis ihm ein Offizier in den Weg trat und ihn vom Fahrrad holte. »Was für Japse? Wer zum Henker sind Sie?«

Quiller sagte es ihm. Der Offizier, ein australischer Flight Lieutenant, legte seinen Kopf ungläubig zur Seite, das Käppi hoch auf dem Kopf, die Hände in die Hüften gestemmt. »Veräppeln Sie jemand anderen.«

»Es ist die Wahrheit.«

Quiller wiederholte seine Geschichte. Weitere Männer traten hinzu, darunter ein paar britische Piloten und Bodenpersonal und ein Mann, der verkündete, er sei Hume, der Flugplatzkommandant. »Heckenschützen, Sir, dort hinter dem Zaun.«

Hume starrte ihn an und ruckte dann mit dem Kopf. »Kommen Sie mit.«

Quiller wurde zum Wachraum gebracht, Hume schlug die Arme unter und sagte: »Also, was ist los?«

Bei schwarzem Tee mit Zucker in einem angeschlagenen Emailbecher gab Quiller seine Geschichte erneut zum Besten. Hume hörte ihm zu und begann dann, ihn zu prüfen. Wer ist der Flugplatzkommandant in Bandar Star? Wie hoch ist die Drosselgeschwindigkeit der Brewster Buffalo? Wer ist ›Our Glad‹? Beschreiben Sie die Bedingungen auf den Flugplätzen von Bandar Star, Kota Bharu und Sungei Patani.

Hume war freundlich und geduldig; ein Londoner mit sandfarbenem, schütter werdendem Haar, einem rötlichen Schnurrbart, Nikotinflecken an den Fingern und einem roten Ausschlag am Hals vom Rasieren. Aber er hatte ein hängendes Augenlid, das Zweifel und Ablehnung auszudrücken schien, und Quiller konzentrierte sich darauf und hoffte, in Humes Augen Überraschung und Alarmiertheit aufblitzen zu sehen. Keine Spur.

Nach einer Weile schwieg er. Hume zündete sich eine Zigarette an und lehnte sich zurück, um Quiller zu beäugen. »Heute früh wurde unsere Wasserleitung sabotiert und in Stücke gesprengt. Wir haben einen örtlichen Malaien verhaftet.«

Quiller erzählte ihm von der Sabotage in Bandar Star, wurde aber von einer Vildebeest unterbrochen, die zur Landung ansetzte. Er verfolgte sie mit gespitzten Ohren und hörte das verwundete Motorengeräusch, als sie in Baumhöhe über den Flugplatz zog, bevor sie aufsetzte. Dann folgten weitere und landeten nacheinander. Als es wieder still war, sagte Hume bedrückt: »Sechs. Acht sind losgeflogen.«

»Sir, die nächste halbe Stunde ist entscheidend.«

Hume zupfte sich einen Tabakkrümel von der Lippe. »Wie das?«

»Gestern schlugen sie bei Bandar Star zu, als die Blenheims alle am Boden waren und wieder aufgetankt wurden. Sie scheinen alles im Voraus zu wissen.«

»Wirklich?«

»Hat Ihnen kürzlich ein Verbindungsoffizier namens Janeway einen Besuch abgestattet?«

Hume wurde ganz still. »Das gefällt mir nicht, wie Sie so einfach aus heiterem Himmel auftauchen.« Er griff nach dem rissigen und schmierigen Bakelithörer seines Telefons, doch über ihren Köpfen knurrte es auf einmal, Bordgeschütze schnatterten, und in der Nähe schlugen Bomben ein und zerbarsten. Ein Mann schrie aus Furcht oder Schmerz. Hume ließ den Hörer fallen. »Das meinten Sie also.«

»Ja, Sir.«

Quiller folgte Hume hinaus. Zwei Zeros, die ihren ersten Anflug beendet hatten, lösten sich vom Ende des Flugplatzes, machten eine Wende und kamen in Höhe der Gummibäume jenseits des Zaunes zurück. Quiller sah das Mündungsfeuer, ein ausgewaschenes Rot, das sich kaum vor der schwachen Monsunsonne abhob. Kugeln schwirrten und tanzten über die Parkbuchten und trafen einen Mechaniker, der gerade zum Splittergraben rannte. Die indischen Artilleristen feuerten zurück, aber zu spät, sie schafften es nicht, die Flugbahnen vorherzusehen, und setzten ihre Salven in leere Himmelsabschnitte.

Rings um Quiller riefen Männer und suchten halb kauernd Schutz. Er selbst warf sich in einen Graben hinter der Messe, kniete in der trägen Luft und schlug nach den Moskitos, als ein Schwarm RAAF-Buffalo-Jäger aus ihren Unterständen rollte, mit erhobenem Heck die metallbelegte Piste hinunterraste und abhob. Er schaute zu, wie sie sich verteilten und die Zeros ostwärts auf die offene See hinaus verfolgten.

Die Männer um ihn herum erhoben sich. Einer rief und drohte mit der Faust. »Gebt den Mistkerlen Saures. Schickt sie zur Hölle.«

Quiller zögerte, den Graben zu verlassen, selbst noch, als Hume zu ihm kam, um sich zu entschuldigen. »Wie es scheint, haben Sie Recht, Mann.«

Quiller sah zum Himmel auf. »Sir, das gefällt mir nicht.«

Hume verstand ihn offenbar nicht. »Die sind auf der Flucht. Sie können jetzt rauskommen, ohne sich zu blamieren.«

»Sir – «

»Es wird Ihnen aufgefallen sein, wie schnell wir unsere Jäger hochgekriegt haben. Die Jungs haben schon den ganzen Morgen auf Abruf in ihren Cockpits gehockt. Die reinste Hölle, der Schweiß fließt einem nur so, das Metall ist zu heiß, um es anzufassen, aber sie haben sich nicht beklagt. Nur gut, dass ich dafür gesorgt habe, finden Sie nicht? Sie sehen dämlich aus da unten, wenn ich so sagen darf, Flight Lieutenant Quiller.«

Unangebrachte Zuversicht, fand Quiller, und kletterte aus dem Graben. »Ich halte das für eine Falle, Sir. Sie haben sich Ihre Jäger weglocken lassen.«

Er sah, dass seine Bemerkung traf. Hume sah sich bestürzt auf dem Flugplatz um, der sich dem Himmel ungeschützt darbot. Seine Männer räumten auf und begutachteten die Schäden. Ruhe kehrte ein, doch nun gab es eine neue, unerwartete Bedrohung. Hume stand unentschlossen am Grabenrand, jammerte und sah nach oben. Die schwache Sonne fiel auf Glas, auf Propellerblätter, auf Metall, fünftausend Fuß über ihren Köpfen.

»Bomber, Sir«, sagte Quiller.

Die Sirenen gingen los. Jetzt fiel die Sonne schwach auf eine Kette taumelnder Bomben.

Quiller und Hume sprangen wieder in den Graben, als die Bomben die Küche, einen Hangar und ein paar Hudsons der RAAF durchschlugen. Eine ganze Weile, die von dem Gefühl des immer länger angehaltenen Atems bemessen wurde, geschah nichts. Quiller rief noch: »Zeitverzögerte Zünder!«, als schon die erste Explosion die Wände und das Dach der Küche wegpustete. Schnell folgten weitere Explosionen und tobten über den Flugplatz wie ein eng begrenzter Sturm, eine Reihe von reißenden Trommelschlägen, die die Luft mit waberndem öligem Qualm erfüllten, mit Klumpen aus Dreck und wirbelnden Holzbohlen. Zwei der Hudsons und ein Hangar zerbarsten und fingen Feuer.

Hume erhob sich, als die Bomber davonzogen. »Glauben Sie, das wars?«

Quiller beschirmte sich die Augen. Es waren neun Bomber, und er sah, wie sie kehrtmachten, sanken, sich verteilten und über die Bäume landeinwärts von Sungei Dungun zogen. »Sie werden uns jetzt beharken.«

Hume duckte sich mit ihm. Quiller spürte den Arm des Mannes an sich vorbeiwischen. Der Körper des Kommandanten war nur noch Not und Hilflosigkeit. Quiller zitterte. Er konnte Hume nicht trösten; er konnte nur Humes Angst abwehren, Angst, die den Mann zu erhitzen schien und nach dem Leder von Humes Holster und der Revolverschnur roch. Metallsplitter summten wie Hornissen über ihre Köpfe hinweg und schlugen und klapperten gegen Jeeps, Tanklaster, Blechwände, Flügelverstrebungen und Kisten mit Kolben und Achsen. Die Männer, die bis in die Knochen zitterten, kauerten sich hin. Die Luft füllte sich mit kreischendem, sirrendem Metall, das sie mir nichts, dir nichts ummähen konnte.

Als die Abwehrgeschütze auf die Angreifer feuerten – zu spät, um noch Wirkung zu zeigen – fand Quiller seine Fassung wieder. Er sah über den Grabenrand hinaus zu den Geschützposten rings ums Flugfeld, wo die Sikhs mit Thompson-Maschinenpistolen, Gewehren und Bren-MGs hinter den verschwindenden Heckflügeln der Bomber her feuerten. Dann blickte Quiller sich auf dem Flugfeld um und überschlug den Schaden: die Küche, ein Hangar, drei Hudsons und eine Vildebeest, ein Stapel leerer Spritfässer, die Werkstatt und Kisten mit Nachschub. Die Lager mit Sprit, Öl, Bombenzündern und Torpedos waren intakt.

»Sir, die Lage ist nicht so schlimm.«

»Sie ist auch nicht gerade rosig, guter Mann.«

Hume stapfte zum Einsatzraum. Quiller eilte ihm nach. »Es kommt eine Regenfront«, sagte er. »Sie wird die Brände löschen und die Japse fern halten.«

»Und wenn es wieder aufklart?«

Sie blieben stehen. Dreck spritzte zu ihren Füßen auf. Irgendetwas pfiff an Quillers Kopf vorbei. Die Metallwand eines nahe gelegenen Lagerraums donnerte wie eine geborstene Glocke, und eine Kugel prallte ab. Quiller packte Hume am Ärmel. Er hatte die Heckenschützen ganz vergessen. »Sir, Ihre Abzeichen, die zielen auf Sie.«

Er rannte hakenschlagend mit Hume über ein kurzes Stück offenes Gelände, und sie drückten sich gegen einen stecken gebliebenen Austin-Laster. Hume nahm sein Offizierskäppi ab und starrte fragend das Rangabzeichen an seiner Uniform an. »Jetzt auch noch ein Bodenangriff. Darauf sind wir kaum vorbereitet.«

»Eine Hand voll Heckenschützen«, sagte Quiller. »Mehr nicht. Sie wollen uns nervös machen.«

»Hat ja geklappt«, sagte Hume. »Woher wissen Sie, dass es nur eine Hand voll sind? Das Ganze summiert sich zu einem groß angelegten, sorgfältig koordinierten Angriff.«

Hume rührte sich wieder. Quiller folgte ihm ins Einsatzzimmer. Der britische Vildebeest-Staffelführer war da und beriet sich mit einem australischen Staffelführer. »Ich kann sechs Hudsons raufbringen«, sagte der Australier.

Der Brite legte sich die Handflächen auf die Wangen und zog sie nach unten. Er wirkte zutiefst erschöpft. »Ich habe drei startbereite Vildebeest, zwei brennen, und zwei sind abgängig.«

»Wir haben dagehockt wie lahme Enten«, sagte der Australier.

Als Hume eintrat, wandte er sich um. »Die haben uns beim Nickerchen erwischt, Sir«, sagte er anklagend.

Hume ignorierte ihn und ging zu einem von drei Telefonen auf seinem Schreibtisch. Der RAF-Offizier meinte: »Andy, das ist das Grüne Telefon.«

»Stimmt.«

»Sie rufen das Hauptquartier in der Sime Road an?«

»Stimmt.«

»Sollen wir den Raum verlassen?«, fragte der Australier.

»Nicht, wenn Sie nicht wollen.«

Die beiden Offiziere sahen Quiller an. »Soll der Kerl da rausgehen?«

»Er bleibt.«

Sie schauten zweifelnd. Das Grüne Telefon war eine geheime Verbindung nach Singapur. Sie standen dabei, während Hume telefonierte, und hörten zu, während er von dem Luftangriff berichtete. »Außerdem werden wir von Bodenkräften beschossen«, sagte Hume.

Der Australier wandte sich an Quiller. »Bodenkräfte? Hier? Die Japaner sind schon hier?«

Der Mann wirkte geschafft, die Anstrengung furchte ihm das hagere Gesicht zusehends. Er beugte seinen Kopf in Quillers Richtung. »Stimmt das, was der Alte da sagt?«

Quiller wandte sich ab. Der Australier stank beißend nach Furcht, Schweiß und Kaffee. »Heckenschützen, mehr nicht.«

»Heckenschützen? Es gibt keine Scharfschützen ohne eine Armee in der Nähe, verdammt nochmal.«

Hume legte auf. Er sah sie mit einem Anflug von Schüchternheit und vager Vorahnung an. »Ich glaube, was sie sagen ist, dass alle flugfähigen Maschinen sofort nach Singapur aufbrechen sollen.«

»Eine Evakuierung«, sagte der Australier.

»Das hat der Kerl so nicht gesagt. Er sagte –«

Der Australier unterbrach ihn wissend und unbeirrbar. »Andy, natürlich sagen sie das. Ein Luftangriff löscht uns aus, japanische Truppen stehen vor der Tür. Was sollten sie denn sonst meinen?«

»Ich denke, sie wollen nicht noch mehr Maschinen verlieren«, sagte Hume.

»Bei allem Respekt, Sir«, sagte der Brite, »es gibt einen Unterschied zwischen dieser Aktion und der Weiterführung des Flugplatzes. Die Flugzeuge können immer noch zurückkehren, wenn sich die Lage wieder beruhigt hat.«

Der Australier drehte sich entrüstet zu ihm um. »Das können wir später noch klären. Lassen Sie uns erst mal die Maschinen losschicken.«

Der britische Offizier nickte. »Ich denke, Sie haben Recht.«

Ohne sich noch weiter um Hume zu kümmern, verließen sie die Hütte. Quiller meinte: »Sir, was ist mit dem Bodenpersonal?«

»Was soll mit dem sein?«

»Wenn die sehen, wie die Maschinen abfliegen, werden sie sich fragen, warum man sie zurücklässt.«

Hume verlor die Nerven. »Ich kann nicht zwei Dinge auf einmal machen. Ich schlage vor, Sie suchen sich ein Eckchen und machen sich klein, oder noch besser, Sie suchen sich eine Mitfahrt nach Singapur.«

Quiller ging hinaus. Die Heckenschützen feuerten halbherzig in der Gegend herum. Piloten, Bodenpersonal, die Sikh-Artilleristen, alle wirkten zutiefst erschüttert. Jemand rief: »Die Japse sind auf dem Gelände«, andere nahmen den Ruf auf, und er ging von einem zum Nächsten weiter. Dann weckten die Hudson-Bomber ihre Aufmerksamkeit, bei denen Bomben und Ausrüstung abmontiert wurden, um Platz für Piloten und Besatzungen zu schaffen. Quiller zählte siebzehn Mann, die in die engen Räume an Bord des Bombers krochen. Der Mann neben ihm sagte: »Hauen die ab?«

»Ja.«

Die Hudsons rollten los und warteten auf die Freigabe. Einige der australischen Bodenleute kamen auf Quiller zu, weil sie den Eindruck hatten, dass er wusste, was vor sich ging. »Und was ist mit uns? Verdammte Wichser, lassen uns einfach im Stich.«

Quiller sah sich um. Wo war Hume? Immer noch im Einsatzraum, statt hier draußen zu sein und die Moral der Männer aufzubauen?

Die Australier schienen auf Führung zu warten. Quiller war der einzige Offizier, den sie sehen konnten. »He, Kumpel, was ist mit uns? Wie kommen wir hier weg?«

In der Zwischenzeit konnte sich Quiller nicht des Eindrucks erwehren, dass es sich schlicht und ergreifend um eine vollständige Evakuierung handelte. Er sah sich um. Warum gab Hume nicht den Befehl, die Bomben und Spritbestände zu vernichten und die Landebahnen zu sprengen? Wo war der Mann?

»Wir können erst weg, wenn wir unseren Nachschub vernichtet haben.«

»Du machst Witze. Die Japse sind schon auf dem Gelände. Wir haben keine Zeit mehr.«

»Ein paar Heckenschützen«, entgegnete Quiller, »außerhalb des Geländes.«

»Woher zum Teufel wollen Sie das denn wissen?«, fragten die Australier.

Sie gingen davon, knochige, erschöpfte Männer voller Groll, ihre Hemden, braune Arme und Beine öl- und fettverschmiert und rußbedeckt. Quiller rief ihnen nach. »Sagt doch allen, sie sollen sich am Haupttor versammeln.«

Einer winkte, dass er verstanden hatte, doch keiner sah sich um. In der Hoffnung, einen höherrangigen britischen Offizier zu finden, ging Quiller zu den Unterkünften hinüber. Auf den Pritschen lagen Seesäcke, Kameras und Bücher herum. Auf einer Nachttischkommode stand eine dampfende Tasse Tee. Einer der Männer hatte einen halb fertigen Brief liegen lassen und die Kappe nicht wieder auf den Füllfederhalter geschraubt. Ein Tintenfass lag umgefallen auf einem Bambustisch unter einem Pin-up von Rita Hayworth.

Quiller kehrte in den Einsatzraum zurück. »Sir, draußen geraten die Männer in Panik.«

Hume hockte am Schreibtisch auf seinen Händen und wiegte sich sanft. »Sie sind doch Offizier, Flight Lieutenant.« Er zog eine Hand hervor und streckte sie nach dem Grünen Telefon aus, überlegte es sich anders und setzte sich wieder auf seine Hand.

»Sir, die Bomben haben uns kaum getroffen, und wenn wir eine Army-Patrouille schicken, um die Heckenschützen zu beseitigen, können wir weitermachen.«

Humes Verstand schien hohl zu drehen. »Fahrzeuge. Haben wir Fahrzeuge?« Er griff nach einem Telefon.

Quiller ließ Hume dort sitzen und schloss sich den Australiern am Haupttor an. Eine Regenfront zog kurz über den Flugplatz, und in dem Gedränge der Leiber, die von Spannung und Furcht erhitzt waren, schien es vor Schwüle zu dampfen. Jemand schubste Quiller; er prallte an einem anderen ab, wurde umhergewirbelt und landete am Rand der Gruppe.

Einer der Flugplatzlastwagen keuchte nach draußen auf die Hauptstraße hinaus, Männer klammerten sich an Trittbrettern und Ladefläche fest. Später hielt ein indischer Händler in einem verrosteten Ford Buckboard in der Absicht, den Männern seine Waren anzubieten, vor dem Tor, doch er wurde von einem Hudson-Mechaniker beiseite geschleudert, der auf den Fahrersitz sprang und bereits losfuhr, während andere noch einzusteigen versuchten. Als zwei uralte Morris-Taxis aus dem Dorf auf das Tor zugekrochen kamen, lösten sich ein paar Männer und umschwirrten sie, schrien die chinesischen Chauffeure an, die ausstiegen, ihre Hände besänftigend unters Kinn legten und sich wippenden Schrittes zurückzogen. Quiller rief: »Wo wollt ihr alle hin?«

Das fragte er mehrmals. Die Australier waren so angespannt wie Sprungfedern, drückten sich eng aneinander, reckten die Hälse, um über die Männer vor ihnen hinweg auf der Straße nach einem Laster oder Personenwagen Ausschau zu halten. Einer von ihnen, kleiner als die anderen, fiel zurück. Er zitterte und war außer Atem. »Zum Gleisanschluss nach Jerantut«, sagte er.

Jerantut lag hundert Meilen landeinwärts von der Ostküste auf der Hauptstrecke zwischen Kota Bharu und Singapur. »Die Japse können überall sein«, sagte Quiller.

»Kumpel, die hängen uns schon an den Fersen, mir langts.«

»Das Treibstofflager«, sagte Quiller hilflos. »Wir müssen es vernichten. Und die Bomben, den Nachschub, die Landebahnen.«

»Gehört alles dir, altes Haus.«

Draußen auf der Straße hatten sich die Taxifahrer und der Händler zusammengetan und forderten Entschädigung. Mit ausgestreckten Händen schlurften sie durch den Staub bis an den Rand der Menschenmenge. Die Australier riefen: »Verdammte Schlitzaugen, verpisst euch.« Einer wirbelte den Inder herum, packte ihn am Kragen und am Hosenboden seines Sarongs und schubste ihn ein paar Meter die Straße entlang. »Wage es ja nicht, mich um Geld anzubetteln, du schwarzer Mistkerl. Wegen dir stecke ich doch in diesem gottverlassenen Land.«

Quiller bahnte sich einen Weg zur Straße hinaus und wühlte in den Hosentaschen nach Geld. »Na kommen Sie schon, benehmen Sie sich«, sagte er.

»Verpiss dich, du britisches Arschloch.«

Quiller drückte den Taxifahrern und dem Händler ein paar Geldscheine in die Hände. »Nehmen Sie das und verschwinden Sie. Hier wird es gefährlich für Sie.«

Er ignorierte die Australier hinter seinem Rücken und schaute zu, wie die drei Männer sich in ein Bushäuschen gegenüber vom Haupttor zurückzogen. Quiller schaute die Straße hinauf und hinunter, sie war leer, dann drehte er sich um und begann die Männer zu zählen, die das Tor umlagerten.

»Ach, übernimmst du jetzt das Kommando, du englischer Wichser?«

Achtundzwanzig Mann. Quiller wusste nicht, was er mit ihnen anstellen sollte. Er ging die Straße entlang zum MG-Posten der Sikhs an einer Ecke des Flugplatzes. Die beiden Schützen beäugten ihn nervös. »Sir, ist es Ihr Wunsch, dass wir unseren Posten verlassen?«

»Das liegt nicht an mir«, entgegnete Quiller. »Wo ist Ihr vorgesetzter Offizier?«

»Sir, er hat fünf Mann mit in den Dschungel genommen, um die japanischen Heckenschützen zu töten.«

»Guter Mann«, sagte Quiller.

»Ist alles verloren, Sir?«

»Natürlich nicht.«

»Wir haben die Air Force wegfliegen sehen, Sir, und die Männer da, Sir, machen sich auf den Weg.«

Die Moral war am Boden. »Die Männer da«, erwiderte Quiller, »haben keinen Befehl erhalten, sich zu entfernen. Sie tun dies ohne Erlaubnis.«

Die Schützen waren schockiert. »Wie kann das sein? Das sind doch Sahibs.«

»Sahibs sind sie ganz sicher nicht«, sagte Quiller.

Eine Kugel schlug in eine Holzstange über ihren Köpfen. Sie duckten sich. »Ist das …? Sind Sie …?«

»Immer wieder schießen sie aus dem Dschungel auf uns, Sir. Ein Mann erholt sich von einer kleinen Fleischwunde.«

Die Ränder sind nicht zu halten, dachte Quiller, wenn die Mitte nicht hält. Er machte eine kurze Pause, bevor er den Sikhs antwortete, dann hob er seinen Kopf. »Sie leisten gute Arbeit. Halten Sie durch. Ich rechne damit, dass Sie bald neue Befehle erhalten.«

»Nicht, wenn der Captain ums Leben kommt, Sir.«

Darauf konnte Quiller nichts erwidern. Er verschwand wieder innerhalb des Zauns, und als er zum Einsatzraum hinüberging, sah er einen australischen Offizier mit einem Revolver an der Schnur aus der Kaserne kommen. Er folgte dem Mann bis hinter die Kaserne übers offene Gelände zu einer Garage mit verschlossenen Toren. Der Mann schoss das Vorhängeschloss ab und zog an den Toren. Sie waren schwer verbeult, und er musste dagegen treten und an ihnen zerren. Er bemerkte Quiller und wedelte mit dem Revolver. »Halt dich da raus, Kumpel.«

Quiller hob beschwichtigend die Hände. In der Garage konnte er einen Alvis-Stabswagen erkennen. Der Australier ging um den Wagen und zog an den Türgriffen. Er feuerte ins Schloss an der Fahrerseite, setzte sich hinters Lenkrad und tauchte unter das Armaturenbrett. Einen Augenblick später drehte der Anlasser, der Motor kam mit einem Rülpser an Abgasen zum Laufen, und der Wagen fuhr schwankend aus dem Schuppen.

Quiller trat aus dem Weg und schaute zu, wie der Wagen zum Tor fuhr und sich mit der Hupe einen Weg durch die Menschenmenge bahnte. Dann war er durch, machte einen weiten, schwerfälligen Bogen auf die Straße hinaus, doch plötzlich verloren die Reifen ihren Halt, und Quiller sah, wie das Heck ausscherte und unaufhaltsam in den Monsungraben rutschte. Der Mann stieg aus und trat gegen den Wagen. Er sah sich um, wedelte noch immer mit der Waffe und erstarrte. Er hatte in der Entfernung etwas gesehen. Es handelte sich um einen qualmenden, staubig weißen Dorfbus, der langsam aus einer Seitenstraße bog. Der nächste Halt lag gegenüber vom Flugplatz, wo der indische Händler und die chinesischen Taxifahrer warteten. Quiller rannte ein paar Schritte, gab dann auf und schaute einfach zu.

Als der Bus anhielt, stellte sich der australische Offizier einfach vor die Kühlerhaube, hielt seine Hand warnend in die Höhe, ging dann zum Fahrerfenster und brüllte. Die Tür ging auf. Es gab eine Pause. Der erste Passagier, der ausstieg, war eine alte Frau, die eine Jungziege trug. Ihr folgte ein Mann und eine jüngere Frau, die ein Baby an sich drückte und vier kleinen, verschreckten Kindern voranging. Sie verschwanden, und der Offizier winkte den Männern am Tor. »Heute ist euer Glückstag, Jungs.«

Die Männer drängten in den Bus. Quiller fühlte sich erhitzt und nutzlos, und als ein weiterer Schauer über den Flugplatz hinwegzog, stellte er sich in den Regen. Er wurde vom Wasser gepeitscht, er konnte nichts mehr hören, und dann verging der Schauer so schnell, wie er gekommen war, und am Tor wurde wieder gerufen.

Ein paar Jeeps mit einem Captain der *Australian Army* und vier Soldaten standen hinter dem Bus. Der Captain verlangte zu wissen: »Wo wollen Sie hin?«

»Nach Singapur.«

»Haben Sie Marschbefehle?«

»Kumpel, brauchen wir nicht.«

»Ich will mit Ihrem kommandierenden Offizier sprechen.«

»Ist in einem Flugzeug durchlöchert worden, stimmts nicht?«

»Ich fordere Sie auf, den Bus zu verlassen, bis wir das geklärt haben.«

»Versuch uns doch aufzuhalten.«

»Ihr bolschewistischen Mistkerle.«

Der Bus schüttelte sich laut knirschend und klappernd, als der Fahrer nach dem ersten Gang stocherte. Der Captain schob sein Käppi in den Nacken und stemmte die Hände in die Hüften. »Ihretwegen muss man sich glatt schämen, Australier zu sein. Das ist Fahnenflucht, schlicht und ergreifend.«

Der Bus kroch unter Ächzen von der Haltestelle los und wurde schneller. Eine schwache Stimme rief zu dem Offizier zurück: »Keine Fahnenflucht, Kumpel, nur eine Verlegung.«

Der Captain wandte sich an Quiller und schaute ihn verbittert an. »Uns wurde von Heckenschützen berichtet.«

Quiller wies am MG-Posten der Sikhs vorbei zu den Plantagenbäumen und sagte: »Da drin.«

»Und kommt er um in ferner Schlacht«

Angesichts der Tatsache, dass die westliche Seite von Haarlem Downs über eine Strecke von zwanzig Meilen der unermüdlichen Abtragung durch den Indischen Ozean ausgesetzt war und das Haus kaum eine Meile landeinwärts lag, war es kaum ein Wunder, dass Jeannie und Crystal das japanische Aufklärungsflugzeug sehen konnten, das die langen Strände der westlichen Küste von Kimberley abflog.

»Schau, die aufgehende Sonne, ganz deutlich zu erkennen«, sagte Crystal und reichte Jeannie Leonards Feldstecher aus dem Weltkrieg.

Jeannie beobachtete, wie der japanische Pilot vollkommen unbehelligt in Richtung Port Hedland flog. »Wir sollten den Luftschutzkeller lieber heute fertig bauen und ein paar Gräben ziehen.«

Doch Crystal, die neben ihr stand, überbrückte die Zeit mit kleinen, richtungslosen Schritten. Dann blieb sie mit Nachdruck stehen. »Nein. Ich halt das nicht länger aus. Wir verschwinden. Jetzt, solange wir noch können.«

Zwischen ihnen breitete sich Stille aus. Sie kehrten zum Haus zurück.

»Aber es ist doch zu früh …«

«Der Krieg läuft nicht gut für uns«, sagte Crystal.

Sie meinte damit die Versenkung der *Repulse* und der *Prince of Wales* vor der Küste von Malaya und die Geschwindigkeit und das Ausmaß der japanischen Offensive. Sie meinte auch den Besuch von Dulcie Pearce und das Funkgespräch mit Reverend Dr. Sandilands letzte Nacht, der ihr dringend geraten hatte, sich in Sicherheit zu bringen. »Es hat doch gerade erst angefangen«, protestierte Jeannie.

»Vorsicht ist besser als Nachsicht. Bitte die Männer, zu uns in die Küche zu kommen, sei so lieb.«

Jeannie fand Harry Horsetalk schlafend in seiner kleinen Hütte, doch Wally musste sie erst lange suchen, bis ihr einfiel, mal im Lagerraum nachzuschauen. Er zählte Sättel, Zaumzeug, Steigbügel und Hufeisen und hielt inne, um die Zahlen in ein Buch einzutragen und abgenutzte oder beschädigte Sachen beiseite zu legen.

»Hallo, Sonnenschein.«

Der Schmied war etwa sechzig, aber die Jahre waren wie weggefegt, wenn er ihr zuzwinkerte. Das gab ihr ein unbeschwertes Gefühl. »Ihre Hoheit hat mich geschickt, dich zu einer Konferenz einzubestellen.«

Wally trug ein kragenloses Khakihemd, offene Arbeitsschuhe und eine dicke Twillhose, die ihm bis zum Brustkasten reichte und mit einem speckigen Ledergürtel lose um seinen dicken Bauch zusammengebunden war und zur Sicherheit mit Feuerwehrhosenträgern festgehalten wurde. Er packte die Hosenträger wie ein Stadtrat. »Ist sie schrecklich aufgeregt?«

»Das könnte man so sagen.«

»Das hab ich mir gedacht.«

Er blieb stehen und stopfte sich Tabak in die Pfeife. Er war ein kräftiger, breitbrüstiger Mann. Von der Hitze bei der Arbeit im stickigen Lagerraum wirkte seine Nase ganz scharf geschnitten.

»Hast du dir das schon gedacht?«

»O ja.«

Er konzentrierte sich ganz auf seine Pfeife. Als er die ersten tiefen Züge getan hatte, sagte er: »Kurz bevor der junge Cam zur Musterung ging, hatten wir ein Schwätzchen. Was zu tun sei. Wohin man gehen solle. Dies und das und was nicht alles.«

»Sie hätten mich ja auch dazubitten können.«

Wally legte den Kopf schräg und setzte ein schiefes, ungläubiges Lächeln auf. »Na ja, Liebes.«

Sie wusste, was er meinte. Sie war das kleine Frauchen, und ihr Kopf steckte in den Wolken. Früher war Crystal das kleine Frauchen gewesen, doch dann war Leonard gestorben, und sie hatte seine Art übernommen – und mehr als nur das. Crystal war in vielen Dingen besser, als Leonard es je gewesen war. Sie hatte Haarlem Downs wieder aus dem Staub aufgebaut.

»Und, was haben sie gesagt?«

»Sie hat sich schon alles zurechtgelegt. Du wirst schon sehen.«

Stumm saßen sie auf den unbequemen Stühlen. Crystal machte Häkchen auf einem Notizblock. Der Tee dampfte ruhig in den Tassen, und eine Fliege untersuchte die Rosinenkekse, die auf einem mit Blumen dekorierten Teller mitten auf dem Küchentisch lagen. Harry Horsetalk fühlte sich sichtlich unwohl. Er gehörte nicht hierher, und er war bisher noch nie derart um seine Meinung gebeten worden.

»Also, wir werden den Laden hier einmotten«, verkündete Crystal. »Wir sind ja kein riesiges Unternehmen, also sollte das wohl möglich sein. Außerdem ist es vielleicht nicht für lange.«

»Wie einmotten?«, wollte Jeannie wissen.

»Wir schließen das Haupthaus«, antwortete Crystal. »Kleidung, Bücher, Wertsachen und andere kleine Gegenstände werden in leeren Fässern versiegelt und im Busch vergraben. Dasselbe gilt für überschüssiges Benzin und Kerosin. Hat ja keinen Sinn, es den Japsen zu überlassen. Die Möbel können bleiben – aber ich will alles mit Tüchern verhängen, mit Ausnahme des Klaviers. Jeannie, ich möchte, dass du das Klavier in Kattun einnähst.«

Jeannie stellte sich diese Geisterformen in einem Geisterhaus vor, dazu kleine Männer mit aufgepflanzten Bajonetten, die sich in den stummen Fluren umsahen.

»Was die Schafe angeht, kommt ein Drittel auf den Schlachthof, ein Drittel wird auf den Eleanora Plains eingestellt, bis sich die Lage klärt, und der Rest, die älteren, schlechteren Schafe bleiben sich selbst überlassen. Kein großer Verlust.«

Jeannie hatte mal zwei Nächte im Gästehaus auf Eleanora Plains verbracht, als Gast auf einer Hochzeit. Ein paar Fakten schwirrten ihr durch den Kopf – dreihundertsiebzigtausend Hektar am Fitzroy River; gepachtet von Vesteys in London –, doch eine Erinnerung war ihr im Gedächtnis haften geblieben: Von dem Moskitonetz hatte sie niesen müssen. Sie war bei Sonnenaufgang erwacht, hatte die Füße auf den Boden vor ihr eisernes Bettgestell geschwungen, und das harte Netz war ihr übers Gesicht gestreift. Schimmel, Staub, Zigarettenqualm, Gin und Sperma – Spuren der Männer aus London, die im Laufe der Jahre dort übernachtet hatten und ›schwarzen Samt‹ haben wollten. Jeannie hatte nach der Öffnung im Gewebe gekrallt und war hinausgeeilt, um Luft zu bekommen.

»Harry, ich möchte, dass du und Wally ein paar Viehhirten zusammentrommelt und die beiden Herden nordwärts treibt. Jeannie und ich machen hier alles fertig.«

»Das kommt so plötzlich«, sagte Jeannie und sah sich nach Unterstützung durch die Männer um. »Das Blatt kann sich schnell zu unseren Gunsten wenden.«

Crystal überhörte sie. »Das Ganze wird natürlich eine Weile brauchen, also fangen wir am besten sofort damit an. Jeder packt einen Koffer mit dem Lebensnotwendigen – Kleidung, Toilettenartikel, was weiß ich – und lebt mehr oder weniger aus dem Koffer. Wir müssen in der Lage sein, auf der Stelle verschwinden zu können. Und wir schlafen nachts in der Höhle, nur um sicherzugehen.«

Die Höhle war ein Spalt in der Wand einer Schlucht südöstlich vom großen Haus, der in eine zimmergroße Kammer kühler, dämmriger Luft führte. Sie war eine von Jeannies und Camerons Plätzen gewesen, bevor sie geheiratet hatten. Jeannie durchschritt die Kammer mit einer Kerze, die sie hochhielt, um die gemalten Dramen zum Leben zu erwecken – Jäger, Kängurus, Hunde, Karavellen unter vollen Segeln und Wandjina-Regengeistfiguren –, während Cameron seine großen, heißen Finger unter ihr Kleid schob.

Harry hob und senkte hilflos seine Arme. »Ich lebe doch hier, Missus Dunn. Wo soll ich hin?«

»Schon gut, Harry«, sagte Crystal gütig. »Ich möchte, dass du und Wally hierher zurückkehrt und für mich ein Auge auf alles habt. Ihr seid wahrscheinlich eh erst Anfang kommenden Jahres wieder hier, aber das ist schon in Ordnung, bis dahin wird hier schon nichts passieren. Wenn es eine Invasion gibt, haut ihr ab.«

Wally nahm die Pfeife aus dem Mund. »Und was ist mit Ihnen und dem Mädchen, Mrs. D?«

»Ich gehe nach Perth. Da kommt meine Familie her. Ich denke, Jeannie wird bei ihrer Mama und ihrem Papa in Albany bleiben wollen.«

Die Welt und die Zeit wirbelte an Jeannie vorbei, und ihre Schwiegermutter hatte die Führung übernommen. Jeannie sah das Kriegsende vor sich, Crystal zusammen mit Cameron wieder in Haarlem Downs, wie sie die alte Ordnung wiederherstellen und sie außen vor lassen. »Ach, ich denke, ich gehe auch nach Perth.«

»Und dann wär da noch Cams Flugzeug«, sagte Wally.

»Ja. Das wollen wir ja auch nicht den Japsen in die Hände fallen lassen. Jeannie, ich möchte, dass du die Maschine ausfliegst. Glaubst du, du schaffst das? Ich müsste sonst jemanden dafür bezahlen.«

Jeannie biss sich auf die Lippen. »Wally, kannst du sie noch mal gut durchchecken?«

»Natürlich, Liebes.«

Jeannie wusste, dass Crystal es hasste, zu fliegen. Sie beobachtete Crystal ganz genau: »Warum fliegen Sie nicht mit mir zusammen, Mrs. Dunn?«

»Hat doch keinen Sinn, unser beider Leben zu riskieren, oder? Nicht, solange Cam Gott weiß wie lange noch fort ist. Nein, am einfachsten wäre, du würdest mich nach Broome fahren, und ich schiffe mich auf der *Koolama* ein. Sie kommt Ende der Woche an, bis dahin sollten wir also fertig sein.«

»Und dann fahre ich den Wagen wieder zurück?«, fragte Jeannie.

Crystal nickte. »Du sperrst ihn in die Garage und fliegst dann die Gull nach Perth. Wally, ich glaube, du wirst den Wagen nicht brauchen, aber vielleicht könntest du ihn ab und zu mal starten.«

»Sie würden einen guten General abgeben, Mrs. D.«

Crystal sah ihn irritiert an. »Also gut, wenn das alles ist, wir haben noch eine Menge zu tun.«

Am selben Nachmittag begann Jeannie die Bücher einzupacken. Das war eine fürchterliche, von ständigen Überlegungen unterbrochene Aufgabe für jemanden, der sich so in Worte und Bilder versenken konnte wie sie, und als sie auf eine Zeile aus einer alten Ballade stieß: »Und kommt er um in ferner Schlacht«, war es endgültig vorbei.

Beim Schlafengehen hatte sie rote Augen und konnte sich kaum noch konzentrieren, als Crystal zu ihr ins Gästehaus kam. Sie hatte einen schweren Revolver dabei und machte ein strenges Gesicht, so als wollte sie sagen, dies ist wahrhaftig kein Spiel. Ohne Vorrede sagte sie: »Der gehörte Leonard während des Krieges. Wenn du allein bist und einer Gefangennahme nicht entgehen kannst, dann weißt du ja, was du damit zu machen hast.«

Ein unfreundlicher Regenschauer

Hume hatte gesehen, wie die Australier unter seinem Kommando in den Wolken verschwunden und am Tor davongerauscht waren wie Sand in der Sanduhr. Quiller fand ihn vor, wie er untröstlich vor dem Einsatzraum stand, sich mit den Fingern durchs klamme Haar fuhr und diese Handlung wie zum Trost wiederholte. Sie standen nebeneinander und begutachteten die Lage. Nur fünfzehn britische Piloten, Schützen, Navigatoren und Leute vom Bodenpersonal waren noch geblieben. »Sie und ich, das macht dann siebzehn, Flight Lieutenant.«

Drei der Vildebeest-Torpedobomber waren noch einsatzbereit. Quiller hatte am eigenen Leib miterlebt, wie schnell und fintenreich der Kampf in der Luft war – die Vildebeest waren dafür einfach zu langsam, zu zahm, zu abgenutzt. Reichweite, Flughöhe und Bewaffnung waren ärmlich. Aber drei Vildebeest konnten neun Mann westwärts nach Butterworth bringen, wo sich viele der Staffeln von den nördlichen Flugplätzen neu formieren sollten. Schließlich reckte sich Hume wieder, wählte neun Mann aus und befahl den anderen, hier zu bleiben und Sungei Dungun als vorgeschobene Bewaffnungs- und Betankungsbasis betriebsbereit zu halten.

»Bis weitere Befehle eintreffen«, sagte er.

Im Laufe des Nachmittags, als gerade ein unfreundlicher Schauer von der Südchinesischen See hereinpeitschte, hoben die drei Vildebeest ab. Die Winde und die Regenvorhänge schüttelten sie und versperrten ihnen die Sicht, und sie mussten die Hoffnung fallen lassen, die Halbinsel in Formation zu überqueren. Quillers Pilot ließ sich auf die Höhe der Berge sinken, die satt und dunkelgrün unter ihnen lagen, und wann immer sich der Himmel über ihnen schloss, stieg er auf und hoffte, dass die Wolken ihm einen Weg freigaben. Quiller saß hinter dem Piloten, aber er flog mit ihm, schlüpfte in die Haut des Mannes, und seine eigenen Füße, Hände und sein Magen führten, drängten, schreckten zurück.

Ihre Route führte sie in einem nordwestlichen Bogen über die Flugplatzstädte Ipoh und Taiping, dann direkt nordwärts entlang der Straße von Malakka nach Penang. Als offenkundig wurde, dass etwas nicht stimmte, änderten sie ihren Kurs über der Insel nach Osten. Der Pilot rief: »Banditen!«, ließ die Maschine sofort absacken, drehte nach Westen ab und hielt auf die verborgene, seewärts gerichtete Seite der Insel zu. Quiller entdeckte eine kleine Welle von japanischen Sturzbombern, zumeist alte Doppeldecker, die ihre Last auf die Landebahnen von Butterworth auf dem Festland abwarfen. Es waren Bomben mit Verzögerungszündern, und während er noch hinsah, blitzten sie nach und nach auf und qualmten. Es war noch keine vier Uhr nachmittags.

Quillers Vildebeest lauerte ein paar Minuten über dem Meer, während der Pilot auf die Freigabe wartete. Als er sie bekam, näherten sie sich von Westen, flogen tief über die flachen Uferstellen, wo noch immer das Bodenpersonal von Butterworth bis zum Kinn im Wasser stand und abwartete. Quiller war nervös. »Halten Sie Ausschau nach Banditen«, sagte der Pilot, flog einen tiefen Erkundungsflug über den Flugplatz und suchte nach einem freien Stück Landebahn. Beim Nickerchen erwischt, dachte Quiller und sah nach unten. Ein Albacore-Torpedobomber lag seitlich auf dem Boden, ein Flügel weggesprengt. Eine Glenn Martin mit holländischen Hoheitszeichen war offenbar um eine Blenheim mit zerbrochenem Rückgrat gekurvt und in einem Graben gelandet, sodass ihr Heck in die Höhe ragte wie ein umgedrehtes Kreuz. Andere Bomber und Jäger, die am Aufsteigen gehindert worden waren, standen zerschossen auf den Landebahnen. Ein paar Gebäude brannten. Als die Vildebeest wendete und sich auf die Landung vorbereitete, kam eine Buffalo, die es geschafft hatte, dem japanischen Überfallkommando zu folgen, tief und schnell hinter ihnen rein. Es schien, dass dem Piloten die Nerven durchgegangen waren. Quiller sah sie vorbeiblitzen, zerrte an einem eingebildeten Knüppel und sagte: »Zieh hoch! Zieh hoch!« Er sah, wie die Buffalo zu weit hinten und zu spät landete, über die Landebahn in einen Sumpf hinausschoss, wo das Brackwasser nach der Maschine zu greifen schien und sie gewaltsam auf die Schnauze riss, sodass sie auf den Rücken fiel.

»Gott im Himmel«, sagte der Pilot. Er landete vorsichtig und sanft und lenkte die Maschine mit großer Präzision zwischen den Wracks und flachen Kratern hindurch.

Das Bodenpersonal winkte sie zu einem leeren Schuppen hinter dem Munitionslager. Quiller sah hinaus in das Chaos, und ihm fiel auf, wie überfüllt Butterworth war. Voll mit Resten von australischen, britischen und holländischen Staffeln und mit schnell aufgeschlagenen Zelten in unachtsamen Reihen auf dem feuchten Gras zwischen den äußeren Gräben und dem Zaun. Mehrere australische Hudson-Bomber und ein paar Blenheims, die er aus Bandar Star kannte, waren dem Bombardement entgangen und rollten nun auf die Hauptstartbahn, bevor sie sich schwerfällig in die Luft erhoben und nach Norden und Osten in Richtung der Invasionsköpfe flogen. Die Maschinen hatten keine Kraft mehr für eventuelle Ausweichmanöver. Quiller schaute ihnen ängstlich hinterher und flehte, dass sie es über die Berge schafften, und während der Pilot bremste und die Motoren abstellte, suchte er durch seine verkratzte und salzverkrustete Scheibe den grauen Himmel ab.

Als Quiller schließlich wieder Boden unter den Füßen hatte, kam er sich nackt und nutzlos vor. Er hatte seine Maschine nicht mitgebracht; er hatte überhaupt keine Maschine mehr. Dann hörte er, wie jemand nach ihm rief.

»Quill! Das haut mich von den Socken!«

Quiller musste grinsen und rannte halb, um Taffy die Hand zu schütteln.

»Wir hatten Sie schon abgeschrieben, Euer Hochwürden.«

»Ich bin mit dem Fallschirm abgesprungen«, sagte Quiller, »und hab mich dann nach Sungei Dungun durchgeschlagen. Wann sind Sie denn hergekommen?«

»Heute Morgen. Beim ersten Schein. Vom Regen in die Traufe, könnte man sagen. Ist doch ’n Witz. Die Japse haben uns den ganzen Tag beharkt.«

»Haben sie Bandar eingenommen?«

Taffy zuckte mit den Schultern. »Als wir aufgebrochen sind, waren keine Japse in der Gegend, aber wir haben auch nicht gerade auf sie gewartet. Ich hab Freddy und Janeway in Freddys Wagen herchauffiert.«

»Und wo ist Janeway jetzt«, fragte Quiller.

»Jedenfalls nie in der Nähe, wenn es einen Angriff gibt, so viel steht fest«, sagte Taffy und wies auf eine Gruppe von Eingeborenenhütten zwischen einem Monsungraben und einem Kokospalmenhain am Meeresufer. »Es gibt Bettenknappheit, Euer Gnaden, also hocken Janeway und noch ein paar andere da hinten.«

Taffy hielt inne und wurde dann Quiller gegenüber merkwürdig formell. »Sir, wie funktioniert eine Schreibmaschine?«

Quiller runzelte die Stirn und suchte nach dem Haken an der Sache. Vorsichtig sagte er: »Ich kapier nicht ganz.«

»Ich habe Captain Janeway einen von Freddys Lageberichten zur Analyse gebracht, und als ich in seine Hütte trat, fing er an zu tippen.«

Quiller stellte sich Janeways Reiseschreibmaschine vor. Sie war klobig und glänzend schwarz lackiert und passte in einen angeschlagenen schwarzen Kasten. Janeway erlaubte keinem anderen, sie zu benutzen, und tippte sich an die Nase, so als wollte er sagen, dass nur er die Geheimnisse kannte, die sie für den Kriegsausgang in sich barg.

»Na und, er fing an zu tippen.«

»Der Punkt ist, ich konnte kein Papier in dem Dingsda sehen.«

Quiller sah sich am Himmel um. »Wann war das?«

»Vor nicht mal einer Stunde.«

»Behalten Sie das für sich, Taff.«

»In Ordnung«, antwortete Taffy. Er war bei bester Laune und wippte auf den Zehenspitzen. »Toll, dass Sie in Sicherheit sind, Euer Ehren.«

»Sie auch, Taff. Also, er hat ohne Papier getippt, richtig?«

»Aber man braucht doch Papier, oder nicht, Mann?«

»Ist Freddy in der Nähe?«

»Hier gehts zu wie auf dem Piccadilly Circus«, sagte Taffy, »also hat er den Stabswagen in ein mobiles Rekrutierungsbüro umgewandelt. Entweder ist er da oder in der Messe oder auf dem Klo.«

Quiller ging zur Offiziersmesse. Vor Janeway gab es kein Entrinnen. Der Nachrichtenoffizier hatte sich auf eine kleine Bank hinter der Tür gesetzt, von wo aus er die Männer beobachten konnte, die ein und aus gingen, ohne selbst bemerkt zu werden. »Neil«, sagte er und erschreckte Quiller. »Sagen Sie bloß nicht, Sie sinds.«

Quiller drehte sich um. »Captain.«

Janeway stand mit ausgestreckter Hand da. »Setzen Sie sich um Gottes willen. Gönnen Sie Ihren Füßen eine Pause. Wann sind Sie hergekommen? Wie? Wir dachten schon, Sie seien erledigt.«

Quiller berichtete ihm. Während er sprach, sah er Janeway ins Gesicht, sah die cleveren, schnell wechselnden Ausdrücke der Anteilnahme, der Freude und des Wissenshungers, die darüber huschten.

»Wie war es in Sungei Dungun?«, wollte Janeway wissen. »Die Australier sind abgezogen, sagen Sie? Wohin? In voller Stärke? Haben die Japse den Platz bombardiert und dann im Tiefflug unter Beschuss genommen? Wie wurde der Befehl zur Evakuierung erteilt? Kommt mir ziemlich chaotisch vor. Ist Hume noch bei Verstand – mal unter uns, verstehen Sie? Und es soll eine Auftankstation werden? Wie viele Männer sind noch da? Sind die Flaks bemannt?«

Quiller fand, dass es wohl egal war, jetzt, wo seine beiden verlorenen Tage Geschichte waren, also antwortete er und war fasziniert, Janeways zittriges Verlangen zu sehen, Neues zu erfahren. Er wollte gehen, erhob sich ab und zu, doch Janeway rief ihn jedes Mal mit erhobenem Finger zurück: »Ach, Quill, nur noch eins, alter Knabe …«

Schließlich wurde Quiller die mangelnde Glaubwürdigkeit des Mannes zu viel. Er setzte ein verächtliches Gesicht auf und fragte: »Mike, haben Sie jemals herausgefunden, wer meine Maschine sabotiert hat?«

Genau in diesem Augenblick betraten die drei Vildebeest-Piloten die Messe, standen linkisch in der Tür und drehten ihre Mützen zwischen den Fingern. Quiller war ganz aufgekratzt und hochgemut zu Mute. Er ließ Janeway stehen und rief über die Schulter zurück: »Captain, die Männer da waren in Sungei Dungun stationiert. Die können Ihnen alles sagen, was Sie wissen wollen.«

Quiller suchte das gesamte Camp ab, bevor er herausfand, dass Freddy die Nacht in der Festung auf Penang verbrachte. Erschöpft und übellaunig schnorrte er sich eine eiserne Pritsche und fand einen leeren Lagerraum. Gegen neun Uhr legte er sich hin und versuchte zu schlafen. Er hatte geduscht, doch schon bei der leisen Anstrengung, sich bei derart schwülem Wetter abzutrocknen, spürte er, wie seine Haut erneut die öligen Rückstände seines Körpers ausschied. Er lag da, und alle Tatsachen über Janeways Existenz und Rolle in Malaya schienen überdimensionale, erschreckende Formen anzunehmen. Quiller traute der Nacht nicht und fürchtete seine eigene Blindheit unter dem Schleier des Moskitonetzes, also kroch er hinaus, zündete eine Kerze an und sah sich eine Weile im Lagerraum um. Dann nahm er zwei Meter weißen Faden aus seinem Nähzeug und zog eine einfache Schnur von der Türklinge zu seinem blechernen Rasierbecher.

Schließlich schlief er ein. Gegen zwei Uhr fiel die Blechtasse mit einem hohlen Klappern auf den Hartholzboden. Quiller schreckte hoch. Stille, dann Schritte, die in die Nacht davonrannten.

Schritte mitten in der Nacht. Quiller legte sich mit pochendem Herzen in der engen, stickigen, leblosen Luft unter die verdrehten Laken und hörte Jahre früher seine eigenen Schritte, wie er verschreckt von einem Fenster in Haarlem Downs wegrannte, als Cameron Dunn und Jeannie Verco zu wissen verlangten, wer denn da draußen sei und ihnen nachspioniere.

Bei Sonnenaufgang beobachtete Quiller eine Bomberstaffel beim Abflug, dann suchte er sich ein schattiges Plätzchen und beobachtete den Eingang der Offiziersmesse. Kaum war Janeway beim Frühstück, machte Quiller sich davon und schlich hinter der Küche und einer Reihe von Notzelten vorbei. Da er sich nicht sicher war, ob man ihn nicht von der Messe aus sehen konnte, schlenderte er zum Schein in die Latrine. Dort gab es keine Kabinen. Ein halbes Dutzend Männer von der Instandhaltung und der Stückmeisterei hockten mit heruntergelassenen Hosen auf einer Reihe von Eimern mit Deckeln. Der Gestank war atemberaubend. Alle sechs redeten mit Zigaretten zwischen den Lippen und blinzelten durch den Qualm auf Briefe von daheim, so als hätten sie genug von dem Krieg rings um sie, und als hätten sie beschlossen, ihn auszusitzen. Quiller hörte gerade noch einen Mann mit Newcastler Akzent sagen: »Hat doch meine Ma grad erst ’n beschissenes deutsches U-Boot vor Shields gesehen, ganz deutlich.«

Als Quiller an ihnen vorbeikam, streckte der Mann sich, nahm ein Blatt aus dem Brief seiner Mutter, griff nach hinten und wischte sich ab.

»Hallo, Sir, die Piloten benutzen eigentlich die Offizierslatrine.«

Quiller kümmerte sich nicht um ihn, ging zur Wand am anderen Ende, wo er sich dann duckte und durch den Luftspalt zwischen dem festgetretenen Boden und dem unteren Wandabschnitt kroch.

»Der hatse wohl nicht mehr alle.«

»Bombenkoller.«

»Der frisst Scheiße.«

Quiller nahm das Gerede kaum wahr. Auf der anderen Seite konnte er von Janeway nicht gesehen werden. Er eilte geradewegs hinüber zu den Hütten der Eingeborenen und linste in jede einzelne davon, bis ihm ein nervöser, rotäugiger Captain des Medical Corps zornig mitteilte, welche Janeways war.

Quiller trat ein. Ein Seesack, eine Bettrolle, das Foto von einem älteren Paar vor einer Kletterrose, ein verknittertes Uniformhemd über der Rückenlehne eines Holzstuhls und ein verzogener, stockfleckiger Roman von Somerset Maugham war alles, was auf Janeways Leben hinwies.

Und die Schreibmaschine, die Quiller nicht sofort sah. Doch neben Janeways Bettrolle stand eine Teekiste, in der sie versteckt sein musste. Quiller nahm das Foto in dem Silberrahmen, eine verkratzte Blechdose mit Malariapillen und ein Wasserglas herunter, stellte sie auf die Bambusdielen und kippte die Kiste vorsichtig um.

Der Schreibmaschinenkasten hockte düster und abgeschabt auf dem Boden und verkroch sich fast vor dem trüben Tageslicht. Quiller öffnete den Deckel, hob ihn ab und hatte die glänzende Maschine vor sich. Auf der Vorderplatte, die den Brustkasten der Tasten verbarg, stand in goldenen Lettern ein abgewetzter Herstellername. Doch Quiller interessierte sich für den Boden der Maschine. Zwar bildete der Deckel den Großteil des Tragekastens und umschloss die gesamte Maschine, aber er ließ sich an der Unterseite befestigen, die mindestens acht Zentimeter tief war.

Wozu so tief?

Er ruckte an der Schreibmaschine, um die vier Füße aus ihren Metallverankerungen zu lösen, hob den Boden an und entdeckte dort einen zweiten Sperrholzdeckel. Dieser hatte keine Scharniere, sondern lief auf Nuten, und als er ihn herauszog, entdeckte er ein Codebuch, das aussah wie eine Betriebsanleitung, Kopien der Marschbefehle für die britischen Army-Divisionen in Malaya und ein Funk- und Empfangsgerät.

»Hab ichs doch geahnt, du Mistkerl.«

Quiller stellte in Janeways Hütte alles wieder an seinen Platz und machte sich auf die Suche nach Freddy.

»Ein Funkgerät?«, fragte Freddy. »Doch wohl für seine Nachrichtentätigkeit, oder?«

»Das bezweifle ich, Sir«, sagte Quiller und erläuterte warum. »Er hat uns verkauft, die ganze Zeit.«

Sie saßen auf dem Rücksitz von Freddys Wagen, Türen und Fenster geöffnet. Freddy saß mit einem Stapel Berichte und Funksprüche auf dem Schoß da und hörte Quiller nur halb zu. Taffy, der sich seitlich auf den Fahrersitz gehockt hatte, beobachtete sie.

»Schauen Sie, Sir«, sagte Quiller, und dann begann er, die Anhaltspunkte aufzuzählen, angefangen mit Janeways Treffen mit einem angeblichen Holländer jenseits der Grenze, bis hin zu den Fotos, den Luftaufklärungscodes und anderen Informationen, zu denen Janeway Zugang hatte. »Die Japse haben in den letzten zwei Tagen die absolute Lufthoheit gehabt«, erklärte er, »und sie haben uns stets dann erwischt, wenn wir wie lahme Enten dahockten. Nach meinem Dafürhalten ist das mehr als nur Zufall.« Er wandte sich an Taffy. »Taff, Sie haben doch immer den Eindruck gehabt, an Janeway sei etwas komisch, stimmts nicht? Neulich Abend im Lulu-Club hätte ich etwas aufmerksamer sein müssen.«

»Taff?«, wollte Freddy wissen.

»Ich hab Ihnen das nicht erzählt, Sir, aber ich war es, der Janeway nach Siam zu diesem holländischen Heini gefahren hat – allerdings hat er zu mir gesagt, ich solle Sie damit gar nicht erst belästigen.«

Freddy sah ihn freundlich an. »Zu viel Lametta in der Air Force, stimmts, Taff?«

»Das können Sie laut sagen, Sir.«

Freddy wischte den Papierkram auf den Sitz. Er sah auf die Meerenge hinaus und machte ein Gesicht, als sei ihm der Krieg im Mund vergammelt. »Also, dieser Mistkerl lebt monatelang unter uns, trinkt mit uns, spielt Karten mit uns, arbeitet mit uns, und die ganze Zeit hat er uns verraten? Ich sollte lieber den General in der Festung informieren und mal hören, was der dazu zu sagen hat.«

Quiller schüttelte den Kopf. »Können wir Janeway nicht erst einmal verhaften?«

Freddy rieb sich das Gesicht mit beiden Händen. »Und Sie sind sich wirklich sicher mit dem Funkgerät?«

»Absolut sicher.«

»Also gut, ich trommle zur Unterstützung ein paar Militärpolizisten zusammen.«

Es war bereits nach acht Uhr. Quiller war beunruhigt. Er deutete auf die Hudsons und Blenheims, die in unsauberen Formationen zurückkehrten. »Sir.«

»Ich sehe sie.«

»Sobald sie am Boden sind, wird Janeway die Japse herbeipfeifen. Bestimmt. In Bandar hat er es auch so gemacht.«

»Dann sollten wir besser unsere Schlittschuhe unterschnallen und ihn suchen.«

Zwei Patrouillen durchkämmten den Flugplatz, Quiller, Freddy und eine Abteilung von Militärpolizisten fuhren mit dem Jeep zu

Janeways Hütte. Die Polizisten waren mit Maschinenpistolen ausgerüstet und postierten sich sofort rings um die Hütte, als Freddy und Quiller auf den Eingang zugingen.

»Captain Janeway!«

Sie warteten. Keine Antwort.

»Lasst uns reingehen.«

Sie stellten fest, dass die Teekiste umgestoßen worden war. Die Schreibmaschine und die Abdeckung standen auf Janeways Bettrolle, aber das Funkgerät war fort. Janeways Seesack war offen, und auf dem Boden lag eine verknitterte Uniform. »Er muss Wind davon bekommen haben, dass wir hinter ihm her sind«, sagte Freddy. »Er ist in Zivil und hat das Funkgerät mitgenommen.«

Quiller wurde eiskalt. Der letzte Hudson-Bomber mühte sich heimwärts, doch ansonsten war der Himmel leer. Würde er auch leer bleiben? Rief Janeway jetzt, wo die Bomber schutzlos am Boden standen, einen neuen Angriff herbei?

Freddy übernahm die Führung. Er wandte sich an den befehlshabenden Militärpolizisten. »Captain Janeway hat eine Frau dort drüben auf der Insel. Weißrussin. Tanja Soundso.«

Der Offizier salutierte. Er ruckte und wackelte wie ein mechanisches Spielzeug. »Lassen Sie das mal unsere Sorge sein, Sir.«

Freddy seufzte. »Gute Arbeit, Quill. Jetzt setzen wir uns hin und warten ab.«

Gegen neun Uhr fielen Sturzbomber, drei Formationen zu je neun, aus den Wolken. Immer neun, dachte Quiller. Im Geschosshagel der Flak mussten eine Reihe der Bomber aus der Formation ausscheren und über der Meerenge abdrehen, doch sie konnten noch ihre Bomben abwerfen. Quiller rannte ans Ufer, und als er bis zu den Schlüsselbeinen im Wasser in einem ganzen Schwarm menschlicher Köpfe stand, die die Hälse reckten, um den Kampf zu sehen, schaute er ebenfalls zu. Zwei Buffalos schafften es, vom Boden zu kommen, und kletterten zu den Bombern hinauf, doch den Sturzbombern folgte eine Staffel Zeros auf den Fersen, und erst scherte eine, dann eine zweite Maschine aus der Formation, um sich den Buffalos in den Weg zu stellen. Quiller saß wieder im Cockpit, zerrte am Knüppel und trat auf die Pedale. Er wusste genau, wo die Grenzen lagen. Er sah, wie eine Buffalo sich auf den Rücken legte und hinter einer Zero auftauchte. »Oh, gut gemacht!«, rief er. »Schieß, schieß!« Rings um ihn riefen schwimmende Köpfe aus dem lauwarmen grünen Wasser. Aber die Buffalo feuerte nicht, und Quiller wusste warum. »Ladehemmung.« Die Männer stöhnten leise.

Sie sahen zu, wie die Buffalo zum Flugplatz abtauchte und die Zero ins Flakfeuer zog. Quiller schrie Beifall. Die Buffalo kam tief und schnell herein, zu schnell, schoss über die Landebahn hinaus und musste durchstarten. Die Zero hielt sich zurück, bis die Buffalo den Boden berührte, dann folgte sie ihr und furchte den Boden mit ihren Geschossen. Quiller sprang auf und ab. Es war, als stünde er in Honig. Er sah, wie der Pilot der Buffalo heraussprang, zu einem Graben stürmte und sich hineinfallen ließ. Wo war die zweite Buffalo? Quiller wandte den Kopf und sah, wie sie eine Rauchfahne hinter sich herziehend durch das Wasser pflügte. Die Männer waren still. Quiller sah zu den Befestigungsanlagen der Stadt hinaus und stellte sich vor, wie Janeways Lippen und Zunge zwischen den klaffenden Oberschenkeln der Frau mit dem weißrussischen Namen schleckten.

Nimm sie, solange sie noch heiß ist

Leonards großer Packard wehrte sich gegen den Druck von Jeannies Fuß auf dem Bremspedal, so sehr zog es ihn auf die offene Piste – doch dafür war der Straßenzustand zu schlecht. Jeannie schmerzten Beine, Arme und Schultern vom ständigen Kampf mit dem Lenkrad und dem ständigen Abwägen zwischen dem Willen des Wagens und den Fallen, die ihnen die Regenzeit stellte: roter Lehm, kleinere Bäche, schmierige Baumstümpfe und Steinbrocken, die in den Auswaschungen emporragten. Jeannie wollte keinen Stoßdämpfer ruinieren, die Ölwanne nicht aufschlagen, den Motor nicht überhitzen und sich nicht in dem Gras verfahren, das nun dort, wo noch vor wenigen Wochen platte, struppig bewachsene Erde gewesen war, bis zur Fondhöhe wuchs. Von dem ewigen Gezerre am Lenkrad bekam sie Blasen an den Händen. Crystal saß ganz angespannt neben ihr und brachte aus Furcht, sie könnten nicht rechtzeitig in Broome eintreffen, bevor die *Koolama* die Anker lichtete und nach Fremantle abdampfte, kein Wort heraus. Sie bekamen in den windstillen Tunneln aus Gras kaum Luft, doch wenn sie die Fenster öffneten, flogen ihnen die Grassamen in Augen, Haare und Halsausschnitte. Jeannie musste plötzlich an den riesigen leeren Himmel über ihnen denken, daran, wie es wäre, mit der Gull hindurchzusegeln, einen Finger auf der entsprechenden Seite von Neil Quillers Pilotenhandbuch, in dem dies hier alles als »Terrain« abgetan wäre, »das in der Regenzeit von hohen Gräsern verstellt ist.«

Sechs Stunden für einhundertfünf Meilen. Die nächsten zehn Meilen – eine hohe, saubere, schnelle, rote, offene Straße durch graues Buschland – waren für den Packard genau richtig, und ihre Lebensgeister erholten sich wieder. Bald schon konnten sie das Watt riechen und das Salzwasser, den natürlichen Geruch von Verfall und Erneuerung, der alle menschlichen Spuren von Flugbenzin, schmierigem, durch die Wellblechwände und Dächer noch üppiger fließendem Schweiß, schalem Bier, qualmenden Auspuffen und Fleisch, das in heißen Metallpfannen zischte, überlagerte.

Jeannie fühlte sich wieder lebendig. Sie wandte ihren Kopf hierhin und dorthin, betrachtete die luftigen Bungalows der Perlenfischerbosse – alle umwuchert von Paradiesvogelbüschen und Frangipani –, die Hütten der Bediensteten, die muschelübersäten Wege entlang der Rasenflächen und unter den Fächerpalmen, die die breiten Straßen säumten. Sie kamen am Amtssitz des Inspektors der Perlenfischerei vorbei, in dem Jeannie einen Großteil der Zwanzigerjahre gelebt hatte. Die bessere Seite der Stadt wich einem Gewirr aus Geschäften, Pubs und Banken. Sie tuckerte die Canarvon Street entlang nach Chinatown; sie hatten noch Zeit. Die japanischen Gästehäuser waren vernagelt, eines davon war in Flammen aufgegangen, aber die Billardkneipen, Friseurläden und Spielhallen, die von den Chinesen und den Saisonarbeitern von den Inseln der Flores-, Banda- und Arafurasee frequentiert wurden, machten immer noch ihre Geschäfte.

In Roebuck Bay stieg die Flut. Die *Koolama* hatte den ganzen Tag im Schlamm festgesteckt, doch nun schlug sie sanft gegen den hölzernen Anlegesteg, glitt an den Pflöcken hoch, und die Dampflok schleppte Waren und Passagiere zum Pier. Das Meer würde als Nächstes über das Watt und zwischen die Mangroven kriechen, würde die Krabbennester voll laufen lassen, die verborgenen Löcher und Kanäle mit sanften Geräuschen und Geflüster erfüllen und die Lugger heben, die für die Dauer der stürmischen Monate entlang des Dampier Creek aufgelegt worden waren.

Jeannie parkte unter einer Palme und lud Crystals Koffer ab. Es waren noch andere Frauen und Frauen mit Kindern da, die darauf warteten, an Bord der *Koolama* zu gehen.

»Nur gut, dass Sie schon so früh eine Passage gebucht haben, Mrs. Dunn«, sagte der Agent. »Das ist das letzte Schiff voller Frauen und Kinder, das aus Darwin rauskommt, und wir sind bis unters Dach voll. Es macht Ihnen doch nichts aus, sich eine Kabine zu teilen? Wir werden am zweiten Weihnachtsfeiertag in Fremantle eintreffen.«

Erst jetzt erkannte Jeannie das Ausmaß von Crystals Angst und den Ernst der Lage hier im Norden. Ihr Herz verkrampfte sich, und voller Besorgnis sah sie erst in Crystals Gesicht und dann zu der kleinen Dampflok hinüber, die mit einer Ladung voller Passagiere die halbe Meile den Anlegesteg entlangklapperte. Die Angst kroch ihr unter die Haut. Es war, als ergösse sich der Norden in den Süden und nur sie bliebe zurück. Sie versuchte sich Crystal in einer kleinen, heißen eisernen Kabine vorzustellen, wie sie die Tränen und Unterhaltungen anderer Frauen und das Auslaufen und Gezanke der Kinder ertrug.

Crystal packte sie an den Oberarmen. »Kommst du allein zurecht?«

Beide blinzelten sie sich die Tränen aus den Augen. »Ja.«

»Fahr morgen früh sofort wieder zurück. Nimm jede Menge Wasser mit, für den Fall, dass der Kühler überkocht. Ich würde an deiner Stelle auch niemanden mitnehmen.«

Jeannie nickte.

»Du hast meine Anschrift in Perth?«

»Ja.«

Der kleine Zug kam zurück. »Und was machst du heute Abend?«

Jeannie tupfte sich die Augen. »Ich bin schon seit Ewigkeiten nicht mehr im Kino gewesen.«

Crystal schaute sie überrascht an. »Hältst du das für klug? In der

Stadt wimmelt es doch nur so von Soldaten. Eine Frau allein. Die können ziemlich wild werden.«

»Ich werds schon schaffen, Mrs. Dunn.«

»Pass auf, Liebes. Ich meine nicht nur, was die Männer angeht, sondern auch dein Skizzenheft. Verlier dich nicht darin.«

»Mach ich nicht.«

Nachdem sie zugesehen hatte, wie die *Koolama* den Anker lichtete, durch die hufeisenförmig gebogenen Landspitzen von Roebuck Bay glitt und dann Kurs auf Fremantle nahm, kehrte Jeannie zum Packard zurück, und ihre Aufmerksamkeit richtete sich auf eine Gruppe von Aborigines, die im Schatten einer Fächerpalme kauerten. Sie waren in Decken gehüllt. Dann bemerkte sie die Wundstellen. Aussätzige. Jeannie sah sich um. Trooper Dalvean redete mit dem Hafenmeister, unterzeichnete ein Formular und wies auf einen kleinen Küstendampfer, einen rostigen Eimer, der am Anlegesteg festgemacht war. Jeannie stieg in den Wagen und fuhr davon. Dalvean zog in der Regenzeit nie über Land. Wenn er Aussätzige für die Leprastation hatte, dann musste er sie übers Meer schicken.

Jeannie sah sich nach einem Zimmer um, und dabei ging ihr auf, wie sehr sich Broome in eine Garnisonsstadt verwandelt hatte. Nur wenige Frauen waren unterwegs, dafür schlenderten junge Männer in Uniformen die Straßen entlang und quollen in Scharen aus den Bars. Sandsackbarrikaden, klaffende neue Schützengräben und Laster in Tarnfarben hatten das Gesicht der Stadt verändert. Die meisten Hotels und Gästehäuser waren von Luftwaffenoffizieren bevölkert, die darauf warteten, dass auf dem neuen Flugplatz Unterkünfte frei wurden.

Als sich der Abend unter einem wolkengefüllten Himmel und Regenschauern herabsenkte, entdeckte Jeannie eine winzige Pension in der Sheba Lane und zahlte fünf Shilling für eine klumpige Matratze auf einem eisernen Bettgestell am Ende der umbauten vorderen Veranda. Während sie sich mit einem Schwamm Staub und Schweiß vom Körper wusch und sich die Grassamen aus den Haaren kämmte, hörte sie ein halbes Dutzend Sprachen. Nackte oder in Sandalen steckende Füße patschten draußen über den verbackenen Lehm, und in der Nähe briet jemand würzigen Fisch in einem Wok. Als sie später hinausging, um sich ein Restaurant zu suchen, wurde sie von Inselbewohnern beobachtet – viele der Männer waren schwer gezeichnet von Messerkämpfen, Korallen und Tauen –, die hinter ihr leise zischten und mit den Zungen schnalzten.

Sie aß Barramundi und Kartoffelbrei und spülte das Ganze mit Zitronenlimonade hinunter, dann machte sie sich auf den Weg zum Kino. Sie nahm eine Nebenstraße, von der Gassen und Seitenpfade abzweigten, und an einer Kreuzung, die von ein paar Gaslampen erhellt wurde, die das Blech und den Staub in ein gelbes Licht hüllten, traf sie auf eine Spielhölle. Fünfzehn Männer spielten ›Two-Up‹ auf einem fadenscheinigen Teppich von drei Metern Größe. Als ein Corporal, der die Bank hielt, sie entdeckte, rief er: »Na, wie wärs, Schätzchen, willste nich auch mal?« Die anderen brüllten vor Lachen, und Jeannie wurde rot, lächelte und ging weiter in Richtung Kino, während hinter ihr die Wetten und Nebenwetten in einer Art Steno-Sprache abgeschlossen wurden und der neue Werfer die Münzen in die Luft schnippte.

Im Kino gab es eine englische Salon-Komödie und einen Western. Beide Filme waren schon Jahre alt, und Jeannie war die einzige Frau unter den Zuschauern. Die Luft füllte sich mit Zigarettenqualm. Sie rechnete mit *God Save the King,* nicht mit *Star-Spangled Banner.* Das tat wohl niemand, denn es gab Rufe: »Und was ist mit dem alten Joe Stalin?« Als die Lichter ausgingen, sank sie in ihren Stuhl. Sie saß unsichtbar in einer hinteren Ecke; nur wenige der Soldaten und Piloten hatten sie bemerkt, als sie hereinkamen. Würden sie sich mehr zusammenreißen, wenn sie gewusst hätten, dass sie da war? Ihr war es lieber, dass sie so grobschlächtig, ironisch und ständig dazu aufgelegt waren, Dialoge zu erfinden, wenn der Regen hart aufs Blechdach prasselte und den Ton überdröhnte. »Nimm sie, solange sie noch heiß ist«, riefen die Männer, wann immer es einen Kuss oder eine Umarmung gab. Die beiden Filme waren schlecht und hatten das Gejohle verdient. Jeannie verlieh es ein merkwürdiges Gefühl von Sicherheit und Zugehörigkeit, dort unter all den harmlosen, kräftigen Burschen zu sitzen, und sie stellte sich Cameron nicht als Leiche oder in einem chinesischen Bordell vor, sondern wie er sich mit seinen Kumpeln rumtrieb. Die Männer warfen ihr Blicke gespielter Bestürzung zu, als sie nach Filmende mit ihnen hinausströmte.

Jeannie erwachte bei Tagesanbruch; die Stadt, die gute Laune der Soldaten und ihre Befreiung von Crystal hatten sie belebt. Sie packte ihre wenige Habe und ging einmal um den Wagen herum. Der Packard war ein schönes Fahrzeug. Ihre Augen richteten sich nicht auf Schlammspritzer und die Staubschicht, sondern genossen den großen Chromkühlergrill, die Lampen, die Lichter, das Trittbrett, die Kotflügel, die Kofferkiste und den daran angeschraubten Ersatzreifen. Im Kofferraum lag ein volles Fass Benzin, sie hatte genug Luft in den Reifen und freute sich auf ihre eigene Gesellschaft. Es juckte sie, endlich fortzukommen.

Der Packard kämpfte mit ihr, aber diesmal fand sie eine bessere Route durch das Gras. Es gab zwar mehr Wasser, aber nicht genug, um über den Unterboden zu steigen oder die Elektrik zu durchnässen. Sie kam besser voran und rauschte mit einem Gefühl der Erleichterung und Größe auf den Hof in Haarlem Downs. Sie wusste, sie würde den Krieg hier aussitzen, nicht unten im Süden.

Zweiter Teil

Blockade

10. Dezember 1941 – 15. Februar 1942

Taximädchen

Am 10. Dezember, gegen Ende ihrer langen Reise in den Süden, als die warme Luft durch die offenen Fenster des Wagens strömte, wachte Freddy auf, schnüffelte ein, zwei Mal und fragte: »Was ist denn das für ein Geruch?«

»Singapur«, sagte Quiller. »Man riecht es, bevor man es sieht.«

Sogar in einem Flugzeug, und ganz bestimmt, wenn man über Land oder von See kam. Vor zwei Jahren, noch als Landys Spion, war Quiller in die kühlen Höhen der Cameron Highlands gefahren worden und kehrte vier Tage später von Port Swettenham in einer von Landys Küstenbarkassen nach Singapur zurück. Damals wie heute hatte er die Stadt gewittert, und der Geruch, vor dem andere nur zurückschreckten, hatte ihn gefreut.

Der Damm kam in Sicht, dann Singapore Island auf der anderen Seite der Straße von Johore. Quiller fragte sich, wie das natürliche Licht nur so klar sein konnte bei einer derart dicken Suppe an Gerüchen. So schnell er Sandelholz oder Urin, Räucherstäbchen oder gegrilltes Schweinefleisch herausschmecken konnte, so schnell leckten und waberten andere Gerüche an seiner Nase vorbei und verschwanden wieder: Gummi, Holzrauch, Kerosin, Meeresabfall, Müll, vermoderndes Gemüse, Ochsendung. Und dann waren da noch die Menschen selbst, die in heißen, schwülen Nestern entlang des Singapore River und dessen den Gezeiten unterworfenen Zuflüssen, in weit vorgelagerten Kampongs und in den prächtigen Häusern der Thompson Road und des Mount Pleasant lebten, wo sie Geschäfte trieben, kochten, aßen, sich unterhielten und sich entleerten.

Dies alles ergab den Chinatown-Geruch von Broome und Darwin um das Zehntausendfache verstärkt. Und erst jetzt, nach all der Angst und den hektischen Stunden des Krieges, begann Quiller sich zu entspannen.

Es war viel Militär auf Schienen und Straßen unterwegs. Quiller sah die vielen Gesichter eines Truppentransports und war plötzlich wieder in England, 1940. Er hatte frei, rechnete mit seinem ersten Marschbefehl und nutzte die Gelegenheit, zu seinen Wurzeln zurückzukehren. Die einfachen Army-Soldaten, die sein Zugabteil bevölkerten, fuhren zu einer windigen Hügelgegend in den schottischen Highlands, und jeder nach Süden fahrende Zug, dem sie unterwegs begegneten, war mit müden Soldaten voll gestopft gewesen, die gerade aus den Highlands kamen. Der Zug war ächzend losgeruckelt, hielt an und fuhr wieder unerträglich ruckelnd los, und nachdem der Luftzug am Fenster sich gelegt hatte und die grauen Stadtwolken drückten, füllte sich das Abteil schnell mit Zigarettenqualm.

Quiller war am Hauptbahnhof in Newcastle ausgestiegen. Fünf Minuten später saß er in einer Regionalbahn und stieg kurz darauf in Jesmond aus, das merkwürdig zugesperrt wirkte. Es hatte nie viele Autos in Jesmond gegeben, doch nun gab es überhaupt keine mehr – niemand, der sie fuhr, kein Benzin, um sie zu anzutreiben. Er ging zu seiner Straße und rechnete mit weggeschobenen Vorhängen an den schwarz verhängten Fenstern, doch er sah nur ein einsames Kind in grauen Gabardineshorts, das mit einem tintenverschmierten Schullineal einen Reifen trieb, ein paar alte Knacker, die sich hinter den Schwingtüren des Eckpubs an ihrem braunen Ale festhielten, und eine Schlange von vermummten Frauen in Mänteln, die darauf warteten, mit ihren Lebensmittelmarken Brot kaufen zu können und freundlich scherzender Laune waren, als sie ihn auf der anderen Straßenseite sahen. »Der kann seine Quadratlatschen ruhig unter meine Koje stellen … He, Junge, wie viele Marken willste für 'ne schnelle Nummer?«

Er hatte eigentlich erwartet, dass die Zeit das Haus, in dem er aufgewachsen war, hätte schrumpfen lassen, aber es war noch genau so, wie er es in Erinnerung hatte. Er wollte schon am Briefschlitz klappern, aber dann zog er die Hand wieder zurück. Was sollte das bringen? Er stand da. Die Tür war in all den Jahren nicht neu lackiert worden. Sieben Jahre und mehrere Nuancen bleicher, aber immer noch dasselbe Pillenschachtelrot, dieselben Farbnasen, die vom oberen Scharnier hingen. Dann hüstelte eine Frau hinter dem Erkerfenster, wo das Bett seiner Mutter gestanden hatte, und das war Quiller unerträglich gewesen. Seine Hand griff unbewusst nach dem Goldring an dem Lederband um seinen Hals, und er verschwand aus Jesmond und Newcastle, ohne seinen Frieden mit Jesmond Dene und allen umherhuschenden Schatten dort gemacht zu haben.

Während Taffy nun den Alvis über den Damm auf Singapore Island zu lenkte, wies Freddy auf Gruppen indischer Kulis in Shorts und Unterhemd hin, die entlang der Küste, von der aus man die Meerenge und das Festland überblicken konnte, eilig Sandsackbarrikaden und Geschützstellungen errichteten. »Endlich kehrt Verstand ein«, bemerkte er.

Quiller nickte. Die Piloten wussten, wie borniert Singapurs Verteidigung bisher gewesen war: Nur ein paar dicke Kanonen am Changi Beach für den Fall eines seeseitigen Angriffs. Er konnte Bukit Timah Hill und die Wassertürme der Selatang- und Roberts-Kasernen sehen. Es gab nur ein Wasserreservoir auf der Insel; die anderen lagen auf der anderen Seite der Meerenge bei Johore Baru.

Schließlich verwandelte sich die Straße in einen Trichter voller Gerüche und Geräusche. Die Banyanbäume, Palmen und Regenbäume drängten von beiden Seiten an den Wagen, und ein langes Dach aus ineinander verwobenen Palmwedeln und Blättern zog sich über ihre Köpfe hin. Taffy musste wegen der Hand- und Ochsenkarren,

Rikschas und Fahrräder bremsen und drückte ab und zu auf die keuchende Hupe. Sie waren seit zehn Uhr morgens unterwegs gewesen, waren erst aufgebrochen, nachdem die Nachricht von Janeways Verhaftung eingetroffen war. Nun brach der Abend herein, und das Licht in dem geschäftigen Tunnel wurde langsam bläulich. Quiller sah das schwache, stille Lampenlicht, in das die knorrigen Arme der Banyanbäume getaucht waren; die Lichter waren in den Kamponghütten zusammengedrängt und aneinander gereiht und blinkten blass hinter den Markisen der Verkaufsstände am Straßenrand hervor. »Hat jemand Hunger?«

Sie hatten. Taffy bremste den großen Wagen neben einer alten Chinesin, die hinter einem Karren auf Fahrradrädern stand. Sie trug Holzschuhe, eine schwarze weite Hose und einen Kulihut aus Stroh, und sie nickte den drei Männern zu, die ausstiegen und in ihre Töpfe linsten: Bohnen, Nudeln, Streifen roten Schweinefleischs und starker schwarzer Tee. Bei ihr war ein kleiner Junge, der hinter dem Karren kauerte und in einem Wassereimer Schalen auswusch. Er tauchte drei davon in einen zweiten Eimer und hielt sie der alten Frau hin, die sie mit Essen füllte und die Hand nach Geld ausstreckte, wobei sie ihre von Tee und Opium verfärbten Zähne bleckte.

Die drei Männer aßen stehend neben dem Wagen, stürzten Blechtassen süßen Tees hinunter und fuhren weiter. Nach einer Weile begann Taffy sich zu räuspern und zu spucken.

»Was ist los, Corporal?«

»Der Tee war schon in Ordnung, aber ich vertrag diesen Schweinefraß nicht, Sir.«

Dann sah er auf seine Uhr und schüttelte wütend das Handgelenk.

»Noch ein Problem, Corporal?«, fragte Freddy.

»Die vermaledeite Uhr, Sir. Ist stehen geblieben.«

»Ich weiß, wo man sie reparieren lassen kann«, sagte Quiller. »In Chinatown.«

Taffy schüttelte den Kopf. »Ach, ich möchte sie nicht so gern diesen farbigen Leuten überlassen, Euer Ehren.«

Quiller erwiderte darauf nichts; Freddy nickte wieder ein. Dann überquerten sie einen offenen Straßenabschnitt, und Quiller sah nach Westen zur Sonne, wie sie jenseits des Wassers hinter Sumatra unterging. Lichter blinkten in der würzigen Dunkelheit: Häuser, Hotels, Kasernen, Zelte, Schiffe, Dschunken.

Schließlich beugte er sich vor und tippte Taffy auf die Schulter. »Da vorn ist die Outram Road.«

Mit Freddys Segen hatte Quiller vorab telefoniert und ihnen drei Zimmer im ›Hangar‹ reserviert, wo die Flugbootkapitäne vor dem Krieg immer untergekommen waren. Das Hotel, ein langes, weißes Gebäude mit breiten Veranden, einem ziegelgedeckten Dach und einer Reihe von Bungalows, stand abseits der Straße hinter einem Eisengitterzaun und wurde von Fächerpalmen, Banyanbäumen und Jakarandas vor dem Tageslicht geschützt. Ein älterer Kantonese brachte sie zu den Bungalows, die zwischen Bougainvilleen und Paradiesvogelbüschen standen. Die Eingangstüren waren glänzend himmelblau lackiert; die Innentüren, Sesselbezüge, Vorhänge und Nachttische waren von derselben Farbe.

»Hier könnte man prima seine Mieze herbringen«, sagte Freddy, »und sich vor neugierigen Blicken sicher fühlen. Wenn man denn eine Mieze hat. Gute Nacht.«

»Gute Nacht, Sir«, antworteten Quiller und Taffy.

Quiller legte sich aufs Bett und schaute zu, wie die Geckos mit pfeilschnellen Bewegungen ihrer quecksilbergrauen, gelben und grünen Leiber hinter den Ventilationsschlitzen hervorkamen. Irgendwo weit draußen auf See rollte Donner, er schien die Luft ein ganz klein wenig durchzurütteln und ließ die Samenhülsen in den Baumkronen klappern. Ein Ochsenkarren knarrte die Straße entlang, und ab und zu waren ein Auto zu hören, ferne Rufe und Musik. Einige der Hotelangestellten lebten hinter den Bungalows.

Einer wanderte in Holzschuhen umher, ein anderer räusperte sich und spuckte aus, ein dritter sang ein kantonesisches Lied, hoch, süßlich und offenbar voller Verlangen, was Quiller ein wenig beunruhigte. Morgen würde er von einem Flugplatz auf Singapore Island zum nächsten herumhüpfen, bis das Hauptquartier eine Maschine und eine Aufgabe für ihn gefunden hatte, aber darüber wollte er nicht nachdenken. Stattdessen ließ er das Gefühl von Verlangen in sich aufsteigen. Freddy und sein Gerede von Miezen; die offene Anmache der Frauen in Jesmond Dene im vorigen Jahr; die Clubs und Bars von Singapur, die voller Krankenschwestern, Taximädchen und Evakuierter aus Malaya waren. Vielleicht würde er sich ja sogar verlieben.

Nach dem Frühstück verkündete Freddy: »Sembarawang, Jungs. Wir nehmen den langen Weg. Schauen uns erst mal um.«

Quiller fand, dass Singapur seit dem Ausbruch der Feindseligkeiten belebter geworden war. Der Fluss war voller Dschunken, Barken und Sampans, der Hafen voller Handelsschiffe, die Nachschub und andere Güter in die Lagerhäuser und Schuppen entlang der Docks entluden. Am Collyer-Kai hatte ein Truppentranporter festgemacht, und im Marinehafen am Nordende der Insel lagen ein paar kleinere Kriegsschiffe. Zweimal im Laufe des Vormittags verfinsterte sich der Himmel von den sich schnell auftürmenden Monsunwolken über der Stadt und dem Hafen. Donner krachte und schlug mit der Intensität explodierender Bomben, der Regen versperrte ihnen im Alvis die Sicht, und die Wassermassen ergossen sich in die Gullis und Monsungräben. Als der Himmel wieder aufklarte und das Sonnenlicht in einzelnen Flecken auf den Blumen, dem Chrom und den bunt bemalten Fensterläden spielte, musste Quiller sich die Augen beschirmen. Dampf stieg auf, Wasser tropfte, und dann verschwand das schmerzende Licht, und Singapur war erneut schlammig und staubig.

Sembarawang war der betriebsamste aller Flugplätze. In die ihn umgebenden Gummibaumplantagen waren Zufahrten gerodet worden, um so schneller zu den Bombern, Jägern, Aufklärern, den Lagern und den Pilotenunterkünften zu gelangen; allerdings gab es nur wenige Ersatzteile, wichtigen Nachschub hatte man den Japanern auf den nördlichen Flugplätzen überlassen müssen, und die Piloten mussten vor jedem Aufstieg um Codelisten und Karten betteln und sie bei ihrer Rückkehr wieder zurückgeben.

Gegen Ende des Tages hatte Freddy das Kommando über eine neue Bildaufklärungseinheit übernommen, und Quiller hatte eine neue Buffalo. Sie besaß eine vertikal montierte Kamera mit hoher Brennweite und war blass blaugrün angemalt – »Genau wie Ihre alte Maschine«, sagte Freddy.

Als ob Quiller das gefreut hätte. Er schüttelte den Kopf. Fehlerhaftes Fahrwerk, Benzindruckprobleme ... in Europa setzte die RAF zur Bildaufklärung die Mosquito ein – Zwillingsmotoren, vierhundertfünfzehn Meilen pro Stunde, eine Flughöhe von 28 000 Fuß, fast doppelt so große Reichweite wie die Buffalo. Wie die Ironie des Schicksals es wollte, waren einige davon mit deutschen Leica-Reporterkameras ausgerüstet, die zweihundertfünfzig Aufnahmen pro Filmrolle machen konnten.

»Das Hauptquartier will, dass schnelle, hohe Erkundungsflüge über die Ostküste der Halbinseln und die Inseln vor Mersing und Endau durchgeführt werden«, sagte Freddy. »Die Holländer patrouillieren die Westküste.«

Trotz der schlechten Maschine bekam Quillers Leben wieder Routine. Er hatte einen frühmorgendlichen Aufklärungsflug zu machen, gegen Mittag einigen Papierkram zu erledigen, trieb sich nachmittags in den unbekannten Gegenden der Insel herum und ging nachts in einen Club. Ab und zu musste er am späten Nachmittag einen zweiten Flug absolvieren, wobei er das Zielgebiet meist erst kurz vor Einbruch der Dunkelheit erreichte. Der Großteil der

Arbeit bestand in Aufnahmen aus großer Höhe, die sich zu einem überlappenden Mosaik zusammenfügten; nur ab und zu wurde ihm befohlen, auch Tiefflugaufnahmen von Brückenschäden an Straßen und Eisenbahnlinien zu machen. Oft wurde vom Boden aus auf ihn gefeuert, und zweimal musste er Zeros abschütteln, dennoch hatte er das Gefühl, wieder eine gewisse Stetigkeit im Leben gefunden zu haben. Die hatte er schon in Newcastle gehabt und verloren, dann wieder im nordwestlichen Australien und im nördlichen Malaya, und er rechnete damit, dass seine Welt eines Tages wieder zerschlagen werden würde, doch im Augenblick besaßen seine Tage die Ordnung, nach der es ihn so verlangte.

Sein bitterster Augenblick war am Weihnachtsabend gekommen, als er Freddy und Taffy dabei half, Geschenkkörbe des *Comfort Fund* zu verteilen. Jeder Mann erhielt einen Kuchen, eine Dose mit Plumpudding, eine mit Pfirsichen, *Nugget*-Schuhcreme, ein halbes Pfund Schokolade, ein viertel Pfund Käse, Zigarettenpapier, einhundert Gramm Tabak, eine Rasierklinge, Zahnpasta und eine Zahnbürste. In Quiller keimte ein undankbarer Gedanke auf: Soll ich mich dafür etwa noch bei jemandem bedanken? Das ist kein Geschenkkorb von meiner lieben Familie, sondern von Wildfremden. Er hatte diese wildfremden Leute in englischen Zeitungen abgebildet gesehen, Witwen und alte Jungfern in schweren Wollmänteln, die in zugigen Kirchensälen vor Tischen standen und sortierten und wie blöd in die Kamera grinsten. Was wussten die denn schon von Asien? Manchmal hasste er England.

Singapur hasste er nicht, trotz der sich rapide verschlechternden Kriegsmeldungen und den regelmäßigen Luftangriffen. Freundschaften bildeten sich schnell, und schon bald war er Mitglied einer losen, wilden Gruppe von vier, fünf Pilotenkollegen. Außerdem war er ein Kriegsveteran. Er war beschossen worden, war abgeschossen worden, bombardiert und von einem Spion betrogen worden, und er lebte noch und konnte davon berichten. Er war darauf aus, Liebe zu finden und Verlangen zu entfachen, wollte seinen Spaß haben, und er betrat die Nachtetablissements genauso strahlend und herausgeputzt wie die Jagdflieger in seiner Gesellschaft, und genauso mutig wie sie – eigentlich noch mutiger, wo er doch unbewaffnet in feindliche Sektoren eindrang und wieder heimkehrte. Er mochte seine Freunde, und sie mochten ihn. Für Quiller war das ein neues Gefühl. Sie zwängten sich in einen Stabswagen oder einen Nachschublaster und klapperten bald jeden Abend die Clubs ab. Niemand meinte es ernst. Die Mädchen auch nicht. Im Flame-Tree-Club am Oxley Rise taten sie sich mit einer Gruppe von Krankenschwestern zusammen. Nun waren sie zu acht, mehr oder weniger, und in zwei oder drei geliehenen Wagen machten sie die Stadt unsicher. Sie knutschten, saßen einander auf dem Schoß und lachten. Sie lachten ganz Weihnachten hindurch und über Neujahr und in den Januar hinein. Quiller schloss manchmal in der Dunkelheit die Augen und sog tief den Duft der Ledersitze in Freddys Stabswagen ein, die Luft von Singapur, wenn es im Monsun wie aus Eimern gegossen hatte, und die parfümierte, verschwitzte Haut und die gebügelte Baumwolle der Frau auf seinem Schoß.

Wenn er seine Wange an ihre Brust lehnte und lauschte, konnte er ihr leises Atmen hören, das Knistern ihrer Unterwäsche, wenn sie atmete und sich zu den Bewegungen des Wagens rührte, und leise, kleine, fliehende Verwirbelungen tief in ihrem Leib. Sie hieß Dorry Barrowman und kam aus Brisbane. In der Dunkelheit schien sie es zu mögen, wenn er seinen Kopf an ihre Brust lehnte, denn die oberflächliche Spannung ihres Körper gab ein wenig nach, sie ließ ihn noch tiefer in sich hineinsinken, und einen kurzen Augenblick lang ruhte ihr Kinn auf seinem Kopf, und sie schlängelte sich, um es sich bequem zu machen. Der Wagen hüpfte über einen Bordstein, und nun waren sie in der langen Bar des Raffles-Hotels und jemand rief dem chinesischen Barkeeper zu: »Bursche! Acht doppelte Stengahs und jede Menge Eis!« Und dann tanzten sie, die Frauen mit bloßen, beweglichen Schultern. Selbst wenn man den Luftalarm über die Musik der Tanzkapelle hören konnte, hörten sie nicht auf, und als der Bandleader am Neujahrsabend vor einem drohenden Angriff warnte, hatten sie alle auf dem gewachsten Tanzboden verharrt und ihn solange bekniet, bis er grinste und seinen Taktstock erhob, um mit der Musik weiterzumachen.

Sie waren nicht mehr als Freunde. Sie schliefen nicht miteinander – und falls sie es ab und zu doch taten, bekamen die anderen nichts davon mit. Sie waren unschuldig, und keiner schien Quillers noch größere Unschuld zu bemerken. Er konnte sie gut verbergen. Er beobachtete, nahm in sich auf, lernte, was man sagen und tun musste.

Doch eines Tages Anfang Januar, nachdem die Japaner die Schlacht am Slim River für sich entschieden hatten und der Verlust Zentralmalayas sicher schien, presste sich Quiller auf der Tanzfläche des Golden-Orchid-Club unmissverständlich an Dorry und sagte: »Ich möchte die Nacht mit dir verbringen.« Er glühte und lärmte herum. Sogar er selbst fand sich uncharmant. An dem Tag hatte er zwei Aufklärungsflüge absolviert, hatte die Schiffsbewegungen auf dem Bernam River beobachtet und Züge voller britischem Nachschub gesehen, die auf einer Eisenbahnlinie in Malakka festlagen, und obwohl er selbst nicht in Gefahr geraten war, hatte er doch die Überzeugung gewonnen, dass der Krieg verloren war. Den ganzen Tag lang hatte die Buffalo seinen Rücken malträtiert. Eine böse Stimmung war brodelnd in ihm aufgestiegen. Er sagte es Dorry noch einmal gröber direkt ins Gesicht. »Ich möchte mit dir zusammensein. Wir beide wollen es.«

Dorry Barrowman war groß, aber gut gebaut, und sie hatte schlanke, flinke Beine unter ihrem weichen Leib. Sie hatte lange, schöne Finger und ein gewitztes, fragendes, stets zum Lachen bereites Gesicht, sie schien sich ständig über das Leben zu amüsieren und sich an anderen Menschen und an ihrem eigenen kräftigen, gesunden Körper zu erfreuen. Sie ließ zu, dass Quiller sich an ihre Oberschenkel drückte, aber sie legte den Kopf in den Nacken, um ihm ins Gesicht schauen zu können.

»Sag nur nicht, ich bin ein netter Kerl. Das könnte ich nicht ertragen«, sagte er.

»Das hatte ich nicht vor.« Sie wirbelte ihn immer wieder herum und grinste ihn an. »Wir haben doch Spaß miteinander, wir alle, oder nicht?«

»Und jetzt wirst du mir sagen, dass du das nicht verderben willst«, sagte er angesäuert. »Oder dass ich der Bruder bin, den du nie hattest.«

Sie war weich und fröhlich ihm gegenüber. Als sie ihre Arme fester um ihn schlang und sich an ihn lehnte, um seine schmollende Unterlippe zwischen ihre Zähne zu nehmen, wehte Parfüm von den entblößten oberen Wölbungen ihrer Brüste. Sie hatte dicke, kurze, lockige dunkle Haare, und ein paar davon wischten ihm wie kleine Federn an Nase, Kinn und Ohren vorbei, als sie ihn auf der Tanzfläche abknutschte, und die anderen um sie herum johlten.

Doch niemand konnte sie über das kleine Orchester hinweg hören. »Kommst du dir denn vor wie ein Bruder, Quill?«

Quiller schüttelte den Kopf. Er bemerkte, wie erfahren sie war. Er fühlte sich besser, wollte seufzen und an sie gelehnt einschlafen, obwohl er ihr doch eigentlich die Kleider ausziehen und in sie hineinsinken wollte.

»Ich habe noch nie mit jemandem geschlafen«, sagte Dorry nach einer Weile.

»Ich auch nicht.«

»Ich spare mich nicht auf.«

Quiller wartete ab.

»Neil, ich habe die ganze Zeit Angst. Irgendetwas Schlimmes wird uns zustoßen. Ich will doch nur Spaß haben. Wenn ich mit dir schlafe, dann wird sich alles ändern, und ich würde mir die ganze Zeit über viel zu viele Sorgen machen.«

Quiller hatte nicht einen Augenblick an die Zeit danach gedacht. Dorry beugte sich wieder zurück, drückte ihn immer noch gegen ihren beweglichen Unterleib und beobachtete die Gefühle, die über sein Gesicht huschten.

»Verstehst du?«

»Ja«, musste er zugeben.

»Kopf hoch«, sagte sie und führte ihn atemlos um den äußeren Radius der Tanzfläche, wo sie ihre Ellbogen und Füße ausstrecken und sich wie buntbemalte Ruderboote in der Heckwelle eines großen Schiffes rollen und wiegen konnten. Am Ende glänzten Tränen in Dorrys Augen. »Pass gut auf dich auf, Quill.«

Nun hatte er eine Freundin, aber das war nicht genug. Er war der festen Überzeugung, dass die Insel nur aus Liebenden und Verliebten bestand, und als Freddy ihn beiseite nahm und ihn bat, die Zensur zu übernehmen, versuchte er, seine Bereitwilligkeit zu verbergen. In Wahrheit gierte er danach, die Briefe zu lesen und die Geheimnisse der einsamen, erhitzten und ahnungslosen Männer zu erfahren, die seine Maschine warteten oder in den Himmel aufstiegen und schwer zerschossen zurückkehrten. Er gierte nach Neuigkeiten der Liebe.

Am Ende aber war er enttäuscht. Die Männer schrieben ihren Müttern, Frauen oder Schätzchen, und manchmal – gesetzt und formell – Vätern, Brüdern und Freunden, aber sie boten nur wenige Einsichten in sich selbst, und nur selten legte Quiller einen Brief beiseite, starrte ins Leere und dachte: Wie wahr, oder das Gefühl kenne ich, oder ach, wenn ich doch auch nur so sehr lieben könnte. Klagen gab es nur wenige – Cornedbeef steht hier ständig auf dem Speiseplan … Die Mücken haben mir letzte Nacht schwer zugesetzt … Gestern flatterte uns ziemlich das Hemd, die Sirenen jaulten wie nichts Gutes –, und nur selten stellten die Briefe eine Bedrohung der Sicherheit dar. Nur bei den neu Hinzugekommenen oder den frisch Rekrutierten musste er einen Ortsnamen, ein Datum oder eine Bemerkung über einen Marschbefehl oder eine Anspielung auf die eigene oder allgemeine Moral schwärzen, und auch das tat er nur flüchtig.

Doch ab und zu stieß er auf Männer, die sich tief in Missverständnisse von geradezu epischem Ausmaß verstrickt hatten: »Es zerreißt mich innerlich, nicht bei dir klingeln zu können und diese Angelegenheit zu klären.« – »Ich nehme an, ich muss dies wohl auf andere Weise mit dir klären.« – »Hast du denn meinen Brief nicht erhalten, in dem ich klarstelle …?« – »Wenn ich auf den Kalender schaue, dann scheint mir, ich habe in der letzten Oktoberwoche keinen Brief von dir erhalten. Hattest du denn geschrieben?« Quiller war von dem Schmerz, den diese Männer erduldeten, beeindruckt. Er wollte ebenso sehr verliebt sein, wollte sich davon innerlich zerreißen lassen.

Ständig gab es Briefe, eine Flut von Briefen. Schmerz, Entfremdung, Tollpatschigkeit und Langeweile schien die Schreibhand zu ermutigen. Und wenn schon keine Briefe, dann zumindest tägliche Notizen in kleinen blauen oder schwarzen Tagebüchern, die Quiller natürlich nicht zu lesen bekam. Manchmal dachte Quiller, dass sein eigener Wunsch zu schreiben völlig abgestorben sei. Grund war nicht nur Jeannie Verco gewesen, die den fehlenden Apostroph in dem Titel seines Pilotenhandbuchs entdeckt hatte; es war auch das ruhige, ungeprüfte, unverdiente Gefühl von Selbstvertrauen der Familie gewesen, die ihn als Waisenkind aufgenommen hatte.

Eines Morgens Mitte Januar kehrte er von einem Aufklärungsflug über Tioman Island, Mersing und Endau nach Singapur zurück und stellte fest, dass Sembarawang unter schwerem Beschuss lag. Er drehte ab, um den Bombern zu entgehen; er zählte siebenundzwanzig Maschinen in einer V-Formation auf sechzehntausend Fuß Höhe. Er flog einen großen Kreis landeinwärts zur Inselmitte, und als er zurückkehrte, sah er eine Reihe von beschädigten und zerstörten Buffalos und Hudsons und große, unregelmäßige Krater auf den Landebahnen. Wasser drang aus den Hauptleitungen, und das Hauptquartier, die Einsatzräume, Lagerräume, Unterkünfte, Messen und Hangare hatten Volltreffer abgekriegt. Die Männer rasten im Qualm umher, retteten unbeschädigte Maschinen und bekämpften kleine Brände. Quiller überflog den Platz und suchte dabei nach den roten, grünen und weißen Lichtern, die die Krater und die sicheren Landebahnabschnitte markierten, und er hielt sich tief und flog langsam, damit die Flakkanoniere ihn durch den Qualm sehen konnten.

Er landete und stellte die Buffalo ab. Die Flugplätze in Seletar und Tengah waren alle schon mehrmals beschossen worden, Sembarawang jedoch erst seit kurzem. Alle verfluchten die mangelnde Funkausrüstung und die Unzuverlässigkeit der Funk- und Telefonsysteme auf der Insel. Nie war genug Zeit, die Jäger hochzuschicken, um die Angreifer abzufangen, nie gab es genug Bodenpersonal, um den Flugplatz in Stand zu setzen. Quiller eilte über die Hauptlandebahn und schloss sich einer Gruppe von Leuten an, die die Bombenkrater wieder zuschaufelten. Jemand reichte ihm eine Ramme, und wenn das Loch voll war, stellte er sich mit zwei anderen rings ums das Loch und rammte die Erde fest. »Brauche, brauche Müh zur Jauche, Feuer, schmauch und Kessel, rauche«, deklamierte der Mann, der den Erdlaster fuhr, doch Quiller war der Einzige, der darüber lachte.

Nach der Einsatzbesprechung befahl ihm Freddy, sich auf dem Flugplatz Kallang einzufinden. »Hier ist es zu voll, Quill.«

Kallang war der Zivilflughafen der Insel. Er lag zwischen Singapore City und dem Meer eingezwängt. Der Boden bestand aus Mergel, der auf das salzige Marschland gekippt worden war. Er konnte nicht erweitert werden, und Marschwasser sickerte durch die Bombenkrater. Es handelte sich um den letzten Flecken südöstlich gelegenen Landes vor dem offenen Meer, und Quiller fand dies sehr bedeutsam, ein Zeichen dafür, dass sie aus dem Norden verdrängt und schon bald alle mit dem Rücken zum Meer stehen würden.

»Wann kriegen wir die Hurricanes?«

»Bald.«

Die Hurricane hatte sich im Luftkampf über England große Verdienste erworben. Sie war schlank und schnell, das Neueste vom Neuen. Man rechnete mit über fünfzig Maschinen; sie würden die Waage zu ihren Gunsten ausschlagen lassen. So dachten alle.

Am 21. Januar pfiffen die Hurricanes heran wie silberne Pfeile. In der ganzen Stadt herrschte Hektik und Unruhe, und Soldaten, Krankenschwestern, Pflanzer, Zivilbeamte und Frauen in Abendkleidern bestellten sich Longdrinks und verloren sich in den Armen von Freunden und Fremden. Quiller schloss sich ihnen an, wollte an ihrer Hochstimmung teilhaben, doch bei seinen langen Streifzügen durch die Nachtbars dachte er an Dorry Barrowman, und die Nacht verkam zu einer sinnlosen, ermüdenden Suche nach ihr. Lass endlich gut sein, dachte er schließlich bei sich. Rings um ihn herum war ständig derselbe muntere, verzweifelte Refrain zu hören: »Die Hurricanes sind da, die Hurricanes werden es den Mistkerlen schon zeigen.«

Doch als die Hurricanes am nächsten Tag zum Einsatz kamen, zogen sie den Kürzeren, und Tag für Tag wurden weitere abgeschossen oder am Boden beschädigt. Quillers Mut sank. Was nun, dachte er. Es war nicht mehr zu übersehen, wie überfüllt die Insel nun war. Stunde um Stunde trafen weitere Züge und Autos ein, die über den Damm gekommen waren und chinesische und malaiische Flüchtlinge ausspuckten, die alle Unterkunft und Essen suchten. Erschöpfte Frauen schleppten Koffer und kleine Kinder von Hotel zu Hotel und schließlich in die Notunterkünfte in den Schulen. Die

Preise stiegen. Zeltstädte schossen unter den Bäumen der Zufahrtsstraßen und auf leeren Feldern aus dem Boden. Alliierte Truppen, tausende von Soldaten gleichzeitig, zogen sich aus Malaya zurück, und alle berichteten sie von erbitterten Rückzugsgefechten und verzweifeltem Mut. Die Männer streiften durch die Straßen und füllten die Bars, und die Köpfe schwirrten ihnen bei dem Gedanken, dass sie in nur wenigen Wochen aus Malaya vertrieben worden waren. »Ihr Mistkerle habt uns keine Luftunterstützung gegeben«, sagten sie, wenn sie Quillers RAF-Uniform sahen.

Es hatte keinen Zweck, wenn Quiller zu erklären versuchte, dass die Luftstreitkräfte viel zu schwach waren, um den Rückzug ganzer Armeen zu sichern. Tag für Tag wurde Singapur bombardiert, es gab Nachschubkonvois, die geschützt werden mussten, Flugplätze auf dem Festland mussten geräumt werden. Das waren die erkennbaren, anstehenden Aufgaben. Sie hatten keine Zeit und auch nicht die Mittel, die vorrückenden japanischen Truppen zu beschatten und anzugreifen, die an den Stränden Malayas an Land gingen und vor den sich zurückziehenden Alliierten die Wasserstraßen hinaufeilten, während die japanische Hauptstreitmacht sich ihnen weiterhin von Norden näherte. Piloten, die diese Tatsachen in den Bars oder auf der Straße erläutern wollten, mussten mit eingeschlagenen Zähnen und blutigen Nasen rechnen.

Quiller versuchte in der Zwischenzeit, seine körperlichen Begierden beiseite zu schieben, doch sie rührten sich wie ein Bär, der aus dem Winterschlaf erwacht – nicht bösartig, aber unaufhaltsam und hungrig. Er spürte sie, wenn die Buffalo rings um ihn über der leeren See vibrierte, wenn eine Krankenschwester ihn auf der Tanzfläche eng an sich drückte, allein auf seiner Koje bei Nacht, wenn sich das Gesicht, das er den warmen, ausgestreckten, eingebildeten Gliedmaßen neben sich verlieh, beunruhigenderweise als das von Jeannie Verco entpuppte.

Im Zeugenstand fand er die Lösung.

»Flight Lieutenant Quiller, wer waren Captain Janeways Bekannte außerhalb des Flugplatzes?«

»Er hatte eine Malaiin im Kampong am Fluss.«

»Gab es noch andere?«

»Eine Frau in Penang, eine andere auf den Cameron Highlands.«

»Außer Frauen.«

»Er hatte indische Freunde«, sagte Quiller, »Offiziere aus den *Hyderabad-* und *Punjab-Regiments.*«

»Seien Sie doch so nett und erzählen uns von diesen Offizieren.«

»Er besuchte sie, oder sie besuchten ihn.«

»In der Offiziersmesse?«

»Ab und zu trafen sie sich auch im Lulu-Club, einem Tanzlokal in der Stadt.«

Während er unter einem Deckenventilator im Militärhauptquartier in Fort Canning stand und gegen Janeway aussagte, wirbelten ihm jene Abende im Kopf herum. Der Lulu-Club in Bandar Star war ein harter, strahlender, sehr künstlicher Ort gewesen. Man kaufte sich ein Heft voller Zehn-Cent-Tickets, und wenn die Musik zu spielen begann, ging man zu einem Tanzmädchen und bat sie um den Tanz. Die Mädchen waren Chinesinnen und Eurasierinnen. Schüchterne, angenehme Gesellschaft. Sie wurden vom Clubbesitzer entsprechend der Anzahl an Tickets bezahlt, die sie im Laufe des Abends sammelten. Männer wie Janeway glaubten, die Mädchen seien erfahren, wie sie da in ihren schlank taillierten chinesischen Kleidern und mit ihren gegen den Qualm ihrer in schwarzlackierten Spitzen steckenden Zigaretten zusammengekniffenen Augen standen – aber die meisten taten nur so. Taximädchen nannte man sie, und einige von ihnen nahmen Männer wie Janeway mit auf ihr Zimmer, wenn der Club schloss.

»Wissen Sie, worüber Captain Janeway und diese indischen Offiziere sich unterhielten?«

»Nicht im Einzelnen, Sir.«

»Dann im Allgemeinen.«

»Soweit ich verstanden habe«, erwiderte Quiller, »wollten sie die Unabhängigkeit Indiens, Sir.«

»Sonst noch was?«

Quiller erinnerte sich an Janeways Erzählungen aus seiner Jugend in Burma und der Schulzeit in England. Die Schule sei hassenswert gewesen, hatte er gesagt, lärmende Rüpel, Schläge und Klassenkeile. »Ich habe einmal mit angehört, wie Captain Janeway sagte, das Empire sei im Kern verrottet«, sagte Quiller.

An jenem Abend ging er ins ›Pagoda Cabaret‹, und in dem dunklen, goldenen Licht zahlte er für zehn Tänze mit einem Taximädchen namens Lee Lin Koh. Er machte keinen Hehl daraus, sie haben zu wollen. Nach dem fünften Tanz wiegte sie ihre Hand in der seinen, und gegen Mitternacht führte sie ihn in ein mit Stuck verziertes Ladenhaus in Boat Quay. Auf dem Fußweg vor dem doppeltürigen Hauseingang saß ein alter Mann auf einer Kiste. Er trug ein Unterhemd, Sandalen und eine weite Hose und redete schnell mit Lee Lin, unterbrach sich immer wieder und lächelte Quiller an, wobei er einen Mund voller Zahnlücken und Gold entblößte. Eine der Türen hinter ihm führte in einen Laden, der voll gestopft war mit Woks, Holzschuhen, Schachteln voller elfenbeinerner Essstäbchen, Stoffballen, Kerosinlampen, Reispapierwänden, Fächern und Schirmen, eingewickelter Seife, Porzellanschälchen, Räucherstäbchen, Kerzen und Tigerzahn-Halsketten. Im Geschäft nebenan gab es Gewürze, Kräuter, Arzneien und Tee zu kaufen, und an einer Stange im Schaufenster baumelte eine Reihe von glasierten Bratenten, Trockenfisch und Haifischflossen. Schließlich sagte der Mann zu Quiller: »Du gehen jetzt rauf, sein glücklich.«

Auf dem ersten Treppenabsatz sagte Lee Lin: »Ihm gehört ganzes Haus.« Am obersten Ende der Treppe drückte sie ihre winzige Hand gegen Quillers Brustkorb. »Du warten, bitte.«

Quiller stand in der nach Gewürzen duftenden Dunkelheit. Boat Quay war eine lang geschwungene Zeile ziegelgedeckter Ladengeschäfte und Lagerhäuser entlang des Flusses, stromaufwärts vom weiten Hafen, und die Gerüche des Tages hingen im Treppenhaus: die stinkende braune Flut, Schiffsdieselabgase, vergammeltes Essen, Soßen und heißes Öl, Räucherstäbchen und Schimmel. Es war fast Mitternacht, aber Boat Quay war noch hellwach. Quiller hörte das Scharren bloßer Füße und Flüstern und plötzliche Rufe. In der Ferne spielte ein Grammofon.

Lee Lin kam zurück und führte ihn in ein kleines Zimmer, das von einer Laterne erhellt war, die ein körnig gelbes Licht auf eine Gruppe billiger Porzellangottheiten, eine Schriftrolle und qualmende Räucherstäbchen warf. Quiller blieb stehen, als er eine Frau und zwei Mädchen in Schulröcken auf Holzstühlen an einem Tisch neben den zusammengeschobenen Betten sitzen sah, doch Lee Lin sagte: »Komm«, und zog ihn an der Hand in eine Ecke mit einem Bett, das vom restlichen Zimmer mit einer Reispapierwand abgetrennt war. Die Farben verschwammen in seinem Kopf – wilde, Feuer speiende Drachen, auf Wolken schwebende Paläste, Bäche, über die gedrungene Stege führten –, und Quiller bezweifelte, dass das dünne Papier seine Seufzer und feuchten Küsse und das schmatzende Klatschen seines Körpers auf dem von Lee Lin dämpfen konnte. Die Schlafstatt war ein schmales Eisenbett. Die verputzten Wände wirkten im Schein einer winzigen Duftkerze anheimelnd, waren aber von Wasserflecken überzogen, und er überlegte, ob er jemals auf dem Bett liegen und sich in den Flecken verlieren würde, bis sie sich in seiner Fantasie bewegten und ihm wunderschöne Märchen erzählten. Das war sein Trick in dem feuchten Haus in der Nähe von Jesmond Dene gewesen, aber dort hatten sich die Flecken an der Decke befunden. Er schaute zu Lee Lins Zimmerdecke hinauf. Jenseits des warmen Balls aus Kerzenschein lag nur Dunkelheit. Sie nahm seine Hand und zog ihn zu sich aufs Bett, und ganz vorsichtig knöpfte sie ihm das Hemd auf, wobei sie sich immer wieder unterbrach und ihre Hand auf seine Wange legte. Dann legte sie ihm die Hand auf den glühend heißen Bauch, und er ejakulierte.

»O nein.«

Lee Lins Arme konnten ihn kaum umfangen. »Macht nichts. Du schönes Rundauge. Wir warten.«

Und so half sie ihm bei den hilflosen Impulsen seines Körpers – seine Haut schauderte; seine Nervenenden waren viel zu sensibel; er ergoss sich erneut auf ihren Bauch; seine Hände waren zu impulsiv – und lehrte ihn, mit ihr zu schlafen. Sein Körper musste ihn wohl der Frau und den Kindern auf der anderen Seite der Stellwand verraten haben, aber das war ihm egal. Lee Lin hatte sicher schon zuvor Soldaten mit nach Hause gebracht, nahm er an. Auch das war ihm gleichgültig. Die Welt drehte sich weiter, und er war endlich ein Teil von ihr.

Auf merkwürdige Weise war der Krieg entspannend. Freddy gab ihm manchmal über Nacht Ausgang, und dann bezahlte Quiller Lee Lin extra und blieb bis zum nächsten Morgen bei ihr. Bezahlung war Pflicht, und sie brachten diese Angelegenheit stets als Erstes hinter sich, wobei Lee Lin aus der Transaktion einen Teil des Spiels machte, bevor sie sich liebten, und es war ebenso aufreizend und lockend wie das Auskleiden, das Baden und das bedeutungslose Gewisper in seinen Ohren. Am Morgen wachte er auf, stützte sich auf einen Ellbogen und betrachtete zärtlich, wie Lee Lin mit dem Kopf in einer Beuge ihres Arms dalag und schlief. Dann lehnte er sich zurück und starrte die Flecken an der Wand an. Schließlich stand er auf, übergoss sich mit Wasser aus einem Krug in der Ecke, zog sich an, trat durch die Lamellentüren hinaus auf den schmalen Balkon, wo er eine Weile stand, die schwüle Luft einatmete und zuschaute, wie sich andere Lamellentüren öffneten und braune Hände Wäscheleinen voller Sarongs, Shorts und Hemden einholten. In dem kleinen Hof stand ein steinerner Tisch neben einem Goldfischteich, und bevor der Tag noch ganz zum Leben erwacht war, sah er manchmal eine Leibeigene in dem kleinen Gärtchen, die die Chilis, Zitronengras und Limonen pflegte.

Dann ging er hinunter und aß Nudeln in einem Straßenrestaurant zwischen den indischen und chinesischen Kulis, die am Fluss arbeiteten. Die Straßen von Chinatown waren heiß und voll gestopft. Untersetzte Kantonesen und hagere Inder liefen ruhelos an den von der Sonne berührten, stuckverzierten Geschäftshäusern vorbei. Quiller trank starken schwarzen Kaffee und streckte einem Schuhputzjungen seinen Schuh hin, dann schlenderte er die steinernen Fährtreppen hinab zum Fluss und schaute zu, wie Ballen von Kautschuk ausgeladen wurden. Aber er fühlte sich stärker von dem auf den Bug gemalten Auge der Flachboote angezogen als von den Männern oder ihrer Arbeit. Er wollte, dass diese Augen ihn beschützten und den bösen Blick bannten. Als er Lee Lin eines Tages davon erzählte, führte sie ihn zu einem Tempel in einer Seitengasse, einem munter wirkenden Ort mit all seinen roten Holzverstrebungen, den schaukelnden Papierlaternen und den lebhaften Drachen, die sich wie Seeschlangen über das grüne Dach schlängelten. Dort betete sie für ihn, sang und schlug hölzerne Stäbe gegeneinander.

Zwar murmelten die Bewohner von Boat Quay manchmal düster, wenn sie Lee Lin in Gesellschaft eines Rundauges sahen, aber sie bot Quiller Erleichterung und eine Art von häuslichem Leben. In dem unterteilten Zimmer ihrer Familie, in einem Gebäude voller Familien in unterteilten Zimmern, schien der Krieg weit, weit weg zu sein. Quiller grüßte Lee Lins Hausbesitzer vor seinem Geschäft, stieg die Stufen in der stickigen Luft hinauf, erwiderte das Nicken und Lächeln der Mutter und der Schwestern und ließ den Krieg Krieg sein. Man packte ihn bei den Hemdsärmeln und bat ihn, sich zu setzen und zu essen: Hokkien-Nudeln, gebratener Fisch, Chili-und-Krabbenpaste, Suppe mit Schweinefleisch und weißen Karotten, die aus einer großen Terrine geschöpft wurde, oder geröstete Erdnüsse, je nach Tageszeit. Seine Hemden und Hosen wurden in der Wäscherei gewaschen und gebügelt, in der Lee Lins Mutter arbeitete. Er brachte den Schwestern das Zählen bei. Er gab Lee Lin mehr Geld. Lee Lin sagte: »Du glücklich Rundauge«, befingerte seine Hundemarke und fuhr mit den Fingern über die Seriennummer, die ins Metall gestanzt war: keine Unglück verheißende Vier, dafür aber drei viel versprechende Neunen, die Frieden, Wohlstand, Glück und langes Leben symbolisierten.

Dann trat er wieder aus dem Haus und schüttelte seine Verträumtheit ab. Zu unregelmäßigen Tageszeiten jaulte der Luftalarm auf, und die japanischen Bomber, die von den eroberten Flugplätzen im Norden Malayas in dichten Formationen aufgestiegen waren, bedeckten die Docks, Flugplätze, Öl- und Munitionslager der Insel mit einem Bombenteppich, ohne sich um das Flakfeuer oder den Widerstand aus der Luft zu kümmern. Manchmal beobachtete Quiller vom Flugplatz Kallang aus, wie die Lagerhäuser am Ufer direkte Treffer abbekamen. Der Qualm, der manchmal dicht wie Baumwolle an seinen tränenden Augen vorbeizog, roch nach brennendem Holz, Öl, Gummi, Kaffee, Teer und menschlichem Fleisch.

Eines Tages gegen Ende Januar schlenderte er zu den Kais hinüber und trat über die verknoteten Kabel gefällter Telegrafenmasten und die Feuerwehrschläuche, die sich wie fette, schwarze, verträumte Würmer durch die Bombenkrater und den Schutt schlängelten; durch die Sohlen seiner Schuhe hindurch fühlte sich das Dock warm und weich an. Er half einer Gruppe Kulis, Kisten mit Tomatensuppendosen aus einem Loch in der Seitenwand eines von Bomben beschädigten Lagerschuppens zu ziehen. Ein Stück weiter entlang der Gasse hing ein Schild: *Blindgänger.* Quiller hatte Angst um Lee Lin in Chinatown. Er befingerte den Ring des kanadischen Soldaten und wunderte sich, warum er keine Angst um sich selbst hatte.

Als Quiller eine Stunde später auf dem Weg zu Lee Lins Haus durch die Change Alley schlenderte, wo er ihr erst noch ein Armband kaufen wollte, sah er Cameron, seinen Cousin, der mit einem Schneider feilschte, und sein erster Gedanke war: Nimm sie mir nicht weg.

Das gute Geschirr

In der umfassenden Stille und der Befriedigung ihres einsamen Lebens las Jeannie, gärtnerte, nähte und schrieb an Cameron Dunn. Die Briefe schickte sie nie ab, obwohl Dr. Sandilands alle vierzehn Tage in Haarlem Downs landete, angeblich, um nach ihr zu sehen, aber eigentlich auf Crystals Geheiß. »Sie ist wütend und macht sich Sorgen. So gut wie keine Frau und kein Kind ist im Norden geblieben, wissen Sie?« Jeannie gab die Briefe dem Pastor nicht mit, weil es sich eigentlich um Gespräche handelte – mit sich selbst und mit Cameron –, die nicht dafür bestimmt waren, gelesen zu werden. Jetzt, wo die Zeit nicht drängte, sondern sich wie ein warmer, stiller Ozean ausdehnte, legte sie ihr Skizzenheft beiseite. Es gab keine Dringlichkeit mehr, nur ein Gefühl für die Tage, die sich langsam wiederholten. Die Kriegsmeldungen wurden immer schlimmer, die Japaner breiteten sich brennend über die Landkarte aus, aber die Zeit außerhalb von ihr selbst verlief anders.

Sie verschloss das Gästehaus und bewohnte Cams Jugendzimmer, die Küche und das Wohnzimmer. Sie hatte kein Interesse am Rest des großen Hauses, und nach einer oberflächlichen Erkundung, bei der sie einen Stapel Bücher über Malaya auf Crystals Nachttisch fand, sperrte sie die ungenutzten Zimmer ab.

Ihre erste Aufgabe bestand darin, eine Kattunhülle für das Klavier zu nähen. Da die fußbetriebene Nähmaschine – zusammen mit dem aufziehbaren Grammofon, den Vasen, dem Nippes, der Kleidung und den Büchern – in Benzinfässern versiegelt und im Busch vergraben worden war, nähte Jeannie sie von Hand. Sie hatte alle Zeit der Welt dafür, die langen Nachmittage, wenn es draußen stickig war, und die langen Abende neben dem Radio auf dem Kaminsims, an denen sie Tokyo Rose und den Hasstiraden des japanischen Informationsministeriums lauschte. Einmal hörte sie, wie Tokyo Rose Camerons Bataillon und einige der Männer daraus erwähnte. Woher hatte Tokyo Rose die Namen? Wahrscheinlich aus einem Bordell, dachte Jeannie, oder einem Club. Ihr Bild von Malaya und Singapur stammte nicht aus Camerons kargen Briefen, sondern von Somerset Maugham. Sie stellte sich gelangweilte, emanzipierte, leicht dümmliche, reiche Memsahibs vor, die mit den Whisky schlürfenden Pflanzern auf den Veranden oder unter den Deckenventilatoren irgendeines Gesellschafts- oder Sportclubs flirteten, irgendeines Zufluchtsorts, wo sie die Mühen des fremden Lebens ringsum und der Notwendigkeit, das Gesicht zu wahren, für ein paar Stunden vergessen konnten.

Wie kam Cam damit zurecht? Das mit den Bordellen war Jeannie immer im Hinterkopf herumgeschwirrt, doch die übermütigen Burschen im Kino in Broome hatten sie von dieser Art Eifersucht befreit. Dann brachte Maugham sie eine Zeit lang dazu, sich Cameron in Gesellschaft einer schlanken, trägen Herzensbrecherin und Kopfverdreherin vorzustellen, die sich von ihm einen Gin Sling bestellen lässt oder ihn auf eine Fahrt in ihrem offenen Tourenwagen entlang des palmenbestandenen Boulevards einlädt, während der Zigarettenqualm von der elfenbeinernen Zigarettenspitze zwischen ihren schlanken, sorglosen Fingern weht. Doch nun, während die Gebiete rasend schnell den Japanern zufielen und die Alliierten immer weiter die Halbinsel hinunter nach Singapur gedrängt wurden, ohne jede Nachricht von ihm und ermutigt durch Crystals herzzerreißende Mutterliebe, begann sie ihren Mann als Helden zu sehen. Als verlorenen Helden? Das Funkgerät mit dem schwungpedalbetriebenen Generator erwachte zu den verschiedensten Zeiten knackend zum Leben, und Crystal sagte: »Wenn er mir genommen werden sollte, weißt du, wie ich mich dann an ihn erinnern werde?

Als den frechen kleinen Jungen auf seinem Lieblingspferd.« Oder: »Ich hab nachgedacht: Dampier's Hill sollte in Cameron's Hill umbenannt werden.« Und: »Jeannie, was hast du vor? Ich möchte dich hier bei mir haben, Fräulein.«

Jeannie vermutete, dass sie letzten Endes wohl doch in den Süden fliegen würde – die Tatsache, dass sie das Klavier in eine Kattunhülle einnähte, schien auf diese Absicht hinzudeuten –, doch als die Regierung verkündete, dass alle Uhren bald eine Stunde vorgestellt werden sollten, musste sie bei dem Geschenk von noch mehr Licht im Rhythmus ihrer Tage blinzeln und so ruhig lächeln wie eine Frau in der unaufgeregten mittleren Phase einer Schwangerschaft. Sie hatte noch genügend Zeit.

Am Heiligen Abend regnete es, und am späten Weihnachtsmorgen geschah etwas Ungewöhnliches. Sie hatte sich gerade am Tisch einen Platz mit dem guten Geschirr und dem besten Besteck gedeckt, kaltes Dosenfleisch mit Chutney und Tomaten garniert und eine Scheibe von dem Weihnachtspudding abgeschnitten, den sie in der Speisekammer in einem Kattunsack aufgehängt gefunden hatte – warum gab es hier so viel Kattun? Was man nicht alles mit Kattun machen konnte –, als ein Dutzend Aborigines aus dem Busch und von der Station an die Hintertür traten.

»Is Weihnachten, Missus. Hast du Essen?«

Die Viehhirten trugen Hemd und Hose, die Hausmädchen Kleider, die Aborigines aus dem Busch Lendenschurze oder Hosen und Kleider aus Mehlsäcken. Jeannie spürte eine gewisse Hochstimmung in sich aufsteigen: Sie war doch recht einsam gewesen, stellte sie fest.

»Schauen wir mal, was wir finden können«, sagte sie.

Sie folgten ihr in den Lagerraum, ein kleines, schattiges Gebäude neben dem Waschraum. Jeannie öffnete die Tür, abgestandene warme Luft kam ihr entgegen, Staublichter tanzten vor ihren Augen. »Leer«, sagte sie nach einer Weile, und ihr ging auf, dass Harry

Horsetalk und Wally Webb wahrscheinlich alles irgendwo im Busch vergraben hatten. Warum hatte sie nicht aufgepasst? »Tut mir Leid, wir sind abgebrannt«, sagte sie, und plötzlich fiel ihr ein altes Sprichwort von Leonard wieder ein: »Wenn uns 'ne Maus in die Vorratskiste fällt, bricht sie sich ihren verdammten Hals.«

»Kommen Sie rein«, sagte sie.

Der alte Mann war ein wenig entsetzt und sträubte sich. »Du bring raus, Missus.«

Also ging sie in die Speisekammer, begutachtete die Regale und überschlug alles im Kopf. Sie konnte einen Sack Mehl entbehren, einen Sack Zucker, vier Packungen Tee, die Trockenerbsen, den Tabak, ein paar Stück Seife, ein paar Schachteln Streichhölzer, ein paar Dosen Rindfleisch und Süßigkeiten für die Kleinen.

Gerade, als sie alles zu ihnen hinaustrug, wehte eine Bö einen Regenschauer heran, der ihre staubigen Kleider dunkel färbte und auf ihren Gesichtern und Armen glänzte. »Wo haben Sie denn Ihr Lager?«

Der alte Mann deutete zu dem Land hinter den Weiden. »Alle in Schlucht am Ufer, Missus. Alle suchen hohes Land.«

»Sie können hier kampieren, wenn Sie wollen.«

Er sträubte sich erneut. »Schon orright, Missus. Wir ham Essen, ham 'nen guten Platz jetzt.« Er wies zu den entfernten Bergkämmen jenseits des Pindangestrüpps, dann hielt er inne und zog ein Hosenbein hoch. »Is ziemlich wund, Missus.«

Sie besah sich ängstlich sein Bein, entdeckte aber nur eine kleine, sauber heilende Wunde. Keine Lepra, dem Himmel sei Dank, sie hätte sonst Trooper Dalvean alarmieren müssen. »Was ist passiert?«

»Wilde Ziege, verdammtes Mistvieh.«

»Ich gebe Ihnen eine Salbe mit.«

Der alte Mann wies auf die anderen. »Er lahm und er lahm und er lahm …«

»Na gut, ich gebe euch, was ich kann.«

Sie holte eine Schachtel Phenol, Hustenmedizin und Binden, dann änderte sie ihre Meinung über die Hustenmedizin. »Bitte.«

»Danke, Missus.« Der Alte blieb stehen. »Missus, warum die Armee auf alte Schwarze schießen?«

»Wie bitte?«

»Dieser alte Mann ziemlich viele Angst. Gott segne den König. Die Japse kommen, ich renn und verstecke.«

Jeannie hatte keine Ahnung, wovon er sprach. »Gute Idee.«

»Nicht gut du bleib hier, Missus.«

Sie flatterte mit den Armen. »Ich werde bald in den Süden fliegen.«

Er nickte und drehte sich zu den anderen um, und sie schaute ihnen nach, wie sie zwischen den stummen Gebäuden und Zäunen verschwanden. Dann kehrte sie an ihren Platz am Tisch zurück und schenkte sich ein Glas süßen Sherry ein. Etwas anderes gab es nicht.

Lust überkam sie. Cam stand hinter ihrem Stuhl, seine Hände glitten über ihre Brüste nach unten, wann immer Crystal ihnen den Rücken zudrehte. Jeannie schauderte und prickelte es. Wenn er hinter ihr stand, dann musste er tot sein. In der Residenz des Inspektors der Fischerei in Broome hatten in den Winkeln ihrer Kindheit gelegentliche Grausamkeiten gelauert. Da war der mit der Stahlspitze versehene Ledergürtel ihres Vaters, zum Beispiel, und da waren die Geistervisionen ihrer Mutter. Der Geist war ein Verehrer, der 1917 einem deutschen Mörser bei Vimy zum Opfer gefallen war. Jeannies Mutter spürte ihn stets an ihrer linken Schulter, er trug die Khaki-Uniform eines Pioniers, eine Hand schwebte zögernd über ihrem Haupt, so als wollte er sagen, dass er sie immer lieben und auf sie aufpassen würde. Der Geist war kein Geheimnis, und Jeannies Vaters stand stets leicht angesäuert in den Kulissen dieses Dramas.

Also hatte er seinen Ledergürtel geschwungen. Jeannie griff mit den Händen nach ihren Brüsten, um Cams Hände auf ihnen festzuhalten, bevor er zu Staub zerfiel.

Enttäuschendes neues Spielzeug

Quiller versteckte sich in dem verfallenden Torbogen eines Geschäftes, der von den Mengen der Kantonesen, Inder und Malaien, die Stunde um Stunde daran vorbeistreiften, schon ganz abgegriffen war, und beobachtete Cameron ein paar Minuten lang. Er hätte nie gedacht, seinen Cousin so verändert, so heruntergekommen und verwahrlost zu sehen. Cameron wirkte dünn und unterernährt, und dass seine Uniform so an ihm schlotterte, war sowohl Ergebnis eines großen Gewichtsverlustes als auch der hohen Luftfeuchtigkeit. Seine Shorts gähnten über dürren Beinen und schlabberten um die knubbligen Knie eines alten Mannes, der an Sommertagen mit einem Gartenschlauch dasteht. Seine Schienbeine waren mit tropischen Geschwüren übersät. Seine Augen schauten wild um sich, als er sich für den Schneider und dessen Maßband mit ausgestreckten Armen umdrehte, und er presste sie zusammen, als er Quiller bemerkte.

»Also, das haut mich echt um.«

»Hallo, Cam.«

»Du hast es also wirklich getan, du Mistkerl, bist wirklich *hoim* gegangen zur RAF.«

Als Quiller diese Stimme hörte, die sich immer noch so anhörte wie bei all den Beleidigungen und Unterhaltungen der Vergangenheit, wurde er von einer Flut nutzloser alter Gefühle erfasst. Er trat näher. Camerons Augen lagen tief in ihren Höhlen, seine Wangen waren eingefallen, und er wirkte erschöpft und verletzlich – den Tränen nahe, dachte Quiller überrascht.

Cameron wischte sich ein wenig Speichel aus dem Mundwinkel

und putzte sich den Handrücken an den weiten Shorts ab. »Verdammte Idiotenmedizin«, sagte er und wischte sich den zweiten Mundwinkel auch noch. »Also, das muss begossen werden, alter Knabe.«

Cameron sah auf den Schneider herab. »Ich kommen zurück, kapiert?«

Am Ende der Gasse pfiff er nach Rikschas und befahl den Fahrern: »Raffles-Hotel, schnell, schnell.«

Sie ruckten wie Spielzeug durch die Straßen. In Singapur kam es nun oft zu Verkehrsstaus. Während seine Rikscha vorwärts kroch, schaute Quiller hinaus in die Menge von Vertriebenen, die zurückstarrten. Einige von ihnen reckten ihm eine Hand vor das Gesicht und sagten: »Gib mir Geld, Joe.« Bald waren seine Taschen leer.

Als sie in der Long Bar des Raffles-Hotels saßen und die vielen hohen Dienstgrade sahen – Captains, Majors, einen General, Commodores der Royal Navy, einen Police Superintendent, einen Wing Commander, die alle auf Rohrsesseln saßen und die Beine ausstreckten –, meinte Cameron: »Zu viel Lametta für meinen Geschmack. Als ob ihnen der verdammte Laden gehören würde.«

Ein ältlicher kantonesischer Kellner brachte ihnen Bier und Erdnüsse auf einem Tablett. Cameron trank lange und redete dann. Er hörte gar nicht mehr auf, war ein wenig ungestüm, und noch bei den harmlosesten Bemerkungen brach seine Stimme vor Gefühlen, die er kaum im Zaum halten konnte. »Kumpel«, sagte er schließlich, »ich weiß nicht, ob ich komme oder gehe.« Er trank. »Ich kann doch mit dir reden, oder? So von Kumpel zu Kumpel, Cousin zu Cousin?«

»Na klar.«

»Wir sind erledigt, Kumpel, der Laden ist hinüber.«

Cameron schauderte es, und er leerte sein Glas. Als seine Augen aufhörten, durch die Gegend zu springen, klammerten sie sich flehentlich an Quiller fest. Was soll ich denn tun?, wollte Quiller fragen. Was willst du, Cam? Was ist im Dschungel passiert? Was hast du dort erlebt?

»Sorry, muss mich zusammenreißen. Ich lebe ja schließlich noch, nicht?«

Nur mit Mühe. Quiller nickte.

»Ich sag dir was, Quill, es ist wie Weihnachten, wenigstens ein Bett zu haben. Zig Wochen hab ich auf einem beschissenen Laken auf dem Boden geschlafen, und mein Kuscheltier war ein geladenes Gewehr. Ach, übrigens, wie sind denn die Puppen hier so?«

Quiller machte den Mund auf und wollte etwas erwidern.

»Na, wenigstens bin ich hier, hm?«, fuhr Cameron mit brechender, wilder Stimme fort. »Meinen besten Kumpel, den haben sie zu Bajonettübungen herangezogen. Haben ihn an einen Baum gefesselt und wie ein Schwein abgestochen.«

Um seinen Cousin abzulenken, fragte Quiller: »Wie gehts Tante Crystal?«

Seine Worte klangen in dieser Umgebung vollkommen absurd und zogen sich zu einer einzigen, dahergesagten Anrufung zusammen, bei der ihn das Gefühl überkam, wieder vierzehn Jahre alt und aus seinem alten Leben in England gerissen worden zu sein.

»Gut. Warum schreibst du ihr nicht mal?«

»Mach ich. Und wie gehts« – Quiller hielt für einen winzigen Bruchteil inne – »Jeannie Verco?«

Er sah, dass Cameron sein Zögern bemerkte und dessen Bedeutung erkannte. Wenn ihre gemeinsamen Jahre ein Wettstreit gewesen waren, so war dieser nun wieder ausgebrochen. Cameron bleckte die Zähne. Für einen Außenstehenden musste das wie ein offenherziges Grinsen aussehen, doch Quiller wusste es besser.

»Wir sind verheiratet.«

Quiller hatte sich für diesen Augenblick gewappnet und riss sich zusammen. »Toll.«

Camerons Stimmung veränderte sich dramatisch, und er packte Quiller fest am Unterarm. Er hatte eine Narbe auf dem Rücken seines Handgelenks, einen trägen, glänzenden Wurm. Als er sich vorbeugte, wehte sein Atem modrig über Quillers Gesicht. »Toll? Nicht, wenn ich sie niemals wiedersehe.«

»Niemand weiß, wie der Krieg ausgeht«, sagte Quiller.

»Kumpel, glaub mir, Singapur ist erledigt. Finito.«

Er pfiff nach einer weiteren Runde, dann rollte er sich eine Zigarette, die so hart und verschrumpelt war wie eine vertrocknete Ader. »Quill, die Japse werden in ein paar Wochen über den Damm kommen, und es gibt absolut nichts, was wir dagegen unternehmen können. Das wars dann. Für alle. Schau dich doch mal um, all das Lametta hockt da auf seinen fetten Ärschen, als ob es kein Morgen mehr gibt.«

»Cam, was ist los?«

»Ich hab dir doch gesagt, was los ist, verdammt.« Er pfiff erneut. »He Bursche, noch ein paar Bier, schnell, schnell. Also, wie hast du Weihnachten verbracht? Wir haben eine Ente geschossen und gegessen. Die beste Mahlzeit, die ich je hatte.«

Als sie das Hotel zwei Stunden später verließen, kehrte Cameron zu seinem Bataillon zurück, das in der nordwestlichen Ecke der Insel stationiert war, und Quiller ging zu Lee Lins Haus. Der Himmel war unnatürlich dunkel. Die Augen brannten ihm. Er hatte Kopfschmerzen. Ölig schwarze Flocken ließen sich so sanft auf ihm nieder wie Dezemberschnee auf dem Hadrianswall. In den vergangenen Tagen waren das Empire Dock aus der Luft bombardiert und die Öllagertanks bei Bukit Timah von der anderen Uferseite der Wasserstraße aus beschossen worden. Beide brannten noch immer und erstickten die Insel mit dickem, schwarzem Qualm. Als Quiller an jenem Morgen von seinem Aufklärungsflug zurückgekehrt war und durch die alles bedeckende Wolke über der Stadt geflogen war, hatte er in der Gegend der Docks, die von all den Menschen, Waren und Schiffen immer verstopfter wurden, hoch auflodernde orangefarbene Flammen gesehen. Fort Canning, das militärische Hauptquartier am Ende der Orchard Road, lag nun den ganzen Tag unter heftigem Beschuss, und die Japaner belegten auch die chinesischen Wohnviertel mit Bomben. Quiller war gezwungen, sich einen Weg durch die mit Kratern übersäten und mit den Resten ausgebrannter Autos und Laster verstellten Straßen zu bahnen. Am Straßenrand lagen Leichen wild übereinander geworfen und warteten darauf, eingesammelt zu werden.

In diesem Augenblick wehte ihm ein Flugblatt an die Brust: *Diese Schicksal überfällt Frau von Singapur wenn kein sofortige Aufgabe zu Nippon Armee.* Zeichnungen aus verschmierten und spinnefingrigen Strichen, dazu krude Beschreibungen. Quiller warf das Flugblatt fort. Er hatte auch schon andere Blätter gesehen, in denen die Chinesen, Malaien und Inder gewarnt wurden, die Alliierten hätten vor, sie klammheimlich sitzen zu lassen. Zur Antwort waren die noch stehenden Mauern der Gebäude in der Stadt mit großen gespitzten Ohren und der Warnung versehen worden: »Hört nicht auf Provokateure!«

Es gab zudem eine todsichere Möglichkeit, japanische Agenten in Zivil zu erkennen, wie eine der ortsansässigen Zeitungen meldete: »Wenn er ›Meraju‹ sagt und nicht ›Melaju‹, dann wissen Sie, es ist ein Japaner. Im Japanischen gibt es kein l.« Und noch bis zum jüngsten Tag, dachte Quiller, werden wir unseren Steinen und Gewehrkugeln immer noch Wörter hinterherschleudern.

Im Hausflur vor der Wohnung in Boat Quay rümpfte Lee Lin die Nase. »Puh, du stinkst.«

Er war von dem wunderschönen Gesicht in dem Dämmerlicht ganz hingerissen. Er hielt es in seinen klobigen weißen Händen und sagte: »Ich liebe dich, Lee Lin.«

»Du dummer Junge. Meine Cousine hier.«

Er folgte ihr ins Zimmer. Lee Lins Mutter und Schwestern lächelten ihn von den Holzstühlen aus an. Mitten im Raum stand eine Halbasiatin von etwa fünfzehn Jahren. Sie betrachtete Quiller ernst aus dunklen Augen, rührte sich nicht und schob sich dann eine Strähne ihres glänzend schwarzen Haares hinter das Ohr. Sie trug ein verdrecktes, zerrissenes Schulkleid, staubige schwarze Schuhe und lange, weiße Socken, die ihr herunterrutschten.

»Dies Primrose.«

Die Schwester von Lee Lins Mutter hatte einen englischen Polizisten geheiratet, der auf Penang stationiert gewesen war. Quiller trat ins Zimmer und setzte sich zu Lee Lin und ihrer Familie, und während Essen und Tee serviert wurden, hörte er sich Primroses Geschichte an.

Wie kam es, wollte sie wissen, dass die Garnison auf der Insel so schnell aufgegeben wurde und man die Bewohner von Penang so schutzlos ließ? Wo blieben all die schönen Versprechungen der Briten? Keine Kanonen, keine Soldaten, keine Unterstützung aus der Luft. Und wer wurde evakuiert? Na, die Briten und die anderen Europäer, die reichen Chinesen und eine Hand voll Halbasiaten wie sie, aber tausende von ergebenen Untertanen fielen den Japanern in die Hände. Sie hatte viele fürchterliche Dinge gesehen – brennende Geschäfte, vermodernde Leichen in den Straßengräben, zerfetzte Kinderleichen im Schutt aus Latten und Mörtel, und ihr eigener Vater, der sich die herausquellenden Gedärme in den Leib drückte und mit seinem Polizeirevolver auf das Leitwerk einer Zero schoss, die ihn mit Maschinengewehrfeuer belegt hatte. Primrose war sehr stolz und sehr ernst.

Quiller musste den Blick abwenden. Er war auf Penang gewesen – mit Janeway. In Penang gab es Strände – die Straßen waren stets frisch gefegt, die Stuckarbeiten an den Häusern hatten in der Sonne weiß und frisch geglänzt. Das blaue Meer war ruhig gewesen, und nun stellte er sich die fliehenden kleinen Boote vor, die die Garnison von den Hügeln mit ihren Rosenbüschen forttrugen, die roten und goldenen Banner vor den chinesischen Geschäften, die hohen Masten, die wie Telegrafenstangen an den Kaianlagen wankten, den Schlangentempel und die Terrakottafliesen, die die weißen Häuser der Händler wie Zuckerguss bedeckten.

»Und Ihre Mutter?«

Primroses Englisch war klar und präzise. »Meine Mutter starb, als ich geboren wurde. Nun habe ich niemanden mehr.«

»Du hast uns«, sagte Lee Lin.

»Ich habe euch«, sagte Primrose.

Cameron sah schick aus in seinem neuen weißen Anzug, und das Kerzenlicht schmeichelte seinem verwüsteten Gesicht. Sie saßen unter einer Papierlaterne auf einer langen Veranda auf der Orchard Road und schauten den Fußgängern zu, die von den weit entfernten orangenen Flammen umrahmt wurden. Quiller dachte, dass er ihn vielleicht Dorry und ihren Krankenschwestern vorstellen könnte, den Piloten und Pflanzern. Nur Lee Lin noch nicht.

Sie fingen an zu trinken. Nach einer Weile legte Cameron den Kopf zur Seite: »Hast du was in der Stadt am laufen?«

»Was meinst du damit?«

»Na komm schon, Neil, tunkst du deinen Docht irgendwo rein oder nicht?«

Quiller wollte darauf antworten, aber Cameron blinzelte und drückte sich plötzlich die Fäuste in die Augen. »Kumpel«, schnaufte er, »meine Gefühle sind im Augenblick völlig durcheinander.«

Quiller beugte sich vor. »Was ist los?«

»Ich vermisse sie so sehr, ich vermisse zu Hause so sehr.«

Es war merkwürdig. Das Wort ›sie‹ glomm in Quillers Kopf, ein warmes, verstohlenes, duftendes, weiches Wort, das den Platz von Jeannie Vercos Haut und Haaren einnahm, die von der Sonne erwärmt worden waren. Er konnte sie riechen, und es verlangte ihn danach, ihre bloßen Arme zu berühren und sie lächeln zu sehen. ›Sie‹, das hieß Jeannie Vercos kleiderraschelnde Bereitschaft, sich jeder Herausforderung zu stellen. Er verliebte sich in ›sie‹ und wunderte sich, wie betrunken er wohl war.

Cameron zupfte an einem losen Stück Rattan und wandte den Blick ab. »Ich hab mal zu ihr gesagt: ›Na los, Jeannie, was ist mit all den Kerlen im Süden, Schulfesten und all dem. Wenn dus mit denen kannst, kannst dus auch mit mir.‹ Ich hab sie damit mürbe gemacht, Quill, immer wieder hab ich davon angefangen. Es war gemein. Ich hatte Hummeln im Hintern und konnte keine Ruhe geben. Schließlich hat sie nachgegeben und gesagt: ›Na gut, schlaf mit mir‹, also hab ich das gemacht. Und sie war noch Jungfrau. Überall Blut, und alles nur wegen mir. Wie bescheuert, so was zu einer Frau zu sagen. Wie wird sie darüber im Nachhinein wohl denken, wie kann sie jemals sagen, dass es was Besonderes für sie war?« Vom Jammer übermannt, ließ sich Cameron zurücksinken. »Ich komm mir schmutzig vor. Sie hat was Besseres verdient. Ich könnte mir glatt 'ne Kugel durchs Hirn pusten.«

»Cam, nicht. Sie ist hin und weg von dir. War sie immer schon.«

»Mit jedem anderen Mistkerl würds ihr besser gehen.«

Cameron fing an zu weinen. Quiller, den es anrührte, seinen Cousin so betrübt zu sehen, schob seinen Sessel herum und drückte Cam fest an die Schulter, ohne sich darum zu kümmern, was die selbstgefälligen Frauen und Männer ringsherum davon hielten. Cameron leistete kurz Widerstand und lehnte sich dann an, und Quiller hielt ihn eine ganze Weile so im Arm.

Er erinnerte sich an Onkel Leonard und das Pferd. Wie Cameron der Sinn für das Fliegen fehlte, fehlte Leonard der Sinn für Pferde. Leonard trieb die Tiere unerbittlich über das unerbittliche Land, und wenn er mit ihnen zurückkehrte, waren sie oft verdreckt, durstig und zitterten vor Erschöpfung, und er dachte gar nicht daran, sie abzureiben, ihre Hufe zu kontrollieren oder ihnen ins Ohr zu flüstern. Einmal, Quiller war sechzehn gewesen, hatte er Leonard von einem Ausritt auf einer Stute zurückkommen sehen; das Tier hatte sich einen Vorderlauf schwer aufgeschlagen. Cam war schon zurück gewesen und kümmerte sich im Stall um sein eigenes Pferd, und er war wütend geworden. »Dad, was ist los mit dir? Siehst du nicht, dass sie verletzt ist?«

Leonard stieg ab und warf einen Blick auf die Verletzung. »Das Mistvieh ist gestolpert und hätte mich beinah im hohen Gras auf eine Steinplatte geworfen.«

»Sie wird nicht ohne Grund gestolpert sein.«

»War ja zu erwarten, Junge. Gibt noch mehr gute Pferde wie dieses. Kannst du dich um sie kümmern?«

»Am liebsten würd ich mich mal um dich kümmern, du Mistkerl.«

»Ach, halt den Mund, Cam. Verdammte Memme.«

Denn Cam weinte vor Wut und aus Schmerz um das Pferd. Er wandte sich von Neil und seinem Vater ab, holte einen Eimer warmes Wasser und einen Lumpen und wusch das Blut, den Dreck und den Schweiß aus der Wunde. Die Stute schauderte, warf ihren Schwanz hin und her, reckte den Hals und riss die Augen auf, um Cam dabei zu beobachten. Sie vertraute ihm, wie alle Pferde auf Haarlem Downs, und er betrachtete es als bittere Niederlage, als sie sich eine Entzündung holte, die sich auf das ganze Bein ausbreitete. Er hatte das Tier schließlich erschießen müssen, und es hatte noch einen bitteren Streit gegeben.

Quiller spürte, wie Cameron ihn sanft abschüttelte, und er schob seinen Sessel wieder auf den ursprünglichen Platz zurück.

»Quill, du bringst mich doch von hier weg, oder?«

»Zu deiner Unterkunft?«

»Nein, nein, *heim*«, sagte Cameron wütend. »Du wirst mich in einem deiner Flugzeuge ausfliegen. Ich verlass mich auf dich. Nach allem, was ich durchgemacht habe, sind meine Nerven im Eimer.« Er streckte die Hände aus. Sie zitterten so gut wie gar nicht. Er legte sie sich auf den Schoß, als gehörten sie nicht zu ihm. »Ich bitte dich nur um eines, wenn es so weit ist, bringst du mich in einem Flieger hier raus, okay? Bring mich nach Broome, oder Darwin, oder nach Sumatra, mir egal. Hauptsache raus hier.«

»Hör mal, du bist mit den Nerven runter, du brauchst mal 'ne Mütze Schlaf. Ich …«

Camerons Gesicht zuckte, er beugte sich vor und legte Quiller einen Arm über die Schulter. »Ach, scheiß drauf, Quill, hör einfach mal zu, okay? Ich meins verdammt ernst. Bring mich hier raus.«

Quiller kam sich blöde vor, als er sich sagen hörte: »Aber ich fliege doch nur Einsitzer.«

»Vergiss die beschissenen Vorschriften. Noch ein paar Tage, und sie werden nichts mehr zu bedeuten haben. Alles wird zusammenbrechen, blankes Chaos, denk an meine Worte. Niemand wird sich darum kümmern, ob du ein paar Kumpel in einer größeren Maschine ausfliegst. Kannst du denn nicht einmal in deinem Leben vergessen, was richtig und was falsch ist? Ich sag dir was …«

Er zog ein kleines schwarzes Notizbuch aus der Tasche, sah sich nach einem Stift um und schnippte mit dem Finger nach dem Kellner. »Bleistift, Füller, irgendwas, Schlitzauge, so schnell du kannst.«

Der Kellner gab ihm einen Bleistiftstummel. »Also pass auf, mein lieber Cousin«, fuhr Cameron fort, riss eine Seite heraus und setzte das Datum auf das Papier. Er las vor, während er mit dicken, geneigten Buchstaben schrieb: »Ich, Cameron Leonard Dunn, Haarlem Downs, Broome, Westaustralien, schwöre hiermit feierlich, sollte ich von meinem Cousin Neil – wie lautet dein zweiter Name? egal – Quiller sicher aus Singapur befreit werden, ohne in japanische Klauen zu fallen, seine Selbstlosigkeit dadurch zu honorieren, dass ich ihm den vollständigen Besitz der Percival Gull überschreibe, die derzeit in einem Hangar des oben genannten Wohnortes Haarlem Downs steht.« Er blickte auf. »Das sollte genügen. Na, was sagst du? Glücklich? Mit der Gull könntest du deinen eigenen Charterdienst aufmachen. Ich will das vermaledeite Ding sowieso nicht. Du bist sie doch immer gern geflogen.«

»Cam, nein.«

»Na los, du wärst doch blöd, wenn du das Angebot nicht annimmst«, sagte Cameron und stopfte den Schuldschein in Quillers Brusttasche. »So was machen die Jungs die ganze Zeit, rings um uns herum. Bring mich nach Hause. Rette mir das Leben, wenn die Japse kommen. So was in der Art.«

Quiller knöpfte sich verwirrt die Brusttasche zu. Rings um sie herum war die Nacht voller Rufe und Gelächter, gebleckter Zähne, die die Lampen widerspiegelten, und Baumwollkleidung, so leicht wie Luft. Plötzlich umringten vier Männer ihren Tisch. »Dunn, du Trauerkloß.«

Quiller beobachtete, wie die Trauer aus dem Gesicht seines Cousins wich. Wilde, verschlagene Freude leuchtete von innen heraus auf, und Quiller sah, wie Cameron aufstand, seinen Kumpeln auf die Rücken klopfte und mit ihnen verschwand. Er nahm an, dass sie zurückkommen würden, doch nach einer Stunde sah er auf die Uhr, und er wusste, sie waren hinaus in die Nacht.

Am nächsten Morgen und am Morgen darauf machte Quiller Aufklärungsflüge. Den Alliierten war klar geworden, dass die Hurricanes den Kampf verloren. Mehr als ein Drittel von ihnen war bereits zerstört worden. In der Zwischenzeit gaben die Truppen das Festland auf und verstopften den Damm auf ihrem Rückzug auf die Insel und füllten die Wasserstraße so dicht mit kleinen Booten wie Blätter in einem Straßengraben. Es war die Zeit der Angst, der Falschmeldungen und der widersprüchlichen Befehle.

Als er in der letzten Januarwoche von einem Aufklärungsflug über Mersing zurückkehrte, lag Kallang unter heftigem Beschuss. Er wich nach Sembarawang aus, kreiste erst über den Army-Unterkünften, den Bofors-Geschützstellungen rings um den Flugplatz und den Kranen und Werkstätten der Marinebasis an der Meerenge von Johore. Er linste durch den dichten Regen hinunter auf die Soldaten, Seeleute und Bodenmannschaften, die sich in Regencapes dem heftigen Wind entgegenstemmten.

Irgendwo in der Nähe war Cameron stationiert. Jedes Mal, wenn Quiller die australischen Stellungen überflog, spürte er einen unsichtbaren Sog vom Boden. Der Schuldschein in seiner Tasche schien zu vibrieren, so als wolle er ihn daran erinnern, dass er der Beschützer seines Cousins geworden war und sich daran nun nichts mehr ändern ließ.

Quiller landete, stellte seine Maschine im Schutz eines Hangars ab und nahm die Filmkassette heraus. Als er sich umdrehte, überwältigte ihn der Anblick der Krane am Marinestützpunkt, die schwarzen Umrisse vor dem wolken- und regenverhangenen Himmel, und er taumelte über die Jahre und Meilen zurück zu den Schiffswerften entlang des Tyne an einem grauen Tag. Er stand träumend da und wusste nicht, ob die Feuchtigkeit in seinen Augen vom Wind oder vom Herzen kam. Während er so dastand, heulte der Luftalarm auf, ein dunkles Jaulen, das sich zu einem hohen, vom Wind zerrissenen Kreischen erhob. Die Männer in ihren Capes rings um ihn herum eilten in die Splittergräben.

Die Angriffe dauerten fast den ganzen Tag. Eine Bomberwelle nach der anderen rollte in V-Formation heran und bombardierte den Flugplatz und den Marinestützpunkt jenseits von Quillers Graben. Im Laufe der Stunden wurde der Stützpunkt völlig vernichtet. Die tobenden Feuer waren so heiß, dass Quiller die Hitze im Wind spüren und die Stahlummantelungen schmelzen und sich wie sterbende Blumen neigen sehen konnte. Als schließlich das E-Werk in die Luft flog, schien der Stützpunkt zu sterben. Das einzig noch Lebendige waren die speienden Flammen in den Benzintanks, der ölige Qualm, die verwirbelte Asche und der Schrott.

Nachdem Entwarnung gegeben worden war, lieh Quiller sich

eine Triumph und suchte das australische Camp nach Cameron ab, aber niemand hatte ihn gesehen. Er hinterließ eine Nachricht, gab das Motorrad zurück und flog die Buffalo nach Kallang.

Am nächsten Morgen machte er wieder einen frühen Aufklärungsflug und fuhr danach mit Freddys Stabswagen ins australische Camp.

Cameron wartete in einem Messezelt in der Nähe des Damms auf ihn, starrte durch die Dampfschwaden, die aus dem Tee in seiner Emailtasse aufstiegen, und rührte mit einem fleckigen Löffel träumerisch darin herum. Er hatte sich schlecht rasiert, seine Augen waren rot, seine Haare hatte er in öligen Klumpen nach hinten aus der Stirn gekämmt.

»Sie werden dir Arrest aufbrummen, so wie du rumläufst«, sagte Quiller.

Camerons Uniform war verknittert und dreckig, und seine Stiefel schlappten ihm offen um die bloßen Knöchel. Er erwiderte nichts.

»Mir wird heiß, wenn ich dich so sehe«, sagte Quiller. »Roll doch mal deine Ärmel auf.«

Cameron schniefte, streckte sich und schien vor Schmerz zu wimmern.

»Schwere Nacht gehabt?«

Zur Antwort knöpfte Cameron die Manschetten an beiden Ärmeln auf, streckte den linken Arm steif aus, rollte die Ärmel auf, und atmete bei jeder einzelnen Bewegung scharf zischend ein. Dann rollte er den anderen Ärmel auf und zischte wieder durch zusammengebissene Zähne. »Ich war vollkommen knülle.«

Quiller schaute hin. Cameron trug auf dem linken Unterarm und dem rechten Oberarm frische Tätowierungen, die noch ganz roh und kaum verschorft waren; eine stellte einen Drachen dar, die andere eine nackte Frau, die in Kurven dargestellt war, welche sich in den unbewussten Zuckungen der Muskeln und Sehnen bewegten.

»Woher?«

»Meine Kumpel, daher.«

»Warum?«

»Ich war weggetreten. Mehr Gründe haben sie nicht gebraucht.«

Cameron schlürfte seinen Tee, setzte die Tasse ab und drehte dann den angeschlagenen Henkel von sich fort, sodass er über den aufgebockten Tisch zu der Eingangsplane des Messezeltes wies. »Wie zum Teufel soll ich das Jeannie erklären? Und was viel schlimmer ist, wie dem alten Mädchen?«

Quiller erinnerte sich an den Umgangston seiner Tante mit den grobknochigen Arbeitern auf Haarlem Downs. Crystal schien zu versteinern und einen Mantel aus Abneigung und Widerwillen um ihren dürren Körper zu legen, wann immer sie an die Hintertür traten. Und was würde Jeannie denken? Würde sie Cams Geschichte glauben? Würde sie sich die Tätowierungen als eine Indiskretion erklären, erwachsen aus einer tiefer liegenden Furcht und Entfremdung? Würde sie bei dem Gedanken erstarren, was Cameron getan hatte, getan haben könnte, wenn man nach dem anzüglichen Bild gehen sollte, das sich an ihre Haut schmiegte?

Quiller stellte sich die Reaktionen der beiden Frauen vor und sah Camerons Gesicht in der steinernen Küche, und er kam sich vor, als stünde er in weiter, heimlicher Entfernung von den Handlungen dieser Sterblichen. »Du könntest zu dem Tätowierer gehen«, sagte er, »und ihn bitten, der nackten Dame ein Kleid anzuziehen und ›Mutter‹ oder ›Jeannie‹ darunter zu schreiben.«

Cameron fauchte ihn an. »Das ist nicht witzig.«

»Tut mir Leid. Du hast ja Recht.«

»An dich kommt ja wohl gar nichts ran, verdammt.«

Camerons Augen waren rot und wässrig. Er hatte sich ein wenig Tee auf den Kragen geschüttet. Quillers Gefühl aus Hass und Schadenfreude verebbte, und er legte einen Arm um Camerons Schulter. »Ich melde mich wieder.«

»Mehr als nur das«, sagte Cameron. »Lass den Motor warm laufen und füll den Tank auf.«

Quiller lehnte sich zurück. »Ich wollte gerade vorschlagen, deinen Schuldschein zu zerknüllen. Wir rechnen jeden Tag mit einem Truppentransporter frischer Männer.«

Cameron schoss mit der Hand vor und nagelte Quillers Unterarm auf die Platte des Rattantischs. Er war so schnell wie eine speiende Schlange. »Wir haben eine Abmachung. Die kannst du nicht einfach platzen lassen.«

»Aber es kommt Entlastung.«

Cameron drückte fest zu. »Du lausiges Stück Du-weißt-schonwas, du Mistkerl, du bist kein Kumpel, du bist nicht mal 'ne Hand voll Pisse wert.«

Quiller zog an der Handschelle aus knochigen, kriegsverschlissenen, stahlharten Fingern. »Lass los, Cam.«

Cameron starrte ihn an, dann warf er sich zurück und zeigte aller Welt seine leeren Hände. »Wie du willst. Ich dachte, du bist mein Cousin.«

»Das bin ich auch.«

»Blutsverwandter. Dein eigen Blut.«

»Wenn du das so siehst, dann müsstest du genauso gut um meine Sicherheit besorgt sein, wie ich um deine.«

»Aber du hast Zugang zu einem Flugzeug, und ich nicht.«

Eines Tages sagte Cameron: »Wirst langsam gaga, hm?«

»Wovon redest du überhaupt?«

»Hab dich letzte Nacht mit ner chinesischen Nutte gesehen.«

Quiller sah ihm fest in die Augen und versuchte ihn einzuschätzen. Lee Lin tanzte weiterhin im ›Pagoda Cabaret‹. Sie legte ihm eine Hand auf seine Brust und versicherte ihm: »Ich liebe nicht anderen, nur du«, und wenn ab und zu düstere Gefühle in ihm aufstiegen, dann machte er sich wieder klar, dass er nur vorübergehend in Singapur und in Lee Lins Leben war und dass Lee Lin und Frauen wie sie in seinen Träumen nie eine Rolle gespielt hatten. Dennoch hatte er Cameron immer vom ›Pagoda Cabaret‹ fern gehalten. Er wollte nicht hören, was er manchmal in der Offiziersmesse zu hören bekam oder was hinter seinem Rücken geflüstert wurde, wenn er mit Lee Lin durch die Straße ging. »Diese Mädchen können nicht ein einziges Wort Englisch«, oder: »Deine asiatische Schlampe ist waagerecht geschlitzt, nicht senkrecht.«

»Na komm schon, Quill, wer ist sie?«

Camerons Worte klangen, als kämen sie von Herzen, wirkten schüchtern, einsam und neidisch, und Quiller sagte: »Möchtest du sie kennen lernen?«

Camerons Augen waren vor Müdigkeit ganz verkrustet; ein Nerv zuckte in seinem Mundwinkel. Doch er reckte sich auf, riss sich offenbar zusammen und sagte: »Das wäre nett.«

Sie wollten mit Lee Lin losziehen und sich am folgenden Nachmittag anschauen, wie der lang erwartete australische Truppennachschub von Bord der *Lady Grey* ging, danach ins Odeon, um sich *König der Toreros* anzuschauen, und dann den Tag bei einem opulenten Essen im Rex-Hotel beenden.

Sie holten Lee Lin in der Change Alley ab. Sie trug ein kurzärmliges Kleid aus bedruckter Baumwolle mit einem Stoffgürtel, schmale schwarze Schuhe mit hohen Absätzen und Riemchen und einen Hut mit schmaler Krempe, den sie sich schräg über einem Ohr aufgesetzt hatte. Sie hatte sich die Lippen geschminkt und trug eine Handtasche unter dem Arm. Sie war so schön wie kaum jemand in Singapur, und als sie sich stolz bei Quiller unterhakte, drückte er ihre Hand gegen seinen Brustkorb.

Primrose war bei ihr, in einem einfachen glatten Rock und einer Seidenbluse. Sie war leise, zurückhaltend, aber Cameron verstummte, als er sie sah. Er trug ein langärmliges weißes Hemd und die cremeweiße Hose seines neuen Anzugs. Seine Augen waren klar, seine Manieren aufmerksam, und er schüttelte erst Lee Lin die Hand, dann Primrose.

»Ist gut, wenn Primrose mitkommt?«, fragte Lee Lin entschuldigend.

»Aber natürlich«, sagte Quiller, und als sie zu viert hinunter zu den Docks gingen, beobachtete er beunruhigt, wie Cameron zu Primrose hinüberging und sich an ihrer Seite hielt, so als könne sie davonlaufen.

Wie bei den meisten Zuschauern wanderte auch Quillers Blick von der *Lady Grey* zum Himmel hinauf und wieder zurück, während die Schlepper das Schiff an den Kai schoben. Soldaten standen an der Reling und schauten neugierig hinunter. »Himmel, Quill«, murmelte Cameron, »das sind ja noch Babys.«

Dieser Eindruck verstärkte sich noch, als die Australier das Schiff verließen, antraten und zu einer Reihe von Lastwagen marschierten. Sie hatten vom Rasieren wundgescheuerte Hälse und Wangen, trugen schlecht sitzende Uniformen, und ein Gefühl von linkischer Tollpatschigkeit und Schüchternheit umgab sie. Sie waren unbewaffnet und schienen viel zu ärmlich ausgestattet zu sein, um in den Krieg zu ziehen oder sich den Invasoren entgegenzustellen. Cameron war kaum älter als sie, aber die tropfnassen Dschungel und langen Nächte Malayas hatten ihn abgeschliffen und verfolgten ihn, und er rief johlend: »He, hoffentlich habt ihr Witzbolde euch ’ne Entschuldigung für die Schule schreiben lassen«, und: »Bald könnt ihr euch den Flaum abrasieren.«

Primrose, eine strenge, einsame Gestalt, hielt Abstand von Cameron. Lee Lin drückte Quillers Arm, und als die Soldaten an ihr vorbeimarschierten, sagte sie traurig: »Zu jung, wie Kinder.«

Quiller wandte sich vom Schiff ab. »Na kommt, das Kino wartet.«

Zwei Tage später wurden die Bomber von den Stützpunkten in Singapur abgezogen und auf Flugplätze nach Sumatra verlegt. Abgesehen von den Hurricanes blieben an einsatzfähigen Maschinen nur noch drei Swordfish, eine Catalina und Quillers Aufklärungs-Buffalo zurück. Freddy zufolge war er unabkömmlich. »Du und dein Vogel bleiben hier, Quill. Wir brauchen schnelle Informationen. Von Sumatra aus wärst du viel zu weit weg vom Geschehen.«

Es war allgemein damit gerechnet worden, dass Quiller davor zurückschrecken würde, seine täglichen Aufklärungsflüge von den zerschossenen Flugplätzen Singapurs aus zu unternehmen, quer durch die Wellen der japanischen Bomber und Jagdflugzeuge, aber Quiller war froh darüber. So konnte er in der Nähe von Lee Lin, Primrose und Cameron bleiben.

Am 20. Januar trat er aus der Einsatzhütte und beobachtete eine zerschossene Hudson, die in Richtung Palembang auf Sumatra abhob. Sie hatte einen arg zerbeulten Rumpf und verbogene Querruder. Quiller stellte sich vor, wie er auf dem Pilotensitz saß, spürte die Erschütterungen und den holprigen Aufstieg, ahnte die frühmorgendlichen Zeros hinter der Sonne, das Licht, das die Wasseroberfläche nahezu unsichtbar werden ließ und den Augen etwas vorgaukelte. Wo genau war das Wasser? Tiefer oder höher, als es den Anschein hatte? Die Hudson humpelte zum Horizont, ein Motor qualmte. Quiller nahm an, dass man die Maschine in Palembang ausschlachten und ihre Einzelteile in andere, weniger beschädigte Hudsons einbauen würde.

Sein morgendlicher Einsatz führte ihn über die Anambas-Inseln, dann die Ostküste Malayas hinauf nach Endau, wo die Japaner am 26. Januar gelandet waren. Ein schneller, hoher Flug über das Meer und die Küste, seine Kamera hielt Bilder von feindlichen Kreuzern östlich der Inseln und große Truppenbewegungen an der Küste und auf den Inlandsstraßen fest.

Als er in Kallang runterkam und eine langsame, kurze Landung hinlegte, um nicht in den Auslauf zu geraten, hinter dem er ins Meer gestürzt wäre, erhielt er die Nachricht, dass am Tor eine Frau auf ihn warte. Es war Primrose.

»Wir konnten ihr den Zutritt nicht erlauben, Sir«, sagte die Sikh-Wache.

»Schon gut.«

Primrose trat zu ihm, und ihre ganze Strenge war von ihr abgefallen. »Schnell. Es geht um Lee Lin.«

Die Stadt war am Morgen bombardiert worden. Primrose hielt sich ein parfümiertes Taschentuch vor die Nase, am Mundwinkel prangte ein Aschepunkt wie ein Schönheitsfleck. Quiller musste husten und blinzelte dann, um besser sehen zu können. »Ist sie verletzt?«

»Ihre Mutter und ihre Schwestern.«

Quiller lieh sich ein Motorrad mit Beiwagen, und sie fuhren nach Chinatown. Das Viertel war kleiner als ein kleines englisches Dorf, dabei lebten hier tausende von Menschen, die in Ein-Zimmer-Wohnungen zusammengepfercht hausten. Es gab keine Luftschutzkeller, nur Monsungräben und Einbauschränke unter den Treppen. Auf den Zufahrtsstraßen kamen sie an chinesischen Feuerwehrleuten vorbei, die Wasser auf brennende Dächer und durch qualmende Fenster spritzten. Der Wasserdruck war gering; die Feuerwehrleute klammerten sich an die Schläuche wie Kinder an ein enttäuschendes neues Spielzeug. Dann explodierte eine Tankstelle, und die Druckwelle aus heißer Luft und öligen Flammen schleuderte Autos beiseite. Quiller fuhr Zickzack, schlug den Lenker zu stark ein, und das Motorrad und der Beiwagen überstiegen die äußeren Steine einer eingefallenen Mauer, bevor der Motor abwürgte. Er stieg ab und half Primrose aus dem Beiwagen. Sie war verwirrt, gefügig, das Gesicht mit Mörtelstaub und Ruß verschmiert. Ein Teil der Mauer fiel ihnen vor die Füße und wirbelte noch mehr Staub auf, und dann hörte man das Klappern und Sirren von Schrapnellen, die gegen das Motorrad knallten. Ganz benommen sagte Primrose. »Schau mal.«

Sie hob ein zerklüftetes Stück von einem Schrapnell vom Sitz des Beiwagens, sah es verwundert an und drückte es dann an die Brust. »Mein Glücksbringer.«

Quiller griff unbewusst nach dem Ring, der an seiner Hundemarke baumelte. »Es könnte noch mehr Blindgänger geben«, sagte er und nahm ihre Hand, während sie sich einen Weg durch die heruntergestürzten Balken bahnten, die so wirkten, als seien sie von dem Gebäude abgeschält, nicht weggesprengt worden. Sie versuchten die größten Blutlachen zu umgehen und sahen nur ein einziges Mal in das Zimmer hinein, dessen Außenwand nun fehlte: ein Fuß in einem qualmenden Schuh; ein blindes Gesicht, schmerzverzerrt; ein Kind, das in zwei Teile geteilt war; ein anderes, das den Torso eines Erwachsenen tätschelte, um ihn zu wecken. Irgendwo weinten Männer und Frauen.

Quiller suchte nach einer Abkürzung zum Boat Quay. Ein oder zweimal ertappte er sich dabei, wie er hyperventilierte, und er stöhnte, inmitten all dieser ungeheuren, unkontrollierbaren Zerstörung zu sein. Sie kamen an stinkenden Gassen vorbei, wo die überhängenden Gebäude die Hitze und den Qualm, den Gestank nach verwesendem Fleisch und vergammelndem Obst umschlossen. Die Kommunisten waren aus den Gefängnissen entlassen worden, und an den bröckeligen Mauern klebten die chinesische Flagge, die Sprüche und Plakate mit Tschiang Kai-shek und Churchill.

Sie kamen in Lee Lins Straße. Eine Mannschaft chinesischer Freiwilliger der Zivilverteidigung hatte die Straße vom Schutt geräumt, um einem Krankenwagen den Weg frei zu machen, während Rettungshelfer und Überlebende über den Schutt stiegen. Quiller zählte achtzehn Tote auf der Straße. Sie lagen in ihrem Blut. Es wirkte klebrig und roch warm, wie Eisen. Einige lagen im Sterben, wie er bemerkte, Blut quoll aus den Fleischwunden, und sie riefen um

Hilfe. Er suchte nach Lee Lin, er glaubte Primrose nicht, dass ihr nichts geschehen war. Die Fliegen sammelten sich wie Beeren auf der Bauchwand eines alten Mannes. Erschrocken erkannte Quiller den Alten, der immer im Hauseingang gesessen hatte. Der Alte starrte vor sich hin, krank und verschreckt. Quiller konnte sehen, dass er im Sterben lag und wollte ihm die Augen schließen, doch die Lider klappten immer wieder auf, und der Blick des Alten im Tode war schmerzhaft und vorwurfsvoll.

Primrose zupfte Quiller am Ärmel. »Lee Lin«, sagte sie und wies in eine Ecke.

Quiller ließ den Alten in Ruhe. Lee Lin zerrte an einem Fensterladen, den er als den aus ihrem kleinen abgeteilten Raum erkannte. Er bemerkte überflüssigerweise auch, dass die Rückwand des Hauses in den Innenhof gestürzt war, in dem die Magd chinesisches Gemüse gepflückt und Lee Lins Mutter manchmal an dem Steintisch Mah-Jong gespielt und mit ihren Freundinnen lachend geschnattert hatte, während die Spielsteine klackten und umhergeschoben wurden. Plötzlich setzte sich Lee Lin hin und stützte ihren Kopf in die Hände. Die hölzernen Latten waren aus dem Fensterrahmen gebrochen wie Finger oder Zähne. Er eilte ihr zu Hilfe. »Lee Lin.«

»Mutter. Schwestern.«

Sie hatte sich geschnitten und gekratzt, und die Kleidung hing ihr in Fetzen um den Leib. Quiller gab ihr sein Hemd, um ihre Brüste zu schützen, die so klein waren, so spitz und blutverschmiert, dass er am liebsten geweint hätte. So konnte er ihr ein wenig Würde wiedergeben. Ihre Mutter und ihre Schwestern konnte er nicht für sie finden, selbst wenn er sich bei dem Versuch alle Fingernägel ausgerissen und die Haut von den Fingern gefetzt hätte.

»Lee Lin, hör auf.«

Sie hörte ihn nicht. Sie hatte übermenschliche Kräfte, und die Adern standen ihr auf Stirn und Schläfen.

»Ich helfe dir.«

Sie drehten Türen um, Türrahmen, Ziegelsteine und Mörtelstücke, aber der Schutt schien in die Aushöhlungen zu rutschen wie Wasser, das stets nach unten fließt.

Jemand rief: »Hierher.«

Lee Lin schoss wie ein Kaninchen über den Schutt. »Du finden? Du finden?«

Lodestar

Wally Webb und Harry Horsetalk kehrten so unauffällig zurück, als seien sie keine sechs Wochen fort gewesen. Eines Morgens waren sie einfach wieder da und pfiffen bei der Arbeit, und als Jeannie mit einem Tablett mit Tee und Scones für sie in die feuchte Hitze hinaustrat, setzten sie ihre Hüte ab und wischten sich mit ihren altvertrauten Bewegungen den Schweiß aus den Gesichtern. Sie hatten ihr ein geschnitztes Emu-Ei als verspätetes Weihnachtsgeschenk mitgebracht. Sie schenkte ihnen Pfeifentabak, den sie in Broome gekauft hatte.

Die Tage vergingen, und Jeannie hörte Nachrichten. Crystals Befehl lautete, im Falle einer drohenden Invasion sofort die Gegend zu verlassen, aber Jeannie fragte sich, woher sie denn davon erfahren sollten. Eines Tages im Februar kam sie gerade am Zimmer mit dem Funkgerät vorbei, als der Empfänger knackend zum Leben erwachte und das Signal für Haarlem Downs sendete.

Es war Dr. Sandilands, der Pastor, und seine Stimme hinter all dem Knacken und Kratzen der atmosphärischen Störung wirkte kurz angebunden. »Bist du das, Jeannie?«

»Ja.«

»Ich bin auf dem Weg zu dir mit Post.«

Er meldete sich wieder ab. Jeannie ging hinaus und überprüfte die Landebahn. Während der Regenzeit war die Oberfläche meist schlecht: Auswaschungen, aufragende Steine, Sanddünen, Zweige und Blätter.

Sie holte die Schubkarre und einen Rechen und arbeitete schnell, karrte Abfall beiseite und rechte den Sand, und kaum hatte sie es geschafft, tauchte auch schon die Desoutter über dem Buschland auf. Im Vergleich zur Gull sah sie unfertig aus, eine Konstruktion aus nicht zusammenpassenden Platten, Plexiglasscheiben in allen möglichen Winkelstellungen, großen Spielzeugreifen auf Stelzen unter den Flügeln, und einem hoch angesetzten, zierlichen Propeller. Der Pastor flog eine Erkundungsrunde über die Häuser, hopste dann mit einem rutschenden Seitwärtsschlenker gegen den Wind zu Boden und schleuderte Splittwolken auf, als er zum Halten umdrehte.

Dr. Sandilands sprang zu Boden. Er war asketisch dürr und so zugeknöpft wie ein Beerdigungsunternehmer in Trollopes Romanen, fand Jeannie. Leonard hatte ihn verachtet. »Ich werde dich nicht lange aufhalten, Jeannie.«

»Sie bleiben doch auf eine Tasse? Eine Mahlzeit?«

»Vielleicht eine Tasse Tee. Sie müssen sich wirklich Sorgen um Cameron machen. Ich dachte, wir könnten uns vielleicht darüber unterhalten.«

Er warf einen beunruhigten Blick zum Himmel hinauf. Ein böiger Wind hatte begonnen, Rumpf und Flügel der Maschine zu rütteln. »Ich sollte sie festzurren«, sagte er, fischte hinter dem Sitz nach einem Seil und ein paar Metallheringen, die er in den Boden schlug. Jeannie half ihm dabei, die Räder an die Heringe zu binden und eine stabilisierende Schlaufe um jeden Flügel einzeln zu legen.

»Und nun zu deiner Post.«

Er reichte ihr einen Sack, und während sie zum Haus hinübergingen, rang er die Hände. »Ich hoffe, ich störe nicht. Wenn ich dich nur unter günstigeren Umständen besuchen könnte.«

Er folgte ihr in die Küche und setzte sich an den Tisch. »Jeannie, Crystal steht in Kontakt mit mir.«

»Ach, wirklich?«

Jeannie öffnete den Gürtel am Postsack. Sie schüttete ihn auf dem Tisch aus: ein halbes Dutzend Zeitungen, *Hansard,* verspätete Weihnachtskarten, Geschäftspost, mehrere Briefe von Crystal. Nichts von Cameron. Sie riss sich davon los und wandte ihr den Tränen nahes Gesicht vom Pastor ab. »Mit Milch und zwei Stück Zucker, wenn ich mich richtig erinnere.«

»Sie macht sich Sorgen um dich.«

»Mir geht es gut.«

»Broome ist im Kriegszustand. Ich habe dort amerikanische Flugzeuge gesehen und amerikanische Soldaten auf den Straßen.«

Aber Rabaul war gefallen, Singapur wurde belagert, und Java würde wahrscheinlich auch fallen, und so tröstete es Jeannie kaum, von den Amerikanern zu hören.

»Hier ist wirklich nicht der rechte Ort für eine einsame Frau, verstehst du«, sagte der Pastor.

Jeannie beugte sich gedankenverloren über den Tisch. Sie wollte ihn nicht anschauen. Ein Wort von – oder über – Cameron würde sie befreien, aber das konnte sie dem Pastor nicht sagen.

Als er gegangen war, öffnete sie Crystals Briefe und überflog sie:

»Es ist eigensüchtig, was du da tust. Die Munitionsfabriken suchen geradezu händeringend nach Arbeitskräften.«

»Ich wäre dir dankbar, wenn du nicht im Haus herumschnüffelst.«

»Weißt du noch, wie tapfer er war, als ihn das Pferd mitschleifte? Er machte sich größere Sorgen, was ich wohl wegen des Hemdes - sagen würde, als wegen der Schnitte auf seinem Rücken. Solche Dinge lassen mich glauben, dass er am Ende seine Sache gut gemacht hat.«

»Verschwinde von dort, solange du noch kannst, liebe Jeannie. Du bist alles, was ich noch habe.«

Alles, was ich noch habe. Während sie sich durch die langen Tage quälte, begann Jeannie Crystal beizupflichten. Die Nachrichten aus Singapur, Cams Schweigen, das Gefühl seiner Hände am Weihnachtstag – all dies bestärkte sie noch darin und machte sie frei, stolze Witwe zu werden. Doch nun war sie erst recht nicht gewillt, zu packen und zu verschwinden.

Sie unternahm Beutezüge in den Busch und rollte Fässer voller Kleidung und Bücher zurück. Sie öffnete das Haus, wie sie auch ihr Herz öffnete. Unter Leonards Garderobe fand sie unter neuen Wickelgamaschen in einer staubigen Schachtel ein Exemplar von Neil Quillers Pilotenführer. *Für Onkel Len, Dank für alles.*

Es war ein Schock, als sie sich an den taktlosen Augenblick erinnerte, wie sie ihn auf den fehlenden Apostroph im Titel hinwies. Warum hatte sie das Buch nicht einfach rundheraus bewundern und ihn später darauf aufmerksam machen können – oder einfach den Mund halten? Sie nahm das Buch mit ins Wohnzimmer, wo die geisterhaften Sessel unter ihren Staubüberwürfen zum Klavier ausgerichtet standen, besser gesagt zu dem Stück nicht ganz weißen, grob gewebten Kattuns in der Form eines Klaviers. Sie konnte diese stummen Zeugen nicht ertragen, also drehte sie den hölzernen Schaukelstuhl direkt zum Fenster und machte es sich dort mit dem Buch, Tee und trockenen Rosinenkeksen gemütlich.

Was war das? Sie erstarrte in dem Schaukelstuhl. Ein hustender Motor, das Rasseln eines Häckslers über dem Haus und ein tieferes, schnelleres Knurren dahinter. Sie legte Quillers Buch beiseite und eilte auf den Hof hinaus.

Wally und Harry schauten zu, wie ein kleines silbernes Flugzeug über der Landebahn sank und kehrt machte. Die Flugzeugmarken ratterten ihr durch den Kopf. Irgendeine Lockheed. Lodestar? Vega? Die Hoheitszeichen waren ihr unbekannt, ein orangenes Dreieck an Heckflosse, auf Flügeln und Rumpf. Kein Japaner, kein Amerikaner, Brite oder Australier.

Holländer vielleicht.

Dann das Knurren, und ein Jagdflugzeug schoss aus der Sonne herab. Es schien einen silbrigen Fisch ins Buschland zu werfen, aber es gab keine Explosion. Dann erkannte Jeannie die aufgehende

Sonne auf dem Rumpf und duckte sich, als die Bordgeschütze auf die kleine Linienmaschine zu feuern begannen.

Die Lockheed schüttelte sich, kehrte Haarlem Downs den Rücken und flog tief, eine Rauchfahne hinter sich herziehend, aufs Meer hinaus. Nach und nach verklangen der Lärm von Jäger und Beute. Jeannie lauschte lange. Sie glaubte, noch einmal Geschützfeuer zu hören, aber ihre Ohren klingelten, ihr Herz hämmerte, sie konnte sich nicht sicher sein. »Der Luftschutzkeller«, rief sie. »Er könnte zurückkommen.«

Im Luftschutzkeller war es heiß, feucht und eng, und die Moskitos schwärmten dicht und achtlos. Sie blieben dort, bis sie es nicht länger aushalten konnten, und machten sich dann auf den Weg in die Höhle. Unterwegs stießen sie auf den Gegenstand, den der japanische Jagdflieger abgeworfen hatte. Er war leicht, etwa so groß wie ein Delfin, stark verbeult und roch nach Sprit. Jeannie legte sich die Wörter zurecht, so als ermuntere Neil sie, selbst auf die Lösung zu kommen: Langstreckentank.

Es gab keine Invasion, doch als Jeannie vier Tage später am Küchenfenster stand und Tomaten für ihr Abendessen aufschnitt, tauchte aus dem staubigen Licht eine Frau auf. Sie war schlank, dunkelhäutig und war über und über mit getrocknetem Blut bespritzt.

»Ich heiße Annelies«, sagte sie, so als ob das alles erklärte.

Festungskoller

Dorry half ihm. »Ich kann nicht lange bleiben. Wir haben jetzt täglich hunderte von Verletzten.«

»Ich verstehe«, sagte Quiller.

Sie war in einem Tourenwagen nach Boat Quay gefahren, der einem Pflanzer aus Malakka gehört hatte. Ein unregelmäßiges Muster aus den Einschusslöchern eines Maschinengewehrs zog sich vom Kofferraum bis zum Armaturenbrett über die Karosserie und die Polster. »Aus der Luft beschossen«, erklärte Dorry. »Ist den ganzen Weg mit Kugeln in der Schulter und im Knie hierhergefahren.« Sie zeigte es ihm: »Hat eine Menge Blut verloren. Ist schon tot.« Dann streckte sie sich, stemmte die Hände in die Hüften und sah, wie Lee Lin, die in sich selbst verloren schien, auf einem Schutthügel von Primrose getröstet wurde. »Hübsches kleines Ding.«

Quiller sagte nichts. Soweit er wusste, teilte Dorry die Vorurteile der Männer, mit denen sie arbeitete.

»Beide. Wie Vögelchen.«

»Sie haben keinen Platz mehr zum Wohnen«, sagte Quiller. »Sie haben nur sich.«

»Sie haben dich«, sagte Dorry.

Quiller wartete ab und zeigte keinerlei Regungen.

»Na, dann lass sie uns mal einladen. Ich habe ein paar Kleider und Unterwäsche aus dem Krankenhaus mitgebracht.« Sie schaute ihn entschuldigend an. »Wird nicht länger benötigt, falls du verstehst.«

»Danke.«

Mit Quiller, Lee Lin und Primrose an Bord lenkte Dorry die

eleganten Kotflügel und großen Chromscheinwerfer schlängelnd durch die Gassen, vorbei an den verlorenen Seelen der Stadt. Quiller hatte noch nie so viele alliierte Soldaten durch die Straßen streifen sehen. Am Rex-Hotel sagte Dorry: »Ich komme nicht mit hinein.«

Er beugte sich hinüber und gab ihr einen Kuss, bevor er ausstieg. »Du warst toll.«

Als sie alle auf dem Bürgersteig standen, sagte Dorry: »Tirili«, ließ nachlässig eine Hand baumeln, als sie davonfuhr, und ihr Haar wehte im Fahrtwind.

Die Halle des ›Rex‹ war nur spärlich beleuchtet. Sandsäcke und Matratzen waren vor die Fenster gestapelt worden, und eine Reihe von Männern und Frauen saßen in den tiefen Clubsesseln, rauchten, unterhielten sich, lasen Zeitungen aus London. Ihre Fröhlichkeit wirkte gezwungen; sie wirkten wie enteignete Pflanzer von der anderen Seite des Dammes.

In diesem Augenblick begann eine Luftschutzsirene mit ihrem langen Ton, und Quiller sah, wie alle erstarrten, lauschten, wie sie den Anflug der Bomber und die Flugbahn ihrer Bomben abzuschätzen versuchten. Als das Gebäude erschüttert wurde, zog er Lee Lin und Primrose hinter die Theke an der Rezeption, und als er wieder hervorlinste, nachdem die Bomber weg waren, sah er, wie Leute aus Schränken und unter Tischen hervorkamen. Andere lagen dort, wo sie waren. Man konnte nur die Füße sehen, die Zehen bohrten sich in Teppiche und Dielen. Ein oder zwei nahmen die Hände von den Ohren und lauschten. Wenige Sekunden nach der Entwarnung war die Hotelhalle wieder zu ihrem üblichen Treiben zurückgekehrt, so als hätte niemals etwas die Ruhe erschüttert.

»Wir sind bis unters Dach ausgebucht, Sir«, sagte der Portier zu Quiller.

Lee Lin klammerte sich an seinen Arm. Sie zitterte unkontrollierbar.

»Meine Begleiterinnen haben gerade ihr Heim durch Bomben verloren.«

»Tut mir Leid, Sir, aber alle unsere Zimmer sind vermietet.« Der Angestellte winkte aufgeregt durch die Halle. »Schauen Sie sich doch mal um. Vollkommen ausgebucht.«

Primrose sagte mit fester Stimme: »Wohin sollen wir gehen, haben Sie einen Vorschlag?«

Der Angestellte kritzelte etwas auf ein Blatt Hotelpapier. »Die Jade Horse Mansions in der Orchard Road«, sagt er. »Meine Vermieterin hat vielleicht etwas für Sie.«

Im Laufe des Nachmittags hatte Quiller Primrose und Lee Lin in einem der oberen Zimmer in einem kleinen, in einzelne Appartements unterteilten, zweigeschossigen Gebäude untergebracht. In einem der angrenzenden Zimmer wohnte ein Schiffsagent aus Port Swettenham, ein Pflanzer mit Frau und Sohn im Säuglingsalter in einem anderen, die Vermieterin im Erdgeschoss. Sie teilten sich die Küche. Unter der Treppe befand sich ein mit Sandsäcken gesicherter Luftschutzraum, in der Diele stand ein Klavier, und es gab einen Innenhof.

Der Schiffsagent, der auf den Fluren, in der Diele und auf den Treppen herumstrich, so als erkunde er das Gebäude, hieß Magill. »Wenn Sie was brauchen …«, flüsterte er. Er hatte die Angewohnheit, seine dürren Schultern einzuziehen, seine sanften braunen Augen zu beschirmen und Primrose mit einem Blick voller Verlangen und Verachtung anzustarren.

»Bääh«, sagte sie zu Quiller, als Magill endlich verschwand.

Lee Lin fand langsam wieder zu sich selbst. »Cousine, Mr. Mag guter Mann für dich.«

Primrose stupste sie. »Hör schon auf damit.«

Ihr Fenster war mit schwarzem Verdunkelungspapier verhängt. »Denkt daran, es heute Nacht auch zuzulassen«, sagte Quiller und ging noch einmal durchs Zimmer.

»Gehst du jetzt?«

»Ich schaue morgen wieder vorbei.«

Sie küssten ihn und legten ihre Köpfe an seine Brust. Ist das so wie bei Ehemännern und Vätern?, fragte er sich. Dann dachte er: Wir sind Waisenkinder. Das verbindet uns.

Die Sorge um Lee Lin breitete sich in Quiller aus wie ein dumpfer Schmerz. Er ließ sich von Freddy die Erlaubnis geben, in den Jade Horse Mansions zu wohnen, solange er sich nur jeden Tag zu seinem frühmorgendlichen Aufklärungsflug in Kallang meldete. Aber er hatte nicht das Gefühl, ihr auf eine Weise helfen zu können, die wirklich zählte. Manchmal tauchte sie aus den geschockten inneren Regionen ihrer selbst auf und sagte: »Du mein Fels«, aber das war er nicht, das wusste er, und er war dankbar, dass Primrose, deren eigene Trauer wütend, praktisch und gradheraus war, tagsüber bei ihr sein konnte.

Er schlief auf einer Bettrolle in der Zimmerecke, und als die nächtlichen Bombenangriffe zunahmen, stand er öfter am Fenster und beobachtete das Mündungsfeuer der großen Geschütze im Nordwesten. Sie grummelten wie ferner Donner; die Blitze waren wie ein Gewitter und erhellten die dächerlose Stadt. Eines Abends schlug eine Kugel in den Putz neben dem Fensterbrett ein. Er duckte sich und hörte jemanden rufen: »He Sie da, im ersten Stock.«

Quiller sah hinaus. Ein Luftschutzwart mit Stahlhelm stand unter dem Fenster. Seine knochigen Knie unter dem Saum seiner Shorts wirkten wie abgewaschene Kartoffeln. Er fuchtelte mit einem Revolver in Quillers Richtung. »Machen Sie sofort das Licht aus.«

Wir alle sind die Belagerung leid, dachte Quiller und grinste entschuldigend den Luftschutzwart an, der die widerspenstigen Zivilisten wahrscheinlich ebenso satt hatte wie die Zivilisten das Chaos und die Flut an Reglementierungen. »Schon gut.«

Plötzlich kauerte Lee Lin neben ihm im offenen Fenster. »Warum du schießt auf uns, dummer Mann?«

»Bei Gott«, stieß der Wart hervor, »Ich werde Ihnen eine Klage an den Hals hängen, Sie werden schon sehen.«

Quiller seufzte, trat vom Fenster zurück und löschte das Licht. Der Schiffsagent aus Port Swettenham stand in der Tür. Magill schien sich immer anzuschleichen und stand neben ihnen, bevor sie es bemerkten. »Nicht Sie schon wieder«, sagte Quiller.

Magill glitt an ihm vorbei ins Zimmer und ging auf Primrose zu, die sich an einen Schrank drückte und fragte: »Was wollen Sie, Mr. Mag?«

Die Stimme des Mannes brach vor unkontrollierbaren Gefühlen. »Würde es Ihnen helfen, wenn ich Sie eine Weile in den Arm nehme?«

»Nein. Gehen Sie weg.«

Er schmollte. »Aber ich liebe Sie«, sagte er mit bedrohlicher Offenheit.

»Aber ich liebe Sie nicht.«

»Sie könnten es lernen.«

Er hatte getrunken. Als er ein paar zögerliche, aufdringliche, feige Schritte auf Primrose zu machte, ihr den Oberarm tätscheln und sie auf die Wange küssen wollte, zog sie ihren Glücksbringer aus der Tasche und fuchtelte mit dem Schrapnellsplitter vor seinem Gesicht herum.

Quiller trat dazwischen und packte Magill am Arm. »Na, kommen Sie, mein Freund. Gehen Sie auf Ihr Zimmer und schlafen Sie Ihren Rausch aus.«

Der Agent setzte sich auf den Boden und begann zu weinen. Sein Gesicht zuckte feucht: »Ich habe Angst. Ich weiß nicht wohin.«

Lee Lin packte ihn und hob ihn auf die Füße. »Alle Angst haben, Mr. Mag«, sagte sie und geleitete ihn hinaus.

Sie kam zurück und zupfte an Quillers Hand. Er sah sie an.

Stück für Stück zog sie ihn zu ihrem kleinen Bett und wich zurück, um ihm Platz zu machen. Sie setzten sich hin und lehnten sich mit dem Rücken an die Wand. Sie riss sich unheimlich zusammen, und bald ertappte Quiller sich dabei, wie er ihr Geschichten erzählte und sie zum Reden ermutigte. Es war niemals ganz dunkel in dem Zimmer. Es war verboten, der nächtlichen Welt draußen irgendein Licht zu zeigen, aber anders herum klappte es auch nicht, denn ein ständiges Glimmen und wiederkehrendes Aufblitzen lag über der verwundeten Stadt. Quiller konnte Primrose im Nachbarbett erkennen, die sich einen Arm über die Augen gelegt hatte, schläfrig zuhörte und ab und an etwas zur Unterhaltung beitrug. Schließlich kehrte sie dem Zimmer den Rücken und verstummte.

Als Quiller und Lee Lin sicher waren, dass sie schlief, liebten sie sich. Es hätte still vor sich gehen sollen, aber Lee Lin war nie still gewesen, und heute Nacht war ihre Anstrengung zudem noch vermischt mit Verlust und Verzweiflung. Primrose wurde wach, sah die beiden und warf sich entrüstet auf die Seite; Quiller kam nicht mehr zum Ende. Er lag in Lee Lins Armen, und sein Herz pochte wild. Er erinnerte sich an eine Zeile, die der kanadische Soldat an seine Mutter geschrieben hatte: »Ich bin entsetzlich müde. Würde ich mich zu dir legen, meine Liebste, ich würde in deinen Armen sterben.«

Wann immer Cameron einen halben Tag Ausgang hatte, traf sich Quiller mit ihm am Nachmittag in einer provisorischen Tanzhalle im Dorf Bukit Timah am Rande des Kommandobezirks der australischen Army. Immer öfter spielte Cameron mit einer Rolle unbenutzter Zehn-Cent-Tanztickets herum und starrte niedergeschlagen die Hand voll gelangweilter Taximädchen an, die neben dem kleinen Orchester saßen. »Bedien dich, Quiller.«

Quiller schüttelte den Kopf.

Eines Abends seufzte Cameron, steckte die Tickets wieder ein und sagte: »Die Lage wird ziemlich heiß, Kumpel.«

»In welcher Hinsicht?«

»Die Japse beschießen uns jetzt mit Granaten. Sie sitzen auf der anderen Seite der Meerenge. Wir können sie sehen, tausende von den Mistkerlen, die sich da eingraben.«

Quiller schüttelte den Kopf. »Nach dem letzten Stand der Dinge werden sie durch den britischen Sektor kommen müssen.«

»Du redest Blech. Wir sehen doch, wie sie sich formieren. Außerdem ist die Meerenge in unserem Abschnitt nur ein paar hundert Meter breit.«

Sie nippten an ihren Stengahs. Das Orchester begann blechern und keuchend zu sägen und zu pfeifen.

»Die haben Artilleriebeobachter in den hohen Gebäuden in Johore Bharu sitzen«, sagte Cameron. »Ein paar Granaten, und wir würden sie von ihren Sitzen holen, aber die Parole heißt: Der Sultanspalast ist tabu.« Er nahm einen übertriebenen Ton an: »Der Sultan ist doch ein guter alter Bursche, musst du wissen. Polo, Cricket. Können doch den Palast des alten Knaben nicht kaputtmachen.«

»Und, grabt ihr euch ein?«

»Ach«, sagte Cameron und wischte die Vorstellung mit einer Handbewegung fort, kräuselte aber die Oberlippe verbittert, »ist doch viel zu heiß. Außerdem ist der Boden viel zu sumpfig.«

Quiller starrte die Rillen und Kerben auf der Tischplatte an und dachte an die englischen Verteidigungslinien, neunzig Grad östlich vom australischen Sektor. Als er tief über die Insel hereingeflogen war, hatte er nur eine Hand voll von Blockhäusern gesehen, Sandsackverteidigungslinien und ein paar Erdhaufen als Granatstellungen. Offenbar glaubten die Generäle, eine solide Verteidigung sei schlecht für die Moral und würde bei allen nur einen Festungskoller auslösen.

»Quill?«

Er sah auf.

Cameron starrte seine Brusttasche an. »Kumpel, hast du immer noch den Schuldschein?«

»Nicht bei mir, nein.«

»Aber du hast ihn noch?«

»Ja.«

»Du hast ihn nicht verloren?«

»Nein.«

»Nicht, dass ich Angst hätte. Wir helfen uns gegenseitig.«

»Das tun wir«, sagte Quiller.

Cameron warf sich gekränkt in den Sessel zurück. »Aber wie du mich in Dreiteufelsnamen in einem Einsitzer ausfliegen willst, ist mir schleierhaft.«

»Wir werden uns schon was ausdenken.«

»Ma und Dad und ich, wir haben dich aufgenommen, Neil.«

»Ich weiß.«

Cameron senste mit der Hand durch die Luft. »Versteh mich nicht falsch. Ich will das Angebot nicht zurückziehen. Bring mich raus, und du kannst die Gull behalten.«

»Ich verstehe.«

Cameron schluckte, und er wirkte dünnhäutig und verletzlich. »Ach Kumpel, diese Granaten kreischen zu uns rüber wie Schnellzüge.«

»Cam, ich werde dich rausbringen.«

»Der Laden kann jeden Tag in die Luft fliegen, Quill.«

Am 2. Februar musste Quiller plötzlich aufsteigen, um den Jägern aus Sumatra dabei zu helfen, einen Nachschubkonvoi zu schützen, der durch die Straße von Durian auf den Hafen von Singapur zuschipperte. Während die Jäger sich den japanischen Angreifern entgegenstellten, flog Quiller weite Bögen und hielt nach feindlichen Schiffen und Flugzeugen Ausschau. Er entdeckte die neun Sturzbomber, die die *Empress of Asia* angriffen und in Brand schossen, aber er konnte nur ein Warnsignal absetzen, sich zurückfallen lassen und zuschauen. Bevor er es bemerkte, tauchte eine Zero aus der Sonne auf, flog direkt auf ihn zu und feuerte dann aus kurzer Entfernung direkt auf ihn. Einen kurzen Augenblick dachte Quiller noch, dass der Pilot wohl seine Magazine fast leergeschossen hatte – denn sonst hätte er erheblich mehr geschossen oder zumindest kehrtgemacht und ihn von hinten angegriffen –, als Stücke von der Buffalo abplatzten und Löcher auf den Flügeln und der Haube der Nase aufblühten.

Quiller ließ die Maschine sinken und schoss über die Wellenberge hinweg nach Kallang. Die meisten Gebäude standen in Flammen, und eine Reihe von Hurricanes lag mit zerbrochenem Rumpf neben den Hangaren. Die Landebahn, die kaum eine halbe Meile lang war, war nach Wochen der Bombardierung dicht mit Kratern übersät, und als er landete, würgte er den Motor ab und fuhr in einen schlecht verfüllten Krater, der die Buffalo bei den Rädern zu packen schien und ihre Nase zu Boden zerrte. Er hörte den Propeller und einen Flügel abbrechen, und dann krachte er mit der Stirn gegen die Armaturen.

Eine Weile blieb er verwirrt und geschockt so liegen. »Ich kann Sprit riechen«, sagte eine Stimme.

»Holt ihn raus.«

Jemand schob das Cockpit auf. Eine Hand schüttelte ihn. »He, kannst du mich hören?«

Quiller hob den Kopf. »Ich bin blind. Ich bin blind.« Panik wallte in ihm auf. »Ich bin blind.«

Ein Taschentuch wurde ihm grob über Stirn und Augen gewischt. »Das ist nur Blut, alter Knabe. Nichts wie raus hier, bevor die Maschine in Flammen aufgeht.«

»Sie leckt wie beschissen«, pflichtete Quiller ihm bei, als er aus dem Wrack kletterte. Er war dankbar, dass sie ihm Augenlicht und

Leben gerettet hatten, und er beeilte sich zu beweisen, dass er nicht die Absicht hatte, die Brewster Buffalo auch noch zu verteidigen.

Sie machten in dem wallenden Qualm ein paar Schritte zurück und besahen sich den Schaden, Quiller drückte sich das Taschentuch vor die Wunde an seinem Kopf. Hinter seinen Augen schien der Druck immer stärker zu werden und drohte, ihm den Schädel zu spalten. »Tut mir Leid, aber ich glaube, ich muss mich mal kurz hinsetzen.«

Als ein Traktor auf die Landebahn fuhr und eine Kette um die Buffalo gelegt wurde, um sie freizuschleppen, führte man ihn fort. Später brachte ihn ein Unteroffizier in einem schwarzen Humber in die Stadt und setzte ihn bei Raffles' Denkmal ab. Als Quiller zu stehen versuchte, musste er die Hand ausstrecken und sich am Fuß der Statue abstützen, bis die Welt aufhörte sich zu drehen. Ein Australier kam vorbei und schaute ihn fest an. »Im Cathay Building gibt es eine Notfallstation«, sagte er und half Quiller über die Straße.

Quiller ging hinein und hielt sich an Türen und Säulen fest. Der Gestank war überwältigend – Tod und Blut und die Exkremente von dutzenden von Menschen. Er konnte nur eine Krankenschwester finden, die Dienst hatte. »Dorry, wir müssen damit aufhören, uns unter solchen Umständen zu treffen.«

»Quill?«

»Nur eine Schnittwunde.«

Als sie näher kam und ihn begutachtete, grinste er. »Gibts was Neues über den Frieden, Liebes?«

»Blödmann«, sagte Dorry und half ihm, sich auf den Marmorfußboden zu setzen und sich an eine Marmorsäule zu lehnen.

Quiller mochte das Cathay Building. Vor ewigen Zeiten, als er noch für Landy spionierte, war er aufs Dach geklettert, um sich die Stadt einzuprägen. Rathaus, Oberstes Gericht, die Fullerton Buildings, der hohe Glockenturm von St. Andrews Cathedral und die dicht gedrängten Ziegeldächer, die sich unter den Palmwedeln, Banyan-Astgabelungen, Stachelfrüchten und dem fleischigen Rot tropischer Blüten erstreckten. Er schloss die Augen, während Dorry die Wunde säuberte. Die Brücken und Wasserstraßen. Dschunken, Barkassen, Sampans, manchmal Barken und Küstenfrachter. Dorry hatte sich schon eine Weile nicht mehr gewaschen. Sie stank. Quiller schlug die Augen auf, ihr blutbeflecktes Oberteil war direkt vor seinen Augen, und er wollte mit ihr ins Bett. Dann fühlte er Mitleid und sagte:

»Hast schon lange nicht mehr geschlafen, hm?«

Eine Fliege summte und setzte sich auf eine nicht zugedeckte Leiche in der Nähe. »Bring mich nicht zum Lachen«, sagte Dorry. Sie setzte sich auf die Hacken und betrachtete ihre Arbeit. »Fertig. Du wirsts überleben.«

Quiller versuchte aufzustehen. Sie schob ihn wieder hinunter. »Bleib, bis du dich kräftiger fühlst.«

»Schwester!«, brüllte jemand.

»Dieser verdammte Kerl«, schnaubte sie, »kann er denn nie Ruhe geben.«

»Geh«, sagte Quiller.

Überrascht schaute er zu, wie sich eine Schlange von Männern, Frauen und Kindern bewegte, die in der Nähe gelegen, gesessen oder gestanden hatten. Sie krochen, schlurften und schleppten sich ein paar Zentimeter voran und warteten ergeben. Er wies Dorry darauf hin: »Was ist denn mit denen?«

»Am Ende der Schlange steht der Chirurg. Er operiert in einem ehemaligen Lagerraum.« Dorry erhob sich. »Kommst du zurecht?«

»Ja.«

»Was ist mit deinen Püppchen?«

»Keine Ahnung«, musste Quiller zugeben. »Ich habe sie schon ein paar Stunden nicht mehr gesehen.«

»Sie sollten raus hier.« Dorry kauerte sich wieder hin. Ihre Stimme war ein müdes Murmeln. »Bleib in Kontakt, okay? Vielleicht kann ich ihnen helfen.« Sie berührte ihre Nase. »Aber kein Wort darüber.«

»Du bist ein Engel.«

»Ach, ein kleines Stückchen Teufel wär mir lieber«, sagte Dorry traurig.

Quiller ruhte sich aus, und als die Nacht hereinbrach, machte er sich unter dem Dauerbeschuss von Granaten auf den Weg zu den Jade Horse Mansions in der Orchard Road. Die Lichter waren aus, der Flur stockfinster, und er konnte den Mann nicht erkennen, der ihm die Hand fest vor die Brust stemmte und stoppte.

»Was wollen Sie hier?«

Ein Glasgower. »Ich will Freunde besuchen«, sagte Quiller mit zittriger Stimme und betonte seinen eigenen Newcastler Dialekt.

Seine Augen gewöhnten sich an die Dunkelheit. Die Wache war ein Corporal eines schottischen Regiments. »Ich wollte nachschauen, wie es Lee Lin und Primrose geht.«

Der Corporal machte einen Schritt zurück. »Ein guter Rat, Sir. Wann immer Sie die Treppe rauf- oder runtergehen, melden Sie sich: ›RAF kommt rauf, RAF kommt runter.‹«

»Und wer sind Sie?«

»Wir sind zu sechst. Wir haben die Zimmer im Erdgeschoss übernommen.«

»Wo ist die Hausbesitzerin?«

»Hat gepackt und ist verschwunden. Hat 'ne Schiffspassage gekriegt.«

Quiller ging die Treppe hinauf und spürte beim ersten Treppenabsatz, dass ein Mann in der Dunkelheit lauerte. Er hörte einen erschrockenen Atemzug und sagte schnell: »RAF kommt rauf.«

»Himmel, Sir, Sie wären beinahe erschossen worden, ehrlich.«

Die Bombardierung ging weiter, unregelmäßig, unablässig. Bevor Quiller noch im ersten Stock ankam, explodierte eine Granate in Dachhöhe in der angrenzenden Wohnung, erschütterte das Haus, schleuderte ihn gegen die Wache und beide zugleich gegen die Steinbalustrade. Brocken von staubigem Putz fielen von Wänden und Decke. Quiller schnappte nach Luft, hustete und griff sich an den Hals, um besser Luft zu kriegen, und er hörte Primrose rufen: »Zivilisten kommen runter.«

»Primrose, ich bins«, sagte er. Er konnte sie zusammen mit Lee Lin und Magill sehen, und alle hielten sich Taschentücher vor die Gesichter. »Alles in Ordnung?«

Primrose grinste zynisch. »Wir sind von tapferen schottischen Jungs umgeben.«

Der Corporal rief zu ihnen hinauf. »Alle in den Schutzraum.«

In dem Platz unter der Treppe setzte Quiller sich Lee Lin zwischen die Knie, drückte sie sich an die Brust und legte sein Kinn auf ihren Kopf. Primrose setzte sich neben ihn, ihnen gegenüber die beiden schottischen Soldaten zusammen mit Magill, der Primrose missmutig und jammervoll ansah. Der Beschuss ging weiter, die Wände zitterten rings um sie herum, und alle schauten sie auf, warteten, lauschten.

Eine Weile später ging die kleine Tür auf, und die restlichen schottischen Soldaten bevölkerten den Unterschlupf. Sie hatten Thermoskannen mit Tee und Cornedbeef-Dosen dabei. »Ziemlich hübsch da draußen«, sagte ein Mann.

So als habe die Unterbrechung ihr die Zunge gelöst, begann Lee Lin die Schotten auszufragen. »Woher kommen?« »Wie viele in Familie?« »Du verheiratet?« »Haben eine Süße?« »Wie lange in Singapur?« »Dich gefallen?«

Sie stünden seit Anfang Dezember in dauerndem Einsatz, erwiderte der Corporal und nannte sie »Hühnchen«. Nachdem sie bei der Schlacht um den Slim River abgeschnitten worden waren, waren sie die vierhundert Meilen bis zur Straße von Johore marschiert, hatten den Damm überquert, waren dem Feuer ausgewichen und hatten sich schließlich bis zur Orchard Road vorgekämpft. Sie redeten in abgehackten Fetzen, die vom Pfeifen der Granaten unterbrochen wurden, von der angespannten Stille, in der sie alle die Flugbahn nachzuvollziehen suchten, und dem Bersten der Explosionen.

Um Mitternacht des 8. Februar, einem Sonntag, glitten die Japaner in kleinen Booten über die Straße von Johore. Dienstagmorgen hielten sie den Damm und reparierten ihn schnell, damit die Panzer, die die Bodentruppen unterstützen sollten, ihn überqueren konnten. Dennoch meldete sich Quiller weiterhin täglich auf dem Flugplatz Kallang, wo er sinnlos herumhing, bis er wieder bei Einbruch der Dunkelheit in die Orchard Street zurückkehrte. »Bleib in der Nähe, alter Knabe«, sagte Freddy. »Wir besorgen dir so schnell wie möglich einen neuen Vogel.«

Am späten Nachmittag des 10. Februar sah Quiller zwei neue und gut erkennbare Rauchsäulen über der Insel aufsteigen. Die Japaner hatten die Treibstofflager in der Nähe der australischen Stellungen bei Bukit Timah und nahe der Marinebasis im Nordwesten zerstört. Dann begann es zu regnen, und der Regen vermischte sich mit dem Qualm zu ölig schwarzen Rußflocken, die bald seine Uniform durchweichten und seine Haut verschmierten.

Am Mittwoch, den 11. Februar, sagte Freddy: »Quill, es ist offiziell. Das gesamte noch verbliebene RAF-Personal wird nach Sumatra evakuiert. Pack deine Sachen.«

Es waren nur noch eine Hand voll RAF-Offiziere und Männer übrig. Die meisten arbeiteten am Radar. Am folgenden Tag half Quiller ihnen dabei, die Radar- und Funkanlagen zu zerstören, Treibstofftanks anzubohren, Dokumente zu verbrennen, den Flugplatz umzupflügen und Waffen ins Meer zu werfen, dann füllte er seinen Vorrat an Atribintabletten auf und suchte schließlich Freddy, der auf dem Beifahrersitz eines der beiden Lastwagen der Einheit saß. Taffy fuhr den Laster. »Springen Sie auf, Eure Lordschaft«, sagte Taffy und machte eine ruckende Kopfbewegung.

Quiller kletterte mit zehn weiteren Männern auf die Ladefläche. Als die Laster durch das Haupttor hinaus in Richtung der Docks holperten, fiel ihm ein, dass er seinen Revolver vergessen hatte. Er sah zurück. Kallang lag hinter ihm im Sterben, der schwarze Schlamm tröpfelte in die Krater, ein öliger Wind jaulte um den zerschossenen Kontrollturm, Seemöwen kauerten zurückgezogen und mürrisch auf den gebrochenen schwarzen Rümpfen der Hurricanes.

Auf den Gassen und Straßen außerhalb des Flugplatzes waren die Fahrer gezwungen, im ersten Gang zu fahren, um die Bombenkrater, zerschossenen Autos und Geschäfte, die umgestürzten Straßenbahnen und die wirren Bündel aus Kabeln und Feuerwehrschläuchen zu umkurven. Der eine oder andere vom Bodenpersonal wiegte sich vor Entsetzen. Die anderen wirkten blass und geschockt. Einer nach dem anderen hielt sich ein Taschentuch oder den Hemdkragen vor die Nase. »Ich hatte keine Ahnung«, sagte einer.

Quiller sah hinaus. Er hatte sich in der Zwischenzeit an den Gestank, die Pfützen und Lachen menschlichen Blutes und Fleisches gewöhnt. Er war nicht abgestumpft – noch manches Mal sagte er zu sich: »Gerade noch einmal davongekommen« –, aber er hatte sich daran gewöhnt. Anders als die Radarleute von Kallang, die ihre Tage in abgedunkelten Räumen verbracht und gelauscht, beobachtet und das Unsichtbare kartografiert hatten.

Sie kamen zum Dock und hielten vor einem Tor in einem stacheldrahtgesicherten Zaun, wo ihnen Militärpolizisten den Weg versperrten. Dutzende von Soldaten trieben sich herum, jeder mit einer Kippe in der einen Hand und einem Rucksack über der Schulter, die versuchten, Zugang zum Dock zu erhalten. Sie beäugten die RAF-Laster hoffnungsvoll. Dann zerstreuten sie sich. Eine Angriffswelle Bomber kam näher, Quiller zählte dreiundfünfzig Maschinen. Als die Bomben in einer langen Reihe quer über den Piers und Lagerschuppen explodierten, sprang er über die Seite des Lasters und kauerte sich mit Taffy und zwei anderen Männern hinter die Hinterräder. Es gab keinen anderen Platz. Luftschutzräume gab es keine, und die erreichbaren Türen und schützenden Wände waren von einer merkwürdigen Lebensform bedeckt: einer Art schluchzendem Rugbygedränge aus krummen Rücken und eingezogenen Köpfen und Gliedmaßen.

Quiller linste um das Profil der Reifen. Das Dock unter dem Leder seiner Schuhe fühlte sich warm und geschmolzen an. Er konnte zwei kleine Passagierschiffe erkennen, die am Pier festgemacht hatten, eine Reihe privater Barken, Dschunken und Sampans weiter hinten in Richtung Chinatown, und größere Frachter und Zerstörer, die im Hafen vor Anker lagen. Das Dock selbst war voll gestopft mit Menschen – Zivilisten, Männer, Frauen und Kinder, und einer Hand voll Offiziere und Krankenschwestern, die evakuiert wurden –, die sich alle hinter Pollern, Gangways, Schiffskoffern, Holzkisten und hintereinander kauerten, während Schiffsoffiziere Pässe und Bordkarten kontrollierten und die Menschen auf die wartenden Schiffe scheuchten. Ein paar Männer gingen an Bord; andere standen jammervoll da und winkten ihren Frauen und Kindern zu.

In diesem Augenblick schlug eine Reihe von Bomben auf den Zaun nieder, eine landete im Hafen und schleuderte eine Fontäne schmierigen Wassers auf. Ein nahe gelegenes Treibstofflager explodierte, erhitzte und sättigte die Luft und setzte die Armensiedlung hinter den Lagerschuppen in Brand. Drei Männer in schenkelhohen Lederstiefeln und alten Feuerwehrhelmen rannten zu einem tröpfelnden Schlauch und zerrten daran. Quiller konnte nicht erkennen, ob sie Europäer oder Chinesen waren. Sie waren mit einer Paste aus Mörtel, Ziegelstaub, Öl, Blut und Wasser eingeschmiert, ihre Augen saßen ihnen vor Erschöpfung tief in den Höhlen, und durch das müde Wischen der Hände über ihre Gesichter hatten sie sich selbst mit Ölschmier verdreckt. Er sah zu, wie sie einen schwachen Wasserstrahl in die Flammen hielten. Die Hauptleitungen waren zerstört, die Wände des Stausees gaben nach, und so tröpfelte das Wasser der Stadt Stunde um Stunde in Richtung Hafen, und es war ein Wunder, dass die Feuerwehrleute überhaupt noch Wasserdruck hatten.

Eine Minute später war der Himmel wieder klar. Die Leute erhoben sich zittrig, warfen einen vorsichtigen Blick zum dunkler werdenden Himmel hinauf, aber es war früher Abend, und Quiller nahm nicht an, dass es so spät am Tag noch einen weiteren Angriff geben würde.

Dann bemerkte er, dass eine Bresche in den Zaun gerissen worden war. Er hörte eine Maschinengewehrsalve, gefolgt vom gelegentlichen Knallen und Krachen aus Gewehren und Pistolen. Ein paar Australier waren hinter Kautschukballen hervorgerannt, um durch die Bresche zu stürmen, kletterten über die Drahtenden und schubsten die Wachen mit ihren Gewehrkolben beiseite. Sie prügelten auf die Zivilisten ein und bahnten sich einen Weg zu den Gangways der wartenden Schiffe wie ein Wirbelwind durchs Gras. Die Wachen verfolgten sie und trieben alle ab, bis auf eine Hand voll Soldaten, die eines der Schiffe bestiegen, Frauen und Kinder mit den Ellbogen beiseite zwängten, ihre Gewehre im Anschlag hielten und ihre Verfolger anknurrten. Diejenigen, die keinen Erfolg gehabt hatten, verließen das Dock, schossen in die Luft und erzwangen sich den Weg auf ein kleineres Schiff.

Dann tauchte Freddy auf, der vor Wut ein ganz zusammengekniffenes Gesicht machte. »Also, Jungs, anders als unsere kolonialen Vettern sind wir keine Deserteure. Zeit, an Bord zu gehen, aber ich brauche Freiwillige, die die Laster da hinten auf den Schrottplatz fahren, das Öl ablassen und die Motoren laufen lassen, bis sie sich festfressen. Hat doch keinen Sinn, den Japsen gute Maschinen zu hinterlassen, die sie gegen uns verwenden können.«

Bis zu diesem Augenblick hatte Quiller nicht gewusst, was er mit Lee Lin, Primrose und Cameron anstellen sollte. Er hatte ganz automatisch gehandelt, Befehle befolgt, so als habe er tatsächlich vor, sich evakuieren zu lassen. Jetzt wusste er es. »Ich melde mich freiwillig.«

»Ich auch«, sagte Taffy.

Die Nacht brach herein. Quiller und Taffy fuhren die beiden Laster auf den Schrottplatz, machten sich im Schein der Flammen an die Arbeit, atmeten öligen Nebel ein und legten den ersten Laster lahm. Ein Zolllager voller Gin und Whisky flog in der Nähe in die Luft, die Flammen ein leuchtendes Blau. Es gab die ganze Zeit weitere, kleinere Explosionen und das regelmäßige Schnellzugjaulen der schweren Granaten aus den großen Kanonen auf Pulau Blakang Mati, die neu ausgerichtet worden waren, um über die Insel hinweg auf die japanischen Stellungen zu feuern.

Dann packte Quiller seinen Seesack, kletterte in den zweiten Laster und ließ den Motor an. Als er den ersten Gang einlegte, huschte plötzliches Verstehen über Taffys Gesicht. Er machte einen Schritt zurück. »Aber überfahr uns nicht, Euer Gnaden.«

»Sag Freddy, ich werde noch aufgehalten«, sagte Quiller, gab Gas und fuhr davon.

Die Straßen, die von den Docks wegführten, waren mit Autos und Lastern voll gestopft, viele von ihnen standen mit Zündschlüsseln im Schloss verlassen da. Andere kamen gerade an, bis oben hin mit Kästen, Teekisten, klumpigen Federbetten, Seesäcken und Schulranzen voll gepackt. Um die Stadt war ein Verteidigungsring erklärt worden, niemand wollte sich außerhalb davon aufhalten, und alle wollten evakuiert werden. Quiller sah ein paar Chinesen, aber er wusste, dass die meisten noch immer in Chinatown waren, während die heimatlosen Chinesen vom Festland, deren Lager niedergebrannt war, sich einfach hingekauert hatten oder durch die Gassen und Straßen wanderten. Als er im RAF-Laster vorbeischlich, sah er sie im Schein der Feuer und der abgeblendeten Scheinwerfer. Es war wieder wie in Penang, nahm er an – die Europäer ließen sie sitzen, trotz der Versprechungen des Gouverneurs, dieses Mal keinen Unterschied zwischen den Untertanen seiner Majestät zu machen.

Er hielt sich nordwestlich in Richtung der australischen Stellungen. Der Qualm und der Gestank kaputter Abwasserleitungen und verrottender Tierkadaver hing schwer in der Fahrerkabine. Gestalten blitzten in dem unnatürlichen Licht auf, und die pfeifenden Granaten und Explosionen nahmen kein Ende.

Auf einer schmalen Straße war er gezwungen, vier australischen Soldaten auszuweichen, die eine Chinesin vor dem Lastwagen vorbei in eine Gasse scheuchten. Er sah, wie sich zwei von ihnen plötzlich umdrehten und einen jungen Captain niederschlugen, der mit seinem Revolver herumfuchtelte und wirkungslos an ihren Hemden zupfte.

Der Captain wirbelte herum, als er den Laster sah, und trat auf die Straße. Quiller bremste. Durch Blut und eingeschlagene Zähne hindurch rief der Captain: »Wo wollen Sie hin, Air Force?«

»An die Front, Sir.«

Der Captain lachte irre. »Kumpel, die Front ist nahe und sie kommt Minute um Minute näher. Die Japse sind keine Meile weit weg.« Er warf einen fiebrigen Blick zurück in die Gasse. »Helfen Sie mir?«

Die Frau schrie. Quiller nickte, schaltete den Motor aus, steckte den Schlüssel ein, stieg aus und griff nach der Starterkurbel, die unterm Sitz lag.

Der Wachposten am Eingang der Gasse begaffte die Vergewaltigung mit offenem Mund. Eine Hand zuckte vor seinem Hosenstall. Er sah sie nicht kommen und fiel quiekend um, als Quiller ihm die

Kurbel in den Unterleib rammte. Der Captain stieg über den Mann hinweg, feuerte und schoss das gebeugte, magere Gesäß des Mannes an, der die Frau an die Gassenmauer zwängte. Der Mann schrie auf und drückte den Rücken durch, zwang der Frau die Luft aus den Lungen, bevor er sich losriss und sich zu den Angreifern umdrehte. Quiller ging an ihm vorbei, half der Frau auf und wischte ihre bespritzten Oberschenkel mit einem Taschentuch sauber.

Der Captain hielt dem anderen Mann den Revolver an die Stirn. »Ihr anderen – wollt ihr sterben?«

Sie beäugten ihn verbittert und schlichen sich davon. Er wies auf den Verwundeten. »Ihr seid nichts als Tiere.«

»Kann dir doch egal sein.«

»Ich werde den Rest eurer Einheit finden –«

»Blödmann!«

»– und ich will, dass ihr mich begleitet. Wir formieren uns neu.«

»Wozu? Ist doch sowieso das reine Chaos.«

Sie verschwanden in der Dunkelheit, und der Verwundete rannte mit steifen Schritten davon. Die junge Frau in Quillers Armen wand sich. Sie drückte sich ab und drehte das Gesicht beiseite. Er schaute ihr nach, wie sie verschwand.

Der Captain drehte sich um und richtete seine Waffe auf Quiller. »Sie nehmen mich mit.«

»Stecken Sie das verdammte Ding weg.«

Als sie losfuhren, tauchten die Soldaten wieder auf, traten hinter dem Laster auf die Straße und feuerten aus einem Maschinengewehr. Die Kugeln prallten heulend an der Karosserie ab.

»Es bricht einem das Herz«, sagte der Captain. »Im Großen und Ganzen haben unsere Jungs sich gut geschlagen, aber heute Morgen ist eine Hand voll von ihnen zurück über den Flugplatz Tangah gestürmt und hat die Waffen in den nächsten Brunnen geworfen. So was greift um sich wie Trockenfäule, also hab ich versucht, die Lücke zu schließen, aber reine Zeitverschwendung. Seitdem treibe ich Herumstreuner und Nachzügler zusammen. Schauen Sie sich das an.«

Sie kamen auf eine Hauptstraße. Ein Krankenwagen war dazu missbraucht worden, die Türen zu einem Schnapsladen aufzubrechen. Quiller zählte fünfzehn australische und britische Soldaten, die am Bordstein saßen, *It won't be long now* sangen und mit Rum- und Brandyflaschen den flammenzüngelnden Lichtern an der Unterseite der Monsunwolken über der brennenden Stadt zuprosteten.

»Ich habe Horden von denen gesehen, die funkelnagelneue Jaguars durch Schaufensterscheiben gefahren und Nahrungstransporte geplündert haben. Alles, was Sie sich nur denken können. Die Disziplin ist vollkommen hinüber.«

»Sie haben sich gewaltsam Zugang zu den Flüchtlingsschiffen verschafft«, sagte Quiller.

»Alles Bolschewiken. Die denken sich: ›Scheiß drauf, zum Teufel mit dem ganzen Kram. Die Navy hat uns im Stich gelassen, die Air Force hat uns im Stich gelassen, sollen die Affen doch um ihr eigenes verdammtes Land kämpfen.‹« Der Captain seufzte schwer. »Kann sie ja verstehen. Schlecht ausgebildete Ersatztruppen, und die Japse haben schon die halbe Insel eingenommen.«

Sie verließen die Stadt, und die Banyanbäume und Palmen standen eng und dunkel um sie herum. Schatten glitten über die Straße.

»Himmel, sind das Japse?«

»Wer weiß«, sagte der Captain. Er drehte sich im fahlen Licht zu Quiller um. »Ich sollte Sie warnen, es gibt den Befehl, auf Deserteure zu schießen. Wenn Sie aufgehalten werden, rufen Sie ›Patrouille‹ oder ›Suche meine Einheit‹. Alles klar?«

Quiller nickte. Er hatte sich ganz instinktiv in Richtung Front gehalten, ein Verhalten, das noch durch Camerons Schuldschein verstärkt worden war, aber nun wusste er nicht mal mehr, was er damit eigentlich erreichen wollte.

Mal angenommen, er fand Cameron, was würde er mit ihm anfangen? Es gab keine flugfähigen Flugzeuge mehr auf Singapore Island, nur noch ausgebrannte Wracks.

»Morgen ist Freitag, der Dreizehnte. Abergläubisch?«, fragte der Captain.

Quillers Hand fuhr an den Ring, der um seine Hundemarke klapperte. »Auch nicht mehr als jeder andere.«

Der Captain lotste ihn zu einer Gegend mit verlassenen Herrenhäusern in ummauerten Gärten, etwa fünf Meilen nordwestlich des Stadtzentrums. »General Bennett hat sein Hauptquartier hier in der Nähe«, sagte der Captain. Er drehte sich um und zeigte auf ein Haus. »Der französische Konsul hat da gelebt. Letzte Nacht haben wir Bordeaux aus Blechtassen gekippt. Weiter geht es nicht.«

Quiller trat auf die Bremse. Sie standen neben einem offenen Laster, auf dessen Ladefläche ein Maschinengewehr montiert war und auf dessen rückwärtiger Bordwand mit Kreide »Tokio oder Untergang« geschrieben stand. Zwei Wachen der AIF mit Stahlhelmen auf den Köpfen kamen mit Gewehren bewaffnet auf sie zu.

»Wir schließen zu unseren Einheiten auf«, sagte der Captain.

»Gehen Sie weiter.«

Der Captain verschwand. Quiller nannte Camerons Einheit.

»Schau mal an, sieh mal her, ein verdammter Engländer«, deklamierte eine der Wachen.

Quiller wartete.

»Die Lage ist eng – was willst du von denen?«

»Ich suche nach einem Kumpel.«

Die Wache tippte mit dem Ende einer Zigarette auf den Daumennagel, rollte dann seine Zunge um die Kippe und wies mit seinem Gewehr in die sie umgebende Dunkelheit. »Ist deine Beerdigung. Die Straße entlang, etwa ein, zwei Meilen.«

Quiller sah in die Richtung zurück, aus der sie gekommen waren. Die Silhouette der Stadt war ein Flackern von Bränden unter der vollkommenen Schwärze des Qualms. Er war kurz davor, Cameron sitzen zu lassen, sich mit Lee Lin unter der Bettdecke zu verkriechen und alles auszusperren. Das wollte er. Er wollte in der weichen Dunkelheit leben, Seite an Seite mit einem warmen Körper, wollte warme Arme, die sich um seinen Hals schmiegten, einen warmen Atem an seiner Wange, warme Baumwolle, die das Licht aussperrte.

Er war auf halber Strecke zur Front, als eine Bande australischer Deserteure einen Ochsenkarren auf die Straße schob. Er wich aus, bremste, und schon hatten sie sich auf ihn gestürzt und zerrten ihn mit vorgehaltenen Waffen aus dem Laster. Es war noch kein Wort gefallen, bis Quiller sich ertappte, wie er sagte: »Ihr seid keinen Pfifferling wert. Ihr seid bis oben voll mit Pisse und Scheiße, und das wart ihr immer schon.«

Die Australier schlugen ihn wortlos zu Boden und ließen ihn auf der Straße zurück. Er kam sich nackt vor und verschwand. Hier konnten sich auch Voraustrupps von Japanern herumtreiben. Die Geschosse der großen Kanonen pfiffen über seinen Kopf hinweg.

›Front‹ war ein ziemlich unsicherer Begriff. Hier und da entlang der Straße zur Nordhälfte der Insel stieß Quiller auf Gruppen von Männern einer Lumpenarmee – Artilleristen, Fahrer, Funker, Köche und Infanteristen, die zusammengeworfen worden waren, um den Rückzug zu sichern. Die meisten waren von ihren Einheiten getrennt worden oder hatten sich in sichere Stellungen gerettet oder verirrt, nur um von Vorgesetzten aufgespürt und zu einer Truppe namens Z Force zusammengetrieben zu werden. Sie schickten ihn weiter die Front entlang zu einem Monsungraben, in dem Cameron mit einem Gewehr kauerte und in die Dunkelheit hinauslinste.

»Hier bin ich, wie versprochen.«

Cameron fuhr überrascht zusammen, schnalzte dann zum Gruß mit der Zunge und kehrte sofort wieder zur Beobachtung der tückischen Mondschatten zurück, die zwischen dem Graben und einem Hügel dahinter lagen.

Seine Anspannung und Konzentration entsetzten Quiller. »Ich stehe kurz vor der Evakuierung.«

»Dann geh.«

»Ich wollte dich holen kommen. Ich hatte einen Laster, aber ich bin überfallen worden.«

»Ist doch alles egal, alter Knabe.«

Sie verstummten, und an den Grenzen ihres Sehens und Hörens kribbelte die Nacht. Männer links und rechts von ihnen machten kleine Bewegungen oder husteten und räusperten sich.

»Was ist los?«

»Wer weiß?«

Quiller versuchte es erneut: »War hier viel los?«

»Genug«, sagte Cameron.

Er wurde plötzlich weniger maulfaul, wollte sich anscheinend etwas von der Seele reden. »Seit Sonntagnacht, als die uns mit Granaten beschmissen haben, verdammte Granaten, die den Strand hochkrochen, bis wir aus den Gräben geschmissen wurden. Gegen Mitternacht sind dann die Japse in Faltbooten, Sampans, ach, alles, was sie in die Finger kriegen konnten, rübergekommen. Sie landen, schießen eine blaue Rakete ab und holen die nächste Ladung. Eine Welle nach der anderen von diesen Mistkerlen ist schreiend am Strand auf uns zugerannt gekommen.«

Dann verfiel er ins Grübeln. »Hab vor zwei Nächten meinen ersten Japs umgebracht. Sind von einem Heckenschützen festgenagelt worden, und ich habs nicht länger ausgehalten, also bin ich zu seinem Baum gelaufen und hab eine Handgranate nach ihm geworfen. Hat die Baumspitze glatt weggepustet.«

»Wo ist deine Einheit?«

Cameron zuckte mit den Schultern. »In den letzten paar Tagen bin ich zweimal von ihnen getrennt worden. Zweimal. Nach dem ersten Mal bin ich die Bukit Timah Road runtergeschickt worden, die Briten strömten in die andere Richtung und meinten zu uns, wir hätten sie nicht mehr alle. Dann bin ich wieder getrennt worden, hab es halb bis zum Hauptquartier zurück geschafft, und ehe ich mich versah, bin ich mit einem Haufen anderer armer Kerle zusammengetrieben worden, und man hat mir gesagt, ich gehöre jetzt zur Z Force. Und hier bin ich nun.«

Quiller sah hinaus zu den Umrissen, die nah und fern standen und ihm Angst machten. »Und was geschieht nun?«, fragte er und wusste, wie absurd die Frage war, aber er wollte wissen, woran er sich in der gefährlichen Verschiebung der Nacht halten konnte.

»Vor zwei Stunden haben wir drei Jungs zur Aufklärung losgeschickt, aber die sind nicht zurückgekommen. Keine Ahnung.«

Quiller zitterte. Er war zu nah am Boden und vermisste die Sicherheit in der Luft und den Blick aus seinem Cockpit. Dieser Cameron hier war ein anderer als jener, der Versprechungen machte, nachdem er all seinen Glauben und die Nerven in Malaya verloren hatte. Vielleicht der Cameron, der sich innerlich neu formierte, wenn er sonst schon nichts anderes hatte, worauf er sich stützen konnte. Quiller wollte schon sagen: »Diesmal verlasse ich mich auf dich«, als eine Leuchtrakete vom Hügelkamm aufschoss, am Himmelsrand innehielt, ein helles Licht auf die Männer im Monsungraben warf und langsam wieder zu Boden sank.

Quiller krallte sich in dem bröckligen Beton fest, aber er wusste, dass das nichts brachte, sein Körper war zu groß, ein plumpes Ziel, das vom Schein der Leuchtrakete angestrahlt wurde. Er war wie alle Europäer hier – zu groß, zu tollpatschig, ein leichtes Ziel.

Erst flog eine Welle von Granaten vom Hügel herunter, sie kamen angetaumelt, explodierten, jagten Metallfetzen durch den Graben, wahllos und schlimmer als Kugeln. Quiller spürte, wie ihm das Blut eines anderen Mannes feucht über die Wange spritze, und er schüttelte den Kopf, um es abzukriegen. Dann hörte und sah er im verglimmenden Schein der Rakete, wie sich die Japaner von den anderen Formen und Schatten am Hügelhang lösten und zum Bajonettangriff übergingen. Er versank wimmernd im Boden des Grabens.

Cameron packte ihn am Arm. »Schnell. Steh auf.«

Sie sprangen hinaus auf weicheren, matschigen Grund und rannten zu einem Obststand am Straßenrand. Er hatte ein Dach aus Palmmatten, und Farbe tropfte von einem verrottenden Schild, das vom Fenstersturz hing: Kokosnuss, Durian, Mango. Der Kampf tobte nun Mann gegen Mann. Sie konnten es hören – sie drückten sich aneinander und warteten darauf, sich mit dem Rücken gegen die Bambuswände des Stands zu pressen und die ersten Bajonette abzuwehren. Cameron hatte seinen Arm um Quiller gelegt, um ihn zu beruhigen. Die Minuten vergingen. Das Rufen und Schießen wich Fetzen japanischer Wörter, metallischem Schaben und schlagenden Geräuschen.

»Sie stechen die Verwundeten ab«, flüsterte Cameron.

»Was machen wir jetzt?«

»Warten.«

Als die Japaner weitermarschierten, verlor sich die Energie der Nacht in entfernten, vereinzelten Gewehrschüssen und gelegentlichem Lichtflackern, wie von einem drohenden Sturm am fernen Horizont, und Quiller war von dem Gefühl überwältigt, dass Chaos und Unglück über die Welt gekommen waren. »Was jetzt?«

»Wir schlagen uns zur Orchard Road durch und buddeln uns dort ein«, sagte Cameron. »Scheiß auf die Z Force.«

Sie gingen zwei Stunden und kamen an den Rand der brennenden Stadt. Andere Männer, die sie ebenfalls für Deserteure oder Nachzügler hielten – was sie ja auch waren, wie Quiller fand –, boten ihnen Schlucke von Crème de Menthe an und sangen *Sod 'em all, sod 'em all,* wann immer ein Offizier auftauchte. Später wurden sie von einem Laster voller Offiziere und zusammengetriebener Nachzügler angehalten, aber Quiller ging weiter, wandte den Kopf ab, legte einen Arm um Cameron, so als müsse er einen Verwundeten stützen und sagte stur: »Royal Air Force. Ich habe Befehl zur Evakuierung.«

»Ihr Glückspilze.«

In der Stadtmitte duckten sie sich, wichen aus und versteckten sich, um Nachzüglern und Plünderern zu entgehen. Eine Meute von Plünderern schob Handkarren voller Hemden und Hosen durch die zerschlagene Schaufensterscheibe eines Bekleidungsgeschäfts hinaus, riss sich die Uniformen vom Leib und zog Zivilkleidung an. Besoffene lagen in Hauseingängen oder tranken auf dem Raffles Square weiter. Chinesische Familien kauerten vor dem zugemauerten Eingang zum Kino im Cathay Building und warteten darauf, eingelassen zu werden. Ein Soldat sagte: »Gib mir einen Kuss, meine Süße« zu einem chinesischen Schulmädchen. Kinder weinten, und überall bereiteten sich Soldaten und Zivilisten darauf vor, irgendwie die Nacht durchzustehen. Etwas anderes gab es nicht zu tun. Quiller und Cameron gingen weiter. Quiller fragte sich, ob sie sich ebenfalls Schutz suchen sollten, schob Cameron in ein Bankgebäude, und ihre Stiefel knallten kalt auf dem Marmor; doch als er im Kerzenschein die vielen dort unbequem ausgestreckten Menschen sah, fiel ihm Dorry und ihr Versprechen ein, und er lenkte Cameron wieder hinaus auf die Straße in Richtung Jade Horse Mansions auf der Orchard Road.

Sie trafen auf einen britischen Soldaten, der einer Inderin, die regungslos abwartete und ihren Körper nur bewegte, wenn der Mann sie drängte und herumfummelte, die Brust knetete. Quiller blieb stehen und sagte: »Lass sie in Ruhe.«

Der Soldat drehte sich um, knurrte und zog eine Handgranate von einem Haken an seinem Gurt. »Verdammte Schwuchtel, ich jag dich in die Luft, warts nur ab.«

Quiller wich zurück, aber der Soldat ging davon. Quiller nickte der Frau kurz zu und ging weiter in Richtung Orchard Road. Cameron war ein Stück vor ihm und bog bereits in die Orchard Road. Eine Bombe ging hoch. Sie schien eine zweite auszulösen, und Quiller rannte los und dachte an die Schilder, die er in abgesperrten Gassen gesehen hatte: Blindgänger.

Als er um die Ecke kam, schlangen sich zwei winzige Ärmchen um seine Knie. Es war ein kleiner chinesischer Junge. Quiller kniete sich hin, löste den Griff des Kindes und drückte ihn fest an die Brust, wo er ihn hielt, bis das Zittern nachließ. Der Leib des Kindes war kaum dicker als der Oberschenkel eines Mannes, und Quiller hatte noch nie zuvor diese Art von Liebkosung verspürt. Der Junge war warm, aber starr vor Angst: Die Furcht zeigte sich am wilden Pochen seines Herzens. Als es so schien, als kämen keine weiteren Explosionen, umarmte der Junge Quiller, gab ihm einen Kuss, schüttelte ihm die Hand und ging davon. Er drehte sich noch einmal grinsend um und winkte, und Quiller durchfuhr ein Gefühl merkwürdiger Stärke und Hochstimmung.

Quiller ging weiter. Er konnte Cameron nicht finden. Soweit er sehen konnte, lagen keine Leichen an der Orchard Road. In der Entfernung brannte Fort Canning lichterloh, die japanischen Artilleristen feuerten eine Granate nach der anderen hinein. In den Jade Horse Mansions ging er an dem Schotten vorbei, der Wache schob, hinauf zu der Wohnung im ersten Stock und blieb in der Tür stehen. »Cam? Gott sei Dank.«

Cameron stand mitten im Zimmer zwischen Primrose und Lee Lin. Er wirkte ausgezehrt, wischte sich seine tränenden Augen und die tropfende Nase, und Magill, den die Frauen übersahen, umkreiste sie höhnisch grinsend. Lee Lin blickte auf, entdeckte Quiller und brach in einen Wirbel kleiner Kiekser und Sprünge aus. »Neil!«

Er drückte sie an die Brust. Sie war kaum mehr als das Kind, das er auf der Orchard Road getröstet hatte.

»Wir gehen jetzt Schutz«, sagte sie.

Sie setzten sich unter die Treppe, und dort, wo die Welt nicht offen vor ihm lag, entspannte sich Cameron und berichtete Lee Lin, Primrose, Magill und den neugierigen Schotten von den Tagen und Nächten, seit die Japaner den Damm erobert hatten. Quiller döste und hörte zu, wie Cameron eine Geschichte voller Humor und Chaos sponn. Er war dankbar dafür, umso mehr als Lee Lin sich sanft an seine Brust schmiegte. Ab und zu schlug er die Augen auf und sah sich in dem kleinen Luftschutzraum um. Camerons Geschichte hatte eine schlechte Wirkung auf Magill. Er grinste Cameron blöde an und versuchte, Primroses Blick auf sich zu lenken, doch Primrose war blass und unnahbar, und als er die Finger ausstreckte und sie an den Fesseln berührte, zog sie ihre Füße unter sich – doch auf diese Weise kam sie nur Cameron näher, und Quiller bemerkte, dass sie sich eingezwängt fühlte.

Nach einer Weile schliefen alle. Quiller wachte auf und sah, wie Primrose ihn anstarrte. Sie saß aufrecht an der Wand und hielt ihren Glücksbringer in der einen Hand. Cameron schlief an ihrer Schulter und Magill schlummerte über ihren Füßen. Als sie Quillers Absicht erkannte, änderte sich ihr Blick ein wenig, und sie murmelte: »Nein, lass sie schlafen.«

Am Morgen gingen sie hinauf in die Wohnung. »Mädchen, wir müssen euch hier rausbringen«, sagte Cameron.

Primrose schnaubte verächtlich. »Wie denn, bitte schön? Gestern sind wir zu P&O, und die haben sich geweigert, uns Passagen zu verkaufen, mir nicht, weil ich keine Geburtsurkunde vorlegen konnte, die beweist, dass mein Vater Brite war, und Lee Lin nicht, na, sie ist Chinesin, oder nicht?«

»Wir werden Dorry finden«, sagte Quiller. »Sie hat irgendeinen Plan im Hinterkopf.«

Magill hatte schon bei Tagesanbruch begonnen zu trinken. Als die beiden Männer und die zwei Frauen ihre Habe in Seesäcke und Kissenbezüge verstauten und sich bei den Schotten verabschiedeten, schlich er ihnen verzweifelt und verzweifelt grinsend durchs Haus nach. »Primrose, bleib bei mir, Liebes, ich werde auf dich Acht geben.«

»Kommen Sie mit uns, Mr. Mag«, sagte Primrose und schob sanft seine Hände fort.

»Da draußen ist es zu gefährlich, meine Liebe.«

»Na dann.«

Sie spürten seinen Blick im Rücken, als sie auf die zerbombte Straße hinaustraten und sich einem teilnahmslosen Strom aus Männern, Frauen und Kindern anschlossen. Quiller führte sie zum Raffles Square; das Hotel schien sich vor den Geschossen der letzten paar Tage, die an der Fassade gekratzt hatten, zurückzuziehen. Sie umgingen den großen Monsungraben, der vor Brandy, Champagner und Likören überfloss. Männer und Frauen saßen vor den Schnapsläden am Bordstein, zerschlugen Flaschen, sangen und schunkelten ausgelassen in den wabernden Rauchwolken. Vor der Bank am Raffles Place zuckten sie vor einem Scheiterhaufen brennender Banknoten zurück. Ein kurzer Luftalarm jagte sie in einen Hauseingang; auf der anderen Seite des Platzes stürzte eine Ladenfront in sich zusammen. Nach der Entwarnung hörten sie eine Chinesin schreien. »Mein Mann, meine Kinder!« Sie fing an, mit bloßen Händen im Schutt zu graben. Sie eilten ihr zu Hilfe, und nach einer halben Stunde gruben sie einen Luftschutzraum aus, dessen Wände eingestürzt waren. Die Frau beugte sich vor und berührte einen staubigen nackten Fuß, und Quiller schob Lee Lin von diesen bösen Erinnerungen fort. Dann gingen die vier weiter, stiegen über Feuerwehrschläuche und Holzbalken, vorbei an den Betrunkenen und Plünderern, die noch immer *It won't be long now* grölten, bis zur Notambulanz im Cathay Building, wo man sie zur St. Andrews Cathedral verwies.

Dort fanden sie die australischen Krankenschwestern in roten Capes und Stahlhelmen, die auf den Bänken saßen und warteten, während andere sich um die Reihen der Verwundeten am hinteren Ende des Kirchenschiffs kümmerten. Quiller suchte den Gang entlang nach Dorry. Schließlich fragte er nach ihr und erfuhr, dass er zu spät gekommen war – sie war bereits evakuiert worden.

»Wir warten nur, bis wir an die Reihe kommen«, sagte eine Schwester zu ihm. »Ein paar von uns wollen nicht gehen, aber Befehl ist Befehl.« Sie spielte an der Tasche ihrer Uniform herum und bemerkte Quillers Blick. »Wir sind mit Morphium und Spritzen ausgerüstet worden«, erklärte sie, »für den Fall, dass wir angegriffen werden oder in Gefangenschaft geraten.«

In diesem Augenblick klopfte ein Offizier der Royal Navy ihm auf die Schulter. »Also, ich muss mir die Namen der Passagiere aufschreiben. Bitte gehen Sie weiter.«

Quiller riss sich los. Als eine weitere Angriffswelle von Bombern über sie hinwegdröhnte, sah er hinauf zum Dach der Kirche. Er wartete ab, bis das Bellen der Flakgeschütze vorüber war, die Kuppel der Kathedrale erbebte und sich die Staubwolken legten, dann ging er mit der schlechten Neuigkeit zu den anderen zurück. »Runter zu den Docks«, sagte er, »aber angeblich ist das letzte Schiff schon fort, sagen die.«

Runter ins Chaos, wo sie sich in nichts von all den anderen Furchtsamen und Mutigen unterschieden. Sie wurden von der Flut der Menschen geschoben und gezogen, die sich an den Docks stauten, wertlose Pässe vorzeigten, mit Beamten herumstritten und in einer Welle umherwogten, als erneut Bomben auf die Lagerschuppen fielen. Auf der anderen Seite des Sicherheitszaunes lag ein Frachter, und Kinder, die sich verlaufen hatten, liefen schluchzend an dem Maschendraht hin und her. Quiller spürte, wie seine Schuhe auf der geteerten Decke des Piers festkleben wollten, und sah, dass er durch das Öl watete, das aus weggeworfenen Tankstutzen floss, mit denen die Schiffe aufgetankt worden waren. Seine Schuhe und die tausender anderer Füße hatten das Öl in einer klebrigen Schicht über dem Pier verteilt, und es war in einer leckenden Flutwelle gegen Koffer, Mäntel, einen Vogelkäfig, eine Katze in einer Kiste und dutzende von Federbetten geschwappt. Immer mehr Koffer türmten sich, die von Offizieren die übervollen Gangways hinuntergeworfen wurden, und Männer, die aussahen wie Soldaten in Zivilkleidung, versuchten, sich an Bord zu drängen oder die Landungstrosse hinaufzuklettern.

Eine weitere Welle von Bombern nahte. Die Bombenschächte öffneten sich, die Bomben purzelten hinaus und richteten sich kaum aus, als sie auch schon in den Lagerhäusern einschlugen. Die meisten Menschen duckten und kauerten sich hin, doch ein Mann und eine Frau – der Mann hielt ein Baby an die Brust gedrückt – zuckten nicht, sondern standen einfach da und starrten auf die Gangway. Sie waren als Nächste an der Reihe, und ihre Pässe waren in Ordnung.

Quiller sah, wie die Wachen ihnen das Tor öffneten. Rings um ihn herum schrien und riefen die Menschen. So war das Leben in den letzten Tagen geworden. Doch dann erkannte er den einsamen Ton einer japanischen Zero, die tief über den Hafen herangeflogen kam, und als die Bordkanonen aufzublitzen und zu stottern begannen, war das ein noch schlimmeres Geräusch als all die Explosionen oder Rufe. Wie ein einziger Organismus stöhnte die Menge auf und kauerte sich hin, wie im Schock kurzzeitig zum Schweigen gebracht durch das Sirren eines Splitters. Am Ende hörte man nur eine Stimme. Es war der Mann. Seine Frau lag verrenkt auf dem Pier, ihr Hals war bis zum Knochen aufgeschlitzt, das Blut pumpte in hellroten Bögen aus dem offenen Nacken. Der Mann war am Boden zerstört, sie so zu sehen, und sein Mund war vor Schmerz weit aufgerissen. Ein Matrose an der Gangway rief: »Beeilen Sie sich, Sir.«

Der Mann sah seine Frau an. Wieder rief der Matrose. Der Mann konnte vor Tränen nichts erkennen und stolperte über eine Kiste, schlug lang hin und rollte sich im Öl ab, um das Baby zu schützen. Sie waren die Letzten, die noch an Bord durften, bevor das Schiff ablegte.

Quiller spürte, wie ihm jemand am Ärmel zupfte. Cameron, der noch immer einen Arm um die weinende Primrose gelegt hatte, stellte fest: »Kumpel, hier ist kein Blumentopf mehr zu gewinnen.«

Quiller gab ihm Recht. Sie hatten die letzte Evakuierung mithilfe eines großen Schiffs miterlebt. Nun blieben nur noch Jachten, Sampans, Barken und kleinere Frachtkähne, alle so rar wie ein Hühnerzahn. Sie bahnten sich durch die Menschenmenge einen Weg in eine der Hintergassen und liefen an der Zeile der brennenden Lagerschuppen entlang. Ohne viel nachzudenken, setzten sie einen Fuß vor den anderen, doch dann wurde offensichtlich, dass Lee Lin sie führte. Sie drängte. Sie war voller Energie.

»Wo bringt sie uns hin, Quill?«

Lee Lin sagte über die Schulter. »Wir zum Fluss gehen.«

»Was soll das bringen?« Quiller zuckte mutlos mit den Schultern.

Sie trotteten eine halbe Stunde lang durch die rauchige Luft. Lee Lin brachte sie zu einer Anlegestelle mit dutzenden von Sampans und kleinen Dschunken. Quiller sah vom Hochufer hinunter und strahlte, erinnerte sich an seinen ersten Besuch mit Lee Lin, Wochen vor der Belagerung, Kinder waren von Deck zu Deck gehüpft, duckten sich unter die gewaschenen Pluderhosen und Blusen, die an der Takelage baumelten, während alte Männer und Frauen auf den Heckluken saßen, rauchten oder Betelsaft ins Wasser spuckten. Er hatte Lee Lins Großeltern kennen gelernt. Sie saßen vor ihren Schälchen mit Jasmintee und strahlten sich gegenseitig an.

Doch dann verflog seine Hochstimmung wieder. Eine Gruppe britischer Seeleute war ihnen zuvorgekommen.

»Verdammt, zu spät«, sagte Cameron.

Die Seeleute waren bewaffnet, einige hatten schon mit ihren eroberten Sampans und Dschunken abgelegt und sich in den Fluss treiben lassen, andere brachen Türen und Luken mit Gewehrkolben auf, trieben Leute von Bord oder warfen Kochtöpfe, Kleider und Bettzeug ans Flussufer. Die Seeleute schrien, die Chinesen schrien, dabei hatten sie gar keine gemeinsame Sprache. Etwas weiter entfernt stand ein junger Chinese im Fluss und zertrümmerte sein Sampang mit einer Axt über der Wasserlinie. Als Lee Lin rief: »Ihr böse Männer«, drehten sich ein halbes Dutzend Seeleute um, sahen Quiller und Cameron und zielten mit ihren Gewehren. »Das hier ist unsere Show«, rief ein Mann.

Cameron zuckte mit den Schultern, drehte sich um und murmelte: »Was jetzt?«

»Zurück zu den Docks.«

»Bist du sicher, du kriegst uns nicht in ein Flugzeug?«

»Ganz sicher.«

»Und was machen wir jetzt?«

Quiller blieb stehen. »Eins nach dem anderen. Wir bringen die Mädchen hier raus.«

Lee Lin packte seinen Arm und schwang ihn, als gingen sie im Park spazieren. »Warum wir nicht gehen zusammen?«

Hilflos erwiderte Quiller: »Kommt darauf an, was wir finden.«

Tagelang hatte sich das Hafenwasser unter einer undurchdringlichen Rauchwolke nur müde unter den Gezeiten bewegt. Die Abende waren wie verzaubert; es herrschte nur ölige Schwärze draußen auf den Wellen, und an der Küste lag ein breites Band aus Feuerschein. Deshalb bemerkten Quiller und die anderen, die warteten, redeten, in einem geplünderten Lagerhaus weit weg von den Toren und den Wachen kurzen Schlaf fanden, die *MV Delphinium* erst, als sie schon vor Anker lag. Sie trug keine Positionslichter und lag etwa eine Minute mit dem Ruderboot vom Kai entfernt.

Quiller ging ans Ufer und rief: »Hier sind vier Leute, die eine Überfahrt brauchen.«

Er bekam keine Antwort, doch nach kurzer Zeit hörte er das Platschen und Knarren von Rudern auf dem Wasser. Ein chinesischer Matrose legte an und kletterte die rostige Leiter zum Kai hinauf.

»He, Bursche. Wohin fährt dein Kahn?«, wollte Cameron wissen.

Der Matrose verbeugte sich. »Ich bin Goh Ming Wong. Sie haben Brandy?«

»Mr. Goh«, sagte Quiller, »was ist der Zielhafen Ihres Schiffs?«

»Wir nicht offen haben Schiffsbar bis morgen«, sagte der Matrose grinsend. »Mannschaft sehr durstig.«

Lee Lin rief aus der Dunkelheit etwas auf Kantonesisch und erschreckte ihn. Er antwortete, und Quiller konnte das Wort »Colombo« erkennen.

»Himmel, Colombo«, sagte Cameron. »Wir könnten doch was Besseres finden, Quill.«

»Aber die Mädchen nicht. Mr. Goh, da hinten steht eine Kiste Sherry. Sie können sie haben, aber nur, wenn Sie uns helfen. Können Sie zwei junge Frauen an Bord schmuggeln?«

Sie führten ihn in die Schatten, wo er Lee Lin und Primrose angaffte, dann an ihnen vorbei eine aufgebrochene Kiste mit Sherryflaschen sah, die die Plünderer zurückgelassen hatten. »Ist Geschäft. Frauen kommen mit mir jetzt. Ich Christenmann, sie verstecke in Küche, zeigen sich morgen, Captain nicht schicken zurück.«

»Danke«, sagte Quiller.

»Kein Platz für mehr.«

»Ich verstehe.«

Quiller fand einen alten Funkspruch vom Air-Force-Hauptquartier in der Tasche und kritzelte die Adresse von Haarlem Downs auf die Rückseite. »Du kannst uns beide dort erreichen«, sagte er zu Primrose.

Primrose küsste ihn und tat dann etwas Merkwürdiges – sie strich mit der Schneide des Schrapnells über seine Brust. Sie nahm davon Abstand, Cameron ebenfalls zu segnen, so als wollte sie zum Ausdruck bringen, wie froh sie sei, endlich all sein Geschiebe und Gezerre los zu sein, aber er trat vor und umarmte sie, und ihr Gesicht wurde ausdruckslos. Sie sah hölzern und ohne jede Reaktion über seine Schulter.

Lee Lins Gesicht an Quillers Hemd war feucht. Ihm war traurig und wütend zu Mute, und er wollte es hinter sich bringen. »Geh«, sagte er und brachte sie zu der rostigen Leiter, die zu Mr. Gohs Ruderboot hinunterführte.

Die Stunden vergingen. Cameron schlief auf einem Ballen Kautschuk, aber Quiller konnte nicht schlafen, solange die *MV Delphinium* dort draußen wartete, nur schwach erhellt von der brennenden Stadt. Er wollte sicher sein, dass Lee Lin und Primrose nicht wieder zurückgeschickt wurden.

Er döste gerade, als er auf dem Wasser einen langsam tuckernden Motor hörte. Ein Polizeiboot mit Lichtern – so als wollten sie Stärke gegenüber den Plünderern und Deserteuren beweisen, die danach trachteten, ein Boot zu stehlen, nahm Quiller an –, und er sah, wie es gegen den Rumpf der *Delphinium* schlug.

Die Stimme war übers Wasser hinweg deutlich zu hören. »Ahoi, *Delphinium.*«

»Was wollen Sie?«

»Major Sime und Sergeant Riggs und der Gefangene Janeway bitten an Bord kommen zu dürfen.«

Ein Fallreep wurde heruntergelassen. »Ihr Knaben habt Euch ja schön Zeit gelassen.«

Die Durchmischung von Holländisch-Indien

Es hatte so ausgesehen, als sei die in Not geratene Linienmaschine in der Nähe von Haarlem Downs heruntergegangen, doch Annelies zufolge lag das Flugzeug zwei Tage südwestlich des Anwesens – wenn es denn tatsächlich noch da war, angesichts der Fluthöhe. Der Pilot, sagte sie, hatte an Höhe verloren und war über die Brecher hinweggeglitten, in der Hoffnung, durch den Sprühnebel den japanischen Jagdflieger fern zu halten und vielleicht sogar die Flammen zu löschen, denn der Backbordmotor brannte lichterloh. Doch die Zero war dicht hinter ihnen geblieben und hatte die Maschine schließlich um eine Landzunge auf einen Sandstrand gejagt, der tief ins Meer abfiel. Der holländische Pilot hatte eine Bauchlandung gewagt und in letzter Sekunde die Maschine herumgerissen in der Hoffnung, die Flammen in der Brandung zu löschen. Jeannies Magen krampfte sich zusammen, als sie sich das bildlich vorzustellen versuchte: der Sand, so träge wie nasser Zement, packt sich die Schnauze der Maschine und zerdrückt sie, reißt die Propeller ab und faltet sich schnell über die vorderen Spitzen der Tragflächen, während das Hinterteil der Maschine mit einer derart großen kinetischen Energie in die Höhe hebt, dass der Rumpf abbricht. Der japanische Pilot sei um sie herum gesummt, sagte Annelies, dann sei er noch einmal angeflogen und habe seine Geschütze auf sie leergefeuert, als er Bewegung im Rumpf gesehen habe.

»Und nun sind sie alle tot – *mijnheer, mevrouw* und ihr Baby.«

»Wir sollten nachsehen.«

Annelies schüttelte heftig den Kopf. »Ich könnte da nicht wieder hingehen. Sie sind alle tot, Madam.«

»Wir könnten sie zumindest anständig begraben.«

»Sie sind im Meer, glaube ich. Das Flugzeug ist in viele Stücke zerborsten; im Wasser untergegangen.«

Jeannie untersuchte Annelies auf Anzeichen von Hitzschlag oder Verwirrung. Annelies war in einem zerrissenen Rock und Sandalen angekommen, und sie hatte eine Aktentasche geschleppt. Ihre bloße Haut war zerkratzt, blau geschlagen und von der Sonne verbrannt. Die Haare am Hinterkopf waren vom Feuer angesengt, der Rest stand ihr wild und grob, dunkel und voller Zweige, Staub und Schweiß vom Kopf ab und rahmte ihr fein geschnittenes Gesicht ein. Sie war jung, zart, verwirrt, aber froh, am Leben zu sein. Sie saß in Crystals Bett und trug nichts außer einem Seidenhöschen, das Crystal zurückgelassen hatte – gebadet, ausgeruht, ihre Augen von Erschöpfung schwarz umrandet –, und Jeannie hatte den Eindruck, als setze sie sich aus kontrastierenden Eigenschaften zusammen: exotisch, aber wie daheim, respektvoll, aber forsch, einfallsreich, und immer einen Schritt voraus.

Jeannie tätschelte ihre Hand. »Ich werde jemanden hinschicken.«

»Nein, Madam, es ist zu spät.«

Eine kleine Gruppe von Busch-Schwarzen hatte Annelies gefunden. Sie hatte zwei Tage und zwei Nächte mit ihnen verbracht, bis sie von ihnen zu einem Aussichtspunkt auf Dampier's Hill geführt worden war, von wo aus sie das Anwesen, die Landebahn und die Scheunen auf der Ebene hatte sehen können.

»Schnipp! Schon waren diese Eingeborenen weg. Also bin ich den Hügel hinunter, und hier bin ich.«

Annelies hatte die Aktentasche nicht aus den Augen gelassen. Das ist alles, was ihr noch auf der Welt geblieben ist, dachte Jeannie.

Die junge Frau betrachtete zweifelnd die massiven, dunklen Schlafzimmermöbel, die leeren Regale, den Schminktisch und schließlich auch Jeannie, so als wollte sie sagen, dass sie, eine farbige Dienerin, nicht das Recht hätte, hier zu sein. Dann beschirmte sie sich die Augen, lachte verstohlen auf und ließ sich zufrieden auf das Bett sinken, bis ihr Kopf auf Crystals feinem, bestickten Kopfkissen ruhte. »Ich werde jetzt schlafen.«

Annelies' Geschichte, die sie Jeannie im Laufe des Nachmittags erzählt hatte, begann in einem Automobil außerhalb von Batavia auf Java, als ein Flugblatt durchs offene Hinterfenster geflogen kam und mit einem weichen, warmen Schlag auf ihrer Wange gelandet war. Zuerst hatte sie gedacht, es sei ein Schmetterling, einer von den Kampong-Schmetterlingen mit seidigen Flügeln von Handtellergröße, der sich in den Turbulenzen des Fahrzeugs verfangen hatte. Doch eine Ecke des Flugblattes flatterte, und sie nahm es sich genau in dem Augenblick vom Gesicht, als ihre Herrin sagte:

»Annelies?«

»Ein Stück Papier, *mevrouw.*«

Sie saßen auf der Rückbank, Jeroen lag auf ihrer beider Schoß und döste mit dem Daumen im Mund. Der Wagen bremste scharf, und der Chauffeur murmelte etwas.

»Hasan, bitten seien Sie vorsichtig«, sagte Mrs. Rodenwalt.

Hasan drehte den Kopf ein wenig herum. »Da ist viel Papier in der Luft, *mevrouw.* Aus einem Flugzeug, sehen Sie?«

Sie duckten sich, um seinem zeigenden Finger mit dem Blick folgen zu können. Durch die Flugblätter hindurch, die auf der Windschutzscheibe klebten, konnte Annelies vor ihnen ein kleines Flugzeug erkennen, das Papier über der Stadt abwarf. Sie wandte sich wieder dem Flugblatt in ihrer Hand zu.

Mrs. Rodenwalt streckte die Hand aus. »Annelies, zeige mir das bitte.«

Annelies überhörte sie. Auf dem Flugblatt waren überglückliche indonesische Soldaten abgebildet, die auf die freundlich ausgestreckten Arme japanischer Soldaten zuliefen, die alle Fahnen mit der aufgehenden Sonne hochhielten. Darunter befand sich der Schriftzug: »Soldaten von Java. Die Armee von Nippon ist gekommen, euch zu befreien und die Holländer zu verjagen.«

»Annelies, du ungezogenes Mädchen«, sagte Mrs. Rodenwalt scharf.

Annelies gab ihr das Flugblatt. Lottie Rodenwalt las es ohne jede Gemütsregung, dann faltete sie es zusammen und steckte es in die Tasche ihres Kleides. »Das muss ich Wim zeigen, wenn wir daheim sind.«

Annelies wandte sich ab und sah zum Fenster hinaus. Sie kamen in die Nähe der Shell-Oil-Tanklager und der Kaianlagen bei Tanjong Priok. Jeroen sah gern Schiffe, ansonsten hätten sie keinen Grund gehabt, diese Straße zu nehmen. Hasan hatte sie zum Friedhof in Ptamboeran, ein paar Kilometer außerhalb von Batavia, gefahren, um Blumen auf das Grab von Lotties Mutter zu legen, und nun nahmen sie die lange Route zurück nach Weltervreden, wo die reichsten holländischen Kaufleute und Regierungsbeamten lebten. Annelies bezweifelte, dass sie auf den Fußwegen von Weltervreden auch nur eins von diesen Flugblättern finden würde.

»Jeroen«, sagte sie und piekste ihm in die Rippen, bis er sich wand. »Schau mal, die großen Schiffe.«

Jeroen stellte sich auf den Sitz neben sie, dann krabbelte er zum Fenster hinüber. Er war zwei Jahre alt und nannte sie oft aus Versehen *moeder.* Seit seiner Geburt hatte sie auf ihn aufgepasst, aber gleichzeitig war sie auch eine Mahnung, was einem blonden holländischen Jungen zustoßen konnte – denn sie war eine Indo, ein *mengbloeden,* Tochter eines holländischen Beamten, der 1919 nach Holländisch-Indien versetzt worden war, und einer javanischen Frau, seiner *huishoudster.*

»Ich hatte strikte Anweisung, Jeroen nicht mit javanischen oder Indo-Kindern spielen zu lassen«, sagte Annelies und sah vom Kissen auf Crystals Bett zu Jeannie auf.

Für Jeannie waren das Neuigkeiten aus einer anderen Welt. Ihr wurde klar, wie einsam sie in Haarlem Downs geworden war, und bemerkte, wie sie nach jedem Wort gierte. Annelies legte den Kopf träge zur Seite. »Hat *mevrouw* Diener?«

Als ob sie mich prüfen will, dachte Jeannie. »Bitte nennen Sie mich Jeannie.«

»Ja, *mevrouw.*«

»Sie können sehr gut Englisch.«

Annelies gab dies ernst zu. Nachdem ihre Eltern bei einem Erdrutsch auf einer Bergstraße ums Leben gekommen waren, war ihr nichts mehr geblieben außer ihrer Schulbildung. Sie war auf die Grundschule gegangen, dann auf die Mittelschule, und zu dem Zeitpunkt, als ihre Eltern starben, wollte sie gerade in der von den Holländern errichteten Stadt im Priangan-Hochland ihren Schulabschluss machen. Das war 1934 gewesen, gegen Ende der Weltwirtschaftskrise, und Java wimmelte nur so von armen Weißen und Indos und ausgesetzten Indo-Kindern. Sie war auf der Suche nach Essbarem ziellos durch die Straßen der Stadt gestrichen, als die Behörden sie aufsammelten. Sie war das Ergebnis einer Verbindung, über die sowohl der *Nederlandse Vrouwenbond* als auch die *Sarekat Islam* die Stirn runzelten, erklärte sie Jeannie. Sie verwischte die Kolonialgrenzen, sie war nicht dies, nicht das, sie war arm, unerwünscht.

Wieder sah sie Jeannie mit diesem Blick an. »Aber meine Schulbildung beeindruckte sie. Wissen Sie, ich hatte eben die Art von indonesischer Schule besucht, die einem das richtige holländische Gedankengut nahe bringt.«

»Und was geschah dann?«

»Ich wurde in eine aufgegebene Bergstation geschickt, die vom Roten Kreuz übernommen worden war.«

Diese Station befand sich auf einem kühlen Berghang; vor der Weltwirtschaftskrise hatte es sich um einen kleinen Vorposten Hollands gehandelt. Die holländischen Kaufleute, Zivilbeamten und deren Familien wohnten in Bungalows, erholten sich im Sanatorium und schickten ihre Kinder auf eine Schule, die ihr Hauptaugenmerk auf die holländische Sprache, die Sitten und Spiele der Heimat richtete. Das Rote Kreuz, das die Anlage der Gebäude beibehielt, nutzte diese Hügelstation, um die Opfer des europäischen Konflikts gesund zu pflegen. Annelies aß und schlief gut, sang die holländische Nationalhymne, konnte einem auf Kommando sagen, wo der Rhein die holländische Grenze überschreitet, lernte Schreibmaschine schreiben, Kochen und dazu Englisch und kümmerte sich um die kleineren Kinder. Eines Tages im Jahre 1936 tauchten Charlotte – Lottie – und ihre Mutter in einem großen schwarzen Plymouth auf, sahen sich um, lernten sie kennen und nahmen sie mit.

»In gewisser Hinsicht bin ich von *mevrouw* gerettet worden.«

»Sie hatten Glück.«

»Das nehme ich an. Aber Lottie war kein *trekker.*«

Jeannie runzelte fragend die Stirn.

»Holländisch, aber nicht in Holland geboren.«

Annelies erklärte, dass ihre Herrin auf Java geboren und in zwei Häusern aufgewachsen sei, eines in Batavia, das andere – ein Feriendomizil – in der Nähe der Hügelstation. Ihre *babu,* eine Javanerin, die offiziell Moslemin war, aber stark animistischen Glaubensvorstellungen anhing, hatte sie gestillt und verhätschelt und ihr Malaiisch beigebracht. Als Kind hatte sie öfter diese Sprache gesprochen und nicht Holländisch. Sie genoss javanische Kleider, Essen und Freundschaften. Sie war voll der Geistergeschichten, Mythen und Legenden ihrer *babu.* Sie war noch nie in Holland gewesen.

Doch Lotties Gatte Wim war ein *trekker,* ein Kolonialbeamter aus Holland. Annelies lachte. »Schon bald zog sich Lottie zum Essen um und aß mit ihm gebratenes Fleisch.«

»Und Wim wollte nicht, dass sein Sohn sich unter die einheimischen Kinder mischt?«, fragte Jeannie.

Annelies drückte sich die Fäuste in die Augen. »Ja.«

Jeannie strich ihr über den Handrücken. »Sollen wir nicht nach den Leichen schauen?«

»Nein. Die sind im Wasser. Wissen Sie, der kleine Jeroen, er ist kurz vor dem Angriff von meinem Schoß auf Lotties gekrochen. Wenn er das doch nur nicht getan hätte.«

Harry Horsetalk nahm ein Pferd, und als er am nächsten Tag zum morgendlichen Tee zurückkehrte, berichtete er, dass er das Wrack des abgeschossenen Flugzeugs gefunden hatte, aber keine Leichen. »Er ziemlich schwer kaputt«, sagte er. »Mächtige Flut da, Missus. Alles weg.«

In den folgenden Tagen kam Annelies wieder zu Kräften und folgte Jeannie auf Schritt und Tritt wie eine jüngere Schwester oder Cousine. Stets war sie zum Lachen aufgelegt oder half aus, war aber unsicher, wo die Grenzen nun lagen – oder, wie Jeannie fand, wie eine leibeigene Hausangestellte, die sich plötzlich als freie Frau wiederfindet. Jeannie achtete sorgfältig darauf, keine Befehle zu erteilen oder schulmeisterlich zu klingen, sondern Vorschläge zu machen. Annelies, die nicht klagte und gut genug Englisch konnte, um die Tage mit Geschichten aus Holländisch-Indien auszufüllen, munterte sie auf: Erntefeste, Drachen, das Bild der holländischen Königin in allen Klassenzimmern, der japanische Fotograf, der sich als Spion entpuppte, und, mit einer Hand vor dem Mund, der dicke, rosige Bauch ihres Herrn.

»Wim hat Sie benutzt?«

Annelies machte eine gleichgültige Handbewegung. »Natürlich.«

Jeannie dachte an die Aktentasche. »Und was hat er gearbeitet?«

»Er war leitender Beamter im Schatzamt.«

Annelies beschrieb einen groß gewachsenen Mann mit schütteren Haaren, dem der Schweiß ständig wie klares Öl auf Stirn und Augenbrauen stand. Er war frisch aus Holland gekommen und gehörte zu jener neuen Art von Kolonialbeamten, die ihre Aufgabe darin sahen, die Reihen fester zu schließen, zusammenzurücken und Grenzen gegen Laxheit, moralischen Verfall und Versuchung zu setzen.

»Erst hat er mich beobachtet, um zu sehen, ob ich verschlagen oder faul bin, damit er behaupten konnte, mein Eingeborenenblut würde durchscheinen.«

Doch dann bemerkte Annelies, wie sich sein Blick veränderte, so als betrachtete er das Eingeborene nicht nur als Keim aller Missetäterei, sondern auch des trägen, heimtückischen Pulsschlages der Sinnlichkeit. Seine Blick ruhte auf ihr, wurde glasig, und er fuhr sich mit der Zunge über die Lippen. Einmal, sagte Annelies und hielt sich die Hand vor den Mund, hatte er sie vorwärts über den Schreibtisch in seinem Arbeitszimmer gebeugt, als die anderen aus dem Haus waren, hatte ihr mit einem fröhlichen Klaps den Schlüpfer heruntergezogen und sich ihr dann schubsend und schiebend genähert, bis er in ihr war. Er schien auf der Stelle zu treten und mühte sich wimmernd einen Erguss ab.

Danach war er heimtückisch und mürrisch zu ihr gewesen. Es war immer dasselbe: Er hatte nicht damit gerechnet, in den Tropen so schnell oder so leicht moralisch zu verkommen, und in seiner Schande und Schuld ging er oft auf sie los, nur um sie einen oder zwei Tage später wieder zu nehmen.

»Ich glaube, Wim war wütend auf mich, dass ich ihn habe schwach werden lassen.«

Jeannie fühlte sich lebhaft an Cameron erinnert. Sie hörte stundenlang zu, während Annelies' Geschichte rund um ihre Stellung im Haushalt der Rodenwalts kreiste und mit den letzten wirren Tagen endete, bevor Wim sie alle von Java fortschaffte.

Am Tag der Flugblätter und des Besuchs an den Docks für den

kleinen Jeroen hatten die Möwen geschrien, und der feuchte Geruch des Salzwassers war zu ihnen die Kaimauer hinaufgeweht. Annelies hatte zugeschaut, wie Lottie sich Jeroen auf die Schulter gesetzt hatte. Der liebe kleine Kerl, er zeigte auf die Krane, die in Kisten verpackten Waffen, Ausrüstung und Militärfahrzeuge, die holländischen Armeeoffiziere, welche die javanischen Arbeiter anschnauzten – die in Annelies' Augen schwer und effizient arbeiteten. Ein weiteres Flugblatt wehte ihr an den Knöchel. Es war die zweite Februarwoche, und alle wussten, dass die Japaner auf Singapore Island einmarschiert waren.

»Ich war mir sicher, dass wir auch erobert werden würden. Auf Java gibt es viel Zinn, Kautschuk und Öl, müssen Sie wissen.«

Schließlich hatte Jeroen genug von den Schiffen gehabt. Lottie reichte ihn Annelies, klatschte in die Hände und sagte: »In den Wagen, alle Mann. Vater macht sich bestimmt schon große Sorgen um uns.«

Hasan chauffierte sie vom Hafen fort, und die Slums an der Seeseite wichen den wohlhabenderen Vororten. Bald brach die Dunkelheit herein, und die Gläubigen wurden zu ihren Abendgebeten gerufen. Sie kamen in ihre Straße. Hasan bremste vor dem Tor und hupte dem Gärtner. Das Tor knarrte. Die Reifen des großen Wagens zermalmten die winzigen weißen Kiesel auf der Einfahrt, und da stand Wim an der Tür, rang seine Hände und wirkte erhitzt.

»Ich habe mir Sorgen um euch gemacht. Da war ein Flugzeug.«

Lottie stellte sich auf Zehenspitzen und gab ihm einen Kuss auf die feuchte Wange. »Wir haben es gesehen.« Sie reichte ihm das Flugblatt aus ihrer Tasche.

Wim warf Annelies, die dabeistand, einen Blick zu und machte eine abrupte Kopfbewegung. »Tu deine Pflicht, Annelies.«

Annelies legte ihre Hände auf Jeroens Schulter und bugsierte ihn ins Bad. Dann ließ sie Wasser in die Wanne einlaufen und zog dem Kind die kleinen Shorts und das Hemd aus. Sie rechnete damit, dass Wim in Kürze auftauchen und zuschauen würde. Weit entfernt davon, ein holländischer Bürger zu sein, der sich vom Treiben des Haushaltes fern hielt, überwachte Wim gern alles.

»Sie müssen verstehen«, sagte Annelies zu Jeannie, und dabei nahm ihre Stimme einen ernsten, maskulinen Ton an, »die holländische Lebensart ist sehr fragil. Und gerade ein Kind ist besonders empfänglich für Vergiftungen, für Faulheit, Degeneration, Abhängigkeit. Ein Verlust«, donnerte sie, und hinter ihrer Stimme lauerte ein Lachen, »ein Verlust des weißen Egos.«

Jeannie musste mit ihr lachen. Dann senkte Annelies ihre Stimme verschwörerisch, und Jeannie konnte schon fast Wim und seine feuchten Lippen sehen und hören. »Ein Mann hat gewisse natürliche Neigungen. In einem unschuldigen männlichen Kind lassen sich die unreinen Gewohnheiten leicht ermutigen und dann in ungesunde Bahnen lenken.« Also lehnte Wim an der Badezimmertür und schaute zu, wie Annelies seinen Sohn wusch. Mehr als einmal schnell mit dem Waschlappen um Jeroens Hodensack und Penis herumzuwischen, erlaubte sich Annelies nicht. Wim lauerte wie ein Habicht, bereit zuzuschlagen. So sagte er in Annelies' Hörweite zu Lottie: »Es ist die Pflicht der modernen weißen Mutter, mehr in die eigenen Hände zu nehmen. Wenn man alles den Dienern überlässt, dann sind Trägheit und Prahlsucht das Ergebnis davon, und unser Kind wird schneller *inlander* als Holländer.«

Das waren nicht allein seine privaten Vorstellungen. Er hatte es mit Büchern. Er gehörte dem *Vaterlandse Club* an, der sich der Durchmischung von Holländisch-Indien entgegenstemmte und ihn mit Haushaltsratgebern und medizinischen Handbüchern versorgte, in denen vor den Gefahren der Ansteckung in den Tropen gewarnt wurde und die Selbstbeherrschung und Disziplin priesen.

Wenn Annelies nicht gewesen wäre, hätte er wohl gedacht, alles im Griff zu haben. Aber Annelies war immer da. Eine Frau, arm, gemischtrassig. Er würde vom Weg abkommen, wenn er nicht Acht gab. Annelies wusste alle diese Dinge über ihn. Ein Blick in das Gefühlschaos in seinen Augen, und sie wusste es.

Er versuchte auf der Hut zu sein. »Eines Tages kam er mit einem alten Pamphlet zu mir, das von der *Eugenischen Gesellschaft Holländisch-Indiens* herausgegeben worden war, und sagte: ›Bist du eine wahre, würdige Patriotin, Annelies? Was weiß ich wirklich über deine Eltern und deine Erziehung?‹ – und er begann mich zu untersuchen. ›Es ist möglich‹, sagte er, ›der Degeneration vorzubeugen und unser geliebtes *moedervolk* zu erhalten. In deinem Falle muss ich natürlich gewisse Einschränkungen machen.‹

Er musste ganz nah bei ihr stehen. Er war verschwitzt und schnaufte hörbar. Sie hatte sich an dem Tag die Haare gewaschen und sich mit Kokosöl eingerieben. Seine Hände griffen nach ihr. Es schauderte sie und erfüllte sie zugleich mit Stolz zu sehen, wie er die Fassung verlor und solche Angst vor ihr und vor sich selbst hatte. Sie war ein Affront gegen alles, was ihm wichtig war, und es lag ein besonderer Anreiz darin, ihn zu verunsichern. Sie stellte eine Bedrohung seiner Selbstbeherrschung, seiner Familie, seiner Nation und Rasse dar. Sie verband Herrscher und Beherrschte, und er konnte ihr nicht vertrauen, obwohl er sie begehrte.

An dem Tag der Flugblätter vom Himmel trat er jedoch an die Badezimmertür und nannte besorgt ihren Namen: »Annelies.«

Erschrocken badete sie Jeroen zu Ende, hob ihn aus der Wanne, wickelte ihn in ein Handtuch und rubbelte ihn trocken, dann puderte sie seine weichen Gliedmaßen mit Talk ein. »Ich wurde ganz rot«, sagte sie zu Jeannie. »Er klang so anders. Ich steckte Jeroen eilig in seinen Schlafanzug und drehte mich dann zur Tür um. Lottie stand auch da. Sie sahen mich beide an. Wim war voller Kummer. Er sagte: ›Morgen wirst du als Allererstes meine Frau, meinen Sohn und die Dienerschaft in das Haus nach Bandoengang begleiten. Dort wird es sicherer sein. Dann müssen wir uns alle einen noch sichereren Ort suchen. Wenn wir doch nur nach Holland zurückkehren könnten. Wälder, Seen, Schnee, Narzissen …‹ Dann brach er in Tränen aus.«

Annelies sah hinaus auf die Viehweiden, die schlammig rote Erde und struppigen Bäume von Haarlem Downs. »Das hier hätte ihm einen Schock versetzt.«

Dritter Teil
Flucht

Februar – April 1942

Die vertrauten Geräusche des Krieges

Vier bewaffnete Australier hatten offenbar die *Delphinium* beobachtet, und als sie schließlich den Anker lichtete, rannten sie zur Kante des steinernen Piers und feuerten Gewehrsalven auf das Schiff, doch Cameron stellte sich ihnen in den Weg, und sie verzogen sich. Sie waren jung und verwirrt, und es gab keine Schiffe mehr.

Quiller und Cameron schliefen noch eine Weile. Am Sonntagmorgen aßen sie Armeekekse, die sie mit warmem Tiger-Bier hinunterspülten. Sie waren völlig erschöpft, ihre Gesichter hager, ihre Arme und Hände verschmiert, die Uniformen verdreckt und von den Widerhaken des Krieges zerrissen – von Nagelköpfen, zersplitterten Türpfosten, zerfetzten Autokarosserien. Alles, was sie noch auf der Welt besaßen, waren die Klamotten, in denen sie steckten, ihre Seesäcke und Camerons Lee-Enfield-Gewehr, aber Primrose hatte ihren Schulbeutel zurückgelassen, und als sie zur Orchard Road zurückkehrten, durchsuchte Quiller ihn. Er behielt ihre Bleistifte, ein Schulbuch voller englischer Gedichte und Prosastücke und einen Schatz, jedenfalls in seinen Augen: ihren Schulatlas. Die Erinnerung daran, dass Primrose noch ein Kind war, erschreckte ihn. Sie hatte in den letzten Wochen zu souverän, zu ernst gewirkt.

Auf den Straßen verbreitete sich das Gerücht von einem Waffenstillstand. Quiller und Cameron umgingen Bombenkrater und sprangen über Holzbalken und Feuerwehrschläuche, die so schlaff dalagen wie Schnürsenkel. Sie begegneten Australiern, die eine Stinkwut hatten auf General Percivals Aufforderung, sich zu ergeben. Sie trafen auf Männer, die ihre Einheiten verloren hatten und nun mit geplünderten Flaschen zwischen den Fingern umherliefen und fragten: »Wo sollen wir uns melden?«, und indische Soldaten, die ihre Uniformen ausgezogen und sich in Sarongs gehüllt hatten oder sich weiße Baumwollstreifen um ihre Hüte gebunden und kleine aufgehende Sonnen auf ihre Brusttaschen und Ärmel genäht hatten.

Sie gingen weiter, und Cameron wirkte verwirrt, zitterte, war den Tränen nahe. »Ich glaubs einfach nicht. Ich hätte nicht gedacht, dass es so weit kommt. Ich dachte, das ist nur ein kurzfristiger Rückschlag …«

Quiller wollte schon sagen: »Wenn du das geglaubt hast, warum warst du dann so erpicht darauf, dass ich dich hier raushole?« Der Schuldschein brannte in seiner Tasche. »Hast du Geld?«, fragte er.

»Wofür?«

»Irgendetwas von Wert? Schmuck? Zigarettenetui? Armbanduhr? Die Waffe behalten wir besser.«

»Warum?«

»Vielleicht müssen wir uns den Weg freikaufen.«

Camerons Gesicht strahlte auf. »Ich wusste doch, ich kann mich auf dich verlassen, Quill.«

Sie trotteten durch den Vormittag in Richtung Orchard Road. Quiller dachte über die Bedeutung von Janeways Evakuierung nach. War Janeways Existenz peinlich, wo doch die Japaner die Stadt einnehmen wollten? War sein Leben in Gefahr? Verfügte er noch immer über geheime Informationen, die den Japanern vorenthalten werden mussten – oder besaß er geheime Informationen *über* die Japaner? War das der Grund, warum er bisher noch nicht hingerichtet worden war? Im Weltkrieg wäre er im Schnellverfahren exekutiert worden, dachte Quiller.

Sie kamen zu den Mansions, gingen die Treppe hinauf und riefen: »Alliierte Soldaten kommen rauf.«

Das Gebäude war verlassen. Sie versuchten sich zu waschen und zu rasieren, aber es gab kein Wasser mehr in den Leitungen, also mussten sie sich mit dem Wasser aus einem schleimigen Eimer begnügen, der im Hof unter einen Gartenanschluss geklemmt war. Immer wieder pfiffen Granaten über ihre Köpfe hinweg, und Bomber flogen vorbei, aber die Intensität der Einsätze ließ nach.

Quiller nahm Primroses Atlas und verfluchte sich dafür, die RAF-Pläne und Karten auf dem Flugplatz Kallang verbrannt zu haben, statt sie einzustecken. Der Atlas hatte einen Maßstab von einem halben Inch auf hundert Meilen. Er fand einen Schreibblock und übertrug Singapur, Sumatra, Java und die Inseln der Straßen von Berhala und Banka im Maßstab von einem halben Inch auf zehn Meilen auf eine Reihe leerer Blätter.

Gegen Abend hörten sie Schritte auf der Treppe, eine Stimme rief: »Zivilist kommt rauf«, und Magill erschien in der Tür. Er hatte getrunken und schwankte in einer Ginwolke. »Du!«, zischte er und zeigte auf Cameron. »Wo ist sie? Wo ist meine Primrose?«

Quiller schob sich zwischen die beiden. »Mag, haben Sie Geld?«

Der Gin hatte Magills Abwehr vollkommen aufgelöst. Gerissenheit und Mitwisserschaft huschten ihm übers Gesicht wie Sonnenschein und Schatten. »Und was, wenn?«

»Wie viel?«

Magill reckte sich und sagte: »Fünftausend malaiische Dollar.« Er kniff seine Augen zusammen. »Die können Sie haben, wenn Sie mich mitnehmen.«

Gegen acht Uhr abends gaben die Sirenen Entwarnung, und zum ersten Mal seit Wochen wurde es still in der Stadt. Die drei Männer konnten es zuerst kaum ertragen. Sie zögerten, die Gewohnheit abzulegen, auf Kanonen, Bomber und den Windhauch der Bomben zu hören oder auf Explosionen zu warten. Ohne die vertrauten Geräusche des Krieges kamen sie sich merkwürdig verlassen vor.

Sie verschnürten Dosennahrung und Wasserflaschen in Bettlaken und machten sich auf den Weg. Ihre Stiefelschritte und das Prasseln der Feuer beruhigte sie. Sie stießen auf Gruppen von mutlosen Soldaten, die sagten: »Kapitulation? Kann nicht sein«, Männer, die zu müde waren zu fliehen, und andere, die nach Nahrung stöberten, nach Bekleidung, Nadel und Faden, Stiefel suchten, alles, was ihnen in einem Kriegsgefangenenlager von Nutzen sein konnte. Quiller fragte sich, wie sehr Cameron und Magill diesen Männern glichen. Waren ihre Ambitionen auch so gering, nur auf Schadensbegrenzung aus? Er fasste sich unbewusst an die Brusttasche, suchte nach dem Schuldschein, der dort von seiner verschwitzten Haut durchweicht ruhte. Noch waren die Japaner nicht in der Stadt.

In der Nähe der Docks stahlen sie einen Laster mit aufmontiertem Maschinengewehr. Cameron fragte aufgeregt: »Wo zum Henker wollen wir hin, Quill?«

Quiller fuhr ihn an: »Weiß ich noch nicht, aber ich hab an der Kaimauer bei Kallang immer ein paar Sampans gesehen.«

Eine indische Wache hielt sie an einer Stacheldrahtumzäunung am Wasser an. Als Quiller ihm von der Kapitulation berichtete, tippte sich der Wachmann an die Schläfe, sagte: »Ich gehe jetzt«, ließ sein Gewehr fallen und verschwand.

Magill hob es auf. »Bringt mehr Ärger, als es wert ist«, sagte Quiller, nahm es dem Angestellten vorsichtig aus der Hand und schleuderte es ins Wasser, wo es das Spiegelbild eines brennenden Treibstofflagers auf Blakan Mati durchschlug. Ein verqualmter Wind wehte, und das ölige Wasser hob und senkte sich an der Kaimauer.

Quiller löste den Prismenkompass vom Laster, und dann trugen sie ihre Habe zum Rand der Kaimauer. Dort lag nur ein Sampan.

Das Boot war breit und kaum länger als der Flügel einer Buffalo. Quiller kletterte hinauf, entdeckte die Ruder und rief Cameron und Magill, ihm zu folgen.

Magill aber machte ein paar Schritte zurück, drehte sich um und übergab sich. Er wischte sich den Mund ab. »Besser raus als rein.«

»Na los, Mag«, sagte Cameron.

Magill besah sich angewidert das Sampan. »Ich bin kein Soldat. Die Japse können mich nicht einsperren«, und er stolperte in Richtung des Stacheldrahtes und der Dunkelheit fort.

»Vergiss ihn«, sagte Quiller und reichte Cameron ein Ruder. »Diese Boote sind höllisch schwer zu rudern.«

»Aber er hatte Geld, Quill.«

Mitternacht war vorbei. Wegen des Qualms der Treibstofflager und der jahreszeitlichen Wolkenbänke konnten sie nicht weit sehen; so ruderten sie vorsichtig durch das Minenfeld. Als sie den Hafen hinter sich gelassen hatten, trieb sie eine stärker werdende Strömung immer weiter hinaus in ein Gewirr aus kleinen Booten: Barken, Barkassen, Dschunken, das Beiboot eines Wasserflugzeugs und andere Sampans. Ab und zu rief Quiller in die Dunkelheit: »Zwei Mann hier. Habt ihr noch Platz?«

»Nein.«

»Tut uns Leid, alter Junge, geht nicht.«

»Verpiss dich.«

Jemand feuerte ihm einen Schuss vor die Füße ins Deck.

Dann glitt ein schwarzes U-Boot vorbei, dessen Motoren schwer klopften.

Sie trieben an einer Sandbank in der Nähe des St.-John's-Leuchtturms vorbei, wo eine Barkasse und ein Begleitboot auf Grund gelaufen waren. Ab und zu riss Quiller sein Feuerzeug an, las den Kompass ab und machte mit den Rudern leichte Kurskorrekturen.

»Kumpel, du hast mich rausgeholt. Ich wusste es.«

Quiller ruderte. »Es ist noch zu früh.«

»Nein, Kumpel«, sagte Cameron. »Ich hab ein gutes Gefühl dabei.« Dann: »Ach, Quill, wohin fahren wir überhaupt?«

Quiller starrte die dunkle Gestalt seines Cousins neugierig an. Ihm wurde klar, dass Cameron noch nie eine Landkarte gelesen hatte oder darauf angewiesen gewesen war. Stand er mit den Beinen auf dem Boden, dann war er irgendwo, und es gab immer jemanden, der ihn an einen anderen Ort führte. Cameron interessierte sich nicht für Entfernungen und Richtungen, und der Horizont wirkte auf ihn nie sonderlich viel versprechend. Als sie in der Gull umhergeflogen waren, hatte er sich nicht für den Boden oder den kleinen Schatten der Maschine interessiert, der über die Savannen, Basaltflächen oder Dünen unter ihnen raste, sondern nur für Jeannie Verco, die er ständig kitzelte und der er unablässig ins Ohr flüsterte.

»Rengat«, erwiderte Quiller, »am Indragiri River.«

»Und wo um alles in der Welt ist das?«

»Sumatra.«

»Besser als nichts. Wenn das einer schafft, dann du, Quill.«

»Aber nicht in dieser Nussschale. Wir brauchen was Größeres.«

Vor seinem geistigen Auge konnte Quiller seine Landkarten sehen: bewohnte und unbewohnte Inseln; Riffe; ein Archipel; mehrere enge Straßen mit schnellen Strömungen; dann die größeren Landmassen von Sumatra und Java. Die Mündung des Indragiri lag südlich einer schmalen Landzunge an der Straße von Durian, westlich der Insel Singkep, und war sicherlich schwer zu finden, selbst wenn sie sich eng an die Küste hielten. Er sah über die Schulter zurück. Singapur brannte. Ein rotes Band markierte die Linie zwischen See und schwarzem Himmel. Quiller merkte erst jetzt, dass seine Nase schon seit Tagen ganz wund war vom Gestank des brennenden Kautschuks und Öls. Ein großes, verdunkeltes Schiff tauchte aus dem öligen Qualm auf, der übers Meer waberte, und schwamm mit einer aufblitzenden Morselampe an ihnen vorbei. Quiller rief. Niemand antwortete.

Bei Sonnenaufgang machten sie in der Dunkelheit einen kleinen, erkennbaren Umriss aus. Sie hörten auf zu rudern und trieben stumm weiter, bis Quiller eine große, zweimastige Dschunke erkannte, die an einer Reihe von Bambusstangen festgemacht hatte, welche er als Fischreuse erkannte. Er ließ den Sampan vorsichtig gegen das Heck der Dschunke stoßen, bevor er ihn mit der Hand am Rumpf entlangzog und nach dem tiefsten Punkt der Bordwand suchte. Einmal fluchte er und sog an der Hautfalte zwischen Daumen und Zeigefinger. Ein Splitter. Der Rumpf war durchlöchert worden. Sein Hemd verfing sich an einem anderen splitterigen Loch. »Die Dschunke ist zerschossen worden«, flüsterte er Cameron zu.

An der Mitte der Steuerbordseite kletterte Quiller an Bord der Dschunke, dann nahm er die Seesäcke und das Gewehr entgegen und half Cameron an Bord. Sie durchstöberten das Schiff, und Cameron bohrte mit dem Gewehr in die Ecken. Über der offenen Luke hing eine Plane aus geteerter Leinwand, die an den Ecken von Bambusstangen gehalten wurde. Jemand hatte die an Latten hängenden Segel eingeholt.

Es war nichts zu hören, außer das stetige ölige Schlappen der See und die Rufe eines Sterbenden, der aus weiter Ferne »Hilfe!« und »Mami!« rief, aber nicht zu sehen war.

Cameron entdeckte sie in der dunkelsten Ecke des Rumpfes, zusammen mit einem bewusstlosen australischen Piloten. Sie setzte sich auf und sagte: »Seid ihr die Japaner?«

Er kniete sich hin und schaute sie an. »Nein, Kleine.«

Sie war etwa acht Jahre alt, hatte ihr winziges Rückgrat an eine Munitionskiste gepresst, die Knie fest an die Brust gezogen, und blinzelte die sprühende Flamme an, als Cameron sein Feuerzeug anriss.

»Wie heißt du, Liebes?«, fragte Quiller.

»Maisie«, antwortete sie mit präziser englischer Stimme.

Er legte eine Hand auf den bewusstlosen Piloten. »Ist das dein Papa?«

»Nein. Wir haben ihn gestern im Wasser gefunden.«

»Und wer ist noch hier?«

»Niemand«, sagte das Mädchen. »Sie sind alle tot.« Sie stellte sich auf ihre dürren Beinchen. »Da ist eine Lampe. Ich habe sie nicht angezündet, damit sie nicht wieder auf uns schießen.«

»Wer?«

»Die Flugzeuge.«

Quiller zündete die Lampe an und lauschte Maisies Geschichte. Ihre Mutter war auf einer Bahre in der Kathedrale verblutet. Ihr Vater hatte einem Mann die Dschunke abgekauft, und vor zwei Tagen hatten sie Segel gesetzt – Maisie, ihr Kindermädchen, ihr Vater und ein Verwalter aus der Mine ihres Vaters. Sie hatten nicht gewusst wohin und schaukelten oft mit den Jachten der Bootsflotte aus Singapur in der Flaute herum, während die kleinen Motorboote Stunde um Stunde an ihnen vorbeizogen. Sie sahen eine Barkasse, die an einem untiefen Riff leckgeschlagen war, leer vorbeitreibende Sampans und Ruderboote. In der ersten Nacht landeten sie auf einer Sandbank, und als sie am Morgen wieder freikamen, fanden sie eine Packkiste, an die sich der australische Pilot klammerte.

»Er war von der Sonne ganz verbrannt und hatte Krämpfe, weil er geschwommen war, bevor er die Kiste gesehen hat.«

Quiller kniete sich hin, und im Schein der Laterne konnte er das sonnenverbrannte Gesicht des Piloten erkennen. Er berührte die Stirn des Mannes. Heiß, fiebrig. Schwache, trockene, unregelmäßige Atemzüge pfiffen durch die aufgeplatzten schwarzen Lippen.

»Es war eine riesige Kiste«, sagte Maisie. »Er hat gesagt, da sei eine Hurricane drin gewesen, aber die Hurricane sei unten rausgefallen, als das Schiff unterging. Er sagte, da wären noch fünf andere Männer gewesen, aber am Morgen war er der Einzige, der sich noch festhielt.«

Quiller goss Wasser auf sein Taschentuch und wischte damit über das verbrannte Gesicht. Der Pilot hustete ein Mal, blieb aber bewusstlos.

»Wir hatten kein Gewehr«, sagte Maisie. »Ein paar von den anderen Booten schon. Mein Papa und meine Nanny sind erschossen worden und ins Wasser gefallen, dann ist Mr. Lucas hineingesprungen, aber ich glaube, ein Hai hat ihn gefressen. Alf hat mich gerettet. Er hat gesagt, ich soll mich hinlegen, und hat sich um mich gelegt, damit er als Erster getroffen wird.«

Sie hatte Glück gehabt, dass die Kugeln ihn nicht durchschlagen hatten. Quiller untersuchte den Piloten noch einmal und fand ein Einschussloch in Alfs Hüfte, ein weiteres im Oberschenkel. Das Blut war wohl eine ganze Weile geflossen, doch nun tropfte es nur noch spärlich in die steife, durchweichte Hose.

»Bevor er ohnmächtig wurde, hat er die Segel hochgezogen und ist gesegelt, bis er diese Stangen im Wasser gefunden hat. Wird er sterben?«

»Ich glaube schon, Kleine. Sei nicht traurig.«

»Ich bin aber traurig. Ich habe niemanden mehr. Werde ich auch sterben?«

»Nicht, solange ich das verhindern kann.«

»Ich habe Durst.«

Quiller reichte ihr seine Wasserflasche und hörte das gierige Glucksen ihres winzigen Halses. »Und die hier nimmst du besser auch«, sagte er und gab ihr eine Atribin.

Bei Sonnenaufgang machte Quiller die Dschunke los, Cameron hisste die Segel, und eine schwache Brise trieb sie in den Kanal hinaus. Sie kamen an steinigen Atollen vorbei, Menschen winkten ihnen wie wild zu, doch Quiller konnte Riffe und Schiffswracks erkennen, also markierte er ihre Position auf der Karte und unternahm gar nicht erst den Versuch anzuhalten. Am späten Vormittag griff am Horizont eine Bomberstaffel einen Frachter an und versenkte ihn. Dann kamen zwei Zeros niedrig übers Wasser geflogen und machten Jagd auf die kleinen Boote.

Später entdeckte Quiller ein Loch unterhalb der Wasserlinie. Er schnitzte mit seinem Federmesser einen Pfropfen aus Seife, verstopfte damit das Loch und nagelte ein Stück geteerte Leinwand darüber. Die Dschunke krängte, als Wind in die durchsiebten Segel fuhr und sie mit bis zu drei Knoten eine enge Durchfahrt zwischen kleinen Inseln hindurchpustete. Manche davon waren nur felsige Vorsprünge, andere grüne Flecken mit Fischerbooten zwischen den auf Seehöhe wachsenden Palmen und Mangrovengürteln. Ein Monsunschauer verfolgte die Dschunke, zog über sie hinweg und brachte Rußflocken von der weit hinter ihnen liegenden brennenden Stadt mit. Der Tag war schwül, und Quiller hatte kaum die Kraft, Cameron dabei behilflich zu sein, den Australier ins Wasser zu rollen, über die Wellen hinweg ein Gebet zu sprechen und sich hinterher mit Maisie unter die Markise zu setzen und sie aufzumuntern.

Sie segelten südwestwärts, immer zwischen Inseln. Wenn die Sonne am ungestümen Himmel erschien, dann ließ sie die Flachstellen grün aufblitzen und tauchte die unauslotbaren Gräben in tiefdunkle Blautöne. Sie rationierten das Wasser und fingen Schauer in einem Regenmantel auf. Quiller füllte ihren Proviant mit den Vorräten aus der Dschunke auf. Sie hatten sechs Dosen Cornedbeef, eine mit Irishstew, einen Weihnachtspudding, einen Sack Reis und eine Kiste mit vergammelnden Orangen, Durians und Mangos.

Er versuchte, seine handgezeichneten Karten und Primroses Atlas mit den Flecken am Horizont und den Inseln zu vergleichen, die in der Nähe lagen, und schätzte, dass sie, wenn man die Flauten zwischen den Drei-Knoten-Winden berücksichtigte, noch drei Tage bis Sumatra bräuchten.

Am späten Nachmittag sahen sie Flugzeuge und hörten Explosionen. Cameron versteckte sich mit Maisie im Rumpf, Quiller tauschte seine Uniform gegen eine schwarze weite Hose und einen Kulihut aus einer Holzkiste und hockte sich auf Deck. Nach einer Weile flog eine Zero einen tiefen, gleichgültigen Bogen über das Meer und brummte davon.

Der Wind nahm zu. Einmal kamen sie an einer Wand voller Klippen vorbei, die sich direkt aus dem Meer erhob, und Maisie entdeckte die winzige Gestalt eines Mannes auf der Klippenspitze, der ihnen mit einem Hemd zuwedelte. Sie konnten nicht erkennen, wo sie hätten anlegen können oder wie er überhaupt dort hingekommen war.

Bei Sonnenuntergang kochte Quiller Reis und rührte das Irishstew hinein. Die Hitze war unerträglich, und als der Wind sich wieder legte, machten sie gegen die einsetzende Flut kaum zwei Knoten.

Bei Einbruch der Dunkelheit krochen sie sinnlos zwischen den Inseln des Riau-Archipels herum, als eine winzige Insel, die sich vor einer größeren Insel abzeichnete, auf wundersame Weise ihr Grün aus blättrigen Ästen und Palmwedeln verlor und sich langsam in einen Küstendampfer mit rostiger Außenhaut, Bullaugen und Aufbauten verwandelte. Gute Tarnung, fand Quiller. Eine Kette quietschte, und der Anker wurde eingezogen. Dann rasselte die Kette wieder herunter, der Anker platschte ins Wasser, und ein Mann, der ein Megafon hielt, rief übers Wasser: »Wie viele seid ihr?«

Quiller hoffte, seine Stimme würde weit genug tragen. Die Dämmerung ging in vollkommene Dunkelheit über. »Zwei Mann und ein Kind.«

»Lasst euren Anker fallen.«

Das tat er. Ein kleines Boot legte vom Schiff ab, und als es an der Dschunke längs kam, ließ er das Fallreep herunter. Sie kamen schnell und wortlos zum Schiff, und kaum waren sie an Bord, befahl der Kapitän erneut das Lichten des Ankers, und das Schiff drehte sich durch das verlorene Blattwerk hindurch in einen Kanal tiefen Wassers.

»Wir schippern nur bei Nacht«, erklärte der Kapitän. »Bei Sonnenaufgang ankern wir vor einer Insel, setzen einen Arbeitstrupp an Land, um Blattwerk zur Tarnung zu schneiden, und warten bis Einbruch der Dunkelheit. Immer noch besser, als am helllichten Tag den Japanern auszuweichen.«

Quiller sah im Dämmerlicht den Namen, der auf eines der Rettungsboote in der Nähe gemalt war: *Alma.* Undeutliche Gestalten bevölkerten das Oberdeck: Frauen, Kinder, Regierungsbeamte, Seeleute, erschöpfte Soldaten in zusammengeklaubten Zivilklamotten. Keiner von ihnen interessierte sich für Quiller oder seinen Cousin. Diese Leute sehen Tag für Tag neue Fremde, dachte Quiller, und sie haben kaum noch Hoffnung.

»Passagier und Besatzung zusammengezählt«, sagte der Kapitän, »sind wir dreihundertzwanzig. Die alte Dame hat in ihrem Leben nie mehr als zwanzig Leute befördert.« Er schien merkwürdig stolz darauf zu sein, und Quiller fragte sich, ob er weiterhin von Singapur davonschleichen und Schiffbrüchige aufsammeln würde, bis die *Alma* unter ihrem Gewicht versank.

»Ich fürchte, ihr müsst euch unter Deck ein Plätzchen suchen, Jungs«, fügte der Kapitän an und kniete sich hin, um Maisie unters Kinn zu stupsen.

Als er verschwunden war, knurrte Cameron: »Wenn wir mit Primrose gegangen wären, dann hätten wir uns jede Menge Ärger erspart.«

»Du wolltest doch nicht nach Colombo«, wies ihn Quiller zurecht. Er war genervt. Er wollte nicht mit Cameron reden. Ihre Beziehung war voller Hass und Gerangel, wie bei Brüdern.

»Bring mich einfach nur raus hier, wie du versprochen hast«, sagte Cameron.

Quiller kniete sich hin und nahm Maisie auf die Arme. »Wir müssen jetzt schlafen, Kleine.«

Während die *Alma* sich durch die Nacht mühte, erkundeten sie die Decks und Korridore, stiegen über schlafende Gestalten, kamen an stickigen, verstellten Ecken vorbei und suchten ohne Erfolg nach einem freien Platz. Selbst als Maisie eingeschlafen war und schwer wurde und Cameron sich davongeschlichen hatte, um sich in einer Türfüllung schlafen zu legen, setzte Quiller seine Suche fort. Ab und zu begegnete er Leuten von der Mannschaft und fragte: »Gibt es irgendwo noch einen Platz, wo ich mich mit dem Kind hinlegen kann?« Doch sie zuckten nur mit den Schultern, so als habe er den Verstand verloren.

Schließlich hob er Maisie in das Rettungsboot Nr. 6 und kletterte hinterher, um dort zu schlafen.

Bei Sonnenaufgang kletterten sie wieder heraus, holten sich die erste Tasse Tee des Morgens und schauten zu, wie der Kapitän zu einer tiefen Stelle etwa dreihundert Meter vom Buckel eines dschungelbewachsenen Vulkanfelsens manövrierte. Cameron fand sie, und zusammen schauten sie hinaus in das Sonnenglitzern auf dem Wasser, das wie Glas aufblitzte. Es gab eine angenehme Brise. Sie hatten den Geschmack von Tee mit süßer Kondensmilch im Mund. Quiller räkelte sich und schaute zu, wie Rettungsboote voller axtbewehrter Männer vom Schiff ablegten. Die Sonne stieg hoch, und die Äxte donnerten über die winzige Insel; Frauen wuschen ihre Kinder, und wenn sie Kleider zum Wechseln hatten, drehten sie den müden Männern den Rücken zu und zogen frische Unterwäsche und Kleider an. Jemand reichte Maisie einen Teller Reis. Die Rettungsboote kehrten zurück, die Axtmänner mussten schwer gegen die schnelle Strömung anrudern, und als sie längsseits waren, reichten sie die Äste von Hand zu Hand von den Booten zum Oberdeck hinauf. Quiller half dabei, die Zweige und Palmwedel an Schornstein, Mast, Bootsausleger und Seitenreling zu binden. Er sah durch das salzverkrustete Fenster der Brücke hinaus zur Insel und dachte: Warum setzen wir die Frauen und Kinder nicht für den Tag an Land, das bietet noch mehr Schutz?

Dann sagte ein Matrose: »Gott im Himmel.«

Quiller beschirmte sich die Augen. In etwa einer Meile Entfernung trieb ein großes Schiff auf sie zu. Es hatte sich zu spät um Schutz bemüht, und nun lag es weit offen da für die Killer, die hinter der Sonne lauerten, welche schon seit drei Stunden am Himmel stand.

»Sie wird uns die Japse anlocken«, erklärte der Matrose und begann sinnlos mit den Armen Signale zu geben.

Quiller sah zur Insel hinüber. Sie erhob sich hundert Meter über dem Wasser. Niemand konnte dort überleben – kein Frischwasser, soweit er sehen konnte, kein beackerbarer Boden. Immerhin konnten sie sich dort ein, zwei Tage verstecken.

Er warf sich seinen Seesack über und sah sich auf Deck um. Die Menschen lagen träge in den Schatten der Sprösslinge und Palmwedel.

Der Aufklärer kam von Osten. Er umkreiste das andere Schiff, und als er von Maschinengewehr- und Gewehrfeuer vertrieben worden war, wandte er sich der *Alma* zu. Die Maschine umkreiste sie, flog knapp über dem Wasser dahin, und Quiller wusste, dass ihre rostigen Stahlflanken aus dieser Entfernung und Höhe unübersehbar waren. Die Maschine flog noch einmal über sie hinweg und verschwand dann.

»Wir haben noch eine halbe Stunde«, meinte Quiller zu dem Matrosen. »Wir sollten die Zivilisten an Land absetzen.«

Der Matrose zuckte mit den Schultern. »Reden Sie mit dem Kapitän«, erwiderte er und erstarrte dann. »Hören Sie.«

Quiller merkte, wie die Ankerkette eingeholt wurde, die Motoren begannen zu hämmern, und die *Alma* zog von der Insel fort.

»Ich glaube, der Alte hofft, vorher noch eine andere Insel zu finden.«

Der Angriff erfolgte vierzig Minuten später. Sie dampften gerade südwestwärts und näherten sich einem anderen Atoll, als siebenundzwanzig Bomber in Formationen von jeweils neun in einer Höhe von zehntausend Fuß aus Osten auftauchten. Der Alarm ging los, die Passagiere wurden unter Deck befohlen, und eine Weile lang herrschte angespannte Stille. Quiller spitzte die Ohren und kauerte sich mit den Armen um Maisie geschlungen hin. Plötzlich wendete das Schiff hart Steuerbord und löste ein klagevolles Schaudern aus, das über das Deck zog, während eine Salve von Bomben so nah ins Wasser fiel, dass das Wasser in einer Fontäne aufspritzte und sich übers Deck ergoss. Menschen schrien, und Maisie, die sich im Schutz der Brücke an Quillers Brust wiegte, kniff die Augen fest zusammen, hielt sich mit den Händen die Ohren zu und fing an zu schluchzen und zu jammern. Das ist ja wie Singapur noch einmal, dachte Quiller und drückte sie fester an sich. Ein Mann fiel gegen ihn, und seine Hacken scharrten nach Halt. Es war Cameron, der seinen Kopf in dem Spalt zwischen Quillers Armen und Maisies winzigem Leib verbarg.

Das Schiff wendete erneut, eine scharfe Kehre nach Backbord, und wieder ließen die nah ins Wasser einschlagenden Bomben Wasser über das Deck strömen. Das Schiff drehte und wendete, und die Nieten knarrten unter der Belastung und dem Druck der Explosionen so nah am Rumpf.

Die nächste Salve schlug ein. Drei Bomben trafen das Oberdeck zwischen Brücke und Bug, und durch den Schlag und die Erschütterung rutschte Quiller zusammen mit Maisie und Cameron umher. Das Deck wurde durchschlagen, und heiße Metallsplitter pfiffen und rissen an den Aufbauten. Andere Treffer folgten, zerschlugen die Rohre und rissen ein tiefes Loch, aus dem heiße gelbe Flammen züngelten. Unter all dem Krachen, Splittern und Rasseln von Holz und Metall lag ein Geräusch aus Schmerz und Furcht. Quiller hörte die Angst auch in seiner eigenen Stimme. Er konnte sie nicht unterdrücken und auch nicht Maisie zuliebe mutig sein. Die Menschen um ihn herum suchten nach Schutz, Schiffsteile brachen ab und stürzten ins Wasser.

Dann begann das Schiff zu brennen und sich im Kreis zu drehen. Quiller streckte eine Hand aus und packte einen Matrosen, der vorbeieilte, am Arm. Er konnte das Schluchzen in seiner Stimme nicht unterdrücken. »Was zum Teufel macht der Kapitän da!«

Der Matrose riss sich gewaltsam los. »Das Schiff reagiert nicht mehr aufs Ruder, okay? Lass los.«

Als der Angriff vorüber war, stand Quiller verwirrt da und tätschelte mit einer Hand geistesabwesend den winzigen, ungeschützten Fleck zwischen Maisies Schulterblättern. Blut und Meerwasser flossen um seine Stiefel. Die Luft war voller Qualm, und er spürte, wie das Schiff Schlagseite bekam. Er ließ Maisie bei Cameron und half einer Frau aufzustehen. Sie hatte am Kinn einen Fetzen Haut verloren. Die Menschen sprangen über Bord, kletterten Seile und Leitern hinunter ins Meer, wo sie von den schnellen Strömungen erfasst und fortgetrieben wurden. Nur wenige von ihnen trugen Schwimmwesten. Quiller half zwei Seeleuten, das Hemd eines Toten in Streifen zu zerreißen, diese in die Schrapnelllöcher eines Rettungsbootes zu stopfen und das Boot zu Wasser zu lassen. Dann packte er ein Schlauchboot und warf es ins Meer, dann einen Liegestuhl und eine Tür, die aus den Angeln geflogen war. Alles, was schwimmen konnte.

Dann hörte er Cameron rufen. »Flugzeuge!«

Quiller sah hoch. Cameron stand auf Zehenspitzen wippend an Deck und schoss mit seinem Gewehr. Die Bomber hatten gewendet. Diesmal kamen sie auf Masthöhe herunter und beschossen das Schiff und die treibenden Köpfe und Rettungsboote aus Maschinengewehren.

Quiller rannte hin, holte Cameron von den Füßen und schleifte ihn zur Reling, wo Maisie zu schreien begonnen hatte, sich in der

Luft festkrallte und auf der Stelle lief. Quiller packte sie, gab ihr eine scharfe Ohrfeige und drückte sie dann wieder fest an sich. Er war wie taub, zitterte, und Cameron musste ihn fest am Ärmel reißen und ihm ins Ohr brüllen: »Quill, wir müssen von Bord. Jetzt.«

Plötzlich ging ein Ruck durchs Schiff, und sie rutschten gegen die Reling. Cameron befreite sich daraus, half Quiller und Maisie auf die Beine und zeigte auf etwas: »Da.«

Ein Fallreep war über die Seite geworfen worden. Sie hielten sich an der Reling fest und kämpften sich bis dorthin vor. Die Sonne spiegelte sich auf der Wasseroberfläche, die nur von Wrackteilen, nassen Köpfen und Körpern gebrochen wurde, die sich in den öligen Strömungen und Wirbeln verfangen hatten wie schwarz gewordene Blätter in einem Fluss. Quiller sah zur Insel hinüber, wo ein Rettungsboot gestrandet war und die Menschen vor den Maschinengewehren flüchteten. Er ließ sich ins Meer fallen und hielt sich mit einer Hand an der Strickleiter und mit der anderen an einem Toten fest, der eine Schwimmweste trug. Als Maisie ins Wasser stieg, rollte er den Toten aus der Schwimmweste und zog sie ihr an, dann packte er einen schaukelnden Tisch bei einem Bein und schob sie darauf.

Dann war Cameron bei ihm im Wasser und hielt sich an einem Tischbein fest. Maisie kauerte sich erst hin, traute sich dann hinzuknien und grinste Quiller immer wieder an. Dazwischen beobachtete sie die Toten, die vorbeitrieben. Andere Menschen riefen, strampelten und schwammen um sie herum und verstummten nach und nach, weil sie das Bewusstsein verloren und untergingen oder die schnellen Haie an ihren Wunden und Verletzungen rissen.

Quiller strampelte mit den Beinen und steuerte den Tisch, bis sie die *Alma,* die nun in Höhe der Wasserlinie brannte, hinter sich gelassen hatten. Gesichter drängten sich um ein großes gezacktes Loch mittschiffs und flehten die Matrosen in einem Rettungsboot darunter an. Ein Matrose stand da und versuchte, ein wild strampelndes Kind aufzufangen. Ein Mann trieb am Tisch vorbei. Er schrie immer und immer wieder: »Es tut weh, erschießt mich, es tut so weh«, dann rollte er mit dem Gesicht ins Wasser. Maisie warf Quiller einen Blick zu und zuckte mit den Schultern. Sie wurde zusehends älter, und Quiller fragte sich, ob sie wohl jemals fühlen würde, was er verspürt hatte, als seine Mutter starb – ein schmerzendes Gefühl der Leere und der unerledigten Dinge. Dann gab die *Alma* auf und überließ sich der Tiefe der See, und nur noch der Schornstein ragte über einen sich verwirbelnden Rand aus Sprösslingen und Palmwedeln hervor.

Lange Stunden vergingen unter der brennenden Sonne. Arme und Gesichter taten ihnen weh und ihre Zungen schwollen an. Sie bekamen entsetzliche Kopfschmerzen, die einem Hitzschlag und einer wirren Verträumtheit wichen. Das Wasser war nicht vom Himmel zu unterscheiden, eine Stunde nicht von der nächsten. Wenn andere Menschen aus dem lang gezogenen Ölteppich des Schiffs, der voller Trümmer und aufgedunsener Leichen war, auf sie zutrieben und sich eine Weile am Tischrand festhielten, war sich Quiller nie ganz sicher, ob dies auch wirklich geschehen war. Das Muster war stets dasselbe, ein letzter Seufzer, bevor sie wieder davonglitten, so als wollten sie noch anmerken, wie anstrengend der Versuch gewesen sei, sich auch nur leicht an einem unscheinbaren Tisch festzuhalten, geschweige denn am Leben.

Ihm fiel ein alter Scherz von Onkel Leonard ein. Leonard gehörte ein Zehntel an einer Flotte von Luggern, aber er weigerte sich, aufs Meer hinaus zu fahren, und er sagte immer: »Das Meer hat mir nie im Blut gelegen, und ich werde alles dafür tun, dass mein Blut nie im Meer liegen wird.« So war Leonard manchmal, wenn er zu einem Scherz aufgelegt war, ständig grinsen und zwinkern musste.

Aber Leonard war gestorben. Wer verdient es schon zu sterben? Wer entscheidet darüber?

Quiller, der in einer schnellen Strömung schaukelte und gegen das Treibgut aus Leichen, Planken und aufrecht stehenden Flaschen stieß, wagte die Frage zu stellen, warum es ausgerechnet Leonard hatte treffen müssen und nicht Crystal. Die Viehhirten hatten Leonard gerade nach Hause gebracht, als Quiller, der mit einer Lieferung für die dortige Leprastation unterwegs nach Derby war, in Haarlem Downs zwischenlandete. Leonard baumelte über dem Rücken eines Pferdes. Sein Körper war ganz schlaff gewesen, hatte alle Spannung verloren, und als sie ihn herunterholten, um ihn genauer zu untersuchen, sahen sie die tiefen Abschürfungen. Die Tritte des wildgewordenen Stiers hatten auch an seinem Kopf Spuren hinterlassen. Das Gesicht, das sie aus dem Staub ansah, war ganz geschwollen und zerschlagen gewesen.

Quiller hatte nicht gewusst, was er tun sollte. »Tun? Du hast schon mehr als genug getan«, hatte Crystal erwidert.

Vermutlich einfach, weil er existierte, nahm Quiller an.

Jetzt sah er sich am Tisch nach Cameron und Maisie um, und sie schauten sich gegenseitig an, so als wollten sie Nervenstärke, Kraft und Glück des anderen abschätzen. Je mehr Quiller über den Tod nachdachte, desto wirrer und beunruhigter fühlte er sich. Maisie, die Jüngste und Verletzlichste, würde wohl als Erste sterben; umso mehr Grund für ihn, dafür zu sorgen, dass dies nicht geschah. Er fühlte sich für sie verantwortlich, so wie er sich für Lee Lin und Primrose verantwortlich gefühlt hatte und sich immer noch für Cameron verantwortlich fühlte. Er hatte nicht den Eindruck, dass einer von ihnen diese Aufmerksamkeit erwiderte.

Wer von ihnen würde also sterben?

War Primrose in Sicherheit? Quiller dachte an ihre stille, abwägende Art und wusste, dass sie nicht so leicht aufgeben würde. Das hätte sie auch nicht verdient.

Vielleicht würde Lee Lin mit ihrer Verschmitztheit und Eitelkeit und ihren Ansprüchen scheitern. Aber sie hatte ihm auch ein

Herz aus Gold gezeigt. Sie war gar nicht mehr verschmitzt und eitel.

Cameron? Quiller war dem Kerl vertraglich verpflichtet, und der Schuldschein ruhte sicher und trocken in seiner Tabaksdose.

Bleibe nur noch ich.

Quiller lauschte auf das Pochen seines Lebens und konnte nicht glauben, dass er es sein sollte. Ums Leben kamen immer nur die anderen.

Er schüttelte heftig den Kopf. Verrückt. Makaber. Zu viel Sonne. Zu viel Salzwasser geschluckt. Zu vieles zu schnell gesehen.

»Neil, alles in Ordnung?«

»Kennt einer von euch beiden den Text zu *Whisky in the Jar?*«, fragte Quiller.

Und so begann er sie aufzumuntern. Er brachte sie zum Reden. Sie sangen, sogar mit ihren aufgeplatzten Lippen. Eine Mutter mit Säugling wurde angetrieben. Maisie streckte die Arme nach dem Baby aus, zog es auf den Tisch, und die Mutter lächelte, schloss die Augen und trieb davon. Nun waren sie zu viert, und sie dösten den ganzen Tag, kamen manchmal an anderen Gruppen vorbei, die sich an Matratzen festhielten, an Malerbohlen, die zu Flößen zusammengebunden waren, an Schiffskisten und Rettungsbooten. »Das Baby ist gerade gestorben«, sagte Maisie, die immer noch kauerte und das kleine Bündel wie eine Mutter betrachtete. »Lass es davontreiben«, sagte Cameron, und Quiller nickte, »Ja, leg es ins Wasser.«

Die Strömung zog sie weiter. Ihre einzige körperliche Anstrengung bestand darin, sich festzuhalten und später zwei Leichen die Schwimmwesten auszuziehen. Sie trieben an einer Insel nach der anderen vorbei. Das Meer spielte mit ihnen, brachte sie ganz nah an kleine Strände heran und trug sie dann wieder hinaus aufs offene Meer. Wann immer Haie sie umkreisten, schrien, brüllten und wühlten Quiller und Cameron das Wasser mit Händen und Füßen auf. Einmal sah Cameron ihn mit vor Entsetzen weit aufgerissenen Augen und Mund an. »Ein Hai ist mir gerade am Bein vorbeigeschrammt. Wie Sandpapier.«

Die Dämmerung legte sich über das Wasser, dann kam die Dunkelheit, und ein guter Flugmond beschien sie. Quiller sah hinauf und versuchte die Sterne zu lesen. Das Wasser wurde kalt, und er wollte schlafen. Dann schlief er tatsächlich ein, und nur das Gefühl des Tischbeins, das ihm durch die Hände glitt, weckte ihn. »Wartet!«, rief er. »Ich bin eingeschlafen. Wartet auf mich.«

Cameron hörte ihn und strampelte, um den Tisch zu wenden. Quiller mühte sich zum Tisch zurück und griff danach. Alle Energie hatte ihn verlassen. »Niemals …«, japste er, »niemals … einschlafen.« Danach dachte er: Bitte, lieber Gott, nur ein kleines Nickerchen. Ich lass auch nicht wieder los, und tatsächlich schaffte er es, eine Weile zu dösen, und schreckte jedes Mal auf, bevor er das Tischbein losließ. Er versuchte sich die Taubheit aus den Zehen zu wackeln. Plötzlich strömte ihm warmes Wasser um die Oberschenkel. Es fühlte sich wunderbar an, versprach Land in der Nähe. »Kannst du das spüren?«, rief er. »Warmes Wasser. Wir nähern uns Land, glaube ich.«

Cameron direkt neben ihm lachte. »Tut mir Leid, alter Knabe, ich war das. Ich hab ins Wasser gepinkelt.«

Quiller lachte. Dann lachte auch Maisie, und das weckte ihre Lebensgeister. Eine kurze Weile fühlte sich Quiller ganz wach, auch wenn ihm die Arme schmerzten, seine unteren Gliedmaßen taub waren und es ihn nach Regenwasser für seinen ausgedörrten Mund lechzte. Dann begannen sie, gegenseitig auf sich aufzupassen. »Das war doch irre, auf diese Bomber zu schießen«; »Maisie, soll ich dir eine Geschichte erzählen?«; »Wie war das, als du nach Newcastle zurückgekommen bist?«

Bei Anbruch des Tages verwirbelte sich die Strömung in der Nähe einer Insel und trieb sie ab. Sie schienen von festem Sand unter den Füßen zu träumen, von einem leicht ansteigenden Strand und schattigen Palmen, von einer Gruppe von Männern und Frauen, die hinauswateten, um ihnen über das letzte Stückchen zu helfen. Dann wurde ihnen brackiges, aber salzloses Wasser an den aufgeplatzten, geschwollenen schwarzen Lippen vorbei in den Mund geträufelt.

Eng wie ein Fass

Eines Morgens begann das Barometer zu fallen. Selbst Annelies bedrückte der warnende Schein des Dämmerlichts, und sie blieb stets in Jeannies engster Nähe, wann immer diese das Verlangen hatte, in Leonards Arbeitszimmer zu gehen und mit den Fingerknöcheln auf das Zifferblatt des Barometers zu pochen. Jedes Mal fiel die gehorsame Nadel ein weiteres kleines Stück und maß die herannahende Sturmfront. Eine elektrische Ladung schien Jeannie über die Haut zu huschen. Das Haus um sie herum war eng wie eine Fass. Sie konnte ihre Haare nicht bändigen.

Einmal kam Wally Webb zur Hintertür und drehte seinen schmierigen Filzhut in den großen Händen. »Das gefällt mir nicht, Sonnenschein. Da kommt ein ziemlicher Wind auf uns zu.«

Jeannie nickte. »Das Barometer ist schon den ganzen Tag gefallen.«

»Wir müssen alles verrammeln.«

Die beiden Frauen traten hinaus in ein merkwürdiges, erwartungsvolles Licht und halfen Wally und Harry, Kabeltrommeln über das Dach des Haupthauses zu ziehen und die Enden am Boden festzumachen. Noch während sie arbeiteten, nahm der Wind immer mehr zu und schüttelte die Paradiesvogelbäume, und als Jeannie und Annelies um die Außenmauern eilten, die Fensterläden loshakten und sie vor die Fenster legten, wurden sie von Windböen geschüttelt und von Kies gepeitscht.

»Wal, das könnte länger dauern«, sagte Jeannie. »Du und Harry, kommt ins Haus und sitzt es dort mit uns aus.«

Aber Wally zog die Hutkrempe tief über die Augen und warf

einen Blick über das Haus und die Nebengebäude. »Harry und ich werden im Luftschutzraum bleiben, da können wir ein Auge auf alles haben.«

Den ganzen langen Tag über nahm der Wind immer mehr zu, und Jeannie und Annelies wichen davor zurück. Er schien sie auf einen Fleck in der Mitte des Wohnzimmers zusammenzutreiben und rings um sie herum zu murmeln und zu heulen. Gegen Nachmittag hatte er die Stärke eines Wirbelsturms angenommen, wehte stark aus Nordwest, war voller rasender Verachtung, und es klang wie eine Invasion von Kanonieren und Hammerschmieden. Die beiden Frauen konnten nicht sprechen, sondern saßen nur mit gesenkten Köpfen da, während die dunklen Zimmer immer noch dunkler wurden. Hier und da hatte ein Stück Dachblech über ihnen den Wind durchgelassen, riss von den Dachbalken und stotterte wie ein Maschinengewehr. Jeannie hörte ein langes Scharren und Rasseln über der Veranda und wusste, die Regenrinne war ab, und dann wartete sie darauf, dass die Dächer und Wände der Scheunen gegen das Haus krachten wie abgestreifte Häute.

Dann goss es wie aus Eimern, und die beiden Frauen rannten mit Töpfen durchs Haus, um das Wasser aufzufangen, das wie aus suppenden Wunden durch die Decken tropfte. Wenn das Heulen des Windes nicht gewesen wäre, hätten sie eine Sinfonie aus Plitsch und Platsch gehört. Annelies bemerkte den rätselhaften Bach als Erste; sie fasste Jeannie am Arm. Wasser ergoss sich aus dem Kamin auf das Linoleum. Es breitete sich zu einem flachen See aus. Beweis dafür, dachte Jeannie sinnloserweise, dass der Fußboden in diesem Zimmer vollkommen eben war. Sie wandte sich an Annelies und hielt ihre Unterarme in Form eines schmalen Kanals zusammen, und sie war erleichtert, als sie auf dem Gesicht der anderen Frau Verstehen aufblitzen sah.

Aber was nutzte das? Sie suchten verzweifelt ein Zimmer nach dem anderen ab, ohne sich über den Lärm des Windes hinweg verständigen zu können. Sie mussten eine Art Deich bauen, aber alles, was sie hatten, waren nutzlose Möbelstücke, an denen sich nicht eine einzige glatte Kante fand. Jeannie hörte auf herumzurennen. Sie blieb mit Annelies an der Tür zu Leonards Arbeitszimmer stehen und wies auf das Bücherregal. Reihe um Reihe von *Hansard*, Jahrbüchern und gebundenen Berichten, die Crystal für nicht wertvoll genug erachtet hatte, sie in irgendeinem Fass im Busch zu vergraben.

Bis sie die gewundenen Deiche eines Kanals vom Kamin bis zur Verandatür aufgeschichtet hatten, unternahmen sie viele Gänge mit den schweren Büchern und ließen sie mit dicken, fetten Plumpsern auf den nassen Fußboden fallen. Jeannie öffnete die Tür, um das Wasser hinaus zu lassen. Draußen schüttete es, und die Paradiesvogelbäume verloren ihre Äste. Jeannie schauderte. Zusammen mit dem Luftdruck waren auch die Temperaturen gefallen.

Am späten Nachmittag legte sich der Wind bis auf ein gelegentliches absterbendes Jammern, der Regen zog sich in die niedrig hängenden Wolken zurück, und sie konnten sich endlich unterhalten. Jeannie fand, dass sie Annelies, abgesehen von einem gewaltigen Wirbelsturm, nur wenig zu bieten hatte, und davon hatte Annelies schon mehr als einen erlebt, also hörte Jeannie meist zu, denn Annelies malte Bilder in Jeannies Kopf, und Jeannie musste nur noch Cameron darin unterbringen, um sich ein wenig klarer vorstellen zu können, wo er war.

Als sie zum Landhaus der Rodenwalts in Zentraljava fuhren, erzählte Annelies, waren sie gezwungen, wegen der Truppenbewegungen und Konvois einen Umweg durch eine Gegend voller Märkte und ärmlichen Hütten entlang des Ciliwung zu machen, eines langsamen, trägen, übel riechenden Schlammflusses. Es standen zumeist Frauen hinter den Marktständen, sie boten anderen Frauen Satays feil, Klebreis, Martabak-Omeletts, chinesische Fleischklößchen-Nudelsuppe, Gado Gado und gebratene Bananen. Viele ihrer Kundinnen blieben stehen und ratschten, ein Baby unter eine Armbeuge gebunden. Ein *dukun* – ein Wunderheiler oder Zauberer – saß in einer kleinen Bambus-Rattan-Hütte neben dem Paradise-Hotel, wo die Prostituierten auf Kundschaft warteten.

»Wir sollten hier einkaufen, nicht in den Bergen«, hatte Lottie gesagt.

Also fuhr Hasan an den Straßenrand, und sie stiegen aus. Lottie bewegte sich ungezwungen zwischen den Ständen, redete und lächelte, wenn die Standfrauen sich herabbeugten und Jeroen den Kopf tätschelten. Annelies folgte ihnen und dachte über ihr jeweiliges Schicksal nach der japanischen Invasion nach – denn kommen würden sie, da war sie sich sicher.

Sie schaute zu, wie Lottie mit einer Frau feilschte, die gebratene Bananen feilbot. Lottie veränderte sich nach und nach, legte ihre ›braune‹ Haut ab. Die Veränderungen waren subtiler Natur. Bevor Wim aufgetaucht war, hätte Lottie mit den Marktfrauen geschimpft und gefeilscht wie eine Einheimische, doch in letzter Zeit, zumindest in Annelies' Augen, gewann die Frau des Kolonialbeamten Oberhand. Lottie witzelte manchmal mit Annelies über den *trekker,* den sie geheiratet hatte, aber dass Annelies mitlachte, war nicht mehr so gern gesehen.

»Jetzt müssen wir uns aber beeilen«, sagte Lottie und scheuchte sie alle in den Wagen.

Sie fuhren den ganzen Vormittag. Das Haus in Bandoengang war ein großer Bungalow mit einer Veranda, weißen Wänden und einem roten Ziegeldach, der hoch über dem Tal am Berg Oangaran stand. Die kühlenden Brisen der Höhe lockten die Holländer aus den schwülheißen Küstenwohnungen von Batavia hinauf. An jenem Tag begegneten ihnen viele andere Autos, die alle bis obenhin mit Dienerschaft und Gepäck vollgeladen waren wie das ihre, und auf dem Berg selbst fanden sich Hinweise, dass auch andere Familien sich von den Flugblättern hatten erschrecken lassen – offene Fensterläden, Autos in den Einfahrten, Europäer auf den Marktplätzen, Essensverkäufer, die von Haus zu Haus radelten und ihre Küchen auf den Schultern balancierten, die Frauen in den Kampongs, die mit schweren Krügen und Tabletts auf den Köpfen durch die Häuser aus geflochtenen Matten eilten.

Sie kamen gegen Mittag an, und Annelies ging mit Jeroen zu einem Aussichtspunkt auf dem abfallenden Rasen. Nach dem Dröhnen des Motors und der Schaltung und dem Rauschen des Fahrtwindes im Ohr hatte sie mit Stille gerechnet, aber es war Zeit zum Gebet, und die Täler hallten von den Rufen der heiligen Männer wider. Und die Vögel – Annelies hatte ihr endloses Schreien und Pfeifen vergessen. Die Natur liebte Bandoengang: Riesige Reisterrassen fielen bis zu den Ebenen hinab, die Pflanzen schossen strahlend grün in die Höhe; Libellen zischten und schossen in statischen Blitzen umher; Enten wühlten im Wasser auf den Feldern und durchbrachen den riesigen, sich darin spiegelnden Himmel; Raubvögel hingen in der zittrig elektrischen Luft zwischen Boden und Wolken, die sich zu hohen Türmen aufschwangen und für den Nachmittag Gewitter versprachen. Zu dieser Tageszeit fiel die Sonne in bronzenen Lanzen zu Boden und brachte die goldenen Strohhüte der Reisfeldarbeiter zum Leuchten.

Jeroen, der nach der Reise ganz still geworden war, baumelte abwesend an ihrer Hand. Ganz unerwartet wies er wortlos auf Dinge und ließ seine Hand wieder sinken. »Malabar«, sagte Annelies und nannte ihm die Namen der Berge und Vulkane. »Der Berg des Pfeils. Das kieloben schwimmende Schiff.«

Plötzlich schoss ein Blitz aus einer dunklen Wolkenmasse heraus, und Jeroen erschrak. Ebenso plötzlich begann es zu regnen, der Schauer zog vorüber, und durch den Regen hindurch wirkten die Blitze blau, malvenfarben und violett. Jeroen kicherte leise und kehlig vor Zustimmung und Freude, bis Lottie aus dem Haus trat, in die Hände klatschte und rief: »Seid ihr wahnsinnig geworden, ihr beiden? Annelies, er wird sich noch den Tod holen. Kommt sofort ins Haus.«

Drei winzige Eidechsen klebten an der oberen Wand von Jeroens Zimmer und schauten freundlich zu, wie Annelies sein Spielzeug, seine kurzen Hosen, Hemden und Unterwäsche auspackte. Von einem Regal neben dem Fenster schauten bemalte Marionetten, Drachen und Puppen vom Reiserntefest, Geschenke der Kampongbewohner, ebenfalls stumm zu, während sie sich im Zimmer bewegte. In diesem Augenblick überkam sie eine so starke Zuneigung zu ihrer Mutter und dem weit entfernten Kampong, aus dem sie stammte, dass »ich mich auf Jeroens Bettkante setzen und mir eine Hand aufs Herz legen musste, um es zu beruhigen. In Batavia war ich mir immer ein wenig holländisch vorgekommen, aber nicht mehr dort auf dem Berg. Verstehen Sie, was ich meine?«

Jeannie nickte.

Dann hatte Lottie sie gebeten, zur Hintertür zu gehen, an die geklopft worden war. »Ich murrte leise und ging. Sie wurde immer mehr zu einem *trekker.*«

Ein Chinese in Schwarz hatte sich vor ihr verneigt und stumm eine Schachtel mit umhäkelter Spitze geöffnet. Er hatte versucht, an ihr vorbei ins Haus zu linsen. Sie nahm einen Gulden aus der Tasche, wählte ein Kopfkissen aus und schickte ihn fort.

Das war der erste Händler. Ein weiterer Mann kam und bot Tamarillos aus Körben an, die an einem schweren Joch über seinen Schultern hingen, gefolgt von zwei Kindern, die einen kleinen Karren mit aromatisiertem Eiswasser zogen. Annelies kaufte Jeroen etwas zu trinken, und Wilhelmina, die Köchin, nahm ein paar Tamarillos.

»Jeroen war nur schwer ins Bett zu kriegen, also bin ich für eine Weile mit ihm hinausgegangen.«

Bei Nacht fingen die Frösche an zu quaken, die Kröten sprangen nach Insekten, und die Libellen schwebten über dem Bewässerungsgraben. Der Nachtwächter, ein Alter aus dem Dorf, dem Zähne fehlten, schlug auf einen hohlen Bambusgong, dass alles in Ordnung sei, und aus den anderen Kampongs das Tal hinauf und hinab kam Antwort. »Dann wieder ins Bett, aber ich musste immer noch fast eine Stunde bei ihm sitzen, ihm über die Schläfen streichen und *Nina Bobo* singen. Mein Mund war so trocken. Ich frage mich, ob er wohl was spürte. Den Krieg meine ich. Danach habe ich mich in einen Rohrsessel fallen lassen und einen durchgescheuerten Kragen gestopft.«

»Und wo war Lottie?«

Annelies wandte den Blick ab. »Sie saß in einem anderen Zimmer und wartete, um mir etwas zu sagen.«

Stille kehrte ein, ein peinliches Schweigen, denn Annelies schwieg und grübelte, und die Stille war zugleich auch unheimlich, denn sie saßen im Auge des Wirbelsturms und mussten damit rechnen, dass er sich irgendwo draußen auf der Basaltebene um seine Achse drehte und zurückkehrte, um die Mauern weitere sechs Stunden zu bearbeiten. »Lass uns essen«, sagte Jeannie schließlich.

Sie ging hinaus zum Luftschutzraum und fand dort Wally und Harry, die auf einer Holzkiste saßen, welche vom Regenwasser umspült wurde. »Das verdammte Ding mag ja gegen einen Luftangriff schützen, aber nicht gegen einen guten alten Sturm«, schimpfte Wally.

Jeannie watete über den Boden des Unterschlupfs und half ihnen herunter. »Kommt rein, ihr beiden, Wir wollen jetzt essen.«

»Schon gut, Missus«, sagte Harry und schüttelte den Kopf.

Jeannie hakte nicht nach. »Wally?«

»Gern, Sonnenschein. Ich verhungere. Wie hat sich das farbige Mädchen gehalten?«

»Tapfer wie ein Soldat.«

Als sie zum Haus zurückgingen, sah Jeannie sich um. Das Dach der Schafschererküche hockte mitten auf der Einfahrt wie ein begrabenes Haus, und die Paradiesvogelbäume waren entwurzelt oder bis auf den Stamm gerupft. Der Mast des Funkgeräts war in der Mitte abgeknickt und berührte den Boden wie ein dürrer Mann, der kopfüber ins Wasser springen will. Sie hatten bisher schon sechzig Zentimeter Wasser gehabt. Die Moskitos und Sandfliegen waren schlimm, und es wimmelte nur so von Fröschen. Der Sumpf blubberte, und eine Kette von hüfttiefen Teichen zog sich über die Ebene. Mehr Regen brauchten sie nun wirklich nicht. Die Mühlen würden funktionsunfähig sein, und die ertrunkenen und versprengten Schafe mussten geborgen werden. Jeannie und Wally beredeten alles, umkreisten das Haus und kontrollierten die Fensterläden und das Dach.

»Schau dir das mal an«, sagte Wally und legte sein Gesicht vor ein Astloch in den Fensterläden zum Wohnzimmer.

Der Fensterladen wirkte feucht und verkratzt. Jeannie linste durch das Loch. Das Glas dahinter war wie beschlagen. »Das war der Sand«, stellte Wally fest.

Jeannie nickte. »Die Fenster oben in der Hütte sehen genauso aus.«

Sie traten ein und blieben mit offenem Mund wie angewurzelt stehen. Mitten im Esszimmer stand Annelies in einem perlenbestickten, perlmuttrosafarbenen Kleid. Sie hatte den Tisch an die Wand gerückt und strahlte, als sie sie in der Tür stehen sah, streckte die Arme aus und drehte eine grazile Pirouette.

Der Tisch war gedeckt mit Brot, kaltem Bratenfleisch, Tomaten, einem Glas Chutney, einem Krug Milch, Tellern und Besteck. »Hochverehrte Dame, sehr geehrter Herr, bitte nun zu dinieren.«

Mit einem gewissen Gefühl der Desorientierung ließ sich Jeannie mit Wally zusammen am langen Tisch platzieren. Sie hatten eine Stunde Zeit, bevor der Wirbelsturm zurückkehrte, eine kleine Pause, in der draußen nichts in Ordnung war und drinnen alles passieren konnte, und ihr wurde klar, dass es ihr egal war, dass Annelies herumgeschnüffelt und Crystals alte Kleider gefunden hatte, denn es waren wunderschöne, eng anliegende, altmodische Kleider aus den Zwanzigern, als Crystal noch eine junge Frau in einer anderen, besseren Gegend als hier gewesen war. Jeannie setzte sich mit Wally an den Tisch, und Annelies zog ein Kleid nach dem anderen an, glitt ins Esszimmer in engen, knielangen Kleidern, Ballkleidern, Kostümen und kleinen Hüten, in weißen, gemusterten Strümpfen und Pumps, in Stolen und seidenen Petticoats. Annelies' Zähne strahlten weiß, und sie erfüllte das versperrte, ängstliche Haus mit Farbe. Jeannie brauchte das nach all den trüben Tagen und Monaten. Das Haus brauchte es, und Jeannie dachte an die beiden Schwestern Crystal und Hazel, bevor sie sich zerstritten hatten und sich niemals wiedersahen.

Sie warf Wally einen Blick zu. Er schaute Annelies mit schüchternem Verlangen an.

Dann frischte der Wind wieder auf, rüttelte an den Fenstern und trieb sie wieder zusammen.

Am nächsten Morgen traten sie unter einem aufklarenden Himmel hinaus und besahen sich den Schaden. Es war, als wäre eine Armee von Riesen durchmarschiert und hätte Äste abgerissen und Gerümpel verteilt. Wally und Harry brauchten drei Tage, um die umgestürzten Bäume zu fällen. Auch nach mehreren Tagen des Pumpens stieg das Wasser immer noch aus dem Boden und füllte den Luftschutzkeller. Das Linoleum im Wohnzimmer hatte sich gehoben, und Annelies half Jeannie dabei, den Belag aufzurollen und draußen zum Trocknen aufzuhängen. Als Jeannie und Harry hinausritten, um die toten Schafe zu zählen und die Mühlen zu kontrollieren, reichte ihnen das Wasser bis an die Sattelpolster. Fünfhundert tote Schafe – danach hörte sie auf zu zählen. Ein Dutzend Mühlen funktionsunfähig. Und der Wind hatte die Türen des Hangars weggerissen, die einsame Gull mit Ästen, Stücken der Regenrinne und einer Platte Wellblech beworfen, einen der Flügel bis auf die Drähte durchschlagen und den Rumpf durchlöchert. Das schmerzte mehr als alles andere und ließ sie wieder an ihren tapferen Mann denken, jetzt, wo sie ihn am meisten brauchte, ihn aber nicht bei sich haben konnte.

Nicht gerade das Savoy-Hotel

Halb im Delirium und nicht gewillt, ihre Sinne überzustrapazieren und sich aus ihrem träumerischen Zustand zu reißen, ruhten sie tagsüber im Schatten der Palmen. Als Quiller die Kraft hatte, sich an eine Palme zu lehnen, sah er, dass eine Krankenschwester einen Flecken Sand freigeräumt und unter den Bäumen eine Erste-Hilfe-Station eingerichtet hatte. Männer und Frauen mit Schrapnellwunden und Korallenschnitten saßen oder lagen in einer Reihe, und ihre Gesichter wirkten vor Schmerz scharf geschnitten. Jene, die nackt aus dem Wasser gezogen worden waren, trugen zu große oder zu kleine Soldatenkittel und Segeltuchumhänge. Die Schwester, die gerettete Erste-Hilfe-Päckchen und Streifen aus Baumwollhemden zur Verfügung hatte, kauerte erst neben einem Patienten, dann neben einem anderen, legte Mullbinden an, säuberte Blutflecken, gab Wasser zu trinken und murmelte ermutigende Worte.

Dann bemerkte sie, dass er wach war, und kam über den Sand auf ihn zu. »Wer sind Sie?«

Er sagte es ihr. »Und Sie?«

»Elf von uns sind in einem Rettungsboot hier angekommen, es war vollkommen durchlöchert, also haben wir es versenkt. Die anderen sind nach und nach vorbeigetrieben, genau wie Sie und Ihre Freunde.«

Sie seien insgesamt achtundzwanzig, sagte sie. »Ich hoffe, es werden nicht noch mehr.« Ihre Tagesration bestand nur noch aus einem Schiffszwieback, einer Scheibe Cornedbeef und einer Blechtasse Wasser aus der Quelle – die kaum mehr war als ein immer spärlicher werdendes Sickerloch in einem Felsen am Fuß des einzigen Hügels der Insel. »Und keine Arzneimittel mehr.«

Quiller sah sich auf der Lichtung um. Da waren eine Chinesin mit drei kleinen Kindern, ein englischer Navy-Offizier, zwei englische Piloten, vier australische Soldaten und eine Hand voll Männer und Frauen in Zivil. Quiller hatte nicht das Bedürfnis, mit den Piloten zu sprechen. Er fühlte keine Zusammengehörigkeit zu irgendjemandem außer Maisie und Cameron.

Als die Flut wich, machte er sich daran, den Sandstrand der Insel zu erkunden. Es waren viele Leichen angeschwemmt worden, die von den Korallen übel zerschnitten oder von Haien und anderen Fischen bis auf die Knochen angenagt worden waren, nackt oder stark aufgedunsen in ihren zerfetzten Kleidern. Wieder und wieder sagte Quiller zu sich: »Gerade noch einmal davongekommen.« Er entkleidete mehrere Leichen und kehrte dann mit einem großen Bündel brauchbarer Hemden, Kleider und Hosen zur Lichtung zurück. Schwacher Jubel erhob sich.

Sein Air-Force-Hemd war noch in Ordnung, aber seine Hose war vollkommen zerfetzt, also durchwühlte er den Stapel und nahm sich eine Gabardinehose. Als er sie anzog, bemerkte er Blut am Bein. Er hatte sich das Schienbein an einer Ranke oder einer Koralle aufgeschnitten. Er würde auf die Wunde achten müssen.

Im Laufe des Nachmittags kam eine seetüchtige Dschunke an der Insel vorbei, Cameron rannte ins flache Wasser und rief und wedelte mit dem Hemd über dem Kopf. Quiller schloss sich ihm an und sah, wie die Dschunke Anker warf und einen Sampan zu Wasser ließ.

Der Mann, der angerudert kam, war Malaie. Er hatte den Sampan mit Kokosnüssen, Durians und Rambutanfrüchten beladen. Er strahlte Quiller an, überhörte ihn aber, als dieser fragte: »Können Sie uns nach Sumatra bringen?«

»Erst essen.«

Die anderen drängten an den kleinen Strand. Die Krankenschwester und die Piloten schnitten das Obst und brachen die Kokosnüsse auf. Sie aßen im Stehen, der Saft tropfte ihnen aus den Mündern, und sie hörten zu, wie Quiller wieder mit dem Mann ins Gespräch kam.

»Woher kommen Sie?«

»Senanjang.«

»Und wohin segeln Sie?«

»Der Amir sagen, ist sehr schlecht, so viele Menschen auf den Inseln, muss finden und bringen.«

Quiller wies auf die Menschen hinter sich. »Haben Sie Platz für uns?«

»Viel Platz. Dreihundert Dollar.«

Voller tyrannischer Würde trat der Royal-Navy-Offizier vor. »Du Mistkerl. Das ist einfach unanständig.«

Der Malaie zuckte mit den Schultern. »Ich jetzt gehe. Bye-bye.«

»Warten Sie«, sagte die Krankenschwester.

»Dreihundert Dollar.«

»Für uns alle? Ein paar von uns sind verwundet.«

»Dreihundert Dollar.«

Sie sah sich um und schaute allen ins Gesicht. »Hat jemand Geld bei sich?«

Sie schüttelten die Köpfe. Die meisten hatten nicht mal ein eigenes Hemd am Leib. »Wir geben Ihnen das Geld später«, sagte Quiller.

»Zahlen jetzt.«

Der Navy-Offizier sah sich um und lenkte die Aufmerksamkeit von Cameron und den anderen australischen Soldaten auf sich. »Hat einer von euch Jungs ein Gewehr dabei?«

Cameron sah ihn auf seine träge Art an. Eine Zigarette, so dürr wie ein Zweig, klebte ihm an der Unterlippe, er drückte die Augen in beiläufiger tödlicher Lässigkeit zusammen und schnurrte: »Na komm schon, Sportsfreund. Was hast du denn da unter deinem verdammten Hemd?«

Der Offizier wich einen Schritt zurück. »Ich weiß nicht, wovon du redest.«

Ein anderer Soldat meinte: »Das Spiel ist aus, Admiral.«

Der Offizier wich noch weiter zurück. »Immer mit der Ruhe.«

»Der Mistkerl hat einen Geldgürtel«, sagte Cameron. »Ich hab ihn gesehen, als er heute Morgen austreten war.«

Der Offizier wurde rot und bekam ein angespanntes Gesicht. »Und du wolltest mich ausrauben, nehme ich an.«

Cameron spuckte dem Mann wütend einen Tabakkrümel vor die Füße.

»Commander, haben Sie dreihundert Dollar?«, fragte die Krankenschwester.

»Vielleicht. Aber ich hab was dagegen, sie einem Kanaken zu geben.«

»Wir haben keine andere Wahl. Ich bin sicher, dass Sie auf die eine oder andere Weise dafür entlohnt werden, wenn das alles vorüber ist.«

Der Mann war unruhig und stapfte über den Sand davon hinter einen Felsen. Er kam mit einer Hand voll Geldscheinen wieder hervor und klatschte sie dem malaiischen Kapitän in die Hand. »Man sollte dich erschießen.«

»Wir jetzt gehen.«

Sie setzten zur Dschunke über und fanden Schutz unter einem Anbau aus Bambus und Flechtmatten. Der Kapitän lichtete den Anker, und der Wind fing sich in den Segeln. Während sie die Straße von Tjombol passierten, zeigte der Kapitän hinaus und nannte die Namen der Inseln. Quiller zog seine durchgeweichten Karten hervor und versuchte herauszufinden, welche Route sie nahmen.

Die Inseln des Archipels lagen ostwärts, und Sumatra, wegen der

Berge und des Dschungels nur spärlich bevölkert, lag westlich, etwa dreißig Meilen über die offene See. Doch eine Karte nach der anderen löste sich in ihre Bestandteile auf, und er rollte sie zu Kugeln zusammen und schnippte sie über Bord.

Sie segelten die ganze Nacht hindurch, machten kaum mehr als drei oder vier Knoten, und bei Tagesanbruch entdeckte Quiller backbord vor dem Bug Land. »Singkep«, sagte der Kapitän. Quiller erinnerte sich von seinen Karten her daran. Eine große Insel, aber Sumatra und die Mündung des Indragiri lagen immer noch steuerbord über die offene See.

»Wir Essen kaufen«, sagte der Kapitän.

Die Krankenschwester hatte sich zu ihnen gesellt. »Nein, Sie kaufen das Essen von Ihrem Geld.«

Der Kapitän spuckte Betelsaft aufs Deck, legte den Kopf schräg, sah sie an und zuckte dann mit den Schultern. »Macht nichts.«

Als sie sich der Insel näherten, konnten sie ein Dorf erkennen, Bambushütten am Strand, die auf Stelzen bis ins Meer hinausragten. Die Dorfbewohner versammelten sich an der Anlegestelle, riefen dem Kapitän Anweisungen zu und lotsten ihn so zu den Markierungen eines tiefen Kanals. Der Kapitän wendete die Dschunke, glitt daran entlang, sprang von einer Seite des Decks zur anderen und schätzte die Breite ab. Quiller war zu sehr mit ihrem Fortkommen beschäftigt, um den Dorfbewohnern Aufmerksamkeit zu schenken, bis schwache Stimmen über das Wasser hinweg seinen Namen riefen. Er schaute auf. Cameron stand an der Reling, zeigte hinaus und drängte ihn zu schauen.

»Primrose und Lee Lin.«

Quiller gaffte. »Wo?«

Er versuchte die Stimmen zu orten, die nun nicht mehr schwach waren, sondern ganz nach Lee Lin klangen. Die Dschunke schmiegte sich eng an den Anleger. Dann eilten Cameron und er dicht hinter dem Kapitän hinaus, dünne Arme umschlangen sie, und Quiller musste vor lauter Gefühlen blinzeln.

»Wir sind seit Montag hier«, sagte Primrose und machte einen Schritt zurück. »Das ist hier so eine Art Durchgangsstation. Menschen kommen, wenn sie Glück haben, werden sie nach Sumatra hinübergebracht, dann kommen wieder welche. Heute hatten wir Glück – doppeltes Glück«, fügte sie schüchtern hinzu und grinste ihn an.

»Was ist mit eurem Schiff passiert?«

Lee Lin schauderte. »Flugzeuge kommen.«

Beide Frauen hatten keine Schuhe an, keine Hose, nur Unterwäsche und zerschlissene, übergroße Hemden. Ihre Oberschenkel, Arme und Bäuche waren von Rauch und Blut verschmiert, das nur notdürftig abgewaschen war. Primrose bemerkte Quillers Blick und sagte: »Wir hatten uns zum Schlafen ausgezogen, weil es so heiß war. Dann sind wir bombardiert worden.« Sie sah an sich herab. »Sieht schlimmer aus, als es ist. Die Hemden gehören nicht uns.«

»Wir werden schon was für euch finden.«

»Da sind noch fünf mehr von uns.«

»Bringt sie an Bord.«

Primrose schoss davon und kehrte mit einem älteren Mann und vier Frauen zurück, die Quiller zusammen mit Lee Lin und Primrose in einem Knäuel ursprünglicher Passagiere versteckte. Sie setzten sich alle hin und warteten auf die Rückkehr des Kapitäns. Als Primrose sagte: »Wer hätte bloß gedacht, dass wir uns wiedersehen?«, zuckte Quiller nur mit den Schultern, denn er glaubte nicht mehr an Zufälle. Der Krieg hatte dem Zufall den Garaus gemacht. Er hatte sie alle in einen Trichter gestoßen, durch den sie mit verschiedenen Geschwindigkeiten hindurchmussten, und auf ihrem Weg zu der Grube am Ende stießen sie immer wieder aufeinander. Vorsichtig fragte er: »Ich habe einen Gefangenen gesehen, der bei euch an Bord gegangen ist, einen Captain. Habt ihr mitbekommen, was aus ihm geworden ist?«

Primrose winkte übers Wasser. »Den haben sie vor zwei Tagen rübergebracht.«

Eine Stunde später kehrte der Kapitän mit Stockfisch, Kokosnüssen, Enteneiern und einem Kanister voll Wasser zurück. Es war nicht klar, ob er die zusätzlichen Passagiere bemerkt hatte, jedenfalls verlor er kein Wort darüber.

Am späten Vormittag begannen sie die Überfahrt nach Sumatra. Einigen der Passagiere wurde es übel, sie hielten sich die Bäuche und reckten ihre ausgemergelten, sich mühenden Gesäße über Bord, bis die Dschunke mit dem dünnen Schmier ihrer Ausscheidungen verdreckt war. Es waren die Eier. Sie schmeckten nach öligem, schlammigem Fisch und stießen ihm immer wieder schmerzhaft auf. Er musste erst Lee Lins, dann Primroses Hände halten, während sie sich über die Bordwand hinaus kauerten. Sie waren zu müde, um zu sagen: »Nicht schauen«, und außerdem hatten sie sowieso schon zu viel miteinander erlebt. Cameron lag unbeweglich mit den anderen Männern und Frauen auf Deck. Nur Maisie schien von den Eiern und dem allgemeinen Jammer unberührt.

Im Laufe des Nachmittags kamen sie an die Mündung des Indragiri. Sie wirkte trügerisch. Ein breites, den Gezeiten unterworfenes Delta voller winziger Inseln und schmaler Kanäle, bevor sie zum Fluss selbst kamen, breit, schnell und von Mangrovensümpfen gesäumt. Schließlich wichen die Sümpfe dichtem Dschungel. Affen schrien sie an, turnten herum und bleckten die Zähne, und Vögel in allen Regenbogenfarben schossen über das Wasser und zwischen den Bäumen herum. Quiller entdeckte am Ufer Wildschweine. Krokodile, die von der Dschunke aufgeschreckt wurden, glitten von seichten Schlammbänken und verschwanden in dem mit Wasserlilien bedeckten Strom. Er bat den Kapitän, einmal in die Karten schauen zu dürfen. Die erste Stadt war Tembilahan. Dem Kapitän zufolge handelte es sich um eine Durchgangsstation auf einer Fluchtroute. Nach Rengat, dem höchsten schiffbaren Punkt am Fluss, ging es über Land nach Sawahlunto in die Berge, dann hinunter nach Padang, wo die Holländer Schiffe bereitstellten. Quiller wollte Cam und die anderen bis nach Padang bringen und sich dann südöstlich über die Insel schlagen und sich auf dem RAF-Stützpunkt Palembang wieder Freddy anschließen. Er sah zum Ufer hinüber. Zwei Männer mit nackten Oberkörpern und Sarongs standen aufrecht in einem Kanu und beobachteten aus einem schmalen Seitenkanal heraus, der von hellen Blättern und Reben überwuchert war, die Dschunke. Quiller winkte ihnen zu, und sie duckten sich schüchtern.

Tembilahan nahm Gestalt an: eine Reihe von hölzernen Lagerschuppen an einem Kai, ein Markplatz, Kolonialgebäude und Hütten, die sich vor dem Dschungel und dem Bergesgrün ausbreiteten. Der Kapitän machte an einem schmierigen und verwitterten Anleger fest, stand abseits, rauchte und nickte ermunternd, als die Verwundeten auf die Kaianlagen gehoben wurden, wo Eingeborenenpolizisten in grünen Uniformen die Befehlsgewalt übernahmen und nach Rikschas und Rollwagen pfiffen.

Als es an der Zeit war, dass all diejenigen, die dazu selbst in der Lage waren, an Land gingen, fragte der Navy-Offizier: »Hat jemand meinen Seesack gesehen?«

Niemand hörte auf ihn. Quiller hob Maisie und die chinesischen Kinder von der Dschunke, dann half er einem ältlichen Pflanzer, der einen kleinen, verzogenen Pappkoffer trug.

»Ich hab gesagt, hat jemand meinen Seesack gesehen? He, du da, hör sofort auf damit und antworte mir.«

Quiller drehte sich um. »Halt den Sabbel«, sagte er gradheraus. »Dank lieber deinen Glückssternen, dass du noch am Leben bist.«

Der Offizier erhob sich. Rumwolken umwaberten ihn, und

Quiller überlegte, was der Mann noch alles unter seinem Hemd verborgen hatte.

»Ich werde Ihnen eine Verwarnung wegen Ungehorsams verpassen lassen.«

Quiller wandte sich ab und half Lee Lin hinaus. Der Navy-Offizier schubste sie mit dem Ellbogen beiseite, stieg aus, und als er auf dem Pier stand, trat er aus blanker Gehässigkeit gegen den Koffer des alten Pflanzers und stieß ihn ins Meer. Dann war er verschwunden, schob sich durch die Obstverkäufer und die teilnahmslosen Überlebenden anderer Wracks in Richtung Markt davon. Der alte Mann beugte sich über die Reling und schaute dem versinkenden Koffer hinterher. »Die Sachen meiner Frau«, sagte er.

Lee Lin ließ sich auf eine Kiste fallen. Sie sah verwirrt aus, so als starre sie all die Monate zurück auf die gute alte Zeit in ihrem Leben. »Wir bleiben zusammen«, sagte sie nach einer Weile. »Wir geschafft. Wir wie Familie.«

Sie standen rings um sie herum und schauten dann zu, wie ein Europäer in weißem Anzug und einem Tropenhelm auf dem Kopf sich einen Weg durch die Menschenmenge bahnte. Er blieb bei ihnen stehen und sagte in einem holländisch gefärbten Englisch: »Ich bin der Bezirksamtmann. Sie sind wie viele?«

Quiller sah sich um. Die meisten der Passagiere von der Dschunke waren verschwunden. »Fünfunddreißig.«

Der Holländer war schüchtern und zögernd, und vor Erschöpfung fielen ihm fast die Augen zu. »Hallo, Kleine«, sagte er und beugte sich vor, um Maisie unters Kinn zu stupsen. Dann reckte er sich wieder auf, drehte sich um und wies auf einen Punkt am hinteren Ende der Stadt. »Wir haben ein Gästehaus für die Frauen da und ein Lagerhaus für die Männer. Natürlich ist das nicht gerade das Savoy-Hotel.«

Er bleckte die Zähne. Quiller versuchte zu lächeln, aber er war zu müde, um sich groß um die Gefühle des Mannes zu kümmern.

»Es gibt nicht viel Essen. Zu viele Münder zu stopfen. Sie haben die Preise im Markt nach oben getrieben, und die Dorfbewohner sind unglücklich darüber. Bitte machen Sie keine Probleme mit den Einheimischen. Kein Schießen von Gewehre, Plündern und Belästigen der Frauen.« Mürrisch und gereizt schüttelte er den Kopf. »Ganz schlecht.« Er winkte. »Sie kommen mit mir jetzt.«

Der Amtmann führte sie am Ufer entlang zu einem heruntergekommenen Gästehaus mit tiefen Veranden, die von Bambusgittern verhängt waren, und einem schwülen Garten voller intensiver Düfte und lebhaften roten, gelben und grünen Farbtönen. Doch die Frauen dort hatten keine Farbe mehr an sich, nur ihre schmierigen, blassen Arme, Beine und Gesichter und ihre zerschlissenen, verblichenen, salzverkrusteten Kleider.

Eine Frau schlug ihren Sarong auf und band ihn sich über die Brüste, als sie den Amtmann kommen sah. Andere Frauen trugen Fetzen von Unterwäsche, zwei bedeckten ihre bloßen, dürren Leiber mit dünnen Bettlaken, die sie sich hoch um den Hals gebunden hatten. Sie alle erstarrten, als sie Primrose und Lee Lin sahen. Eine Frau stand auf, ballte die Fäuste, und Feindseligkeit nahm die Stelle der Hoffnungslosigkeit ein, die zuvor in ihren Augen gestanden hatte. »Ich kann mir nicht vorstellen, für wen Sie sich halten, oder wohin sie wollen.«

»*Mevrouw,* bitte«, sagte der Amtmann.

»Dies ist Lee Lin«, sagte Quiller höflich, »Dies ist Maisie, und dies ist Primrose. Sie müssen sich dringend ausruhen.«

Die Frau starrte Maisie an. »Deine Dienerinnen können sich bei ihresgleichen einen Platz suchen, meine Liebe.«

»Das sind nicht meine Dienerinnen«, erwiderte Maisie. »Das sind meine Freundinnen.«

»Dann wirst du dir wohl anderswo einen Platz für euch suchen müssen. Ich fürchte, hier gibt es nicht genügend Platz.«

Cameron stieg die Treppe hinauf und reckte der Frau das Kinn entgegen. »Du eingebildete Kuh, du verdammte Schlampe mit deinem zusammengekniffenen Arsch, kannst du ihnen nicht mal 'ne Chance geben?«

Der Amtmann hüstelte und wich zurück. »Es ist wieder ein Schiff gekommen.« Er wies zu einem Lagerhaus etwas weiter am Ufer. »Männer bitte dort zu bleiben.«

»Na, verschwinde schon, Willem«, sagte Cameron.

Dann trat Lee Lin auf die Veranda und zog Primrose und Maisie mit sich. »Wir da schlafen«, sagte sie und zeigte die Veranda entlang in eine dunkle Ecke voller toter Farne in riesigen, fleckigen Töpfen.

»Wir legen keinen Wert auf irgendwelchen abergläubischen Unsinn oder schmutzige Angelegenheiten, und keinen Männerbesuch«, sagte die Frau, verzog das Gesicht und fing an, eine Reihe von hohen, nasalen *Hois* und *Yings* von sich zu geben, die Quiller für eine Parodie auf kantonesische Gebete hielt.

Primrose trat ganz nah auf sie zu und hielt der Frau mit bedrohlicher Gelassenheit ihr Stück Schrapnell an die Kehle. »Ihr Briten habt uns in Penang den Japanern überlassen, und dann wieder in Singapur. Eine weitere Gelegenheit werdet ihr nicht bekommen.«

Die Frau wich zurück. »Also, so etwas. Welch ungeheuerliche …«

Doch Primrose ließ sie links liegen. Sie beugte sich über die Brüstung und winkte Quiller zu. »Mach dir wegen uns keine Sorgen.«

Quiller und Cameron versprachen, nach Nahrung und einem Boot zu suchen, das flussaufwärts fuhr, und machten sich auf den Weg zum Lagerhaus. Drinnen fanden sie einen harten, trockenen Lehmfußboden mit Bettrollen, Decken und Bambusmatten, die vom Roten Kreuz bereitgestellt worden waren. Ansonsten war das Gebäude leer. Die Flüchtlinge trieben sich auf dem Markt herum, wanderten durch die Stadt oder hockten am Ufer und hofften darauf, dass sie jemand flussaufwärts mitnahm.

»Ich bin völlig erledigt«, sagte Cameron. »Ich muss mal die Augen zumachen.«

»Mach du. Ich schau mich mal nach einem Boot und etwas zu essen um.«

Camerons Gesicht versteinerte. »Lass mich nicht allein zurück, Quill.«

»Werd erwachsen«, sagte Quiller wütend und trat hinaus in die schwüle Hitze.

Er ging zum Markt, blieb dort stehen und schaute sich um. Er bezweifelte, dass er jemals so belebt gewesen war. Eine Gruppe von Soldaten der *Hyderabads* verhökerte eine Armbanduhr für Dosenpfirsiche, und zwei australische Infanteristen legten malaiische Dollar zusammen, um Tabak kaufen zu können, während ein Dritter sein Gewehr gegen ein Pfund Schokolade tauschte. Die Ladenbesitzer brüllten, und die Flüchtlinge in ihren Fetzen aus einheimischer, ziviler und militärischer Bekleidung feilschten, drehten sich manchmal um und fauchten jene Flüchtlinge an, die noch bewaffnet waren, oder wurden von diesen bedroht. Ein britischer Corporal hielt einem chinesischen Obstverkäufer ein Bajonett an die Kehle und griff sich ein Bund Bananen; eine Halbasiatin wand sich aus den Armen eines säuerlich blickenden britischen Matrosen.

Quiller ging über den Markt, blieb hier und da stehen und fragte nach einer Schiffspassage stromaufwärts. Er begegnete nicht einem einzigen Mann, der nicht schon seit mehreren Tagen in Tembilahan festsaß und nur darauf lauerte fortzukommen. Die meisten hatten kaum die Energie, waren kaum guten Willens, ihm zu antworten.

In der Zwischenzeit legte eine mit Holz befeuerte Dampfbarkasse an und schleppte einen offenen Lastkahn, der mit Soldaten und Zivilisten voll gestopft war, die die Stadt und den Dschungel, der sie umschloss, stumpfsinnig anstarrten. Sie waren nackt oder trugen Lumpen und blutige Verbände, und manche schrien vor Schmerzen, als der Lastkahn gegen die Holzbohlen der Anlegestelle schlug. Trosse wurden geworfen und um die Pfosten gelegt. Dann wurden die Verwundeten auf den Anleger geschoben, und Quiller seufzte, bahnte sich einen Weg durch die apathisch herumstehenden Männer und Frauen, die gafften, und packte an einer Tragbahre an.

Am anderen Ende der Bahre stand ein Captain der australischen Army. »Wissen Sie, wo das Krankenhaus ist, Air Force?«

»Nein.«

»Dann gehe ich voran.«

Sie folgten dem Fluss bis zu einem kleinen Gebäude am Rande der Stadt. Es hatte zuvor die Apotheke einer nahe gelegenen Zinnmine beherbergt. Das Blechdach und die Steinwände speicherten die Hitze der Sonne das ganze Jahr über. Quiller folgte dem Offizier mit der Tragbahre hinein, er war benommen vom Geschrei eines Mannes, der auf dem Operationstisch festgehalten wurde, und von dem Gestank von Blut, Stuhl, Urin, Gasen, Wundbrand, Schweiß und Erbrochenem in der überhitzten Luft. Ein Chirurg der australischen Army beugte sich über den schreienden Mann. Der Arzt war barfuß und trug nur eine blutbespritzte kurze Hose. Noch mehr Blut hatte er auf Gesicht, Brust und Armen, feiner Sprühnebel aus den Arterien über dickeren, dunkleren Schichten Bluts aus den inneren Organen. Er schwitzte, und es brach ihm noch mehr Schweiß aus, als er versuchte, mit einem Küchenmesser durch Fleisch und Knochen zu schneiden. Am Ende warf er das Messer beiseite, nahm ein Beil und fing an zu hacken. Vier Krankenschwestern mühten sich, den Patienten am Strampeln zu hindern. Eine davon war Dorry. Quiller war nicht überrascht, sie zu sehen. Zeit und Raum bewegten sich, und die ganze Welt strandete bei ihm.

Eine Stunde lang half er in dem stinkigen Raum mit, verteilte Aspirin, wusch septische Wunden und Abszesse aus, säuberte Durchfall mit einem Schwamm, hielt Patienten fest, damit der Arzt hacken und mit dem Küchenmesser schneiden konnte, bevor Dorry ein paar Minuten Zeit für ihn hatte, draußen in der brütenden, aber saubereren Luft unter den Palmen, die den Fluss säumten. Sie stand dicht bei ihm und sah ihm ins Gesicht, während sie an ihrer Zigarette zog.

»Du hast einen schlimmen Sonnenbrand.«

»Ich war vierundzwanzig Stunden im Wasser.«

Sie zog eine kleine runde Blechdose aus der Tasche am Oberschenkel. »Tu dir davon was drauf.«

Es war eine Salbe, so dick und stinkend wie Wagenschmiere; ein warmes, dickes Gefühl unter den Fingern. »Den anderen geht es auch schlecht.«

Dorry ruckte und presste die Augen zusammen, als ihr der Zigarettenrauch ins Gesicht wehte. »Dann behalte es. Welchen anderen?«

»Primrose, Lee Lin, Cameron und ein Kind namens Maisie, das wir unterwegs aufgegabelt haben.«

Dorry zog den Rauch tief in die Lungen und betrachtete ihn über ihre Nasenspitze hinweg. Ihre Wangen waren aufgedunsen vor Erschöpfung, ihr Lebensmut war gesunken, ihr weicher Körper ausgezehrt, und Quiller, den das plötzlich anrührte, zog sie fest an sich. Sie legte ihren Kopf eine Sekunde an seine Brust und murmelte: »Du bist nur Haut und Knochen, Quill.«

Er wies auf die Soldaten und mittellosen Zivilisten, die auf Tragbahren lagen oder mit den Rücken an Palmen lehnten und auf einen Eingriff warteten oder sich davon erholten. Niemand hatte die Kraft, sich zu beschweren oder Hoffnung und Neugier zu äußern. »Wir sind alle nur Haut und Knochen, Liebes.«

»Ich vermisse deine Stimme, die ›Liebes‹ zu mir sagt. Das ist so nett. Hast du irgendwo eine Unterkunft?«

Er erzählte ihr von dem Gästehaus und dem leeren Schuppen. »Und was ist mit dir?«

»Da unten«, sagte Dorry und zeigte auf eine Barkasse, die am Ende eines schmalen Holzpiers angelegt hatte. Sie war schwer zerschossen und teilweise von Feuer geschwärzt. Zwei Schwestern schliefen unter einem Stück geteerter Leinwand auf Armeepritschen an Deck, und ein neuseeländischer Pilot, an den sich Quiller aus Singapur erinnerte, der keine Schuhe anhatte, nur zerrissene Shorts und ein Käppi trug und eine Bren in den Armen hielt, legte auf dem geschwärzten Deck eine Patience.

Quiller war auf einmal merkwürdig eifersüchtig. »Hast du dich mit Doug zusammen getan?«

Mit einem Anflug mürrischer Verachtung entgegnete Dorry: »Wenn du es unbedingt wissen willst, Quill, er ist zu unserem Schutz da. Ein paar Army-Typen sind gestern Nacht an Bord geklettert und haben versucht, eines der Mädchen zu vergewaltigen.« Sie warf die Kippe fort und reckte sich gewaltig. »Die Gottlosen haben keine Ruhe.«

Eine Krankenschwester erschien in der Tür der Apotheke. Sie war ganz zusammengefallen vor Erschöpfung. Quiller erkannte an ihrem humpelnden Gang die Treppe hinab und den Weg zur Barkasse hinüber, dass sie am Bein verletzt oder angeschossen worden war.

»Ich bleibe und helfe eine Weile aus«, sagte Quiller.

»Würdest du das wirklich tun, Quill? Das wäre toll. Du kannst damit anfangen, etwas Essbares aufzutreiben.«

Quiller ging zurück auf den Markt. Er spürte das Gewicht der hungrigen, trägen und abschätzenden Blicke in seinem Rücken. Die Menschen schienen zu spekulieren: Hat er etwas zu essen in seinem Seesack? Hat er ein Schiff gefunden? Hat er gestohlenes Geld oder Schmuck, den es sich erneut zu stehlen lohnt? Ist er bewaffnet?

Wieder bewegte sich eine Dschunke langsam auf den Anleger zu. Quiller beeilte sich und gab einen Großteil seiner malaiischen Dollar für Obst, Dosenfleisch und Kokosmilch aus und kehrte zur Apotheke zurück. Dorry war nicht da. »Schläft«, sagte der Arzt, also legte Quiller den Großteil der Nahrungsmittel in eine Ecke und ging wieder in die Stadt. Als er an der Barkasse der Krankenschwestern vorbeikam, sah er, dass der Neuseeländer schlief und dass zusätzliche Pritschen und Matratzen unter dem Sonnenschutz lagen. Einer der Klumpen auf einer der Matratzen war Dorry. Quiller beugte sich über das Dollbord, legte das restliche Obst und Dosenfleisch neben ihre Füße, winkte einer Krankenschwester zu, die bei der Bewegung die Augen aufschlug, und ging weiter.

Er kam an den Pier, als eine Gruppe bewaffneter Männer in Resten aus militärischer und einheimischer Bekleidung ihm über den Weg lief und sich die gerade gelandete Dschunke ansah. Ihre grimmige Entschlossenheit, ihre raubvogelhaften Blicke, während sie warteten, um eine Gelegenheit, eine Schwäche auszunutzen, erschreckten ihn.

Diesmal half er einem verwundeten Major der australischen Army, zur Apotheke zu humpeln. Als sie am Markt vorbeikamen, blieb der Major stehen. »Hör mal, Kumpel, ich würd sonst was geben für 'ne Kippe und 'ne Dose Pfirsiche.«

»Ich bin völlig abgebrannt, Sir.«

Der Major griff in seine Uniformhemdtasche. Er war dürr, hatte eine eingefallene Brust, wie ein Mann, der fünfzig Jahre älter war als Quiller. Er zog eine Faust voller malaiischer Dollars hervor, und Quiller drehte ihn schnell beiseite, weg von all den hungrigen Augen um sich herum. »Sie müssen Acht geben, wo Sie Ihr Geld herumzeigen, Sir.«

Der Major streckte ihm das Geld hin. »Nimm es, nimm alles. Besorg mir was zu essen und behalt den Rest. Das verdammte Zeug ist mir nur eine Last.«

Quiller legte die Strecke im Laufe des Nachmittags noch mehrere Male zurück und trug verwundete Flüchtlinge zur Apotheke. Gegen fünf Uhr hatte er genug und verwendete das Geld das Majors dazu, zwei überreife Mangos und fünf kleine Dosen Irishstew zu kaufen.

Primrose, Lee Lin und Maisie ruhten sich auf ihrem Platz in der dunkelsten Ecke der Veranda des Gästehauses aus. Primrose stand auf, um ihn zu begrüßen. »Oh, sehr gut gemacht, Sir.«

Sie grinste, und er erkannte, wie clever und ironisch sie geworden war. Er mochte ihre Art von Spott, und er fragte sich, ob sie je ihren Vater auch so aufgezogen hatte, den englischen Polizisten, der gekommen war, um in einem heißen Land fern von England zu dienen. Quiller sägte die Dosen mit dem Messer auf. Sie aßen, gossen sich die klebrige Masse in die Münder, ohne sich um die scharfen Dosenränder zu kümmern. Dann teilte Primrose die Mangos, entfernte die Kerne, schnitt mit Quillers Messer die Haut der Frucht in breiten Blütenblättern ab und zerteilte das daranhängende Fruchtfleisch in saftige Würfel. Sie konnten es kaum erwarten, rissen das Fruchtfleisch mit den Zähnen herunter, und der Saft tropfte ihnen vom Kinn.

Dann kam ein zweimotoriger Bomber den Fluss herauf, flog tief und warf eine Reihe von Bomben ab, die im Wasser explodierten und eine Ecke des Anlegers zerstörten. Die Frauen, die teilnahmslos auf der Veranda des Gästehauses gewartete hatten, stöhnten auf und drehten sich um, rollten sich wie zum Sterben zusammen, und Lee Lin jammerte: »Wie Singapur? Nein, nein.«

Quiller sah zu, wie das Flugzeug vom Fluss weg eine Kurve zog, an Höhe gewann und über die Berge verschwand, die südöstlich der Stadt lagen. Er fragte sich, ob Freddy und Taffy immer noch in Palembang waren oder ob der Flugplatz bereits evakuiert oder erobert worden war. Er wischte sich mit dem Handrücken über den Mund. »Es ist sicherer, wenn ihr hier bleibt. Ich schau mal nach Cam.«

Er entdeckte seinen Cousin, der in der Tür zum Lagerhaus stand und zitterte; seine Augen schossen hin und her, von der Dunkelheit drinnen zu der Panik am Anleger, vom Fluss zu der niedrigen Wolkendecke. »Ich halt das nicht mehr lange aus, Quill.«

Quiller sägte die letzte Dose Irishstew auf. »Iss. Dann fühlst du dich besser.«

Cameron stocherte halbherzig mit einem *kris,* einem malaiischen Krummdolch mit geschwungener Klinge, in der Dose herum. Quiller beobachtete ihn dabei und bemerkte in dem trüben Licht noch weitere Veränderungen: Sein Cousin trug eine neue Hose, glänzende Stiefel und ein steif gebügeltes Hemd an Stelle der verschlissenen und ausgebleichten AIF-Uniform. Neben seiner Bettrolle lag ein spitzes Käppi. Er roch nach Seife und hatte sich das erste Mal seit Tagen rasiert. Und er hatte getrunken. Neben der offenen Tür lag auf dem hartgetretenen Boden eine leere Flasche.

»Wo hast du all das Zeug her?«

Camerons Augen rissen sich von der Bedrohung des Himmels los und schauten Quiller und die Erde hinter ihm an. »Ich hab dich nicht vergessen, Kumpel. Schau mal.« Er wies auf Quillers Bettrolle. Ein sauberes, gebügeltes Hemd lag wie eine Gabe obenauf.

»Wem gehört das?«

Cameron kam näher und hüllte Quiller in eine Wolke aus Brandy und Angst. »Ein paar Kumpel und ich haben da dieses Haus entdeckt.«

»Welches Haus? Was für Kumpel?«

»Das Haus von dem bescheuerten Willem, mir doch egal.«

»Das Haus des Amtmanns?«

»Woher soll ich das wissen, zum Teufel? Irgendein Haus.«

»Du kannst doch nicht … die Lage ist doch schon beschissen genug, da musst du doch nicht auch noch die Einheimischen gegen uns aufbringen, Cam.«

Als Antwort fuchtelte Cameron mit der Dose herum. »Willst du? Ich bin nicht hungrig.«

»Essen habt ihr auch geklaut?«

»Komm mir ja nicht so, Neil. Wenn wir nicht gewesen wären, wärst du im Armenhaus gelandet.«

Quiller nahm die Dose und stopfte sich das Stew mit dem Zeigefinger in den Mund. »Noch was zu trinken da?«

Cameron strahlte. »So ists recht«, sagte er in angesäuselt guter Laune und zog eine kleine Flasche Rum aus der Hose.

Es brannte angenehm, als Quiller sich damit das Stew und die Anspannung hinunterspülte. Cameron beobachtete ihn aufmerksam, und seine Hand zuckte und wollte den Rum vor der Vernichtung retten. Quiller reichte ihm die Flasche zurück. Das Gefühl auf der Zunge und in der Speiseröhre reichte. Er war sehr müde.

»Wollen wir hoffen, dass der alte Willem nicht nach seinem Zeug sucht.«

Cameron zeigte verschlafen in Richtung der Stadt jenseits der Tür. »Da gibts Zivilisten, da gibts Uniformen an jeder Straßenecke. Er wüsste gar nicht, wo er anfangen soll, der arme Kerl.«

»Er würde beim ersten sauberen Hemd anfangen, das er sieht«, entgegnete Quiller.

Cameron zitterte wieder, und Quiller erkannte, wie tief Cams chronische Angst saß. Er zog ihn an sich, murmelte: »Schscht«, und wiegte ihn sanft. Die schlichte menschliche Wärme wirkte nach einer Weile, und Cameron kam wieder auf seine alte Leier zurück. »Ich meine es ernst. Bring mich raus hier, und die Gull gehört dir.«

»Danke«, sagte Quiller träge.

»Ich bin eigentlich nicht so, weißt du?«

Quiller nickte. »Du hast mich ja auch aus dem Monsungraben in Singapur geholt.«

»Ich muss nur … ich zittere nur so furchtbar.«

»Das ist doch nicht deine Schuld.«

»Bring mich nach Hause, und dann komm ich schon wieder klar.«

»Ich weiß.«

»Die ganze Geschichte ist ein Debakel. Nicht meine Schuld, verdammt.«

»Nein«, sagte Quiller.

»Ich sag dir was, Kumpel –«, und damit schob er Quiller von

sich, »– du bist mir ja ein Trost, aber du riechst ein ganzes End schlechter als Jeannie.«

Quiller erstarrte. Immer war sie da, diese Herausforderung und das Gefühl des Triumphes, die Erinnerung daran, dass er der Außenseiter in Camerons Familie, dass sein Zustand provisorisch war. Er machte sich los, aber Cameron packte ihn und sagte: »Der Alte hat mich ziemlich hart rangenommen, Neil.«

»Hat er uns alle.«

»Aber mich härter als dich.«

Darauf erwiderte Quiller nichts.

»Ich musste immer mit ’nem Nachschlag rechnen. Mistkerl.«

Er nahm Leonards Stimme an und erschreckte Quiller: »Du großes, greinendes Kalb. Du Heulsuse. Du großes Mädchen.«

»Ja, er hat dich hart rangenommen«, sagte Quiller.

»Er war ein Mistkerl.« Dann: »Er hat dich mir immer vorgezogen. Du hast ihn an die Schwester erinnert, die er hätte heiraten sollen. Er hat mich nie gewollt, er wollte dich.«

»Blödsinn.«

»Ich glaube nicht.«

Nach einer Weile drückte Camerons Pranke an Quillers Arm fester zu. »Du wirst mich nicht im Stich lassen.«

Das war eine Feststellung, keine Frage. »Nein.«

»Du wirst mich rausholen.«

»Ja.«

»Ich meine, ich bin nicht hilflos, Quiller, wir werden uns gegenseitig rausholen. Zu zweit sind wir stärker.«

»Ja. Hör mal, ich muss dringend schlafen.«

Cameron ließ ihn los. »Dann mal los.«

»So spät am Tag kommen keine Bomber mehr«, sagte Quiller sanft. »Das würde einen Nachtflug zurück bedeuten, und das wollen sie nicht. Du solltest dich auch etwas ausruhen, und morgen früh kümmern wir uns um eine Weiterfahrt.«

»Ich rauch noch 'ne Weile«, sagte Cameron. Er zog eine Mahagonipfeife, die mit silbernen Flammen und Schnörkeln verziert war, aus der Tasche und füllte den Pfeifenkopf mit Tabak aus einer Dose Douwe Egbert's.

»Sieht ganz so aus, als hättet ihr den armen Kerl ausgeplündert.«

Cameron zwinkerte, grinste und rollte mit den Augen. »Na, so ungefähr.« Er nickte zu dem Hemd hinüber. »Das solltest du anziehen. Kommst du dir gleich sauberer vor.«

»Mach ich«, sagte Quiller und zog sich sein Air-Force-Hemd aus. Das Hemd des Holländers fühlte sich auf seinem durch und durch müden Rücken, dem Brustkorb und den Armen kühl und frisch an, und es roch nach neuer, in der Sonne gebleichter Baumwolle und einem parfümierten Holzschrank. Er wollte es nicht verknittern, aber die Müdigkeit übermannte ihn, und er legte sich auf die Bettrolle und ließ den Kopf auf seinen Seesack sinken. Er schloss die Augen. Der Boden und die Wände rochen nach Kautschuk, Fisch und vergammelten Nahrungsmitteln. Alte Kolonialgerüche, die für immer dort gefangen waren und Tag für Tag in der luftlosen Hitze schmorten.

Er erwachte vom abendlichen Ruf zum Gebet. Er war allein, wie er feststellte, schulterte seinen Seesack und ging zum Gästehaus. Es lag im Dunkeln, und ein melancholisches Gefühl für all die Verluste in seinem Leben durchfuhr ihn. Von hier aus, der abfallenden Hügelflanke über der Stadt, konnte er sehen, dass am Anleger etwas los war. Er eilte hinunter zu den Docks, vorbei an den Laternen in den Bäumen rund um den Marktplatz, vorbei an dem Licht, das aus den Türen der Cafés auf die schmutzige Straße fiel, bis er Krankenschwestern und Ärzte überholte, die die gehfähigen und bettlägerigen Verwundeten zu den wartenden Booten brachten. Eine große Menschenmenge hatte sich versammelt. Quiller konnte nichts sehen, und er wurde von den hell erleuchteten Plätzen weggedrängt und musste auf eine Rampe oberhalb der Steinplatten klettern, von wo aus er beobachtete, wie Frauen auf die Dschunken stiegen und die Verwundeten in die Barkassen und Lastkähne verfrachtet wurden. Der Mond zog schnell dahin, und es drohte ein Monsunschauer. Der Wind, der immer stärker übers Wasser zog, ließ die Masten der Dschunken rucken wie arthritische Bäume. Die Verwundeten und Verletzten wimmerten und schrien auf, wollten, dass die Welt still hielt.

Erst da ging es Quiller auf, dass er selbst Schmerzen hatte. Jetzt, wo er nach dem Ausruhen sein Gewicht wieder auf die Beine stützte, spürte er ein heißes Pochen am Schienbein. Er zog das Hosenbein hoch. Der Kratzer von der Rebe oder der Koralle hatte sich entzündet. Er brauchte Sulfonamid.

Der holländische Amtmann, seine Einheimischenpolizei und eine Reihe von bewaffneten britischen und australischen Offizieren standen an der Anlegestelle und hielten die gesunden Flüchtlinge von den Booten fern. Quiller konnte in all der Dunkelheit nicht bis zu den Decks der festgemachten Boote sehen. Er konnte nicht sehen, ob Dorry oder Lee Lin, Primrose oder …

»Quill!«

Er sah hinunter. Maisie. Er streckte die Hände nach ihr aus und zog sie auf die Rampe, wo sie sich an ihn drückte, nach Luft schnappte und dann keuchte: »Ich hab dich überall gesucht. Du hast ein neues Hemd an.«

»Warum bist du nicht bei den anderen?«

»Ich bin los, dich suchen«, antwortete Maisie.

Sie schauten hinaus in das Spiel aus Dunkelheit und Mondlicht, durch das die Geister huschten, die in die dunklen Rümpfe der wartenden Boote stiegen und sich dabei gegenseitig auf die Hacken traten. Quiller wusste, welchen Sinn das hatte. Der Bomber würde am Morgen zurückkehren, und die Stadt war zum Bersten voll.

»Ist jemand ins Gästehaus gekommen und hat euch gesagt, dass ein Boot da ist?«

»Ja.«

»Ich hoffe, die anderen lassen zu, dass Lee Lin und Primrose mitfahren.«

»Primrose hat ihnen die Hölle heiß gemacht.«

Quiller lachte. »Da wette ich drauf. Süße, ich finde, du solltest lieber runtergehen und dich ihnen anschließen.«

Ihre Hand griff nach der seinen. »Ich bin dich suchen gegangen«, sagte sie. »Niemand hat dir Bescheid gesagt.«

»Das ist nicht so schlimm«, erwiderte Quiller und wies auf die anderen, die wie er auf eine andere Gelegenheit warten mussten.

Maisie drückte sich an ihn, bis sie an sein wundes Bein stieß. »Autsch«, machte Quiller und wich zurück. »Hör mal, ich bringe dich noch an Bord, es ist noch nicht zu spät.«

»Aber ich möchte bei dir bleiben. Die anderen haben schon genug eigene Sorgen, die können sich nicht auch noch um mich kümmern.«

Quiller war im Durcheinander der vergangenen Wochen zwischen Zuneigung und Abneigung gegenüber den anderen hin und her laviert. Er fragte sich, ob ihm nicht das Verlangen nach Lee Lin abhanden kam, und Cameron gab ihm ständig das Gefühl, auf dem falschen Fuß erwischt zu werden. Bei Primrose war die Sache komplizierter. Er ließ Maisies Hand los und legte ihr den Arm über ihre dünnen Schulterblätter. »Ich weiß, was du meinst.«

»Ist Cam verletzt worden, als heute diese Bomben explodiert sind?«

Quiller blinzelte verständnislos. »Wie bitte?«

Maisie zeigte zu den Booten hinunter. »Ich hab ihn gesehen.«

»Ich verstehe nicht.«

»Er hatte Krücken.«

Quiller kniete sich hin, dehnte sein glühendes Schienbein, packte Maisie und fragte sie so lange aus, bis sie verwirrt und unter Tränen zurückwich, aber da hatte er schon Folgendes herausgefunden: Dass Cameron blutige, tagealte Bandagen um Bein und Kopf getragen hatte und zu den Ersten der gehfähigen Verwundeten gehört hatte, die an Bord der Dschunken durften.

Klapser und mürrische Klagen

Es war kurz nach Anbruch der Morgendämmerung, und das Haus war ganz still, aber irgendwo, irgendwie stimmte etwas nicht. Jeannie lag regungslos unter ihrem Moskitonetz und lauschte mit all ihren Sinnen hinaus in die Welt. Ein Flugzeug, das war es. Zwillingsmotoren: Sie erkannte das an der Stärke und dem Schlag des dröhnenden Geräuschs. Sie lauschte, ein Motor hustete und verstummte, und bevor sie noch Kleid und Schuhe anziehen konnte, setzte auch der andere aus.

Annelies stand schon auf den Stufen der Veranda und sah nach oben. Es war eine Lockheed Orion, eine kleine Linienmaschine mit dem orangefarbenen Dreieck der Niederlande auf Rumpf und Flügeln, die zu einem steilen, schrägen, kraftlosen Landeanflug auf die Rollbahn ansetzte. Jeannie umklammerte ihre Hände und sagte unwillkürlich: »Ausrichten, ausrichten.«

Sie verfolgte den schwerfälligen Abstieg der Lockheed bis unter die Baumhöhe, und als sie verschwunden war, schlang sie ihre Arme um sich, beugte sich vor und wartete auf den Aufschlag. Dann gab es ein Knirschen und ein lang gezogenes schleifendes, schmerzliches Geräusch, dann Stille. Jeannie wartete auf Rauch. Mit Staubwolken war nicht zu rechnen, nicht in diesen Tagen des Regens, der vom Meer kam. Keine Explosionen. Keine Schreie.

Sie rannte los, Annelies blieb neben ihr, und sie sah, dass Wally und Harry Horsetalk schon die Landebahn zu dem Baumstreifen am anderen Ende hinuntereilten, wo die Lockheed zum Stehen gekommen war. Die Maschine stand verkehrt herum, erschöpft und mit dem Bauch im roten Schlamm steckend. Sie wirkte so verloren und unpassend wie ein Denkmal in einer vernachlässigten Kleinstadt auf dem Lande. Der Steuerbordflügel war abgerissen, und Jeannie reimte sich noch im Laufen zusammen: zu steil heruntergekommen, das Fahrgestell abgeknickt, ein Flügel in den Schlamm gerammt, der Rumpf herumgewirbelt und zum Stehen gekommen.

Die Tür über dem intakten Flügel öffnete sich. Eine Frau trat heraus, drehte sich um und half kleinen Kindern auf den Flügel. Dort sammelten sie sich verunsichert, bis Jeannie und Wally sie bei der Hand nahmen und ihnen dabei halfen, zu Boden zu springen. Sechs weitere Frauen stiegen aus, gefolgt vom Piloten und dem Co-Piloten, und als sie alle ausgestiegen waren, sahen sie sich verwirrt um. Ein oder zwei von ihnen hielten sich die angeschlagenen Rippen. Plötzlich fingen sie alle an zu reden und zu lachen.

Der Pilot war höflich und penibel. Er stand vor Wally stramm. »Ich bin Kapitän van Haselen. Was ist dieser Ort, bitte?«

Wally wandte sich an Jeannie, so als sei er nicht sicher, ob er sich mit einem Ausländer unterhalten konnte. Jeannie erklärte ihm, was und wo Haarlem Downs war, und stellte Wally, Annelies und Harry vor. Der Pilot wollte Annelies und Harry die Hand geben – entschied sich dann aber anders. Jeannie hörte Annelies wütend murmeln, sah, wie sie ein mürrisches Gesicht machte und dem Flugzeug den Rücken kehrte.

»Wir verlassen Tjilatjap auf Java um Mitternacht und verlieren uns im Dunkeln. Dann ist kein Benzin mehr in den Tanks, und wir müssen einen Platz zum Landen finden.«

»Wir haben Benzin«, sagte Jeannie. »aber ich glaube nicht, dass Ihr Flugzeug noch einmal fliegen wird.«

»Ich stimme zu. Wir müssen nach Perth weiter mit der Eisenbahn.«

Harry klopfte sich auf die Schenkel und beugte sich keuchend lachend vor. Wally grinste. Jeannie stellte fest: »Hier draußen gibt es keine Eisenbahn, und die Straßen sind wegen eines Wirbelsturms unpassierbar.«

Der Pilot sank ein wenig in sich zusammen, wirkte geschockt und hatte vor Erschöpfung ganz eingefallene Augen, so als ginge ihm endlich auf, was es bedeutete, dort draußen, mit dem offenen Meer auf der einen und der wüsten Einöde auf der anderen Seite, festzustecken. Dann fasste er sich wieder und legte den Kopf fragend zur Seite. »Sie haben ein Funkgerät?«

Jeannie nickte. »Wir werden die Air Force bitten, herzukommen und sie abzuholen.«

Der Co-Pilot war wieder in die kleine Maschine geklettert und warf nun Koffer und Seesäcke auf den Flügel hinaus. Jeannie und die anderen drehten sich um und schauten zu, wie die Frauen sich zusammenscharten und nach ihrer Habe griffen. »Ich bin bei der KNILM«, verkündete der Pilot auskunftswillig, »aber im Dezember bin ich zur *Koninklijke Luchtmacht* in Malaya gegangen. Sehr schlimm«, sagte er und schüttelte den Kopf. »Dann ist Singapur gefallen, und ich bin worden nach Java geschickt, und ich soll die Frauen und Kinder nach Australien fliegen, bevor die Japaner sie fangen.« Seine Passagiere seien die Frauen und Kinder von Kolonialbeamten. Die ganze Nacht über seien sie nicht zu beruhigen gewesen. Kurz nach Sonnenaufgang hätten sie Steuerbord ein japanisches Aufklärungsflugboot gesehen. Es hätte sie eine ganze Weile verfolgt.

»Sind Sie sicher?«

»O ja.«

Wally schien den Grund für Jeannies vor Sorge zitternde Stimme zu begreifen. »Wenn sie zurückkommen und das hier sehen …«

»Genau. Dann wird man uns als legitimes Ziel ansehen. Wir müssen Ihr Flugzeug erst mal tarnen«, sagte sie zu den Piloten, »und bevor es dunkel wird, müssen wir es abschleppen und anzünden.«

Wally und Harry gingen los und sammelten abgebrochene Äste und büschelweise hohes Gras und Gestrüpp. Jeannie und Annelies führten die anderen über die Landebahn zwischen den Gebäuden hindurch zum Haupthaus. Die Frauen waren verdrossen, die Kinder teilnahmslos, und eine Frau fauchte Annelies an, weil diese sich erboten hatte, ihr quengeliges Kind zu tragen. Es folgte ein kurzer Wortwechsel in Holländisch, die Frau erstarrte plötzlich und gab Annelies eine Ohrfeige.

Annelies fauchte sie an und ging zu Jeannie. »Ich bin nicht mehr ihre Dienerin. Diese Leute sind erledigt, denke ich. Schau nur, wie sie davonlaufen!«

Die Piloten, Frauen und Kinder versammelten sich im Esszimmer und sahen Jeannie erwartungsvoll an. Sie wandte sich an van Haselen: »Übersetzen Sie bitte?«

»Ja.«

»Ich kann es auch auf Deutsch probieren.«

»O nein«, sagte er entsetzt, »sie alle haben Eltern, die unter der Nazi-Besetzung Hollands leiden.«

»Also gut, fragen Sie sie, ob sie etwas zu essen und trinken möchten oder ob sie sich erst waschen und umkleiden wollen.«

Der Pilot übersetzte, hörte zu und sagte: »Bitte, sie wünschen zuerst baden.«

»Also gut, ich zeige ihnen die Badezimmer. Bitte sagen Sie ihnen, dass sie sparsam mit dem Wasser umgehen sollen. In der Zwischenzeit bereiten Annelies und ich etwas zu essen vor und setzen uns mit der Air Force in Broome in Verbindung.«

Der Pilot übersetzte, aber die Frauen standen hilflos wartend da. Die Mütter der quengeligen Kinder schienen unfähig oder unwillens, sie zu trösten. Jeannie spürte, wie Unmut in ihr aufstieg. Später in der Küche lächelte Annelies humorlos. »Ich verstehe diese Frauen. Ohne irgendein armes Eingeborenenmädchen, das ihnen die Arbeit abnimmt, sind sie aufgeschmissen.«

Als die Flüchtlinge gebadet und gegessen hatten, suchte Jeannie Matratzen, Kissen und Decken zusammen und ermunterte sie, sich auszuruhen. Jetzt, wo so viele Winkel des Hauses von schlafenden Gestalten belegt waren, kam sie sich wie in einer Falle vor, und sie ging hinaus, um das Wrack der Lockheed zu begutachten. Wally und Harry hatten die Flügel und den Rumpf mit abgeschnittenen und toten Ästen bedeckt und schaufelten Sand und Lehm auf die verbliebenen Flächen hellsilberner Farbe.

»Wal, kannst du uns ein paar Ziegen für heute Abend schlachten, wenn du hier fertig bist?«

»Ja.«

»Isst du mit uns?«

Er schüttelte den Kopf. Man konnte mit ihm nicht streiten.

Jeannie ging davon. Sie fand Annelies, die zwei Jungen hütete, welche über den Luftschutzkeller krabbelten und Steine ins schlammige Wasser warfen. Nach einer Weile bemerkte sie, dass es sich um ein grausames, aggressives Spiel handelte, ein Kriegsspiel, und sie waren die Mörder.

Wen töteten sie?

Annelies begann zu weinen. Jeannie stand neben ihr, legte ihr einen Arm um die Taille und zog sie an sich. »Schsch. Jetzt ist alles wieder gut.«

»Wenn Jeroen nur auf meinem Schoß geblieben wäre.«

Am späten Nachmittag fingen Jeannie und Annelies an zu kochen: Suppe, Ziegenbraten und Kartoffeln, gekochte Eier, Brot und Marmelade für die Kinder. Es wurde heiß in der Küche, das Haus war voller verlorener Frauen und Kinder, und es herrschte eine unterdrückte Atmosphäre voller Gejammer, die in Annelies Wut aufsteigen ließ.

»Meine letzte Erinnerung an Bandoengang ist eher unselig«, erzählte sie später, als Jeannie und sie allein waren. »Lottie war … sehr schwierig.«

Lottie war auf geistesabwesende Art von Zimmer zu Zimmer geflattert, die losen Fußbodenkacheln hatten unter ihren Sandalen geklappert, und die Gasbeleuchtung warf wirre Schatten, während sie durch die Zimmer strich, in denen Annelies nähte oder las. Sie blieb stehen, befingerte ein Ornament, strich eine Falte in einem Teppich glatt, besah sich eine Fotografie in einem Zinnrahmen. Annelies hatte versucht sie zu ignorieren. Durch das offene Fenster konnte sie Holzkohlenfeuer und Satay riechen, Räucherkringel gegen die Moskitos, und die schwülen, erstickenden, nuttenhaften Düfte der Früchte und Blüten. Irgendwo in der Nähe spielte Gamelan-Musik, Zikaden und Heuschrecken sirrten, und die winzigen Glöckchen des Satay-Verkäufers, der sich der Hintertür eines anderen Hauses näherte, bimmelten. Wilhelmina war in der Küche und zermahlte mit steinigem Schaben, Rollen und Schlagen Chilischoten und Kreuzkümmel in einem Mörser.

Schließlich hatte Lottie ihr Herz ausgeschüttet. »Du bist meinem Mann zu Willen gewesen. Bitte leugne es nicht.«

Ihre Stimme klang todunglücklich. Lottie schien zu zittern.

In der darauf folgenden Stille hatte Annelies die Hände in den Schoß gelegt und die Zierkacheln angestarrt, und sie kam auf den absurden Gedanken, dass die ganze Unterhaltung wohl besser mithilfe einer dieser mit Scharnieren versehenen Tafeln geführt worden wäre, die man benutzt hatte, bevor es Telefon gab. Lottie könnte ihre Fragen auf die linke Tafel schreiben, sie ihre Antworten auf die rechte. Sie sahen sich sowieso nicht in die Augen, und Annelies' arme Hände suchten dringend eine Beschäftigung.

»Und dann sagte ich zu ihr: ›*Mevrouw,* er hat mich einfach genommen.‹«

Jeannie hatte mit der Küchenarbeit aufgehört und hielt das Messer still in ihrer Hand. »Und was hat sie gesagt?«

»Sie lachte wie irre und sagte: ›Ach ja?‹«

»Und was hast du getan?«

Annelies und ihre Herrin hatten sich schließlich angeschaut. In diesem Augenblick schien Lottie ihr Leben in den Tropen wirklich zu hassen. Sie war nicht mehr so träge wie eine Einheimische, und ihre Haut schien nun derart unter den Insektenstichen, der Hitze und dem Hitzeausschlag zu leiden, als sei sie eben erst vom Schiff gestiegen.

»Ich sagte zu ihr: ›Wünscht *mevrouw*, dass ich mir eine andere Arbeit suche?‹«

Lottie hatte plötzlich alle Zurückhaltung fallen lassen. Sie breitete ihre Hände zu einer Geste der vollkommenen Ratlosigkeit aus und jammerte: »Was spielt er nur für ein Spiel?«

Annelies hatte der Stille gelauscht, die wie ein Herz zwischen ihnen pochte. Schließlich knurrte Lottie: »Kampongschlampe«, klapperte durchs Zimmer davon durch den langen Flur und knallte ihre Schlafzimmertür zu. Annelies schlang die Arme um sich und war sicher, dass man sie davonjagen würde.

Im Haushalt bewegten sich von da ab alle auf Zehenspitzen, und Beklemmung herrschte vor. Etwas musste geschehen, doch sie warteten und konnten nicht darüber sprechen. Annelies' einziger Trost war die Morgendämmerung. Jeden Morgen stand sie vor sechs Uhr auf, um auf dem Brunnen hinter dem Haus zu sitzen. Der Tag breitete sich schnell durch die riesigen Weiten der Berge aus. Er tuschte die Terrassen, den wallenden Nebel, die Unterseiten der Wolken rot und orange. Palmwedel begannen als goldene Fächer, Kokosnüsse als glühende Kugeln, bevor das Grün erwachte und das schachbrettgemusterte Unterland aus dem sich auflösenden Nebel auftauchte. Die Kokoshörnchen vollführten komische Sprünge in den Bäumen und schimpften Annelies aus.

Immer wieder ausgeschimpft, im Oberland und im Unterland.

Doch als Wim Rodenwalt die Familie zurück nach Batavia rief und den Plymouth verkaufte, das Haus verriegelte und die Diener entließ, wurde Annelies immer noch nicht abgeschoben. Batavia war das reinste Chaos. Ein paar Tage später fuhr Wim sie gegen Mitternacht in einer Regierungslimousine zum Flugplatz nach Tjilatjap und erklärte, er habe den Befehl erhalten, Dr. Van Mook dabei zu helfen, in Australien eine Übergangsregierung zu bilden. Er strahlte: »Wir sind alle gerettet. Annelies, meine Frau und mein Sohn werden dich in diesen äußerst schwierigen Zeiten brauchen.«

Er trug eine Aktentasche. Sie spürte, wie sie ihr gegen den Oberschenkel schlug, als er sie sanft die Leiter in das wartende Flugzeug hinauf schob; seine Hand ruhte noch etwas auf ihr, während sie hinaufstieg und sich ihre Gesäßmuskeln vor ihm bewegten. Sie nahm einen letzten Atemzug von der Gewürzinsel. Zehn Stunden bis Broome, ihrem ersten Stopp, an der Nordwestküste Australiens.

»Und nun bist du hier«, sagte Jeannie.

»Nun bin ich hier.«

Als die Nacht hereinbrach, hörte Jeannie den Traktor und roch später Qualm: Wally und Harry hatten die Lockheed in Brand gesteckt. Mit Annelies' Hilfe schob sie ein paar Tische zusammen, holte alle Stühle, die sie finden konnte, und rief die Flüchtlinge zum Essen. Die Frauen waren ein wenig eingeschnappt, Annelies mit am Tisch sitzen zu sehen, und erwarteten insgeheim, dass sie ihnen aufdeckte. Die Mahlzeit war freudlos und versprach lange, missmutige Stunden bis zum Morgen.

Mit der Dunkelheit setzte der Schrecken ein. Die Frauen und Kinder trennten sich nur schwer voneinander, also schleppten Jeannie und Annelies alles verfügbare Bettzeug ins Wohnzimmer, wo nur die Fenster den Ansturm der Welt abhielten. Für all diese Schlafgelegenheiten gab es keine Moskitonetze, und bei all dem Kommen und Gehen der unbeaufsichtigten Kinder, die nichts zu tun hatten, war das Haus nun voller Moskitos. Alle tanzten einen hektischen Tanz voller Klapser und mürrischer Klagen, bis Jeannie mitten auf Crystals vom Regen buckligen Linoleum auf einem Stück Blech ein

Feuer entzündete und Dung darauf verbrannte. Niemand bedankte sich bei ihr dafür, und sie fragte sich verbittert, ob irgendjemand da draußen für diese Menschen mutig in den Tod ging.

Seine Tage voll trügerischer Hoffnung

Der Amtmann hatte Maisie in die Obhut seiner Frau gegeben, der letzten Holländerin, die noch in der Stadt geblieben war, aber er kehrte schon am nächsten Morgen mit ihr zurück, wirkte erschüttert, und seine Augen waren vor Schlaflosigkeit angeschwollen. »Dies ist ein sehr ungezogenes Kind.«

Maisie hörte auf, sich zu wehren und grinste Quiller durch die Gitterstäbe der Zelle an. »Hallo.« Quiller erhob sich von der Rattanmatte auf dem Lehmfußboden, legte sein Gewicht auf das gesunde Bein und wartete darauf, dass der Gefängniswärter Maisie zu ihm herein schob. Er kauerte sich hin, um sie zu umarmen. Maisie machte sich wieder los, drehte sich zum Amtmann um und sagte patzig: »Ich habe Ihnen schon letzte Nacht gesagt, ich will zu meinem Vater.«

Der Amtmann, über dessen Gesicht abwehrende und rachsüchtige Gefühle huschten, schnüffelte und stopfte sich in wütendem Schweigen das Hemd in die Hose.

»Wie lange wollen Sie uns hier festhalten?«, fragte Quiller.

»Sie sind ein Dieb, mein Herr. Sie kommen vor ein Gericht.«

Quiller erklärte erneut, dass der Dieb ein anderer gewesen sei. Er konnte hören, wie die Budenbesitzer den Markt aufbauten, roch Fisch und Nudeln, die in den Küchen der Stadt brieten. Die Morgensonne wurde von einer einsamen Palme auf dem Gefängnishof zerteilt und war noch nicht so heiß und stickig. »Es ist auch in Ihrem Interesse, wenn Sie uns mit den anderen flussaufwärts verschwinden lassen«, sagte er.

In der Nebenzelle rührte sich Janeway. »Dr. Tesselaar, sie sind nicht Vater und Tochter.«

Nicht nur die Fliegen, die Moskitos und der Schmerz in seinem entzündeten Bein hatten Quiller die ganze Nacht wach gehalten, sondern auch Janeway, der ihn reizte und dann wieder versuchte, ihn gegen die Alliierten aufzubringen.

»Er ist wohl mein Vater«, schnappte Maisie zurück.

»Ich sollte Sie warnen, Dr. Tesselaar, sie hegen eine sehr ungesunde Sympathie zueinander.«

Der Amtmann wandte sich mit dem Gesichtsausdruck eines Mannes ab, der mehr als genug zu verkraften hatte. »Ich habe noch nicht gefrühstückt.«

Er verschwand mit dem Gefängniswärter. »Sehr clever, Quill«, sagte Janeway. »Ist sie dein Ticket in die Freiheit? Na, so viel zum moralischen Rückgrat der Royal Air Force.«

Quiller ignorierte ihn. Maisie trat unbewusst auf der Stelle. »Ich fürchte, du wirst dich auf den Eimer setzen müssen«, sagte er sanft. »Ich werde ihm die Sicht versperren.«

Maisie beäugte den Eimer und dessen verdreckten Sitz und gab ein langes Ooh des Widerwillens von sich, doch dann hob sie ihren Rock, kauerte sich über den Sitz, und während ihr Urin in einem heißen Strahl herausschoss, löste sich die Anspannung in ihrem Gesicht.

»Besser so? Wo ist deine Unterhose?«

Das waren die Fragen eines besorgten Vaters. Quiller goss ihr eine halbe Blechtasse Wasser über die Finger und spülte die Urintropfen an ihren Beinen weg.

»Wie rührend, Quill.«

»Halt die Schnauze.«

Die Außentür knallte auf, und der Gefängniswärter kam durch die Zellen, gefolgt von einem britischen Soldaten in den Fetzen einer Sergeants-Uniform, der ein Tablett Nudeln und schwarzen

Tee in einer angeschlagenen Tasse trug. Er brachte es kaum über sich, Janeway einen Blick zuzuwerfen, schob das Tablett auf den Boden von dessen Zelle und ging wieder hinaus. Um Quiller und Maisie kümmerte er sich nicht.

Janeway grinste höhnisch. »Ich frage mich, wie lange meine Bewacher noch vorhaben, dieses Affentheater zu spielen.«

»Welches Affentheater?«

»Mich am Leben zu halten. Wär doch einfacher, mich zu erschießen und fertig.«

Quiller schnalzte mit der Zunge und ging auf das Gespräch ein. »Ich würde das jedenfalls so machen.«

»Ich bin nur eine Last. Ergibt doch keinen Sinn, mich durch die Gegend zu schleifen. Die sollten lieber ihre eigene Haut retten, findest du nicht?«

»Ich würde es jedenfalls tun. Schließlich bist du verurteilt worden.«

»Es sei denn«, sagte Janeway grübelnd, »sie denken, ich bin ihr Unterpfand, wenn die Japaner kommen.«

»Wahrscheinlich ist es das.«

»Außerdem steckt mein Kopf noch voller Geheimnisse, von denen ich die meisten noch mit keinem geteilt habe, also lassen sie mich vielleicht am Leben für eine, sagen wir mal, intensivere Befragung.«

»Diese Aufgabe würde ich zu gern übernehmen«, sagte Quiller.

Janeway war entzückt. »Ich wusste, dass du das sagen würdest, Neil.«

Quiller machte es nichts aus, mit Janeway zu sprechen. Janeway konnte ihm nichts, und es bereitete ihm Vergnügen, dessen Denkweise zu beobachten.

Janeway trank den Tee, schob aber die Nudeln beiseite. »Ich kann diesen Mist nicht essen.«

Maisie ging zum Gitter. »Wir essen es.«

»Ich denke, ich werde es in die Gülle kippen«, meinte Janeway mit düsterem, genau bemessenem, leicht verächtlichem Ton in der Stimme und kippte die Nudeln mit einem Gluckser in seinen Eimer. Maisie war wütend, drehte sich zu Quiller um und wieder zurück.

»Das war nicht nötig«, stellte Quiller fest.

Er kam sich ganz ausgehöhlt vor, und er sah, wie der Hunger an Maisie nagte.

»Oh, ich finde schon«, sagte Janeway.

»Sie sind widerlich und gemein«, sagte Maisie.

In der ganzen Stadt war ein reißendes Knurren zu hören, und sie erstarrten, lauschten und warteten darauf, dass die Bomben hochgingen. Die Luft schien kurz zu zitterten und beruhigte sich wieder. Janeway grinste.

»Wär doch ein Witz«, scherzte Quiller, »wenn gerade jetzt ein paar Bomben auf dieses Gefängnis fielen.«

Janeway zuckte mit den Schultern.

Im Laufe des Vormittags kam der Gefängniswärter zusammen mit dem Amtmann und einer Gruppe von drei Einheimischen-Polizisten; sie bewachten einen Inländer, der einen Sarong trug, ein kragenloses weißes Hemd, Sandalen und eine schwarze, randlose Kappe. Quiller und Maisie wichen einen Schritt zurück, als ihre Zellentür für den neuen Gefangenen aufgesperrt wurde.

Janeway hielt sich an den Gitterstäben fest. Genau wie Quiller war er für jede Ablenkung dankbar. »Wer ist denn Ihr Gefangener, Dr. Tesselaar?«

Der Amtmann zuckte mit den Schultern. »Ein Agitator.«

Janeway durchzuckte ein Funke von Interesse. »Ein Agitator?«

Der Amtmann sagte gereizt: »Er heißt Arief Sutedjo. Er hat die Plantagenarbeiter im Süden aufgestachelt, und er muss daran gehindert werden, mit dem Feind zu kollaborieren.«

»Warum stecken Sie ihn nicht zu mir in die Zelle?«

Der Amtmann schüttelte heftig den Kopf. »Ich weiß, wer Sie

sind und was Sie getan haben«, sagte er. »Wenn ich hätte mehr Zellen oder ein anderes Gefängnis, dann würde ich diesen Mann einsperren weit weg von Ihnen.«

»Hast du das gehört, Mike?«, sagte Quiller. Er hatte seinen Spaß.

»Halt den Mund, Quiller. Und was wird mit Sutedjo geschehen, Dr. Tesselaar?«

»Er wird unter Bewachung nach Padang gebracht und dann ins Exil geschickt.«

Der Amtmann ging mit dem Gefängniswärter und den Polizisten hinaus, doch Quiller rief ihn zurück: »Wir haben Hunger«, sagte er.

»Sie werden schon bald auf einem Boot sitzen, Sie und das Kind.«

»Und was ist mit der Anklage?«

Der Amtmann warf die Arme in die Höhe. »Sie glauben, ich habe eine Zeit, Sie zu klagen an, dabei ist die ganze Stadt schon voll mit Unruhestiftern und uns fallen Bomben auf den Kopf? Ich glaube nicht.«

Als der Amtmann verschwunden war, trat Janeway an die Gitterstäbe zwischen ihnen und sprach den neuen Gefangenen an. »Sprichst du Englisch, Arief?«

Sutedjo saß voll unabänderlicher Würde im Schneidersitz auf dem Boden und ignorierte ihn. Quiller grinste. »Warum sollte er schon mit dir reden, Mike?«

Janeway warf ihm einen Blick voller Verachtung zu. »Gemeinsame Ziele, Quill, alter Knabe, gemeinsame Ziele.«

Dann wandte er sich wieder an Sutedjo. »Hättest du dir in deinen kühnsten Träumen jemals vorgestellt, deine Kolonialherren mit eingekniffenem Schwanz davonlaufen zu sehen? Nicht nur das, nein, sie haben auch keinen Stolz mehr, sie plündern, lügen und betrügen sich ihren jämmerlichen Fluchtweg durch dein Land.«

Sutedjo schloss die Augen.

»Freiheit. Unabhängigkeit. Es gibt kein Zurück mehr.«

»Hast du uns dafür verkauft, Mike?«, fragte Quiller. »Für deine hoch gesteckten Ziele?«

»Ich bin im Fernen Osten aufgewachsen«, knurrte Janeway. »Dann hat man mich nach England auf die Schule geschickt, ich kenne beide Seiten. Und ich weiß, welche ich bevorzuge.«

Maisie schauderte es. »Gehen Sie weg. Sie sind widerlich.«

»Schsch«, machte Quiller, zog sie an sich, legte sich dann mit ihr auf seine Strohmatratze und schloss die Augen. Schließlich hörte er, wie ihr Atem tiefer wurde und sie einschlief.

Quiller döste. Er wollte alles aussperren – alles, nur nicht die Taten seines Cousins. Ihm wurde fast übel bei der Erkenntnis, so betrogen worden zu sein. Sein erster Gedanke auf der Pier war, dass er seinen Teil der Abmachung erfüllt hatte und dass er in Haarlem Downs auftauchen, ihnen den Schuldschein unter die Nase halten und die Gull einfordern würde. Zu Anfang war er verletzt und wütend gewesen.

Dann war ihm das Herz stehen geblieben.

Der Schuldschein.

Er klopfte sich sinnlos auf die Brusttasche des Holländer-Hemds.

»Schnell«, hatte er gesagt, »komm mit.«

Mit Maisie im Schlepptau hatte er sich einen Weg durch die gesäuerte, gefährliche Luft fort von den Docks gebahnt. War zwischen den Marktständen hindurchgeeilt. War dem Fluss bis zur Tür des Lagerhauses und der Dunkelheit darin gefolgt.

Dort hatte er sich hingekauert und den Boden abgesucht. Nach einer Weile hatte sich Maisie ihm angeschlossen. »Wonach suchen wir?«

»Was hatte Cam an?«

Wenn sie sich nahe genug waren, konnte er ihr Gesicht sehen. »Es sah aus wie dein altes Hemd.«

Cameron nahm ständig neue Gestalt an. Nun war er ein verwundeter RAF-Pilot auf dem Weg flussaufwärts und über die Berge zu sichereren Gewässern, wo er sich vielleicht in einen holländischen Kolonialbeamten verwandeln würde, der seine Ausreise verlangte. Irgendwo unterwegs würde er das Stück Papier zerreißen, das Quiller all die Wochen bei sich getragen hatte.

Maisies heiße, trockene Hände hatten Quillers Kopf festgehalten, damit sie ihm in die Augen schauen konnte. »Mach dir keine Sorgen, Neil«, hatte sie gesagt, obwohl sie gar nicht wissen konnte, worüber er so aufgebracht war.

Und dann hatte Quiller gedacht, dass auch zwei Leute Camerons Spiel spielen konnten. Er hatte sich über die Brust des gestohlenen Hemdes gestrichen und sich in die Haut eines Holländers mit einer armen, mutterlosen Tochter im Schlepptau versetzt.

Damit hätten sie es beinahe auf die letzte Dschunke geschafft. Allerdings hatte der Amtmann sein Hemd erkannt, Quiller hinter Gitter gesteckt und Maisie mit nach Hause zu seiner Frau genommen.

Quiller döste. Maisie schnarchte leise. Der Amtmann hatte etwas von einem Boot gesagt, das sie flussaufwärts bringen sollte. Würde ein Boot ihm dabei helfen, die Distanz zu Cameron zu überwinden? Quiller war völlig aufgewühlt. Das konnte er ihm nicht durchgehen lassen. Um Taten sprechen zu lassen, war Rache genauso süß wie Liebe. Die Gull stand für Liebe und Hass, und zum Teufel mit dem Schuldschein.

Am 1. März, dem St. David's Day, bestiegen Quiller und Maisie einen offenen Lastkahn, der mit Zivilisten und Soldaten voll gestopft war. Die meisten waren Schiffbrüchige, die vor Tagen aus dem Wasser gefischt und von den Inseln des Archipels aufgesammelt worden waren und in ihrer Hilflosigkeit und durch den langsamen Weg durch die einzelnen Zwischenstationen quer über Sumatra schon fast bis zur völligen Bewegungslosigkeit träge waren. Eine kleine Motorbarkasse, die unter dem Kommando eines australischen Zinnminenbesitzers aus Malaya stand, zog den Lastkahn, der im Wellengang der Barkasse schaukelte, obwohl sie kaum mehr als drei Knoten machten. Die Verletzten auf ihren Tragbahren schrien vor Schmerzen. Kinder weinten oder versuchten zu tollen, aber zum Spielen gab es nicht viel Platz, und die Erwachsenen, die schlafen wollten, sich hingelegt hatten oder an der Reling lehnten und die Köpfe auf die Knie stützten, fluchten, schlugen nach ihnen oder zeterten giftig. Niemand machte sich die Mühe, freundlich zu sein. Maisie blieb dicht bei Quiller. Sie hielten sich nah am Bug auf, das von einer Bande düster blickender, mit Gewehren bewaffneter Infanteristen beansprucht wurde, die sonst nichts anderes zu beanspruchen hatten. Das Ufer zu beiden Seiten war von Bäumen gesäumt, und jede Biegung des Flusses eröffnete nur den Ausblick auf weitere Bäume und träge Fluten.

Rengat lag an dem für die Barkasse und den Lastkahn höchst gelegenen schiffbaren Punkt des Flusses, eine kleine Stadt, die von Gummibaumreihen umgeben war, nicht von Dschungel. In der hereinbrechenden Dunkelheit legten sie an einem Pier an, der aus grob mit Äxten geschlagenen Baumstämmen gebaut war, und Quiller konnte andere zerlumpte Soldaten und Zivilisten erkennen, die sich an den Eingängen zu den Kautschuklagerhäusern herumtrieben. Am der Stadt zugewandten Ende des Piers warteten ein paar Krankenwagen des Holländischen Roten Kreuzes, am anderen Ende, gegenüber von dem Lastkahn und der Barkasse, waren provisorische Tische aufgestellt worden, auf denen Reis, Fisch, Kaffee und Tee angeboten wurden.

Ein Commodore der Royal Navy türmte sich drohend über ihnen am Pier auf und erklärte: »Das weitere Vorgehen ist wie folgt: Nach einer Mahlzeit, die dankenswerterweise vom Roten Kreuz bereitgestellt worden ist, werden Sie zu Ihren Quartieren in den Lagerhäusern und Kulihütten gebracht. Im Laufe der nächsten Tage werden Sie per Lastwagen nach Sawahlunto verfrachtet, von dort aus dann per Eisenbahn die Berge hinunter nach Padang. Es sind fünfhundert Menschen vor Ihnen dran, und das System lautet, wer zuerst kommt, mahlt zuerst. Haben Sie verstanden?«

Die Infanteristen im Bug murrten und schimpften dann lauthals. Quiller hörte das gut geölte Klicken von ein oder zwei Gewehrbolzen, ein Infanterist feuerte in die Luft, doch der Commodore schnippte mit den Fingern, und ein Dutzend australischer und britischer Offiziere, die mit Maschinenpistolen bewaffnet waren, stellten sich schweigend neben ihn.

»Noch einmal, haben Sie verstanden?«

Die Infanteristen senkten die Gewehre. Sie waren die Letzten, die an Land gingen, und folgten Quiller und Maisie hart auf den Fersen. Quiller rechnete schon halb mit einem Begrüßungskomitee in Rengat, einem holländischen Polizisten oder einem britischen Militärpolizisten, der von seiner Inhaftierung wegen Diebstahls in Tembilahan wusste, aber er kam unerkannt und ohne weitere Verzögerung zu den Essenstischen.

Zwanzig Minuten später meldete sich der Commodore erneut zu Wort. »Ich bitte Sie um Geduld. Es gibt keine Fahrzeuge hier vor Ort, also bleiben Sie bitte in Ihren Quartieren, und bleiben Sie zusammen. Die Holländer tun alles nur Menschenmögliche. Die Zustände im Land selbst sind prekär. Die Eingeborenen sind nervös. Im Süden sind Pflanzer massakriert worden, und wir wollen keinen Aufstand. Verstanden? Abtreten.«

Quiller hielt den Commodore zurück, als er den Pier verlassen wollte. Irgendwo im Hinterkopf hatte er das Bedürfnis, sich selbst Erlaubnis erteilen zu müssen, weiterhin unabgemeldet von der Truppe fern bleiben zu dürfen, und fragte: »Sir, wissen Sie irgendetwas über die RAF-Basis in Palembang? Ich versuche, zu meiner Schwadron zurückzukehren.«

Dem Commodore fiel der Unterkiefer runter. »Sie müssen den Verstand verloren haben. Die Gegend ist besetzt. Sumatra ist erledigt, Kumpel. Nehmen Sie meinen Rat an, gehen Sie nach Padang und hoffen Sie das Beste.«

Quiller führte Maisie zu einem Kautschuklagerhaus, einem engen, muffigen Platz voller geringer, sauer gewordener Erwartungen. Primrose und Lee Lin waren dort. Sie waren als Nächste an der Reihe, nach Sawahlunto gefahren zu werden, berichteten sie ihm. Er konnte nicht sagen, ob er erfreut oder verärgert war, sie zu sehen. Aber sie waren ihm vertraut und machten viel Aufhebens um Maisie, und als er von einer Erkundung durch die Stadt zurückkam, stellte er fest, dass sie ihr saubere Sachen besorgt und ihr dreckiges Kleid gewaschen hatten.

»Nehmt sie morgen mit«, sagte er.

Maisie umklammerte sofort sein entzündetes Bein. »Nein. Ich will bei dir sein.«

Quiller stöhnte auf. »Na gut. Komm. Aber erst brauche ich etwas Medizin.«

Bei einer Apotheke in einer Seitengasse tauschte er seine überzähligen Atribintabletten, die in ihrer Blechdose noch immer trocken geblieben waren, gegen Sulfonamid-Puder und einen Pflasterstreifen ein. Dann schaute Maisie mit aufgerissenen Augen unter einer Palme am Markt zu, wie er sein Messer über einer Kerze sterilisierte, das Geschwür an seinem Schienbein aufstach, die Gifte abfließen ließ und das Sulfonamid auftrug. Sie hatte sich hingekauert und half ihm dabei, die nässende Wunde mit dem Pflaster zu verschließen.

Als er aufstand, folgte ihm ihr Blick. Jede noch so kleine Handlung schien sie nur noch enger an ihn zu binden.

Quiller glaubte, es nicht aushalten zu können, in Rengat auf den Weitertransport zu warten. Als es ganz dunkel geworden war, wanderte er mit Maisie durch die Randbezirke der Stadt und fand in einem Hain neben der Straße versteckt einen Laster mit einem Ballen Kautschuk auf der Ladefläche. Er kniete sich hin und prüfte den Benzintank, wobei er mit seinen Fingerknöcheln vom Einfüllstutzen oben bis zur Unterseite klopfte. Er war leer. Er stand da, stemmte seine Hände in die Hüften und dachte nach.

»Wohin jetzt?«, fragte Maisie.

»Zurück zum Pier.«

»Warum?«

»Wirst du schon sehen.«

Der Pier war menschenleer. Quiller stieg auf die Barkasse, die sie nach Rengat geschleppt hatte, stellte fest, dass niemand an Bord war, und öffnete Schränke und Schubladen. Fünf Minuten später kam er wieder hervor und hatte einen Sack dabei, in dem sich Reis befand, eine kleine Stange amerikanischer Zigaretten, eine Flasche Bier und ein paar Dosen Cornedbeef.

Sie nahmen den Fußpfad durch die Gummibaumplantage. Wolken zogen immer wieder vor das Gesicht des Mondes, und sie waren für längere Zeit ganz im Dunkeln, der Wind rasselte in den Gummibäumen, Glühwürmchen blinkten, Tiere im Gestrüpp scharrten und hielten plötzlich inne.

Nachdem sie die mit Metallplatten belegte Straße erreicht hatten, kamen sie leichter voran, aber der Schmerz pochte durch Quillers wundes Bein, und sobald Maisie anfing, zu stolpern und zu quengeln, legten sie eine Pause ein. Sie waren schon eine ganze Weile an einer weiteren Plantage vorbeigegangen, und Quiller trug sie einen Nebenpfad entlang, bis sie auf einen verlassenen Bungalow stießen. Sie schliefen auf Strohmatratzen. Am Morgen spülten sie das Cornedbeef mit Leitungswasser aus der Porzellantasse eines Kautschuksammlers herunter, die ganz klebrig war von dem Baumsaft und das Wasser verunreinigte.

Dann kehrten sie zur Straße zurück, und mehrmals im Laufe des Vormittags mussten sie Platz machen, um Busladungen voller Einheimischentruppen vorbeizulassen, die in die entgegengesetzte

Richtung fuhren. Die Soldaten hatten ihre Frauen und Kinder dabei, und alle starrten Quiller und Maisie an und winkten.

Am späten Nachmittag kamen sie in ein Dorf. »Bleib dicht bei mir«, sagte Quiller und beobachtete die Dorfbewohner aufmerksam, lächelte sie an und blieb ab und zu stehen, um eine Hand zu schütteln. Ein alter Mann gestikulierte und bot ihnen chinesische Kekse aus einer Blechdose an. Sie nahmen sich jeder einen, waren aber eher durstig als hungrig, und als Quiller auf die Kokosnüsse zeigte, die in einer Palme hingen, stieg der Mann hinauf und schnitt ein paar Nüsse herunter, ohne sich um die Proteste einiger jüngerer Männer zu kümmern, die mit Lee-Enfield-Gewehren bewaffnet waren. Quiller nahm an, dass ein paar Australier hier durchgekommen waren und sich ihren Weg durch Sumatra erschacherten. Er zog zwei Schachteln Zigaretten aus dem Sack und gab dem alten Mann die eine und den jungen Männern die andere.

Als sie sich am nächsten Morgen wieder auf den Weg machten, klapperte ein Taxi durchs Dorf. Quiller humpelte mit Maisie mitten auf die Straße und hob eine Hand, um es anzuhalten. »Sawahlunto?«

Der Fahrer schüttelte den Kopf.

Quiller zog Zigaretten aus dem Sack. Der Fahrer schaute ohne Reaktion zu. Quiller holte eine weitere Schachtel hervor, dann noch eine. Der Fahrer, der langsam zornig wurde, schnappte sich den Sack, leerte ihn auf dem Beifahrersitz aus und wühlte darin herum. Er sah auf und wies auf Quillers Taschen.

Quiller schüttelte traurig den Kopf.

»Ich«, sagte Maisie.

Sie trug einen Lederbeutel unter dem Oberteil ihres Kleides. Quiller hatte die Schnur um ihren Hals schon gesehen, sich aber nichts dabei gedacht. Nun sah er, wie sie eine Hand voll Geldscheine hervorzog und damit vor dem Fahrer wedelte. »Mehr, mehr«, sagte der Fahrer.

Maisie schüttelte entschieden den Kopf, steckte das Geld ein und nahm Quiller bei der Hand, um mit ihm weiter die Straße entlang zum Dorf hinaus zu gehen.

Die Gangschaltung knirschte protestierend, das Taxi beschleunigte, bis es neben ihnen war. »Sawahlunto«, sagte der Fahrer resignierend, streckte eine Hand aus, um eine Tür für sie zu öffnen und die Bezahlung zu kassieren.

»Das hast du aber gut verheimlicht«, sagte Quiller leichthin, als sie unterwegs waren.

»Geld von meiner Mutter, bevor sie starb«, erklärte Maisie.

»Hast du ihm alles gegeben?«

»Nein. Ich hab noch ganz viel.«

»Gut.«

Sie waren zwei Tage unterwegs. In Bashira und anderen Kleinstädten überholten sie die Evakuierten aus Rengat und übernachteten mit Zivilisten in einer Schule in Taluk. Am Morgen sahen sie Primrose und Lee Lin, die auf einen Lastwagen warteten, und sie warfen sich gegenseitig Blicke bar jeglichen Mitgefühls zu.

In den Bergen hatte es geregnet. Die Straße verwandelte sich in einen Schlammpfad, der die überflutete Ebene durchquerte, dann stieg sie in Serpentinen zu den Gipfeln und tiefen Schluchten hinauf. Quiller konnte unten die Fluten erkennen, die in Flüssen und Bächen große Felsbrocken und Bäume mit sich rissen, und er wusste, was das für all jene bedeutete, die noch immer flussabwärts warteten. Ab und zu hielten sie an, um durch Bachläufe zu waten, während der Taxifahrer zur anderen Seite hinüberkroch und wohl an Maisies Lederbeutel dachte. Ein-, zweimal hielten sie auch einfach an und warteten, bis der Wasserpegel wieder fiel.

Bei Einbruch der Abenddämmerung des zweiten Tages kamen sie in nebligem Regen durch Tabakplantagen nach Sawahlunto, wo das Licht ihrer Scheinwerfer und die Lichter der zur Straße hin offenen Geschäfte und Cafés hell über die nassen Straßen kleckten.

Sawahlunto war die letzte Station vor Padang. Sie schliefen in einem umgebauten Tabaklagerhaus auf Bodenplanen und Decken, die die Holländerinnen in der Stadt bereitgestellt hatten. Am Morgen duschten sie in einem Schuppen an der Rückseite des Lagerhauses und reckten ihre Gesichter in das Wasser, das aus durchlöcherten Eimern tröpfelte. Quiller ertappte Maisie dabei, wie sie ihn anstarrte, und lenkte sie mit einer Reihe von seifigen Achselrülpsern und Haarwaschliedern ab, bis sie mit ihm sang.

Nachdem eine holländische Krankenschwester den Verband an Quillers Bein erneuert hatte, brachte sie ein uniformierter Pfadfinder zur Bahnstation. Der Junge lernte Englisch in der Schule und löcherte sie in seinem hohen, präzisen Singsang mit Fragen. Andere Pfadfinder führten Gruppen von Soldaten und Zivilisten durch die engen Straßen, vorbei an Holländerinnen und Holländern, die in den Cafés frühstückten, und Quiller kam sich vor, als sei er nicht im Gleichschritt mit der Zeit. War ihnen denn nicht klar, dass die Japaner nur noch Stunden entfernt waren?

Nebel hing über den Bäumen unterhalb der Stadt. Eine alte Dampflokomotive und eine Reihe von Waggons, von denen manche mit roten Kreuzen und roten Halbmonden versehen waren, standen auf dem Gleis. Nachdem eine Stunde später ein Krankenwagen die Verletzten herbeigeschafft hatte, fuhr der Zug ab und kroch durch die Nebelschwaden, schob sich manchmal über schmale Holzbrücken, die steile Schluchten überspannten, klomm mithilfe eines Systems von Ketten und Zahnrädern, die neben den Schienen angebracht waren, in die Höhe. Von den Hängen über ihnen stürzten neue Wasserfälle hinab wie lange weiße Seile.

Es musste wohl die Verbindung aus ihrer langsamen Fahrt, dem Knarren der Waggons und dem Wasser tief unter ihnen gewesen sein, denn Quiller war wieder in England, überquerte den Tyne und kroch in den Hauptbahnhof. Nach mehreren schnellen Gedankensprüngen wurde er zu seiner eigenen Mutter, die hinausschaute und beschloss, in Newcastle auszusteigen und ihre Flucht zu beenden. Er ist ein wachsendes Körnchen in ihr, ein unbequemer, aber sicherlich geliebter Knoten, eine Erinnerung, dass sie nun zu zweit sind. Nach fünf Jahren endlosem Auf und Ab der Welt und ihrer eigenen Bewegungen – hin zur willkommenen Gefahr? Fort von den Verpflichtungen? –, ist seine Mutter erschöpft. Die Stadt und der Fluss, die so mit Kränen vollgestellt und von Geschichte durchsetzt sind, werden für sie die Illusion fortgesetzter Bewegung aufrechterhalten und ihr erlauben, sich auszuruhen. Sie vermisst ihren kanadischen Soldaten. Kam er vor dem Waffenstillstand um, oder kehrte er nach Kanada zurück, ohne jemals erfahren zu haben, dass er sie schwanger zurückgelassen hatte?

Im Laufe des Tages wichen die Berghänge Hügeln und terrassierten Reisfeldern, dann kleinen geschmückten Hütten inmitten von Ölpalmenplantagen und Bananenhainen. Ochsenkarren trotteten neben den Gleisen, und ein Karrenlenker winkte Maisie zu, als sie ihm aus dem offenen Fenster etwas zurief.

Als sie in den Bahnhof von Padang einliefen, warteten Kranwagen, Laster und eine Hand voll Automobile auf sie, aber Maisie wollte in einem *gharry,* einer hochrädrigen Ponykutsche, fahren. Der Kutscher schnalzte mit der Zunge, die Kutsche zuckelte los, und die Räder drehten sich knirschend über den Straßenbelag. Cameron war ihnen nun eine Woche voraus, aber Quiller sah sich auf der kurzen Fahrt vom Bahnhof in die Stadt aufmerksam um und hoffte, in der Menge der Flüchtlinge, Deserteure und Evakuierten eine unverkennbare Spur von Cameron auszumachen, irgendeine gewisse Art seiner Körperhaltung, eine gewisse Bewegung seiner Nase oder seines Kinns, ganz gleich, in welcher Verkleidung er auch stecken mochte. Quiller fand, dass er in seinem gestohlenen holländischen Hemd nicht fehl am Platz war, denn die meisten Europäer wanderten oder schlenderten in Resten ihrer alten Uniformen, kombiniert mit neuen Hemden oder Hosen der holländischen Armee, durch die Straßen. Andere trugen schwarze chinesische Pluderhosen oder Sarongs und sonst fast gar nichts.

Der Karren rollte über die breiten Alleen, vorbei an luftigen, schattigen Bungalows, die auf großen Rasenflächen und in Gärten standen. Quiller konnte im Hafen in der Ferne Schiffe erkennen und am Wasser Reihen von durch Bomben zerstörten Lagerhäusern. Aus dem Hafenbecken ragten die Masten versenkter Schiffe. Aber die Holländer hatten die Hafenausfahrt versperrt, und Quiller schauderte es bei diesem Anblick. Jenseits der Stadt und des Hafens waren lange Abschnitte von Palmen gesäumten Sandstrands zu erkennen. Ein hübscher Ort, um auf die Gefangennahme zu warten.

Der Karren hielt vor dem Oranje-Hotel, das am Wasser lag. Ein Lieutenant der britischen Army rief: »Wir sind voll, Kumpel. Versuchts mal im Eendracht-Club.«

Der Kutscher hörte den Namen und schnalzte seinem Pferd zu. Aber auch der Eendracht-Club war voll. Quiller konnte das verstehen. Er hatte hunderte von erschöpften, teilnahmslosen Menschen in der Stadt gesehen.

»Versuchts mal in der Schule«, rief ein Navy-Offizier von der Veranda herunter.

»Ich dachte, man würde uns auf die Schiffe bringen«, rief Quiller zurück.

»Keine Chance, alter Knabe. Die Holländer wollen sie nicht freigeben. Für uns ist da gesperrt. Überall Maschinengewehrstellungen.«

Der Karren fuhr weiter. Als sie am Rathaus vorbeikamen, sah Quiller auf den Stufen Flüchtlingsfrauen, die an einem Stand gebrauchte Kleidung kauften, ihre Kinder herausputzten oder hineinund hinausgingen. Dann entdeckte er Primrose und Lee Lin. Lee Lin nahm die Grastaschen der Einheimischen auseinander, und Primrose webte die Fasern zu Strohhüten. Sie hatten ein Papierschild angebracht: *Hüte, 1 Gulden.* Quiller drehte sich zu Maisie um. »Such dir doch für heute Nacht ein Bett bei den Frauen.«

»Nein.«

Sie ließen einen Park links liegen, in dem Gruppen von tödlich gelangweilten Soldaten Karten spielten oder die Frauen auf den Stufen des Rathauses beäugten. Einer von ihnen trug eine Maschinenpistole, holländische Soldaten versuchten sie zu konfiszieren, und Quiller rechnete schon mit einer Schießerei, als der Karren weiterfuhr, vorbei an Kaffeehäusern und Restaurants mit schmiedeeisernen Tischen unter den Blätterkronen an der frischen Luft.

Es gab Platz in der Schule, aber keine Betten und keine Frauen, nur Männer, die ungefestigt wirkten, ruhelos und verbittert, am Rande des offenen Meeres eingeschlossen zu sein, ohne wegzukommen. Ein Matrose sagte zu Quiller: »Das ist nicht der richtige Ort für so 'nen kleinen Racker.«

»Da hast du Recht«, sagte Quiller. Er sah den Mann an. »Stimmt es, dass die Holländer uns die Schiffe nicht freigeben?«

Der Matrose nickte. »Mistkerle.«

»Können wir mit irgendwelchen unserer Schiffe rechnen?«

»Da weißt du so viel wie ich.«

»Aber es waren doch Schiffe da.«

»Haben die Verwundeten abgeholt.«

Quiller nickte. Cameron hatte Sumatra verlassen, das stand fest. »Es muss doch kleinere Boote in den Dörfern an der Küste geben.«

»Hab ich versucht, aber zwecklos«, sagte der Matrose. »Man hat mit Steinen nach mir geworfen und mich angespuckt. Ein Typ klang halbwegs interessiert, mir sein Fischerboot zu verkaufen, aber dann kam sein Vetter dazwischen und drohte, ihn den Japsen zu melden.«

»Und was kostet ein Boot?«

Der Matrose besah sich Quiller von oben bis unten. »Mehr, als du dir leisten kannst, Kumpel, es sei denn, du hast jede Menge holländischer Gulden in der Tasche.«

»Also hängen wir hier fest?«

»Sieht so aus.«

Quiller drehte sich um. Der Karren stand unter einem Banyanbaum vor dem Schultor. Maisie sah ihn vertrauensvoll an. Dann wandte er sich wieder an den Matrosen. »Gibt es irgendwelche Bücher in den Klassenzimmern?«

Der Mann tat einen Schritt rückwärts und machte einen Kratzfuß. »Seien Sie mein Gast.«

In einem Schrank neben einer Schultafel, die mit kopulierenden Gestalten und Beleidigungen der Holländer und Japaner beschmiert war, fand er Atlanten, Fibeln, Textbücher und Schreibutensilien. Er riss die Umschläge von einem holländischen Atlas und einer englischen Ausgabe von Grimms Märchen für Maisie ab, rollte sie mit Bleistiften und Schreibpapier zusammen und ging wieder hinaus.

»Ich habe dem Fahrer etwas Geld gegeben«, sagte Maisie.

Quiller hatte wegen Maisie und ihrem Geld ein schlechtes Gewissen. »Gute Idee.«

Dann: »Hör mal Maisie, ich bringe dich zur Frauenunterkunft im Rathaus. Ich werde hier bleiben. Es ist nicht gut, wenn du auch hier bleibst. Das gilt aber nur für die Nächte. Den Tag verbringe ich mit dir.«

Sie schaute versteinert nach vorn. Der Kutscher hatte mit der Zunge geschnalzt, und die harten Räder knirschten und sprühten Funken unter ihnen.

Quiller fuhr sanft fort. »Die Lage ist nicht besonders rosig für uns. Es gibt wahrscheinlich keine Schiffe, um uns rauszuholen. Wir könnten in Gefangenschaft geraten.«

Ein Schatten schien über Maisie zu huschen. Sie umklammerte sich selbst und wurde ganz still. »Ich will nicht auf ein Schiff.«

»Warum nicht?«

»Die letzten zwei Nächte hatte ich einen schlechten Traum.«

»Du schläfst wirklich ziemlich unruhig.«

»Menschen im Wasser«, sagte sie. »Das Meer brannte überall. Die Rettungsboote brannten. Es gab Haie, alles.« Sie schauderte.

Quiller legte einen Arm um ihre Schulter. »Das ist nur ein böser Traum.«

»Zweimal hintereinander derselbe Traum.«

Quiller wusste schon, dass die Unsicherheit die Menschen so nervös machte, dass der Zufall in ihrem Leben keine Rolle mehr spielte und alles zu einem Zeichen oder Symbol für etwas anderes wurde. Er drückte Maisie an die Brust und dachte: Ich finde, die Menschen haben vollkommen Recht, so zu fühlen.

Die Kutsche kam an einer Zeile von Straßencafés vorbei, Quiller schaute hin, schaute weg, drehte seinen Kopf abrupt zurück und schaute noch einmal. Der Mann namens Sutedjo saß an einem Eisentisch und trank Kaffee. Er trug keine Handschellen, keine Fesseln, und er wurde auch nicht bewacht, soweit Quiller das beurteilen konnte. Für die Alliierten brach alles zusammen. Die Nationalisten kauften den zerlumpten Europäern die Waffen ab, und Quiller nahm an, dass auch die Einheimischen-Polizei die Seiten wechselte. Wenn Sutedjo eine Kundgebung abhalten wollte, wer sollte ihn daran hindern? Die Holländer hatten mehr als genug damit zu tun, die Flüchtlinge in Schach zu halten.

In der Nacht wechselte er seinen Beinverband und blätterte im Atlas. Ceylon war näher als der Nordwesten Australiens, westnordwestlich übers offene Meer. Australien lag im Südosten, jenseits einer langen Reihe von Inseln, die womöglich alle in japanischer Hand waren. Es gab Strömungen und Winde zu bedenken, Treibstoff, Nahrung und Trinkwasser, Angreifer auf See und aus der Luft. Das offene Meer machte ihm Angst. Er glaubte, sich nahe an Land halten zu können, in der Nähe der Inseln, die auf den Seiten seines Atlasses aussahen wie Farbflecken. Er nahm einen Bleistift und ein leeres Blatt, zeichnete eine Reihe von Inselrouten im Maßstab 1:25 000 000, markierte ein paar Routen südöstlich und nordöstlich von Sumatra und eine nach Ceylon.

Er glaubte allerdings nicht, Cameron auf Ceylon zu finden.

Am Morgen ging er zum Rathaus und traf Primrose, Dorry und Lee Lin, die zusammen mit Maisie auf den Stufen saßen. Dorry grinste, als sie ihn sah: »Hallo, Tiger.«

»Die Welt ist ein Kaff«, bemerkte Quiller leichthin. Er sah die Säcke und Rohrkörbe zu ihren Füßen. »Wollt ihr irgendwo hin?«

»Großes Schiff kommen«, sagte Lee Lin. »Wir Befehl zu warten hier auf Laster.«

»Maisie sagt, sie kommt nicht mit uns«, sagte Primrose. »Kannst du ihr etwas Vernunft beibringen, Quill?«

»Ich hatte wieder diesen Traum«, sagte Maisie. »Drei Nächte hintereinander.«

Lee Lin war äußerst abergläubisch. Quiller wusste das. Er sah, wie sie auf ihren Lippen kaute und Maisie anstarrte. »Du haben schlechter Traum?«

»Die Japaner werden das Schiff versenken«, sagte Maisie rundheraus.

Lee Lin wippte in der Hocke und murmelte ein Gebet auf Kantonesisch.

»Ich denke, wir sollten das Schiff nehmen. Es könnte das Letzte sein.«

»Nicht für Herren«, sagte Lee Lin. »Frauen, Kinder erst.«

Maisie stand auf, wich zurück und sagte. »Ich gehe nicht auf das Schiff!«

Lee Lin jammerte: »Was wir machen, was wir machen?«

Der erste Laster hielt am Straßenrand. Ein Captain der australischen Army rief: »Beeilt euch, Ladys. Zack-zack. Das Schiff legt in einer Stunde ab.«

Die Frauen standen auf. Sie strahlten und schnatterten, und die Erleichterung wirkte ansteckend. Quiller sah, wie der Zweifel von Lee Lin abfiel, und sie drängelte mit Primrose und Dorry zur Straße und blieb nur einmal kurz stehen, um mit den Fingern nach ihm zu wedeln. In der Geste lag keine Liebe und nicht allzu viel Zuneigung. Er hätte genauso gut der Mann sein können, der sich letztlich als Enttäuschung erweisen sollte.

»Ich gehe nicht«, sagte Maisie erneut.

Es gab keine Schiffe mehr, und der Hafen wurde endgültig gesperrt. In den vergangenen Tagen hatte Quiller einen Kompass aufgetrieben und Routen kartografiert: Nach Burma entlang der Andamanen-Inseln, nach Australien entlang einer Route südlich der Weihnachts-Inseln und des Java-Grabens, und nach Neu-Guinea entlang der Inselgruppen nördlich von Java. Im Verlauf der Woche erfuhr er, dass Java am 8. März kapituliert hatte, und man zeigte ihm Berichte, die bestätigten, dass Darwin am 19. Februar und Broome am 3. März bombardiert worden waren. Sumatra selbst stand kurz vor dem Fall: Die Japaner waren nur Stunden von Padang entfernt, und die Holländer rechneten mit ihnen irgendwann im Laufe des 17. März. Quiller fand neue Fluchtrouten auf seinen Karten, machte sich zu Fuß entlang der Küste auf, um nach einem Boot zu suchen, und versuchte Anschluss an die sich bildenden Fluchtgruppen zu finden.

»Nicht mit ’nem Kind, ehrlich nicht.«

Padang ist genauso schlimm wie Singapur, dachte er. Genau dasselbe: Zeitvergeudung und Inkompetenz, viel Theater, Mangel an Führungskraft, sich widersprechende Ziele, haltlose Gerüchte, heiße Luft. Er vertraute sich Maisie an; ihr Alter spielte keine Rolle. Sie war bei den Nonnen, Schwestern und verbliebenen Zivilistinnen im Konvent untergekommen. Er holte sie nach dem Frühstück ab und verbrachte einen Teil des Tages mit ihr. Stets lungerten Chinesen und Einheimische vor dem doppelflügligen Holztor herum, einer tauschte Beutel voll Reis, Dosenkaffee, Kokosnüsse und Obst für den Schmuck der Frauen. Die Männer glaubten, dass die Japaner ihnen irgendwann die Frauen verkaufen würden, und sie begutachteten sie schon mal vorab.

»Wann werden die Japaner hier sein?«, fragte Maisie am 17. März.

»Heute oder morgen.«

Sie schnaubte verächtlich und wies auf die Frauen im Konvent, als sie mit Quiller durch die Tore hinausging. »Die armen Schätzchen glauben immer noch, dass die Royal Navy sie holen kommt.«

Quiller schüttelte den Kopf. »Wir stecken schon so gut wie im Sack, Maze.«

Sie sah zu ihm auf. »Ich mag es, wenn du mich so nennst.«

Sie wanderten durch die engen Gassen, traten um die stinkenden, dampfenden Kuhdunghaufen, kamen vorbei an den verschlossenen Läden. Über ihnen öffneten sich kurz Fenster, feuchte Wäsche wurde an Stangen hinausgehängt, die Fenster knallten zu, Riegel wurden vorgeschoben. Einige der Bewohner der alten Stadt hatten japanische Flaggen an die Türen gehängt. Die Straßen waren menschenleer. Ein holländischer Tabakladen war zur Straße hin offen, Fenster und Gitter zerschlagen, die Regale geplündert. Quiller versuchte sich vorzustellen, was der folgende Tag bringen mochte. Die Zivilisten würden wahrscheinlich für einen Tag die Erlaubnis erhalten, ungehindert umherzustreifen. Invasionen kamen nie plötzlich, waren nie vollkommen.

Sie gingen um Straßenecken und kamen zu einem Park, in dem ein älterer Mann seine Persianerkatze ausführte und sagte: »Noch ein Stückchen, noch ein Stückchen, nur über die Berge und hinunter zum Meer.« Quiller war dem Mann schon früher begegnet und hatte sich ab und zu mit ihm unterhalten. Er erfuhr, dass er in Singapur von seiner Frau getrennt worden war und nun seine Tage in trügerischer Hoffnung verbrachte.

»Sie sollten lieber ins Haus gehen«, sagte Quiller.

»Über die Berge und hinunter zum Meer«, sagte der Mann, der ganz in den gequälten Tiefen seiner selbst versunken war.

Sie gingen weiter. »Wirst du mich heute wieder allein lassen?«, fragte Maisie.

»Ich habe noch etwas zu erledigen.«

»Was denn?«

»Ich habe vor, heute ein Boot zu kaufen.«

»Du hast doch kein Geld.«

»Dann stehle ich eben eins.«

Maisie sah ihn an. Unwahrscheinlich, dass sie etwas dagegen hatte. Schließlich sah er, wie ihre schmale braune Hand unter ihr Kleid fuhr, vorbei an ihrem dünnen, dreckigen, schmalen verwundbaren Hals, und den Lederbeutel hervorzog. Sie sah ihn ernst an, beugte sich vor und löste das Lederband aus dem verfilzten ungewaschenen Haar, das ihr wild vom Kopf stand.

»Du brauchst mal einen Haarschnitt und ein gründliches Bad«, sagte Quiller.

»Schau hinein.« Der Beutel war noch immer voll gestopft mit Geld: Britische Pfund, Straits Dollars, holländische Gulden.

»Maisie, das brauchst du vielleicht noch.«

»Ich brauche es jetzt. Wir brauchen es jetzt. Nimm mich mit, und wir kaufen ein Boot.«

Quiller sah nordwärts die Küste entlang, wo sich der Gebirgsdschungel und die Küstenpalmen in der morgendlichen Sonne verloren, die den Dunst der nächtlichen Monsunregenfälle beschien. Es gab in Sasok, hundert Meilen von hier, zahlreiche seetüchtige Dschunken. Er hatte seinen Seesack bei sich; nur ein Dummkopf ließ seine Sachen tagsüber in der Schule zurück. »Na gut.«

Doch am Rande der Stadt wurden sie vom britischen Konsul, der einen weißen Tropenanzug trug, einem holländischen Polizisten und einem Offizier der Royal Navy zurückgeschickt. Der Holländer sagte: »Bitte jetzt hineingehen.«

Der britische Konsul war ein Mann, der seine Ängste und Vorurteile stets offen zur Schau trug. »Der Gouverneur will nicht, dass irgendeiner von euch Kerlen die Übergabe gefährdet«, sagte er und zog die Nase hoch.

Dann beäugte der Offizier der Royal Navy Quiller, dessen Bart und das Hemd eines holländischen Kolonialbeamten eingehend, dann Maisie, die neben Quiller stand und ihn an der Hand hielt. »Wer zum Teufel sind Sie eigentlich überhaupt? Sind Sie in der Armee? Falls ja, gilt militärische Disziplin.«

»Ich habe in Malaya Zinn abgebaut«, sagte Quiller.

Der Offizier starrte ihn wütend an, sagte nichts und zuckte dann mit den Schultern. »Wenn Sie es sagen.«

Quiller und Maisie gingen zurück in die alte Stadt, kletterten durch das zerbrochene Fenster des Tabakladens und machten es sich in der verlassenen Wohnung über dem Geschäft gemütlich. Quillers Bein pochte, und das Geschwür nässte. Er hatte kein Sulfonamid mehr und nur noch Lumpen zum Verbinden. Er schluckte eine Atribin, gab Maisie ebenfalls eine, und sie setzte sich auf seinen Schoß und tat, was sie von Zeit zu Zeit tat – sie zog seine Hundemarke aus dem Hemdausschnitt hervor und spielte damit, wie Lee Lin es getan hatte. Sie mochte den Ring des kanadischen Soldaten. »Erzähl mir noch mal, als du ein kleiner Junge warst und bei deiner Mutter gelebt hast und …«

Die Luft roch nach Tabakblättern, Zigarren und parfümierten Zigaretten. Später gingen sie zu dem Schacherer am Eingang zum Konvent und kauften Essen für den Tag und für ihre Reise in den Norden. Dann schliefen sie und brachen gegen Mitternacht auf, nahmen die breiten Kolonialstraßen und kamen am Amtssitz des Gouverneurs vorbei, als sie von den Scheinwerfern einer motorisierten Kolonne ins Unterholz am Straßenrand getrieben wurden.

Das Führungsfahrzeug war ein schlammiger Tourenwagen, der von einem holländischen Polizisten chauffiert wurde. Neben ihm saß ein japanischer Offizier, auf dem Rücksitz eine japanische Wache. Weitere Automobile und Laster knirschten hinter dem Tourenwagen her. Der japanische Offizier und der holländische Polizist betraten den Amtssitz des Gouverneurs, die Wache blieb auf dem Rücksitz zurück und döste, andere japanische Offiziere und Soldaten stiegen aus, um sich zu strecken, sich die Gesichter und rasierten Schädel mit dreckigen Taschentüchern abzuwischen und zu rauchen. Einige trugen verschlammte gelbe Reitstiefel und gebogene Schwerter, andere Bärte und Brillen, und ihr Gestank wehte über Quiller und Maisie hinweg: Schweiß, Schlamm, Dschungelmoder und Erschöpfung. Ihre Uniformen waren zerschlissen und dreckig. Das sind die Männer, die sich unerbittlich und schnell durch Südostasien vorgekämpft haben, dachte Quiller.

Maisie zischte: »Sind das die Japse?«

»Ja.«

»Ich dachte, die sind kleiner.«

»Schsch.«

Nach einer Weile flüsterte sie. »Lass uns hier weg.«

Sie rutschten auf ihren Bäuchen über den feuchten Rasen eines stillen Bungalows. Am Kopf der Kolonne gab es Bewegung. Janeway. Er war in der Stadt festgehalten worden, ging Quiller auf, und nun war er frei. Janeway trat mit erhobenen Händen ins Licht, lächelte, versuchte auf Japanisch zu grüßen und trat aufs Trittbrett des Tourenwagens, wohl in der Annahme, dass es sich bei der Wache um einen Vorgesetzten handelte. Er starb mit einem Bajonett in der Brust. Quiller konnte das Geräusch des Stoßes hören. Die Wache musste den Leinenstiefel auf Janeways Brust stellen, um das Bajonett wieder herausziehen zu können.

Mach ein niedergeschlagenes Gesicht und mach weiter

Als am Nachmittag des 3. März immer noch kein Flugzeug gekommen war, um die Flüchtlinge abzuholen, ging Jeannie ins Zimmer mit dem Funkgerät und schottete sich gegen die verzweifelten Holländerinnen mit ihren erhitzten, verheulten Kindern und die beiden Piloten ab, die die ganze Zeit so taten, als hätten sie ihren Teil des Vertrages erfüllt, und funkte erneut Broome an. Die Antwort war angespannt und knapp. »Haben Sie es noch nicht mitbekommen? Die Japse haben uns heute Morgen bombardiert, over.«

»Bombardiert?«

»Zerschossen, um genauer zu sein. Den Militärflugplatz und den Hafen. Dutzende Tote, Flugzeuge zerstört. Im Hafen lagen vierzehn Flugboote, die darauf warteten, aufgetankt zu werden, waren schon seit gestern da, randvoll mit Holländern. Die armen Teufel, sind umgekommen wie Ratten in der Falle, over.«

»Oh Gott.«

»Hier ist alles drunter und drüber, Schätzchen. Die halbe Bevölkerung ist im Busch verschwunden. Ich weiß nicht, wann wir eine Maschine schicken können, over.«

»Ich versuche es in Hedland.«

»Tu das, aber die sind selber ziemlich nervös und rechnen jederzeit mit einem Angriff. Jede verfügbare Maschine ist in der Luft und versucht, den Rückstau an Flüchtlingen wegzuschaffen. Nicht für Geld und gute Worte gibt es hier oder in Hedland noch ein freies Bett.«

Als er Jeannie seufzen hörte, murmelte er. »Bleib ruhig, meine Liebe.«

»Ich werde langsam wahnsinnig, um ehrlich zu sein. Ich kann ihnen nicht helfen; sie helfen sich ja nicht mal selbst. Sie sind fürchterlich apathisch.«

Der Funker am anderen Ende sagte nichts dazu. »Bist du allein mit ihnen? Over.«

»Eigentlich nicht.«

»Irgendwelche Verletzten? Over.«

»Nein, over.«

»Mach ein fröhliches Gesicht und halt durch, wir schicken eine Maschine, sobald eine frei wird.« Er hielt inne. »Ich bin überrascht, dass du überhaupt noch da bist. In ganz Hedland gibt es nicht eine einzige Weiße. Du hättest schon vor Wochen evakuiert werden müssen, over.«

Darauf wusste sie nichts zu erwidern. Ermutigt durch ihr Schweigen, fuhr er fort: »Du solltest dir überlegen, ob du nicht auch mit an Bord gehst, solange noch die Möglichkeit dazu besteht. Hier wird nur noch von einer bevorstehenden Invasion geredet, over.«

»Invasion«, sagte sie schwach.

»Hör mal, ich tu alles, was ich kann. Wie viele seid ihr? Over.«

»Sechs Frauen, fünf Kinder, zwei Piloten, over.«

»Und du. Noch jemand? Over.«

Jeannie fragte sich, ob Harry oder Wally mitkommen würden. Für die beiden war die Welt jenseits des Zauns von Haarlem Downs weit und voller Tücken.

»Noch zwei weitere, vielleicht.«

»Ich tu, was ich kann, auch wenn das heißt, dass erst die eine Hälfte fort kann und später die andere. Kopf hoch, meine Liebe. Over and out.«

Kopf hoch. Cameron tauchte wieder in ihren Gedanken auf. Es war nur ein Ausdruck, aber ihr ging auf, dass sie ihren Kopf sowieso nie gesenkt hielt. Ihre Sorge zum Ausdruck bringen war nicht dasselbe wie Meckern oder die Nerven verlieren.

Sie meldete sich ab und suchte nach Kapitän van Haselen.

»Er ist spazieren gegangen«, sagte Annelies.

»Vielleicht kannst du für mich übersetzen. Ich muss den Frauen sagen, dass –«

»Ich rede nicht mit meinen Unterdrückerinnen.«

In Annelies' Stimme schwang ein Unterton mit, den Jeannie zuvor noch nie gehört hatte und der ihr nicht gefiel. Enttäuscht ging sie zu den Frauen, die sich auf der Veranda selbst Luft zufächelten, während die Kinder Blätter von den Reben rissen, und bemühte ihr Schuldeutsch. »Das Flugzeug, das Sie holen kommt, wird sich verzögern.«

Eine Frau schreckte vor ihr zurück, eine andere wimmerte auf und wiegte ihr Kind, eine Dritte knurrte sie auf Deutsch an: »Wo bleibt Ihr Mitgefühl? In Holland tun die Deutschen unaussprechliche Dinge an unserem Volk. Bitte sprechen Sie unsere Sprache«, schloss sie und pochte mit einem abgekauten Fingernagel an ihr Brustbein.

»Ach, ich gebs auf«, sagte Jeannie und stampfte aus dem Haus.

Sie hatte kein bestimmtes Ziel, aber sie war nicht überrascht, als sie sich an den Hangartoren wiederfand und nachdenklich Camerons arme zerschlagene Gull betrachtete.

»Liebe Dame.«

Es war van Haselen, der sich mit dem Copiloten dort ein Plätzchen gesucht hatte, wo der festgetretene Boden kühl war. Sie rauchten Pfeife, die Erde um sie herum war mit Streichhölzern übersät, und dort, wo sie ihre Pfeifen ausgeschlagen hatten, war die Unterseite des Rumpfs ganz verfleckt. Eine tiefe Abneigung gegen diese ganze Hilflosigkeit stieg in Jeannie auf, und sie zwang sich die Worte ab: »Broome ist heute Morgen bombardiert worden. Es könnte sein, dass eine ganze Weile keine Maschine kommt.«

Van Haselen sog kurz an seiner Pfeife, pustete eine Wolke duftenden Qualms aus und biss dann auf den Pfeifenstiel. »Liebe Dame. Sie tun uns sehr willkommen machen.«

Jeannie stapfte durch die Sonne davon und spürte, wie sich ein immer enger werdendes Band aus Hitze und Wut um ihren Schädel legte. Sie traf Harry Horsetalk und Wally Webb in der Schmiedewerkstatt an. Sie hatten dem ältesten holländischen Jungen eine Zwille gebaut und sprangen nun im Staub herum, während der Junge ihnen Unterlegscheiben vor die Füße schoss. Gerade als sie durch die zweiflügelige Tür hereinkam, geriet das Spiel außer Kontrolle und verwandelte sich in eine Art grinsender, hasserfüllter Lust bei dem Jungen und Wut bei den Männern. »Genug«, sagte Wally, »hör auf damit.« Sein alter, steifer Körper wand und krümmte sich, wenn das Stück Reifengummi zwischen der Astgabel schnalzte und die Scheiben in den öligen Dreck knallten.

Jeannie ging schnurstracks zu dem Jungen hinüber, beugte sich vor und schlug ihm über die blanken Beine. Er riss die Augen auf, die sich mit Tränen füllten. Er stampfte mit den Füßen auf, und lief dann weinend hinaus in die Sonne.

Wally war es peinlich. »Tut mir Leid, Sonnenschein, das hätte mir nicht so aus der Hand gleiten dürfen.«

»Sie haben eine Menge durchgemacht«, meinte Jeannie, »aber mal ehrlich …«

Dann erzählte sie ihnen von dem Luftangriff auf Broome.

»Ach, herrjemine.«

»Es kann also noch ein paar Tage dauern, bis ein Flugzeug kommt.«

»Tage? Mach ein niedergeschlagenes Gesicht und mach weiter«, sagte Wally.

Die Tage vergingen, sie lauschten und beobachteten den Himmel, es wurde Ende März, das Funkgerät blieb weiterhin stumm, und kein Flugzeug kam. Nur eines rettete die Abende, wenn sie im Qualm des Schafdungs dasaßen und die Mütter ihre Kleinen in den Schlaf wiegten: Der Copilot konnte gut singen. Abend für Abend sang er mit ihnen holländische Schlager und Fetzen aus Sinfonien und Opern. »Sie sind ein Lebensretter«, erklärte ihm Jeannie.

Annelies blieb auf ihrem Zimmer, aber Begegnungen mit den Holländerinnen waren unvermeidlich, und Jeannie erkannte die fauchende Wut zwischen ihnen. Sie sprang nicht vermittelnd ein. Sie fand, dass dies auch Annelies' Zuhause war, also hatte Annelies gewisse Rechte, und sie versuchte sie später mit den Worten zu trösten: »Es wird nicht mehr lange dauern, hoffe ich.«

Eines Tages sah Annelies sie scharf an und sagte: »Ich werde nicht mit diesen Frauen gehen, nur dass du es weißt.«

»Du darfst gern bleiben.«

Annelies ließ den Kopf sinken. »Ich vermisse meine Leute.«

Jeannie setzte sich ans Fußende des Bettes und hörte zu. »Jeroen und ...«

»Nein, Ja. Nein, ich meine die Leute meiner Mutter. Die Einheimischen.«

Am Tag des Flugblatts, als Jeroen zugeschaut hatte, wie die Schiffe be- und entladen wurden, hatte Annelies bemerkt, wie sie von einem javanischen Vorarbeiter beobachtet wurde. Als sie seinen Blick bemerkte, schaute er schnell weg, und in diesem Augenblick erinnerte sie sich, wo sie ihn schon einmal gesehen hatte, und sie versuchte vergeblich, jede Verbindung zwischen sich und der Holländerin mit dem Kind zu leugnen, indem sie einen Schritt beiseite machte.

Der Mann hieß Tjak und stammte aus einem Dorf am Fuße eines Vulkans namens Djaja-Sempoer, dem Berg des Pfeils. Sie hätte sich wohl nie an eine solche Einzelheit erinnert, wenn sie nicht ein Jahr zuvor, als die Rodenwalts und all ihre Dienerschaft in das Haus in den Bergen gefahren waren, die zerklüfteten Zinnen des

Djaja-Sempoer gesehen hätte, die in der untergehenden Sonne rot aufblitzten. Das und die Tatsache, dass Tjak geheime Treffen der javanischen Nationalisten abhielt und ihr untersagt hatte, daran teilzunehmen. Als *mengbloeden* war ihre Nationalität per Gesetz an die ihres Vaters gebunden.

»Ich war ungeheuer enttäuscht. Tjak gestattete mir nicht, Ansprüche an die Verbindungen zum Volk meiner Mutter zu stellen. In seinen Augen war ich Holländerin, doch in den Augen der *trekkers* war ich das auf keinen Fall.«

Und so kam sie sich immer vor, als triebe sie dahin und würde nirgendwo anlegen, nirgendwo Fuß fassen. Alles, was sie wollte, war einem nationalistischen Führer zuzuhören, wie dieser über *merdeka,* Freiheit, sprach.

»Hast du mit Tjak gesprochen?«, fragte Jeannie.

Annelies schüttelte den Kopf. Sie hätte ihn wütend angestarrt, sagte sie. Sie hatte mit den Füßen aufstampfen wollen, hatte sich vor ihm aufbauen und rufen wollen: »Ich glaube auch an *merdeka,* musst du wissen.«

Der Wind und seine Einbildung

Der Chevrolet stand mit brennenden Scheinwerfern am Straßenrand, die Fahrertür war offen, und der Zündschlüssel schaukelte leicht, als sei die Welt stehen geblieben und als hätten sich ihre Bewohner in Luft aufgelöst. Quiller legte die Hand auf die Motorhaube; keine Restwärme, nur die Feuchtigkeit der Nacht. An der Tür befand sich ein goldenes Schild mit holländischer Beschriftung, dem zu entnehmen war, dass der Wagen einer Handelsgesellschaft gehörte. Er wäre wohl auch geflohen, nahm Quiller an, wenn seine Scheinwerfer plötzlich eine japanische Kolonne erfasst hätten, die in die entgegengesetzte Richtung vormarschierte. Der schaukelnde Schlüssel? Der Wind und seine Einbildung.

Maisie kletterte auf den Rücksitz und schlief schon nach wenigen Minuten. Quiller fuhr ohne Licht nach Norden und hoffte, dass die Japaner vor Tagesanbruch keine weiteren Einheiten schickten. Er nahm die erste Straße, die landeinwärts führte, und durchquerte die Ausläufer der Küstenberge, stieg Serpentinen hinauf und hinunter, die tief in die Dschungelhänge geschnitten waren, kroch über knarrende Brücken hoch über den reißenden Fluten, bis dieselbe Straße am Morgen wieder einen langsamen Abstieg zu den Ebenen an der Küste begann. Maisie wachte auf, erhitzt, hungrig und mürrisch, und ihre feuchte Haut löste sich nur schwer von der Polsterung. Sie kletterte auf den Beifahrersitz und starrte hinaus. Eine Stunde später kamen sie an einer Flussmündung an, fuhren in ein Fischerdorf und trafen auf ein Begrüßungskomitee bewaffneter Europäer.

Ein neuseeländischer Corporal riss Quillers Tür auf. »Wer zum Henker seid ihr?«

Quiller stellte die Beine auf den Boden, sah zu dem Mann auf und antwortete ihm.

»Und das Kind?«

»Sie heißt Maisie.«

Der Neuseeländer trat von der Tür zurück und bedeutete Quiller auszusteigen. Maisie glitt über den Sitz hinter ihm her. Sie standen da und sahen die vier Männer, die sich hinter dem Neuseeländer aufgebaut hatten. Einer davon war der Offizier der Royal Navy, der in Tembilahan den Koffer des alten Mannes vom Pier gestoßen hatte. Bei den anderen handelte es sich um einen britischen Major, einen Zivilisten der Freiwilligen Reserve aus Penang und einen Koch der australischen Army. Sie alle trugen nur noch Fetzen ihrer Uniformen, ergänzt durch Sarongs, Frauenblusen und Hüte aus Stroh und Baumwolle. Quiller fragte sich, ob sein Gesicht auch so ausgemergelt, erschöpft und undurchsichtig wirkte.

»Wir sind gestern eingetroffen«, sagte der Neuseeländer. »Wir bilden eine offizielle Fluchtgruppe.«

Quiller beobachtete sie und stellte sich auf die nun folgenden Verhandlungen ein. Er bemerkte, dass der Navy-Offizier ihn erkannt hatte. »Was für Ausrüstung habt ihr?«, fragte er behutsam.

»Ein Buch mit nautischen Tabellen, eine Erste-Hilfe-Ausrüstung, etwas Essen, ein Gewehr.«

»Ein Boot?«

Sie sahen sich unsicher an. »Wir haben kein Geld, um eins zu kaufen.«

»Ich habe Karten und einen Kompass«, sagte Quiller. »Wir möchten uns anschließen.«

»Nicht das Kind, beim besten Willen nicht.«

»Oh doch.«

Der Navy-Offizier winkte achtlos ab. »Sie wird uns nur zur Last fallen. Und Sie, Sir, mag ich nicht besonders.«

»Sie hat Geld«, sagte Quiller und stellte sich beschützerisch vor

Maisie. »Es ist ihr Geld und ihre Entscheidung«, fügte er hastig an, um irgendwelchen Vorwürfen vorzubeugen, er würde sie nur benutzen. Er schob sie hinter seine Beine, baute sich vor den Männern auf und sagte: »So ist der Deal, alles oder nichts.«

»Können Sie segeln?«

Quiller gab nicht nach. »Ich kann es lernen.«

Nach und nach entspannten sich die Männer. Sie gingen umher und murmelten, und schließlich sagte der Major: »Wir haben über den örtlichen Amtmann mit Verhandlungen begonnen.« Er wies auf eine traditionelle Insel-Prau hin, die an der Flussmündung festgemacht hatte. »Für fünfzehnhundert Gulden gehört sie uns. Wir haben vierhundert zusammengekratzt.«

»Wir kommen für den Rest auf«, sagte Quiller.

Sie gingen hinüber und untersuchten die Prau. Die *Pagai Selatan,* benannt nach einer Insel im Süden, wirkte auf dem Wasser breit und träge. Die Takelage bestand aus Großsegel, Klüver, Stag- und Besansegeln und das Deckshaus aus Bambus und Palmblättern, welche das gesamte Deck überspannten, ähnelte einer Hütte. Es gab keine Pritschen, Schaben versteckten sich vor dem Licht, und die Segel waren fadenscheinig wie alte Bettlaken. »Aber der Rumpf ist gesund«, sagte der Navy-Offizier. »Mit Kupfer beschlagen.«

Sie bezahlten für das Boot und besorgten Proviant. Der Navy-Offizier war in England Freizeitsegler gewesen, und er kaufte Segeltuch, Taue, Faden, Nähnadeln und einen langen Einbaum. Der Major kam mit einer Karrenladung Wasser in einem halben Dutzend großer Stahlölfässer zurück. Die beiden anderen bewachten Boot und Vorräte, überholten die Takelage und führten kleinere Reparaturen durch. Quiller und Maisie feilschten mit den letzten Gulden um Limonen, Eier, Jamswurzeln, Lebensmittel in Dosen, Trockenfisch und Säcke voller Reis, die die ortsansässigen Händler vor ihnen am Flussufer ausgebreitet hatten. Quiller schien es, als habe sich das Wirtschaftsgefüge der Dörfer, durch die die Alliierten gekommen waren, für immer verändert. Wenn schon nicht durch die plötzlichen Injektionen an Reichtum, so zumindest durch die Hoffnung darauf.

Schließlich fragte er sie nach ihrem Ziel.

»Colombo«, sagte der Major.

»Warum nicht Australien?«

»Zu riskant. Die Japse haben die meisten der Inseln östlich und nördlich von hier überrannt. Stell dir nur mal vor, du müsstest dich an jede davon anschleichen und erst mal abwarten, welche Fahne dort weht, wenn überhaupt eine aufgepflanzt ist.«

Er schien fest entschlossen. Die anderen auch, wie Quiller sah. Er zuckte mit den Schultern: Cameron konnte warten.

Bei Sonnenaufgang des nächsten Tages machten sie eine Übungsfahrt mit der ursprünglichen Besatzung, segelten über die Sandbank an der Mündung des Flusses hinaus auf See, wo sie bis zu sieben Knoten machten und sich die papierdünnen Segel blähten und im Wind zerrten. Schließlich brachten sie die Besatzung wieder ins Dorf zurück und machten sich endgültig auf, westwärts auf eine Inselkette zu, die vor der langen Überfahrt nach Colombo ihr letztes Anzeichen von Land sein würde. Sie wussten, waren sie erst mal auf offener See, würden sie die Nähe zum Land vermissen, aber die Inseln wirkten zugleich auch sehr bedrückend. Auf Quillers selbst gezeichneten Karten waren keine Korallenriffe oder Wassertiefen eingezeichnet, keine Stranduntiefen oder Meeresbodengefälle. Die Japaner konnten überall lauern.

Bei einer starken östlichen Brise kamen sie gut voran. Ein Gefühl von Ruhe überkam sie, und einer nach dem anderen legte sich hin und schlief. Als Quiller geweckt wurde, um die Mitternachtswache zu übernehmen, starrte er hinaus zu den Sternen jenseits der Wolkenbänke und lauschte dem sanften Schlag des Wassers gegen den Rumpf. Hinter ihm leuchtete der Meeresschaum auf, und er dachte: Wir haben es geschafft, wir sind frei.

Schon einmal hatte er auf ähnliche Weise an Deck eines Bootes gesessen, friedlich, die sternenklare Nacht hatte sich weit über die ruhige See gespannt. Besser gesagt, das nächtliche Meer und der Himmel hatten friedlich gewirkt, nur er war ganz linkisch und furchtsam gewesen, denn Jeannie Verco war mit an Bord und hatte sich genau diesen Augenblick ausgesucht, um sich zu ihm zu setzen und zu reden. Sie waren auf einem Lugger vor der Küste des Eighty Mile Beach gewesen – Jeannie, ihre Eltern, Cameron und Quiller, zusammen mit einer bunt gemischten Mannschaft aus wilden Perlenfischern, die diesen Ausflug vorbereitet hatten –, um Jeannies Vater, dem Perleninspektor, einen Abschied zu bereiten, bevor er wieder in den Süden ging. Die meisten Männer hatten sich in den Schlaf gesoffen. Ein alter, dem Alkohol abgeneigter Luggerkapitän stand im Ruderhaus und pfiff beim Steuern. Quiller konnte ihn im Schein einer Lampe sehen, ein von Leinen und Korallen zerschundener Kerl mit knorrigem Schädel und grauem Schnauzbart. Mrs. Verco hatte ihren Mann angefaucht und war nach unten gegangen. Und nun war Jeannie gekommen und setzte sich zu Quiller in den Bug, während Cameron irgendwo außerhalb des Lichtkreises schmollte, der vom Ruderhaus ausging.

Es hatte damals also gar kein Friede geherrscht. Quiller ging noch einmal die Nacht durch, denn Jeannie Verco war ja zu ihm gekommen. Sie schien wütend zu sein, verwirrt oder enttäuscht. Schwer zu sagen für Quiller, wo er doch seinen eigenen Instinkten nicht traute. Sie umklammerte ihre Knie. Sie sprach sanft und leise und sah ihn an, und sie achtete nicht auf seine zittrige Stimme und die ihm fehlenden Worte. Wenn sie den Kopf senkte, fiel ihr Haar nach vorn und verbarg sie. Ihre Schienbeine glänzten. Sie hatte schlanke bloße Füße mit langen, gebogenen großen Zehen. Er sah, wie ihre Hand nach unten glitt und an einem Zehnagel polkte. Das war alles. Aber er verliebte sich Hals über Kopf in sie, und nun wünschte er sich, er würde heim zu ihr segeln.

Sie konnten ihre Position nie ganz genau bestimmen. Der Navy-Offizier verlegte sich auf Schätzungen, die er mithilfe der nautischen Tabellen, der Sterne und Quillers Kompass anstellte. Ab und zu tauchten an Steuerbord Inseln auf, die Wellen rollten deutlich hörbar rumpelnd an Land, schäumten manchmal über versunkenen Riffen und wirbelten vor dem Eingang zu winzigen Lagunen in entgegengesetzter Richtung.

Am zweiten Nachmittag fiel der Wind in sich zusammen und kehrte nur in kurzen, scharfen Böen aus allen Himmelsrichtungen zurück, die kurze, scharfe Monsunregengüsse mit sich brachten. Sie hockten in einer Flaute, die See war hoch, und wenn Wind aufkam, beäugten sie ängstlich die fadenscheinigen Segel. Ihre Mahlzeiten während des langen Tages bestanden aus Reis und Obst, Reis und Dosenfleisch, dazu Wasser aus den Ölfässern. Das Wasser war schlecht, kaum trinkbar, und der Major hatte in vier der Fässer Lecks entdeckt. Er stellte ein paar Kokosnussschalen auf, um Regenwasser aufzufangen.

Später am Tag wurde der Wind wieder stetig und nahm kräftig zu. Das Großsegel blähte sich und zerriss dann in der Mitte mit einem derart scharfen und Quiller vertrauten Geräusch, dass er sich im Haus in Jesmond Dene wiederfand, wo seine Mutter alte Bettlaken zerriss, um sie zu umsäumen und als Taschentücher zu verwenden oder sie zu kurzärmligen Hemden für den Sommer umzuschneidern. Bei dieser Erinnerung erstarrte er und fragte sich, wo er war und warum. Er starrte den jämmerlichen Fetzen Segel am Mast an, der Navy-Offizier schubste ihn beiseite, um es herunterzureißen und ein zweites Klüver zu setzen. »Mit aller Kraft ziehen«, sagte der Marinemensch zu ihm.

Nun waren sie langsamer, lagen träge auf dem Wasser und hüpften wie eine kopflastige Kutsche auf einer schlaglochübersäten Landstraße. Die Männer saßen an Deck und nähten, setzten Segeltuchstücke zu einem Flicken-Großsegel zusammen, das sie bei Sonnenuntergang setzten. Der Wind fing sich darin, sie nahmen wieder an Fahrt auf und lauschten aufmerksam auf die beanspruchten Nähte. Bei Einbruch der Dunkelheit segelten sie in eine Lagune, die von einem Riff und einer einzigen Insel mit Palmen und weißen Stränden umsäumt war, und ließen in der Nähe eines Fischerdorfs den Anker fallen. Sie gingen zweimal an Land, drei Männer und alle Segel, dann Quiller, Maisie, der Major und der Navy-Offizier. »Wir wollen nicht, dass Sie und das Kind allein davonsegeln, nicht wahr?«, sagte der Navy-Mensch.

Der Dorfälteste begrüßte sie, die Dorfbewohner versammelten sich hinter ihm. Sie waren wohl noch nicht von bewaffneten Nachzüglern betrogen oder belästigt worden, nahm Quiller an, denn sie lächelten, schüttelten ihnen die Hände und baten die Gruppe zu einem Palmblattunterstand, wo auf einer Bambusmatte Bananen, gebratenes Huhn und Kaffee in Gläsern bereitgestellt worden waren.

Quiller und die anderen kauerten sich in den Schatten und aßen, und nachdem sie fertig waren, reichte der neuseeländische Pilot dem Ältesten seinen Zigarettenvorrat; der behielt den Großteil der Schachteln für sich und verteilte einzelne Zigaretten an die Dorfbewohner. Alle zündeten sich eine Zigarette an und legten sich dann zum Schlafen. Sie hatten keine Eile.

Das Prasseln eines Monsunschauers weckte Quiller. Er sah, wie der Älteste und ein halbes Dutzend Fischer im Kreis unter dem Schutz saßen und aus dem Segeltuch der Prau ein neues Großsegel fertigten. Quiller weckte die anderen. »Schaut.«

»Oh, guter Einsatz«, sagte der Major.

Als das Segel fertig war, kamen die Dorfbewohner und brachten ihnen Essenspakete und Kürbisse voller Wasser. »Sind sie nicht nett?«, sagte Maisie und zog ihren Lederbeutel hervor. »Ich habe nicht mehr viel«, fuhr sie fort, als sie in den Beutel schaute und sich ganz unbewusst die Haare aus den Augen wischte.

»Gib alles dem Dorfältesten«, sagte Quiller.

»Vergiss es«, sagte der Army-Koch. »Wir brauchen das dringender als diese Kanaken.«

Aber Maisie stopfte dem Dorfältesten den Rest ihrer holländischen Gulden in die Hand.

»Himmel Herrgott«, sagte der Koch.

Sie ruderten zur Prau hinüber, lichteten den Anker und warteten darauf, dass sich das neue Segel im Wind blähte. Der Himmel klarte auf, Streifen reinen Sonnenlichts fielen auf das Wasser und berührten klare rote, gelbe, blaue und grüne Lichter, die sich als Fischschwärme entpuppten, als Hänge und Kathedralen aus Korallen. Langsam segelten sie zur Lagune hinaus aufs offene Meer, und sie kamen an weiteren Inselküsten vorbei, die mit Kokospalmen gesäumt waren und sie mit der Aussicht lockten, sich aus dem Krieg und allem Streit herauszuhalten. Maisie schob ihre Hand in Quillers. »Ich möchte, dass du mein Vater bist.«

Quiller machte den Mund auf und schloss ihn wieder. »Für den Augenblick«, sagte er schließlich.

»Nein, für immer.«

Ihm ging auf, dass er nichts über ihre Familie wusste. Es hatte bisher keinen Sinn gehabt, sie danach zu fragen; keinen Sinn, weiter als bis zur nächsten Stunde, zum nächsten Tag zu denken. »Hast du denn keine Lieblingstante oder Onkel irgendwo?«

»Nur mich.«

»Großeltern?«

»Nur mich.«

Sie hat weniger als ich, dachte er.

Die Inseln fielen hinter ihnen zurück, wurden zu Flecken, dann Staubkörnern, und die graue Linie des Horizonts rings um sie herum wurde durch nichts mehr unterbrochen; nur ein dunkler Regenvorhang im nördlichen Abschnitt dekorierte die Leere. Sie hatten alle ein wenig Angst, kamen sich klein vor und wünschten sich Land.

Sie waren nicht überrascht, als ein japanischer Flugzeugträger aus dem Regen auftauchte. Sie versteckten sich hinter den Wasserfässern und ließen den australischen Army-Koch in seiner einheimischen Bekleidung am Ruder sitzen. Mit seiner olivdunklen Haut, dem spitz zulaufenden chinesischen Hut und dem langärmligen Hemd mochte er als Insulaner durchgehen. Sie warteten mit gesenkten Köpfen, während der Koch Bericht erstattete: »Er hält sich südöstlich ... Oh, verdammt, da sind noch mehr, Zerstörer, ein paar Tanker ... keine Richtungsänderung ... keine Änderung ... ich glaube, wir sind durch.«

Der Wind trieb sie weiter westwärts, und der japanische Konvoi schipperte südöstlich nach Java, die Welt wurde wieder offen und leer, und Quiller sagte: »Ich danke meinem Glücksstern, dass wir uns für Colombo entschieden haben.«

Der Major starrte ihn an. »Noch sind wir nicht durch. Jemand wird wissen wollen, warum eine Prau aufs offene Meer hinauswill.«

Eine halbe Stunde später tauchte aus dem Osten ein japanischer Torpedobomber auf, flog tief, und bevor er sie umkreisen konnte, befahl der Major alle unter das Mattendach. Ihr Rudergänger kauerte sich wieder hin, seinen Kulihut tief über die verhärmten Gesichtszüge gezogen. Die japanische Maschine kam langsam wieder zurück, und als Quiller die langsamen weiten Kreise um sie herum verfolgte, konnte er die Flugbrillen und die Helme des Piloten und des Bordschützen erkennen. Er lauschte. Die Maschine stieg auf, drehte kurvend ab, richtete sich auf ihr Boot aus und fiel vom Himmel. Die Bordgeschütze klackerten; die Prau ruckte von den staubigen Einschlägen der Kugeln in Deck und Rumpf; das Meer zu beiden Seiten zischte und spie.

Quiller schaute zu, wie die Maschine zum südöstlichen Horizont hin stieg, dann bemerkte er, dass Maisie nicht mehr bei ihm war. Er stand auf. Sie kauerte neben dem Army-Koch, der neben dem Ruder auf dem Rücken lag. Er war im Unterleib getroffen worden und unter Schock aufs Deck gefallen, während das Blut, mit dem Herzschlag pochend, aus der Oberschenkelarterie schoss. Quiller sank neben Maisie auf die Knie, als sie gerade den Kopf des Mannes auf den Schoß hob und ihre kleinen Hände an seine Schläfen legte, um zu sehen, wie seine Augen nach oben rollten und ihr Licht verlosch.

»Er ist tot«, sagte Maisie.

Quiller war dies alles viel zu schnell vorgekommen. Er öffnete das blutbespritzte Hemd des Kochs. Da. Eine zweite Wunde mitten in der Brust.

Sie erhoben sich, der Major sprach das Vaterunser, dann kippten sie den Koch ins Meer und wuschen sein Blut fort. Ab und zu sah Quiller, wie die anderen besorgt nach Maisie schauten, bis der neuseeländische Corporal ihr schließlich die Hände auf die Schultern legte und sie von der Leiche wegdrehte, die in ihrem Kielwasser trieb. Quiller wollte sagen: Sie bewahrt sich ihre Albträume für später auf. Lasst sie in Ruhe.

Vor Sonnenaufgang kam Sturm auf. Der Navy-Offizier war nun am Ruder, und er mühte sich, die Wellen abzureiten, die so hoch waren wie ihr Großmast; er stellte die Prau direkt gegen jede einzelne Welle und versuchte den Winkel der darauf folgenden Welle vorauszuahnen. Die Prau nahm Wasser, und die anderen schöpften mit den Kokosschalen und einem aufgeschnittenen Palmölfass. Als Maisie wie eine gewichtslose Puppe in Richtung des Nichts glitt, packte Quiller sie und band sie an den Mast, von wo aus sie ihn stundenlang wütend anstarrte, bis der Wind sich legte und die Prau nicht mehr wie ein Korken auf dem Wasser hüpfte.

Nach zwölf Tagen auf See hatten sie noch eine Tasse Wasser und Reis pro Tag. Jeder von ihnen bekam die letzte Dose Irishstew im Laufe eines Nachmittags löffelweise zugeteilt, bis sie vollkommen leer gekratzt war, und als das Wasser und die Kondensmilch gefährlich zur Neige gingen, tranken sie ihren Urin, von dem sie würgen mussten, weil er so warm und intim war. Sie glaubten alle, sie könnten Fische und Möwen mit den bloßen Händen fangen, doch wenn sie genau hinschauten, hielten sie nur heiße Luft fest. Träume und Nachbilder huschten inwendig über ihre Augenlider.

Die ganze Zeit gab es zwei Sonnen, eine am Himmel und eine auf dem Wasser. Ihre Augen wurden immer schwächer, und Quiller misstraute allem, was er sah: den Wolken, den entfernten Schiffen, den Landmassen. Alles Illusionen, Einbildungen, und er hielt sich die Hände vor die Augen und starrte auf seine Füße. Seine Fußnägel waren gelblich braun geworden und so gebogen wie Krallen. Sein Bein nässte noch immer. Aus irgendeinem Grund litten sie alle an Taubheit – das ständige Rauschen der Elemente in ihren Ohren? Der Pflanzer aus Penang verschwand eines Nachts über Bord; sie wendeten nicht, um ihn zu suchen. Der Navy-Offizier nähte ihnen allen Sonnenhüte aus Segeltuch und sagte: Schaut nicht hinaus. Schaut euch gegenseitig an, betrachtet die Dinge an Bord. Der Major brachte ihnen Texte von Musical-Liedern bei. Und der Neuseeländer, der sich nützlich machen wollte, wusch ihre Sachen regelmäßig, indem er sie über Bord hing. Maisie kümmerte sich nicht um ihre Nacktheit. Quiller las ihr vor, bis seine Augen dazu zu müde waren. Seine Zeit war die Nacht, wenn er auf Wache war und das Sternenlicht ihm nicht die Sehkraft raubte. Dann schien die Prau leicht und schnell im Wasser zu liegen, und der Mond zeichnete alles weich. Der Morgen nahte mit rosafarbenen und roten Bändern hinter den Sturmfronten weit im Osten, und Quiller schaute zu, wie sich das Licht veränderte und heller wurde, bis seine Augen wund waren und ihm wieder Bilder vorgaukelten.

Konnte er mit solch schlechten Augen je wieder fliegen?

»Was tut denn ein Wal in dieser gottverlassenen Gegend?«, fragte er.

Stille, dann sagte einer: »Das ist kein Wal.«

Quiller schloss die Augen, um sie zu schonen. Er hatte nicht mehr sehr viel Hoffnung.

»Sie hat die britische Fahne gehisst«, sagte der Navy-Mensch mit zittrigem Altmännerkrächzen. Er schwieg und sagte dann. »Oh Himmel, sie fährt weiter.«

Quiller spürte, wie die Prau unter ihm die Richtung wechselte.

»Sie kommt wieder«, sagte der Major. »Weiß nicht, wie sie uns einordnen soll. Also, alle Mann auf, damit sie uns sehen können, und Hüte ab, um ihnen unsere Gesichter zu zeigen.«

Die Prau hüpfte auf dem Wasser. Die Stimmen der anderen waren weit weg. Quiller träumte. Dann wurde er an Bord eines größeren Schiffs gehoben und konnte die tiefen Vibrationen in dem Stahlskelett spüren. Er konnte in der heißen Luft, die aus den Zwillingsschornsteinen stieg, Treibstoff riechen, die Brillantine in den Haaren und ein Stew aus der Kombüse, und er hörte Maisie sagen: »Quill, wir sind in Sicherheit.«

Er sprach. Vielleicht das erste Mal seit Tagen. Er traute seinen Augen noch nicht. Sie waren ganz verkrustet, so wund waren sie. »Maisie? Bist du das?«

»Ja, ich bins.«

»Wo sind wir?«

»Auf einem britischen Zerstörer. Er bringt uns nach Darwin.«

Das brachte ihn endgültig aus der Fassung, er ließ sich auf den Rücken fallen und kicherte. Maisie patschte ihm mit ihren kleinen Händen auf die Wangen. »Was? Was ist?«

Als der Verband zwei Tage später abgemacht wurde, sah Quiller, wie dürr Maisie war. Sie hatte sich von einem gesunden Kind in eine Vagabundin verwandelt, die keine Farbe im Gesicht, keinen Glanz in den Haaren hatte, und sie suchte ebenso angestrengt in seinem Gesicht, so als wolle sie dort die Veränderungen lesen, die er in ihr bemerkte, so als würde er sie nun nicht mehr mögen oder haben wollen.

Das Meer war ruhig. Sie kamen in die südliche Region der Timorsee, erblickten am Cap Levêque Land, dann drehten sie nordwestlich in Richtung Bathurst Island und Darwin ab und rechneten ständig mit japanischen Schiffen oder Flugzeugen, sahen aber keine. Die Luft roch nicht länger nach den Gewürzinseln, wo sie so lange gewesen waren, sondern nach einem heißen, staubigen Ort, und vor seinem geistigen Auge sah Quiller Cameron, Jeannie und Haarlem Downs. Sie kamen am Leuchtturm an Point Charles vorbei, dann passierten sie die Hafeneinfahrt und kamen in die Bucht; die schwarzen Keile unter Wasser waren Schiffe, die ungefähr zu dem Zeitpunkt versenkt worden waren, als Quiller in den Gewässern von Sumatra versenkt wurde. Einen oder zwei Träume von hier entfernt.

Eine leicht veränderte Karte

Das Flugzeug, das die Flüchtlinge holte, war eine De Havilland 86A, auf der die Worte *Qantas Empire Airways Ltd* immer noch beharrlich durch die neuen Schriftzüge der RAAF hindurch schienen. Jeannie schaute zu, wie die Maschine in einer Gischt aus rotem Staub landete und dorthin ausrollte, wo die Frauen und Kinder die Landebahnmarkierung aus weißen Steinen säumten. Die erste Gestalt, die ausstieg – eigentlich hinaussprang, bevor das Flugzeug noch vollständig zum Halten gekommen war, sodass ihr Kopf beinahe von einem Propeller aufgeschlitzt worden wäre, denn der Mann besaß keinerlei Gefühl für Flugzeuge –, war Cameron Dunn.

Jeannie spürte, wie ihr der Mund aufklappte.

Noch während sie über die Landebahn zu ihm hin rannte, dachte sie: Jetzt wird sich alles ändern.

Als das Flugzeug wieder verschwunden war, gingen sie alle in die Küche und setzten sich an ein Ende des großen Tischs, wo sie bei Tassen voller Tee und trockenem Kuchen hockten und atemlos Cams Geschichte lauschten, die nur so aus ihm heraussprudelte. Er war aufgedreht, und seine eingefallenen Wangen und müden Augen strahlten von innen heraus in vertrautem Glanz. Jeannie - hatte noch nie so an seinen Lippen gehangen. Während der Trennung war er geschliffen und geformt worden, die alte, nie geprüfte Formlosigkeit war verschwunden, aber das stand ihm gut, und sie spürte einen besonderen Reiz, fast so, als habe sie sich einen älteren, aufregenderen Liebhaber genommen, aber den Jungen, den sie geheiratet hatte, dennoch nicht hintergangen.

Er hatte sie nicht angefunkt, sagte er, weil er sie überraschen wollte. Seine Stimme und sein Gesicht wurden sanft. Jeannies Herz machte einen Sprung.

»Zeig uns mal auf der Landkarte«, sagte Wally.

Leonards Atlas lag in diesen Tagen ständig in der Küche. Jeannie schlug die Karte von Java auf, und sie beugten sich vor. Annelies sprach als Erste: »Ich komme von da und da«, sagte sie schüchtern und tippte mit einem schlanken Finger auf die Seite.

Cameron sah sie an. Jeannie hatte ihm erklärt, wer sie war, was sie hier machte und warum sie nicht mit den anderen Flüchtlingen geflogen war, aber das war in der allgemeinen Aufregung untergegangen. Er hatte mit den Schultern gezuckt und auf eine altvertraute, alles akzeptierende Art gelächelt. Nun ruhte sein Blick warm auf ihr. Jeannie wollte schon sagen: »Augenblick mal, ich hab sie zuerst gefunden.« Dann zeigte er auf eine große Insel nordwestlich von Java. Jeannie schaute hin: Sumatra.

»Als ich nach Padang kam, war alles in völliger Auflösung begriffen. Es gab nicht ein einziges Boot mehr. Also sagte ich mir, gib nicht so schnell auf wie alle anderen, tu was. Also habe ich mich mit ein paar Jungs zusammengetan, die ähnlich dachten, und dann sind wir hinaus zum Flughafen.«

Cameron sah sie an. »Die vermaledeiten Holländer, die sind einfach los und haben mit einer Dampfwalze jede Maschine kaputtgemacht, die am Boden stand, und alle Treibstofffässer angebohrt. Die alte Politik der verbrannten Erde. Also, was tun?«

Seine Zähne waren gelb, fiel Jeannie auf. Mit durchdringender Klarheit begann sie, auch andere Unterschiede festzustellen und betrachtete sein Gesicht, die Hände und den Hals, während er sprach, und las ihn wie eine leicht veränderte Landkarte. War ihm mit den langen Ärmeln nicht heiß? Sie wollte sie aufrollen, seine Unterarme freilegen und zuschauen, wie die Sehnen sich unter der Haut spannten. Vielleicht waren sie voller Geschwüre. Er hatte die Narben von tropischen Geschwüren an den Beinen, wie sie vorhin bemerkt hatte, als er vor ihr durch die Fliegentür gedonnert war.

»Aber ein Bursche aus dem Busch gibt nie auf. Wir klauben uns alles zusammen, hab ich zu den anderen gesagt, und genau das haben wir getan – ein Seitenruder hier, ein Höhenruder da, ein Stück Seil hier, ein Draht da, eine halbe Tasse Sprit aus dieser alten Kiste, zwei Gallonen aus jener –, bis wir einen halbwegs anständigen Lockheed-Bomber zusammen hatten. Ohne Schraubenzieher, die den Namen verdient hätten. Ich hab das Taschenmesser genommen, dass mir Dad zu Weihnachten geschenkt hat, ein anderer Kumpel eine Münze. Wally, du wärst stolz auf mich gewesen.«

Wally Webb saß schweigend da, die Augen halb geschlossen, und er sah ihn mit einem müden, freundlichen, unverbindlichen Ausdruck auf dem Gesicht an. Cameron fuhr fort:

»Keiner von den anderen konnte fliegen, also blieb das an mir hängen. Wir hatten volle Tanks, aber wir brauchten noch mehr Sprit, also sammelten wir noch mehr Treibstoff in kleinen Fässern und Dosen und stapelten sie im Flugzeug auf. Dann bohrten wir ein Loch in den Rumpf«, sagte er mit strahlenden Augen, »und führten einen Schlauch von dort zu den Flügeltanks, damit wir in der Luft nachtanken konnten. Clever, nicht?«

Wally lächelte und nickte mit seinem zerfurchten Gesicht. »Erzähl weiter.«

»Danach montierten wir ein Maschinengewehr in der Nase und eines im oberen Geschützturm, und dann waren wir startklar.«

Jeannie nahm ihre Tasse von den Lippen. »Ein Lockheed-Bomber? Zweimotorig?«

Cameron zögerte, so als lausche er einem weit entfernten Teil seiner selbst. Er betrachtete sie einen Augenblick lang. »Das stimmt«, sagte er steif. »Warum?«

»Ach nichts, Liebling. Ich versuche es mir nur vorzustellen, das ist alles.«

»Du glaubst wohl nicht, dass ich eine Zweimotorige fliegen kann?«

»Liebling, ich will doch nur …«

»Na jedenfalls, so wars. Ich war der Einzige, der schon mal geflogen war, und es lag allein an mir.« Er lehnte sich zurück. »Aber erst mussten wir noch die Krater auffüllen, die die Holländer in die Landebahn gemacht hatten.« Sein Lächeln umschloss Annelies, die zurücklächelte. »Wir nahmen alles Mögliche, aber es war immer noch teuflisch holprig, und wir mussten Pflöcke mit Lumpen daran in den Boden rammen, damit ich wusste, wo lang. Auch so musste ich ziemlich kurven und wenden wie wild, und als ich den Rand des letzten Kraters erreichte, hat es uns mehr oder weniger in die Luft gehoben.«

Er neigte den Kopf zur Seite und sah Jeannie an. »Das hat mich an unsere Ausflüge mit Neil erinnert.«

»Ja.«

Sie wusste nicht, was sie sonst sagen sollte. Seine Augen waren rot gerändert, und er hatte sich schlecht rasiert. Er schien immer wieder in eine Art Halbwahn zu versinken und sich wieder zusammenzureißen, und sie musste blinzeln, um ihr Verlangen und ihre Lust nach ihm wieder zu wecken.

»Wir sind die Küste runtergeflogen und dann übers Wasser zur Spitze von Java. Zu der Zeit überrannten die Japse gerade die Insel, aber hauptsächlich im Norden, und wir hatten gehört, wir könnten vielleicht in Tjilatjap ein Boot finden.«

Annelies richtete sich mit einem erfreuten Geräusch auf. »Ich bin auch aus Tjilatjap geflohen, aber in einem Flugzeug.«

Cameron grinste sie an, streckte den Arm über den Tisch und legte seine knochige Hand auf die ihre. Ob aus Zusammengehörigkeitsgefühl oder um sie zum Schweigen zu bringen, das wusste Jeannie nicht. Beides vielleicht, aber der Hemdsärmel rutschte hoch, bis die Manschette spannte, und sie sah die verschmierte, grünlich-schwarze Ecke einer Tätowierung zwischen den gebleichten Haaren auf seinem Unterarm, bevor er seine Hand wieder zurückzog und sie in den Schoß legte. Cameron fuhr fort:

»Wir schafften nur hundert Meilen die Stunde. Fast unser gesamter Sprit war verbraucht. Als wir zur Landebahn kommen, sieht es dort so aus wie bei einem Hürdenrennen, überall Barrikaden. Ich kann nicht landen, ich kann auch nicht weiter, also fahr ich das Fahrwerk aus und kreise über dem Platz, in der Hoffnung, dass irgendein Mistkerl rauskommt, genau hinsieht und die Landebahn frei macht.«

Annelies nickte. »Ich erinnere mich noch an die hölzerne Apparatur dort.«

»Ja. Jedenfalls räumen schließlich ein paar Witzbolde die Landebahn, und wir landen. Ich sag dir, Jeannie, das war der schwierigste Teil. Ich versuchte mich daran zu erinnern, was Quill und du immer gesagt habt, man muss sich vorstellen, das Flugzeug sei nur eine Verlängerung des eigenen Körpers.« Er grinste. »Leichter gesagt als getan. Ich bin zu steil runter und hab das Fahrwerk abgeknickt. Die Bürokratie, also, du machst dir kein Bild. Kommt dieser Holländer raus, quasselt mich voll und haut mir irgendwelche Formulare in dreifacher Ausfertigung um die Ohren.«

Mein Mann hat für alle etwas, dachte Jeannie und sah ihn an. Für Wally seinen Sinn fürs Mechanische; für mich seinen Sinn fürs Fliegen; für Annelies ihren Nationalismus. Aber wo blieb *er* unter all dem? Wer war er? Er trat vor und wich zurück, und als er wieder vortrat, wollte sie ihn um jeden Preis packen und festhalten.

Sie würde nur äußerst ungern einen zweimotorigen Bomber fliegen, geschweige denn eine zusammengeschusterte Maschine von einer mit Schlaglöchern übersäten Landebahn aus starten.

»Die Holländer«, sagte Annelies und schüttelte ihren wunderschönen Kopf über die Macken ihrer Kolonialherren. »Sie sind als Beamte und Krämer geboren.«

»Da hast du nicht Unrecht«, sagte Cameron und trank Tee. »Dieser Witzbold ist uns allen auf den Senkel gegangen, also steckten wir ihm, er solle verschwinden, und sind dann zum Hafen. Ich meine, die Lockheed wäre sowieso keinen Millimeter weiter geflogen. Ich schätze, wir haben eines der letzten Schiffe erwischt, das noch rauskam.«

Jeannie hatte die Karte studiert. Cameron war ostwärts in die nahezu sichere Gefahr geflogen, statt nordwestwärts nach Colombo. Aber was wusste sie denn schon vom Zustand der Lockheed und der Verfügbarkeit von Treibstoff? Und ostwärts brachte ihn näher zu ihr. Immer wieder versank sie in ihrem Verlangen und tauchte wieder auf, wenn er sich in dem trügerischen Licht veränderte.

»Die *Shun Wo«,* sagte Cameron, »ein Fünfhundert-Tonner, voller RAF-Leute und Techniker aus Singapur, ein paar Zivilisten und uns. Zehn Tage bis Fremantle, in denen wir feindlichen Konvois und Bombern ausweichen mussten.« Es schauderte ihn; für Jeannie war dies die erste überzeugende Reaktion. »Als ob man in einem schwimmenden Sarg sitzt.«

Sie hatte eine kalte Lammkeule auf den Tisch gestellt und schnitt sie auf, während er sprach. Er war ganz fasziniert von dem Fleisch und den Bewegungen des Messers, und sie erkannte wirklichen Hunger, wirkliche Entbehrung und wollte alles wieder gutmachen.

Er schluckte, zögerte mit seiner Geschichte. »Ich hab Mutter in Fremantle besucht, Jeannie. Sie wollte nicht, dass ich herkomme, aber ich musste einfach, bevor die Japaner kommen.«

Jeannie schabte die fettigen Reste in einen Eimer, den sie unter der Spüle stehen hatte. Venenartige Spuren und Reste von Fleisch hingen noch am Fett, und Cam sah sie erstaunt und erzürnt an. »Willst du das etwa wegwerfen, Liebling? Das ist doch gutes Fleisch, was du da wegtust.«

Jeannie wies hilflos auf den riesigen Brocken Fleisch, der noch auf dem Tisch stand. »Cam«, sagte sie sanft, »es ist doch noch jede Menge da.«

»Trotzdem …«

Er schaute gierig. Er hatte Wochen und Monate ohne auskommen müssen, ging ihr auf.

Es war komisch. Sie war von Crystal ermuntert worden, ihn als mutigen Mann zu sehen, der verschollen, vielleicht tot war und deshalb in Ehren gehalten werden musste. Sie stellte sich im Geiste sein Wiedersehen mit Crystal vor. War sein Auftauchen vielleicht unpassend? Man würde ihn immer noch als mutigen Mann ehren müssen, aber seine Version von Mut, ihre und jene von Crystal würden nur schwer in Einklang zu bringen sein. Ich wette, er hat Crystal den Wind aus den Segeln genommen, dachte sie.

Ach, warum nur saßen sie so da? Sie sollte ihn direkt mit ins Bett nehmen, mit Tätowierung und allem, und den Zweifeln keine Chance lassen.

Eine Unterhaltung zwischen verletzten und zweifelnden Seelen

Luft so heiß und schwül wie diese raubte Quiller alle Energie. Sie war drückend, hatte Gewicht und Substanz wie ein feuchtes Laken aus einem schlaflosen Bett. Die Ziegel speicherten die Tageshitze, gaben sie in der Nacht wieder ab und vernichteten so die abendliche Brise, die selbst schon warm und feucht genug war. Moskitos fanden die Löcher in dem Netz über seiner Pritsche, und der chinesische Kochgehilfe, der sich in einem Zimmer auf der anderen Seite des Flurs von Quillers Zelle auf einer Armeepritsche hin und her warf, rief im Schlaf: »Alles klar, Wes?« Die einzigen anderen Gefangenen auf dem Polizeirevier waren AIF-Soldaten, die beim Plündern erwischt worden waren. Für Quiller hatte niemand Zeit; ein verlassenes Haus zu plündern war nichts gegen Spionage, Desertation und Unzucht mit Minderjährigen.

»Alles Blödsinn, natürlich«, hatte Sergeant Weston gesagt, »aber bis wir das geklärt haben, werden Sie in der Zelle bleiben müssen.«

Der Polizist aus Darwin wirkte ausgedörrt, und seine Haut war so grau wie der Staub und seine staubige Uniform. Erst nachdem sie am ersten Tag Schulter an Schulter in einem Splittergraben gehockt hatten und zitternd die Minuten abwarteten, bis die japanischen Bomber ihren Angriff beendet hatten, begann Quiller die Charakterzüge in Westons Gesicht und Stimme zu erkennen. Weston war freundlich, besonnen, praktisch veranlagt und wurde von kleineren Irritationen geplagt. Sein trauriger Blick und bulliger Körper strahlten Schüchternheit und Müdigkeit aus. Er hatte noch nie zuvor einen Stahlhelm tragen müssen, und nun hatte er davon einen Hautausschlag. Es gab in Darwin keine klare Trennung zwischen ziviler und militärischer Macht, und deshalb wurde von ihm und seiner kleinen Gruppe an Polizisten des Northern Territory erwartet, überall zu sein und alles zusammenzuhalten. Die Hauptwache war zerstört worden, deshalb musste er die Stadt von einem Vorortrevier aus überwachen und in einem nahe gelegenen Haus auf Stelzen wohnen, das ein Schullehrer nach dem großen Angriff vom 19. Februar aufgegeben hatte. Er verbrachte seine Zeit damit, Soldaten wegen Plünderns zu verhaften, und wann immer die Sirenen losheulten, musste er zu den Zellen rennen, seine Gefangenen in die Gräben scheuchen und sie nach der Entwarnung wieder einsperren. »Jedes Mal genau zur beschissenen Mittagszeit«, klagte er, »bevor ich noch meinen Nachtisch gegessen habe. Jimmy macht eine Dose Pfirsiche auf, ich gieße die Vanillesoße drüber, und schon gehen die Sirenen los.«

»Was ist denn mit Jimmy?«, fragte Quiller. »Er redet im Schlaf und schreit: ›Alles klar, Wes?‹«

Weston nickte. »Beim ersten Mal gab es zwei Angriffswellen. Jimmy und ich steckten in nebeneinander liegenden Gräben fest. Jedes Mal, wenn eine Bombe hochging, rief er: ›Alles klar, Wes?‹, oder ich rief, ›Alles klar, Jimmy?‹ Er ist an dem Nachmittag völlig ausgerastet, hat ein paar Wochen draußen in Ten Mile kampiert. Ist erst letzte Woche wieder aufgetaucht.«

Ein weiterer Tag verging. Die Plünderer wurden verurteilt und ins Gefängnis von Fannie Bay geschickt.

»Ich hab das Beste und das Schlimmste gesehen«, sagte Weston am nächsten Nachmittag und setzte sich auf einen Leinstuhl vor Quillers Zellentür. »Eines Nachmittags im August sind die Pioniere Amok gelaufen, haben Fensterscheiben eingeschmissen, Pubs und Geschäfte geplündert, Zivilisten und Beamte angegriffen, meine eigenen Leute. Hunderte Pfund Schaden im Zentrum von Darwin. Kerle im Krankenhaus mit Gehirnerschütterungen, Schnittwunden, Knochenbrüchen. Klar, die waren gelangweilt, meinten, sie wollten nach Europa, mitkämpfen, aber derselbe Mob hatte vorher in Tennant Creek und Alice Springs getobt. Wenn die Japse hier landen, werden diese Helden die Ersten sein, die verduften. Ich hab mal ein paar Beamte mit in die Baracken genommen, und Sie würden nicht glauben, wie viele Radios, Rohrstühle, Lampen, Grammofone, Kühlschränke dastanden – alles geplündert, als die Zivilisten evakuiert wurden. Und nach dem ersten großen Angriff Mitte Februar sind ein paar Hundert Kerle von der RAAF im Busch verschwunden, weil irgendjemand behauptet hatte, es sei der Befehl eingetroffen, dass jeder auf sich allein gestellt sei. Den Befehl gabs gar nicht. Vier Tage später waren immer noch dreihundert von ihnen unerlaubt von der Truppe entfernt. Einer hat es bis Melbourne geschafft.«

»In Singapur haben sie die Sampans gestürmt«, ergänzte Quiller und beschrieb seine letzten Tage auf der Insel. Die Verachtung, die er gegenüber den Australiern verspürt hatte, war damals wie ein dumpfer Schmerz gewesen; noch während er darüber mit einem guten Zuhörer sprach und Camerons Verrat immer deutlicher wurde, verwandelte sich der Schmerz in ein Fieber. Nach einer Weile hörte er das Gejammer eines Engländers in seiner Stimme, und er sah, das Weston sich peinlich berührt umsah, so als bedaure er, Quiller ermutigt zu haben, also schwieg Quiller bald wieder. Das Fieber jedoch brannte weiter.

»Andererseits«, sagte Weston, »habe ich auch Beispiele großen Heldenmuts erlebt.«

»Da bin ich sicher.«

»Die Flak-Kanoniere, was für eine undankbare Aufgabe. Die Feuerwehrleute, die Krankenwagenfahrer. Und die Piloten, die die halbe Zeit wie lahme Enten dahocken.«

»Ja.«

Weston zündete zwei Zigaretten an und reichte Quiller eine. Es war später Vormittag; sie spitzten die Ohren und warteten auf das Dröhnen der Bomber. Eine kühle Brise kam herein, und Weston sagte: »Ein toller Tag für Prügel.« Eine Katze tauchte auf, wand sich durch die Beine des Sergeants, stieg durch die Gitterstäbe hindurch in die Zelle und sprang auf Quillers Schoß.

Westons Gesicht wirkte nachdenklich, und er sagte: »Ein Älterer hält das besser aus. Er kann die komischen Seiten sehen.«

»So wie Sie.«

»Kann schon sein«, erwiderte Weston trocken. »Ein paar der jüngeren Burschen unter mir neigen zu Selbstmitleid, manchmal sind sie gelangweilt. Sie können sich nach Dienstschluss nicht selbst beschäftigen. Abgeschnitten von Frauen und einem normalen Gesellschaftsleben, die ständige Angst vor den Japsen, dauernd müssen wir irgendwelche Army-Typen festnehmen, die plündern oder den Zivilisten die Scheinwerfer an den Autos kaputtschießen, dieselben Soldaten, die eigentlich dafür da sein sollten, alle zu beschützen – kein Wunder, dass sie unzufrieden sind.«

Quiller streichelte die Katze. Er wollte noch mehr über die Deserteure und Nachzügler in Singapur und auf Sumatra sagen, aber Westons sanfte Stimme und sein Langmut rührten ihn an und hielten seine Wut im Zaum. Wie sollte man auch einen Deserteur von einem Mann unterscheiden, der von seiner Einheit abgeschnitten worden war? Wie Feigheit von Verbitterung und mangelnden Alternativen unterscheiden? Nun waren diese Männer Kriegsgefangene, und viele von ihnen waren Engländer. Wenn der Krieg sich zu Gunsten der Alliierten entscheiden sollte, und die Gefangenen die japanischen Lager überlebten, dann würde ihnen das Ehre machen. Warum auch nicht?

Quiller hörte Weston zu. Weston war einsam, und so gern er auch über Einzelheiten sprach, so gern theoretisierte und spekulierte er auch. Er war ein Mann, der gern nachdachte, statt nur zu spintisieren oder zu jammern, und er schien dies auch bei Quiller zu erkennen. Sie führten eine höfliche gegenseitige Befragung durch – und gleichzeitig war es wohl doch eher eine Unterhaltung zwischen verletzten und zweifelnden Seelen als eine Befragung.

»Es ist das Warten«, sagte Quiller. »Ich habe es in Malaya gesehen und dann in Singapur. Man wartet und beobachtet, es ist heiß, man ist weit weg von zu Hause, mit Glück kriegt man zwei Bier die Woche. Man streitet sich mit jedem. Für die Verheirateten ist es noch schlimmer. Sie denken an zu Hause und an die Frau und werden mürrisch. Man läuft auf Zehenspitzen herum und hofft, dass niemand das, was man sagt, in den falschen Hals kriegt.«

Weston nickte, dann sah er auf die Uhr, trat an die Tür und brüllte zum Haus hinüber: »Jimmy, Mittagessen!«

»Kommt, Boss.«

Der Schalk blitzte in Westons Augen. »Dachte, ich esse heute mit Ihnen. Wenn die Mistkerle kommen und mich bei Pfirsichen und Vanille- soße stören, brauch ich nur die Hand ausstrecken und kann Sie aus der Zelle lassen.«

»Sie können mich überhaupt laufen lassen«, sagte Quiller.

Weston nickte. »Ich hätte gute Lust dazu.«

»Maisie wird für mich sprechen.«

Weston befingerte den Ausschlag auf seinem Schädel. »Das hat sie schon. In aller Deutlichkeit.«

»Na dann.«

Über ihren Köpfen dröhnten ein paar Flugzeuge recht tief, und ihr Motorengeräusch schlug gegen die Unterseite der Wolken. Quiller lauschte: Kittyhawks. Die Amerikaner flogen sie und stellten sich den Bombern und Zero-Eskorten mit Erfolg entgegen. Quiller kannte die Japaner nun schon, sie flogen erst in großer Höhe an und kamen dann für die darauf folgende Aufräumaktion tief herunter. Aber Weston hatte seine Zweifel, und er griff nach dem Helm, der an der Rückenlehne seines Stuhls hing.

»Das sind unsere, Sergeant.«

»Oh.«

Weston war nervös. Bei Sonnenaufgang hatte es einen Aufklärungsflug gegeben, der häufig einem Bombenangriff voranging. »Wo waren wir stehen geblieben? Ach ja, Maisie.«

Sie wohnte bei Army-Krankenschwestern in einem Notlazarett bei Ten Mile. Quiller versuchte, sich Ten Mile auf seiner geistigen Karte vorzustellen. Er sah konzentrische Kreise rings um die Stadt vor sich, Siedlungen, die sich entlang der Straße zum Adelaide River an jedem Meilenstein aneinander reihten. Er hoffte, dass Maisie dort in Sicherheit war. Weston hatte vor, sie nach Perth oder Adelaide zu schicken, sobald ihr Flüchtlingsstatus amtlich war und er die Gelegenheit gehabt hatte, die Anschuldigungen gegen Quiller durchzuarbeiten.

»Ich muss sagen, ihre Geschichte klingt glaubwürdig.«

»Natürlich tut sie das.«

»Aber betrachten Sie das mal von meinem Standpunkt aus. Schließlich ist sie ein Kind. Und wir hatten alle möglichen Leute, die hier auftauchten: Holländer, die genauso gut hätten Deutsche sein können, Burschen wie Sie, die bunt zusammengewürfelte Uniformen trugen, und einheimische Ganoven. Wir haben in Ihren Taschen von Hand gezeichnete Karten gefunden. Wir haben gehört, dass das Kind Geld bei sich hatte. Wer ist sie überhaupt? Wie genau sieht Ihre Beziehung zu ihr aus? Der Typ von der Royal Navy meinte, Sie stünden sich ziemlich nahe. Das machte ihm Sorgen. Er meinte, Sie gingen nicht gern unter Leute, so als hätten Sie was zu verbergen. Er meinte, Sie seien wahrscheinlich ein Deserteur. Der Major meinte, Sie hätten in Sumatra ein paar Tage im Gefängnis gesessen. Kumpel, die hatten alle ein ziemlich mulmiges Gefühl wegen Ihnen.«

»Ich würde gern mal mit denen reden.«

»Leider unmöglich. Die haben ihre Aussagen gemacht und sind

in alle Winde verstreut. Aber letztlich läuft alles auf die eine Frage raus: Wer sind Sie?«

Weston wirkte peinlich berührt, so als wollte er sich ständig entschuldigen, und er berührte seinen Ausschlag auf eine merkwürdige, sich selbst segnende Weise, so als wolle er dadurch seine Existenz bestätigen. »Ich muss immer noch den Adressen nachgehen, die Sie mir genannt haben.«

Haarlem Downs, da würde doch sicher jemand für ihn bürgen, und Freddy, postlagernd RAF in England, obwohl England so weit weg war und Freddy ihm vielleicht wegen irgendetwas Ärger machen konnte – immer angenommen, dass er vor den Japanern aus Sumatra rausgekommen war. Quiller blickte auf, als sich Schritte näherten. Jimmy kam mit dem Mittagessen auf einem Tablett, Dosenfleisch und Pfirsiche, die er auf Porzellanschüsseln verteilt hatte, Becher voll Tee, Zucker und Brot mit Butter. Es gab keine frischen Nahrungsmittel in Darwin. Alles kam aus Dosen, und Quiller fand es ungenießbar. Ein starkes Verlangen nach frischem tropischem Obst, Reis und gewürztem Fisch überkam ihn.

Weston schloss Quillers Zellentür auf, stellte ihm einen Holzstuhl in den Gang, und sie fingen an zu essen. Quiller stocherte lustlos im Essen herum. Er hatte auf dem britischen Zerstörer an Kraft gewonnen, aber sein Gewicht, seine ganze Verfassung war immer noch schlecht, und seine Augen ermüdeten schnell. Die Hitze hier war noch schlimmer. Er schwitzte stärker, was seine Haut reizte, er war mit Sandfliegen- und Moskitostichen übersät, sein Geschwür nässte immer noch, und er fragte sich, was er sich in der Gefangenschaft wohl holen würde: Denguefieber? Fußpilz? Einen Bandwurm? Er schubste die Katze beiseite.

»Und der Papierkram, Gott im Himmel«, redete Weston weiter, so als setze er eine frühere Unterhaltung fort. »Wenn ich Benzin für die Polizeifahrzeuge brauche, soll ich an einem der Army-Lager tanken – alle privaten Tankstellen und Bauhöfe der Gemeinde sind geschlossen. Aber das bedeutet, Formulare in dreifacher Ausfertigung ausfüllen. Ich tanke jetzt immer auf dem amerikanischen Stützpunkt. Deren Haltung ist: Wir stecken alle zusammen in dem Schlamassel, Kumpel, vergiss den Papierkram.«

Er schaufelte sich grauen Pamp in den Mund, kaute und fuhr fort: »Wir haben einen Feuerteufel.«

Quiller schaute interessiert.

»Sechs Feuer im letzten Monat. Das sind keine Feuer nach Bombenangriffen. Jemand setzt chinesische Läden in Brand. Natürlich werden sie erst gründlich geplündert.« Weston sah Quiller schüchtern an und sagte: »Die Geschichte wiederholt sich.«

In Darwin wiederholten sich Quillers letzte paar Wochen in Malaya, Singapur und Sumatra, doch er nahm an, dass Weston etwas anderes meinte. »Wirklich?«

»Als die Russen zu Napoleons Zeiten Moskau aufgaben, brach eine Reihe von rätselhaften Bränden aus.«

»Sie lesen?«, fragte Quiller freundlich.

Weston tupfte sich den Mund mit einem sauberen, gebügelten, khakifarbenen Taschentuch ab. »Wenn Zeit dazu ist.«

In der Nähe setzte eine Sirene ein und schraubte sich zu einem entnervenden Gejaule hoch. Wie oft hatte Quiller das nun schon in seinem jungen Leben gehört? Wann war der Sättigungsgrad erreicht? Er stand unwillkürlich auf, warf seine Schüssel für die Katze auf den Boden und starrte auf das Zittern seiner Hände.

»Kommen Sie, mein Junge«, sagte Weston.

Er packte Quiller am Ellbogen und zog ihn in den Splittergraben, der zwischen den Zellen und dem Stelzenhaus lag. Jimmy war schon da und zitterte am ganzen Leib. Die Luft in dem Graben war unerträglich heiß, außerhalb war es muffig und schwül, und dunkle Wolkenbänke zogen an der Sonne vorbei.

»Die Mistkerle mögen solche Tage«, murmelte Weston. »Viel Deckung. Alles klar, Jimmy?«

»Alles klar, Wes?«

Weston senkte die Stimme. »Armer Kerl. Bei dem großen Angriff hats ihn durch zwei Türen geworfen, zehn Meter weit. Kein Wunder, dass seine Nerven hinüber sind.«

Sie warteten. Die übliche Zeitspanne zwischen der Warnung und dem Angriff betrug etwa sieben Minuten, aber die Zeit in Darwin wurde durch Fehlalarme bemessen, und das Warten war schmerzlich.

Die Flakgeschütze meldeten sich, und Quiller hörte die Bomben pfeifen und zu Boden zischen. Dann gab es immer eine Pause. Die Detonationen durchbebten ihn, rhythmisch knirschende Geräusche, die durch die rote Erde und die Luft übertragen wurden. Quiller hörte eine Kittyhawk, die tief und schnell kam, und zwei eng aufeinander folgende Explosionen, von der Steine und Splitter jaulend über ihre Köpfe geschleudert wurden und auf die nahe gelegenen Dächer regneten.

Weston wirkte erschüttert. »Verdammt nah«, rief er. »Dreißig Meter? Vielleicht weniger?

»Weniger«, sagte Quiller und steckte den Kopf über den Rand des Grabens. Er konnte schwarzen Qualm aufsteigen sehen. Aber hier draußen gab es keine militärischen Ziele, was darauf hinwies, dass die Flakkanoniere und die Kittyhawks die Angreifer richtig im Visier hatten und sie ablenken konnten, bevor sie die Docks, die Lager oder den Flugplatz erreichten.

Dann gab es Entwarnung. Weston hielt den Kopf skeptisch schräg. »Das ist wie mit den Pfirsichen. Kaum steig ich aus dem Graben, gibts wieder Alarm.«

Sie warteten noch zehn Minuten, zogen kräftig an ihren Zigaretten. Weston hielt Jimmy um die Schultern gepackt. »Ich denke, das wars, Jungs.«

Sie schlurften zurück zu den Zellen. Plötzlich beugte sich Weston vor und übergab sich, und das graue Dosenessen platschte ihm zwischen die Stiefel. »Ach, herrjemine, ich hoffe, mir gehen nicht die Nerven durch.«

Quiller stützte den Sergeant am Ellbogen, bis dieser aufhörte zu zittern. Es stank nach verbranntem Gummi und Öl, nach Sprengstoff-Brandsätzen und Westons saurem Erbrochenem. Staub und Qualm verhüllte die dunstige Sonne, und Quiller konnte sehen, dass die Strom- und Telefonverbindungen unterbrochen waren. Sein erster Gedanke war: Und wie soll Weston jetzt ein Kabel nach Haarlem Downs schicken? Ein Polizeiwagen hielt am Straßenrand, und vier von Westons Streifenbeamten stiegen aus. Sie beäugten Quiller misstrauisch und sagten: »Alles in Ordnung, Sergeant?«

»Alles in Butter«, sagte Weston.

»Sollen wir den Gefangenen zurück in die Zelle bringen?«

Weston reckte sich, runzelte die Stirn, überlegte und erwiderte: »Eigentlich nicht. Ich könnte noch ein paar Hände gebrauchen. Ihr Jungs geht los und sucht nach Blindgängern. Mr. Quiller kommt mit mir.«

Fünf Minuten später saß Quiller in Westons schwarzem Ford, und sie fuhren durch die Stadt nach Süden zu den Militärstützpunkten im Buschland jenseits der Stadtgrenze. Er versuchte, sich Darwin aus seiner Zeit vor dem Krieg ins Gedächtnis zu rufen, aber zwei Dinge unterliefen die Erinnerung: das veränderte Aussehen der Stadt und die Lektionen seiner dazwischen liegenden Jahre. Vor dem Krieg war Darwin eine verschlafene Beamtenstadt an der Grenze gewesen, die zu strengen gesellschaftlichen Trennungen und kleingeistigem Gezänk neigte. Nun handelte es sich um eine nervöse Garnisonsstadt voller Bombenschäden, Geschützstellungen, Batterien von Flakscheinwerfern, neu asphaltierten Straßen, Stacheldrahtumzäunungen und Sandsackbarrieren. Die meisten Gebäude waren beschädigt, die Fenster zersprungen, Dächer wiesen gähnende Löcher auf, und die Wände waren pockennarbig oder eingefallen. Weston fuhr ihn an Orten vorbei, die er einmal besucht hatte: das Postamt, ein Kleidergeschäft, ein Pilotenclub, das Haus des Qantas-Managers.

Qantas. Flogen sie immer noch von und nach Darwin?

Sie kamen in die Außenbezirke der Stadt. »Beim ersten Mal hats Jung und Alt ziemlich schwer getroffen«, sagte Weston und fuhr von einem Checkpoint aus weiter. »Eine wilde Flucht nach Süden brach los, auf Fahrrädern, in Autos, Eisenbahnen, selbst mit Krankenwagen und Straßenhobel. Alles, was fahren konnte. Das ging zwei Wochen so. Kann nicht behaupten, dass ich ihnen böse wäre. Die Zeitungen schrieben, es seien am 19ten nur eine Hand voll ums Leben gekommen, aber die Zahl lag eher bei zweihundertfünfzig. Bei manchen wissen wir nicht mal, wer sie waren.«

Quiller sah in das eintönige Buschland hinaus. »Wohin fahren wir?«

»Zum Army-Stützpunkt.«

»Wozu brauchen Sie mich?«

Der Himmel hing tief. Donner hatte den ganzen Morgen gedroht und gegrummelt, doch nun krachte es direkt über ihren Köpfen, und Weston schrie auf und lenkte in einen Graben. Der Motor ging aus. Sie zitterten beide. Weston sah zu Quiller hinüber: »Deshalb. Sie fahren mal eine Weile, Sportsmann.«

»Sie sind bestimmt froh, wenn die Army die Polizeigewalt hier übernimmt«, sagte Quiller und tauschte den Platz mit ihm.

»Das können Sie laut sagen.«

Sie hatten eine merkwürdige Beziehung zueinander. In Singapur und auf Sumatra hatte Quiller die schlimmsten Erlebnisse mit anderen Männern und Frauen geteilt, hatte sich in gnadenlos unmittelbarer Nähe zu ihnen aufgehalten, aber mit Weston verband ihn keine Geschichte. Nur selten begegnete man einem Mann, der seine Gefühle zeigte. Weston vertraute ihm offenbar. Was zählte – dass Weston einem anderen Mann vertraute oder dass Weston sich *ihn* ausgesucht hatte?

Quiller startete den Motor und lenkte den Wagen zurück auf die Straße. Genau in diesem Augenblick sah er in dem dürren, struppigen Buschland einen Aborigine, der mit einen Speer in der Hand und ockerfarbenen Strichen auf Gesicht und Brust vollkommen still dastand. Er musste an die Sakai in Malaya denken. Nun, da er auf australischem Boden war, tauchten diese Erinnerungen und Erfahrungen wieder auf, merkwürdig anders zusammengesetzt, aber vertraut. Die Welt stand Kopf und spielte verrückt. Vielleicht war er vor ein paar Tagen oder Wochen gestorben, und dies war nur ein Vorkreis des Himmels oder der Hölle. Er blinzelte, aber der Jäger war im Gebüsch verschwunden.

Quiller fuhr weiter. Weston dirigierte ihn zu einer Ansammlung von Army-Zelten, die zwischen niedrigen, struppigen Bäumen standen. Der Boden wies die Spuren der Regenzeit auf, war aber ansonsten zu einer harten, staubigen, lebensfeindlichen Oberfläche verbacken, die hier und da mit Zweigen und toten Blättern gesprenkelt war. Es wehte kein Lüftchen, der Sturm war vorübergezogen. Ein halbes Dutzend Männer las, schlief oder spielte mit nacktem Oberkörper und mit Zigaretten in den Mundwinkeln Karten, auf jene alte, träge, sorglose Weise, die Quiller schon von Singapur her kannte, kurz bevor die Panik ausgebrochen war. Andere gruben eine Latrine aus, und etwa dreißig Soldaten paradierten und schwitzten in der schwülen Luft, während ein Sergeant Major sie anschnauzte. Was für ein Leben, dachte Quiller. Hitzeausschlag, Fußpilz, Sandflöhe, Denguefieber, ganz abgesehen von den Fehlalarmen, dem Warten und der Ungewissheit.

»Fahren Sie zur anderen Seite der Anhöhe«, sagte Weston.

Sie kamen zu einer Gruppe von größeren, besser ausgestatteten Zelten. »Offiziersunterkünfte«, murmelte Weston. »Halten Sie vor dem Zelt, auf dem ›Militärpolizei‹ steht.«

Sie gingen hinein. Die Welt stand erneut Kopf. Vier Militärpolizisten bewachten einen japanischen Piloten. Quiller spürte, wie sich seine Eingeweide zusammenzogen, und er wollte schon zurückweichen, aber er war auch neugierig. Weston schob ihn sanft nach vorn.

Der andere Gefangene war ein Aborigine in abgelegten Armeestiefeln, Hosen und Hemd. Er hatte ein blaues Auge, seine Wangen, die Stirn und die Lippen waren aufgeschlagen und geschwollen. Er versuchte zu grinsen und entblößte einen abgeschlagenen Zahn. »Mr. Weston.«

»Jackie, was haben sie denn mit dir gemacht?«

»Die denken, ich ko'briere, Boss.«

Hinter dem Schreibtisch saß ein Captain. »Kollaborieren mit dem Feind, um genau zu sein.«

»Aber das ist mein Spurenleser.«

»Eine Patrouille hat ihn aufgegriffen, wie er im Busch mit diesem Japs herumgewandert ist. Wenn er Ihr Spurenleser ist, was macht er dann da draußen?«

Weston kratzte sich am Kopf. »Nach dem großen Angriff sind ihm die Nerven durchgegangen. Das ist nicht gerade das Verbrechen des Jahrhunderts.«

»Er hat dem Japs geholfen und wollte ihn verstecken.«

»Das bezweifle ich.«

»Ich werde dafür sorgen, dass er exekutiert wird.«

»Seien Sie nicht albern.«

Der Captain schob geringschätzig ein paar Papiere zusammen. »Ich spreche von einer idealen Welt. Das Gefängnis ist das Zweitbeste, aber immer noch viel zu gut für diesen Kerl da.«

Im Dämmerlicht des Zeltes bemerkte Quiller einen weiteren Mann, einen Zivilisten in halbmilitärischer Bekleidung. Weston wandte sich an ihn. »Gehörst du zu dieser ganzen Geschichte, Geoff?«

Der Mann zuckte mit den Schultern. Auf einem Stoffstreifen oberhalb der Brusttasche seines Hemds, das sich über seiner schmalen Gestalt beulte, waren die Worte *Department of Native Affairs* eingestickt. Er hatte die verkniffene, enttäuschte Haltung eines Regierungsbeamten, der sich in einer undankbaren Situation befindet. »Dein Jackie wurde außerdem im unrechtmäßigen Besitz eines Sacks Mehl angetroffen. Als offizieller Beschützer der Aborigines werde ich auf schuldig plädieren, wenn die Angelegenheit vor das Oberste Gericht kommt. In der Zwischenzeit wäre ich dankbar, wenn du ihn ins Gefängnis nach Fannie Bay überstelltest.«

»Das ist doch ungeheuerlich.«

»Du wirst der Ankläger sein, Westie.«

»Die ganze Sache ist doch abgekartet.«

»Er wurde mit dem Japs erwischt«, sagte der Captain. »Ich hätte den Mistkerl auf der Stelle umgelegt.«

»Wahrscheinlich wollte er den Japs gerade zu uns bringen«, sagte Weston.

Sie packten Jackie in den Ford, und Weston fuhr, bahnte sich zwischen den Zelten und Latrinen einen Weg zur Hauptstraße zurück. Als das Lager weit genug hinter ihnen lag, hielt er an und löste Jackie die Hand- und Fußfesseln. »Sag mir die Wahrheit, Jackie. Was hattest du mit dem Japs vor?«

»Ich hab ihn gefangen genommen, Boss. Der hat von dem Ganzen nur Bahnhof verstanden.«

Weston kicherte. »Das kann ich mir gut vorstellen.«

Am Rande von Darwin bog er ins Buschland ab. »Deine Leute leben hier draußen, stimmts nicht, Jackie?«

»Ganz recht, Boss.«

»Na, hau schon ab. Ich sage, du bist bei einem Luftangriff abgehauen. Ich sorge dafür, dass der Papierkram verschwindet.«

»Du bist ein guter Kerl, Boss.«

Als sie wieder weiterfuhren, sagte Quiller: »Können Sie nicht meinen Papierkram auch verschwinden lassen?«

Eine Atmosphäre leichter Turbulenzen

Die Tage vergingen, es wurde Anfang April, Wind und Schauer der Regenzeit ließen nach. Man konnte sich wieder leichter fortbewegen, und Wally und Harry waren oft draußen, um ein Bohrloch zu reparieren oder nach den Schafen zu sehen. Sie rechneten eigentlich täglich damit, dass die Busch- und Stationsschwarzen von ihren Zeremonienplätzen zurückkehrten, aber Harry hatte da so seine Zweifel, denn die Schwarzen aus Broome und den anderen Städten waren zur Beagle-Bay-Missionsstation zwangsumgesiedelt worden. Die Viehhirten und Frauen wussten das und würden sich dem entziehen wollen. »Nich viele Blackfellas hier rum zu finden, keine Angst«, sagte Harry.

Jeannie hatte seit Cams Rückkehr ein einziges Mal mit ihm geschlafen. Es war am Abend seiner Rückkehr gewesen, sie hatten an der Vordertür gestanden und sich davor gescheut, über den Hof zu ihrem Bett im Gästehaus zu gehen – wenn auch aus Scheu vor unterschiedlichen Dingen, wie es Jeannie schien. Hinter ihnen dehnte sich der Flur voller friedlicher Schatten und stummer Sekunden aus. Dann war Annelies aus dem Badezimmer am Ende der Diele getreten und zum Elternschlafzimmer geschlichen, wo sie die Hand auf den Türknauf legte, kurz innehielt und dann mit einem kurzen Aufblitzen der Augen und Zähne »Gute Nacht« murmelte und verschwand.

Cameron erstarrte. »Sie schläft in Mas Zimmer?«

Jeannie versuchte es ihm zu erklären.

Annelies hatte sie gehört und trat wieder in den Flur hinaus. In dieser kurzen Zwischenzeit hatte sie ihre Sandalen ausgezogen, ihre Bluse aus dem Rock gezogen und sich die Haare geöffnet. Sie wirkte zerzaust, entspannt, bettfertig, und mit einer schlanken Hand öffnete sie den Knopf an ihrem Hals. »Ich ziehe in ein anderes Zimmer, wenn Sie es wünschen«, sagte sie.

Cameron löste sich aus Jeannies Fingern und ging zu Annelies hinüber. »Lassen Sie mich sehen.«

Im letzten Augenblick musste er Annelies ausweichen, ihre Gesichter kamen sich in einer Atmosphäre leichter Turbulenzen ganz nah, und er verschwand im Schlafzimmer seiner Mutter. Jeannie folgte ihm. Er stand am Fußende des großen Bettes und starrte auf die weiche Tagesdecke. Seine Arme baumelten herab. Dann bemerkte er sie, stemmte die Hände in die Hüften und starrte die leeren Wände und Ablageflächen an.

»Wo ist das ganze Zeug?«

Jeannie erklärte ihm, dass die meisten wertvollen Sachen noch immer im Busch vergraben lagen. Er nickte und steckte den Kopf wieder hinaus in den Flur. »Kommen Sie rein, Annelies. Fühlen Sie sich wie zu Hause.«

Sie trat schüchtern ein und schloss den oberen Knopf wieder, so als habe sie sich selbst angeboten und sei abgewiesen worden. Was Jeannie auf die Nerven ging, war Cam. Er konnte sich nicht losreißen und dachte sich alle möglichen Dinge aus, über die er reden oder die er für Annelies tun konnte: »Das Fenster klemmt – ich mach es morgen früh wieder gängig. Möchten Sie noch ein Glas Wasser ans Bett? Die Moskitos machen Ihnen nichts aus, hoffe ich?« Dann: »Tut mir furchtbar Leid, das mit Ihrem Land.«

Annelies hatte den Kopf zur Seite gelegt, schaute und hörte zu. Im gedämpften Schein des Regenmondes wirkte sie auf Jeannie wie aus warmen Brauntönen und wohlgeformten Schwellungen zusammengesetzt und von einer Haut umspannt, die sich nach

Haut sehnte. War das unbewusst? Doch auf Annelies Gesicht lag ein deutlicher Ausdruck der Ungläubigkeit, so als könne sie nicht fassen, wie strahlend und geschickt sie nun als freie Frau war, dass Männer wie Cameron sich ihr derart näherten. Jeannie entspannte sich, als sie das sah. Sie zupfte Cameron am Ärmel und sagte: »Na komm schon, du alte Schlafmütze.«

Als sie draußen über den Hof gingen, sagte er: »Sie ist schon toll, nicht?«

»Ja, wirklich.«

»In Malaya konntest du solche Frauen überall sehen, unheimlich schön, keinerlei Makel, vollkommen sorglos. Ganz grazil und schön. Immer ein Lächeln auf den Lippen. Mich schaudert, wenn ich daran denke, was die Japse mit ihr angestellt hätten.«

Im Gästehaus ging Jeannie herum und machte die Fensterläden und Fenster auf. »Die alte Ehewohnung, hm?«, sagte Cameron.

Er setzte sich aufs Bett, sie stand am Schminktisch, und plötzlich überkamen sie zwei unzusammenhängende Gefühle gleichzeitig: langjährige Ehefrau und zögernde Geliebte. »Wenn du noch Zeit brauchst …«

Cameron starrte sie an und strahlte auf seine neue, hagere, mitgenommene, korrumpierte Weise. »Komm her«, knurrte er.

Er knöpfte sein Hemd auf, behielt es aber an, und als er sich über ihr auf die Arme stützte, wurde sie von einem Zelt aus khakifarbener Baumwolle umschlossen. Als er in sie drang und feststellte, dass sie trocken war, schrumpfte sein Geschlecht zusammen. Sie las Wut und Selbstverachtung aus der Art, wie er Grimassen schnitt und die Augen zusammenpresste, um es wieder aufzurichten. Es war, als sei der falsche Mann heimgekehrt. Sie spuckte sanft auf ihre Finger, um die Spitze seines Penis anzufeuchten, führte ihn ein, und das Ganze entwickelte sich für sie beide zu einer angestrengten, hirnsprengenden, ambulanten klinischen Behandlung, die jemand anderem weit weg zustieß. Hinterher rollte sich Cameron keuchend ab, und Jeannie bekam eine Gänsehaut, als seine Hand sanft auf ihrer nackten Flanke landete.

Er drehte sich um, und schon bald spürte sie ein Zittern, das durchs ganze Bett fuhr, und hörte bestürzt, wie sein zerschundener Körper und seine gebrochene Stimme von jämmerlichen Schluchzern geschüttelt wurden: »Ich tauge zu nichts mehr, Jeannie.«

Sie legte einen Arm um seinen knochigen Leib und sagte, was man eben so sagte: »Aber natürlich tust du das.«

»Tu ich nicht.«

Sie nahm ganz automatisch die wohlwollende Rolle ein, die man manchmal bei Familie und Freunden spielte, ohne groß darüber nachzudenken. »Du hast harte Zeiten durchgemacht. Aber nun bist du ja zu Hause.«

Er schien beleidigt, und sein Leib neben ihr wirkte unberührbar. »Du weißt nicht das Geringste über mich.«

»Ich kenne dich schon mein ganzes Leben lang.«

»Du weißt gar nichts«, sagte ihr Mann und schreckte vor ihrer Berührung und ihrer gemeinsamen Geschichte zurück. »Ich habe Hunger und Durst.«

Er hatte den ganzen Tag über alles gierig in sich hineingeschlungen, nichts konnte ihn satt machen. Jeannie sah ihn traurig an, wie er sich so getrieben und unerfüllt vor dem Mondschein des Fensters abzeichnete, und stellte sich mit plötzlicher Klarheit die Angst vor, die er in den vergangenen Wochen gehabt haben musste, seine leeren Eingeweide, die nach etwas Essbarem gierten, während er vor den Geschützen davonlief. »Ich mach dir was zu essen.«

»Aber siehst du das denn nicht? Siehst du nicht? Hör auf – «

Er tat, als wolle er sich Spinnweben vom Gesicht reißen. »Hör auf, mich so zu erdrücken.«

»Ich habe dich nie erdrückt.«

Er ging hinaus und kam nicht wieder, und am Morgen fand Jeannie ihn mit Annelies in der Küche. Annelies sah sie ruhig an, wirkte aber ansonsten unverändert, während Cam erneut eine Wandlung durchgemacht hatte. Nun war er der träge, sinnliche Mensch, saß in sonnendurchflutete Teeschwaden gehüllt da, sah sie müde und mit schweren Augenlidern an und schien gut gelaunt genug, ihr aus einer gewissen Zuneigung heraus auf den Po zu klatschen. »Gib mir einen Kuss.«

Sie hatte sich das auf freundschaftliche Weise gefallen lassen. Sie spürte, dass sie in dieser Nacht von ihm befreit worden war und sie nun Freunde sein konnten, wobei sie diejenige war, die seine vielen Gesichter verstand und tolerierte, ohne sie gleich gut finden zu müssen. Sie war in dieser Nacht zu seiner zutiefst geduldigen besten Freundin geworden und fragte sich, ob Annelies nicht vielleicht sogar gut für ihn war.

Und so lag von nun an ein Kissen und ein grob gefaltetes Laken dauerhaft auf dem Ledersofa in Leonards Arbeitszimmer, und Cameron war am Morgen stets der Erste in der Küche. Seine Ängste tauchten stets in der Nacht auf, aber sie lagen sowieso nicht in Jeannies Verantwortungsbereich. Tatsächlich spürte sie eine Art von Distanzierung. Wann immer ein japanischer Aufklärer in der Entfernung an der Küste vorbeiflog, schaute sie, wie Cameron die Maschine beobachtete, und sah, wie er nervös an seiner Zigarette zog. Sein Urlaub war sicher bald vorbei, nahm sie an.

Sie ertappte sich auch dabei, wie sie über den weiteren Verlauf ihres Lebens mit ihm nachdachte und die Vorstellungen bis zu ihrem logischen Ende vollzog. Er würde so ähnlich werden wie der Mann der armen Dulcie Pearce. Sie konnte insgeheim einen Mann wie Frank Pearce reden hören, wie er seiner frisch Vermählten ganz genau erklärte, was von ihr erwartet wurde: »Du wirst dich taktvoll verhalten. Misch dich niemals in die Arbeit oder in die Lebensbereiche des Mannes ein, und betritt niemals ein Camp beim Viehauftrieb, wenn du nicht eingeladen wirst oder ich nicht dabei bin.

Deine Aufgabe ist es, das Haus zu einem sicheren Hafen frei von Sorgen zu machen, für gutes Essen und Sauberkeit zu sorgen, die Ureinwohnerfrauen und -gehilfen auf dem Hof fair, aber mit fester Hand zu behandeln und ganz allgemein eine gute Mutter, Schwester, Krankenschwester und Gefährtin zu sein.«

Und diese Frau würde möglicherweise darauf bestehen, dass ihre Hausmädchen Dienstkleidung trugen. Sie würde sich mit einem unterdrückten Schnüffeln vom Tisch abstoßen, wann immer ein schwarzer Arm sich vor ihr ausstreckte, um einen leeren Teller abzuräumen. Bei der Führung ihres großen Hauses würde sie schließlich scharf und unfreundlich werden und die Durchsetzung ihrer Vorstellungen von zivilisiertem Benehmen, strikter Kontrolle und dem rechten Platz von allem übertreiben. Und niemand würde erkennen, was sich darunter verbarg: eine Art von Austrocknung und Verzweiflung auf Grund eines Lebens, das ihr nichts anderes zu bieten hatte als den Dienst an ihrem Mann und ihren Kindern.

Die unausgesprochenen Fragen häuften sich, und Jeannie wurde allmählich klar, dass Cameron gar keinen Urlaub bekommen hatte – ein Verdacht, der sich eines späten Vormittags noch verstärkte: Er ritt plötzlich ins Buschland hinaus, als gerade eine Stinson Reliant mit RAAF-Kennzeichen auf der Rollbahn landete.

Jeannie servierte dem Piloten auf der Veranda Tee. Er lieferte an jede Land- und Küstenstation eine Wandkarte mit den Umrissen von japanischen und alliierten Flugzeugen aus. Ein Witzbold, dieser Mann von der RAAF: »Wenn Sie an der aufgehenden Sonne am Rumpf erkennen können, dass es sich um einen Japs handelt, dann ist er verflucht noch mal zu nah.«

Sie lachten humorlos und tranken ihren Tee, während Annelies am Zaun entlang ging und den Hühnern Küchenabfälle hinwarf. Der RAAF-Offizier beugte sich auf seinem Stuhl ein wenig vor. Jeannie wägte in Gedanken blitzschnell ab: Wissen die Behörden, dass eine Halbjavanerin bei mir wohnt? Wenn ja, sollte sie bei ihnen gemeldet sein? Oder findet der Typ sie nur interessant, hat er seinen Verstand auch nur in der Hose, wie alle Männer?

»Das ist Anna, das Hausmädchen.«

»Halbmalaiin, oder? Finden Sie, dass eine Halbmalaiin eine bessere Kraft ist als eine Halb-Schwarze?«

»Sehr viel besser«, meinte Jeannie auf die ihr noch unvertraute Art, sich eine andere Haut überzustreifen, wieder abzulegen und von niemandem dabei erwischt zu werden.

Cameron tauchte wieder auf, als die Stinson verschwunden war. Aber der Besuch war nur eine Vorwarnung, denn eine Stunde später flog ein japanisches Wasserflugzeug zweimal tief über das Haus, und Cameron war davon überzeugt, dass die RAAF-Maschine dabei beobachtet worden war, wie sie hier landete. »Das macht uns in den Augen der Japse zu einem legitimen Ziel«, sagte er. Er hatte furchtbare Angst und zitterte.

Annelies packte ihn am Arm. Sie stand ganz nahe bei ihm und schob ihren Kopf unter sein Kinn, und Jeannie juckte es bei der Vorstellung von dem warmen, schabenden Gefühl, und sie kam sich für einen kurzen, einsamen Augenblick um alles betrogen vor. »Wir verstecken uns in der Höhle«, sagte Annelies und sah Jeannie aus dem Augenwinkel an.

In einer lockeren Karawane zu Fahrrad und Pferd eilten sie zu der Schlucht, und Cameron sagte ganz ungläubig: »Also so was, unser alter Ort. Als wir noch Kinder waren, ist uns Neil immer nachgeschlichen, weißt du noch?«

Er kroch in die Höhle, die Angst wich von ihm, und sie folgten ihm in den stickigen Tiergeruch in der Hauptkammer, atmeten flach und zögerten, irgendetwas anzufassen oder sich in den Schmutz zu hocken. Cameron meinte verächtlich: »Ich hab nie verstanden, was in ihm vorging, du vielleicht, Jeannie? Neil, meine ich?«

Jeannie besah sich die Figuren an den Wänden, dachte an Neil Quillers Karten mit ihren säuberlich eingezeichneten Zäunen, Scheunen, Böschungen und Auswaschungen, und ihr ging auf, dass für Neil jede Karte noch eine zweite, geheime Ebene besaß. Sie spürte das Bedürfnis, wieder zu zeichnen, und versuchte herauszufinden, warum. Weshalb hatte sie damit aufgehört? Weil sie allein gewesen war, weil niemand sie belauerte, niemand Erwartungen an sie stellte, deshalb. Ich zeichne, wenn mir was gegen den Strich geht, dachte sie, nicht einfach nur, weil ich gern zeichne.

Stunden vergingen, und sie fühlten sich eingesperrt und übellaunig. Bald würden sie etwas zu trinken und zu essen brauchen. Cameron fing an, mit seinem Taschenmesser rings um eine Wandjina-Figur zu kratzen. Jeannie hatte nicht die Kraft, ihn zu bitten, damit aufzuhören.

Wally erlöste sie. Er fragte Annelies plötzlich: »Erzählen Sie uns von Ihrer Heimat, meine Liebe.«

Ihre warmen braunen Augen strahlten auf, und sie malte ihnen Java aus, ein Dorf, eine Dorfschule, Vulkane, endloses Grün und kühler grüner Dunst in den Bergen im Landesinneren. Sie lechzten nach ihren Geschichten. Selbst Cameron hörte zu – sicher beschrieb sie einen Ort, den er gut kannte, auch wenn dieser Ort nun zu Schanden gekommen war und es dort vor verschiedenerlei Bewegung nur so krabbelte wie eine juckende Kopfhaut.

»Die Japse schicken die Bomber immer ein, zwei Stunden später«, hatte der RAAF-Offizier gesagt, und als im Laufe des Nachmittags klar wurde, dass kein Angriff folgte, kehrten sie ins Haupthaus zurück.

Jeannie gab den Zwischenfall per Funk an die RAAF-Basis in Broome weiter. Kaum war sie damit fertig und jagte draußen auf dem Weg eine Schlange, die sie durchs Fenster des Funkraums gesehen hatte, hörte sie erneut ihr Rufzeichen. Sie ging zur Hintertür und rief ins Haus. »Gehst du bitte dran, Cam?«

Nach einer Weile hörte sie seine murmelnde Stimme im Funkraum. Die Schlange war in Richtung Holzstapel verschwunden, und sie wollte gerade hinterher, als sie Cameron klar und deutlich sagen hörte: »Der Mann ist ein Spion.«

Jeannie gab ihre Suche auf und kehrte zum Funkraum zurück, wo Cameron mit dem Rücken zu ihr stand und sich mit den Handflächen über die Wangen fuhr. »Wer war denn dran?«, fragte sie.

Er drehte sich nicht um. »Ach, ein Polizist, der eine Auskunft über einen Kerl wollte, dem ich in Singapur über den Weg gelaufen bin.«

Der einzige Hoffnungs-schimmer in der Welt

Gegen Ende der Woche nahm der Wind zu, und schwerer Regen peitschte die Stadt. Weston war mit seinen Streifenpolizisten über Nachmittag fortgegangen, und Quiller war in der Zelle geblieben, doch nun war es später Abend, und Quiller war wieder frei. Er saß auf einem Stuhl im Gang vor seiner Zelle, sein Bein war frisch verbunden, und er hielt ein Morsegerät auf dem Schoß. Weston saß ihm mit einem zweiten Taster gegenüber und tippte mühsam Antworten auf Quillers Botschaften.

»SOS, drei kurz, drei lang, drei kurz, mehr krieg ich einfach nicht hin.«

»Sie werden es schon schaffen«, sagte Quiller.

»Ich würde Sie am liebsten hier behalten, nur um jemanden zu haben, mit dem ich üben kann.«

Durch den Haupteingang konnten sie den schräg fallenden Regen sehen, dann kreisten ein paar Lichter wie furchtsame, wässrige Augen im Sturm tief über der Stadt. »Armer Teufel«, sagte Weston, »das muss man sich mal vorstellen, bei diesem Wetter landen zu müssen.«

Quiller schaute zu und sah, wie ein Suchscheinwerfer der Flakstellung am Navy-Versorgungskai das Flugzeug erfasste und in Licht tauchte wie ein winziges Tier bei Nacht. In diesem heftigen Sturm war der Suchscheinwerfer der einzige Hoffnungsschimmer in der Welt, und der Pilot klammerte sich mit aller Kraft daran. Quiller hätte an seiner Stelle genau dasselbe getan. Dem Piloten über die ganz normalen, tagtäglichen, verständlichen Gefahren des Fliegens verbunden, hielt er den Atem an. Viel zu lang war das einzige Flugwesen, das er mitbekommen hatte, jenes der todbringenden Art gewesen, und damit spürte er keinerlei Verbundenheit. Aber dies hier – dies war ein lahmes Flugboot, eine Short Empire von Qantas auf der alten Route von Fremantle über Darwin nach Singapur, und Quiller flog in Gedanken wieder wie in den Jahren vor dem Krieg, ganz nach Gefühl. Fast liebte er es, wieder hier zu sein.

»Sie kommt runter!«, sagte Weston.

Sie warteten. Das Flugboot gewann zögernd an Höhe, flog diesmal tief über ihre Köpfe hinweg und suchte sich einen Weg über die leere, geplünderte, dunkle Stadt hin zu einem sicheren Abschnitt unsichtbaren Hafenwassers. Dann verschwand sie, und der Suchscheinwerfer verlöschte. Über den lauten Wind hinweg hörten Quiller und Weston nichts, sahen auch dort, wo sie die Maschine zum letzten Mal gesehen hatten, keine Flammen aufsteigen, und kehrten wieder zum Morsen zurück.

»Einer von Ihren Beamten hat mir erzählt, heute seien sieben japanische Bomber abgeschossen worden.«

»Latrine«, sagte Weston. »Anderson? Er ist ein notorischer Gerüchtestreuer. Glauben Sie ihm kein Wort.«

Westons Finger zitterten auf dem Taster. Er hörte auf zu funken, streckte seine Hände aus und besah sich neugierig das winzige Zucken und Zittern, so als ginge ihn das Ganze nichts an. »Ich hab eine Kriegsneurose, Kumpel, anders kann man das nicht nennen.«

»Lassen Sie sich beurlauben.«

»Sie machen Witze. Eher sterbe ich im Sattel.«

Dann seufzte er und stellte den Morsetaster auf den Boden. »Hören Sie, Kumpel, ich will nicht lang um den heißen Brei reden – ich hab heute Nachmittag Ihre Verwandtschaft erreicht.«

Quiller blinzelte. »Wirklich?«

»Mit freundlicher Unterstützung der Amis.«

»Und?«

Weston sah ihn nicht an. »Ihr Cousin ist an den Apparat gekommen. Hat Sie bis aufs i-Tüpfelchen beschrieben, also weiß ich schon mal, dass Sie kein Betrüger sind.«

Quiller schluckte, und die Stimme versagte ihm. »Cameron? Cameron war da?«

Weston sah zu Quillers Zelle hinüber und übertönte den jaulenden Wind. »Er meinte, ich sollte Sie den Feldjägern übergeben und nach England zurückschicken. Sagte, Sie seien ein Spion und hätten den Japsen Aufklärungsdaten zukommen lassen.«

»Um Gottes Willen.«

»Verstehen Sie nun? Das kann ich nicht einfach übergehen. Diese andere Geschichte, Ihre Beziehung zu Maisie, also das ist kompletter Blödsinn, da bin ich mir sicher.«

»Na, das ist ja schon mal was.«

»Jetzt werden Sie mir ja nicht grantig. Ich bin sicher, Sie sind kein Spion. Wenn ich das glauben würde, dann hätte ich Sie heute Abend niemals rausgelassen.«

»Mein Cousin ist ein Lügner. Ich hab den ganzen Weg von Singapur bis durch halb Sumatra sein Händchen gehalten, bis er eines Nachts einfach durchgeknallt ist und mich sitzen gelassen hat. Fragen Sie Maisie. Sie kann es Ihnen bestätigen.«

Weston rutschte peinlich berührt umher. »Das geht im Augenblick leider nicht, alter Knabe. Wir haben geschafft, sie heute Nachmittag in einen Konvoi nach Alice Springs zu setzen. In ein paar Tagen wird sie in Adelaide sein.«

»Ach verdammt«, sagte Quiller.

»Wie kommt Ihr Cousin darauf, Sie der Spionage zu bezichtigen?«

»Es gab einen Spion, in Malaya, einen britischen Army-Offizier, der zur Luftaufklärung gehörte. Ich habe Cameron davon erzählt. Jetzt benutzt er die Details gegen mich.«

»Was ist mit diesem Spion passiert?«

»Er wurde gefangen genommen und vors Kriegsgericht gestellt. Ich habe gegen ihn ausgesagt. Er wurde bis Padang von Militärwachen begleitet, wo er entkommen konnte und versuchte, sich mit den Japanern in Verbindung zu setzen, die ihn prompt umgebracht haben.«

»Wissen die britischen Behörden hier vor Ort von diesem Mann?«

Quiller starrte verbittert hinaus auf die Wassernadeln, die schräg an der offenen Tür des Zellentrakts vorbeifielen. »Ich würde nicht drauf wetten. Lassen Sie mich mit meinem Cousin sprechen.«

Weston litt sichtlich, sein freundliches Gesicht war ganz rot, und sein Hautausschlag an den Schläfen hob sich schmerzhaft von der Röte ab. »Tut mir Leid, alter Knabe, aber von nun an geht alles seinen offiziellen Gang.«

Der Sturm wusch im Laufe der Nacht den Himmel sauber, und der Sonnenaufgang war klar und mild – gutes Aufklärungswetter, dachte Quiller. Weston fuhr im Ford davon, um sich bei den Amerikanern Benzin zu besorgen, und er ließ Quiller eine Hand voll Bücher da, die er aus einer niedergebrannten Schule gerettet hatte. Als die Sirenen um zehn Uhr losheulten, dachte Quiller: Sie sind heute früh dran. Als Weston zwanzig Minuten später seinen Ford in der Einfahrt zwischen Zellentrakt und Haus abstellte, wurde Entwarnung gegeben.

Weston tauchte rotgesichtig und schnaufend in der Tür zu Quillers Zelle auf. »Alles in Ordnung? Fehlalarm, ich hätte gar nicht so zu hetzen brauchen.«

»Kann Ihnen doch egal sein«, sagte Quiller und bedauerte seine Worte sofort.

Weston war verletzt. »Ich werde keinen Gefangenen während eines Luftangriffs in der Zelle lassen.«

»Ich weiß. Vergessen Sie, was ich gesagt habe.«

Plötzlich jaulten die Sirenen wieder auf, und die Flakgeschütze krachten los. »Also, ab in den Graben, Sohn.«

Erst gab es den heulenden Absturz der Bomben, dann einen Augenblick Stille, schließlich die Detonationen. Die erste Ladung landete ganz nah, eine Straße weiter; ihr Graben schien sich zu schütteln, Qualm und Staub verdunkelten die Sonne. Nach den Schlägen und dem Heulen einer zweiten Bombenwelle sagte Weston: »Blümchensenser«, Bomben, die es darauf abgesehen hatten, mit ihrer Ladung an scharfkantigen Metallsplittern vor allem Personen zu treffen. Er kauerte sich dicht neben Quiller, und das unkontrollierbare Zucken seines Körpers unterbrach seinen Sprechrhythmus. »Letzte Woche standen zwei Matrosen, die neu in Darwin waren, draußen im Freien und schauten zu, wie die Kittyhawks gegen die Zeros aufstiegen. Ein Blümchensenser hat sie zerfetzt, die armen blöden Kerle.«

»Alles in Ordnung, Wes?«, rief Jimmy.

Weston erstarrte. »Ich schau mal besser nach ihm«, und er verschwand um eine Ecke im Graben und rief: *»Alles in Ordnung, Jimmy?«*

Über das Geknatter der Flak und das Aufheulen der Flugmotoren hinweg, die sich mühten, in den engen Luftkorridoren zu jagen und auszuweichen, hörte Quiller das Schnattern von Bordkanonen und sah hoch. Eine Kittyhawk der USAF hatte eine Zero im Visier, hing an deren Fersen und feuerte lange Salven, die die Zero mitten im Flug zu stoppen schienen. Sie hing regungslos im Himmel. Ein Stück vom Flügel brach ab, dann das Ruder, dann die Spitze des Seitenleitwerks. Schließlich fing der zerschossene Rumpf Feuer, drehte sich auf den Rücken und stürzte um die Achse wirbelnd ins Meer. Quiller blinzelte. Seine Augen schienen die Größen, die Formen oder die Veränderungen des Brennpunkts nicht recht erfassen zu können, denn er hätte schwören können, dass die kleineren Stücke der Zero dem Rumpf ins Meer folgten, ein Teil jedoch wie ein

Diskus in entgegengesetzter Flugbahn direkt auf den Graben zuzustürzen schien, und bevor der Gegenstand zu Boden schlug, erkannte er das Hinterrad der Maschine.

»Alles in Ordnung, Wes? Alles in Ordnung, Jimmy?«

Er spitzte die Ohren, hörte es aber nur klackern und prasseln, als winzige Steinchen und Flugzeugschrott auf Blechdächer fielen, auf den Schlamm von letzter Nacht, auf Westons schwarzen Ford.

Bei dem Wort Kannibalismus erstarrte sie

In den Augenblicken, in denen er nicht auf der Hut war, weil er sich unbeobachtet fühlte, wirkte Cam gehetzt, fand Jeannie. Es gab kein anderes Wort, um jene Kombination aus Leere, tiefer Erschöpfung und belasteter Atmosphäre zu beschreiben. Doch wenn er ihre Gegenwart spürte, wenn sie ihn ansprach oder neben ihm arbeitete, dann war er mal verschlagen, mal neigte er zu Ausflüchten, dann wieder war er herzlos und wurde dann urplötzlich teilnahmslos. Wenn er sagte, dass er für niemanden und zu nichts gut sei, und sie widersprach, dann sagte er, sie sei zu gut für ihn. Oder er deutete an, dass er wegen all dem, was er gesehen und durchgemacht hatte, einen Freibrief hätte, auf aller Leute Liebe und gutem Willen herumzutrampeln. Ja, noch mehr, die Kriegsnachrichten wären doch immer schlimmer geworden, sie würden sowieso alle sterben, wozu sich also von dem Kleinkram eines geordneten Lebens einengen lassen? Er höhnte und wischte nach einem unsichtbaren Staubkörnchen, wenn Jeannie die Küche sauber machte, legte seine Hände auf Annelies' Gesäß in dem dünnen Baumwollkleid und scheuchte Harry Horsetalk auf dem Hof herum. Doch unter all dem steckte eine Heidenangst, und seit dem Funkkontakt mit dem Polizisten hatte er Hummeln im Hintern, was die Gull anging.

»Die kann man doch noch reparieren, Wally. Du hast Werkzeug, Holz, Draht, Blech.«

»Ja.«

»Und Sprit.«

»Ja, aber der ist in Fässern vergraben.«

»Ein Klacks.«

»Aber die Maschine ist doch schwer durchlöchert«, widersprach Jeannie. »Flügel und Rumpf sind bei dem Wirbelsturm schwer beschädigt worden.«

»Na und? Das reparieren wir. Ich zeigs dir.«

Er nahm sie mit ins Wohnzimmer zum Klavier. »Da.«

Die Kattunhaube, an der sie stundenlang mit Nadel und Baumwollfaden gesessen hatte. »Aber deine Mutter –«

»Zur Hölle mit ihr.«

Jeannie verlangte, dass er ihr ins Gesicht sah. »Was hast du vor, Cam? Willst du wegfliegen?«

Er zuckte nur abwehrend mit den Schultern. »Mir ist langweilig. Außerdem kann ich es nicht mit ansehen, wie irgendetwas, das meinem Vater gehört hat, einfach so kaputtgeht.«

Was natürlich Blödsinn war. Jeannie sah zu, wie er sich neben das Klavier kniete und mit einem kräftigen Ruck eine ihrer sorgsam verarbeiteten Nähte aufriss. Er stand auf, riss weiter und folgte jeder Naht, bis das Kattun in drei unregelmäßigen Laken auf dem Boden lag. »Das ist kein Stoff zur Flugzeugbespannung.«

Cameron ignorierte sie. »Wally?«

»Könnte gehen. Aber es wird nicht eng sitzen.«

»Versuchs mit Firnis«, sagte Cameron leichthin.

Die Tage vergingen. Wally kam immer wieder zu ihr und schüttelte den Kopf. »Hör mal, Sonnenschein, Cam kann seinen Hintern nicht von einem Ellbogen unterscheiden. Kannst du ihn nicht mit was anderem beschäftigen?«

Wally wusste nicht, dass Cam und sie das Bett nicht mehr miteinander teilten. Er hatte keine Ahnung, wie sehr sich ihr Mann verändert hatte. »Das Ruder braucht eine neue Kante, richtig?«, sagte Wally zum Beispiel. »Ich hatte genau das richtige Stück Holz im Schraubstock, schon fertig für den Schabhobel, und er hackt mit einem Beitel daran herum.«

Oder: »Er ist gerade mit dem Fuß durch den rechten Flügel getreten.«

Oder: »Ich hab ihn dabei ertappt, wie er heute Morgen aufgetankt hat.«

Jeannie legte ihren Kopf zur Seite. »Ich hoffe, er hat einen Filter benutzt.«

»Nein.«

Schließlich: »Er hats furchtbar eilig. Gibt es da irgendwas, von dem ich nichts weiß?«

»Du weißt genauso viel wie ich«, sagte Jeannie. »Vielleicht will er uns nach Perth ausfliegen.«

Wally schob seinen speckigen Hut ins Genick. »Mich nicht. Ich setze mich nicht in das vermaledeite Ding.«

Mit dem Ende der Regenzeit verbesserte sich auch die Postzustellung wieder, und eines Tages kam ein Brief für Neil Quiller. Auf dem Umschlag war ein Poststempel aus Brisbane; in einer erwachsenen, selbstsicheren Handschrift standen dort sein Name und die Adresse von Haarlem Downs. Jeannie nahm an, dass sie den Brief zu Händen der RAF nach England schicken konnte, aber wer schrieb Neil, warum hierher, warum jetzt? Jeannie schob den Brief unter die unbenutzten Zeichentafeln in der Kommode in ihrem Schlafzimmer, wo er ein paar Tage liegen blieb und sie aufwühlte. Sie fühlte sich von dem Brief angezogen wie von dem Schloss einer Schatztruhe, und eines Tages öffnete sie den Briefumschlag über Wasserdampf.

»Lieber Quill«, stand dort. Jeannie überflog die erste Seite und stellte fest, dass dieselbe feste Handschrift etwas über Liebeskummer, Verlangen und entsetzliche Anstrengungen schrieb. Sie blätterte sofort zur letzten Seite und las: »Alles Liebe, Dorry Barrowman.«

Jeannie blätterte zum Anfang zurück und las langsamer, und sie fragte sich, wer Dorry, Primrose und Lee Lin waren, mit welcher von ihnen Neil zusammen war und ob das etwas zu bedeuten hatte oder nicht. Und woher kannte diese Dorry Cam? Sie schien ihn nicht sonderlich zu mögen.

Und warum hatte Cam kein Wort über diese ganzen Leute verloren? Warum hatte er nicht gesagt, dass er mit Neil geflohen war?

Jeannie las weiter:

»Wir hielten noch mehrere Male an und nahmen Leute an Bord, die in Rettungsbooten vorbeitrieben – Soldaten, Zivilisten, manche mit furchtbaren Verbrennungen und Wunden. Dem Kapitän zufolge waren wir sechshundert Leute an Bord.

Bevor wir Colombo erreichten, wurden wir torpediert, und das Schiff sank sehr schnell. Glücklicherweise war ich auf dem Oberdeck und kümmerte mich gerade um die bettlägerigen Verletzten, und weil die anderen Frauen nicht erlaubt hatten, dass Lee Lin und Primrose eine Kabine bekamen, waren sie bei mir, und so konnten wir drei recht schnell auf ein Floß. Wir trieben eine Weile dahin, dann nahm uns ein Rettungsboot auf. In dem Boot standen über hundert Leute Schulter an Schulter wie Ölsardinen, und noch ein paar Dutzend klammerten sich an den Seiten fest.

Jemand warf uns ein Schlepptau zu, worüber sich die Leute in dem Rettungsboot ärgerten. So trieben wir ein paar Tage umher, aber die ganze Zeit über starben welche oder trieben davon, sodass wir schließlich von dem Floß ins Rettungsboot umsteigen konnten. Es gab nicht viel zu essen und zu trinken, und die ganze Zeit über brannte die Sonne. Mir war ehrlich gesagt nicht danach, die Leute zu verarzten, und es gab sowieso keine Medikamente und kein Verbandszeug.«

Jeannie blätterte um. Bei dem Wort Kannibalismus erstarrte sie. »Und was das Ganze noch schlimmer machte, waren die Soldaten, die den Bug besetzten und anfingen, Leute umzubringen und sie über Bord zu werfen. Ich habe gesehen, wie sie jemanden aßen. Das

Rettungsboot war in der Mitte geteilt, die Bande im Bug, der Rest im Heck.

Bald waren es nur noch fünfzehn bei uns und acht bei denen. Aber die Männer waren bewaffnet und wir nicht. Oh Gott, und der irre Blick, mit dem sie uns anstarrten. Eines Tages hatten wir einfach genug davon. Primrose war unheimlich mutig. Sie führte uns an, als wir uns auf sie stürzten, sie dösten, und wir konnten sie überraschen und entwaffnen und ein paar von ihnen über Bord werfen. Danach waren die anderen still.

Wir waren nur noch zu zwölft, als uns ein Konvoi entdeckte. Und nun bin ich hier in Brisbane! Andauernd rechne ich damit, dass wir uns über den Weg laufen, so wie früher. Primrose liegt im Krankenhaus, aber sie erholt sich gut. Ich weiß nicht, ob und wann du diesen Brief bekommst, aber Primrose braucht Hilfe. Die Leute von der Einwanderungsbehörde haben sie nach den Sicherheitsbestimmungen als Fremde eingestuft, sie darf bis auf Widerruf aus humanitären Gründen als Flüchtling bleiben, aber wenn alles vorüber ist, werden sie sie zurückschicken. Um nicht um den heißen Brei herum zu reden: Könnte deine Familie sie aufnehmen?

Neil, das Schwerste habe ich bis zum Schluss vor mir her geschoben. Es tut mir Leid, dir mitteilen zu müssen, dass Lee Lin es nicht geschafft hat. Eines Morgens habe ich die Leute im Rettungsboot durchgezählt, und sie war nicht mehr da. Sie muss in der Nacht über Bord gegangen sein. Ich hätte ihr gewünscht, dass sie ein friedliches Ende findet, aber ich fürchte, sie hat die ganze Zeit sehr gelitten und wollte dem ein Ende machen. Klinge ich zu distanziert? Dabei fließen mir die Tränen nur so über die Wangen.«

Jeannie faltete den Brief wieder zusammen und fragte sich weniger, ob Gott oder das Schicksal entschieden hatten, wer leben und wer sterben sollte, sondern eher, wie diese Entscheidung im Nachhinein zu bewerten war. War der richtige Mann zu ihr zurückgekehrt? Hatte Quiller die falsche Frau verloren? Krieg, nahm sie an, bestand letzten Endes nur aus solchen Abwägungen, aber wer denn nun das Recht hatte, solche Entscheidungen zu treffen, wusste sie nicht zu sagen.

Als der Gelbe Frosch die Wasser der Welt entließ

Entlang der gesamten Küste von Kimberley kam der Wind aus Südost. Bei jedem Zwischenstopp flog der Qantas-Pilot einen großen Bogen aufs Meer hinaus, kam aus Nordwesten gegen den Wind herein und setzte den Bauch des Flugbootes dann auf das ruhige Wasser in Küstennähe. Es war Anfang April, Beginn der Trockenzeit, die Wolkentürme des Monsun nur noch Erinnerung. Das Bonaparte-Archipel und die Lacepede-Inseln zeichneten sich scharf vor der sonnenglitzernden See ab. Quiller wusste endlich, wo er war: die wasserreichen Berge landeinwärts, dann der harte, heiße Basalt, die langen, leeren Strände, die zu den Austerbänken des Indischen Ozeans abfielen, die Mangroven und Schlammlöcher der Küstenansiedlungen, die zehn Meter hohe Flut, das Buschland und das steinige Inland entlang der Dampier-Halbinsel. Er zitterte vor Erwartung, endlich das Hufeisen der Roebuck Bay zu sehen, das lange Pier auf seinen Holzpflöcken, die Blechdächer von Broome.

Doch etwas stimmte nicht. Hier und da in der Bucht lagen schwarze Schatten wie Kadaver riesiger Seevögel und Wale. Das Flugboot durchbrach die ölige Wasseroberfläche, rutschte übers Wasser und kam dann stark schaukelnd zur Ruhe, und Quiller erkannte, dass er auf den Friedhof der Catalinas und Dorniers hinabsah, die am 3. März von den japanischen Angreifern versenkt worden waren. Er sah über das Wasser zur Stadt hinüber. Sie lebte noch.

Die Flut war hoch. Der Pilot fuhr ans Pier und machte zum Auftanken fest. »Seien Sie bitte in dreißig Minuten wieder hier«, sagte er.

Eine kleine Gruppe von amerikanischen Soldaten, Bodenpersonal der Air Force, stiegen mit ihren Seesäcken aus, danach Quiller und ein Paar Zivilisten. Die Amerikaner blieben in Broome; Quiller hatte Reisedokumente, die bis nach Fremantle gültig waren. Er hatte die Blankoformulare und den Stempel, der das Ganze erst offiziell machte, in Westons Schreibtisch gefunden. Dann war er in Westons verbeulten Ford gestiegen und zum Hafen gefahren, wo er den Flugbootpiloten aufgespürt und um Mitnahme gebeten hatte. Nun ging er den Pier hinunter auf einen Streifen flacher Blechschuppen und Perlentaucherhütten zu, der die Seeseite der Stadt bildete. Frauen waren keine zu sehen, nur ein paar Matrosen, ein paar Leute vom Bodenpersonal der Air Force und Einheimische, die für den Militärdienst zu alt waren, aber es genügten ja schon ein paar Männer, um eine Mauer des Misstrauens zu errichten. Quiller wirkte halbwegs fit. Er trug keine Uniform. Er hätte auch einer von diesen Holländern sein können, der sie reinlegen wollte.

Die beiden Zivilisten machten kehrt und gingen auf dem Pier zurück zum Flugboot. Quiller blieb, wo er war. Haarlem Downs war so nah. Er beschirmte sich die Augen, sah zum Flugboot hinüber und hoffte, dass es zu keinerlei Aufsehen kommen würde. Der Pilot schien es eilig zu haben, wieder zu starten. Er wusste, dass seine Maschine wie eine lahme Ente im Wasser lag. Die Passagiere stiegen wieder ein. Der Pilot legte ab, und das Flugboot glitt vom Pier weg und schwamm in tieferes Wasser. Quiller warf sich Westons Seesack über die Schulter und machte sich auf die letzte Etappe.

Broome war nur noch ein Dorf im Kriegszustand, und Quiller war ein Fremder. Er hatte nicht vor, ein Fahrzeug zu stehlen, und selbst wenn er es getan hätte, Treibstoff hätte er keinen gefunden. Alles war rationiert, und er besaß keine Marken. Er erfuhr, dass die Regenzeit diesmal richtig schlimm gewesen war, Wirbelstürme und Regengüsse, die die Straßen weggeschwemmt und auf den Ebenen matschige Tümpel hinterlassen hatten. Er wusste, was die Auswaschungen und der Schlamm bedeuteten; es würden Wochen vergehen, bevor man sich mit einem Automobil hinauswagen konnte.

Er ging zu den Hütten am südlichen Stadtrand von Broome. Die meisten Eingeborenen waren auf die Missionsstationen verfrachtet worden, und es waren nur eine Hand voll Wüstenschwarze und Insulaner übrig geblieben, die dem Netz entkommen waren und von den Behörden geduldet wurden, weil sie keine Ansprüche stellten und die Pubs und Militärküchen mit Fisch belieferten. Ein paar alte Männer und Frauen schauten zu, wie er mit seinem dunklen, schmalen Gesicht unter einem Schlapphut aus dem Hitzeschleier auftauchte und seine Stiefel Staubwölkchen aufwirbelten.

»Du bist 'n verrückter Kerl«, riefen sie ihm nach.

Quiller blieb bei einem Kreis alter Männer stehen, die unter einem Boabbaum hockten. »Ich möchte ein Fahrrad kaufen.«

Sie schauten ihn an. Er konnte zwischen den Hütten ein paar Fahrradwracks erkennen: verbogene Speichen, abgefahrene Gummireifen, durchgesessene, schiefe Sättel, gerissene Ketten. Die Männer besprachen sich murmelnd. »Meinst du ein Zweirad, Boss?«

»Genau. Wie viel?«

»Wie viel hast du?«

»Drei Pfund.«

Das war ein ungeheurer Witz, entweder, weil es zu wenig war oder viel zu viel. Quiller unterbrach sie. »Legt ein paar Dosen, Wasserschläuche, Tee, Zucker, Streichhölzer und eine Blechkanne drauf, und ich mach fünf Pfund draus.«

Er hatte zwölf Pfund in der Tasche.

Einer der Männer erhob sich. »Orright, Boss.«

Die anderen unterhielten sich weiter. Quiller wurde zu einem ziemlichen Verhau aus Wellblechdächern und -wänden geführt, so als hätte sich ein einfacher Unterstand im Laufe der Jahre anfallsartig ausgedehnt. Der Boden war sauber gefegt. Hemden und Hosen flatterten steif an einem Zaun. Eine Öffnung des Hauptschuppens war mit einem Streifen geteerter Leinwand verhängt, der alte Mann schob sie beiseite und wies hinein. »Wie wärs damit, Boss?«

Quiller schnaubte. Es handelte sich um ein japanisches Fahrrad, verdreckt, aber stabil und unbeschädigt. Vor dem Krieg hatte es geheißen, dass all das japanische Zeugs schnell kaputtging, aber nun wusste alle Welt, wie falsch diese Vorstellung war.

»Is nich gut, Boss?«

Quiller schob das Rad ein paar Mal hin und her und schwang sich dann in den Sattel. Die Reifen brauchten Luft, es gab keine Werkzeugtasche, aber das Rad lief gut, die Bremsen funktionierten, und die Speichen und Gabeln waren nicht verbogen. »Pump die Reifen auf, und such mir noch ein paar Schraubenschlüssel und Flicken, dann kommen wir ins Geschäft.«

»Orright, Boss. Wo willst du hin, Boss?«

Quiller streckte die Hand aus. »Die Küste runter.«

Der alte Mann nickte und grinste dann. »Hubert Opperman, hm?«

Quiller grinste zurück. Er war in dem Jahr, als Hubert Opperman die 251 Meilen von Albany nach Perth in zwölf Stunden und achtunddreißig Minuten geradelt war, in Haarlem Downs gewesen. »So ähnlich«, sagte er.

Er prüfte die Reifen. Dunlop Olympics; die hatte er in Haarlem Downs auch gehabt. Sie waren genau richtig für die schwierigen Geländebedingungen.

»Noch was, Boss?«

»Die anderen Sachen, die ich gesagt habe. Dann noch ein Stück geteerte Leinwand, groß genug, um darauf zu schlafen oder sich darunterzulegen, und ein paar Streifen, um sie mir um die Beine zu wickeln.«

»Das sind nochmal zehn Shilling, Boss.«
»In Ordnung.«

Eine halbe Stunde später wickelte sich Quiller breite Leinwandstreifen als Schutz gegen Dornen und Schlangenbisse um die Waden. Ein Teil seines alten, verschütteten Vokabulars fiel ihm wieder ein. Ganz zu Anfang hatte Wally Webb ihm gesagt: »Du solltest deine blütenweißen Beinchen vor *Double-gee* schützen, Junge.« Einem Lexikon in Onkel Leonards Arbeitszimmer zufolge lautete der lateinische Name *Emex australis.* Es gab noch andere Namen für diese Kletten, andere Dornen: *Prickly Jacks, Three-cornered Jacks, Bassia birchii.* Der Schmied hatte ihm auch geholfen, einen Klettenschutz für die Reifen zu bauen, aber dazu hatte er jetzt keine Gelegenheit.

Quiller packte die Nahrungsmittel in seinen Seesack und hängte Wasserschläuche, Blechkanne und Plane an Sattel und Rahmen. Unterwegs sollte sich Wasser finden; seine Vorräte waren sicher bis zum Einbruch der Nacht aufgebraucht.

»Der Boss möchte was für seine Missus?«

Quiller richtete sich auf. Das Verhalten des Alten war nun verstohlen und vertraulich. »Nicht verheiratet.«

»Verlobte? Freundin? Vielleicht Schwester?«

Quiller war interessiert. »Vielleicht. Warum?«

Der Alte zog eine Tabakdose aus der weiten Hose. »Schau mal.« Mit den Fingernägeln – gespalten, braun und gelb wie Krallen – machte er den Deckel auf. »Siehst du?«

Auf einem Stück Petticoatspitze lag ein kleiner Haufen ungefasster Diamanten, die das Licht strahlend rot und blau brachen. Quiller schaute ungläubig. »Sind die echt?«

Der Alte zuckte mit den Schultern. »Sie zerkratzen Glas, Boss, da gibts keinen Zweifel.«

»Wo hast du die her?«

»Von einem alten Schwarzen. Wollte Zigaretten dafür.«

»Und wo hat der sie her?«

Der Alte wedelte mit der Hand unbestimmt nach Süden. »Da kommt also dieser alte Schwarze mit ein paar Frauen aus dem Busch. Spricht nicht viel Englisch, Boss.«

»Und er hat dir keine Erklärung dafür gegeben?«

»Er sagte, eine Lady kommt aus dem Wasser, und er bringt sie zum Haus eines Weißen.«

Quiller war fasziniert. »Ich bin fast völlig abgebrannt.«

Der Alte reckte sein Kinn und wies auf Quillers Hals. »Einen hübschen Ring haben Sie da.«

Quiller griff unwillkürlich an seinen Hals. »Der gehörte meiner Mutter. Den kann ich wirklich nicht …«

Der Alte zuckte mit den Schultern, schloss den Deckel, und die Dose verschwand in seiner Hosentasche.

Quiller sah ihn an. »Pass gut auf, wem du sie zeigst.«

Der Alte zwinkerte. »Ich hab keine Eile, Boss.«

Quiller lachte und stieg aufs Rad. »Wozu auch, jetzt, wo du mich ausgenommen hast.«

Er machte sich auf den Weg. Es gab keine Straßenschilder; sie waren alle entfernt worden, um den Feind zu verwirren. Wenn die Strecke es erlaubte, fuhr er schnell und genoss die trockene Hitze und die stete Bewegung seiner Beine, und wenn der Weg von Auswaschungen, ausgehärteten schlammigen Reifenspuren, Kuhdung, knochenerschütternden Furchen und Steinen blockiert wurde, nahm er die Schaf- und Kuhtrampelpfade, die sich blindlings durch das Buschland zu beiden Seiten schlängelten. Quiller erinnerte sich an sein erstes Jahre in Haarlem Downs: die Stille in seinen Ohren, sein Fortkommen durch die Luft, seinen steten Atem und das knirschende Greifen der Profile.

Andere Dinge fielen ihm nun ein. Als er vierzehn gewesen war, hatte er sich eine Lobrede auf das Fahrrad zurechtgelegt, eine private Argumentationshilfe, um Cameron von seinem hohen Ross herunterzuholen. Ach, der Reiter hasst also den Radfahrer? Aber ein Fahrrad kann, was ein Pferd kann – Viehauftrieb, Überprüfung der Windmühlen und Bohrlöcher, auf die Jagd gehen, prospektieren, von A nach B kommen – ohne dass es dafür Futter, Wasser und all das brauchte. Fahrräder ermüden nicht bei Hitze oder Trockenheit. Sie scheuen nicht vor Schatten. Sie sind klein und schweigsam. Jeder x-beliebige Schmied kann schweißen oder eine verbogene Gabel geradebiegen, aber Knochen kann er nicht richten, Koliken und Sandblindheit nicht verhindern. Ein Fahrrad kann man sich über die Schulter schwingen, ein Pferd kann man nicht tragen.

Das Fahrrad half bei der Erschließung des Landesinneren. Alle fuhren mit dem Fahrrad, der Wanderzahnarzt, der Kesselflicker, Schafscherer, Samenlieferant, Versicherungsagent, Buschanwalt und Gewerkschaftsmann.

Nun fügte Quiller noch im Geiste hinzu: Und nach allem, was ich gesehen habe, kann ich getrost behaupten, dass das Fahrrad kriegsentscheidend ist.

Er stieg ab und trank aus einem seiner Wasserschläuche; das Wasser schmeckte nach Metall, Staub und Jute. Vielleicht sollte er eine Pause einlegen und bei Nacht fahren; aber dann fiel ihm ein, dass er kein Licht hatte. Ohne Licht konnte er einen Baumstumpf, eine Wurzel oder Fels nicht von Mondschatten unterscheiden. Auf einer Nachtfahrt konnte er sich leicht eine Gabel verbiegen, sich den Kopf anschlagen und umkommen.

Im Laufe des Nachmittags machten sich an seinem Fahrrad einige knirschende Geräusche bemerkbar, Metall, das auf Metall rieb. Er reckte den Hals über die steinigen Anhöhen und dornigen Ebenen, um einen Blick auf die silbrigen Fahnen einer Windmühle zu erhaschen. Die Sonne ging im Westen unter und versank vermutlich zischend im Indischen Ozean, als er endlich zu seiner Linken etwas Silbernes blitzen sah. Er konnte sein Nachtlager genauso gut jetzt aufschlagen.

In der Nacht wachte er öfter auf und zitterte heftig, so kalt war ihm. Das Feuer war ausgegangen, und bei Sonnenaufgang konnten seine Finger kaum ein neues Feuer aufschichten. Er kochte Wasser in der Kanne, kauerte sich über die Glut, ließ sich von dem süßen Tee von innen aufwärmen, und legte seine Hände dicht um die Blechtasse. Mit einer zweiten Tasse Wasser spülte er eine Dose Cornedbeef hinunter. Jetzt hatte er die Kraft, auf den Turm der Windmühle zu klettern, die überschüssige Schmiere von den Lagern und Schmiernippeln abzuwischen und auf die Kette und Naben des Fahrrads zu verteilen. Ein paar Minuten später musste er sich übergeben. Er fasste sich an die Stirn. Die Sonne? Sein Blut? Auf jeden Fall war ihm heiß.

Er füllte die Wassertaschen. Er hatte eine ziemliche Strecke zurückgelegt, schätzte er. Er hatte noch einen weiten Weg vor sich.

Quiller fuhr weiter und versank immer wieder in Träume. Ihm war heiß und kalt; Stahlbänder legten sich ihm um den Schädel. Er wollte nur noch träumen, doch die Wüste kam ihm immer wieder dazwischen: zwei Schlangen, die in einer dichten, verträumten Spirale kopulierten, ein vergrabener Baumstumpf, der ihn in einen Dornbusch schleuderte, zwei Reifenpannen.

Die zweite Panne zerfetzte den Schlauch. Er zog ihn heraus, sah, dass er nicht mehr zu flicken war, und warf ihn fort. Dann besann er sich eines Besseren. Alles war wertvoll, das kleinste bisschen. Das war eine wichtige Lektion der letzten paar Wochen. Wenn er auf Japaner stieß, konnte er sich aus dem Gummi eine Schleuder bauen – eine Zwille, noch so ein altes Wort – und ihnen die aufblitzenden Brillen mit Steinen zerschießen. Er stopfte sich den Schlauch in den Seesack, und das Gummi fühlte sich so geschmeidig, nachgiebig, warm und lebendig an wie ein inneres Organ.

Das Gras war frischer, drahtiger Neuwuchs, der sich nicht zerreißen ließ, also benutzte Quiller den Deckel einer Suppendose als Sense und riss an den Stängeln, bis er einen Arm voll Heu gemacht hatte. Die Arbeit erschöpfte ihn. Er trank, übergab sich wieder, saß ganz benebelt da und musste sich zwingen, seine sechs Sinne beieinander zu halten.

Er stopfte die beiden Reifen mit Gras aus; seine Finger waren zerschunden und blutig. Er stieg aufs Rad und holperte einen Kuhtrampelpfad entlang. Der Reifen schien zu halten, also verfiel er wieder in Träume und verlor seine Zuversicht …

Sein Piloten-Handbuch war eine Lüge, gescheiterte Sprache, erloschener Mut. Er hätte darauf hinweisen müssen, dass die Wüste, die unter dem Cockpit entlanggleitet, eine ziemliche Strafe einfordern kann. Dass Größe nicht befreiend wirkt, sondern klaustrophobisch. Dass der Abend schnell hereinbricht und Gewisper und Rascheln und tiefe, monddurchsprenkelte Schatten mit sich bringt, wenn man vor einem sich verdunkelnden Himmel auf einsamer Straße oder leerem Strand landet. Dass eine steile Böschung mehr ist als nur das: Sie ist uralt; es verbergen sich Geheimnisse darin; sie steckt voller böswilliger Absicht.

Im Nordwesten folgte Düne auf Düne, Savanne auf Savanne, bis zur Bedeutungslosigkeit, bis zu hypnotischer Vervielfältigung. Nichts ist besonders. Alles, was man sehen kann, sind die ineinander fließenden Formen eines sich ausdehnenden Geländes, wie der Rost auf einer alten Pflugschar, der Lochfraß sein kann, aber auch nur leichte Verfärbung. Quiller jedoch hatte die Wüsteneien zu etwas Besonderem gemacht, hatte lebendige Formen aus den leeren Landstrichen gezogen: »Flussbett«, »steiniges Plateau«, »Akazienhain«. Tatsächlich war einiges von diesem Land so leer, dass man es der Mythologie zuschrieb, als letzten Ruheplatz aller Dinge, die einem im Leben davonglitten.

Und manchmal hatte er einfach aus dem Cockpit geschaut und die Erinnerungen anderer Menschen gelesen. Landvermesser und Siedler waren schon vor ihm dort gewesen. Er hatte einen Vorteil gehabt – wo sie sich anstrengen mussten, Orientierungspunkte zu finden, fand er nun jede Menge von Menschenhand geschaffene Objekte vor, Zäune, Wellblechdächer und Straßen –, aber er verstrickte sich auch in ihren Frustrationen, Enttäuschungen und Speichelleckereien. Wie konnte er Mistake Creek, Point Torment oder Prince Regent River umbenennen, wo sie doch schon auf allen Karten standen? Und was hieß Warrawagine? Schöner Fluss? Gutes Essen? Der Ort, wo die zusammengeringelte Schlange schläft? Die erste lautmalerische Annäherung des Viehfarmers an den örtlichen Ausdruck: Wir wollen dich nicht hier haben?

Quiller wollte alles umformen und sich neu vorstellen. Hier stritten sich Cameron und Jeannie. Dort grölten Cam und Jeannie Lieder von Gilbert und Sullivan, während er den Magnetzünder reparierte.

Doch unter all dem lagen andere Erinnerungen. Zum Beispiel diese Bucht bei Cap Levêque. Irgendwann 1938 war er auf dem letzten Sandstreifen gelandet, der bei Springflut noch übrig geblieben war. Ein Jahrzehnt zuvor hatten japanische Perlenfischer dort vier schwarze Frauen vergewaltigt und umgebracht. Davor hatte ein französischer Kapitän die Bucht nach seinem Patron in Versailles benannt. 1634 ankerte dort ein holländisches Handelsschiff, 1540 eine portugiesische Karavelle. Matrosen aus Timor hatten dort schon immer nach Trepang gefischt und mit den einheimischen Stämmen Handel getrieben. Weiter und weiter durch die Jahrhunderte bis zum Anfang, als der Gelbe Frosch die Wasser der Welt aus seinem Bauch entließ …

Die Sonne knallte vom Himmel, Quillers Heureifen wurde zerfetzt. Die Bänder um seinen Schädel spannten sich. Er hatte sich den Nordwesten nur vorgestellt, dabei lebte er doch dort. Die eingebildete Küste, Wüste und Savanne waren der bessere Ort, aber durch die Einbildung veränderten sie ihre Formen und lösten sich auf. Er war nie in der Lage gewesen, wirklich dort anzukommen, und doch hatte er dort gelebt. Er war an die Erde gefesselt gewesen – er war nie geflogen –, und die Welt war flach, wies keinerlei Krümmung auf.

Ein berittener Polizist schaute auf ihn herab, und dann waren da schwarze Männer in Ketten, sie glänzten, glänzten und füllten die Lücken in seinen Träumen aus.

Peitsche, Stiefel und Jagdgewehr

Als die Aborigines von Broome zur Beagle-Bay-Missionsstation zwangsumgesiedelt wurden, entdeckte man unter ihnen einen, der an Lepra in einem frühen Stadium erkrankt war; drei der Frauen litten an einer Geschlechtskrankheit, an venerischen Granulomen. Granulomatose ähnelt der Lepra in ihrem frühen Stadium. Eine leichte Panik brach aus. Selbst wenn die Frauen sich bei den Asiaten in der Perlenfischerei angesteckt hatten und nicht bei Weißen, wie Trooper Dalveans Sergeant bei der Northwest Mounted Police behauptete, wollte doch niemand riskieren, dass sich die Granulomatose in der anderen Richtung ausbreitete, von erkrankten Aborigine-Frauen zu einsamen, verkommenen oder durchgeknallten Viehzüchtern, Luggerkapitänen, Strandläufern, Soldaten und Luftwaffenangehörigen. Einen Lepra-Ausbruch wollte auch niemand.

»Und noch was, Dal«, sagte Sergeant Clark. »Wenn Sie sich schon bei den Schwarzen aufhalten, fragen Sie sie doch mal nach den Japsen aus. Sind sie für die Japse? Sind ihnen Eindringlinge oder Spähtrupps untergekommen? Würden sie ihnen den roten Teppich ausrollen? Eine Möglichkeit, die angesprochen wurde, könnte darin bestehen, sie alle zusammenzutreiben und die Unruhestifter wegzusperren.«

Dalvean nickte.

»Und schauen Sie doch mal, ob an dieser Diamantengeschichte was dran ist«, sagte sein Sergeant.

All dies unter dem Deckmantel eines Routinebesuchs der Leprapatrouille.

Dalvean plante eine Zickzack-Route, die die Küsten- und Inlandsbesitzungen der Schaf- und Rinderfarmer umfasste, die Missionen, Camps und ein, zwei Inseln – alles in allem über zweitausend Meilen. Bei etwa dreißig Meilen am Tag, mal mehr, mal weniger, dazu Ruhepausen, Jagd auf Entflohene, Proviantbeschaffung und die Behandlung der anderen Fragen, die Sergeant Clark beantwortet haben wollte, sollte er in drei oder vier Monaten wieder zurück sein. Gut, dass die Trockenzeit gerade begonnen hatte.

Dann stellte er seine Polizeikräfte zusammen: vier Pferde, zehn Packmulis, ausreichend Proviant, dazu Handschellen und Ketten. Er ritt den großen Grauschimmel. Biscuit, Christmas und Slinger, die Fährtenleser, ritten auf den kleineren Stuten.

Sie zogen zwei Tage landeinwärts und dann nach Süden, legten siebzig Meilen zurück und erreichten Lorna Plains, wo der Hufschmied eines der Mulis neu besohlen musste. Statt auf dem Anwesen zu kampieren und mit dem Gutsverwalter zu essen, führte Dalvean seine Mannschaft zu einem Wasserlauf in der Nähe eines der Viehcamps. Der Verwalter war immer sehr gastfreundlich, leistete einem sogar angenehme Gesellschaft, aber einmal hatte er Dalvean für die Nacht »schwarzen Samt« angeboten, und er neigte dazu, irgendwelche Vorwürfe gegen seine aufmüpfigeren Helfer zu erfinden, nur um sie loszuwerden; er wusste, dass Dalvean sie verhaften und abführen musste. Aber nun war Dalvean auf einer Leprapatrouille und hatte nicht die Zeit oder Energie, eine Kette von kräftigen, aufsässigen Schwarzen durchs Land zu treiben. Sie waren gerissen und nachtragend, versuchten zu fliehen, wurden ganz unruhig, wenn sie die Stammesheimat verließen, oder mussten sich gar damit abfinden, mit einem Mann aus einem feindlichen Gebiet zusammengekettet zu werden.

Auf den meisten Stationen wurde gerade das Vieh zusammengetrieben, sie zählten ihren Viehbestand und kontrollierten nach der Ruhephase der langen Regenzeit den Zustand der Herden. Wohin die Viehhirten auch gingen, folgten ihnen Buschschwarze, die ein, zwei Meilen von dem Viehcamp entfernt lagerten. Einige der Buschschwarzen waren mit den Viehhirten verwandt, und alle waren darauf angewiesen, von diesen mitversorgt zu werden.

Dem Verwalter zufolge hatte sein Vorarbeiter berichtet, im Lager der Schwarzen eine Frau mit Lepra gesehen zu haben, und Dalvean, Christmas, Biscuit und Slinger stürmten das Lager im frühen Morgengrauen. Etwa ein Dutzend Männer, Frauen und Kinder lagen um ein verloschenes Lagerfeuer im Staub wie verbogene Speichen rings um eine Nabe. Sie wirkten heruntergekommen, krank, halb verhungert, verschleimt, verängstigt und lethargisch – was auch kein Wunder war, denn die Ernährung der Viehhirten war ziemlich minderwertig, und ihre Begleiter bekamen davon nur die Reste. Ein junger Mann, der wagemutig und stark genug war, konnte eine Kuh oder ein Schaf erlegen und sich davon gut ernähren, wenn er den Kadaver so zurichtete, dass er aussah wie von Dingos gerissen, oder er konnte an der Hintertür des Stationsladens um Gemüse, Suppendosen oder Säcke mit Mehl feilschen – aber die jungen Leute in diesem Lager waren nicht im Vollbesitz ihrer Kräfte.

»Alles verhält sich ruhig«, befahl Dalvean, ging von einem zum anderen und suchte nach Anzeichen von Lepra und Granulomen. Tatsächlich hatte eine der Frauen Lepra, in ziemlich fortgeschrittenem Zustand, aber sie war stark genug für den langen Marsch. Auch ihr Sohn wies die ersten Symptome der Krankheit auf. Ihre englischen Namen waren Sally und Mick, und Dalvean kettete sie an den Hälsen aneinander. So konnten sie eine Weile laufen und dann eine Weile auf einem Packmuli reiten – er würde schon dafür sorgen, dass sie genug Rast machten.

Blieben noch die Hunde, mindestens zwanzig davon, halb verwildert, halb Dingo, nur Haut und Knochen, aber für diese Schwarzen, die sonst nichts Wertvolles besaßen, waren sie wertvoll. Dalvean kümmerte sich nicht um das Wehklagen, hob sein Gewehr Kaliber .22 und dezimierte das Rudel, wobei er mit dem ältesten und räudigsten Tier begann, bis noch ein Dutzend Tiere übrig blieb. Ein Hund pro Schwarzer, das war ja wohl genug. Das tat er den jeweiligen Stationsverwaltern zuliebe, denn die Hunde der Aborigines waren ausgehungert, sie rissen Kälber und Lämmer und kreuzten sich mit den Dingos.

Erneut brach Wehklagen aus, als er Sally und Mick in Ketten abführte. Dalvean hatte seine Zweifel an der Richtigkeit, die Leprakranken zusammenzutreiben. Sicher, es schützte die gesunden Schwarzen, wenn man die Kranken auf der Leprastation in Derby isolierte, wo sich ein Arzt und Krankenschwestern um sie kümmerten, und man stellte auf diese Weise sicher, dass die Krankheit nicht die Grenze der Hautfarbe überschritt, aber Himmel, was für ein schweres Los. Sie wurden ohne Rücksicht auf Stammeszugehörigkeit oder Heimatort zusammengepfercht, manche von ihnen wurden über hunderte von Meilen zu einem Ort verschleppt, wo sie gewaschen, eingekleidet, gepiesackt, herumgezerrt, geimpft, verbunden und Tag für Tag mit Salben vollgekleistert wurden. Für die Schwarzen war das so, als seien sie zum Sterben nach Darwin verschleppt worden. Einige flohen, und es war Dalveans Aufgabe, sie wieder aufzuspüren, aber viele ließen sich einfach gehen, vegetierten vor sich hin und starben schließlich. Dalvean hatte sie teilnahmslos und monoton weinen hören, wenn die Krankheit zunahm und sie von Angst und Einsamkeit übermannt wurden. Andere standen am Zaun und starrten in die Richtung, wo ihre Heimat lag und ihre Vorfahren lebten. Bei Nacht veranstalteten sie kümmerliche, improvisierte Corroborees und Lagerfeuertänze, und oft genug waren nur noch ein oder zwei dabei, die einen bestimmten Stamm oder Landstrich repräsentierten. Oft genug hockten die Menschen nur da und wiegten sich auf Händen und schlugen mit einem Büschel Blätter auf den Boden, weil sie zum Stehen zu schwach und zu heruntergekommen waren. Dalvean tat, was er konnte, stellte Nachrichten in Form von Botschaftsstöcken zu, verteilte zusätzliche Vorräte und kümmerte sich intensiv um seine Gefangenen – waren sie dem Tode schon zu nahe, nahm er sie nicht mit; waren sie zu krank für den Fußweg, sorgte er dafür, dass sie mit dem Lastwagen nach Derby gebracht wurden –, aber manchmal dachte er, ob es nicht besser wäre, sie einfach aussterben zu lassen.

Sie stürmten im Laufe der Woche noch drei weitere Camps, und Dalvean hatte nun vier Buschschwarze in Ketten zu bewachen, alles Leprafälle. Er prüfte auch die neue Landebahn bei Jerusalem Hill und gab sein Okay, und er verlor einen Tag damit, drei Myalls aufzuspüren, die die Stations- und Buschschwarzen bei Manna Gap belästigten. Dann stieß er in fürchterliches, nahezu baumloses Land vor, die Sonne wurde von den roten Felsen und dem hart gebackenen Boden reflektiert, eine Gegend, in der halbwilde Männer halbwildes Vieh zogen und in der Peitsche, Stiefel und Jagdgewehr das Gesetz darstellten. Dort draußen gab es keine richtigen Ansiedlungen, keine Frauen, die den Hütten aus Leinwand und Wellblech etwas Heimeliges abtrotzten oder auf anständigen Häusern und einem gewissen Lebensstandard bestanden. Die Viehhirten, denen Dalvean begegnete, erhielten keinen Lohn und nur einen Satz Bekleidung, sodass sie immer verdreckt waren und für räudige Hunde gehalten wurden. Sie aßen mit den Händen und tranken aus rostigen Dosen.

Er war nun schon eine Weile unterwegs, die Kunde davon hatte sich verbreitet, und die Buschschwarzen machten sich rar. Es war leicht, sie auszutricksen – Dalvean kehrte einfach ein paar Tage später wieder zurück. Sie waren dann wieder aus ihren verborgenen Schluchten aufgetaucht und rechneten nicht mit einem zweiten Überfall. Eines Abends klagte eine Frau namens Eliza über Bauchschmerzen, und Christmas machte sie los – später rechtfertigte er sich vor Dalvean mit den Worten: »Is 'ne ziemlich gerissene Frau, Boss« –, und sie lief davon. Dalvean schlug Christmas mit der Reitgerte über die Beine und ritt hinter Eliza her. Er konnte sie einfangen, bevor die hereinbrechende Nacht die Wüste zudeckte, alles verschob und ihm Gaukeleien vorspiegelte. Vor ein paar Jahren hatte er mal einen Gefangenen über hunderte von Meilen und schließlich übers Meer bis zu einer kleinen Insel verfolgen müssen – aber Elizas Zehen waren schon fast vollständig abgefallen, und sie war nicht schnell auf den Beinen.

Es war eine Erleichterung, wieder zu den Stationen an der Küste zurückzukehren. Auch wenn sie ungeheuer weit auseinander lagen, so war doch dort zumindest das Meer, an dem sich Augen und Ohren laben konnten, und meist wehte ein heilsamer Wind. Sie folgten im Gänsemarsch einem Schaftrampelpfad, von dem aus sie den Eighty Mile Beach sehen konnten, und Dalvean fiel wieder ein, dass er bei den Schwarzen hätte herausfinden sollen, wie sie zu den Japanern standen. Jetzt würde er damit auch nicht mehr anfangen. Die Buschschwarzen waren zu unwissend oder zu verängstigt, um Eindringlinge oder Saboteure zu beherbergen, und die Stationsschwarzen hatten mit dem Viehtrieb mehr als genug zu tun, wo es doch wegen des Krieges auf jeder Station an Kräften mangelte.

Dalveans nächster Halt war Somme Brae. Bei den Pearces hatte es schon eine ganze Reihe von Leprafällen gegeben. Der Pächter war ein englischer Aristokrat, der von seinen Verwaltern erwartete, dass sie seine Anwesen in Argentinien und im Norden Australiens ausbeuteten. Tauchten Leprafälle auf, unternahm man keinerlei Schritte, sie zu melden oder sich um sie zu kümmern. »Soll sich doch die Berittene Polizei darum kümmern«, lautete Frank Pearces Haltung.

Dalvean hatte Freunde im Hafen von Derby und bei der australischen Arbeitergewerkschaft. Nach und nach brachten sie ihm ihre Ansichten näher, und er hatte die Hälfte seines letzten Gehalts für die eingekesselten Menschen von Leningrad gespendet.

Das Meer war heute spiegelglatt, fast milchig, und weit im Nordwesten hingen ein paar große, halbherzige, verspätete Regenwolken. Jetzt an der Küste sollte er sich vielleicht mal um die Geschichte mit den seit kurzem auftauchenden Diamanten kümmern, fand er. Ein timoresischer Deckmann hatte im ›Roebuck Arms‹ in Broome seinen Drink mit einem Diamanten bezahlt so groß wie ein Drei-Penny-Stück. Ein chinesischer Schneider hatte versucht, bei Gericht von Port Hedland eine Strafe mit zwei Diamanten zu bezahlen. Weitere Diamanten fanden sich in einer Pillendose in seinem Badezimmerschrank. Der Schneider hatte angegeben, die Diamanten von einem Aborigine erhalten zu haben, der sich ausgerechnet einen Hochzeitsanzug schneidern lassen wollte. Weder der Schwarze noch der Timorese waren aufzutreiben. Dann war in der Ausnüchterungszelle in Derby eine Frau aufgefallen, die einen riesigen Diamanten in einem Netz aus Elektrokabel um den Hals trug. Sie hatte behauptet, ihn von ihrem Mann erhalten zu haben. Er sei durch den Busch gestreift und habe dort eine Frau aufgelesen. Er hatte zuvor am Strand ein Flugzeug abstürzen sehen, und hatte angenommen, dass sie eine Überlebende war. Als Dank dafür, dass er sie zum Haus eines Weißen irgendwo an der Küste gebracht hatte, hatte sie ihm ein paar schöne Stücke Glas in einem Seidenpapier gegeben.

Das CIB war eingeschaltet worden, man hatte das abgestürzte Flugzeug gefunden und die Herkunft der Diamanten ermittelt. Sie stammten offenbar aus Amsterdam, waren aber am Vorabend des Einmarsches der Deutschen in Holland im Mai 1940 nach Holländisch-Indien ausgeflogen worden. Dutzende von Steinen im Wert von dreihunderttausend Pfund. Vor ein paar Wochen waren die Steine kurz vor der Invasion Javas einem Beamten des holländischen Schatzamtes nach Australien mitgegeben worden, wo sie von der Commonwealth Bank hätten aufbewahrt werden sollen. Den Beamten des CIB war aufgetragen worden, nach einer Aktentasche Ausschau zu halten, in der sich ein Päckchen von der Größe einer Zigarrenschachtel befinden sollte, in Papier gewickelt, aber mit Faden und Siegellack verschlossen. Sie hatten das Wrack durchsucht und das Papier, die Schnur und die aufgebrochenen Siegel gefunden, aber weder die Diamanten noch die Schachtel. Bei dem allgemeinen Zustand des Wracks der Linienmaschine war nur schwer zu sagen, ob das Päckchen kaputtgegangen oder geöffnet worden war. Ein paar größere Gepäckstücke hatten sich noch im Rumpf befunden. Spuren von Leben hatte es keine gegeben.

Weil die Kriminalbeamten mit erheblich dringenderen Fällen alle Hände voll zu tun hatten, darunter dem Sicherheitsproblem, das sich durch die Flüchtlinge auftat, sowie durch die Bildung eines westaustralischen Flügels des faschistischen Australian First Movement, hatten sie die Untersuchungen der örtlichen Polizei übergeben müssen. Dalvean zuckte innerlich mit den Schultern; sein Pferd bahnte sich einen Weg entlang der Viehtrampelpfade. Falls es diese mysteriöse Frau überhaupt gegeben und sie die Diamanten an sich genommen hatte, war sie dann noch irgendwo an der Küste? Noch genauer: Lebte sie überhaupt noch? Vielleicht gab es gar keine Frau, und der umherwandernde Schwarze oder irgendein Strandläufer und seine Luggercrew hatten das Wrack entdeckt und ausgeplündert. Wie auch immer, jedenfalls wurden die Diamanten entlang der gesamten Küste von Kimberley von Mann zu Mann und von Mann zu Frau weitergereicht wie Fetzen von Gerüchten.

In diesem Augenblick kam Slinger, der an der Spitze der schlurfenden Kolonne geritten war, zurück und sagte: »Boss, Boss, ham gefunden ’nen toten weißen Kerl auf dem Weg.«

Eine kümmerliche Gestalt

Jeannie dachte ein paar Tage lang über die Folgerungen aus Dorry Barrowmans Brief nach, dann begann sie zu nörgeln und zu bohren. Reichte sie Cameron zum Beispiel beim Morgentee den Zucker, fragte sie ihn nach dem Nachtleben in Singapur, oder sie kam auf Neil Quiller zu sprechen, wenn sie ihm bei der Gull half.

»Ich frage mich, ob er wohl immer noch in England ist?«

Aber Cameron hatte ganz andere Dinge im Kopf, zuckte nur mit den Schultern oder murmelte irgendetwas.

Als Jeannie eines Morgens, etwa eine Woche später, gerade mit schwarzer Farbe die Funkkennung der Gull am Rumpf auffrischte, sah sie zum Hangar hinaus und dachte: eine Erscheinung nach der anderen. Erst war Annelies über den Hof gestolpert, dann waren die Holländerinnen mit ihren Kindern aus der notgelandeten Lockheed geklettert, dann Cameron, und nun das. Die anderen hatten es auch bemerkt. Annelies, in Shorts und einem unter dem Busen verknoteten Hemd, kaute an einem Apfel und hielt sich auf ihre eigene träge, verschlafene Art in Camerons Nähe auf. Cam behandelte einen Kattunflügelflicken mit Firnis. Wally spannte gerade ein Querruderkabel. Er reckte sich müde und ging zu Jeannie, die an der Tür stand. »Leprapatrouille.«

»Wir haben keine Leprakranken«, sagte Cameron. Er war ganz still geworden, und Annelies, die seine Stimmung bemerkte, verschwand in den Schatten am hinteren Ende des Hangar.

Jeannie sah zu, wie die Angehörigen der Patrouille unter Schmerzen und Erschöpfung aus dem Akazienhain traten, der Rollbahn folgten und schließlich am Hangar vorbeikamen. Wegen ihrer verbissenen Art bemerkten sie sie allerdings nicht. Trooper Dalvean und ein Eingeborenen-Polizist ritten der Kolonne voran und führten vier Aborigines in Halsketten, von denen einer humpelte, als liefe er auf heißen Kohlen. Zwei Eingeborenen-Polizisten bildeten die Nachhut und führten die Lastmulis. Das Sattelleder knarrte, die Bündel schaukelten, Hufe wirbelten Staub auf, die Ringe am Zaumzeug klimperten, und die Schweife scheuchten die Fliegen davon, doch abgesehen davon gab die Patrouille keinen Laut von sich und zog gemessenen Schrittes weiter, so als würde es auf ewig so weitergehen.

Dann konnten sie sehen, dass eines der Lastmulis einen Mann trug, der auf dem Tier festgeschnallt worden war.

»Hallo«, rief Jeannie. »Hier sind wir.«

Dalvean sah sich um, erkannte sie und hob eine Hand, um die anderen darauf aufmerksam zu machen. Dann zog er an den Zügeln, und langsam wendeten die Tiere und die Polizisten mit ihren Gefangenen und folgten ihm. Die Karawane entrollte sich wie ein langes Seil im Staub, bis Dalvean an den Toren des Hangars anhalten ließ. Er stieg ab und wischte sich das Gesicht mit einem Halstuch.

»Wir haben da draußen einen Mann gefunden. Er braucht einen Arzt. Biscuit!«

Ein Eingeborenen-Polizist brachte das Muli. Der Mann, der an das Tier gebunden war, war nur noch Haut und Knochen, von der Sonne schwer gezeichnet, unrasiert, dreckig. Doch als Jeannie herbeieilte und dem Trooper dabei half, die Riemen zu lösen, mit denen er an den Packsattel gebunden war, dachte sie sich den Bart weg, füllte sein ausgemergeltes Gesicht auf und nahm die Jahre fort, und dann sagte sie: »Das ist Neil Quiller.«

Sie trugen ihn ins Haupthaus, Jeannie legte ein halbes Dutzend Handtücher auf Crystals Bett, wusch ihn mit einem Schwamm sauber und bemerkte dabei seinen schlechten Allgemeinzustand. Seine Beine waren von tropischen Geschwüren übersät – eins davon suppte noch immer –, er war von Insekten gestochen worden, und er war nur noch eine ausgemergelte, gebeugte, kümmerliche Gestalt. Sie befeuchtete seine geschwollene Zunge mit Wasser aus einer Gummizitze, bis er hustete und den Kopf hin und her warf. »Die Gull«, sagte er mit flatternden Augen.

Jeannie beugte sich über ihn. »Neil? Es ist alles in Ordnung. Du bist zu Hause.«

Dalvean sah zu. »Gull? Er hatte das Wort in den Staub geschrieben.«

»Das ist unser Flugzeug«, sagte Jeannie, »aber ich habe nicht die leiseste Ahnung, warum er das sagt.«

Als Neil sich beruhigt hatte, ging Jeannie zusammen mit Dalvean in den Funkraum. Durchs Fenster konnte sie die Eingeborenen-Polizisten und die vier Aussätzigen sehen, die im Schatten der Spalierrebe am Waschhaus rasteten. Sie hatten Wasser und etwas zu essen, aber sie sahen todmüde aus und wischten sich ab und zu die Fliegen aus den Augenwinkeln. Jeannie funkte den Doktor an, der sagte, er würde noch vor Anbruch der Dunkelheit kommen, doch falls es später würde, sollten sie Fackeln anzünden, um ihm den Weg zu zeigen. Dann sprach Dalvean mit seinem Sergeant, und Jeannie kehrte in Crystals Zimmer zurück, denn Neils Zustand galt ihr ganzes Interesse, war die eine wirkliche Verpflichtung, die Schluss machte mit dem ganzen Durcheinander in ihrem Kopf.

Annelies war da und fächelte ihm mit einem Handtuch Luft zu.

»Lass mich das machen.«

Annelies machte einen schüchternen Knicks, ging hinaus und stieß im Flur mit Dalvean zusammen. »Entschuldigung«, sagte sie und wich ihm aus.

Er schaute ihr nach und trat dann ins Zimmer. »Wie geht es Ihrem Patienten?«

»Er wird durchkommen«, sagte Jeannie. »Was hat Ihr Sergeant gesagt?«

»Ich soll mit der Patrouille weitermachen. Ich werde Ihnen schon bald nicht mehr zur Last fallen.«

Nur zögernd bot Jeannie ihm Tee an und führte ihn durch die Küche, wo der Wasserkessel auf dem Herd leise summte. »Lassen Sie uns nach draußen gehen«, sagte sie und führte Dalvean zu den Sesseln auf der Veranda.

Sie fragte ihn nach seiner Arbeit, nach dem Schicksal der Gefangenen und danach, wie sie Quiller auf dem Weg gefunden hatten. Offenbar war Quiller auf einem Fahrrad unterwegs gewesen, wahrscheinlich aus Broome kommend. Jeannie schwindelte es. Erinnerungen und Gefühle stiegen in ihr auf, alle so lebendig, und verschlugen ihr den Atem. Neil auf seinem Fahrrad. Nur mit Mühe konnte sie sich auf Dalvean konzentrieren.

Dann hörte sie im Geiste Cameron – Cameron, der vor ein paar Tagen am Funkgerät stand und sagte: »Der Mann ist ein Spion.«

Sie riss sich zusammen und erzählte Dalvean, dass Quiller bei der RAF gewesen sei, in Malaya und Singapur. »Er muss vor der Kapitulation geflohen sein.«

Dalvean nickte langsam. »Aber wo, wann und wie ist er hierher gekommen, und warum hat er sich die ganze Mühe gemacht?«

Jeannie schwieg. Wenn Dalvean diesen Fragen weiter nachging, würde er feststellen, dass Cameron irgendwo im Hintergrund seine Hand im Spiel gehabt hatte – da war sie sich sicher. Sie konnte es kaum erwarten, dass der Polizist wieder verschwand. »Neil ist hier aufgewachsen«, antwortete sie.

Dalvean beobachtete sie. Dann sagte er. »Vor ein paar Wochen ist ein holländisches Flugzeug an der Küste abgestürzt. Es hat offenbar eine Überlebende gegeben. Sie wissen nicht zufällig etwas darüber?«

Hinter Annelies ist er auch her? Jeannie wollte sich und alle, die sie liebte, vor ihm schützen. »Ich fürchte nein.«

»Die junge Frau, die ich gerade gesehen habe.«

»Ja?«

»Wer ist sie?«

Jeannie trank einen Schluck Tee. »Sie ist aus Java geflohen. Sie war in einer holländischen Maschine, die hier letzten Monat notgelandet ist. Da drüben auf der Rollbahn.«

Dalvean sah sich um. »Und wo ist die Maschine jetzt?«

»Wir haben sie in den Busch gezogen und für alle Fälle zerstört.«

»Wer war noch an Bord?«

»Der Pilot, der Kopilot und ein paar Frauen und Kinder. Ein paar Wochen später sind sie von der Air Force evakuiert worden.«

»Und diese junge Dame ist nicht mit ihnen gegangen?«

»Sie war noch zu krank.«

Ich stelle mich tollpatschig an, dachte Jeannie und hasste die Art, wie Dalvean sie misstrauisch anstarrte.

»Vielleicht sollte ich mal mit ihr reden«, sagte er. »Zumindest wäre da ja noch die Frage ihres Einwanderungsstatus.«

Jeannie hatte Annelies gerade irgendwo in der Nähe gehört, an einer Tür vielleicht oder einem Fenster. Das Haus knarzte entlang der Dachbalken, wenn die Hitze zunahm, aber da war noch eine Andeutung von Schritten, eine bloße Fußsohle, die sich bewegte, von Fingernägeln, die entrüstet schabten. Lauerte Annelies in den Zimmerecken, lauschte sie, die Oberschenkel an den Wandputz gepresst? Jeannie sah über die Brüstung der Veranda hinaus auf das Rollfeld. Cameron schob die Gull hinaus in die Sonne. Wozu? Alle um sie herum wollten Antworten oder Bestätigung, fand sie, aber warum verließen sie sich ausgerechnet auf sie?

Sie sah Dalvean gütig an und nippte an ihrem Tee. »Sobald sie reisefähig ist, werde ich dafür sorgen, dass die Air Force sie abholt.«

»Ob ich dennoch wohl einmal mit ihr reden könnte?«

»Ich fürchte, sie spricht kein Englisch.«

»Sie hat es doch gerade eben gesprochen.«

»Nicht besonders gut, meine ich.«

Dalvean sagte nichts. Er schaute und wartete. »Bitte ermüden Sie sie nicht«, sagte Jeannie mit leiser Verzweiflung in der Stimme.

Er schüttelte den Kopf.

Jeannie, die hoffte, dass Annelies all ihren Verstand aufbringen konnte, trat durch die Fenstertüren in Leonards Arbeitszimmer, ging von dort in den Flur und rief: »Annelies? Kommen Sie bitte einen Augenblick?«

Als sie keine Antwort bekam, suchte sie im ganzen Haus herum.

Sie kehrte zu Dalvean zurück. »Tut mir Leid …«

Dalvean stand an der Verandabrüstung. Er schüttete den letzten Rest Tee über die Brüstung und sagte: »Warten Sie bitte hier.«

Jeannie beugte sich hinaus. Die Luke der Gull stand auf, Cam reichte Annelies, die mit ihrer Aktentasche auf den Flügel gestiegen war, die Hand. Die Luke schloss sich hinter ihnen. Jeannie sah eine kleine Abgaswolke aufsteigen. Im nächsten Augenblick hörte sie, wie der Motor rülpsend zum Leben erwachte.

Epilog

Eine gewisse Melancholie

Haarlem Downs, Weihnachten 1947

Hier sind die wilden Wälder. Schau. *Du schaust ja gar nicht.*«

Quiller löst kurz seinen Blick von der schmierigen Fahrspur. »Doch, ich schaue.«

»Da kann man nicht rein. Das ist zu gefährlich. Du musst auf der Straße bleiben. Hier biegst du links ab, und hier biegst du rechts ab.«

»Gibt es eine Eisenbahnlinie?«

»Keine Eisenbahn.«

»Einen See?«

»Keinen See.«

»Eine Brücke? Auf allen Landkarten sollte sich eine Brücke finden.«

Das Kind schaut grübelnd in das Notizbuch auf seinem Schoß, die feinen, mit Bleistift gezeichneten Formen wiederholen sich wie Umrisslinien, und mit schnellen Bewegungen der Bleistiftspitze fügt es einen Wasserlauf und einen Weg darüber hinweg ein. Das Mädchen ist fast fünf, hilfsbereit und entgegenkommend. Sie ist eine kleine Quasselstrippe und bildet daher einen Gegensatz zu dem sauertöpfischen Fremden auf der Rückbank des Wagens.

Quillers dritter Fahrgast ist Wally Webb, der auf der anderen Seite des Kindes auf der Vorderbank sitzt und offenbar schläft; sein alter, zerfurchter, knorriger Schädel ruht an der Seitenscheibe. Er ist mitgefahren, um Quiller zu beschützen – und das Kind ebenfalls, das einen Riesenzirkus veranstaltet und darauf bestanden hat, mitzukommen, als sie gerade von Haarlem Downs abfahren wollten. Quiller schaut zum Seitenfenster hinaus auf die baumlosen Basaltebenen, Salzpfannen und weit entfernt liegenden Steilhänge, die auf Trugbildern von Seen schwimmen, und er stellt sich vor, wie er von der Hand des Mannes auf dem Rücksitz ermordet wird, wie der alles abtragende Wind eines Tages seine Knochen freilegt, wie der von einem Messer zerschrammte Brustkorb das Interesse der Polizei erregt, der Packard schon lange verschwunden, weit weg, für ein paar Pfund in Sydney verscherbelt.

Aber nicht, solange Wally Webb zu seinem Schutz bei ihm ist. Jeannies Idee, die am Mittag, nachdem sie die Entscheidung getroffen haben, den Fremden zu bezahlen und ihn wieder loszuwerden, mit leiser Stimme darauf bestanden hat. Der Kerl hatte von Quiller verlangt, den ganzen Weg nach Broome oder Hedland gefahren zu werden, egal wohin, aber Jeannie hatte ihm mit scharfen Worten bedeutet, er solle sein Glück nicht überstrapazieren. Sie hatte herumgefunkt; der Koch und der Lagerverwalter auf Anna Plains wollten nach Hedland, um Weihnachtsvorräte einzukaufen, und er konnte doch sicher mit ihnen mitfahren.

»Quill!«, sagte das Kind. »Schau mal, schaust du?«

»Ja, Liebes.«

Sie hat Jeannies olivfarbene Haut und Camerons knochigen Körperbau, doch jetzt, eingezwängt zwischen Wally und Quiller auf der stickigen Vorderbank, wirkt sie weich, matt, erhitzt. Flanke und Arm drücken sich warm und ruckelnd an Quiller, und sie gähnt schmerzhaft stark.

»Du musst auf dieser Seite der Berge bleiben«, sagt sie, gähnt und blinzelt.

»Mach ich.«

»Auf der anderen Seite gibt es so Sachen. Die machen einem Angst. Da darf niemand hin.«

»Ich verstehe.«

»Sind wir schon in Anna Plains?«

»Noch ein, zwei Stunden.«

»Soll ich unseren Weihnachtsbaum malen?«

»Ja, bitte.«

Nach einer Weile rutscht sie zur Seite, ihr Kopf landet leicht wie Distelwolle auf Wallys Schoß, so als habe sie im Unterbewusstsein geahnt, dass er da war. Wally legt ebenfalls ganz unbewusst seine große Pranke auf ihre Hüfte, und sie zieht ihre Beine auf den Sitz und bohrt schon bald ihre heißen, nackten Füße in Quillers Oberschenkel.

Der Fremde hinter ihnen hat sich kaum gerührt. Wann immer Quiller in den Spiegel schaut, sieht er dort das schmale, streitsüchtige Gesicht des Mannes, der zum Horizont hinausblickt, und wer weiß, was für Freud und Leid er in all den Jahren seines Lebens erfahren hat.

Er war am Morgen aufgetaucht, also hatte er wahrscheinlich unter den Sternen genächtigt. Niemand hat ihn kommen sehen. Maisie, die über die Ferien aus ihrem Internat zu Besuch ist, half Jeannies Tochter gerade dabei, den Weihnachtsbaum zu schmücken; Wally und Harry waren im Lagerraum; Quiller und Jeannie saßen in Leonards altem Arbeitszimmer und entwarfen einen Bittbrief an die Einwanderungsbehörde, die Primrose einen Ausweisungsbescheid zugestellt hatten. »Ihr Vater war Brite«, schrieb Quiller, »ihre Familie lebt nicht mehr, sie hat keinerlei Wurzeln in Singapur, sie ist ein nützliches Mitglied der Gesellschaft geworden, sie ist staatlich geprüfte Krankenschwester …« Er wollte gerade hinzufügen, dass Primrose eine gute Stelle im Krankenhaus in Broome hatte, als Maisie rief: »Quill, Jeannie, schnell!«

Er fand sie mit zitternden Fingern am Wohnzimmerfenster vor. Quiller verstand genau, woher das Zittern kam. Der Mann, der auf dem Hof stand, hatte den flachen, abschätzenden Blick, den ausgemergelten Körperbau und die zusammengewürfelte halbe Armeebekleidung der Deserteure aus Sumatra.

In den vergangenen zwei Jahren hatten sie immer mal wieder den einen oder anderen Streuner auf der Farm gehabt, harmlose Männer, die sich nicht an das Zivilleben gewöhnen konnten, aber dieser Kerl war nicht vom Weg abgekommen, war nicht glücklos. Er hatte so gar nichts von einem Mann, der die Mütze in der Hand dreht. Er stand mit den Händen in die Hüfte gestemmt da und hatte den Schlapphut weit in den Nacken geschoben, so als prüfe er die Vorzüge eines Besitzes, den er zu kaufen beabsichtige.

Sie versammelten sich an der Verandabrüstung und sahen zu ihm hinunter. Kalt und verächtlich erwiderte er ihren Blick. Es gab keinen Grund, ihm gegenüber irgendein freundliches Willkommensgefühl zu verspüren.

Schließlich murmelte er: »Ich habe nicht vor, hier zu stehen und zu Ihnen hinaufzuschauen.«

Quiller ging die Stufen zum Hof hinunter, baute sich vor ihm auf und fragte: »Was wollen Sie?«

»Wo ist er?«

»Wer?«

»Cameron Dunn.«

Quiller warf Jeannie einen Blick zu. »Nicht hier.«

»Können Sie ihn holen?«

»Nicht möglich.«

Der Mann hatte seinen Kopf zur Seite gelegt und ihn abschätzend gemustert. Er hatte ein verschlagenes Gesicht, abwägend, bereit, alle möglichen Tricks zu versuchen, die ganzen Überlebensinstinkte eines Mannes, der Jahre der Entbehrung hinter sich hatte. »Wo ist der Mistkerl?«, verlangte er zu wissen. »Ich weiß, dass ers geschafft hat. Wer sind Sie? Sein Bruder? Ist das da seine Frau? Schwester?«

Der Mann wollte an Quiller vorbei zum Haus, aber Quiller hielt ihn auf und spürte die mageren Rippen des Mannes unter seinem verdreckten Mantel. Er hatte keinerlei Statur mehr, nur noch brennende Erinnerungen. »Warum verraten Sie mir nicht erst einmal, wie Sie heißen.«

»Anderson.«

»Was wollen Sie?«

»Ich will, dass mir das hier jemand bezahlt.«

Anderson kramte in den Taschen seines Mantels und zog einen Briefumschlag aus Kriegszeiten hervor, braun, klein, die Wörter CARELESS TALK COSTS LIVES darauf gestempelt, darin ein fleckiges, viele Male auseinander geklapptes und wieder zusammengefaltetes Stück Papier. Quiller wollte es nehmen, doch Anderson zog die Hand zurück und sagte wie ein nörgeliges Kind: »Nein, das kriegen Sie nicht, das geb ich nicht aus der Hand.« Quiller trat ganz nah neben Andersons linken Arm und las den Zettel, ahmte den Mann bis hin zu dem gesenkten Kopf und den Schultern nach, so als seien sie Kumpel, die sich bei stürmischem Wind um einen Ball drängen.

Es war ein Schuldschein:

»Der Unterzeichner erklärt hiermit, dass er Corporal Clifford Anderson die Summe von eintausend (1000) Pfund bezahlt, wenn er mich sicher nach Australien bringt. 1. März 1942, Cameron Dunn.«

Oben drüber stand eine Adresse irgendwo in Sydney.

»Der Mistkerl ist sicher rausgekommen, das weiß ich. Ich hab ihn von Sumatra nach Java auf ein Schiff geschmuggelt, aber dann hat er mich sitzen gelassen und ist, ohne mir was zu sagen, auf ein anderes Schiff gestiegen. Wegen dem Mistkerl hab ich den Rest des Krieges in Changi verbracht, und er hat es nach Hause geschafft.«

Anderson tippte auf die falsche Adresse. »Selbst damit hat er versucht, mich zu foppen. Seit zwei Jahren bin ich hinter ihm her.«

Jeannie hatte sich ihnen unbemerkt angeschlossen, vielleicht ermutigt durch die Aufregung, die bei Anderson an Stelle der Wut getreten war. Sie legte den Kopf zur Seite und sagte trocken: »Unseres Wissens hat er auf Sumatra ein Flugzeug zusammengeflickt und ist damit nach Java geflogen.«

Anderson grunzte verächtlich. »Hat er Ihnen das erzählt? Nein, ich hab ihn auf ein Schiff geschmuggelt. Da waren ein paar Witzbolde von der RAF mit an Bord, viel näher ist er nicht ans Fliegen gekommen.«

»Ich wollte nur sichergehen«, sagte Jeannie. »Also, was wollen Sie?«

Er zeigte ihr den Brief. »Ich will, dass das hier bezahlt wird. Ganz egal, ob er nicht hier ist oder ins Gras gebissen hat, irgendjemand wird dafür bezahlen; ich werd den Teufel tun und hier mit leeren Händen wieder verschwinden.«

Quiller hatte einen Blick über Andersons Schulter hinüber zur Ecke des Luftschutzkellers geworfen. Da stand Wally mit einem Gewehr. Von dort aus hatte er klares Schussfeld, er zielte zwar nicht, war aber auf der Hut. »Anderson, schauen Sie mal hinter sich.«

Als Anderson Wally entdeckte, kehrte seine Verachtung zurück. »Sie können mich nicht einschüchtern. So leicht werden Sie mich nicht los. Ich werde nicht nachgeben, und ich werde niemandem wehtun. Ich will nur, was mir zusteht.«

Dann rollten seine Augen nach hinten, und er fiel ihnen wie ein Sack Knochen vor die Füße. »Oh«, sagte Maisie tief bewegt und voller Mitgefühl. Sie hatte Jeannies Kind an sich gedrückt und hielt ihre Knie wie eine große Schwester träge gegen dessen kleinen Rücken, aber die alten bösen Erinnerungen überkamen sie, und sie wandte sich ab. Jeannie beugte sich vor, berührte seine Stirn und fühlte im Nacken nach seinem Puls. »Kein Fieber. Er braucht nur ein paar Tage Ruhe und ein paar vernünftige Mahlzeiten. Hilf mir, ihm den Mantel auszuziehen.«

Anderson hatte keine paar Tage Ruhe haben wollen. Es ging auch nicht um tausend Pfund. Er war eine Stunde später wieder aufgewacht und hatte ein Sandwich gegessen, das sie ihm in den Schatten brachten, und als Jeannie ihm einen Scheck über fünfhundert Pfund reichte, sagte er: »Wie viel ist denn ein Leben wert?«

Darauf wussten sie keine Antwort.

»Und woher weiß ich, dass der Scheck nicht platzt?«

»Weil Sie dann wiederkommen, deshalb, und weil wir Sie hier nicht wieder sehen wollen.«

»Außerdem haben Sie es sich verdient«, sagte Quiller.

Anderson schien damit zufrieden gewesen zu sein, und Quiller, der ihn nun im Rückspiegel beobachtet, weiß, dass sie nie wieder von ihm hören werden. Nur gut, dass Crystal nicht dabei war, um zu hören, wie ihr Junge verleumdet wurde. Ab und zu kommt sie gern per Schiff aus Perth hoch, um ihr Enkelkind zu sehen, aber die Hitze, der leere Hangar und die Ungereimtheiten des Haushalts sind zu viel für sie, um länger zu bleiben – ganz zu schweigen von Quillers Anwesenheit, so als sei der falsche Sohn heimgekehrt; Quiller hatte sich erholt, hatte sich zur RAAF versetzen lassen und war bei Kriegsende wieder zurückgekommen. Sie gibt die Kontrolle auf, und bald wird sie ihr ganz entgleiten, denn letzte Woche hat ein Landvermesser in der Wüste eine Percival Gull entdeckt, die zerschlagen auf einer windstillen Lehmpfanne lag. Am Ruder saß eine sehr gut erhaltene Leiche, eine zweite auf dem Nebensitz, und auf dem Boden des Cockpits klapperte eine Hand voll Diamanten in einer Tabaksdose. Eine Gull, zwei Leichen. Eine Dose voller Diamanten. Eine elegante Verkettung von Umständen, hatte Quiller gedacht, als er es in den Nachrichten hörte. Und auch die Gegend entbehrte nicht einer gewissen Melancholie – ein entlegener Abschnitt der Gibson-Wüste zwischen Windy Corner und Lake Disappointment am Wendekreis des Steinbocks. Sicherlich werden Beamte des CIB das alles untersuchen, aber wegen des CIB macht sich Quiller keine Sorgen. Jetzt zählt nur noch, dass es mal eine Zeit gegeben hat, in der Cameron Dunn mit seinen unerfüllbaren

Bedürfnissen durch Jeannies und sein Leben trieb und sie um die Zufriedenheit brachte, die sie für sich gefunden hatten, doch nun kann dies alles endlich ruhen.

Eine Anmerkung zu den Quellen

Hinter den Inseln ist ein Roman, doch einzelne Episoden darin beruhen auf damals lebenden Personen und tatsächlichen Ereignissen.

Janeway, der Spion, basiert teilweise auf Captain Patrick Heenan, der die Japaner gegen Ende 1941 mit Geheiminformationen über die Flugplätze und Maschinen der Alliierten im nördlichen Malaya versorgte. Er wurde später vor ein Kriegsgericht gestellt und am 13. Februar 1942 im Schnellverfahren hingerichtet, zwei Tage, bevor Singapur an die Japaner fiel. Heenans Geschichte wird in Peter Elphicks und Michael Smiths *Odd Man Out* (London, 1993) geschildert.

Die Flugplätze Bandar Star und Sungei Dungun haben nie existiert, setzen sich aber aus Elementen der tatsächlich während des Krieges im nördlichen Malaya existierenden Flugplätze zusammen. Die übereilte Evakuierung von Sungei Dungun basiert auf Ereignissen, die am 8. und 9. Dezember 1941 auf den Flugplätzen Kota Bharu und Kuantan stattfanden, beschrieben in Douglas Gillisons *Royal Australian Air Force, 1939–1942* (Canberra, 1962), und Peter Elphicks *Singapore: The Pregnable Fortress: A Study in Deception, Discord and Desertion* (London, 1995).

Der Untertitel von Elphicks Studie verweist auf einen anderen Aspekt der Geschichte: den Zusammenbruch der militärischen Disziplin und bürgerlichen Ordnung in Singapur, die panischen Szenen am Hafen und die Fluchtversuche. Diese Punkte sind gut dokumentiert und lassen sich in vielen unterschiedlichen Quellen nachlesen.

Eine Darstellung des Schicksals der ›kleinen Schiffe‹, die Singapur verlassen konnten, und die Fluchtrouten vor den japanischen Besatzungstruppen über Sumatra finden sich in Richard Goughs *The Escape From Singapore* (London, 1987). Hank Nelson berichtet in *Prisoners of War: Australians under Nippon* (Melbourne, 1984) ebenfalls von Fluchtversuchen in dieser Region.

Ich stütze mich auf eine Reihe von Quellen, die das Leben in den Dreißigern und den Kriegsjahren in Malaya, Singapur, Java und Sumatra beschreiben, darunter: Sheila Allan, *Diary of a Girl in Changi, 1941–1945* (Sydney, 1994); H. Gordon Bennett, *Why Singapore Fell* (Sydney, 1944); Albert Coates und Newman Rosenthal, *The Albert Coates Story* (Melbourne, 1977); Ernest

Gordon, *Miracle on the River Kwai* (Sydney, 1963); Ann Laura Stoler, *Race and Education of Desire* (Durham, NC, 1995); Laurens Van der Post, *The Night of the New Moon* (London, 1971), und Albert Coates' Tagebuch, MS 10345, La Trobe Library, Melbourne.

Die folgenden veröffentlichten und nicht veröffentlichten Quellen lieferten mir Informationen über das Leben im nordwestlichen Australien in den Dreißigern und frühen Vierzigern: Frank Clune, *Roaming Around Australia* (Melbourne, 1947); Ion Idriess, *Forty Fathoms Deep* (Sydney, 1938); Richard Broome, *Aboriginal Australians* (Sydney, 1982); Garry Disher, *»Before the Age of Hurry-Up«: Australian Landscape Writing, 1925–1950* (Magisterarbeit, Monash University, 1978), und Grace Lacey, Brief, MS 10114 La Trobe Library, Melbourne.

Zu bestimmten Aspekten der Zivil- und Militärluftfahrt jener Zeit verweise ich auf Douglas Gillisons oben erwähntes Buch sowie Edward P. Wixteds *The North-West Aerial Frontier, 1919–1934* (Brisbane, 1985).

Die Geschichte von den holländischen Diamanten ist den tatsächlichen Begebenheiten, wie sie beschrieben werden in W. H. Tyler, *Flight of Diamonds: The Story of Broome's War and the Carnot Bay Diamonds* (Perth, 1987), sehr frei nachempfunden.

Viele Bücher sind über den Luftangriff auf Darwin vom 19. Februar 1942 geschrieben worden. Weniger bekannt ist, dass Darwin zwischen Februar 1942 und November 1943 vierundsechzig Luftangriffe erdulden musste. Für Informationen über das Leben in Darwin in den Wochen nach dem großen Angriff und das Schicksal der Polizei von Darwin bin ich den unveröffentlichten Briefen von Gordon R. Birt verpflichtet, einem Polizeisergeanten, der 1942 in Darwin stationiert war.

»Die Vergangenheit sind wir mit anderen Kleidern«

Interview mit Garry Disher

Thomas Wörtche: Mr. Disher, als wir neulich zusammen kreuz und quer durch Österreich und Deutschland gefahren sind und ich ein bisschen den Reiseführer gegeben habe, da haben Sie mich gefragt, ob ich von Geschichte besessen sei. Wenn ich mir aber Ihre Bücher betrachte – Hinter den Inseln, The Stencil Man, The Sunken Road und so weiter –, die man alle auch als historische Romane bezeichnen könnte, dann muss ich Sie fragen: Sind Sie besessen von Geschichte?

Garry Disher: In gewisser Weise schon. An der Uni habe ich in Australischer Geschichte abgeschlossen, ich habe, wenn auch nur kurz, Geschichtsunterricht gegeben, ich habe ein paar Romane und Kinderbücher geschrieben, die in der jüngeren Vergangenheit spielen, und ich habe vier Geschichtsbücher für den Unterricht geschrieben. Eines davon, das das Alltagsleben in Australien während des Zweiten Weltkriegs behandelt, hat mir ein paar Ideen für *Hinter den Inseln* gegeben. Aber die meisten weißen Australier haben nur ein sehr begrenztes Sensorium für die Vergangenheit. Die europäische Besiedlung fand erst ab 1778 statt, obwohl ab dem 15. Jahrhundert immer wieder Chinesen und Portugiesen mit ihren Segelschiffen angelandet waren. Natürlich gibt es eine lange Geschichte der Aborigines, je nach Theorie seit vierzigtausend oder einhunderttausend Jahren, aber das ist keine schriftlich festgehaltene Geschichte. Die Landschaft gibt ein paar Rätsel auf – Felsmalereien, Abfallhaufen, steinerne Fischfallen an der Küste –, aber die Landschaft hat, wie es scheint, keine allzu lange *menschliche* Geschichte.

Hinter den Inseln ist der Roman über den Zusammenbruch eines großen Weltreichs und einer mittleren Kolonialmacht, des Empires und des niederländischen Kolonialreiches – wie kommt es, dass die australische Literatur zu diesem Thema sonst sehr spärlich ist?

Das Gefühl der Australier, eine Nation zu sein, entstand im frühen 20. Jahrhundert. Bis 1901 war Australien ein Verbund einzelner englischer Kolonien. Dann, im Ersten Weltkrieg, kämpften Australier an der Seite der Briten gegen die Türken und die Deutschen. Diese Zeit gilt gemeinhin als ausschlaggebend für die Entstehung des Nationalbewusstseins. Dass das rein im Interesse des Mutterlandes passierte, wird gerne übersehen. Nach diesem Verständnis ist der Zweite Weltkrieg nicht so entscheidend, obwohl ich immer den Eindruck hatte und habe, dass diese Zeit sehr wichtig war. Meine Eltern haben beide im Zweiten Weltkrieg gedient. Mein Vater hat in Borneo und Neuguinea gegen die Japaner gekämpft, meine Mutter war in einer Munitionsfabrik dienstverpflichtet.

Gibt es in Australien ein starkes Bedürfnis, sich die eigene Geschichte neu zu erfinden – so wie es in den USA mit dem Mythos des Wilden Westens geschah?

Klar, da gibt es eine Menge, Bücher und Filme. Die beliebtesten Perioden sind die Kolonialzeit im mittleren und späten 19. Jahrhundert mit den Bushrangern und der Erste Weltkrieg.

Hinter den Inseln passt nicht so recht in dieses Bild. Ihr Porträt der australischen Gesellschaft der Dreißiger- und Vierzigerjahre ist nicht gerade schmeichelhaft.

Ich glaube, um eine reife Nation zu sein, müssen wir die ganze Vergangenheit zur Kenntnis nehmen. Die Australier sind groß darin, sich als tolle Hechte darzustellen, und vergessen zugleich – oder wollen nichts davon wissen –, wie schlecht sie sich in der Vergangenheit oft verhalten haben – die Behandlung der Aborigines zum Beispiel, oder die Massendesertion während der Belagerung von Singapur durch die Japaner.

Hinter den Inseln ist meinem Eindruck nach auch ein Roman über die Modernisierung einer Gesellschaft – vom Pferderücken ins Flugzeug, sozusagen … Oder liege ich da falsch?

Mit ist eigentlich nie aufgefallen, dass der Roman auch von der Modernisierung via technischen Fortschritt handelt, aber es stimmt, das steckt drin, auch wenn ich das Thema Modernisierung nicht bewusst angeschlagen habe. Vielleicht romantisiert der Roman die Zeiten vor der ganz großen Veränderung. Flugzeuge und Fliegen in den Dreißiger- und Vierzigerjahren kommt mir immer vor wie Abenteuer und Risiko.

Und Sie haben eine ganz persönliche Neigung zum Fliegen und zu Flugzeugen, das spürt man einfach … Sagen Sie nicht, Sie hätten alles aus Büchern.

Schon als Kind habe ich Flugzeugmodelle gebaut, und mein erster Flug war mit einem Sprühflugzeug, da war ich sieben Jahre alt. Mein Cousin ist Pilot beim »Flying Doctor Service«, und ganz in der Nähe meines Hauses liegt ein kleiner Flugplatz, wo alte Flugzeuge restauriert werden. Das Thema kommt ja auch in meinen Hal-Challis-Romanen *Drachenmann* und *Kittyhawk Down* vor. Also: Es interessiert mich sehr, aber für *Hinter den Inseln* musste ich doch noch eine Menge recherchieren.

Zurück zum Roman. Was bedeutete der Zusammenbruch der Kolonialmächte in Asien für Australien?

Ich glaube, dass die großen Kolonialmächte in der Region (die Niederlande in Indonesien, Großbritannien in Malaysia, damals Malaya, in Indien und Burma, heute Myanmar, die USA auf den Philippinen und Frankreich in Vietnam) zutiefst schockiert waren, dass die Japaner in ein paar Wochen ihre jahrhundertealte Kolonialherrschaft einfach hinweggefegt haben. Ein paar der enteigneten Kolonialisten ließen sich dann in Australien nieder und hingen den alten Zeiten nach. Die Holländer versuchten nach dem Krieg, Indonesien wieder zurückzugewinnen, aber es war zu spät, die Japaner hatten bereits lokale Unabhängigkeitsbewegungen ermutigt. Ich glaube, dass viele Australier wegen der unabhängigen asiatischen Staaten um uns herum sehr nervös wurden und eine Rückkehr zu den alten Verhältnissen begrüßt hätten. Ich nicht.

Sie erwähnen im Roman eine pro-faschistische Bewegung in Australien. War die ernst zu nehmen oder nur Hysterie seitens der Behörden? Und gab es ernst zu nehmende Sympathien der Aborigines für die Japaner?

Ja, es gab eine sehr kleine faschistische Bewegung unter ein paar Deutschen und Italienern, die in Australien lebten, auch eine Hand voll britischstämmiger Australier war dabei. Viele von ihnen wurden interniert, einige später wieder freigelassen. Auch alle Japaner wurden interniert. Dass die Aborigines die Japaner willkommen heißen würden, dafür gab es nie irgendein Anzeichen. Tatsächlich war es so, dass zum Beispiel Matrosen der japanischen Perlentaucherflotte regelmäßig Aboriginefrauen vergewaltigten. Aber den Behörden kam es natürlich gelegen, den Aborigines pro-japanische Sympathien zu unterstellen, damit sie mit harter Hand regieren konnten.

Waren Sie je versucht, dem Spionagethema mehr Raum zu geben? Oder ist der Roman nicht sowieso auch ein Spionage-Roman? Jeder belauert jeden …

Klar, man kann mit einigem Recht sagen, dass alle *fiction,* weil sie grundsätzlich mit Verrat, verdeckten Handlungen und Illusionen zu tun hat, immer auch Kriminal- oder Spionageliteratur ist. In diesen Roman habe ich echte Spionage ganz bewusst als Nebenhandlung eingebaut, weil ich bei der Recherche auf sehr viele Hinweise darauf gestoßen bin. Die Figur Janeway gründet sich auf einen britischen Offizier, der für die Japaner spioniert hat. Aber im Kern handelt der Roman von der Suche nach einer wirklichen Heimat – sei es als Ort, als Person oder als ein System von Gewissheiten. Die Figur Quiller verdeutlicht das auf verschiedene Arten, einschließlich der romantischen Stränge des Romans. Quiller fühlt sich weder ganz als Brite noch als Australier. Sein Weggehen nach Malaya, Singapur und Sumatra ist ein weiterer Verlust von Heimat, genauso wie seine Fliegerei. Diese ist das extremste Sich-Entfernen vom Land, das für ihn in Gestalt seiner Karten, Listen und Logbücher eine große Bedeutung hat.

Historische Romane wirken manchmal wie Zeitmaschinen. Haben Sie je Lust verspürt, zum Beispiel in Malaya, im Dezember 1941 gelebt zu haben?

Aus reiner Neugier würde ich gerne schnell mal eine Zeitreise zurück machen. Aber ich glaube nicht, dass die Vergangenheit besser oder schlechter oder auch nur interessanter ist als die Gegenwart. Nur aus dem Rückblick ein bisschen »einfacher« einzuschätzen. Die Vergangenheit, so könnte man vielleicht sagen, sind wir mit anderen Kleidern. Und ich habe immer das ganz starke Gefühl, über die Gegenwart zu schreiben, wenn ich über die Vergangenheit schreibe. Wie sagt doch William Faulkner: Die Vergangenheit ist jetzt noch nicht vergangen.

Drachenmann

Im Peninsula District bei Melbourne, einer Halbinsel, die wie ein langes Komma ins Meer hinaus ragt, herrscht kurz vor Weihnachten Hochbetrieb. Es ist heiß, die Touristensaison hat gerade angefangen, im Gerichtsgebäude von Waterloo wird endlich die schon längst nötige Klimaanlage eingebaut. Detective Inspector Hal Challis freut sich nicht besonders auf die Weihnachtstage, alte Wunden werden wieder aufgerissen, am liebsten würde er sich ganz der Restaurierung eines alten Flugzeugs widmen. Dann aber wird eine junge Frau nachts auf dem Old Peninsula Highway ermordet, kurz darauf geschieht ein zweiter Mord, ein anonymer Brief kündigt ein drittes Opfer an.

Flugrausch

Als eine männliche Leiche, versenkt mit einem Anker, aus dem Meer gefischt wird, würde Detective Inspector Hal Challis am liebsten den Fall jemand anderem überlassen. Er ist frustriert wegen seiner Liebesbeziehung und zudem genervt von seinen Kollegen bei der Polizei. Immer öfter zieht er sich in einen Hangar zurück, wo er an seinem alten Flugzeug herumbastelt und wo auch seine Flugplatzbekanntschaft Kitty arbeitet. Doch dann entdeckt Challis seltsame Luftaufnahmen, die Kitty mit Drogengeschäften und Mord in Verbindung bringen. Der melancholische Hal Challis zögert, ist hin- und hergerissen, bis ihm keine Wahl mehr bleibt: Um weiteres Unglück zu verhindern, muss er eingreifen.

Schnappschuss

Als Detective Inspector Hal Challis den brutalen Mord an Janine McQuarrie untersuchen soll, werden seine Ermittlungen durch ein Gewirr von Lügen und Heimlichkeiten behindert. Als wenig hilfreich erweist sich, dass Janines Schwiegervater der Vorgesetzte von Challis bei der Polizei ist. Hal Challis' Liaison mit der Chefredakteurin der Lokalzeitung sorgt zusätzlich für Misstrauen bei den Polizeibeamten von Waterloo. Und auch die Gäste der Sexpartys in den properen Vorstadthäusern wollen um jeden Preis anonym bleiben. Jeder in Waterloo hat etwas zu verbergen und etwas zu verlieren.

Beweiskette

Der Frühling erweckt die Halbinsel Mornington zu neuem Leben. Inspector Hal Challis aber ist am anderen Ende von Australien und pflegt seinen schwer kranken Vater. Seine Vertretung Ellen Destry muss einspringen – und sich prompt in einem heiklen Fall behaupten: Eine Vermisstenanzeige landet auf ihrem Schreibtisch, die zehnjährige Katie Blasko ist spurlos verschwunden. Gerüchte über einen Pädophilenring heizen Angst und Verunsicherung auf der Peninsula an. Während Ellen die Suche nach Katie energisch vorantreibt, kann auch Hal Challis das Schnüffeln nicht lassen und begibt sich in seiner Heimatstadt auf Spurensuche nach seinem vermissten Schwager …

Rostmond

Die Polizei von Waterloo hat alle Hände voll zu tun. Scharen von Schulabgängern fallen auf der Peninsula ein, um ihren Abschluss zu feiern. Als wäre das nicht genug, halten zwei schwere Verbrechen Hal Challis und Ellen Destry in Atem: Der Inspector und seine Kollegin müssen den brutalen Überfall auf den Kaplan einer Privatschule und den Mord an einer jungen Frau untersuchen, die sich für den Erhalt eines Fischerhäuschens einsetzte. Zusätzlicher Druck wird von einem bekannten Politiker ausgeübt, der mit der Polizei noch eine Rechnung offen hat. Dass Hal und Ellen seit Neuestem ein Liebespaar sind, macht die Sache nicht gerade einfacher.

Bitter Wash Road

In der Nähe von Tiverton, einer Kleinstadt in Australiens Nirgendwo, wird ein Mädchen tot am Straßenrand gefunden. Constable Paul Hirschhausen, genannt Hirsch, übernimmt den Fall. Er glaubt nicht an einen Unfall mit Fahrerflucht. Einsam und isoliert durchquert der Constable die unwirtliche Landschaft, vorbei an mageren Schafen, schäbigen Höfen, stellt unbeirrt seine Fragen und lernt eine Kleinstadt kennen, unter deren Oberfläche Enttäuschung und Wut, Rassismus und Sexismus brodeln. Hirsch rüttelt an der trügerischen Stille und wirbelt nicht nur den Staub der ausgedörrten Straßen auf.

GIUSEPPE FAVA *Bevor sie Euch töten*

Vier Männer halten sich in den Bergen Siziliens versteckt, alle gegen ihren Willen zu Banditen geworden. Denn in dieser Welt des Umbruchs nach dem Weltkrieg gilt ein Menschenleben wenig. Es bleibt wenig Zeit zum Nachdenken in diesem verzweifelten Sizilien; es bleibt kaum Zeit, ein paar Augenblick zu leben, »bevor sie euch töten«.

BACHTYAR ALI *Der letzte Granatapfel*

An Bord eines Bootes, das ihn zusammen mit anderen Flüchtlingen in den Westen bringen soll, erzählt Muzafari Subhdam seine Geschichte. Selbst ein hochrangiger Peschmerga, rettete er dem kurdischen Revolutionsführer einst das Leben. Er aber geriet in 21-jährige Gefangenschaft. Wieder in Freiheit, begibt er sich auf eine Reise.

VICTOR GARDON *Brunnen der Vergangenheit*

Wahram wächst in Van in einer Wunderwelt auf. Im Keller des großen Hauses findet er Folianten mit Geschichten über Heilige und vergrabene Schätze. Als er mit seiner Großmutter darüber reden will, bringt sie ihm bei, dass ein Armenier im Osmanischen Reich schweigen muss.
Das Epos der armenischen Tragödie als einziges aus armenischer Feder.

VADDEY RATNER *Im Schatten des Banyanbaums*

Die Kindheit der siebenjährigen Raami endet jäh, als die Roten Khmer in Kambodscha die Macht übernehmen und sämtliche Bewohner aus der Hauptstadt vertreiben. Die behütete Welt der Adelsfamilie bricht zusammen. Aus der Perspektive eines fantasiebegabten Mädchens erzählt Vaddey Ratner eine unfassbare Lebensgeschichte, die auch die ihre ist.